劉操南 全集

水泊梁山

劉操南　編著

浙江大學出版社
ZHEJIANG UNIVERSITY PRESS

劉操南（1917.12.13—1998.3.29）

（攝於 1980 年後）

劉操南先生珍藏的水滸人物造型及撰寫的人物備注

左下：1999 年出版的《水泊梁山》封面；右一手稿封面爲胡士瑩先生的題簽；右二手稿封面爲陸維釗先生的題簽

20 世紀 50 年代開始撰寫《水泊梁山》的手稿

照片由劉操南先生之子劉文涵教授策劃編制

編者説明

《水泊梁山》,據浙江文藝出版社 1999 年 4 月版録編。原書係《〈水滸〉通俗演義》叢書之一種,其《出版説明》云:

　　宋江三十六人故事,由街談巷語,播爲瓦肆演唱,評話演出,録爲脚本,引成書面讀物,作家潤色,成爲文學名著——《水滸傳》,八百餘年來,逐步發展,"水滸"故事爲人民所喜見樂聞;梁山英雄人物龍騰龍躍,永遠活在億萬人民心中。

　　《水泊梁山》書寫宋江義釋晁天王後,梁山水寨,火併王倫,益發興旺,正在掀起一番驚天動地的大事業。江湖上盛稱山東及時雨宋公明的大德,由而受到趙宋官府的猜忌、迫害。鄆城縣使張三郎監視。梁山英雄眷念宋江,晁天王使劉唐下書,爲其妾惜姣所悉,百般要挾。宋江坐樓刺惜,從此流蕩江湖。初至滄州柴王府,繼至孔家莊,投奔花榮花知寨,道出清風山;嗣爲劉高所陷,大鬧清風山,顯其軍事才能、組織才能。石將軍寄書,念父還鄉。發配江州,路過梁山,晁天王勸請入夥,宋江願赴江州守法。經揭陽嶺、揭陽鎮、潯陽江,結織各路英雄。在結拜中,宋江行誼影響了周圍人物。來到江州,結識戴宗、李逵。江南方臘仰慕宋江威名與才能,策劃起義,意欲聘爲軍師,自睦州出發,遙至鄆

1

城，宋江已經發配，跟踵前行，一日相聚於潯陽樓上。方臘凝視宋江倚欄遠眺，臨風灑淚，遂與旅途所聞宋江婉辭晁天王勸請入夥安身立命聯繫，題詩言志，意寓譏刺。方臘落樓而去，宋江和詩，思欲解釋。時適雷雨將至，宋江回寓。江州伴讀師爺黃文炳來避雨，黃文炳與宋江有嫌，宋詩爲黃文炳所改，宋江受誣下獄。戴宗遞書京師，經梁山，書爲山寨改寫。消差事發，戴宗陷獄。問斬之日，梁山、潯陽江、揭陽嶺、揭陽鎮各路英雄爭來搭救。扮三百六十行，混入江州，大鬧江州。前後寫三回書，三萬餘言，是"水滸"書中一大場面。策劃呼應，有說有唱，一招一式，藝術表現多端。破了無爲軍，白龍廟英雄小聚義，宋江上了梁山，第一件事即指揮三打祝家莊。自時遷盜大言牌起，解散祝、扈、李三莊聯盟，裏應外合，至大破祝莊，凱旋回山。

　　《水泊梁山》書路與《水滸傳》統一，思想內容與藝術表現則有所發展。思想內容隨着社會發展，顯示時代精神，寓教於樂。藝術表現則綜合、吸收、融化昆曲、京劇、評話諸種曲藝特色，趨於多樣化，富於趣味性，莊諧雜作。對《水滸傳》原作，採取動而不動之法。書路穿插，情節多異。熟讀《水滸傳》者自然生發聯想，便不覺其生硬突兀。意思雖新，所用字面，則仍《水滸傳》風格，保持今日口語而不濫入新名詞。《水滸傳》征王慶、征田虎、征方臘離而爲三，此則隨處穿插生發，相互呼應，"四大寇"爲四大起義據點。破曾頭市，百將擒文恭，一百零八將聚義梁山，臻於高潮，戛然而止。情節曲折，起伏跌宕，變化多端。語言生動詼諧，雅俗共賞。兩者比較，譽之者或謂後之作者，多所突破，青出於藍。

　　這次收入《劉操南全集》，由編者酌加處理。

序

朱一玄

劉兄操南，江蘇無錫人，晚號梁溪狂叟。余與訂交有年，遂得稍悉其爲人。髫年入塾，師授《詩》《書》《左氏春秋》及"四書"。稍長，學西文及格致之學：化學、物理、解析幾何。抗戰軍興，負笈於國立浙江大學，聆師訓誨，知爲學須中西交叉、文理滲透，不徒考據、義理、詞章三者兼顧，且須深究自然科學與社會科學之規律。開物成務，以富國利民。新中國成立以後，學習辯證唯物主義與歷史唯物主義，重視實踐，著作豐贍。觀其所著《古籍與科學》《詩經探索》《史記春秋十二諸侯史事輯證》《桐花鳳閣評〈紅樓夢〉輯錄》等書，以及《水滸傳》《紅樓夢》等研究論文，可以窺其爲學之一斑。

劉兄幼年，在家鄉時，常詣書場、廟會，觀摩江湖藝人演出。不僅有所感受，且能反映之於演說與創作。嘗曰：中國小說自茶館起家，文學名著《三國演義》《水滸傳》《西遊記》等，咸從民間藝人口頭文學發展而來。我輩當整理而再創作之，使兩者結合。故其纂修，沉浸濃郁，含英咀華，莫與之京。如《武松演義》《諸葛亮出山》《青面獸楊志》諸書，開當代作家與藝人合作之先河，飲譽海內外。《武松演義》故事情節時起時伏，騰挪跌宕，變化多端，語言保持口語特色，從而成功地塑造了武松之英雄形象，多次增訂、重版、借版，印額近百萬册。

劉兄整理之時，尚無録音。日詣書場聽講，風雨無阻，歸而勾勒，形諸筆墨。攝其人物、情節、書路而再創造之。藝人説書，重視票房價值，適於書場需要，有時表書，有時插嚛，隨事生發，時多書外書，精雕細琢，不失具爲摺子書。小説創作，則需一氣呵成，勻稱貫串，首尾呼應，雅俗共賞。賦、贊、引子，制造氣氛，烘托環境，刻畫人物性格，實爲其表現方式之一。此類脚本，清時杭州，輒爲失意文士、落第秀才所擬。藝人收藏，往往秘不示人。輾轉傳授，難免散佚、殘缺、訛誤。運用之際，時見生搬硬套。劉兄爲之删補、潤色、改寫，或自他書移植之，實爲再創作，其作品内涵與原述迥異其趣。原述口語有時枝蔓，吐屬時或粗獷，人物性格或有適應市民口味，嘩衆取寵，流於庸俗者。大書演講重視氣勢，有時無暇刻畫人物心態；或囿於見聞，不免有些荒誕不經之談。凡此諸事，均在再創作中予以改作和提高。語言務求凝練，使之文從字順，爽人耳目。人物行動植根於現實，源於生活而高於生活。攝取時代精神，寄託人民心聲。並能歷史地對待英雄人物，一舉一動，俱有其思想内涵與藝術特色。往往數易其稿，框架庶定，復事洗練字句，點綴辭采。可謂"事出於沉思，義歸乎翰藻"，其思想性與藝術性臻於新的高度。然則，劉兄之於評話纂修，貢獻大有矣。

《水泊梁山》稿成，劉兄問序於余。余得先睹爲快，深感此書實有邁於前三書者。前者囿於合作，此則脱其羈絆，更覺遊刃有餘。請述三事，以抒微忱。

一、人物形象的塑造。書中人物，類多重新塑造，賦予新的内涵。例如宋江上清風山，《水滸全傳》與杭州評話悉是"被綁在將軍柱上"，祇因"宋江歎口氣道：'可惜宋江死在這裏！'"燕順、王英、鄭天壽聞之，納頭便拜。燕順便道："久聞得賢兄仗義疏財、濟困扶危的大名",“天使相會,真乃稱心滿意"。此書改寫爲:燕順將宋江請上山去,次第與鄭天壽、王英廝見。鄭天壽遂將流落鄆城、蒙受照顧,苦無機緣圖報諸事陳説,豐富了故事性。結拜之時,宋江婉言:“剖胸取心,做醒酒湯吃,未免殘酷。"“好色不是英雄的勾當。"王英遂將剖心亭砸爛。燕順也道“不可搶劫姑娘",當立山規。宋江遊山,覽賞岡巒起伏,却爲抗拒青州兵馬伏筆。宋江之指揮作戰,才能從而顯現。宋江發配,道出揭陽嶺、穆家莊、潯陽江,而至江州,結識童威、童猛、李俊、薛永、張横、李立、穆弘、穆春、戴宗、李逵與張順,許多英雄好漢都圍着他寫,而其組織才能從而得以施展,其團結人、教育人的作用,亦從而得以發揮。

慕容彦達陷害忠良,是反面人物。書中層層渲染,刻畫其險惡用心,可謂入木三分、淋漓盡致。“霹靂火夜走瓦礫場",在《水滸全傳》中是“宋江定出這條計來"的;評話復推波助瀾;本書則借以揭露慕容彦達的“以權謀私"。秦明出征清風山,誤“將大權交於節度使",兵敗,陷落在清風山。鄭天壽一心“爭取英雄",未能三思,“草成檄文一道",移書節度使衙門。慕容彦達得之,笑道:“這檄文是假的",“明是盜賊用的離間之計"。却“想到恩師大人蔡京的囑咐",不如“將計就計,弄假成真",借此“出這胸中一口怨氣",並“向恩師報功"。於是定下火燒老人村之毒計,陷害秦明,斬了他一家。老掌家、蘭珍、夫人和兒子,次第被斬,最後斬其太夫人。請看秦明如何痛遭這慘禍的:

> 秦明跪在塵埃,祇顧叩頭。耳中忽聽得一聲炮響,急忙抬起頭來看,祇聽得慕容彦達又在叫喊道:“秦明,你的老娘來了,讓你們一家骨肉團聚。"一顆血淋淋的老人頭,從城樓上摜了下來。秦明忙把手中四頭一丢,搶身過去,一個筋斗,躍起身來,雙手捧住老母親的頭,泣不成聲,渾身如同澆

了冰水一般,遍體冷了。胸脯氣破,淚如泉湧。思想:堂堂提督軍門,號稱霹靂火,爲了留下幾條性命,竟這般屈辱地向仇人苦苦哀求,結果還是全家被殺,不覺昏了。牙齒緊閉高叫一聲:"老母! 親娘! 我的娘啊!"心頭一翻,哇哇哇一聲大叫,嘴裏咕嚕嚕地吐出一窪鮮血,跌倒在地,不省人事。正是:忠奸自古同冰炭,人情於此判偽真。

二、書路細節的貫穿。宋江發配,路經潯陽江結識眾多英雄好漢,以及綁赴法場,梁山、潯陽江諸弟兄前來搭救等情節,在《水滸全傳》里是寫得散的。本書却把這個綫索理順,脈絡分明,有條不紊。宋江發配,路經梁山,愿去江州牢城營守法。吳用便舉戴宗,緩急有個照顧。晁蓋指出此去旅途並不安寧,旱三霸、水三霸"最爲凶險",於是移書於潯陽天子李俊。李俊得書,召集水陸弟兄,傳令:麒麟山李立、八排山蔣敬、馬麟,小姑山張橫、張順,穆家莊穆弘、穆春,揭陽嶺童威、童猛,倘得消息,速來通報,李某親去拜會。不知宋江是時相公打扮,大家不識,此令落空,反出現許多驚險之事。宋江在揭陽嶺、揭陽鎮,遇童威、童猛、李立、薛永、穆弘、穆春,潯陽江遇張橫、童威、童猛、李俊,在穆家莊張橫修書請宋江帶至江州給張順。宋江到了江州又識戴宗、李逵和張順。

宋江題詩,戴宗傳書,惹起禍殃。江州知府選定八月十七日午時三刻開斬宋江、戴宗。張順得訊,便上小姑山通知張橫。張橫速奔麒麟山、八排山、揭陽嶺報信,齊到穆家莊議事。潯陽天子李俊駕到,各路英雄齊請發兵,大鬧江州,搶救兩人性命。

張順乘舟還江州,遙見梁山泊大船乘風破浪而來,便搭阮小二之小船,上了大船,拜會晁蓋、吳用,由是兩路英雄通氣。

劫法場前,吳用布置:先一日,令軍需官搬運軍器,船自水城門進,泊於水仙閣下。次令杜遷、宋萬各帶軍器和攤片箱子,進

城投宿脚店，明日早詣法場，但聽信炮響，引導衆人衝過長橋，徑
走北門大街出城，循着江塘，回白龍太子廟。燕順扮作化郎，法
場搶劫戴宗。阮小二、阮小五坐羊角車，扮作車夫前去。鄭天
壽、王英、呂方、郭盛扮作説話人，混進城關，在法場左右，保護犯
人。劉唐便在後面衝殺官兵。石勇扮作樵夫，管守北門。阮小
七扮作化郎，監視北門吊橋。白勝鳴鑼開道，引導衆人衝過長
橋。他不在路上走，而是在人家屋上跳來跳去的，此乃浪漫主義
創作手法。

安排細節，由於心中有譜，行文便不冗雜無章。如"潯陽樓
方臘題反詩"中，插進方臘亮相，實爲寫梁山與江南關係伏下一
筆，此爲又一綫索。

三、藝術表現的豐富。此書吸收多種營養，表現方式，錯落
變化，因之民間文學色彩極爲濃郁。清風寨中元宵節時，寫宋江
觀賞花燈："中央紮縛着一座小鰲山，山頂上是飛禽燈，真是千姿
百態"。"飛禽燈底下就是走獸燈，花樣翻新"。"飛禽、走獸燈
下，便是人間萬事。人物燈盡是一齣齣的戲文"，層層扮演。"燈
會來時，流星花爆齊放，鑼聲響處，衆人喝彩"。下面使用賦贊烘
托：

> 遠聞得鑼鼓聲音，果是前邊果是前邊來了燈。先放炮，
> 火流星，平升三級走馬燈。熱鬧紛紛，紛紛擠在天井裏，宋
> 公明末亦在其內亦在其內看分明。但見那：一品當朝燈，二
> 仙和合燈，三星福壽燈，四季白花燈……耍孩童，扮戲文，短
> 短衣衫簇簇新。扮個唐明皇，遊月宮，月亮裏個婆娑樹紮得
> 能伶仃。三醉岳陽呂洞賓，旁邊國格旁邊國格柳樹精。海神
> 廟，哭神靈，王魁辜負敫桂英，格齣戲文格齣戲文太傷心……
> 後頭一隻後頭一隻獼猻精。龍馬燈兒街浪過，看得宋江喜萬
> 分。

此書人物造像——臉譜、服飾、亮相，不時採用戲劇表現形式，從而獲得誇張性與現實性相結合的效果。例如：李立出場，宋江看時：

> 這人生得相貌奇特：一張鴛鴦臉，一面紅，一面紫。赤眉虯鬚，大鼻闊口。頭上戴着龍冠，雉尾高飄。身穿大紅蟒袍，腰懸佩劍。

細節描寫，輒以說唱、道情、雜耍互相穿插。例如劫法場前，梁山弟兄扮諸色人，混進城去。阮小七背着一床破席，手拿棒兒，沿街求乞，嘴裏喊道："我瞎子苦來苦萬千，兩眼無光黑白都不見。"吳用飄眼看着，他自手托着測字盤，撩着三綹清鬚，哼道："石崇豪富范丹窮，運早甘羅晚太公。"李俊扮作唱道情的，唱道："小蘇秦，不第歸，衣衫襤褸真慚愧！"接着，晁蓋扮作頭陀前來，口中念念有詞："日下西山月轉東，人逝千秋影無蹤——阿彌陀佛！"杜遷、宋萬早在那裏，高搭着攤片架子，唱賣樣片，許多人擁擠着看。一人敲鑼，一人唱着："看一張來又一張，要看到關雲長，過五關，斬六將，擂鼓三通斬蔡陽。"咚嗆咚嗆咚咚嗆！那邊一個人圈子裏，高臺上一人踞坐着在說評話："話說那商湯第三十一代傳至紂王，紂王無道，愛上妲己的花容月貌。"大街上接着一男一女在打花鼓："先打鑼來慢打鼓，敲鑼打鼓唱秧歌。"……書情一張一弛，錯落多變。小書大書，原可交叉，惟欹輕欹重，有所不同。劉兄於此，靈活運用，可謂悉其三昧。

劉兄又嘗語余：宋江浪跡江湖，風雲叱咤，結識不少英雄好漢，異日同上梁山。諸英雄被譽爲農民起義人物，然其作爲，頗多舛戾。剖人之心，劈人之腦，實屬凶狠殘忍。宋江與之周旋，却能開導啓迪，使之幡然悔悟。潯陽天子李俊於此，亦能明辨是非，不予庇護。劉兄撰述，志在寓教於樂，於讀者亦可收潛移默化之功。

　　劉兄自舊社會來，略睹人世炎涼。每讀筆直稗官野史，未嘗不心向而神往。江湖俠義路見不平，挺身而出，仗義執言，拔刀相助。司馬遷爲之飽蘸血淚，撰寫《遊俠列傳》。劉兄之撰小説，亦欲一抒其胸中塊壘，而泄其孤憤之懷。然則劉兄之情抱遠矣。

　　因書感受如此，以就正於博雅君子。

　　　　　　　　　　1991 年 5 月於南開大學中文系

.

目　　錄

第一回　及時雨勸說王英
文知寨陷害宋江

　　話說吳用智取生辰綱，看是尋常，實是鄆城縣東溪村晁蓋莊上出的一件驚天動地的大事。宋江擔着血海干係，放走了晁天王。江湖上從此口碑載道，盛稱："梁山泊如此興旺，皆出宋公明先生所賜。"宋江也就深受趙宋官府的猜疑。晁天王思念宋江，喚劉唐下書贈金，感謝宋江。宋江得書後回烏龍院，爲閻惜姣所悉；閻惜姣百般要挾，宋江迫不得已殺死惜姣，由是流蕩江湖，結交了天下許多英雄好漢。

　　宋江先去河北滄州柴王千歲柴進莊上避難，與柴王爺高談闊論，上自朝廷大政，下至江湖瑣聞，無所不談。接着到青州孔家莊行教，兩次會晤武松。武松在孟州，醉打了蔣門神、血濺鴛鴦樓。到孔家莊，再次相見。宋江贊賞武松俠義，路見不平，拔刀相助；還勸他要走正路。天可憐見，異日朝廷招安，一刀一槍，爲國效勞，博個封妻蔭子，青史留名，也不枉爲人一世。兩人灑淚分袂，武松自投二龍山去。

　　宋江別了武松，轉身投東，坐了羊車，向清風寨而來。在路走了幾日，祇見面前聳立着一座高山。峰巒陡削，莽林間顯出一條曲曲彎彎的小徑來。夕陽在山，晚霞燒得緋紅。宋江循着小徑進時，上頭枝枝椏椏，觸眼怪石嵯峨。有凸出外面的，有凹進裹面的。進谷不遠,半山上見有一石,伸過山嘴。石下霞光燦爛,閃閃爍爍。宋江貪看景色,羊車顛簸着前行。却見一條小澗,晚霞映入水中,映到石上,宛如蓬萊仙境。宋江不禁叫好!環顧四山,亂石成群,如虎如豹。蒼松倒掛,藤蘿抉拂。歸鳥啼鳴,猿猴跳躍。崖前還時時傳來寒梅幽香。宋江看得有趣,撩着鬚髯,便閒吟道:

> 怪石亂堆如坐虎,蒼松斜掛若飛龍。嶺上鳥啼嬌韻美,崖前梅放異香濃。

真的妙啊!

車夫却皺眉道:"先生,你倒雅興不凡。猛惡莽林,怕有強人出沒。"

宋江猶自思想:"綠林英雄,義氣非常。不過受着饑寒所迫,鋌而走險,有什麼可怕的? 我把包囊贈送與他就是。"因說道:"大膽前行,休要驚慌!"

車子又推了一程路,驀地聽得山中一陣碎鑼響,莽林中跳出七八個嘍囉來。頭上盡是紫花布紮額,手持長槍短刀,站在當道,攔住去路,指着喝道:"牛子,留下買路錢來。"

車夫嚇得面如土色,索索作抖,把車子停了,肩上軟扁擔放下來。欲待走時,兩腳像被釘牢一般,動彈不得。

宋江從車上跨下來,順手取了一條檀樹棍子,踏步前來,也喝道:"好大膽的強人,竟敢攔阻俺的去路,快退下了。"

嘍囉們看這牛子擺着虎勢,不知他的本領如何。却待前來較量,祇聽山坡上一馬馳來,馬上坐着一位英雄,嘴裏吼着:

> 一粒明珠土內藏,未知何日放毫光。

嘍囉們聽到聲音,齊喊道:"寨主來了。"忙向兩旁讓開。

這英雄馳馬上前,看路上站着一位相公,手執檀樹棍子,便左手扣住馬匹，右手搖了金背大砍刀，向宋江細細端詳了一回，哈哈大笑，喝叫："來者何人？通名報姓！"

宋江翹首看馬上這位英雄：

> 身材長大得很，有八尺開外。長圓臉，臉色殷紅，赤髮黃鬚，肩闊腰圓。兩條濃眉，一雙圓眼。如意鼻，闊口，絡腮破口鋼鬚，兩耳貼肉。頭上威武沖天髮，大紅紮巾，三道大紅眉球鎮頂。耳門上斜插粉紅絨球。身穿綉百花箭衣，闊板皮帶束腰。翠藍底衣，花幫靴。襠下跨着黃驃馬，手提金背大砍刀，凶猛異常。

宋江答道："在下姓宋名江。"

馬上這位英雄聽着，忙把刀擲在地上，滾鞍下騎，失驚道："來者可是山東曹州府鄆城縣人，江湖上稱作及時雨的宋先生嗎？"

宋江道："不敢，小可就是。"

這人搶步前來，納頭便拜，連説道："該死該死！小的真是有眼不識泰山，多多冒犯，望乞恕罪！"

宋江慌忙答禮，扶了起來，問道："英雄高姓？"這人道："俺姓燕名順，別號錦毛虎，祖貫山東萊州人氏。"

宋江道："義士不知在哪裏曾與俺會晤？在下倒也忘懷了。"

燕順道："俺家鄭寨主，常常掛念先生。頗想到鄆城縣來，執敬拜望。小弟在綠林中流蕩多年，也常聽説先生仁德，仗義疏財，濟困扶危。祇恨無緣拜識，今日倒要委屈先生，光臨寒寨，與俺家兄長一叙。"燕順吩咐嘍囉，上山通報。

鄭天壽與王英得訊，忙下山迎接。炮聲響亮，寨門大開。鄭天壽一馬當先，馳到坡前，下馬，倒身便拜，宋江還禮不迭。

燕順拱手説道："這就是俺家寨主，白面郎君鄭天壽。"

宋江瞭眼觀看，衹見這鄭天壽：

> 身長八尺，生就一張圓端端的臉，面如銀盆。兩道長梢眉，直豎天庭；一雙朗目，黑白分明。一統鼻，四字口。唇紅齒白，模樣清秀。兩耳貼肉，有輪有垂。頭戴鬧龍冠，雙雕雉尾高飄。身穿白領四爪綉金龍袍，外罩綉百花英雄大氅。腰間闊帶，掛着佩劍。粉紅綢紮腳袴，皂緞銀跟靴。手拿白紙扇，畫着金碧山水。年紀很輕，十分瀟灑。

宋江見了，好生面熟，却想不起來是哪裏見過的。

王英亦到，燕順又挽王英來見宋江道："這位就是矮脚虎。"宋江看王英：

> 七尺以外身材，上身不短，下身奇矮。臉上色道微黃。濃眉大眼，闊口大鼻。短短幾根髭鬚，飄飄蕩蕩。兩耳招風。頭上黃綢紮巾，身上黃綢箭衣，腰繫皮帶。大紅褲子，雙花幫靴。手中拿了偌大的泥金扇，確有虎勢。

宋江見了王英，也不認識。

三頭領齊道："迎接宋先生。"

吹鼓手吹吹打打，鬧個不休。

鄭天壽吩咐嘍囉帶馬，服侍宋先生上山。

三人上了馬匹，進寨，直到蚰蠳殿下下馬。上殿，在虎皮金交椅上，分賓主坐下。

當即殺羊宰豬，安排筵席。酒過三巡，宋江開言道："恕在下健忘，不知寨主在何處與小可相聚？"

鄭天壽道："恩公怕忘懷了。俺原籍河南洛陽，當年在武場中考得第七名武進士，官放潮州府都監使。可恨官場腐敗，俺生性剛直，對於地方劣紳惡霸，都有懲治。被奸賊陷害，參了一本，削職爲民。回鄉途中，路過鄆城。心中鬱結，得下一病。耗盡盤纏，困在招商旅店。蒙人指點，到思古村來看望先生。蒙先生贈賜銀兩，延醫診治，並償房欠。臨行又送路費，以此銘感在心。苦無機緣，難以圖報。”

宋江道：“説哪裏話來。宋江何德何能，蒙足下如此錯愛。”

看官：宋江是最肯行方便的。常是排難解紛，周全人的性命。如有人來投奔他，不論高卑，無有不納。留在莊上，終日追陪，並不厭倦。若要起身，盡力資助。向他求錢，決無推託。從此山東、河北馳名，把他比作天上甘霖一般，能救萬物，稱爲“及時雨”。像接濟鄭天壽的事，真是多得很，宋江哪裏擺在心上。聽鄭天壽説起，恰纔想到。

鄭天壽道：“先生禮賢下士，結納豪傑，海内仰慕，誰不欽敬！近聞梁山泊如此興旺，皆出先生所賜，江湖上更是嗟歎！不知先生從何來此？”

宋江便把放走晁蓋、殺死閻惜姣、去滄州避難、到孔家莊行教、向清風寨去及回歸鄆城縣事盡説了，鄭天壽深知宋江言語爽直，見聞博洽，因説道：“此處清風山，雖是峻險，但常受官軍威脅。”

宋江又説了些兵家戰略，定計交鋒之事。衆人聽了，十分歡喜。燕順、王英也談了些江湖俠義之事。

燕順説得口滑，忘了形跡。向王英道：“最好能下山去，捉個牛子來，剖出心來，給大王做碗醒酒酸辣子湯來。”

王英也道：“最好能下山去，劫個姑娘來，讓俺快樂逍遥。”

四人説着，酒至半途，燕順啓口道：“宋先生，小弟有一言不知進退？”

宋江道：“請燕義士道來。”

燕順道：“江湖上早有傳聞，宋先生最看得起人。義氣相投，傾蓋如故。今日相見，實乃三生有幸。倘蒙不棄，願與先生，義結金蘭，稱兄道弟，不知雅意如何？”

鄭天壽聽罷，呵呵笑道：“如此甚好！祇是高攀了。”

王英也搶着道：“俺也算一個。”

宋江與燕順、王英漫談，言語中知道王英好色，常在勾欄中遊蕩。燕順嗜食人心，煮湯下酒。因説道：“這個甚好。祇是愚兄有一言相勸，不知也可説得否？”

三人齊嚷道：“説得，説得！”

宋江道：“八尺男兒，人身肉體，皆是父母所養。剖胸取心，做醒酒湯吃，未免殘酷了。”

燕順還未開口，王英站立起來，在威武架上，取下兩柄百釘狼牙棒，雙手飛動，跑過去，把剖心亭打個粉碎。急奔回殿，向衆人道：“剖心亭已給俺砸爛了，燕順哥日後也不必流涎了。”

三人又問道：“先生還有話説嗎？”

宋江道：“好色也不是英雄的勾當，以後不可搶劫姑娘。”

燕順也忙插口道：“好，好，使得使得。請宋先生放心便了，誰敢破壞山規，看俺這金背大砍刀。”説着也跑到威武架去，提刀晃了一晃。王英低頭不語。

宋江看了，哈哈大笑道：“這樣可以結義了。”

三人聽了大喜。當即擺香案，焚香祝告。宋江居長，鄭天壽爲次，燕順、王英又次之。四人結義爲弟兄，歡聚飲酒，直到五更。三人怕宋江行路疲倦，喚小嘍囉細心服侍安歇了。

宋江次日起來要走，三人哪裏肯放。鄭天壽道：“年關已近，請大哥不必下山，過了年再走吧。”宋江再三推却不了，祇得留下。

歲闌無事，宋江便與鄭天壽騎馬遊山，四處瀏覽。觀看山巒起伏形勢，兩人指指點點，談些兵家權謀，臨陣制勝之術。哪裏可以誘敵，哪裏可以埋伏，哪裏可以進攻，哪裏可以堅守，數日之中，把個清風山全走遍了。

再説王英好色，雖被宋江説了幾句，在人前不敢作聲，本性却一時難改。王英暗差心腹嘍囉，賞與銀兩，仍是下山打探，若有絶色佳人，早來通報。燕順也知王英性情，一時不會乾净，暗差心腹監視着他。

花開兩朶，另表一枝。

且説離清風山二十里之遥，有一座宋軍營寨，唤作清風寨。寨中有文武兩知寨。文知寨姓劉名高，他的妻子馬氏原是青州歌妓，幼年曾讀過些詩，頗愛"金爐香盡漏聲殘，剪剪輕風陣陣寒。春色惱人眠不得，月移花影上欄杆"幾句，因取名寒香。後流落爲娼，有些閲歷。這寒香在院子裏原與王英厮混慣的，劉高也到院裏去玩，見她嬌小可愛，便迫着鴇母，用賤價贖了出來，討爲二房。一年以後，正室病逝，就扶爲知寨夫人。

馬氏惱恨劉高年邁，六十餘齡，咳嗽多病。青春少婦，哪裏受得住凄冷。春花秋月，撩人情思。思想：劉高是丈夫，祇是衣食所寄；要另找一個情人，嘘煖問寒。驀地想起王大王來，意欲前去拜會，暫度片刻之歡。尋思一計，就吩咐丫環，去請老爺進內，有事相商。丫環奉命，移步到了前廳，禀告老爺。劉高聽説夫人有請，把公事撂在一旁，進入房來。馬氏聽到劉高脚步聲響，立刻起身迎道："妾身迎接老爺。"劉高忙道："罷了，夫人請坐。"雙雙坐定。劉高伸腿擱在馬氏膝上，撩着八字鬚問道："夫人呼唤下官，有什麽要事嗎？"馬氏叫丫環回避了，説道："奴家蒙老爺錯愛，脱離火坑，倏忽已有兩載。吃的是山珍海味，穿的是綾羅綢緞，無不稱心，真是感激非常！祇恨我娘親死時寒窘，薄薄盛殮，墳前冷落，從未祭掃過。昨日晚間，忽然夢見我娘親與弟弟前來哭訴，在陰司凍餒，所以想循山東人年例，歲首上墳，前去酌酒焚奠，不知老爺意下如何？"劉高問道："岳母屍骨葬於何所?"馬氏道:"就在清風山左脚下。"劉高聽了,忙搖手道:"這是強人出没之所,夫人前去,諸多不便。"馬氏泣道:"爲了生母,萬死不辭。老爺所慮也是,祗是多派幾名衙役保護同去便了。"劉高無奈道:"如此,你明日就去罷。"馬氏當夜做了羹飯。次日是初六,一大早,乘了轎子,帶了八名衙役,挑了盒子,備了黄鏹白楮,十一人到了清風山左脚下,馬氏胡亂指了一個墳堆,點燭焚香,哭哭啼啼起來。

清風山嘍囉見了,早有王英心腹,飛步上前通報。嘍囉跑到蚰蟺殿前,見王英與宋江等正在暢飲。嘍囉便站在簷下,瞟眼向王英裝着鬼臉。王英會意,向宋江等作揖道:"三位哥哥寬飲一杯,俺腹痛要解手去了。"宋江説道:"兄弟請便。"

王英離席出外,暗暗動問,嘍囉報道:"左山脚下有美貌婦人,墳頭啼哭,看是凄凉,想是新喪初寡。"王英聽了,興致勃勃,帶了十名心腹嘍囉,提了狼牙棒,騎馬悄悄下山。到了左山脚下,鑼聲響處,王英躥將出來,大聲吆喝道:"咍!狗頭,快留下婦人來,倘不順從,莫怪狼牙棒無情!"

這班衙役,原是狐假虎威之徒,平日祗是嚇唬嚇唬老百姓的,没啥本領,見勢不妙,撇下夫人,拔脚飛逃。

馬氏抬起頭來,看得清楚,來的大王正是舊日情人,還假哭着裝没看見。王英拍馬上前,見是寒香,喜出望外,並不言語。當即跳下馬來,雙手將寒香扶上,拍轉馬頭,飛奔上山而去。到了山上,下得馬來,帶了寒香,徑奔自己房中。

説來也巧,這事恰被燕順的心腹嘍囉撞見,便到殿前,揮手向燕順招呼。燕順離席而去,問是何事。嘍囉答道:"啓稟大王,王大王恰纔搶了一個婦人,藏在自己的房中了。"

燕順聽了,急回殿中,大聲道:"兩位哥哥,四弟王英違了大哥之約,今日搶了一個婦人,藏在房中去了。"

鄭天壽聽了,對宋江說:"大哥,我們快去看來。"

三人匆匆來到王英房前,祇見房門緊閉,裏邊有喁喁唧唧之聲。燕順上前打門,王英聞聲,慌忙下床。燕順心急,不待啓門,一腳把門踢開了。鄭天壽走上前來,見王英猶在床前整衣,耳熱未退。喝道:"該死的王英,竟敢違抗大哥之約,暗裏行私,這還了得,還不快把婦人交出來。"

王英無奈,嘴裏祇得說道:"小弟不敢,姑娘你出來吧!"

馬氏也是無奈,祇得假應道:"是,奴家來了。"面上忸怩,心頭怦怦作跳。暗想哪一個是大哥,可惱指使嘍囉前來驚動。整了衣裙,下得床來,默默無語。

宋江也走向前來。馬氏心生一計,假意皺着眉頭,向宋江打了個萬福道:"萬望大王搭救,小婦人恩如重生。"

宋江問道:"你這婦人,緣何來此?"

馬氏思想,事到此間,三十六着,走爲上策。因泣道:"小婦人是清風寨文知寨劉高的妻室,爲了掛念先母一點孝心,特來墳前祭掃,不想被寶山大王撞見,將小婦人劫掠上山,懇求大王搭救性命!"

宋江道:"俺非這裏大王。"

旁邊嘍囉喝道:"他是我們的宋先生……"

宋江思想:俺將去清風寨見表弟花榮,報出真名,多有不便。因連說:"俺叫宋三。"

馬氏聽時,暗暗瞟視宋三。祇見這宋三黑黲黲的臉龐,頭上戴着巾兒,身上穿着海青衫兒。臥眉鳳目,闊口長鬚。謝道:"多謝宋先生搭救!"

宋江轉首向王英道:"俺看這娘子是個朝廷命官的恭人,好漢犯了'溜骨髓'三個字的,好生惹人耻笑。看在下薄面,放她下山去,教她們夫妻團聚如何?"

王英點頭答允,宋江即命嘍囉們,送這婦人下山。

馬氏下得山來,孑身走了一程路,見衙役轎夫都垂頭喪氣,已少了幾個,懶洋洋的,坐在草地上。忽見夫人前來,齊跑上去。問道:"夫人受驚了。"馬氏罵道:"你們怎樣把我拋了?"大家低頭不敢作聲。馬氏乘上轎子,帶衙役們回歸清風寨來。

那劉高已得訊夫人被劫,正在廳上徘徊,想不出法子來。忽見夫人回來,驚喜交集,放下心來。馬氏進內,劉高急跟進來問道:"夫人究竟是怎麼回事啊?"馬氏道:"奴家在墳前焚拜之時,忽來了清風山強盜宋三,不問情由,把奴家搶劫上山,欲行非禮。奴家是三貞九烈的人,哪裏肯聽他的誘騙,規勸力阻。宋三惱羞成怒,提刀行凶。正在這時,王大王聞訊趕來,聽我説出是文知寨大老爺的夫人,可笑這大王卻慌了手腳,忙倒身向我下拜;又重重訓斥了這強人宋三一頓。隨後便派嘍囉送我下山來。若非王大王怕着老爺,奴家早遭了宋三的羞辱,還要連累老爺受氣。"劉高聽了道:"夫人好危險呀,下次清風山不可去了,免受驚嚇。"馬氏道:"這個自然。"

馬氏走後,清風山上鄭天壽怒不可遏,大罵王英,不守山規。宋江勸説:"首次饒他。"王英拜謝,沒趣地走了。

宋江在山上又住了數日,到了正月初十,宋江思量要投奔花知寨去,定要告別下山。三個頭領苦苦挽留不住,祇得做了送路筵席餞行。各送些金銀,打縛在宋江的包袱中。宋江吃了酒,拴束了行李,作別三位兄弟下山。那三個兄弟,捧了酒果肴饌,直送到山下官道旁邊,纔把酒分手。臨行還囑咐:"哥哥去清風寨,回來務必再到山寨來相會幾時。"宋江背了包袱,謝過三位兄弟,説道:"改日再見。"就動身去了。三位兄弟自回山寨。

却説那清風山離青州不遠,祇隔得百來里路。這清風寨在青州的三岔路口,因為這三岔路通三處惡山,因此特設這清風寨在這清風鎮上，外防三山，内衛青州。

宋江獨自一個，背着包袱，迤邐來到清風鎮上。打聽得花知寨住處，謝了告路人，徑到武知寨門首。宋江見了把門軍漢，便取出名狀，遞了進去。老管家花安見了，忙出來招呼道：“我道是誰，原來是官親老爺。來得正好，待老奴進内稟報吧。”

宋江道：“如此，有勞管家了。”

花安入内稟報：“宋大爺到。”

小姐花英坐在後軒，聽説表兄來了，便道：“有請宋先生。”

宋江隨着花安步入内軒，小姐近身道：“表哥，小妹道福。”

宋江忙回禮道：“賢妹，愚兄這廂有禮了。”

相見分賓主坐定，丫環上來獻茶叩安。

恰在這時，外面報道：“老爺到了。”

那花榮下了馬，馬由侍候軍漢牽了過去。聽管家道：“宋大爺到。”花榮歡喜非常，急急搶身進内，喊道：“表兄在哪裏？”

宋江聽得，忙出來拜見。

花榮與宋江挽手同入後軒，説道：“來得好極了！”當即吩咐備酒設筵。花榮、花英及宋江三人共飲。酒間，花榮問道：“表兄從何處來？”宋江答道：“自從鄆城縣刺惜事發後，流落江湖，忽忽數載。先在柴王府中耽擱，今由孔家莊來。掛念老父，欲想回家。路過清風鎮，惦記弟妹，特繞道前來拜望。”

花榮道：“真是不敢，姑丈大人曾來兩信，説道四出尋訪兄長。現今鄆城舊縣主他調，新縣主初任事煩，看來舊案一時無暇顧及，表兄可以放心回家，但得前去關説爲妥。今天正是初十，再過三天，清風鎮要大放花燈，請表兄盤桓幾天，看了花燈，再走不遲。”

宋江道：“如此，要多多打擾了。”

花榮道：“何必客氣，自家親戚，不嫌怠慢，寬住一程。”花榮唤花安花慶上來,吩咐道:"自今日起,官親宋大爺由你們兩人服侍了。"兩人答應一聲,屈身過來叩見官親老爺。

宋江招呼道:"兩位管家罷了,少頃領賞。"

兩人前去安排了房間,與宋江居住。

花榮又道:"兄長,小弟理當奉陪,祇因目下正值新歲,來往官員甚眾,時須接送拜會。放燈時節,又不時要帶隊查街,彈壓鎮頭,故此欲先行一步。"

宋江忙道:"既有兩位管家侍奉,表弟公事繁忙,請便就是。"

過了一夜,次日便是十一。辰牌時分,兩管家來道:"官親老爺,要否出外遊玩一番?"

宋江道:"好極!如此便行。"

三人出了衙門,祇見對門照牆後,濃煙滾滾,彌滿天際。宋江不覺心驚,喊道:"不好,不好,那邊失火了!"

花安、花慶看了,搖頭笑道:"官親老爺,並非火燒。"

宋江奇怪,反問道:"却是怎的?"

兩人道:"官親老爺有所不知,我們老爺手下的一般軍士們,到了新年,有了些錢,便去聚眾賭博。贏的自然無事,胡吃濫用;那輸了的,就不得不把棉衣棉褲當的當、賣的賣了,挪出錢來,妄想翻本。不料本翻不轉,錢却輸光了。春寒料峭,穿着單衣,擋耐不過,就在此聚眾打火取暖。"

宋江聽了道:"如此,待我們前去看來。"

三人走了過去,果見不少軍士圍在一起,中央烈火熊熊。宋江道:"弟兄們。"眾人聽了,都抬頭來看。花安在旁道:"這位就是官親大老爺。"眾人唱了個喏。宋江道:"不必客氣。"又問道:"你們在此作甚?"

軍士們齊答道:"官親老爺,我們身上發冷,在此打火禦寒。"

宋江問道:"難道官府棉衣棉褲沒有發下來嗎?"

內中有一個軍士説道："官親老爺,説哪裏話來。棉衣、棉褲早發下來的,祇是我們自己不好,賣的賣了,當的當了,都作爲賭本盡輸去了。没法,祇好在此打火遮寒。"

宋江道："當軍士的理應嚴禁百姓賭博纔是,哪裏可以自己犯法? 一來被你老爺知曉,多有不便;二來倘被百姓看見,顔面何存? 三來凍壞了自己身體,也無好處。日日打火,怎麽可以? 假如火種狼藉,造成火災,多少危險? 快點把火熄滅了! 下次不准!"

軍士們聽了,祇得將火撲滅了。

宋江又道："來,點點共有幾人?"

衆軍士以爲宋江要報告老爺,忙央求道："官親老爺,小人們下次不打火堆就是,萬望饒了這遭,别告知老爺纔好。"

宋江聽罷,呵呵笑道："衆軍士差矣! 不必害怕,我自有道理。"

衆軍士無可奈何地站了隊,花慶過來,點名,共計一十六名。

宋江吩咐花慶道："速去我的房內,在包袱內取紋銀八十兩來。"

花慶到房裏拿了銀子出來。宋江道："分與軍士,每位紋銀五兩,要他們將衣褲賣的買回,當的贖回,快將身上穿暖了,免得凍壞。"又對衆軍士道："賭博是害人之事,從今以後,必須好好嚴守軍法紀律纔是,下次切勿再犯。"衆軍士心中非常感激,連拜帶謝,歡天喜地地去了,一路都稱道這位官親真是天下大好人。傳將開去,從此寨中,没有一個不敬愛宋江的。

宋江與兩個管家,在小勾欄裏又閒看了一回,在附近寺院宫觀也遊覽一番,就此歸去。

十二那天晚間,花榮與宋江一起喝酒,花榮道："表兄,明天是十三了,將放花燈,未知兄長欲往何處觀看?"

宋江道："花燈最齊在哪裏？"

花榮道："最齊的要算在文知寨衙門了。因爲這文知寨最愛粉飾太平，大放花燈，與民同樂。"花榮便吩咐花安、花慶道："明天你們吃了晚飯，就陪官親老爺在文知寨衙門前看燈吧。"兩人應喏。花榮又轉身對宋江道："表兄，愚弟有職在身，明天要彈壓鎮頭，所以不能奉陪了。"宋江道："公事爲重，賢弟請便。"

正月十三，大家早早用了晚飯，宋江與花安、花慶出門，觀看花燈。花慶背了一把可折疊的交椅，同往文知寨衙門走去。一路上，祇見家家門前搭起彩棚，紮着歡門，懸掛花燈，不計其數。燈上畫着歷朝故事和神話傳說，封神、列國、三分、西遊、屈原、洛神、鵲橋、嫦娥之類，觸目都是。也有紮成漁樵耕讀的，也有畫着芙蓉牡丹的。形形色色，炫耀奪目。觀看的人，團團簇簇，人挨人擠，熱鬧非凡。

文知寨衙內，燈火輝煌，如火樹銀花一般。祇見兩廊頭門懸掛燈匾，燈匾上有四個大字：太平景象。旁有一副燈對，上聯云："聲聞雲漢，處處管弦歌夜月。"下聯云："光射牛斗，家家燈燭慶元宵。"這燈對、燈匾是空心的；字也是鏤空的，一轉都有花紋，把字嵌在八寶花紋裏邊。燈蠟亮亮映着，鮮艷奪目。

往裏走，祇見張着五七百碗花燈，中央紮縛着一座小鼇山。山頂上是飛禽燈，真是千姿百態：

> 大鵬燈騰飛萬里，鳳凰燈慶祝千秋。鴻雁燈五常兼備，紫燕燈來去綢繆。八哥燈能言善語，鸚鵡燈巧囀嬌喉。斑鳩燈聲聲叫苦，杜鵑燈血淚交流。喜鵲燈人人見喜，烏鴉燈個個生愁……

飛禽燈底下，就是走獸燈，又是花樣翻新：

> 麒麟燈國家祥瑞，獅子燈愛滾金球。老虎燈張牙舞爪，

狡兔燈擺尾搖頭。貔貅燈威震猛獸，獬豸燈猛勝斑彪。豹
子燈睛如紫電，白獺燈爪似銀鈎。狼狽燈狼狽爲奸，饕餮燈
貪得無厭……

飛禽、走獸燈下，便是人物燈，盡是一齣齣的戲文：

姜太公溪邊垂釣，范大夫載美歸舟。趙子龍當陽救主，
馬孟起潼關復仇。征蠻地七擒孟獲，虎牢關三戰温侯。美
女燈秋千戲耍，牧童燈倒跨青牛……

人物燈旁園林中，有花草燈；江河裏，又見魚蝦燈；海洋中，
還縈着鼇鯨燈……看時目迷五色，美不勝收。人群齊聲贊揚：這
個紮燈匠人，心靈手巧。可是轉念：劉高這紮燈的錢是哪裏來
的？全是民脂民膏，真是白白地揮霍啊！

這時：大堂旁側搭着一所板臺，下着翠簾。此地就是劉高夫
妻看燈之處。

那花安、花慶來到了天井旁側，見有一塊石坪，約高二尺，原
是安放花盆的，今日花盆已移去了，石坪上站着四五個人。花安
前來商量道：“朋友們，此地可否讓了我們官親老爺。”這人看是
武知寨衙門中人，便道：“這個使得。”忙下了石坪。花慶便把交
椅擺在石坪上。宋江踏了上去，在交椅上坐下。花安、花慶站在
石旁侍侯。

不多時刻，劉高夫妻帶了丫環、家人、衙役，上板臺來賞燈。
忽聽人聲喧嚷，都喊道：“燈會來了！”今朝這清風鎮遠近的燈會，
都要行到文知寨衙門前來討賞的。會做的在天井裏做一會兒，
會唱的在天井裏唱一會兒，不做不唱的，在天井裏兜一轉身，唱
幾句彩頭。燈會來時，流星花爆齊放，鑼聲響處，衆人喝彩。
但見：

遠聞得鑼鼓聲音，果是前邊果是前邊來了燈。先放炮，

火流星，平升三級走馬燈，熱鬧紛紛。紛紛擠在天井裏，宋公明末亦在其內亦在其內看分明。但見那：一品當朝燈，二仙和合燈，三星福壽燈，四季百花燈，五年奪魁燈，六月荷花燈，七層寶塔燈，八仙過海燈，九節連環燈，十面埋伏十面埋伏鬧盈盈。耍孩童，扮戲文，短短衣衫簇簇新。扮個唐明皇，遊月宮，月亮裏個婆娑樹桫得能伶仃。三醉岳陽呂洞賓，旁邊國格旁邊國格柳樹精。海神廟，哭神靈，王魁辜負敫桂英，格齣戲文格齣戲文太傷心！昭君和番去，王龍後頭跟，眾將來相送，跟仔一大群，懷抱琵琶懷抱琵琶出雁門。當陽道，趙子龍，槍挑張綉命歸陰，戰得許褚膽戰驚，嚇得張遼敗轉營。保皇娘，救主人，路過灞陵橋，張飛來接應，三將軍嚇退曹兵嚇退曹兵回轉營。斗大一座鼇山燈，還有採茶燈，十二月花神燈，手提花籃盞盞新。全本"武十回"，統統纏是作坊裏格人。武松景陽岡打虎，陽穀縣兄弟倆相認，都頭公幹到東京。挑簾裁衣做，王婆說風情，潘金蓮結識西門慶，武松殺嫂武松殺嫂請鄉鄰。白娘娘，小青青，水漫金山鬧盈盈，蝦兵蟹將嘸淘成。許仙實在嘸良心，萬惡千刁萬惡千刁國格法海僧。火焰山，飛禽燈，水母和妖精。青龍仔個蛇，黑魚仔格精，標標緻緻蚌殼精。善才前頭走，龍女後頭跟，大慈大悲大慈大悲觀世音。唐僧西天去取經，沙和尚前頭走，豬八戒後頭跟。東邊勒而勒而勒而獅子滾綉球，西邊呼呼猛虎打翻身。夯夯嚓夯嚓夯夯後頭一隻後頭一隻猢猻精。龍馬燈兒街浪過，看得宋江喜萬分。

宋江看了，着實有趣。想武賢弟景陽岡打虎，陽穀縣殺嫂鬥慶，英雄非凡，名聲浩大，很快地已編成雜劇了，十分高興。

燈會喧喧嚷嚷，鬧了不少時候。又聽一聲嘈雜："龍燈來啦！""看龍燈啊！"這條龍是寨裏人玩的，着實不短，有幾十節哩！

是條青龍，龍肚裏點着燈，四照玲瓏。鑼鼓敲得喧天地響，爆竹連連放着，煙霧重重，爆竹聲聲。玩龍燈的人格外有興，放開手來舞，龍頭左倒右傾，忽左忽右，忽上忽下，忽快忽慢，翻過來，掉過去。蜿蜒飛舞，來搶明珠，就與一條活龍仿佛。宋江看得盡興，拍手叫好。

宋江見花燈、龍燈已過，待人略散，在石坪上站了起來，高出衆人。那花慶把交椅折了，背着交椅説道："官親老爺，衙前擁擠，讓人稀少些，稍停停再走吧。"宋江依得，就在石坪上稍立。

却説那劉高與馬氏，垂簾坐在堂上賞燈。劉高問夫人道："今歲花燈如何？"馬氏答道："真不錯啊！"劉高又道："今天恰纔上燈，來得疏落；待後天元宵節，那時燈火燦爛，炫耀奪目，更是應接不暇了。假如天不下雨，一二十里路的人都要趕來看的。"

正説話間，馬氏朝外觀看，祇見天井中有一漢子，比衆人高出一截，孤零零地站在那裏。簷前那盞壽星燈光，直射到他的臉上。馬氏看得清清楚楚，忙拖着劉高道："老爺，你看！初六那天，清風山强盜宋三，好大的膽，扮着百姓，混在此間看燈。人將散了，猶獨立在那兒，莫非又生歹念。"

劉高聽了，暗吃一驚，忙問道："此人何在？"馬氏用手一指道："喏！比衆人高出兩尺的，頭戴巾兒，身穿海青的漢子便是。"

劉高道："夫人不要弄錯了，寨上有軍士鎮壓，强盜不敢前來的！"

馬氏對劉高道："這强盜姓宋，祇須如此這般，就不會弄錯了。"

劉高當即派了八名衙役，囑咐先去石坪四周站了，再如此這般行去。

衙役到了那裏，一人先躡在宋江背後，唤一聲："宋先生。"宋江旋首來看，問是哪一個。衙役聽他回問，齊説："是的。"不問情由，將鐵鏈照準宋江頭上套去。宋江嚇了一跳。衙役把宋江拖下來，雙手用麻繩縛了。

旁邊花安當即喝道："誰敢無禮，鏈子亂套！可知這是我家花知寨的官親老爺。"衙役一口咬定是強盜。花安還是連聲吆喝："你們錯拿了人，該當何罪？"衙役道："二大爺，這可怪不得我們，我們是奉公差遣。"花慶扭住不放，衙役即叫管住，內中有一人前去報告劉高道："啓稟老爺，這強盜是姓宋，但有武知寨的家人花安、花慶說：該人是他家的官親老爺。"劉高思想：是花知寨的官親，拿對了，很好，"棉紗綫扳倒了石牌樓"，私通大盜，那還了得？若弄錯了，被他在秦軍門前控告起來，却是吃罪不起。就又問馬氏道："夫人你不會記錯吧？"馬氏再向宋江一看，說道："這是不會的。老爺把他捉來，連夜開審。倘如不肯供招，奴家可當堂對質。"劉高聽了，便吩咐道："不管他是強盜，是官親，與我帶來就是。"衙役應聲而去，到得外邊，喊道："老爺有命，將強盜宋三解上大堂。"

花安對花慶道："你跟將進去，我去報信。"花安急急回轉，尋花老爺時，却不見。驀地想到祇須拿花榮的名帖去，這樣就可保出來。花安便在簽押房內取了花榮名帖，再奔文知寨衙門來。

那劉高傳點升堂。堂上燈火明亮，衙役分站兩旁。劉高吩咐將強盜帶上來。宋江心裏已經明白，諒是觀燈所在，近了文知寨的板臺，恐是被那馬氏見了不成。上得公堂，見過老爺。劉高喝道："你這強盜，姓甚名誰，從實招來。"

宋江聽了，思想不要連累花榮，當即改口道："俺姓張名三，你們談什麼強盜。"

劉高聽得，把鎮堂木一拍道："吶，好大膽的強盜，竟敢在本知寨面前改易名姓。你明明是清風山的強盜宋三，初六那天打劫婦女，還要抵賴？今既被擒，趕快招來，免受痛苦。今天如何闖來觀看花燈,山上有多少黨羽?"

宋江道:"俺自叫張三,什麼强盜宋三,俺全不知。老爺不要看錯了。"

此時外厢有人報道:"老爺,花知寨家人花安求見。"劉高傳見。花安見過文知寨道:"小人奉武知寨老爺之命,有名帖一端,特來力保官親。"説罷,將名帖呈上。劉高看了,問道:"你保的是誰?"花安道:"官親宋江一名。"劉高聽了,哈哈一笑,思想:他自稱是張三,你們却保的是宋江,名姓不符,顯然有弊。宋三是大盜,不問可知了。看這名帖,一未具事,二無押記,花老爺做事確是狡猾,見今口供尚未招認,俺豈會受他的欺騙,放虎歸山,俺還要受他反咬一口?俺與他平日有隙,他私通大盜,今日落在俺的手中,可以狠狠懲他,公報私仇,擺點顏色出來給他看看。

劉高想罷,勃然大怒,把鎮堂木連連拍着,左右威嚇不絶。劉高把名帖撕得粉碎,喝道:"快給我滾出去! 如若不聽,亂棒打出!"

花安見勢不好,怒衝衝走出衙門,思想竟有這樣一個不講理的狗官! 花安三步兩脚,要去尋到花榮,把劉高無理之事告禀。這樣花榮要怒闖文知寨衙門,箭射麒麟,大鬧公堂。直教:鎮三山垂頭喪氣,鄭天壽耀武揚威。

正是:輕聽婦言酬私怨,枉把身家雪衆憤。

欲知後事如何,且聽下回分解。

第二回　射麒麟武知寨被控
劫囚車清風山逞威

　　話說宋江在文知寨衙門看燈,被馬寒香誣攀爲盜,擾掇劉高逮問。花安持花榮名帖保釋,劉高勃然大怒,把名帖撕得粉碎。皂隸威嚇連連,驅逐花安。花安怒氣衝衝,惱恨劉高不問情由,誣良爲盜;三步兩脚,奔回武知寨衙門來。

　　花安見了花榮,報道:"老爺大事不好了。"

　　花榮問道:"何事驚慌?"

　　花安道:"官親老爺在文知寨衙門看燈,被劉高當作强盜拿捉去了。"

　　花榮驚異道:"有這等事來?"

　　花安道:"小的拿老爺名帖去保,劉高不問情由,把名帖撕得粉碎,擲在地上。還罵道:'好大膽的花榮,竟敢私通大盜,還當了得,快洗頸受戮!'"

　　花榮聽了,氣得臉色發青,大喝一聲,怒氣沖天。隨即點了兩百名軍士,趕奔文知寨衙門來。軍士中有那十六名是得過宋江恩典的,聽說宋江被拿,都願出力相助,一路上拾了石子趕來。

　　花安去後,劉高繼續審問宋江道:"好大膽的强盜,你還是招了的便宜!"

　　宋江道:"你說我是强盜,有何憑證?"

劉高笑道：“證據是有的。”

話未説完，馬寒香在屏後轉了出來。劉高見了，起身招呼夫人旁側坐了。馬寒香“咦”地一笑，搖搖擺擺地坐下去。

那時婦人是不宜拋頭露面的，但馬寒香在妓院待過，生張熟魏，見慣世面的，哪知怕羞。寒香看宋江跪在面前，暗喜你這遭落在我手中了。那時你阻撓奴的好事，十分可惱，今朝可出這口恨氣了。笑道：“宋強盜，抬起頭來，你還認識我嗎？”

宋江抬頭睜眼看去，果是馬氏來了，悔恨錯看了人。答道：“俺不認識！”

馬氏笑道：“強盜不認識我嗎？我却認識你。正月初六，我去上墳，你緣何將我搶劫上山，眉開眼笑，百般勾引。我不從，你又拔刀行凶！正是天網恢恢，疏而不漏。今日做了囚犯，還有何言！”

宋江聽了，十分氣惱。想賴是不用賴了；與她辯論，哪裏洗刷得清！不禁潑口罵道：“夫人，那時俺自替你説情，釋放下山。怎麽恩將仇報起來？”

馬氏聽了，嘻嘻笑道：“這強盜刁滑，可笑却自認了。強盜還有好心腸嗎？好一個奸梟強盜，先賞他掌嘴四十下，再打屁股一百下，這叫作上打他胡説八道，下打他坐地分贓！”

劉高聽了，忙道：“夫人説得是。”吩咐當堂笞刑伺候。皂隸一聲吆喝，把宋江拖翻了，一個拖住他的束髮，一個拖住他的雙足，一個起板，向宋江嘴上狠狠地打。不到十下，已打得宋江滿嘴是血，雙頰紅腫。接着笞臀，是用大毛竹，這下更重了，打得宋江皮開肉爛，鮮血迸流，動彈不得。宋江昏厥過去，皂隸用燒酒向宋江頭上噴了，又用火紙向宋江鼻端熏。一會兒，宋江悠悠醒轉。

劉高看了，又罵道：“殺不盡的強盜！正是：治亂世，用重典。"

馬氏笑道:"這强盜,風高放火,月黑殺人,逍遥自在,今日合當受苦!老爺,夜已深了,教他畫了供;打家劫舍的事,以後再審。"馬氏説話時,雙眼一眯,像彎彎的一道縫,眼角下垂,雙珠微錫,同狐狸眼仿佛。又向劉高説道:"奴家去也。"劉高道:"多謝夫人!下官恕不送了。"

劉高説罷,把鎮堂木拍着,喝向宋江道:"强盜,你既自認在清風山上爲盜,速速從實招供上來,免受皮肉之苦。"皂隸又把大杖、重杖這些刑具,向大堂上摺下來。

宋江思想:大丈夫能屈能伸,既是同情江湖義士,坐牢亦是常事。就供認是清風山强人宋三,畫了供。皂隸把供狀呈上,劉高接過,展開觀看。

這時,花榮及其軍士們都已趕到了,向衙門擁進來。花榮來到天井上,早見劉高身坐大堂,表兄宋江躺在案前,渾身是血。花榮看了,思想:表兄仗義疏財,江湖上誰不敬重,怎會作奸犯科!劉高無端把他打得如此,濫罰無罪,真是豈有此理!不禁大怒,思想待我來給你些顔色看看。於是起弓搭箭,眼向着屏門上畫的麒麟眼上射去,嘴裏大嚷道:"大膽劉高,竟敢誣官親爲强盜,嚴刑逼供,目無王法!如今放與不放?先看俺花榮的神箭!"説時遲,那時快,這箭正向劉高左首穿過去,射在麒麟眼上。衆軍士見花老爺動武,蜂擁過去,起手把石子向堂上擲去。

劉高慌忙藏了供狀,向內奔逃,肩上早中了一石。皂隸見勢不妙,發聲喊,四散都走了。

花慶搶上前去,背了宋江,旋身就跑。衆軍士將公案翻了,刑具也砸得粉碎。花榮見宋江已搶來了,帶領軍士回自己衙門去。

劉高逃到內廳,大叫:"反了,反了!花榮無端大鬧公堂,這還了得！"

不多時，衙役進來報道："花榮劫走強盜，已去遠了。"

劉高定了定心，那馬氏問道："老爺，怎麼樣了？"

劉高忙搖頭道："不得了，不得了！宋强盜已被花榮搶走了，下官也被他們打傷！"

馬氏聽了，又問道："口供可在？"

劉高道："在衣袖內。"

馬氏笑道："這甚好！那支箭射在哪裏？"

劉高道："就在大堂屏門上。"

馬氏喚衙役出去，把箭拔來。衙役出外，拔箭進呈。馬氏見了，笑道："箭上有花榮的姓名，這就是老爺的福分，花榮合當要死！"馬氏又喚衙役保護公堂，打壞的東西，一切隨它，不須清理。

馬氏遂搖身向劉高說道："老爺，看樣子，那花榮是不清楚這强盜的來歷的。花榮也是一個精細的人，不會這樣莽撞。但他回去，弄明白了，就氣餒了，不敢把宋三留在寨中。奴家料他，這宋三自清風山來，也祇有逃向清風山去。宋三去了，花榮可以托大，與你爭辯到上司那裏，也祇是文武不和鬥毆之事，奈何他不得！"

劉高聽廠，贊賞夫人識見，連連拱手作揖，誇道："好娘子，好夫人！"又問道："夫人有何良策？"

馬氏附耳說如此這般，就能拿獲強盜。劉高即命十二名衙役，依馬氏囑咐，各持槍棒，去清風山要道上暗暗埋伏，事成有賞銀。

且說花榮帶了軍士回轉衙門，把宋江背到後軒榻上躺下，喚大夫給宋江敷治棒傷。問道："表兄前去看燈，怎會被劉高拿了？"

宋江把路過清風山，被鄭天壽寨主邀請上山，正月初六馬氏

23

被劫，俺在王英面前勸説，放她下山，前後經過述説一遍，歎道："不想今日看燈，被她誣爲强盗，闖出這場大禍來。"

花榮頓足道："這婦人是最會惹事招非的，見一人説一樣話，逢迎吹拍，陰風煽火，什麽都做得出來。劉高倒有些庸碌，不知事情，全是問計於她。可惜表兄不知，不如早把她殺了，免得害人。"

花榮向妹子花英問道："表兄既自清風山來，如今鬧了公堂，如何是好？"

花英道："劉高不是好惹的，他的恩師是青州節度使慕容彦達，在青州最是胡横。哥哥的恩師雖是提督軍門，並不怕他，但這事終究莽撞了。表兄在此，多有不便，依妹愚見，不如請表兄早上清風山躲避，待事情平息，再來相聚不遲。"

花榮聽妹子説話有理，問宋江道："表兄意下如何？"宋江贊同。花榮委派轎夫兩名，請宋江乘了轎，上清風山去。

誰知這轎子走不到四里路，就撞上了劉高的埋伏，衙役衝將出來，將轎子圍住，勒令停歇。轎夫見來勢甚凶，寡不敵衆，回逃不得，祇有停步。衆人揭簾看時，喜道："果不出夫人所料，正是强盗，快回去領賞吧！"押着轎夫，悄悄抬往文知寨衙門去。宋江雙腿傷重，不能行動，祇有暗暗叫苦。

轎子抬入衙內，劉高依馬氏意，賞了銀兩，將宋江及轎夫打入土牢，囑咐嚴加看管，不得外揚。

馬氏向劉高笑道："老爺，强盗重獲，一天之喜！老爺可帶着印信、口供及羽箭，上青州去，見恩師大人，如此這般，控告花榮：方今群盗如蜂，武知寨責在剿捕，却勾通大盗，難怪天下不太平。那他這官還能做得嗎？恩師大人必會賞識於你，指日高升。"

劉高聽了，哈哈大笑，稱贊不已："夫人説得好，説得好！真乃妙計。下官連夜動身便了。"劉高不待天明，坐了小轎，悄悄地出離了清風寨，直往青州而去。

那清風寨離青州祇五十餘里，巳牌時分，劉高便抵青州節度使衙門。吩咐停轎，門上遞帖，道是門生劉高求見。門子進內通報，慕容彥達傳請。劉高搶步上廳，拜見道：“恩師在上，弟子劉高叩見。”

慕容彥達招呼道：“賢契免禮，旁側看座。”

劉高謝座，侍役送茶。

慕容彥達道：“賢契來此有事嗎？”

劉高躬身道：“启稟恩師大人：一來恭賀新禧；二來，微門生要辭官了，敬將印信呈上。”

慕容彥達奇異道：“賢契任期未滿，爲何中途退隱？莫非清風寨中出了什麽事情？”

劉高拜道：“恩師在上，容門生慢慢稟告：新歲正月初六，賤內馬氏去清風山母塋祭奠，被大盜宋三搶劫上山。後被山頭王強盜見了，聽賤內説出是命官的恭人，慌得放下山來。十三晚上，那強人刁念復萌，扮了百姓，借看燈爲名，混進衙門來。幸被賤內看見識破，當場拿獲。正在審問之際，不料武知寨帶了軍士，認宋三是官親，強要保釋。恩師明察，宋三是強盜，門生怎敢釋放？不料花榮依仗武勢，犯大不韙，竟動起武來，箭射麒麟門，大鬧公堂；並囑咐軍士，用亂石擲打門生。打得身上這塊青那塊腫的；又把公案翻了，將強盜宋三搶去。門生是個文官，怎能擋得他的胡行？故此這官做不下去了。”

慕容彥達聽了，問道：“可有什麽憑據？”劉高道：“没憑無證，哪裏説得了話。”遂就身旁取出口供、羽箭，雙手捧上。

慕容彥達看了，説道：“可惜這強盜被搶走了，若拿住了強盜，花榮便狡賴不得！”

劉高聽了，忙又稟道：“恩師大人，強盜重又拿獲了。”

慕容彦達聽了大喜。尋思花榮是秦明的門生，叛逆大罪，秦明如果處理不當，提督軍門也就做不穩了。忙問劉高道："宋三是怎樣又拿獲的？"劉高報道："這事全仗賤內馬氏的妙計。"如此這般，説了一遍。"賤內真是聰明伶俐，並世少見。"

慕容彦達聽了，微微一笑。暗思：馬氏花名寒香，俺過去在院子裏常與她會面的，確是百伶百俐，頗有主張，不用你誇説了。便道："這就是花榮該死了。花榮是功臣之子，怎能做窮人的勾當。結連强盗，無怪做官的人席不暇暖了。這罪非小，賢契，你告得好，隨爲師到軍門府去稟報！"劉高起立道："敬遵臺命。"

慕容彦達乘了八人大轎，劉高乘了綠呢小轎，打道直趨軍門府。兩轎在軍門府前停歇，兩人出轎，慕容彦達教劉高站在門旁，自己進了衙門，上堂打擊軍情鼓。旗牌問道："誰人擊鼓？"慕容彦達道："卑職慕容彦達，有軍情求見，請軍門大人升堂。"旗牌進內稟報。

那軍門大人秦明，爲人剛直，性情暴躁，諢名"霹靂火"。聽得旗牌通報，吩咐速打聚將鼓。三道鼓罷，霎時間，偏將、備將、牙將、參將、副將，連同上將黄信都到了。那黄信，武藝高强，威鎮青州。青州地面有三座惡山，第一便是清風山，第二是二龍山，第三是桃花山。這三山都是英雄聚集之處，黄信自誇要捉盡三山人馬，因此諢名"鎮三山"。

衆將官侍候軍門升堂，兩旁旗牌"唬——呵"一聲吆喝，秦明升了虎案，衆將官按次參見，站立兩旁。

秦明説道："有請節度使大人。"旗牌出來，傳請。

那慕容彦達帶了印信、口供及羽箭上了虎堂，拜道："軍門大人在上，卑職有禮。"秦明道："大人少禮，一旁請坐。"慕容彦達謝過，坐下。

秦明問道："大人不在衙堂辦公，却來軍門府打鼓，有何軍情要務報告?"

慕容彥達答道:"回大人,今有文知寨印信一方,當面繳上,請大人另派賢能。"秦明聽了,以爲劉高任期已滿,特來繳印。把鎮堂木拍着,喝道:"好無知的慕容彥達,你身爲本州節度使,難道不知吏法? 文知寨下任,由你委官放任就是了,却來本督堂前亂擊軍情鼓,你可知罪? 軍法如山,不能寬貸!"

慕容彥達聽了,心中暗暗歡喜:軍門已中我計了。這人言語爽直,性情暴躁,肚裏藏不得一點東西,早晚跌在我手中的。他這樣擺架子訓我,移時我説出花榮之事,他就不便賣私情了。因復道:"啓稟軍門大人,卑職身爲節度使,也略知吏法,識些軍法。祇因文知寨任期未滿,被武知寨,即貴門生花榮,鬧了公堂,威信掃地,官做不下去了,特來請罪繳印。"

秦明聽慕容彥達説話,皮裏陽秋,而且牽涉到他,很不舒服。便大叫道:"節度使大人,究竟爲了何事? 從實道來。"慕容彥達就將劉高的話細細稟報了上去。秦明又問道:"如此説來,可有憑證?"慕容彥達笑道:"有,有。"取出口供、羽箭繳上。秦明細看,强盜宋三口供是實,那箭上也確有花榮的名字,便道:"那强盜現在何處?"慕容彥達道:"强盜宋三及兩名轎夫,都已拿獲,現押在文知寨衙門。"秦明又問道:"劉高現在何處?"慕容彥達道:"正在門外專候。"秦明傳見。

旗牌出請劉高,劉高聽傳,報名而進,見了秦明,忙參拜道:"微職劉高叩見軍門大人虎駕。"秦明答道:"知寨少禮。"問道:"爾妻馬氏上墳遇盜,經過情況,詳細稟來。"劉高應喏,就從妻子馬氏正月初六祭墳叙起,説到十三日夜,宋三扮了百姓,混入衙堂前來看燈。又説花榮如何大鬧公堂,箭射麒麟眼,囑咐軍士用亂石毆打自己,搶走了宋三,馬氏如何設計拿盜,並連獲兩名轎夫,詳細稟述一遍。

秦明聽劉高説花榮叛逆，人證俱在，不能輕恕。便手持將令喝道："黃信聽令，爾帶三千人馬，備下囚車，跟隨文知寨劉高前去，將花榮全家，連同強盜宋三和兩名轎夫，一併打入囚車，押解青州，俟本軍門復審，依法懲辦！"又囑咐劉高道："爾領黃將軍前去，捉了花榮、宋三等人，須與妻子馬氏同來，在虎案前對質。"劉高答應一聲："遵命。"秦明又囑慕容暫回。事畢，吩咐退堂。

話説黃信點了軍兵，提刀上馬。劉高乘了小轎，跟隨於後。炮聲響亮，出離青州。行了三十里路，天色抵暮，人馬稍歇。黃信與劉高商量道："花榮可知你已拿住宋三？"

劉高道："下官看來，諒來未必？"

黃信聽罷道："如此甚好！但花榮武藝高強，又擁有軍隊，誠恐前去拿捉，武力抵抗，不易抓獲。"

劉高道："將軍有何妙計？"

黃信向劉高附耳道："依我看來，祗須如此這般！"

劉高聽了，拍手讚道："妙計，妙計！下官依計行事便了。"

黃信傳令軍士偃旗息鼓，銜枚疾走，悄悄到離清風寨三里處，人馬停下，在山套中駐紮。點了二十名壯健軍漢，跟隨進寨。

黃信到了文知寨衙門，下馬，劉高出轎，兩人相讓上了廳堂。黃信看大堂上十分零亂，劉高指着説道："這就是被花榮打壞的。"黃信道："容緩面復軍門，現在可收拾了。"劉高喚衙役收拾。

於是堂上擺酒，黃信取出名帖，提筆寫了兩行：

> 敬假文知寨衙署，潔治菲酌，恭候臺光。教弟黃信頓首。

派軍漢送上武知寨衙門。

花榮見了軍漢，問道："到來何事？"軍漢道："奉黃將軍令，特請花老爺赴文知寨衙門飲聯和酒。"

花榮看是黃信的名帖，道是劉高已去過青州，恩師大人特派黃信前來聯和的。此事俺自有失，待説開了也好。花榮暗暗喜悦，慨然允諾。花榮請軍漢先回。

花榮喚左右備馬，軍士送過馬來。管家花安見了，問道："老爺何往？"花榮道："師兄黃信在文知寨衙門擺設聯和酒，下帖相請，前往赴宴。"

花安聽罷道："俗話説的：'會無好會，宴無好宴！'老爺鬧了公堂，這事未了，前去恐防有變。"

花榮道："管家有所不知，黃信是俺師兄，又是恩師大人囑他來的。這事各有錯失，既來聯和，説開了便好。目下青州多事，不可因私忘公。"

花安道："既然老爺要去，老奴侍奉就是了。"

兩人到了文知寨衙門，花榮下了馬，囑花安把馬拴吊了。軍士見花榮來到，入內通報。黃信出階迎接，與花榮挽手同行。花安繫住馬進來，見花榮已上堂去了，就在天井旁廊下伺候。

花榮上堂，劉高連忙讓坐。花榮坐在右首，劉高坐在左首，黃信坐在中間，三人舉杯相請。黃信開言道："師弟十三夜間，大鬧公堂，箭射麒麟，可是有的嗎？師弟一向遵循法紀，這次緣何輕舉妄動？"

花榮答道："師兄有所不知，俺家表兄，難得相聚，俺差了兩名家人，左右侍候。十二晚間，來文知寨衙前看燈。不想劉高不問皂白，將我表兄捉上公堂，動刑審問，強説爲盜，打得皮開肉綻。家人花安持俺名片來保，劉高怒氣衝衝，將俺名帖撕碎。不放便罷，還誣我私通大盜，揚言要我洗頸待戮。俺心中不服，無名火起，因而箭射麒麟，大鬧公堂，搶奪表兄，請師兄明察果斷！"

黃信聽罷，心想花榮大鬧公堂是有的，祇有先把他拿住押上青州去，待繳了令，由軍門審明便了。遂回頭向劉高説道："文知

29

寨老爺，爾怎能誣官親爲强盜，又動刑審問，是何道理？"

劉高道："這話甚是，俺亦有錯。軍門訓斥我一無物據，二無人證，怎能指人爲盜？特請黄將軍前來聯和，請好言一句。黄將軍怎樣講，俺就怎樣依了。"

花榮聽了，暗暗喜悦，果是前來聯和的。

黄信説道："俺奉軍門大人之命，前來剖析：劉高不該拿官親責辦，這是文知寨的錯；花榮有理可説，不該莽撞，這是武知寨的錯。"説到文知寨的錯，劉高躬身起立，向花榮作揖。説到武知寨的錯，花榮也就躬身起立，向劉高還禮。

黄信看時機已到，高舉酒杯，向地上擲下，説聲："拿下！"黄信一切手，在花榮肩上拍着，花榮冷不提防，跌了下去。大堂後二十名壯健軍漢搶出來，將花榮撳頭拖脚捆縛了。

花榮驚叫道："我有何罪？"

黄信大笑道："你結連清風山大盜，背叛朝廷，還説無罪嗎？"黄信傳令，命山套中人馬進寨來，捉拿花榮全家老小，打入囚車，直解青州。

花安在廊下看得清楚，旋身出衙，飛走回寨，直趨後軒，向花英小姐報道："大事不好了！"小姐問明情況，想表兄去清風山杳無消息，倘然不在那裏，便是被劉高拿了，全家快要遭殃。便道："花安，你不用膽小。奴家寫信，快送上清風山去。"花安諾諾連聲。花英隨即寫信，交與花安。花安策馬直馳清風山去。馳不到五里，衹聽寨内炮聲連天，暗暗着急道："不好了，俺家小姐、老小滿門被拿了。待我快馬加鞭，急急起奔。"

却説黄信拿住了花榮全家，將花榮、宋江、小姐、轎夫等一併打入囚車。宋江見了花榮，不覺長歎道："啊呀，俺害了表弟妹了！"花榮見了宋江大吃一驚，知道事已敗露，便道："這却如何是好？"小姐見了表兄，心中着急，不知花安已到清風山否？不知清風山英雄能否前來搭救？

這時候，黃信催劉高道：“劉老爺，夫人須準備動身了。”劉高告知馬氏，馬氏暗喜上青州去可以會晤慕容大人，越發打扮得嬌艷。馬氏出來，夫妻兩人上了轎，跟隨黃信軍馬啓程，向青州進發。

再説管家花安到了清風山下，小嘍囉早見他來，喝道：“牛子，往哪裏去？”

花安問道：“兄弟，此處可是清風山？”

小嘍囉道：“正是，問有何事？”

花安答道：“老奴非別，清風寨武知寨衙門管家花安便是。今奉小姐之命，有書信一封，欲面呈鄭寨主，相煩帶路。”

小嘍囉聽了，將花安帶上山去。到了蚰蠻殿，稟報鄭寨主。鄭天壽聽了，立即傳見。鄭天壽問道：“貴管家緣何到此？”

花安道：“老奴動問大王，俺家官親老爺宋先生已到寶山否？”

鄭天壽道：“宋大哥自初十下山以來，並未來過。”

花安聽了，大叫道：“不好了，不好了！”

鄭天壽急問：“何故大驚小怪？”

花安把宋江十三看燈遭禍之事，説了一遍。説罷，將小姐花英所寫書信呈上。鄭天壽拆信一看，見信上寫道：

清風寨武知寨花榮謹致書於清風山鄭寨主麾下：

　　初十日表兄宋江自寶山來寨盤桓，十三日，夜出觀燈，到文知寨衙門，不料被馬氏瞧見，攛掇劉高拿捉。誣指爲盜，動刑審問。弟怒氣沖天，大鬧公堂，將表兄奪回。問明情況，知與寨主義結金蘭。表兄在寒寨逗留不便，即喚轎夫兩名，送上寶山，諒已到達？劉高見鬧了公堂，心懷狠毒，向青州提督軍門控告；軍門派黃信帶動軍隊，設計要將花榮全家拿獲,打入囚車,直解青州。倘表兄不在,定被官府拿獲,事大不妙!望寨主速派義士,中途攔阻,奪回囚車,搭救性命。表兄幸甚,花家幸甚!臨楮不勝感盼,火切火切!

弟花榮　叩首
妹花英　代白
政和七年正月十四日

鄭天壽看過信,雉尾一搖,雙眉直豎,喚嘍囉好好接待管家,賞與酒食。自己站身起來,向壁上地圖端視了一番。吩咐打擊聚將鼓,聚集了燕順、王英及前山、後山、左山、右山四大頭目,眾位英雄。鄭天壽身坐虯蠻殿,眾人參見了,兩旁站立。

鄭天壽拿令在手道:“王英、燕順聽令。”王英、燕順上前見過。鄭天壽道:“王英、燕順兩位賢弟,爾等各帶軍士五百,兵發老人村,前去要道口左右埋伏。倘有人馬前來,攔阻他的去路,奪回囚車,搭救宋江大哥並花知寨全家。若然失事,提頭來見。”王英得令,調動人馬。取過一條百釘狼牙棒,上馬而去。燕順也取過金背大砍刀,帶了五百軍士,起炮動身,去老人村左邊埋伏。

鄭天壽又叫四山頭目聽令,四山頭目回道:“我等在此。”鄭天壽道:“爾等在四山埋伏,嚴加防守。”

鄭天壽自點軍士五百,布置停當,改換戎裝,嘍囉牽過一騎銀鬃白馬,送過一柄雪白朗銀槍。鄭天壽在殿前提槍上馬,傳令前往桃花塢,軍士在樹林中埋伏,大道上放出探馬,打聽黃信消息。

王英、燕順抵達老人村,百姓前來歡迎,齊道:“兩位英雄到此,難得難得!”

燕順問道:“老丈們,這裏有人馬經過嗎?”

百姓道:“夜半有犬吠之聲,當有軍隊過去,日間未見。”

兩人落馬,審視路上馬蹄腳跡,祇有去清風寨的,知黃信及囚車尚未回來，就在村中簷前地上坐下。百姓忙燒茶出來，請他們裏邊去坐。王英、燕順拱手道謝，說道："今日在這裏要與官軍廝殺一陣，你們可暫避了，傍晚再回來。"百姓聽得，都自去躲避了。

王英、燕順令軍士在村邊左右埋伏，大道上放出探馬，打探消息。這時候黃信人馬，浩浩蕩蕩，兩下鼓，一聲鑼，押解囚車，向青州進發。

黃信隊伍先抵桃花塢。探馬飛報鄭天壽，鄭天壽道："放他過去。"黃信人馬過了桃花塢，並不知內有伏兵。人馬至老人村，探馬報與王英，王英帶動隊伍，分開旗門，一馬當先，衝將上來，嘍囉們鳴鑼吶喊助威。

黃信部下見了，慌了手脚。王英在馬上喝道："呔，官兵聽着，快把囚車留下，萬事全休；倘若不依，可曉得清風山三大王王英的厲害？"官兵聽得大亂。

黃信在後，問道："軍士爲何不前？"

軍士報道："前面有清風山強人王英，攔住去路，要搶劫囚車。"

黃信聽罷，叫道："軍士們，與我擺開旗門，將囚車放進山套，派三百名軍士圍住，嚴加看守。"

劉高夫妻聽說前面有強人擋路，轎子也停了下來。劉高嚇得戰戰兢兢，魂不附體，口中祇是念着："救苦救難，大慈大悲，廣大靈感觀世音菩薩。但願菩薩保佑，救救我一條蟻命。願花十萬卷經，拜三十壇懺。"真驚得臉如霜打的冬瓜，青一回，黃一回。那馬氏遙見來的是王英，心裏倒也坦然，尋思他把我捉去了，並不會吃虧。再一想，倒高興起來。

黃信丟了劉高，懷抱三尖兩刃刀，衝上前來，喝道："好大膽的強盜，膽敢攔阻本將軍的去路，還不讓開！"

王英說道："這個便當，祇須將囚車留下，老爺不要你的性命。"

黃信聽了，大怒，一馬上前，劈頭一刀砍下。王英提狼牙棒架開，復手兩棒，向黃信太陽穴上打來。

黃信橫刀向上格開，兩下會戰，不過十餘合，王英力衰，漸漸不能抵擋。心中暗想，抵敵黃信，猶有燕順、鄭天壽來；俺不如奪路去搶劫囚車。於是避開了黃信的刀，拍馬就跑。嘴裏喊叫："人馬退避！"徑向山套中走了。

黃信見了，執刀哈哈大笑道："俺不追你，慢慢逃吧。"黃信笑聲未絕，左面一聲炮響，一彪軍馬衝殺出來，馬上騎着一位赤髮黃鬚的漢子，大叫道："黃信聽了，快把囚車留下，萬事全休；如若說半聲不是，教你嘗嘗二大王錦毛虎的滋味。"

黃信聽了，大叫道："該死的強盜，竟敢肆無忌憚，爾就看刀！"說着，黃信一刀向燕順前胸砍來。燕順提刀架開，回手斜肩一刀砍去。燕順刀來，黃信翻手把刀架了開去。兩個戰了十餘合，燕順也漸漸不支，心中暗想：王英從右面殺去，待我從左邊兜進，搶了囚車，纔能定心。燕順丟了黃信，帶動人馬，喊道："退！"嘍囉齊向山坳逃去。

黃信又是大笑，正欲起隊，祇聽後面山壁中，一聲炮響，又有一隊人馬衝來。這隊前打着一面大旗，黃信回頭看，那百幅一面白旗，綉着大字：清風山大大王白面郎君鄭。旗後銀鬃馬上，闖出一位英雄。白扮銀裝，手捧雪白朗銀槍，威風凜凜。大喝道："黃將軍，知趣些，快把囚車留下，免動干戈；若是不然，可知鄭大王槍鋒的屬害？"

黃信聽了，大怒，拍馬前來，便要大戰鄭天壽。這樣黃信要失落囚車，敗歸青州。直教：霹靂火暴跳如雷，及時雨指揮若定。

正是：性情躁急總多失，態度從容始有成。

欲知後事如何，且聽下回分解。

第三回　錦毛虎怒斬馬歌妓
　　　　霹靂火痛責黃將軍

　　話說鄭天壽發下號令，三路截擊黃信。鄭天壽自己帶了軍士在桃花塢埋伏，先讓黃信過去。王英、燕順在老人村左右埋伏，靜候迎頭痛擊。鄭天壽再從後邊衝殺上來。三人先後輪戰黃信，使黃信腹背受敵，無力照顧囚車。王英、燕順擋了一陣，便棄黃信而去。

　　黃信正欲催軍前行，鄭天壽手捧雪白朗銀槍，衝殺上來。大喝道："黃將軍，識趣些！快把囚車留下，免動干戈，若然不依，須知鄭大王槍上的厲害！"黃信聽了，大叫道："該死的盜魁，竟敢截劫本將軍的囚車，好大的膽！"拍馬舞刀，直取鄭天壽。鄭天壽見了，縱馬轉前，提槍接戰。鄭天壽在馬上撥動銀槍，上手直挑一槍，直對黃信咽喉搠去。黃信斜轉馬頭，提刀斜上格開槍頭，反刀扭身，徑向鄭天壽頸旁閃劈過去。

　　鄭天壽即轉馬回槍，用槍柄向上格刀頭，勒馬出槍，直刺黃信胸前。黃信扭馬閃開，避過胸口槍尖，轉馬掄刀，向鄭天壽背腰橫掃過來。鄭天壽見黃信身馬均已斜閃過，急急收槍。回首見黃信掄刀衝來，身子向前一撲在馬上，夾馬斜奔轉來，提槍斜刺黃信腰間。黃信看刀落空，急忙旋馬掄刀攔開槍頭，復手再向鄭天壽斜肩劈來。

　　兩人在馬上盤旋廝殺，霎時塵埃翻滾，戰鼓咚咚，號角張張，押陣官令字旗兒揚着，兩軍一陣衝殺。打了許多回合，却是棋逢敵手，不分勝負。

　　劉高躲在大路旁，早驚得呆了，兩脚瑟瑟作抖。旋身欲逃，走不上幾步，合撲跌倒；爬起來，再逃，雙脚却如黏着一般，祇是挣不開，挣扎了幾步，又跌倒了。好容易尋到一處叢草，伏了進去。

　　馬氏看燕順、王英來，亦自驚慌。小脚伶仃，更難走路。情急智生，遙見一個山洞，雙手着地，爬了進去。

　　燕順、王英由左右邊衝出山坳，向黃信左右旗門衝殺過來，殺得官軍紛紛大亂，旗門不多時被衝破了。燕順、王英兩下夾攻，黃信軍隊頓時被衝得落花流水。兩人帶着嘍軍見人斬，逢旗砍，見馬鏟，逢戈奪，打得那班官軍兒郎呼天叫地，棄甲曳兵，四散奔逃。

　　燕順、王英打散官軍，一路尋去，祇見那批囚車齊藏在山套中。燕順、王英又把那班看守兵士殺散，上前急急把囚車一架架打開，放出了宋江、花榮、花英及花氏全家老小。燕順、王英替宋江打開鐐銬，忙説道：“小弟相救來遲，宋大哥受驚了。”

　　宋江謝道：“賢弟們辛苦了。”伸手指向花榮道：“這位就是花知寨。”燕順、王英忙來與花榮挽手。

　　燕順忽見路旁有兩乘空轎，便請宋大哥及花英小姐坐了。燕順忽見草叢中伸出兩腿，知是有人躲着，喚嘍軍把他拿了。嘍軍把這人顛顛倒倒地拖了出來，花榮見了，哈哈笑道：“原來是劉高！”

　　看着宋江及小姐乘了小轎，花榮上了馬，軍隊及衆人，隨着燕順上清風山而去。

　　王英心中大喜，正待回山繳令，祇聽有人喊叫：“王大王救命！”王英聽了，感覺奇怪，循聲前去，却是馬氏在洞內喊叫。王英見了，益發歡喜道：“娘子放心，我來救你！”就將寒香馱在馬上，自回山寨。王英叮囑嘍囉道：“不准多言多語，否則一棒打死！”

再説黃信回見旗門已倒，陣脚大亂，又聽得軍士叫喊，囚車被劫，文知寨及夫人被拿，心中一驚，無心戀戰。常言道：“心無二用。”黃信心懷顧慮，起刀時，早被鄭天壽看出了破綻，一槍搠來，正中黃信大腿。黃信“啊唷”一聲，拍馬就逃。鄭天壽看黃信已敗走，並不追趕，傳令打得勝鼓，凱旋還山。

鄭天壽回轉清風山，與宋江、花榮等相見。

聚將鼓響，鄭天壽身坐蚜鸞殿，宋江、花榮在旁側坐下，衆頭目齊來繳令。燕順也把令繳上。鄭天壽問道：“王英弟如何不見，莫非在亂軍中打死了？”祇見一個百長呵呵而笑，鄭天壽聽得，把虎案一拍道：“呔，有什麽好笑？快些講來！吵鬧蚜鸞殿，按山規立斬！”

百長聽得，忙跪下道：“大王恕罪！我説了出來，請大王別傳出我的姓名！”

鄭天壽道：“好，依了你。”

百長道：“我隨王大王下山奪回囚車，待囚車打開，燕大王護送宋先生等回山。王大王行走間，忽聽有人喊叫：‘王大王救命！’王大王循聲尋去，原來是劉高的妻子。王大王就將她拉上馬背，單騎回山。臨行關照，哪個漏了口風，被他得知，一棒打死。恰纔大王怕他陣亡了，因而忍不住笑出聲來，請鄭大王恕罪！”

鄭天壽聽了，衝衝大怒，正想起令拿捉王英，豈知王英在房中聽到聚將鼓響，安排了寒香，也走上殿來。開言道：“二哥，小弟王英繳令。”

鄭天壽把令插好,問道:"何故遲來繳令?"

王英道:"启禀二哥,俺與三哥奪回囚車,三哥護送宋大哥等回山,小弟一時高興,追殺得遠了,因而回來得遲。"

鄭天壽聽罷,將虎案一拍道:"呔,好大膽！還要花言巧語。竟敢私藏要犯馬氏,還不快快獻出!"

王英忙道:"沒有,沒有。"

鄭天壽大喝道:"沒有嗎？好,速去王英房中搜來!"

王英見勢不妙,連連改口道:"有的有的,我自去帶來。"一面説,一面兩眼瞟視四旁,嚇得那百長戰戰兢兢。王英到了房中,對寒香道:"你大膽前去好了,有我在,大哥二哥不會難爲你的!"

寒香應道:"是的。"心頭不免着慌,想見了宋三,如何答話。

王英帶馬氏到了殿上,鄭天壽吩咐把劉高綁上。劉高、馬氏被推到殿上,嘍囉喝令兩人跪下。兩人雙雙跪下。劉高跪在右邊,王英腳下;馬氏跪在左邊,燕順腳下。

鄭天壽向宋江説道:"這事請大哥審問吧!"

宋江也不推辭,便問道:"奸官劉高,刁婦馬氏,還認識我嗎？"

兩人抬頭一看,齊道:"請宋先生饒命!"

宋江道:"馬氏,正月初六,你是怎樣上山的？我好言説情釋放了你,你怎麼反咬起來,豈不是恩將仇報？"

馬氏泣道:"宋先生有所不知。奴家原是青州歌妓,王大王是常來勾欄遊玩的。奴家早認他爲知心客,願意從良。不意給劉高出價銀贖了奴的身子,纔爲知寨夫人。祇因劉高年邁,徒有虛名,奴家耐不得孤棲,常常思念王大王。那日,奴家祭墳是假的,前來會晤王大王是真的。誰知卻被宋先生撞見,這事如何不惱？故公堂謊誣,實是泄那時一股惱氣,亦是婦人短見,請先生諒解！奴家願隨王大王爲押寨夫人,不願爲知寨夫人。"

宋江聽了,哈哈大笑道:"劉高,你聽見了嗎?"

劉高看妻子這樣無恥,惱羞起來,指着馬氏罵道:"你這賤人,竟然講出這等無恥之言!王八蛋,王八蛋……"

這時,王英聽寒香説話,正呵呵大笑,却見劉高對着寒香辱罵,霎時間,眉竪眼圓,把腰下佩劍拔起來。燕順看王英動怒,知道他要斬劉高,便也將佩劍拔出來,思想豈可饒恕這婦人。説時遲,那時快,王英罵道:"狗官,好大膽,竟敢辱罵馬氏,照劍!"那燕順也罵道:"淫婦,好大膽,竟敢陷害俺的大哥,照劍!"兩人不約而同,雙劍齊下,劉高、馬氏兩顆人頭同時落地。

宋江一驚,思想:審問未畢,怎麼就把他們斬了?這兩人做事未免魯莽了。正待問話,鄭天壽喝道:"好大膽的王英,竟敢二次搶劫馬氏,不聽將令;又在虎案下殺人!"喝令推下斬了。

王英辯道:"此地殺人,非我一個,要斬大家都斬了!"

花榮在旁見了,忙喊道:"刀下留人!"向宋江、鄭天壽勸説道:"劉高、馬氏都是該殺該斬的。王英擅殺劉高,並無大錯,不過稍嫌莽撞而已。黃信這次敗回青州,叩見秦明,秦明號稱霹靂火,豈肯甘休?必定興師前來,再打山寨。王頭領殺之無益,留之有用。不如聽花榮一言,饒了吧,讓他立功折罪。"

宋江聽了道:"表弟言之有理,請二弟饒了他罷。"

鄭天壽聽宋江、花榮勸説,便令鬆綁。王英回來,謝大哥不斬之恩。鄭天壽道:"謝過花知寨。"王英旋身又向花榮道謝。

宋江向燕順説道:"三弟,你做事也魯莽了。馬氏該殺,但話須説清楚了,再殺未遲,不要使四弟不快。"

王英笑道:"大哥安心,我們兄弟,情如骨肉,不會爲了一婦人心中不快的。這是我一時的迷惑,險些害了大哥,以後還望大哥責教纔是。"

燕順也哈哈大笑道:"宋大哥,俺等直起直落,説過就算了,決不會放在心上的。"

宋江聽得,笑道:"如此甚好!"宋江就派人下山,將殘屍收拾乾淨,所奪軍需戈甲等,一應運上山來。

花榮也派花安、花慶與清風山嘍囉,備了空車多輛,同回清風寨去,將武知寨衙內的細軟箱籠,一併解上山。鄭天壽也派了探馬,打聽青州軍情。

且說黃信戰敗,帶了殘兵,退回青州。到了軍門府下馬,進內打響了軍情鼓。軍門從人問道:"何人擊鼓?"黃信道:"黃信回青州繳令。"

秦明得報,傳令打鼓升堂。慕容彥達遠聞軍情鼓、聚將鼓先後響動,思想黃信已經回來了,強盜宋三及花榮全家定已拿獲,門生劉高率婦當已跟隨前來。待我前去陪審,有我在,劉高不會吃虧,秦明也不敢袒護花榮。慕容彥達想罷,即命備轎,直向軍門前來。

秦明坐了虎案,眾將按次參見,兩廂站立。秦明傳黃信進見。黃信手持將令,上了虎堂,參拜道:"恩師大人在上,黃信繳令。"

秦明道:"囚車停在哪裏?可推上大堂來!劉高夫婦二人已來了嗎?"

黃信道:"末將奉令前去,將強盜宋三及花榮全家拿獲,打入囚車;劉高夫妻也跟隨前來。不料,路過桃花塢,被清風山大盜半途截擊。強盜用盤戰法將我纏住,我一個個把他們擊敗,一時顧前戀戰,後失呼應,被他們劫去囚車,劉高夫妻也被搶去。末將本欲再戰,不料腿上中了一槍,因而收軍回青州來,向大人繳令。末將無能,請大人恩典恕罪!"

秦明聽罷,霎時大怒,把虎案一拍道:"咄,好大膽的黃信!身為堂堂上將,不能剿滅清風山大盜,還敢失去囚車,觸犯軍法,豈能饒恕?"喝令將黃信綁出斬了。

刀斧手把黃信推到轅門首,恰好慕容彥達乘轎來軍門府,見了忙問道:"黃將軍身犯何法?"黃信如此這般,説了一遍。觸犯軍法,故而被斬。慕容彥達聽罷,嘴裏不説,心中却自恨道:"早來不來,遲來不來,恰好這時纔來。"

看官:慕容彥達爲何心中悔恨?這奸臣自有他的想法:秦明不殺黃信,我好參他包庇學生;秦明如殺了黃信,我好參他用人不當。如今恰好碰着,怎麼辦?講了人情,那是把自己的嘴巴封住。不講呢?如何利用黃信,回擊秦明?慕容彥達無奈,祇得喊聲:"刀下留人!"

刀斧手聽得,速進大堂稟道:"節度使大人到,在轅門口高喊'刀下留人!'請大人定奪。"

秦明原是愛惜黃信才藝的,聽説慕容彥達親自叫情,也自歡喜,忙吩咐道:"將黃信緩刑,有請節度使大人。"

慕容彥達上了虎堂道:"下官拜見大人。"秦明道:"大人少禮,一旁請坐。"

秦明問道:"節度使大人,爲何喊叫刀下留人?"

慕容彥達道:"黃將軍身犯何法?"

秦明把黃信失落囚車,劉高夫妻被俘之事,説了一遍。慕容彥達道:"清風山大盜確是屬害。孤掌難鳴,這也怪不得黃將軍!勝敗乃兵家常事,不如饒了他,讓他將功折罪吧。"

秦明聽罷,思想慕容彥達難得討情,命將黃信鬆綁。黃信上來道:"謝恩師不斬之恩!"秦明道:"謝過節度使大人,他講了情,饒你一死!"黃信又謝慕容彥達。

慕容彥達聽秦明説話,心中忽生悔恨,思想:黃信總是秦明的人。口雖不言,形色却甚難看。秦明覺察,想自己門生,處分自應嚴些,便道:"死罪既免,重責難逃。左右將黃信帶下,重責軍棍四十！"

軍士喊一聲："得令！"將黃信拖倒，舉棍就打。但軍士想：黃將軍素來是愛惜軍士的，這打衹能裝裝聲勢，不能認真。慕容彥達見了，哈哈冷笑一聲。秦明惱怒，把虎案一拍道："着力打！"軍士不敢賣情，四十軍棍，棍棍打在黃信腿上，直打得皮開肉綻，鮮血直流。罪棍打畢，軍士用藥敷上，包紮停當，將黃信攙扶起來。黃信道："謝大人恩責。"

秦明道："打得你可公？"

黃信道："公。"

秦明道："好。"抓令在手，喊道："黃信聽令，命你帶兵三千，立刻動身，去伐清風山，將功折罪。若再失手，提頭來見！"黃信聽了，兩眼朝上一看道："啊，大人恩典……"旁邊衆將聽得秦明傳下此令，暗自思想道：既然責了黃信，就不該令他再伐清風山，所謂打了不罰，罰了不打。堂堂主將，怎能下這條令來？個個都摩拳擦掌，怒目圓睜，十分不服。

秦明心想：你慕容彥達既替黃信説情，爲何要懊悔？既要懊悔，爲何又要討情？秦明氣憤之下，未經思考，因而下令不覺太嚴，自知這令下得急了，身坐虎堂，軍令如山，不便認錯，思想如何是好。

那黃信也在思想：恩師打了我，還要發兵三千，未增一兵一卒，教我如何去打？三千兵能打下來，早就打下來了，何必回歸青州？

秦明看黃信將令拿下，嘴裏不説，站着衹是發呆，就問道："黃信，難道你不聽將令嗎？"

黃信連忙答道："末將哪敢？衹是末將腿已打傷，行動不便，這三千兵如何去打得清風山？請大人亮察。"

秦明聽了，便改口道："是了，你爲先營，能攻則戰，不能攻則守,等候本軍門大隊到了再行開戰。"

黃信道:"末將得令。"

黃信出虎堂,調動人馬,提刀上馬。炮聲響亮,徑向清風山而去。

秦明見黃信已動身,又起令在手道:"軍政官聽令,準備雄師十萬,明晨在校場集合,待本軍門親自督陣,兵伐清風山。"軍政官得令。

慕容彥達聽了,問道:"大人,小小清風山,可派能員大將前去,何必虎駕親征?再者,大人出戰,青州之事,誰人辦理?"

秦明聽罷,答道:"大人有所不知,黃信是部下良將,黃信失事,就非本軍門親自出戰不可。清風山地勢險惡,也不能小覷。至於青州之事,祇有辛苦大人了。"

慕容彥達聽了,思想秦明喚我代理,不知是何用意,忙道:"卑職才疏學淺,怎能掌握大權;倘然辦錯公事,實是負責不起!"

秦明坦率道:"若問公事,好辦則辦,不能辦可擱置下來,候本軍門凱旋,再行辦理。"

慕容彥達道:"大人部下眾將,不服我的號令,又將如何?"

秦明聽得,便向眾將道:"本軍門暫將大權交與節度使,服否?"眾將看秦明太意氣用事了,但他既這樣說,祇有應道:"願從將令。"秦明不待思索,便將腰下佩劍解下,交與節度使道:"誰人不服號令,可看此劍!"

慕容彥達接了劍,道:"敬遵大人號令,卑職權且當政幾天。"

秦明退堂。慕容彥達自回衙門,心中暗想:秦明今日十分器重我,不知何故?倒要小心了。明日就來接事。

秦明退進內廳,想到明日就要出征,理當告稟母親一聲。

看官:秦明性格雖然暴躁,却是一個孝子。這時走到經樓下,將點子連叩三下。樓上丫環聽了,前來觀看,問道:"誰人擊動經樓點子？"秦明答道："秦明求見母親。"丫環答道："老太太在誦經，請大人自上樓來便了。"秦明道："是。"上得樓來。見老母親不住在念誦經典，手敲着木魚，篤篤之聲，響徹經樓。秦明見了，曉得不能打擾，就在旁側懸手侍立。一炷香畢，老太太把這卷經念完，將遮經帕蓋了經折，撑了鳳頭拄杖，問道："兒啊，上經樓見娘，有何事情？"

秦明屈膝道："孩兒見過母親。"老太太即令坐下，又喚個丫環備茶。丫環送上香茗。

秦明開言道："一來，孩兒數日未見母親，特來請安；二來，有要事稟告母親。"老太太問是何事，秦明就從馬氏上墳被劫，直說到黃信因車失落。兒今欲斬黃信，慕容前來講情，因而將他赦轉，捆打了軍棍四十。兒已命他帶了三千軍隊，兵伐清風山。若不能勝得，則提頭來見！"

老太太聽了，忙道："啊呀呀，孩兒，這令可是你傳下的？"

秦明道："是孩兒傳的。"

老太太問道："難道那黃信就願意接令嗎？"

秦明道："不是的。黃信說，仍是三千士兵，不增一兵一卒，不能戰勝。兒即改令，將黃信作爲頭隊，孩兒明日親帶雄師十萬，前往征剿。特來拜別母親。"

老太太聽得，就問道："小小清風山，何必大動干戈？不須我兒親自出戰。"

秦明道："母親，黃信已敗，非孩兒親去不可。"

老太太問道："這樣，青州軍務，誰人料理？"

秦明道："孩兒已把全權託付了節度使慕容彥達。"

老太太聽了，把鳳杖一摼道："孩兒，且慢！這事不妥。慕容彥達是蔡京的門生，蔡京蓄意篡弒，在青州，祇忌吾兒。慕容彥達久欲尋釁奪吾兒兵權，豈可太阿倒持，授柄與人？還是聽爲娘一言，將兵權收回的好。"

秦明道："母親勿憂，孩兒也曾想過。一來孩子官職比他大，諒他不敢妄動；二來清風山近在咫尺，前去征剿，遲則五日，早則三天，便可回轉，數日内諒無甚變化；三來，孩兒部下兵將衆多，實力雄厚，諒他不敢非禮；四來，州裏缺乏職分資歷相當的人，請慕容代理，十分大方。孩兒加意防範就是，請母親放心。"

老太太又道："我兒言雖有理，爲娘總是放心不下。慕容彦達豺狼成性，鬼鬼祟祟，萬一出事，那時悔之晚矣。我兒聽爲娘之言，還是收回的好？"

秦明道："孩兒非不遵母親慈訓，實因皇命在身，盡忠就難以盡孝，爲國辦事，請母親恕孩兒不孝之罪。"

老太太聽秦明説出"忠"字，就不好再説下去了，便道："爲娘隨便，不過孩兒要時刻小心爲是。"

秦明道："孩兒遵命。"

母子間又談了幾句，秦明告退。老太太看看兒子，不覺掉下淚來，面帶愁容。秦明見了，也自悶悶不樂。

秦明退下經樓，便到夫人上房。夫人出接，夫妻叙禮坐定。十一歲的姑娘秦蘭珍，同了八歲的兒子秦德乳名官官，走上前來，叫一聲："爹爹！"

秦明起手把官官的頭摸了摸，説道："乖老小。"丫環送上香茗。

夫人問道："大人不在虎堂議事，來到上房，有何要事？"

秦明道："下官明晨要帶十萬大兵，前去剿伐清風山。"

夫人聽了，問道："青州之事，誰人代理？"

秦明道："我已委託了節度使大人。"

夫人忙道："大人，這事已稟過老夫人嗎？"

秦明道："下官已上經樓，稟過娘親。"

夫人道："婆婆怎樣説？"

"母親説：'節度使與我意見不合，他是奸臣蔡京的門生，恐遭他的毒手。'下官説明了緣由，母親已准許我這樣做了。"

夫人聽了道："婆婆雖是准許，大人還是小心爲是。"

秦明道："這個自然。"

夫人命丫環備酒。丫環應命，下樓取了酒肴，端進上房。丫環將酒斟了。秦德官官舉杯道："待孩兒先敬爹爹一杯，但願旗開得勝，馬到成功，回轉青州，官職高升。"

秦明聽得，哈哈大笑道："好個聰明的我兒。"接過酒來，一飲而盡。

姑娘蘭珍也斟了酒，雙手一捧道："待女兒也來敬爹爹一杯，願爹爹踏平清風山，得勝回青州。"

秦明哈哈大笑道："好個伶俐的女兒。"接過酒來，又一飲而盡。

夫人也站身起來，斟酒一杯，雙手捧了，低頭呼喚道："大人，妾身也敬你一杯得勝酒，祝大人此去，旗開得勝，馬到成功。"

秦明起身來接，説道："有勞夫人。"將袍袖一甩，不小心衣袖揩着杯子，杯子掉下地來，打碎了。秦明面露不悦，夫人連連説道："歲歲平安，歲歲平安。"秦明道："好個歲歲平安！"命將碎杯擲了，換上玉杯。夫人二次敬上得勝酒，秦明接杯乾了。

夫妻正在談話，衹見老掌家秦安闖了進來。這秦安已是白髮蒼蒼，作揖道："大人、夫人，公子、小姐，老奴秦安叩安。"夫人、公子、小姐道："秦安少禮。"秦明道："秦安罷了。到上房來，有無事情？"

秦安道："老奴在外，聽説大人明日要帶兵征剿清風山，還將兵權托與慕容彥達，有這事否？"

秦明道："有這事的。管家覺得怎樣？"

秦安道："大人，千萬動不得。那節度使與大人意見不投，他是老奸門生，俗話説的：一朝權在手，便把令來行。唯恐他耍陰謀，我們全家性命，都要落在他的手掌之中了。請大人再思再想。"

秦明道："本軍門既已決定，老人家不用説了。"

秦安聽了，雙膝跪下道："請大人還是將兵權收回，不然，老奴就跪死在大人跟前。"

秦明聽了，大怒，"哇啊"一聲大叫道："好大膽秦安，竟敢如此無禮，取家法來！"

夫人在旁勸道："且慢！大人暫息雷霆之怒，免發虎豹之威。秦安也是一番好意，他不悉底情，難怪於他。"又回頭對秦安道："大人已上過經樓，稟過老夫人，老夫人已准許，難道你勸得住嗎？快出去吧！"秦安聽了，連連歎氣，走出去。秦安思想：大人是個有名的孝子，不如待我去見老夫人，讓他出來勸阻。

秦安便上經樓，叩稟老夫人。老夫人勸道："秦安，我兒是爲國辦事，連我也做不得主。他説了些理由，諒來無大妨礙。"秦安聽了，祇好作罷。

次日一早，秦明點兵，打動了聚將鼓，衆將參見，兩旁站立。軍政官報道："校場上，十萬人馬已齊，侍候大人令下。"秦明道："列位將軍，跟隨本軍門上校場去。"衆將應了，到了校場上。秦明在演將臺上坐下，衆將分站兩旁。祇見旁邊軍需官、糧餉官、時辰官、嚮導官都在。秦明命時辰官查報時辰。下面一隊隊、一彪彪人馬都來參見。秦明揮手招呼，衆人齊聲叫道："謝大人！"

秦明旋首，祇見長槍隊、大刀隊、戈戟隊、斧鉞隊、排刀手、盾牌手，整整齊齊，站在下面。那一龍旗、二鳳旗、三才旗、四方旗、五行旗、六韜旗、七星旗、八卦旗、九宮旗、十面大紅得勝旗，旗幡招展，綉帶紛飛。中央高聳大纛龍圖主旗。

秦明看了，心中得意。把令一支支傳下。時辰官來報："啓稟大人，吉時已到，請大人祭旗發炮。"秦明聽得，威風凜凜地下了演將臺來祭旗。正見：

> 龍圖主旗供中央，十二牙旗列兩旁。紅燭高燒分左右，瑞瑙獸爐噴清香。軍門祭旗演武場，眾將昂昂執刀搶。三奠酒，三上香，低首暗暗禱上蒼。但願此去干戈息，得勝歸來定家邦。

秦明就地跪下，朝着主旗拜了幾拜。祇見雲時間狂風大起，將主旗吹得晃晃不定，險些跌落下來。秦明見了，險些"啊唷"一聲出口，心頭如打了悶雷一般。又想：爲國效勞，有什麽利與不利？遂一聲令下，人馬啓程。炮聲連天，浩浩蕩蕩，向清風山進發。秦明上了馬，手持金頂蓮花槊，督着大隊人馬，望東門而來。

慕容彥達在節度使衙門聽到聚將鼓響，帶了衙役，備了酒，在東門城下候送。聽說秦明駕到，慕容彥達親自斟了一杯酒，雙手捧着，哈腰曲背，站在道旁。見秦明馬來，敬酒道："軍門虎駕出征，卑職特敬一杯得勝酒，祝大人旗開得勝，馬到成功！"

秦明見了慕容彥達，便想起母親、夫人、老管家之言，快快不樂，並不前來接酒道謝，却拿出霹靂火的脾氣來，向慕容彥達聲色俱厲，說道："慕容使君，本軍門今天出征清風山，青州的事，全仗於你了。倘有三長兩短，你要小心！"說罷，督着大隊出城而去。

慕容彥達聽秦明訓責，不覺臉紅過耳，滿面羞慚，吩咐打轎回衙。眾人看秦明舉動，亦覺奇怪。

慕容彥達回到衙門，在書房中步來踱去，坐立不安，思想：這幾日真要刻刻小心了。秦大人既教我代理軍情，每日當要到軍門府去，坐幾個時辰。四城山野，多派幾個衙役看守，刺探消息。

如有風吹草動，便可布防自衛。秦明仗勢欺人，實是可恨，正是
"寒天吃冷水，點滴在心頭"。思想有朝一日，落在我的手中，那
時就要你的好看了。慕容彥達在書房暗暗算計不提。

　　且說清風山探馬，打聽得軍門起兵十萬來伐，立即飛馬回寨
報信。到了蚪鸞殿，打起軍情鼓。鄭天壽問道："爲何擊鼓？"探
馬報道："特來稟報青州打探之事。"鄭天壽傳令打動聚將鼓，鄭
天壽、宋江、花榮三人在虎皮交椅上坐下，燕順、王英及衆頭目前
來參見，兩旁站立。鄭天壽道："傳探馬進內稟報。"

　　探子除下煙氊帽，走邊門，踩夾道，來到滴水簷前報道："啓
稟大王，奉命下探青州。今探得鎮三山黃信帶了三千人馬，作爲
頭隊先行，已離清風山不遠。接着秦明親率雄師十萬，亦已啓
程，不久便到。"鄭天壽命賞銀牌乾糧，再探再報。

　　鄭天壽吩咐四山頭目，將前、後、左、右四山寨多加埋伏，小
心把守。宋江道："二弟，秦明督師十萬前來，其勢驍勇，不知我
山有多少人馬？"

　　鄭天壽道："不過三千餘人。"

　　宋江道："這三千餘人，如何擋得十萬雄師？不如待我擺下
一計，先擒黃信，然後再擋秦明。"

　　鄭天壽道："兄長深知韜略，這事真要煩勞了，請大哥派令！"

　　宋江也不多讓，起令在手，喊衆頭目道："這裏有條子一張，
務須照條行事。"頭目得令去了。

　　宋江又起令在手道："鄭天壽聽令，這裏有計一條，須如此這
般，前去隱伏。"鄭天壽得令，即帶兵而去。

　　宋江又命燕順也按條行事。燕順也帶兵前去，到指定地點
候戰。

　　宋江又令王英帶兵五百，暫時守候，待黃信軍到，就帶兵抵
營討戰，須如此這般安排。王英得令準備去了。

　　却説黃信，率領人馬而來。軍士報道："黃將軍，我軍已近清風山前山，相隔不過十里路了。"黃信傳令道："在此安營停軍。"一聲炮響，釘竿子，紮帳篷，掘地灶，埋銅鍋，撒開蓮花大帳，列好營門。黃信身坐中營帳，派動衆兒郎，把守五營四哨，整理軍情之事。

　　王英得訊，帶動人馬，炮聲連天，下落清風山，馳到黃信營頭，列開旗門陣腳，一馬當先，抵營討戰，指名黃信出營會戰。兵士進中營帳報與黃信："清風山大盜王英討戰。"

　　黃信哈哈大笑，就命外面調動五百軍士，給本將軍備馬提刀。黃信上馬提刀，一聲炮響，出了營門，過了吊橋，來到沙場。人馬立開旗門，一馬掃出。喝道："好大膽的强盜王英，不知死活，竟敢前來討戰，還不快快下馬就綁，免污了黃將軍的寶刀！"

　　王英罵道："賊將黃信，休得誇張大口！"放馬便戰。

　　雙方戰鼓一起，號聲嗚嗚大作。兩馬相對奔衝。黃信向王英對頭一刀劈來，其名叫"雷公劈腦"；王英提狼牙棒，"騰"的一聲架開，上前復手向黃信兩棒，其名叫"雙龍入懷"，黃信也提刀左右格開。兩下交戰，十餘回合。王英帶轉馬頭，向山套遁逃，旋首大叫道："賊將黃信，你敢追來嗎？"黃信聽了，惱怒上遭王英偷劫囚車，這遭怕你什麽，定要追殺。喝道："大膽强徒，望哪裏逃！"把刀一舉，一馬緊緊追來。

　　這樣宋江要設計擒拿黃信，直使鎮三山狼狽不堪，霹靂火倉皇失措。

　　正是：整頓金鈎釣玉鼇，安排寶缽咒神龍。

　　欲知後事如何，且聽下回分解。

第四回　解佩劍秦明兆禍
用囊沙宋江定計

　　話說秦明率帶十萬雄師，令黃信爲先營，前來征伐清風山。探子回報宋江，宋江用誘兵之計，命王英前來討戰。王英與黃信戰了十餘回合，拍馬便逃。黃信放馬緊緊追趕。黃信追了幾程，將馬扣住，喊道：「强盜你慢慢走，緩緩逃吧！本將軍不追你了。」

　　王英聽了，將馬調轉，策馬上前，雙手舉起狼牙棒，做了一個猛狼捕食之勢，向黃信頭頂上打來。黃信忙提刀攔開。黃信復手，一刀向王英攔腰劈去，王英也用棒隔開。王英與黃信廝戰了幾回合，引得黃信性起，拍馬又走。王英且走且嚷道：「將軍，內有埋伏，還是不追的好。」

　　黃信聽了，哇啊啊地大叫道：「匪盜，休出狂言，本將軍來了！」放馬緊緊追趕。

　　到了山坳口，衹聽一聲炮響，一彪軍隊，闖了出來。馬上有位英雄大吼道：「黃信休得無禮，燕大王來矣，快快下馬就縛！」

　　黃信看了，怒道：「敗賊，還敢誇下海口嗎？看刀！」黃信飛馬上前，向燕順斜肩搭背砍去。燕順提刀架開，復手向黃信馬頭上就是一刀。黃信翻手擋開。燕順看黃信驍勇，也是拍馬便逃。黃信轉瞬，不見王英，衹有燕順慌慌張張地在前逃命，拍馬改追燕順。

黄信追了一段，又進了一個山坳。忽聽樹林之內，炮聲響亮，又有一彪隊伍衝出，馬上一位大漢喊道："黃信不要猖狂，清風山鄭大王來矣！"

黃信見了，怒氣衝衝，罵道："毛賊，鬼鬼祟祟，又有什麽詭計不成？爾就來吧！"說着，一馬縱上前來。鄭天壽以逸待勞，看得準，一槍向黃信胸膛猛然直刺。黃信提刀架開，哈哈笑道："毛賊，有多大能爲？"乘勢對着鄭天壽還上一砍刀。鄭天壽也起槍揭開了。兩下會戰，連打十幾回合。

這時，燕順、王英趁勢逃出圈子，從山坳左右面兜過去，再合攏來，衝殺黃信的隨軍。吶喊道："拿黃信，殺黃信！"

鄭天壽估計燕順、王英已衝殺到黃信背後，虛晃一槍，勒轉馬頭，拖槍就逃。嘴裏喊道："黃信，膽敢追擊？"

黃信笑鄭天壽狼狽奔逃，卻忘了照顧後面，心想："擒賊先擒王。"不如待我搶這功勞，歸報秦帥，可以將功折罪。黃信橫刀，緊緊追趕，大喊道："鄭賊，還不下馬就縛？"

不提防鄭天壽從岔路竄進另一山坳，在山坳中連連打彎。黃信見鄭天壽急急轉彎，衹當慌不擇路，趕緊拍馬追趕。

看看離鄭天壽衹有一箭之路，鄭天壽又轉了個彎，黃信看得清楚，隨着也轉了個彎。拍馬上來，哪知黃信跑不到幾步路，馬蹄踏着浮土，"嘩啦啦"一聲響，連人帶馬，掉入陷阱中了。山后伏兵，伸出撓鈎，將黃信鈎住了。揪頭拖脚，把黃信綁縛起來。黃信的馬，也隨着救起。

黃信的隨軍，正受燕順、王英衝殺，聞聽黃將軍被俘，益加驚慌，無心戀戰，四散奔逃。燕順、王英趁勢追殺。軍士有逃回營的，歸告情況，驚得衆將忙着撤營拔寨，人馬倒退下去。

黃信敗軍，途遇秦明大隊。秦明問起敵情，軍士回報："黃將軍已被俘了。"秦明大吃一驚，命收拾先營殘兵，歸入後營，繼續前進。

看官：你道黃信怎會被拿的？原來這裏擺着陷阱，這陷阱上寬下狹，人馬跌下去，馬先翻身，人却先滑下，馬後滾下。人被馬壓住，就動彈不得。陷阱上，架蘆葦，葦上鋪着浮土，阱旁樹上標着暗記。鄭天壽馬轉彎，看到暗記，從邊兜過；黃信怒追過來，哪裏看得清楚，自然掉在陷阱中了。

嘍軍縛了黃信，解上山來。宋江得訊，偕花榮升坐蚪鸞殿。鄭天壽、燕順、王英，與四山頭目齊來繳令。報道：“黃信拿獲。”

宋江招呼鄭天壽坐，燕順、王英站在旁側，命將黃信推解上來。嘍軍得令，連聲威喝，將黃信推上殿來。一個嘍軍突然在黃信腿上用棍一記打着，黃信腿上原有棍傷，立刻負痛跪下，忽又躥跳起來，大罵：“狗強盜！大丈夫可殺不可辱，今既被俘，要斬就斬，要殺就殺！”

宋江見了，慌忙喝道：“嘍軍不得無禮，速將黃將軍鬆綁了。”

宋江笑道：“將軍息怒，小可非山寨之主。不是強人宋三，實是山東鄆城縣人宋江。受劉高誣害，全仗清風山義士俠義，纔得出險。打劫囚車，實也出於無奈。因而委屈了將軍，並引起軍門之怒，調動大軍，前來征剿。想這小小山寨，怎能抵擋？軍門駕到，盼黃將軍前往解釋。山寨弟兄願意棄暗投明，在軍門麾下聽令。但這時，請將軍投降山寨。”

黃信哪裏肯聽，連聲罵道：“不要妄想！軍門哪會要爾等草寇。”

花榮勸道：“師兄，且休猛撞。識時務者呼爲俊傑。不如暫降山寨，見了軍門大人再說。”

黃信聽了，心想：兵不厭詐，不如依了花榮，借此做個內引，迎接秦大人上山。便道：“好吧！就依了你們。”

宋江笑道：“將軍有見。”遂命擺酒，款待黃信。

停午，聽得前山炮聲連天，探子連連報道："秦明軍隊驚天破地，向前山捲來。"

宋江升帳理事，傳令眾頭目，小心把守四寨，加緊埋伏。號令發罷，時已抵暮。宋江便與鄭天壽等英雄及花榮、黃信上前山營寨，用瞭遠鏡觀照。祇見山前宋軍旗幡招展，營帳重重疊疊。大帳四周，標燈密布，耀得半天通紅，像火焰山一般。知秦明已親自到了。

宋江歎道："敵勢雄壯，難以抵抗！"鄭天壽雙眉緊鎖，心生憂戚；燕順、王英也不免寒戰；花榮見了，有些膽怯；惟有黃信面帶笑容。宋江暗察各人臉色，祇有黃信笑容可掬，心中明白，這人另有計較，但嘴上並不説穿。

宋江思想，今晚倒要細細復視山岡形勢，以便籌策。於是帶了眾人，從前山就向左山走去。嘴裏説道："倘有不測，且先尋個出路。"説時一眼望去，林壑深邃，祇聽虎嘯猿啼，便從左山轉向後山，細看盡是高峰峭壁，難於攀登。宋江明白，這兩處是天然嶂塞，秦明不可能進兵的。便從後山轉到右山，左右眺望，遙聽溪水滔滔，聲勢宏壯。沿溪有不少崎嶇小徑，直通出去。這山與葫蘆谷、鍋底套相仿。宋江與眾人再走到右山口，却見雙峰陡削，高插雲際，進口奇狹，山徑曲折。宋江見了，早有盤算，却隨便與眾人談論。

宋江回帳，時已三更。遂吩咐備酒，商議對策。黃信暗暗好笑，思想草寇是成不了大事的。見官軍便嚇得戰戰兢兢，很快就要你們的好看了。

宋江借故小溲，附耳向嘍軍説了幾句。回到坐上，繼續飲酒。起身向黃信道："蒙將軍慨允提拔，山寨弟兄實不勝感激之至！"

黃信道："義士説哪裏話來，黃信理當效勞。"

宋江獻酒道:"請將軍滿飲此杯,略表弟兄微忱。"

黃信站身起來,雙手接過,一飲而盡。

宋江又道:"燕順、王英兩弟,冒犯將軍,當面謝罪!"

宋江斟酒,燕順雙手捧上,黃信接過,也一飲而盡。

宋江再斟酒時,黃信不覺頭重腳輕,打個呵欠,倒身撲在桌上。

鄭天壽、花榮見了,心中明白,哈哈一笑。燕順、王英問道:"宋大哥何故如此?"宋江説明,在前山見到宋軍時,眾弟兄都有憂色,唯獨黃信笑容可掬,知他有入室操戈之意,因而把他蒙倒,免生意外。燕順、王英聽了,敬佩不已。嘍軍將黃信抬入房中睡了。

霎時,聚將鼓響,宋江升帳,四山頭目齊來叩見,站在旁側。宋江寫得計條十幾張,喚頭目分發與千總百長,連夜辦理。又令鄭天壽、燕順、王英、花榮等,如此這般行事,眾弟兄各自準備去了。

再説秦明,次日一早升帳,料理軍務。正待發令,聽説清風山祇有數千人馬,思想:俺來得急了,不必調動太多軍士,徒耗國家錢糧。秦明正在考慮,忽聽軍士報道:"清風山強人王英,一不討戰,二不衝營,祇求大人到營前會話。"

秦明聽了,想匪盜有什麼話可説?吩咐一萬兵士隨從征戰,餘者鎮守營寨,不得命令,不可妄動。吩咐已畢,秦明手提金頂蓮化槊,出帳上馬。炮聲一響,出營門,過營橋,軍隊列開,拍馬馳出。

王英在馬上看那秦明:

> 身高八尺開外。生就一張尖圓臉,面色如烈火。兩條長梢濃眉,一雙虎目,目光炯炯。如意鼻,闊口,絡腮鬍,兩耳招風。頭上戴一頂紅銅盔。嵌明珠,鑲百寶,當心是二龍

湊色銀鈿額，綴着斗大紅纓。正頂有二十四道瓦管排鬢，拋在腦後。身上穿一件綉百花盤金綫猩猩血染大紅戰袍，外面罩着獸王頭、虎護肩、絲網帶、攔甲套。虎筋鍵四下飄動，護心鏡光華閃閃，護背鏡殺氣騰騰。兩面有虎皮遮腿裙，鎖子連環紅銅甲。大紅綴花對襟底衣。脚登一雙前鑲銅、後包鐵五色虎頭花氈靴。左邊飛魚袋，插着寶雕弓；右邊走獸壺，插着狼牙箭。腰下掛着三尺佩劍，肩甲上插一枝打將鋼鞭。襟底騎一匹紅鬃戰馬，兩耳竪，兩眼突，風吹馬尾條條綫，蹄如龍爪背如弓。手中拿一柄金頂照陽蓮花槊。斗大一扇大紅綉花盤金綫旗，營前飄灑，上寫"提督軍門霹靂火"，下寫偌大一個"秦"字。拍馬出來，仿佛神將一尊。

王英見了，雙手一拱道："軍門大人駕到，王英馬上半禮參見。"

秦明喝道："大盜，誰認識你？有話快快説來！"

王英笑道："俺乃清風山三大王矮脚虎王英，奉了兄長之令，來大人面前懇求：全山寨弟兄願意棄邪歸正，依附大人，執鞭隨鐙，在帳前聽差辦事。不知大人容許否？若不慨諾，倘然失敗，那時大人悔之晚矣。"

秦明聽王英説話柔中帶剛，不禁怒氣沖天，一聲喊叫，罵道："狗強盜，攪亂乾坤，目無法紀，哪個能收容你！本軍門與你勢不兩立，非踏平清風山不可！"説罷，戰鼓咚咚，號子張張。秦明飛馬上前，用烏雲罩頂之勢，向王英頭上一槊搠來。王英將馬帶偏，提了兩柄狼牙棒，取了一個側蝶戲梅之勢，架開蓮花槊。棒擋着，祇覺兩膀酸麻。想秦明武藝確是高強，撥馬便走，直望右山而來。

秦明看了，"哇呀呀"一聲大叫："狗強盜，太無用了，往哪裏逃！"吩咐衆軍追殺。衆軍吶喊一聲，秦明一馬當先，殺上前去。

追到右山套口，忽聽樹林中一聲炮響，一隊人馬闖了出來。燕順立馬上前，王英軍隊乘機走脫，轉到花榮處歸隊。

秦明看有伏兵出來，並不驚慌，想匪盜總是逃逃竄竄，來得正好。就喝道："毛賊還不下馬就縛？"

燕順拱手説道："俺乃清風山二大王錦毛虎燕順，奉了大哥之命，在此候接大人。想這清風小寨，怎能擋得天師雄兵？常言道：人往高處走，水向低處流。誰人願做強盜，也是出於無奈，英雄無用武之地，因而出此下策。萬幸大人到來，伏望收容，不勝感激！倘若大人迷蒙，誠恐後悔不及！"

秦明耐心聽了幾句，忽又聽到"後悔不及"一語，不禁動起肝火，暴跳如雷道："該死的強盜，出言不遜，哪個懼怕你？看槊！"飛馬上前，取了一個紫燕穿林之勢，對準燕順前胸一槊搠來。

燕順撥馬避開，提刀招架，也震得兩膀酸麻，指頭發痛，拍馬便走。秦明哈哈大笑，驅馬追趕。

追了一段，看燕順逃進右山套口，就追了進去。秦明追不到半里，又聽一聲炮響，右山腳下轉出一彪人馬。燕順便往山後兜轉，去花榮處去歸隊。

秦明抬頭，見馬上闖出一位英雄。白扮銀裝，手捧雪白朗銀槍。白領旗上綉着一個"鄭"字。祇見那人拱着雙手道："年兄請了。"看官：鄭天壽與秦明是同科武進士，秦明考取第一名，鄭天壽考取第七名，有同學之誼，可稱年兄。"武場一別，倏忽數載。弟遭奸賊隱害，削了官職。生活無奈，祇得鋌而走險。在此山岡，躲避風雨。年兄雄師來臨，小弟怎能抵擋？萬望年兄，思念舊情，棄瑕録用，小弟願在麾下聽令。倘不見愛，恐年兄有不測之禍！"

秦明聽了，又來一個大言不慚之徒。大喝一聲："誰認識你這歹徒！花言巧語，説什麼不測之禍？呀呀呸！本軍門非掃蕩這山寨不可！"説着，秦明搖起蓮花槊向鄭天壽斜肩搠來。

鄭天壽馬一拎開，提槍擋了。秦明撥轉馬，對準鄭天壽馬頭又是一蓮花槊。鄭天壽將馬避開，提槍再攔。秦明攔腰復手又是一槊，鄭天壽提槍再擋。鄭天壽連擋三槊，勒轉馬頭就逃。

秦明追趕，在右山套內趕了一程。忽聽一聲炮響，伏兵齊起。伏兵將繩索斬斷，山兩旁高處四車子石頭一齊滾落下來。不多時，兩三百輛車子相疊，把山路塞斷了。接着山上又滾下不少柴車，車上裝着柴草、硫黃、鹽硝等物。火箭像雨點般射下來，一着柴車，頓時燃燒起來，燒得右山套中，半天通紅。

秦明回首，看退路已被燒斷了，軍士十之九都進了山套。祇有少數人攔在後面，無法前進，就退回大營，把情況告訴衆將。衆將因不得秦明命令，不敢主張，祇得靜待消息。這九千餘人，看斷了後路，頓時大亂，齊聲喊叫，東奔西竄，自相殘殺，死傷不計其數。

這時天色已晚，秦明怒不可遏。遠見山上隱隱有燈火，鄭天壽正向那裏逃竄。秦明傳令衆軍衝山。鄭天壽在山上兜了幾轉，自回花榮處歸隊。

秦明三軍衝到半山，忽聽一聲炮響，山上碗大粗細、四五尺長的滾木，排山倒海打將下來，打得三軍站立不定，頭破血流，屍橫遍野，呼天搶地，嘴裏不斷叫喊："山上埋伏厲害，衝不上去。"三軍回首，又見大火向腳邊燒過來，益加慌亂，不少人逃散了。

秦明傳令軍士打探，再找通徑。軍士發現岩旁有條小徑。

隊伍進了小徑，走了一段，路放闊了，坡度也漸大起來了。軍士一批批地過去，走得一處，軍士祇覺腳下一軟，踏着浮土，像湯糰落鍋一般，成批地陷了下去，後邊軍士還是簇擁前來。前面還未跌下的，就高聲喊道："前有陷阱，趕快停隊。"後面的軍士聽了，纔慢慢地停下來。

秦明看軍士停下,傳令仔細檢查。軍士報道:"山上盡是陷坑,坑内滿置斷刀殘槍,跌下去的,頓時頭破血流,傷重而死。"

秦明令嚮導官尋覓安全路徑,嚮導報道:"稟大人,前山盡是懸崖峭壁,並無出路。"秦明喚軍士小心再尋,軍士找了一下,回道:"大人,靠西南向有一條岔路,雖是崎嶇,却無陷阱。"秦明傳令進軍。

軍士集隊,又走了兩里路,忽聽山峰上信炮連連。霎時,山石飛舞,直向山徑打來。打得衆軍不是腦漿迸流,便是手斷腿傷。秦明揮動蓮花槊,也衹勉强擋了。軍士都道:"不好了,不好了! 石頭生了翅膀了。"

看官:這埋伏是宋江安排好的,稱爲"繃子石"。這山上有的是毛竹,宋江教嘍軍先把毛竹枝削光,然後再把它一排排扳倒來,地上敲了椿,用篾索吊住。竹上擱着板皮,板上放了不少石塊。竹子是富於彈性的,嘍軍將篾索斬斷,毛竹彈起來,石頭就飛出去了。

秦明的軍士逃了五里路,逃出繃子石的範圍。秦明傳令點驗軍士,已傷亡過半。思想起來,好不懊惱。傳令殘軍二次攻山。殘軍奮勇,攻至半山,忽然又是一陣騷亂。大喊道:"山頭滾油難擋!"

看官:原來這山上岩石後面,暗伏着兩百嘍軍,十個嘍軍管着一隻大陶鍋,鍋内盛滿桐油,煮得沸滾發燙。嘍軍頭部、身上、手、脚都有套子,不怕油漬。每一嘍軍,手持鐵釬,釬端套一鐵筒,筒底有七個洞。嘍軍見有軍士上來,便將鐵筒向鍋内一兜,打了油,把筒提起來,向下噴射。兩百人齊起,霎時間,射出一千四百支油水頭。秦明軍士碰到滾油,便渾身起泡,皮開肉爛,人昏過去,滾下山澗。

秦明長歎一聲,看這裏攻不上去,喚軍士再尋行軍之路。這時秦明異常急躁，正如俗話説的：饑不擇食，慌不擇路；有奶便是娘，有路便要走。也顧不得埋伏了。有軍士道："偏西還有一條小路，不知能否攻山？"秦明道："且上去！"

軍士走不過二三里路，又是一陣擾亂，互相殘殺起來。秦明忙問："出了什麼事？"軍士報道："前面的埋伏厲害，是地弓竹箭與地菱釘，人站到這上面，地菱釘就飛打起來，難於行走。"

秦明説道："那就再換路徑吧！"

嚮導官引衆軍向偏北小路去，衆軍又行走了二三里，忽聽"騰"的一聲炮響，山崖峭石旁衝出不少嘍軍來，每個人手中都拿着朴刀，把身旁的棕繩斬斷了。宋軍正在路上走，忽然身體騰空起來，霎時血肉橫飛，屍體都分開了。秦明看了不懂。看官：這地盡是空的，地下繃着竹子，稱爲"繃子竹"。這竹子交叉，是用棕繩縛着的，竹上蓋着浮土。宋軍站到這上面，嘍軍就把棕繩斬斷了，竹子彈起來，人就飛了出去。竹子劃在身體上，那身上的肉就粉碎了，因此霎時血肉橫飛。

秦明傳令改換路徑，軍士又向正南方走。忽見濃煙密布，疑有火攻，便來報告秦明。秦明馳馬爬上高坡看了，説道："不妨，大膽進兵。"軍士不解。秦明道："兵書上説：用兵者，虛者實之，實者虛之。此是故作疑陣，所以可以大膽進兵。"

軍士齊聲吶喊，蜂擁前行。却見兩旁樹木森森，山峰陡削，進徑愈走愈狹了，像要鑽進山肚皮裏去似的。秦明疑慮參半，連忙傳令停隊。説時遲，那時快，嶺上一聲炮響，火箭像撒豆般投擲下來，漫山遍野都燃燒起來，烈焰騰空，火光熊熊，燒得半天通紅，燒得衆軍焦頭爛額。秦明見了，催令"奮勇前去！"

好容易逃出火燒範圍，秦明傳令第三次攻山，早占山寨，重重有賞。衆軍抬頭看時，頭昏目眩，這樣陡的山坡，如何能走？大家祇好攀藤拉葛，硬爬上去。

秦明看衆軍已爬過山腰，正在高興，誰知山上嘍軍早有準備，便將亂箭、棍木、灰瓶、石子齊打下來，打得衆軍死的死、傷的傷，站不住脚，滾落下來。軍士發起喊來：“大人不好了，實在攻不上啊！”秦明雖怒，却是無可奈何。喝道：“難道束手待斃不成！”衆軍馬發喊，一齊都擁過那邊山側深坑裏去躲，並道：“西南向倒有條溪路，可以通上山去，祇是濕漉漉的不好走。”秦明道：“路是人踏出來的，既有路，便好走。”

秦明催軍前行，軍士在溪澗道上走了不少路，細看這路倒可以上山，也自歡喜。正説間，忽聽得轟隆隆一陣響，像山崩地裂一般，上游滾下水來，波濤洶湧。一行人馬，都淹在溪裏。衆軍各自掙扎性命：爬得上岸的，盡被嘍軍撓鈎搭住，活捉上山去了；爬不上岸的，淹死在水裏。

秦明這時，怒氣沖天，急得頭昏腦脹，大聲喊叫道：“中了匪盜誘兵之計，又中了水火囊沙之計。蒼天啊蒼天！萬歲啊萬歲！”

這時秦明的隊伍，祇剩兩百餘人，幾乎全師覆滅。秦明環顧軍士，疲倦不堪，心中好不悲傷。軍士逃得性命的，都躺在地上説道：“俺等祇有挺死在這裏了。”

停息了一會兒，秦明鼓舞軍士道：“爾等不用驚慌，跟我前行。”

越上山岡，却是一條小路在側邊。秦明把馬一撥，引衆軍搶上山來。喜道：“生路在此矣！”不料行不到二三里路，又是一聲炮響。衆軍如驚弓之鳥，早嚇得發抖。秦明抬頭看時，見山頭燈火明亮，旗門下站着鄭天壽、燕順、王英，有不少嘍軍保護。當先一騎馬，坐着小李廣花榮。

祇見花榮馳馬前來，躬身説道：“恩師大人，微門生參見，請大人登山暢飲。”

秦明見了，怒上加怒，雙眼一突，銀牙一咬，舉起蓮花槊，大喝道："花榮，你祖代是將門之子，朝廷叫你做個知寨，掌握一境地方，並未虧負於你！如何結連草寇背反朝廷？還不下馬就縛，爲師念你愚昧，或可原諒一二。"

花榮賠笑道："恩師大人容稟：量微門生怎敢背反朝廷？實被劉高這廝，無中生有，官報私仇，逼迫得花榮有家難奔，有國難投，權且躲避在此。望恩師明察解救。"

秦明大怒道："花榮，竟敢巧言令色，煽惑軍心！"掄動蓮花槊，直奔花榮。

花榮大笑，撥馬就逃。秦明搶上山來，誰知奔到恰近花榮一箭之地，馬踏浮土，連人帶馬，跌下陷坑裏去。兩邊埋伏齊起，把秦明搭將起來，剝了渾身戰襖、衣甲、頭盔、軍器，拿條繩索綁了，把馬也救起來。

眾嘍軍吶喊起來："呔，爾等官兵，不能亂竄！"舉槍尖指着路徑方向道："這條是生路，其餘盡是死谷。爾等可放下武器，徒手回營，並轉告各位將軍，靜守營寨。秦大人是由花知寨請上山去，逗留一宵，明早就要回來的。"

軍士聽了，連忙解下衣甲、頭盔、軍器，奪路逃走。出右山，奔回大營，把嘍軍喊陣之事說了。眾將聽說，祇好靜守營寨。

且說鄭天壽、燕順、王英、花榮押了秦明上清風山來。宋江得訊，升坐蚪鸞殿。鄭天壽、燕順、王英、花榮前來繳令，齊道："秦大人駕到。"

宋江慌忙下階相迎，賠禮道："嘍軍不識尊卑，誤犯虎威，望乞恕罪！"喚嘍軍把縛解了。

秦明問花榮道："這位是誰？"

花榮道："這位就是微門生的表兄，鄆城縣押司宋江的便是。"

秦明道："江湖上曾聞聽他的名字,也算得一位好漢。"宋江連稱不敢。

鄭天壽開言道："大人折了不少人馬,如何回得青州? 不嫌山寨寒微,不如就此間權且歇馬,暫時落草。論秤分金銀,整套穿衣服,倒也快活。"

秦明聽了,厲聲道："朝廷教我做個軍門提督,並不曾虧待了秦明。我怎肯做強人,背反了朝廷? 你們衆位要殺時,便殺了我,休想我隨順你們。"

花榮忙勸道："恩師大人息怒,聽微門生一言。花榮也是朝廷命官之子,無可奈何,被逼迫得如此! 大人既是不肯落草,哪敢相強? 且歇息一宵再說。"

宋江見了忙道："小可逗留山岡,也是出於無奈!"遂把自離郓城縣,直至劉知寨拷打的事故,從頭對秦明說了一遍。又道:"大人光臨山寨,是弟兄三生幸事。望大人收容我等弟兄,帶上青州。弟兄們願在大人麾下,執鞭隨鐙,聽候吩咐。"

秦明聽了,益發怒道："大膽盜賊,竟敢戲弄軍門。既被拿獲,要殺就殺,要斬就斬,何必饒舌?"

宋江笑道："大人差矣! 小可焉敢戲弄? 大人乃是國家棟梁,擎天玉柱,精忠爲國,誰不欽敬! 山寨弟兄怎敢委屈大人? 二弟鄭天壽,與大人有同科之雅,被奸臣陷害,暫借山寨安身。表弟花榮乃貴門生。三弟燕順、四弟王英,俱有武藝,素懷報國之心。祇求大人寬容,庶幾英雄有用武之地,得以上進。請大人再思再想。"

秦明聽了,心想:這等盜賊,俺未出兵,擾亂地方;俺興師征伐,便說歸順大宋,顯是怕俺軍力雄厚,衆寡不敵,詐說投降,再圖叛逆。想罷說道:"綠林英雄,歸順朝廷,實是國家之福,本軍門理當接引。祇是人心難測,衆英雄須立一場進身之功,方顯英雄心跡，改過自新。”

宋江問道：“怎樣立這進身之功？”

秦明道：“青州道上，清風山外，尚有桃花山、二龍山兩個山頭，那裏匪盜也是十分猖獗。宋先生用兵如神，可領清風山弟兄前去征剿，將那兩個山頭踏平，這就是爾等的進身之功。宋先生如感兵力不足，本軍門可派黃將軍協助。”

宋江問道：“桃花山、二龍山上下，如聞大人威名，義氣相投，也願歸順朝廷，小可可否收容？”

秦明道：“宋先生應盡力征剿，招降就難説了，宋先生沒有這權吧？”

宋江聽了，哈哈大笑，想這事就棘手了，從長再議吧。宋江料理軍務，吩咐嘍軍掩埋屍首，撲滅火焰，並將埋伏一件件收拾了。獲得鑼鼓、帳篷、刀槍、劍戟等軍用之物，不計其數。料理就緒，喚嘍軍用解藥噴醒黃信，請他出來與秦明相見。

兩人相見，各自不安。宋江傳令，殺豬宰羊，開懷暢飲。席間，宋江、花榮、鄭天壽、燕順、王英等向秦明、黃信輪流勸盞，把兩人灌得醺醺大醉。宋江喚嘍軍將兩人好好扶入房裏睡了。宋江道：“衆弟兄連朝辛苦了，早些歇吧。明早議事聽令。”宋江也自去睡了。

却説鄭天壽見衆人已睡，自家心緒起伏，難以安眠。

正是：事到關心心常戚，機當露敵敵施謀。

畢竟鄭天壽爲何難眠？且聽下回分解。

第五回　白面郎君争取英雄
　　　慕容彦達陷害忠良

　　話説秦明率領雄師十萬，平伐清風山，不料誤中宋江水火囊沙之計，全師覆没，自己也被俘虜。清風山上大吹大擂、殺豬宰羊慶功。宋江與秦明商談，願上青州，替國家出力。秦明表示：要緑林弟兄剿滅桃花、二龍兩山寇盗，將功折罪，始可收容。宋江聽了，哈哈一笑，唯唯諾諾，想這事難以商談。鄭天壽雖未多言，心中自有盤算，不以宋江之意爲然。

　　席散之後，鄭天壽獨自思想，認爲秦明性情耿直，武藝高強，是一人才，可以結爲弟兄，但頭腦頑固，看一時勸降不了。殺之可惜，放走多後患，不知如何是好，躊躇了半晌，却想出了一個道理。便輕手輕脚到秦明下處，摸出了印章，草成檄文一道，喚心腹嘍軍，扮成宋軍模樣，快馬連夜趕奔城中，到節度使衙門下書。

　　慕容彦達聽説秦明來文，馬上披衣觀覽。祗見這檄文上寫道：

　　　　三省提督軍門兼聯防大元帥秦

慕容彦達看了，不禁駭異，這檄上爲何不用大宋頭銜，是何道理？秦明自謂諳習禮儀，豈可有此錯失？哈哈，秦大人這遭把柄落在俺的手中了。且讀下去：

书移山東節度使慕容大人臺前：俺等在宋爲官，赤膽忠心，十餘寒暑，並無寸進，可見朝廷之償罰不明。

慕容彥達看了，不覺吃驚。思想：秦明有多大本領，軍門提督官階還嫌不高嗎？那麼蔡京丞相的位置祇好讓給你了。再讀下去：

八帝徽宗，恣情聲色，寵用奸佞，不理國政。文華殿蔡京、武英殿楊戩、五城兵馬司童貫、金殿殿帥高俅，蒙蔽聖聽，壅塞朝廷，狼狽爲奸，屈害忠良。遂至文人投筆，武士失藝。上有疵政，下有菜色。由而英雄豪傑，各霸一方，嘯聚山林，吊民伐罪。本帥興師平伐清風山，深知綠林弟兄，蹈厲奮發，俠義忠勇。已將他們收納，充作將領。並行文山東、山西、陝西三省，聯合獨立，廢帝滅宋。此檄到時，青州城上須改換黃色七星旗幡。義軍進城，須出郊歡迎。大事告成，論功行賞。若不從命，定予誅戮。切切此諭。

慕容彥達匆匆看了，哈哈大笑道："這檄文是假的！印章雖是真的，哪有不用關防之理？秦大人想是陷落在清風山上，這書是假託他的名義寫的，明是盜賊用的離間之計。"自言自語道："匪徒呵，匪徒！你小看節度使大人了！俺哪會中你的詭計？秦明失利，青州旦夕不安，這盜賊真是用心狠毒！"慕容彥達吹噓了一會兒，整襟起來，取書反復視看，驀地想到恩師大人蔡京的囑咐，又想到秦明要説就説，恃才傲物，不顧情面，不如待我將計就計，弄假成真，出這胸中一口怨氣，也可向恩師報功。秦明既已陷落在清風山，就不怕他了。俗話説得好："身入黃河洗不清。"裝頭裝脚，加油添醬，就夠他受用了。慕容彥達再一想，不禁又把清風山盜賊埋怨起來，檄文應各處張貼，何故祇送與我？真是不智啊不智！俺憑了這信舉發，實有不便。又一想，法子有了。

不如待我如此這般做去，妙啊！慕容彦達想好了計較，喚親隨進內，附耳囑了幾句。親隨走去，便照他的意思安排了。

隔了一個時辰，離青州城外二十里處老人村，百姓酣睡之際，忽有宋軍騎兵到來。這些騎兵到了老人村，鑼聲齊起，嘴裏喊道："秦明秦大人在清風山招募了不少英雄好漢，今晚起義。爾等百姓有糧的助糧，有餉的助餉。異日打平天下，統一江山，都有爾等好處，爾等的功勞！"喊着，兵士們見物就搶，見人就殺，見屋就燒！頓時哭聲四起，兵火連天。老人村百姓覓子尋爺，呼兒喚弟，連夜逃難。貧苦的不少逃往清風山去，都道這是宋軍借名搶劫；富裕的都逃向青州城裏去，齊恨秦明造反，清風山盜賊凶惡。

這時慕容彦達登標樓眺望，隱隱東鄉間天色翻紅，心中暗暗歡喜。歇了一個時辰，就有百姓逃向城裏來。慕容彦達得訊，傳令守城官早早將城門開放，救護難民要緊。並乘轎上城樓來接見逃難百姓，撫慰一番。於是藏好書劄，點動五百衛士，帶了秦明留下的佩劍，坐轎往軍門府來。

到軍門府，慕容彦達吩咐衛士團團包圍了。帶劍直趨大堂，喚左右拿走秦明全家。見一個拿一個，見兩個拿一雙。一聲令下，衛士如狼似虎般動起手來。秦府家將見了，厲聲喝道："慕容大人，這事還請三思！秦府三世忠心報國，哪有謀叛之理？諒是小人搬弄，或是清風山盜賊詭計。請大人不要誤聽讒言！這事須奏明朝廷，始可定奪。"

慕容彦達聽了，衝衝大怒，也是厲聲喝道："秦明叛逆，昭如天日。秦明去時請俺代理軍務，曾解下佩劍，如有不服，即以此劍斬之。汝忠於秦明，當先受戮！"說罷，將這人斬了。

眾人見慕容彦達蠻不講理，又仗秦明佩劍行凶，都不便聲響，暗怨秦明何故輕易授權與人。

這事驚動秦太夫人，得訊離經樓趨向大堂來。見了慕容彥達，將鳳頭杖拄着，雙指搠向他道："爾好大膽，竟謀害到秦家了？我看你小小節度使，怕朝廷知道吃罪不起？小兒秦明忠心報國，天日昭昭，豈是你輕易誣衊得的？一手哪裏能掩盡天下耳目？待我兒回來，再與你上金殿評理便了！"

慕容彥達聽了，冷笑一聲，袖內取出秦明檄文，喚親隨朗誦一遍。說道："檄文有叛逆秦明的印記，這是物證。"

又道："叛逆秦明，招募清風山匪盜，火燒老人村，百姓流離失所，怨聲載道，攜老扶幼，逃上青州來。衆目昭彰，青州城百姓都見，這是人證。難道會冤屈了爾等嗎？怎來潑口傷人？古人云：天作孽，猶可逃；自作孽，不可活！此之謂也。秦太夫人，你自己養兒不長進，還有何言？"

慕容彥達將檄文印記遞與秦太夫人瞧看。秦太夫人看了，問家將曾見老人村百姓逃進城來否，這些百姓是怎樣說的。家將齊道："這話確是真的，曾見老人村百姓逃進城來，傳說秦大人縱容軍士殺人放火，要糧要餉。"

秦太夫人聽了，料想這事還有曲折，但一時如何分辯？既是我兒有錯，如何強得？長歎一聲，將拄杖一丟，說道："請大人拿辦就是。"

衛士就將秦府全家拿獲了，點檢人數，共計男女大小八十四口。慕容彥達吩咐衛士，將軍門府封鎖。五名要犯——秦太夫人、夫人、公子、小姐及老掌家，打入死囚牢裏，其餘七十九人，押在底監。吩咐完畢，坐轎回衙。

慕容彥達到了自己衙門，喚青州總兵黃充前來，調動軍隊，嚴守城關。吊橋盤起，城門緊閉。貼出告示，青州戒嚴。隨即移文陝西、山西兩省，聲言叛逆秦明結連清風山盜賊，背叛朝廷，陰謀獨立。山東省內各州各府各縣，行文知照京畿皇上、蔡丞相處，先後送出。

且説清風山上，次日清早，秦明、黃信起來，秦明奇異道："怎會與黃將軍抵足而臥，好濃睡啊。"宋江也道："昨宵開懷暢飲，俺也醉了。"鄭天壽道："也有同感。"

早膳過後，宋江正想與秦明繼續商談，秦明急着要走，討還頭盔、衣甲、兵器、馬匹。鄭天壽心中明白，秦明此去，已斷了後路，祇有再上清風山，就讓他早些走吧。宋江正想説話，看鄭天壽答允他跑，又深知秦明性急，難以挽留，思想：祇有讓他下去，留在山上，山下尚有宋軍九萬，内引外合起來，甚爲不便。秦明是個急性爽真的人，放他下山，當不肯再來攻打。倘再攻山，俺再設計抵抗，不妨效學諸葛孔明七擒七縱之事。於是也就同意了。宋江、鄭天壽兩人想法不同，却齊道："蒙秦大人慨然相許，山寨弟兄幸甚！當先送大人下山，待剿滅群盜，再來麾下聽令。"

秦明道："俺先去青州等候好消息。"

宋江、鄭天壽喚嘍軍交還秦明、黃信兩人馬匹、軍器，衆好漢相送下山，拱手相別了。

秦明、黃信回到營中，衆將出營迎接，慰問道："大人受驚了！"秦明道："還好！"衆將齊來繳令。秦明傳令起營拔寨，兵返青州。人馬齊集，炮聲響亮，動身而去。

宋江得訊秦明兵馬已去，向鄭天壽道："秦大人此去，會晤了節度使，會否重整旗鼓再來？"

鄭天壽笑道："秦明此去，凶多吉少，斷無力量再戰。"

宋江不解，鄭天壽道："俺已設計斷了他的去路。"就把昨宵之事細細説了，直説到夜半老人村火起，諒是慕容彦達暗中調撥宋軍所爲。

宋江聽了，頓足説道："賢弟差矣！"

鄭天壽焦躁道："難道兄長真要領清風山弟兄去剪除桃花、

二龍兩山不成？"

宋江道："賢弟休急，要截秦明去路，何不與愚兄說明，從長計議？秦明有眷屬住青州，俺等不能連累無辜。"

鄭天壽謝道："這點小弟疏忽了！"

宋江道："慕容彥達與秦明有隙，這遭秦明的眷屬要慘遭屠殺了。"說時不覺掉下淚來。

鄭天壽道："成大事者，不修小節。俺等現在祇能多派探馬，前去打探消息。"

宋江道："賢弟說得有理。俺等不如同去走一遭，前去看顧則個？"鄭天壽答應。

宋江便與衆弟兄前去，在離秦明軍隊二十里之遙處，暗暗跟隨。並往青州放出探馬，前去打聽消息。

且說秦明隊伍開拔，經過老人村。祇見東一處火，西一處煙。全村已燒成灰燼，碎磚亂瓦，遍地皆是，全村籠罩在苦煙和臭氣裏。青少年都逃走了，遺下的祇有老弱婦女，有的昏倒了，有的呆了，有的瘋了，一個個咬牙切齒。看秦明隊伍到來，大嚷道："反叛來了。"秦明見嚷，喝叫："衆百姓不要驚慌！"忙問："這裏出了什麼事？"百姓怒道："反叛，還要假惺惺的？誰人要糧要餉、殺人放火，你自知道了，再問什麼？"

秦明聽了，十分不懂：難道奸人慕容彥達借了俺的名義前來胡搞？還是清風山大盜用的離間之計？慌忙下馬，慰問百姓，把軍糧發放了。

秦明上馬，旋首問黃信道："黃將軍，爾看這事是哪個幹的？"

黃信答道："恐是慕容大人所爲。"

秦明道："說得有理。"

秦明引軍向東門來，早有軍士報知，青州城關緊閉，吊橋盤起，不知何故。

秦明喚隊伍站上去，人馬到了東門。祇聽城上軍士兒郎厲聲喊道：“叛賊，人馬停下，不可近城。近城看箭！”

隊伍祇得停下，回報秦明。秦明聽了，怒氣沖天。與黃信兩馬馳上前來，秦明喊道：“守城官聽了，快稟告慕容大人，開城迎接。”守城官前去稟報。

慕容彦達得訊，吩咐將叛逆重犯押縛東門矢樓，自己隨即坐轎動身。到了城樓，親隨推開護城窗，放下擋箭牌，慕容彦達將身坐定。

秦明見了，高聲問道：“慕容大人，青州戒嚴，爲了何事？”

慕容彦達笑道：“秦大人，卑職接到檄文，理應出城迎接，祇奈食君之禄，報君之恩，倘若放棄青州，便成亂臣賊子，卑職豈肯遺臭萬年！”

秦明見説，駭異道：“慕容大人，此話從何説起？”

慕容彦達又笑道：“爾自家所作所爲，難道不清楚嗎？卑職已將尊府眷屬縛綁了，本應早正國法，念在同殿之誼，權延時刻，讓你前來一見。”

秦明聽了，正欲叫喊，祇聽慕容彦達一聲吩咐，將他的老娘、夫人、公子、小姐及老掌家五人推了出來。這五人都是雙手縛着，背插斬條，跪在矢樓簾下。夫人、公子、小姐及老掌家四人放聲啼哭。公子、小姐見了父親，哭喊：“爹爹啊！”夫人、掌家見了丈夫、主人，哭喊：“大人啊！”老娘看到兒子，指着他罵道：“好大膽的逆子，秦明啊秦明！”

秦明聽得母親痛罵逆子，宛如萬箭穿心，嘴裏一聲大叫：“啊呀！母親哪，老母親啊！”説罷，倒身下馬，跪在塵埃，一個蹦跳，躥身起來，搶到二十步路，腳上一扳，雙膝“撲通”跪倒，緊緊膝行上前，嘴裏連喊：“不孝孩兒在此！”

秦太夫人看了，大罵：“好大膽的秦明，你怎樣與爲娘説來？

爲娘當你眞的去平伐淸風山，想不到你竟敢連結盜賊，欺壓良民，火燒老人村，叫反淸州，傳檄山東、山西、陝西，陰謀獨立，背叛朝廷，廢帝滅宗！做下這滅門的勾當，爲娘罵你這不忠、不孝、不仁、不義、不慈、不智、不信的畜生！"

秦明諾諾連聲道："孩兒正是不忠、不孝、不仁、不義、不慈、不智、不信之徒。"

太夫人罵道："今天罵你不忠。想你是堂堂武殿元，官放提督軍門，兼聯防大元帥。皇上待你不薄，你應當食君祿，報君恩。誰知你忘恩負義，背反朝廷。這就是你的不忠！"

秦明應道："這確是孩兒的不忠。"

太夫人又罵道："秦家在宋爲官，代代忠良。爾父在湖南爲節度使，勤勞王事，死在任上。那時你祇一十三歲，爲娘把你帶回故鄉，撫養長大，練文習武，得中秋試。擔驚受怕，沒有好好享一日福。今做出這種辱沒祖宗之事，連累老娘，這就是你的不孝！"

秦明應道："是，這實是孩兒的不孝。"

太夫人續罵道："賢媳李氏，嫻習禮儀，敬老愛小，素稱賢淑。你今害得她身首分離，這就是你的不仁！"

秦明又祇得應道："是，這是孩兒的不仁。"

太夫人又罵道："掌家秦安，忠心耿耿，在我家服役數十年，並無差失。那日苦諫，你不思報德，反而遷怒於他。如今白髮蒼蒼，偌大一把年紀，累他也爲冤死之鬼。這就是你的不義！"

秦明仍是答道："是，這確是孩兒的不義。"

太夫人又道："秦家受的是萬歲的俸祿，吃的是民耕民稼，應當上報國家，下愛庶民。你不該火燒老人村，害得百姓妻離子散，受刀兵之災。這就是你的不慈。"

秦明又答道："是，這眞是孩兒的不慈。"

太夫人又罵道："那日你上經樓，爲娘怎樣勸導於你。你道'盡忠難於盡孝'，使爲娘無話可説。今日却做出如此行徑，這就是你的不智！"

秦明答道："是，這實是孩兒的不智。"

太夫人又罵道："你説得好聽，平伐清風山，殲除寇盜；暗中何故圖謀不軌？在娘面前花言巧語，這就是你的不信！"

秦明也祇得答應道："是，這是孩兒的不信。"

看官：你道秦明爲什麼娘説什麼，秦明就應什麼，一件件都應承下去？祇因秦明他是孝子，老娘盛怒之時，不能回嘴，須等一個時候，方好分辯。所以秦明雖知委屈，祇有諾諾連聲了。老太太訓畢，便道："你這不忠、不孝、不仁、不義、不慈、不智、不信的奴才，還是早點死了吧！"説罷雙目一瞪。

秦明聽老娘訓畢，在城下高聲喊道："老母親啊，可否容孩兒一一稟告！"太夫人道："逆子，還有什麼話説？趕快講來！"

秦明聽得母親容許説話，就開言道："孩兒那天在經樓與母親分別，就調動軍隊征伐清風山。昨宵已將衆寇收服，在山上奏凱暢飲。哪有火燒老人村，傳檄青州之事？定有壞人搬弄事非，設計害我。望母親勿聽讒言！"

太夫人怒道："呀呀呸，老人村百姓逃難來青州，沸沸揚揚，衆口一辭。家將親聞親見，難道還冤枉了你？"

秦明聽了，哭道："母親明察，到了這步田地，難道孩兒還要對母親説謊不成？孩兒是青州軍門，掌握兵權，隨時可以起義，何必火燒老人村，叫反青州？孩兒平伐清風山，可以名正言順，得勝歸來，入得青州，再行叛變。這樣家屬無傷，節度使大人也不敢屈強？孩兒縱然無智，也不會出此下策啊！請母親細細思量。"

太夫人聽秦明説話有理，不覺淚如泉湧，道："孩兒啊，爲娘是怎樣與你説的？你的性子太執拗了。事至今日，後悔也來不及了！"

秦明道："母親放心，孩兒總要搭救母親，節度使大人寬宏大量，自會開恩的。"

旁側老掌管飄着鬚髯，睜着眼睛，向秦明帶哭帶説道："大人，看老奴這般大的年紀，老朽龍鍾，真是死無足惜。祗是太夫人自你十三歲老大人歸天之後，饑無所食，寒無所衣，歷盡艱難，一手把你撫養長大，這恩典是哪裏報得盡的！還有夫人、公子、小姐，都是一家骨肉，要請大人早籌良策，搭救性命纔是。"

秦明謝道："老人家説得是，本軍門也當搭救你的性命。"老掌家説罷，回頭朝慕容彥達看道："節度使大人，你要饒放我秦家滿門，倘是蓄意陷害，我死之後，定要勾索你的性命！"

慕容彥達聽了，笑道："老狗才，竟敢辱罵本官，還當了得！來，將他斬了。"

一聲炮響，老掌家人頭落地。

慕容彥達吩咐將人頭丟下。叫喊道："秦明看着，你的掌家來了！"

秦明看時，一顆血淋淋的老人頭拋落下來。秦明躍身起來，搶過去，合撲一個筋斗，拾起老人頭。哭一聲掌家，叫一聲秦安！本軍門連累你了！蒼蒼白髮，受此冤屈！抬頭怒向慕容彥達。

這時小姐一聲啼哭，喊叫爹爹。秦明耳聽女兒叫喊，朝女兒看道："蘭珍我女，不用驚慌！爲父給你講情，節度使大人念秦明冤枉，自會饒放你的？"秦明跪在塵埃，雙手拱着向慕容彥達道："大人，蘭珍姑娘幼小無知，請大人開一綫之恩，饒了她吧！秦明不勝感激之至！"

慕容彥達冷笑道："呔，反叛之家，鷄犬不留，這是自作自受，還説什麼？誰叫爾等造反？"小姐罵道："爹爹，不用求他，看來慕容賊子蓄意害人，還講什麼饒恕？望爹爹趕快搭救祖母、母親及弟弟性命，女兒死了，請爹爹不用悲傷！"

秦明勸道："女兒休這樣說，還要請節度使大人開恩！"

小姐就回過頭來，罵慕容彦達道："奸賊，早見你做事鬼鬼祟祟，心懷不端。速速放下我家祖母、母親及弟弟。倘受委屈，奴死後要活活地扼殺你！聽到沒有！"

慕容彦達向小姐看道："好大膽的小賤人！竟敢挺撞本節度使，你不怪父親，却來罵人？來，也與我斬了。"一聲炮響，劊子手手起刀落，將小姐人頭砍了下來。慕容彦達道："來，與我丟下去！"一面又喊叫道："呔，秦明，你的好女兒來了！"

秦明看時，又是血淋淋的一顆人頭，從城樓攧下來。秦明朝人頭雙膝搶着跪過去，又是一個筋斗，躍起身來，拿了人頭。向左手一看，哭一聲掌家；向右手一看，叫一聲女兒。姑娘、掌家、蘭珍、秦安，我的女兒哪！我的掌家哪！兩脚一蹬，牙齒咬定，恨恨說道："賊子，好狠心腸啊！你敢這樣陷害我家，我秦明豈肯甘休！"

話猶未了，祇聽夫人喊叫："大人！"秦明抬頭看望，夫人淚如雨下，哭喊道："大人請聽，妾身還有幾句話要囑咐，望大人牢記心頭！"

秦明也哭道："夫人，夫人哪，你快講吧！"

夫人道："大人啊，妾身命在頃刻。城河開闊，矢樓高聳，你也難於飛越。這矢樓之仇，你要牢記心頭。有朝一日，得見天光，須圖報復。妾死之後，你要訪親完姻續弦，不可一時短見，誤了大業；以後做事，要三思而行。妾與大人永別矣！"

秦明聽了，忙道："夫人，休出此言。大人自會哀憐於你的。"

又向慕容彦達懇求道："大人，俺的女兒、掌家，他倆頂撞了你，罪有應得，俺並無怨言。請大人開一點天地之恩，保全俺老母、夫人、孩兒的性命。大人就是秦明的再生父母！請大人饒恕了他們吧！"

慕容彥達哈哈大笑道："身爲叛逆，三黨九族盡誅。本節度使不罪爾等親友，已是成全了你，豈可貪心不足！誰教你背反大宋國法？這叫俺也愛莫能助！"

夫人泣道："節度使大人，妾身願意一死，祇求大人發一點惻隱之心，讓秦明家留下一老一小，妾身雖死在九泉之下，永感大人盛德。"

慕容彥達聽了，厭煩道："婦人之家，誰與你饒舌？來，給俺斬了！"一聲炮響，又將夫人斬了。慕容彥達吩咐將人頭丟下，一面大喝道："秦明，你的夫人來陪你了！"

秦明聽得炮響，急抬頭，留海帶繃斷，頭盔掉了下來。頭一晃，風吹着，頭髮蓬鬆，四散開來，像瘋子一般，身子衝向前去。嗤嗤嗤跪過去，兩眼昏花，又是一個筋斗，搶起身來，拾了人頭。秦明右手拿了兩個，朝人頭看看，哭一聲道："掌家、女兒，我的掌家，我的姑娘啊！"朝左手看看，哭道："妻啊，我的夫人啊！我的賢妻啊！"頭回轉，睜眼向上看，恨不得飛身上去把慕容彥達一口咬死。

秦明正想罵，祇聽得一聲"爹爹！"秦明轉眼看時，兒子秦德正在啼啼哭哭，喊道："爹爹，趕快搭救祖母。孩兒死了，爹爹不用悲傷，祇要爹爹記住，替孩兒報仇。"説罷，起身怒對着慕容彥達罵道："狗官，小官官與你拼了吧！"秦明在下聽得兒子潑口傷人，忙説道："孩兒，你動不得。節度使大人自會饒恕你的。"秦明連連拜道："請大人開天地之恩，興好生之德，饒了我兒吧！秦明來世做犬做馬圖報，終要大人開恩了。"苦苦哀求，聲淚俱下。那小官官徑自搶了過來，旁邊武士見了，把秦小官押住。慕容彥達笑道："這小反叛，有這樣凶惡！斬草除根。來，與我一併斬了！"

又是一聲炮響，血淋淋的一顆小人頭從城樓上丟了下來。又聽得慕容彦達笑道：「秦明，你的兒子也來了。」

秦明從地下一躍而起，搶身過去，拾了人頭，提在手中，抬起頭來，托眼看着慕容彦達，銀牙咬住，雙腳亂蹬，心中如同滾油一般。嘴裏罵道：「奸賊，你太狠心了！連殺我家四口。秦明當食爾之肉，喝汝之血，纔息我心頭之恨！」

說罷，祇聽得太夫人一聲喊叫：「我兒秦明。」秦明轉眼來看，身子搶上前去，雙膝跪着高喊道：「老母，親娘，孩兒在此，叩見娘親。」

太夫人道：「兒啊，爲娘要交代你幾句話。」秦明應道：「是，聽母親慈訓。」太夫人道：「兒啊，你好好聽了。今日秦家雖是全遭誣害，但你千萬不可領兵攻打青州，這樣就中了奸人詭計，敗了秦家名節。大丈夫三年五載報仇不爲遲，你趕快投奔他方。偌大乾坤，哪裏沒有男兒容身之地！千萬不可意志消沉，忘了根本。總要爲秦家爭一口氣。」

秦明哭道：「孩兒謹遵慈訓。」

太夫人又道：「孩兒啊，爲娘年已七十，也不算短命了。娘死之後，你也不可牢記心頭，悔悔悶悶搞出病來。那時全家冤仇，誰人來報？萬事要三思而行，心胸要放得開。賢媳冤死了，也是無可奈何。爾要聽妻遺言，訪親完姻；千萬不可固執短見，守身不娶。大丈夫志在報國，不可一日忘了。要奮發自勵，不墮家聲爲是。爲娘今日一死，亦得瞑目。」

秦明聽了，大叫母親，讓孩兒再來懇求吧！秦明旋身，雙膝嗻、嗻、嗻地跪將過去，雙手拱着連連叩頭道：「節度使大人，忠心報國，秦明哪敢責怨？這事一時已說不清楚了。我說冤屈，大人不會相信。祇有一事要請大人諒解，可否將我母親暫時扣押起來，打入監牢，你與我同上京都，叩見萬歲，派欽差大人前來調查。倘然確是叛逆，秦明千剮萬剮，九死無悔。那時再將我的老母開斬，也未爲遲，秦明並無怨言。倘無此事，望饒了我娘一條老命，大人就是再生父母，重生爹娘。秦明來世變豬變狗也要報答。"一面説着，一面叩頭。

慕容彥達見了笑道："大人，不用如此。男兒膝下有黄金，你叩碎了頭，也是枉然。卑職略知進退，難道重了私情，廢了國法！"

秦明厲聲道："大人做事還請三思而行。秦明滿嘴吐出血來，你也祇當是蘇木水。來、來、來，請大人與秦明同往京都一走。"

慕容彥達哈哈大笑道："誰來上你的當，我下城樓，同上京都。青州就失落在你的手中了。"

秦明分辯道："大人，顧慮得是。且慢，這事容易解決。可將我的母親扣押青州，四城緊閉，大人威鎮在此。秦明下令兵退三十里，按營下寨。單身獨騎，快馬加鞭，披星戴月，趕赴京都，面見聖上，請旨飭查。倘有一兵一卒，攻打青州城池，即將我母梟首示衆，秦明決無一言。若説調查不實，請大人保全我母一條性命。秦明感激不已，敦請聖上褒獎大人忠義。"

慕容彥達笑道："大人想得倒好。叛徒有這些道理，祇是聖上不是你做的。老人村百姓，與你前世無怨，今世無仇，難道會冤屈你嗎？"

城樓上有秦明手下部將數人，看節度使這樣，怒目圓睜，摩拳擦掌，手按佩劍，意欲暴動。慕容彥達早已看見，横眉喝道："誰敢輕舉妄動，與秦明一體論罪。"

慕容彥達左右親隨，也把佩劍拔出，緊緊保護。嘴裏喊叫："誰敢闖禍！"

慕容彥達防有急變，當機立斷，喝道："速將反賊的老娘斬了！"一聲炮響，太夫人的頭斬了下來。秦明跪在塵埃，祇顧叩頭。耳中忽聽得一聲炮響，急忙抬起頭來看，祇聽得慕容彦達又在叫喊道："秦明，你的老娘來了，讓你們一家骨肉團聚。"一顆血淋淋的老人頭，從城樓上摜了下來。

秦明忙把手中四頭一丢，搶身過去，一個筋斗，躍起身來，雙手捧住老母親的頭，泣不成聲，渾身如同澆了冰水一般，遍體冷了。胸脯氣破，淚如泉湧。思想：堂堂提督軍門，號稱霹靂火，爲了留下幾條性命，竟這般屈辱地向仇人苦苦哀求。結果，還是全家被殺。不覺昏了，牙齒緊閉，高叫一聲："老母！親娘！我的娘啊！"心頭一翻，哇哇哇一聲大叫，嘴裏咕嚕嚕地吐出一窪鮮血，跌倒在地，不省人事。

正是：忠奸自古同冰炭，人情於今判僞真。

畢竟秦明性命如何？且聽下回分解。

第六回　霹靂火遊山解悶
石將軍飲酒投書

　　話説秦明家屬被慕容彥達綁縛在青州東城矢樓上，秦明苦苦哀求，全家仍遭慘殺。慕容彥達喚劊子手，將秦明的老娘斬了，把老人頭從城樓上摜了下來。秦明搶身過去，捧住母親的頭，號啕大哭，淚如泉湧。心頭一翻，嘴裏哇哇一聲大叫，吐出一窪鮮血，倒身在地，昏了過去。

　　黃信見了，忙搶上前把這五個人頭奪了，喚軍士傳遞到後邊去。眾將也跑上前來叫喊："大人醒來，大人醒來！"

　　隔了一會兒，秦明悠悠醒來，嘴裏的血還在流，不斷地哭道："老母，娘親！"眉豎眼突，雙腳亂蹬。伸手指着慕容彥達，大罵道："看門狗，秦明與你誓不兩立，要把你碎屍萬段，纔泄我心頭之恨！"說罷，傳令眾將速與本督攻城。三軍一聲吶喊，直取城壘。

　　慕容彥達看來勢洶湧，喝令將埋伏打下。霎時間，城上亂箭、亂石、灰瓶、石炮撒豆般齊打將下來，無一處空歇。三軍衝殺一陣，傷亡不計其數，一時難以破城。黃信見勢不妙，傳令三軍免戰停攻。

　　秦明怒問道："黃將軍爲何下令停攻？"黃信答道："大人忘了嗎？一來，老太太吩咐，不可攻城。這樣就中了奸賊的詭計，奸賊可以大張曉諭，振振有詞，討臣叛逆。大丈夫三年五載，復仇未遲。二來，大人吐血虧損，方寸已亂，難以指揮作戰。三來，營中未備雲梯攻城之物，奸賊以逸待勞，我等硬攻硬戰，損傷太重。營中糧餉不足，全仗城中供應，難以久戰。”秦明問黃信善後之策，黃信道：“現今衹有兵退清風山一條去路，山寨弟兄看來倒甚義氣；山東各府各縣，山西、陝西等處，看來不肯接待；汴梁有蔡京老奸在，也不必去得！”秦明聽了，一聲長歎，喊道：“蒼天啊蒼天，想不到秦明今日無所逃於天地之間。”吩咐人馬暫退清風山。

隊伍走不到兩里路，秦明勒馬停蹄，回首問黃信道：“黃將軍，俺家老小的人頭在哪裏？”黃信道：“末將已派人珍藏。”秦明道：“拿與我看。”黃信勸道：“人死不能復活，還是不看的好，看了徒增傷感！賣者末將當會好好安葬的。”秦明怒氣衝衝，說道：“快拿來！”黃信無奈，傳令將人頭遞上。

兵士將人頭遞上，交與秦明。秦明左手提了三個，右手拿了兩個。朝人頭一看，哭一聲夫人，叫一聲姑娘，又喊一聲掌家，帶哭帶叫。又朝另一手看，喊道：“我兒秦德，兒啊！”將手轉了過來，朝親娘一看，叫道：“母親，親娘！”又是一聲大叫道：“老母……親──娘啊！我的娘啊！”哭喊時，氣急痰湧，又是一嘴鮮血噴迸出來，頓時衣甲全紅了，頭一昏，倒身馬下，跌在塵埃。

黃信與家將急搶上來，將秦明手中人頭奪了。黃信吩咐把人頭傳下去，不准再讓大人觀看，若有不遵命者，立斬！

衆將齊聲叫喊：“大人醒來，大人醒來！”隔了不少時間，秦明悠悠醒了過來。黃信攙扶秦明上了馬。秦明嘴裏還是不止哭道：“老母，娘親啊！”

看官：秦明今日刺激過深，哀傷逾分，竟成了痰迷之症。此後一遇感傷，一吃分量，便要吐血，臨陣征戰，竟是缺少長力了。秦明自己却不覺得。

那黃信勸道："大人，保養身體要緊。壞了身體，這血海深仇就沒法報了。還是想開些吧，待慢慢設法，捉拿奸賊！"秦明點頭稱是。

人馬又行了兩里路，秦明再次勒住馬匹，問黃信道："黃將軍，我母親的人頭呢？"黃信道："我已喚軍士好好地藏起來了，大人放心便了。"秦明道："再給我看看！"黃信道："大人，人死不能復活，有什麼好看的？還是不看了吧！"秦明道："拿過來！"嘴說着，伸手向腰中把佩劍拔起來，眾將個個吃驚，却不敢攔阻。黃信伸首道："大人，這人頭不再給你看了，要看人頭，就先斬了黃信吧！"

秦明怒目看着黃信，眾人見了，不免擔憂。秦明轉思，黃信是好意相勸，不好辜負他，便歎道："也罷！"把佩劍插了進去，向黃信連連作揖道："請將軍將賤眷好好安葬，做下標記，容緩報仇。一切都拜託黃將軍了。"黃信道："大人放心，末將自會辦理。"看官：這裏可看出黃信的機智與義氣。如果黃信真的再把人頭拿出來，秦明第三口血將會噴迸出來，那秦明就可能有性命之憂。

再說宋江、鄭天壽眾兄弟帶了二千人馬，在後緊跟來。暗暗派人打探，路上探馬接二連三來報。一次報道："老人村百姓逃難。"二次報道："青州戒嚴，秦明不能進城。"三次報道："秦明家屬綁縛在青州東城矢樓上。"宋江聽報，心中大吃一驚。四次報道："節度使已斬了老掌家。"五次報道："斬了小姐。"六次報道："斬了夫人。"七次報道："斬了官官。"八次報道："斬了秦明老母。"九次報道："秦明吐血，攻城未破。"十次報道："人馬退向清風山來。"

宋江連連聽報，吃驚不小。對慕容彥達的陰狠毒辣，十分憤怒，心傷不已。想小小節度使，竟敢將秦明全家立刻梟首。秦明哀求，沒有絲毫憐惜。回首向鄭天壽道："賢弟，你看，這事你也有錯失的。"鄭天壽道："是啊，以後做事要多考慮纔是。"

看官：後來清風山弟兄上了梁山，再遇爭取英雄上山的事，十分注意接應家眷，就是接受了這次教訓。

宋江人馬上來，遠遠見秦明大隊來了，下令停隊。宋江與眾弟兄拍馬上前。秦明大隊過來，見有隊伍停着，也就停了下來。秦明問道："何故停隊？"軍士回報："清風山英雄前來迎接。"秦明就下令："停隊。"秦明、黃信兩馬上前，宋江見了，拱手相接。問道："督臺大人，何故回轡？"黃信不待秦明發言，就叙說如此如此！

宋江安慰秦明道："大人身體要緊，且到寒寨暫避風雨，再作計議。想不到奸賊如此狠毒，倒不如山寨弟兄義氣。"秦明道："說也慚愧，總是秦明愚蒙，不知進退。"宋江道："督臺大人且請寬心，在下慢慢設法，替大人報仇雪恨！"秦明道："多多承情了。"宋江與秦明並轡而行。大隊人馬回向清風山來。

且說那慕容彥達看見秦明人馬退下，仍令城關緊閉，自回節度使衙門。慕容彥達坐堂，吩咐將秦家叛犯七十九名一併綁赴市曹斬首，統計斬了秦明全家八十四名。斬後，慕容彥達假惺惺地吩咐用柳木截成頭像，將秦太夫人、夫人、公子、小姐、掌家五人，備上好棺木盛殮，好端端地殯葬。其餘七十九口，一併備棺盛殮。這樣使人看來慕容彥達與秦明並無私怨，祇是保衛國法，纔如此做的。慕容彥達把屍首葬殮好，不多時就備本進京，奏明聖上。聖上見了，龍顏大悅，降旨恩賞。並諭樞密院委派呼延豹前來接任。不提。

却說清風山眾英雄迎接秦明、黃信上山。那黃信備了五個彩色瓷壇，在左山后樹林蓊鬱處，將五人頭循序安葬。墓前樹立碑記，題曰：五人頭墓。宋江看秦明十分凄涼，勸慰道："督臺大人，小人有一言不知輕重，不知可説否？”

秦明道：“何事？請講。”

宋江道：“聽黄將軍説：秦太夫人曾有遺言，大嫂逝後，要大人訪親續弦。大人理當遵守。小可見花榮之妹花英賢淑，願意作伐爲媒，未知大人意下如何？”

秦明説道：“大仇未報，難議婚事。”

宋江道：“這也不妨，待大人報了怨仇，然後完姻如何？”

花榮道：“恩師大人，就此一言爲定吧。”

這一來，秦明就住在清風山上。觸緒傷懷，衹是哀悼，終日哭泣，如醉如狂。白晝思思量量，夜間夢話連篇，五臟六腑，像炸裂一般。坐時睏時，突然間會跳起來。連連數日，不茶不飯。宋江與秦明説説笑笑，他也不理不睬。宋江看秦明悲傷，想到不如領他出去走走，遊山玩水，解解愁悶。王英就説道：“山下有村坊，煙雲如樹，酒旗茶坊，景色如畫，可以去得。”宋江道：“妙啊，我們就去題詩作賦。”花榮道：“我去郊外射些野味來下酒。”衆弟兄跑來相邀秦明。秦明無奈，衹得答應同遊。

宋江、秦明、花榮、鄭天壽等衆弟兄就騎馬遊山。宋江細看這山，樹林青翠，遠望竟像一座錦綉屏風似的。北峰上，有一道嶺子，地勢開闊，上千棵松樹，不知生長了幾百年，長得挺拔勁秀，枝葉密茂。有的像遊龍，有的像大傘。地上坡下，一大片濃蔭，連太陽也曬不透。山坳處，有條溪水，正好流過這濃蔭地帶，雪白的流水變成松花綠色。這條山溪，繞着松根，一直向山麓遠處流去，不舍晝夜。宋江看了，驀地回憶入谷情景：晚霞如燒，怪石錯落；閒花寂草，鋪滿山谷；鳥韻猿啼，響答山林。境界已自不凡。不意在此林樾幽谷，倏忽之間，風雲變幻，生出如許波瀾。不覺神往，也就十分流連。但秦明看到這裏，想起軍士水淹失利情景，不禁傷感。

嶺子上幽靜異常，弟兄們在嶺上行走，談談説説。忽聽到一聲呼哨，打破了沉寂，一隻銀色的鷂子飛上了天。宋江看時，這白鷂在半空中盤旋了一陣，突然側着翅膀，閃電般飛向山谷中去了，空谷裏頓時響起了一片吶喊聲、喝彩聲，震得山鳴谷應。宋江問道："山中出了什麼事？"鄭天壽道："這是嘍軍在打獵。他們放出鷂子，捉到了野物，在齊聲喝彩。"

這時宋江、秦明、花榮等就扣馬緩行，祇聽人聲纔停，嶺邊草叢裏撲簌簌一陣響動，鑽出一頭凶猛的野豬。那野豬受了驚，嘴裏露出獠牙，喘着大氣，在林子裏沒命地奔跑。跑着跑着，不提防被一株松樹擋住了去路。這野豬益發狂怒起來，把長嘴祇一拱，碗口粗的一棵樹立刻倒了。嚇得樹上的小松鼠亂蹦亂跳。花榮見了，腰下取出了雲箭，張開弓，搭上箭，覷定那奔躥的野豬，嘴裏喝聲："着！"一箭射去，不前不後，正中在野豬頸上。秦明定神看那野豬時，帶了箭，跑了兩三丈遠，跳過那道山溪，終於氣力盡了，一個仰天，翻倒地上。一聲嗥叫，兩隻前腳蹬了幾蹬，就不動彈了。秦明見了，不覺微微一笑。

眾弟兄過了山溪，在山左走了二十幾里路，就見一個小小村坊，也有百來户人家。村頭飄出酒旗，寫着"潯陽風月"。王英知有酒店，進村坊，下了馬，將馬在樹上拴吊。酒保見了，便道："拜見王大王。"王英招呼少禮。

進店，見有四副座位，兩張桌子靠牆，祇有中央一張是臨空放的。王英思想：宋江、秦明、花榮、黃信、鄭天壽、燕順和我七位弟兄，假使坐在中間這桌子上，就有一個空位，若是坐在旁邊，那須分坐兩桌。再看時，可惜中間這張大座頭上，已先有人占了。王英覷視這人時：

　　一個黑臉大漢，身材魁梧。濃眉環眼，大鼻闊口，兩耳招風。頭上藍布包頭，身上藍布短袄，下穿着藍布底衣，腳上土鞋土襪。

獨個兒在那兒喝酒。

王英就走過來說道："朋友，我們人多，有勞你挪移一下，搬到旁邊桌子上去喝吧！"

這個黑臉大漢聽了不悅，托眼向王英看道："你懂得規矩嗎？不分個先來後到。這張桌子是你放在這裏的？老爺喝酒不付錢，祇准你坐不成？"

酒保道："上下周全小人的買賣，挨一挨有什麼關係？三大王叫你讓，你就讓吧！"

那漢子說道："什麼三大王、四大王的，老爺不挨就是不挨，便怎麼樣？"

王英聽了，怒氣衝衝，說道："好大膽的漢子，恁地蠻而無理？"踉踉蹌蹌，伸手一拳打去。

那漢子見要打，也是大怒。站身起來，回手一把抓住王英的手臂，一拉一送，喊聲："去吧！"王英腳站不住，翻身朝店門外朝天一個筋斗，直跌了出去。

這時宋江、秦明等弟兄見王英一跤從店裏跌出來，宋江道："賢弟！俺等下山，原是陪秦大人散散悶的，怎麼與人慪起氣來了？"王英躥跳起來，本想再尋那黑漢廝打，聽宋江說，就祇得忍住了。

眾人走進店來，卻聽那大漢在大笑道："好個三大王，原來沒些本事，就好出來打人了？你們這般欺侮人！原來看錯了人。老爺是個硬漢，趙官家老爺都不怕他。你再響，老爺的拳頭就不認識你！"

宋江見那黑漢在嚷，思想待我去打個招呼吧。踏步前來說道："仁兄息怒，我弟委屈你了。"

那大漢怒氣未息，聽了猶說道："你不要虛情假意。這座位老爺是不肯讓的。我對你説，這位子皇帝來也不會讓。要坐這位，除非有兩個人來，我纔是讓了。你們快去、去、去！”

宋江聽那漢説話戇直，笑了起來，就問道：“不知仁兄哪兩個人來纔肯讓了？”

那漢子説道：“我説出來，要把你驚呆了！”

宋江道：“願聞大名。”

那漢子道：“一個是滄州橫海郡柴世宗的子孫，喚作小旋風柴進柴王千歲。”

宋江暗暗地點頭，又問道：“另一個是誰？”

那漢子道：“這個人是天下第一個大好人，乃是山東曹州府鄆城縣押司，人稱呼保義，又稱及時雨的宋江宋公明。”

旁邊黄信、花榮、鄭天壽、燕順聽了，不禁哈哈大笑。

宋江又問道：“這人你可認識嗎？”

那大漢道：“我在他家裏住過一陣，怎麼會不曉得？”

宋江道：“你道我是誰啊？”

那大漢道：“笑話，你是誰，我哪裏知道？”

王英跑上前來，又好氣又好笑，説道：“喂，朋友，你眼睛又未瞎，他就是大名鼎鼎的宋江宋公明啊。”

那大漢叫道：“三大王不能胡説，騙了我，當心我拳頭上的厲害！”

宋江道：“在下正是。請教仁兄大名？”

那漢子聽了，道：“且慢！你説對了，再承認未遲。我問你，宋江家住哪裏？房檐朝着什麼方面？家中有幾口？因了什麼事逃奔出來的？出來了多久？説個清楚。若有半句含糊，我就對你不起！”

宋江笑道：“仁兄聽了，小可住在山東鄆城縣思古村宋家莊。房屋坐北朝南，背倚丹嶂，面臨清水。爹爹名叫宋文龍，拙荆李氏,有子兩人。大兒子叫宋仁,年方六歲;小兒子叫宋義,年方四歲。弟弟一人,單名一個清字,渾號鐵扇子。祇因烏龍院坐樓殺惜,犯了人命,逃避在外,忽忽已經三載有餘了。你道我可是宋江?"

那漢子聽了,面帶喜色,忙把宋江推在椅上,倒身便拜,連說道:"好人好人,今朝尋着了你了。"又說道:"我已沒了生路,你要給我飽飯吃啊!"宋江連忙雙手把他攙扶起來。

王英笑道:"你怎麼問他要起飯來,你又不是餓死鬼。"

那漢子站了起來,向王英作揖道:"适纔冒犯了英雄,望你不要掛懷。"

王英也抱歉道:"俺先有錯,也當請罪!"

宋江看兩人說話爽直,十分高興,便道:"大家不用客氣了,快飲酒吧!"

八人就在中間桌邊大座位上坐下。看官:這位黑漢姓甚名誰?這人姓石名勇,人稱"石將軍"。原是河南開封人。幼年曾習拳棒,家中開設豆腐店,與人爭吵,誤傷人命,因而避難在外,逃在孟州十字坡,曾遇武松。石勇逃在江湖上,聽得宋江名望,人稱及時雨,仗義疏財,最肯接濟人。都道尋到了他,就有生路。石勇在孟州山鄉住了一個時間,就趕奔山東郓城縣來。到思古村宋家莊,纔知宋江犯了人命,已去河北滄州。宋江父親也很好客,看他遠道而來,熱情地招待他,留他住了一陣。臨行,宋文龍寫好一封書信,托石勇帶到河北滄州柴王府,送與兒子宋江,並端出一盤銀子五十兩,作爲路費。石勇是個戇直老實人,受人之托,忠人之事,帶了書信,披星戴月,趕到滄州。到了滄州,不料宋江已去青州。石勇趕到青州,探聽到宋江去了清風寨。石勇一路尋來,今朝跑到了這村坊。

八人圍桌暢飲,宋江與石勇攀談,石勇把信交給了他。宋江

拆信觀看,略道:"近聞朝廷冊立皇太子,已降下赦旨一道,應有
罪犯盡減一等科斷。鄆城縣已換了縣主,吾兒案件如發露到官,
也祇該個徒流之罪,可保性命。爲父年邁,腹中常常疼痛。延醫
診治,不見功效。望吾兒見書,即速歸來,免得日日倚閭而望。"

宋江看罷,暗想:"是了,我也是想回家了。"將家書身邊藏好
了。石勇動問:"衆位英雄尊姓大名?"衆人將名姓報了,石勇聽
罷,道:"怪了怪了,當軍門的,做將軍的,爲知寨的,怎麼與綠林
英雄做起同伴來?弄得我不懂了?"

秦明原是愁容滿面,聽石勇這麼説,不覺倒笑了起來。秦明
歎道:"仁兄,一言難盡!"黃信就把清風山前後事盡説了,説到秦
明全家遭害,石勇聽了,眉竪眼突,一聲大叫,連罵:"看門狗,這
樣狠毒,待俺前去打上青州,拿捉這賊,給大人報仇何如?"

宋江忙勸道:"仁兄休要魯莽,從長計議,這仇總要報的。"

衆人談談説説,秦明頗覺寬慰,就舉杯飲酒。

宋江抬頭看鄭天壽似有心事,便問爲何。鄭天壽道:"清風
山寨,驟增這些人馬,食用浩繁,須有個常便計較。"

燕順、王英兩人聽了,點頭道:"兄長思慮得是。"秦明、黃信、
花榮聽了,不覺有些局促。

宋江屈指説道:"清風山不是久戀之地,這裏自然容納不下
這些人馬。小可倒有一言,不曉中得諸位意否?"衆兄弟齊道:
"願聞良策。"

宋江道:"自這南方有個去處,地名喚作梁山泊。方圓八百
餘里,縱橫河港一千多條。四面是水,外有四道,名喚李家道、張
家道、馬家道、孔家道。内有四灘,名喚金沙灘、鳳尾灘、荷葉灘、
笠帽灘。寨主托塔天王晁蓋,是小可在鄆城縣西溪村時的結義
弟兄。胸懷大志,招賢納士,養精蓄鋭,濟州官軍奈何他不得。
俺寫信前去,推薦諸弟兄入夥,不就有了安身立命之地?那秦大

人大隊人馬，願去者去，不願去者散，不也就有了着落？"

衆人聽了，萬分歡喜，齊聲叫道："好。"

石勇問道："你們去了，我怎樣辦？"

宋江笑道："你願去嗎？"

石勇道："哪裏會不願去的？"

宋江道："自然也請兄長一同入夥聚義。"

宋江説得高興，即席寫下調寄《相見歡》一闋，道：

> 梁山一水遙通，立奇功！舍却綠林，誰算是英雄？
> 太陽下，青州道，大旗紅。願隨天王，縛虎又降龍。

衆人道好。見天色不早，散宴回山。

衆人出店，喊道："馬來，馬來！"那石勇無馬便叫："人來，人來！"引得衆人大笑，秦明跟着也笑了。

鄭天壽喚王英引衆人，自岔路兜回清風山去。衆人跑了幾里路，忽聽得戰鼓咚咚，鑼聲不絶。宋江吃了一驚，細聽這喊聲是從西北角傳來的，清風山位在西南，知道這不是從清風山傳來的，纔放心。

花榮道："讓我先往一觀。"拍馬上前，衆人隨後跟來。行不到幾里路，遠遠見有兩隊人馬在那裏：一隊約有三百人，一隊約有兩百人。一隊穿着盡是紅的，紅衣紅甲、紅巾包頭、紅布號褂，前面擁着一個穿紅衣的壯士。一隊穿着盡是白的，白衣白甲、白布包頭、白布號褂，前面擁着一個穿白衣的壯士。雙方各是鑼鼓齊鳴，呐喊助威。這兩個壯士年紀都是二十左右，面如敷粉，眉清目秀。穿紅的一個，拿了一枝單耳銀緌戟。穿白的一個，拿了一枝方天畫戟。各挺兵刃，馳着馬，在大闊路上交鋒，賭賽勝負。

花榮勒住馬看，果然是一對好廝殺。正是：棋逢敵手，將遇良才。兩個壯士，鬥了三十餘回合，不分勝負。衆人見了，齊聲喝彩。

兩個壯士鬥到深處，兩枝戟的耳朵絞在一起，分拆不開。穿紅的道：“賢弟下馬。”穿白的道：“兄長下馬。”兩馬不住兜圈，你在逼我，我在逼你，各不罷手。花榮見了，不覺技癢，把馬帶住，左手去飛魚袋內取弓，右手向走獸壺中拔箭。搭上箭，曳滿弓，覷着兩耳相絞處，颼的一箭射去，恰中在單耳銀綫戟耳上。那穿紅的不提防，手一松，戟翻了過去，戟耳脫去，兩戟就分開了。花榮藏好弓，微微一笑。

兩人回首見是知寨，齊挺戟來鬥。鄭天壽上前解釋道：“花知寨是自家人了。”兩人聽如此説，便下馬前來。宋江、秦明等人也下了馬。鄭天壽指着宋江向他們介紹道：“這位就是山東鄆城縣押司，及時雨宋公明。”

兩人聽了，慌忙倒身下拜，説道：“如雷貫耳，聞名久矣！今日相見，足慰平生。”

宋江請教兩位壯士大名。那穿紅的道：“小人姓呂名方，祖貫潭州人氏。平昔愛學呂布爲人，因此習學這枝方天畫戟。人都喚我‘小温侯呂方’。因販生藥到山東，消折了本錢，不能夠還鄉，現在青獅山爲首領。”

那穿白的道：“小人姓郭名盛，祖貫西川嘉陵人氏。因販水銀貨賣，黃河裏遭風翻了船，回鄉不得，現在白象山爲首領。因使戟精熟，人稱‘賽仁貴郭盛’。我倆正在比武，不想遇見衆英雄，真是獻醜。”

宋江道：“原來如此。”

兩人還問道：“宋先生怎樣到此？這幾位是誰？”

宋江把大鬧清風山之事，叙述一番。直説到今朝陪秦明來村舍飲酒解悶，回山却聽得這裏有戰鼓之聲，特來觀看。

呂方、郭盛聽了，道：“清風山怎能容得下這些人馬？”

鄭天壽道："宋大哥已推薦我等上梁山聚義去。"

呂方、郭盛聽了羨慕，相互說道："這小小青獅、白象山頭，還有什麼可戀的？"

宋江看兩人有意投奔，便道："兩人一併前去撞籌入夥何如？"呂方、郭盛大喜。宋江喚兩人回山點檢人馬，收拾財物，不日就要啓程。

呂方、郭盛道："宋先生廣結天下賢士。如蒙不棄，小人願高攀個弟兄。"

秦明、黃信齊道："真是三生有幸。"

石勇道："俺也要拜在內。"

宋江笑道："蒙各位英雄青睞，宋江哪敢推辭？"宋江便推秦明爲大哥，秦明不允，定要宋江爲大哥。兩人推讓不已。石勇道："要好人做大哥，俺情願做小兄弟。"秦明、黃信、花榮等都道："宋先生不必推辭了。"宋江無奈，祇得應允。掘土焚香，十人結拜爲弟兄。

十弟兄拜罷起來，忽見樹上跳下一個人來，衆人吃了一驚。但見這人：

> 身不滿六尺，生就一張火刀臉。臉色如糙米。兩條鐵綫眉，一雙鼠眼。一個截筒鼻，元寶嘴。長着一對倒生的燕尾鬚。兩耳貼肉。頭上戴頂黑紗罩，皂綢紮額，弓式英雄結，旁邊插一絨球。身上皂綢拳袴，中間三十二檔密排紐扣，繫着捆身索。腰下闊板帶，塞着排鬚。皂綢底衣。花幫薄底快靴。一件氅衣，搭在斜肩。肩上掛着一個多寶囊袋。一手拿着一把小小的黑油紙扇子。這個人看來靈警異常，站着時無一刻休息。

宋江見了，招呼道："是白賢弟，久違了！"衆人動問，宋江道：

"這就是我在西溪村結義的十弟兄之一。他是最小的,江湖上名聲很大,稱作'白日鼠白勝'。"眾人聽得齊來相見。白勝拱手作揖道:"都是自己人,不用客氣。白勝還禮了。"

宋江問道:"白賢弟如何到此?"

白勝道:"上梁山后,大鬧了石鏡湖,火拼了王倫,晁大哥做了寨主。山寨十分興旺,四方英雄聞風而來。俺去曹州府接妻子,不料荊妻受生辰綱連累,下在監裏。俺就上公堂自首,縣主把荊妻放了出來。晚間俺越獄逃走。明晨,差役又把荊妻拿了。俺二次投案。縣主怕俺再逃,當堂定罪,判我夫婦兩人發配沙門島。俺與荊妻離了鄆城,俺用縮骨功,脫出鐐銬,身邊摸出柳葉囊刺,威脅兩解,要他們爲荊妻開釋鐐銬,並輪流推車前行。二解無奈,祇得依從。俺在路上自由得很,要走就走,要歇就歇,荊妻坐車而行,與出遊無別。适纔聽戰鼓聲響,跳上樹來觀看。却不料遇見了哥哥。"

宋江道:"沙門島不用去了,領諸英雄上梁山吧。"白勝道:"好啊!"脚一蹬,縱身去了。眾人看他活潑可愛,歡悅不已。

白勝回去,見解差正在推車,喝道:"呔,解差聽了,俺適在路上撞見弟兄,要去梁山。俺與妻子也要同去。你們放明白些,願去的,讓你們去當個小頭目;如不願去,要銀子,就各給你們一百兩;若不要銀子,又不肯上山,那就祇有送你們一個去處——森羅寶殿。"解差忙道:"願去,願去! 好在我們都沒有家眷。"白勝道:"這樣就好。那麼車子就直推清風山。"

呂方回轉青獅山,郭盛回轉白象山,兩人點起兩山人馬,收拾了財物裝在車上,把山寨分金殿焚燒了,同往清風山來。

宋江等回山,眾弟兄忙着收拾。宋江悄悄與鄭天壽商議道:"愚兄自坐樓殺惜,逃避在外。老父在家,十分擔驚受駭。風燭殘年,倘有不測,真是抱憾終天。今接石勇傳書,知父有病。愚兄方寸已亂,急欲回鄉!"

鄭天壽道:"蛇無頭不行,請兄長引弟上了梁山,再走未遲!"

宋江道:"白賢弟來了,已有帶路人了。愚兄再寫一封備細書劄,晁寨主見了,無有不納。"

鄭天壽看宋江決意要走,祇有答應了。

一時,呂方、郭盛上山來,白勝也到了。宋江、鄭天壽等出來迎接。虯鑾殿上,大吹大擂,殺羊宰牛,設宴聚飲。花英姑娘聽說要上梁山,也自興奮。酒酣耳熱,援筆寫下一歌道:

> 提刀躍馬下山嶺,戰士歌聲震心弦。東西南北走萬里,梁山便是一家園。趙宋官司無分曉,滿眼豺狼祇愛錢。不但雇農遭魚肉,英雄豪傑亦徒然。林冲險在滄州死,秦明全家懸城邊。托塔天王真義士,智取生辰解民懸。得肉均分患難共,綠林誰不義聲傳?同上梁山興大業,莫要辜負好春天。

頓時大家都唱了起來,響徹雲霄。

歇了兩日,諸事齊備。虯鑾殿上打動聚將鼓,聚集衆頭目。鄭天壽下令行軍,將山寨與虯鑾殿盡焚燒了。人馬下山,與秦明大隊會集。秦明隊先已整頓過一番,祇因秦明平素愛護士卒,同甘共苦,大家都願上梁山去,散去的不多。起營拔寨,人馬直望山東濟南而來。所經之地,官軍無力截擊,也祇是裝聾作瞎,隨他過了。

走了兩日,宋江與衆英雄分別。宋江往鄆城縣去,衆英雄人馬浩浩蕩蕩,徑投梁山去了。

這一日,衆英雄帶着隊伍,來到濟南李家道相近,找得隙地,把隊伍紮了下來,連頭領也不進了——怕梁山山寨誤會,以為是青州官兵前來征剿,多生事故。

白勝領先來到朱順興飯館，這飯館原是做眼店，晁蓋當了寨主，就變成了"招賢館"，真正是招賢納士。白勝入内，拜見旱地忽律朱貴，報道回山。朱貴聽説，取出響箭，向對岸蘆葦叢中水口射去。箭聲未絶，早見蘆葦隙處水際摇出一隻小船，飛快地迎面划來。

白勝上船進寨，將衆英雄上山入夥諸事，詳細稟報。梁山正在招軍買馬，積草囤糧，已經成爲英雄嘯聚的地方。晁蓋聞報，額手歡迎。真的是：天下英雄不向開封府中走，却道梁山泊處行。

此後：水泊威名震大地，梁山豪氣亙遥天。

欲知後事如何，且聽下回分解。

第七回　梁山泊秦明聚義
鄆城縣宋江定讞

　　話說白勝率引清風山、青獅山、白象山眾位英雄，投奔梁山入夥，徑詣濟南李家道附近停隊。白勝搶前一步，覓得隙地，安營紮寨，免了驚擾梁山。白勝領先，連蹦帶跳，迅速來至朱順興飯店，拜會朱貴。朱貴會意，站在店堂，跑到水口，向前蘆葦深處，放出一支響箭。驀地便有一隻小船搖將出來。白勝看時，這搖船的是阮家弟兄小二，舉手招呼，嗓子又尖又脆。小二搖着白勝、朱貴兩人渡過石鏡湖，直上金沙灘。白勝、朱貴、阮小二三人上山，經鴨兒嘴，過獅子頭，進山寨，上聚義廳來。白勝敲動軍情鼓，值堂進軒稟報。晁蓋得訊，出麒麟門，升坐聚義廳。聚將鼓響，吳用、公孫勝、林冲、杜遷、宋萬、阮小二、阮小五、阮小七、劉唐眾家弟兄，齊來拱手參拜。晁蓋起手把雉尾一抓，點首啓口，說道："請白賢弟進見。"朱貴、白勝、阮小二踏步上前，拱手唱喏。晁蓋問道："三位少禮。"又問："白賢弟回山，有何見教？"白勝便將回鄉，迎接眷屬，途中遇見宋江兄長，率領着清風山等眾英雄前來，投奔入夥諸事，擇要說了一遍。說罷，雙手把宋兄長薦書奉上。晁蓋展書瀏覽，祇見信內寫道：

　　水泊梁山寨主晁蓋仁兄閣下：

　　　　自西溪村分袂，倏忽寒暑三易矣。遥悉仁兄定居水泊，招賢納士，抵抗官軍，拯民水火。山寨興旺，四海仰慕。遙聽之餘，不勝敬佩欣慰之至！小弟為刺惜一案，逃避官府，流蕩江湖。先去河北滄州，拜會小旋風柴進，為門下食客。旋回山東青州，在孔家莊行教。去歲路經清風山，遂與清風山寨主鄭天壽、燕順、王英結義。嗣去清風寨，受清風寨文知寨劉高陷害。鄭天壽、燕順、王英奮勇相救。大鬧青州道，青州將軍黃信、武知寨花榮相繼投誠。青州軍門提督秦明，遭節度使慕容彥達誣陷，全家慘遭殺戮。秦明呼天搶地，無處伸冤。激於大義，遂率軍歸附。青州道上，原有青獅、白象兩個山頭，寨主呂方、郭盛，及河南義士石勇，聞風回應。卻憾清風小寨，難於久居。今乘白勝賢弟回山之便，引領秦明、黃信、花榮、鄭天壽、燕順、王英、石勇及呂方、郭盛九位弟兄前來，入夥聽令。同心同德，共圖大業。千祈海納，臨楮不勝感盼神往之至！

弟宋江　頓首
政和七年二月初二日

另附清單一冊，開明軍額、軍需、糧餉、兵械及庫銀諸物。

晁蓋覽畢，說與眾家弟兄知曉，哪一個不萬分歡喜？風雲際會，都道是山寨之幸，蒼生之福。於是令白勝、朱貴前往接引，先抵水口。白勝、朱貴得令而去。

晁蓋起令道：「阮氏三兄弟聽着，爾等速備大小船隻、木筏、竹排之類，渡眾英雄、三軍及家屬過湖。」阮氏三弟兄得令而去。

晁蓋又起令道：「林冲、劉唐各帶軍士，前去金沙灘候接。」

林冲、劉唐接令去了。

晁蓋再起令道：「公孫勝、吳用聽令。爾等各帶五百軍士，在獅子頭分兩隊候接。」吳用、公孫勝唱喏不迭。

晁蓋便命杜遷、宋萬跟隨，向軍政官調軍五百，自去寨口迎迓。

山上霎時旌旗招展，鼓樂齊鳴，水陸喧闐，熱鬧非凡。

且說朱貴、白勝下山，白勝挽着朱貴，前來與眾英雄相見。眾人看那朱貴時：

> 頭上戴的是深簷暖帽，身上穿的是羊皮布襖，腳下蹬着一雙猿皮窄黝靴。兩手龜裂，皮色赭赤。看來是酒保模樣。長得却是身材高大，相貌魁梧。一雙虎目，八字髭鬚。精神抖擻，意氣不凡。

眾人踏步來至水閣涼亭，抬頭祇見蘆葦叢中，白浪吞吐，水中停着三號大船，每條船的船頭上站着一位英雄。祇聽他們各自報名道：“俺立地太歲阮小二。”“俺短命二郎阮小五。”“俺活閻羅阮小七。”“俺等奉了晁大哥之命，前來迎接眾位英雄。有失遠迎，萬望恕罪！”

秦明等搶步上前，拱手道謝。三位英雄齊說：“哪裏話來，煩勞久候，不恭啊不安！”眾人看那三位英雄時，相貌、裝束、氣概各自不同：

> 阮小二是個紅臉，滿腮髭鬚，身高八尺開外。阮小五是個白臉，七五身材，並無髭鬚。阮小七是個黑臉，生着連鬢魚尾鬚，也是八尺開外。三人頭上各繫着軟巾，身裰短襖短褲。腳蹬板尖魚鱗躍鞋。三人穿戴的巾、襖、褲、鞋分紅、白、黑三樣顏色。持篙掌舵，矯健非常。

這三位英雄是同胞兄弟三人，世居石碣湖畔捕魚為業，因而精通水性。現在管帶梁山泊的水師。七星聚義，智劫生辰綱，截擊何濤，他們三個人出了大力。前人對他們有幾句贊詞：

> 太歲生來力壯，二郎拳棒精通，活閻羅更有威風，武藝超群出眾。石碣湖中好漢，梁山阮氏三雄。人稱虎弟與狼

兄，義氣從來最重。

這阮氏三雄接引了衆英雄及眷屬下船，解纜放舟，直向對岸駛去。湖上一時大小船隻來得不少，如同菜田上的蝴蝶翩翩飛舞。桅篷打得飽鼓鼓的，走得極快。木筏竹排，星棋密布，絡繹不絕。十萬軍士分批渡河，直至更殘漏盡方畢。在金沙灘上駐紮安息。

衆英雄及眷屬過湖上灘，山嘴上一聲炮響，一彪人馬蜂擁而來。整整齊齊，排在兩旁。鑼鼓喧天，隊伍中闖出一人，這人生得：

> 鴛鴦臉，左邊是朱砂色，右邊是藍靛色。兩道朱砂蚪眉，一雙三角對眼。咧口，嘴唇鮮紅。紅鬚赤髮。身穿大紅緞灑花窄袖短衣，大紅緞灑花兜襠衩褲，深幫皂麂皮靴。身長九尺，體格魁梧。

祇聽那人高聲吼道："俺赤髮鬼劉唐是也！"隨後又踏出一人：

> 臉如銀盆，豹額虎目。頭上頂冠烏油盔朱纓兩朵，身披烏油甲內襯皂袍，花腦頭箭靴。身長八尺，氣勢昂昂。

却聽那人報名道："俺豹子頭林冲是也。"

兩人拱手，連連唱喏道："迎接英雄，迎接英雄。"

秦明等見了，連忙拱手還禮。兩處英雄，挽手同行。吹吹打打，簇擁到了獅子頭。

又聽一聲炮響，軍士排分兩行，夾道而立。隊伍前轉出兩人，笑容可掬，拱手迎接。白勝手指着説道："這位是吳兄長——智多星吳用；那位是公孫兄長——入雲龍公孫勝。"秦明等看這兩人時：

　　智多星眉清目秀，鼻正口方。三撮髭鬚，飄灑胸前。頭戴綸巾，身披鶴氅。不亞諸葛當年，就是缺少一柄羽扇。文質彬彬，氣度寬宏。

　　公孫勝是個紅臉，劍眉環眼，闊口多鬚。頭戴羽冠，身穿道服。水火絲條，綾襪、朱履，手持塵拂。道貌岸然，深有法術。

　　這兩人：一個是低頭知地理，仰面識天文；一個是舉杯能喚雨，吹氣可成風。都是七星聚義中英雄，梁山泊中沒有他們的謀略、法術，怎能成氣候？

　　秦明等一齊前來相見，各道姓名。眾人循着山徑，緩緩而行，來至山寨。

　　又聽一聲炮響，隊伍中央大旗下站出一人。眾人看時：

　　這人身長九五，面如淡金。兩條濃眉，一雙大眼。高顴方額，大鼻闊口。絡腮鬍鬚。身強力壯。頭戴簇嶄新鬧龍冠，左右雉尾雙飄。身穿大紅綢四爪繡金蟒袍。熊腰虎背。繫玉帶，懸寶劍。腳蹬高底銀跟皂緞靴，手執一把偌大的泥金扇，畫着鍾馗斬鬼。

　　這人生就千斤膂力，終日扶危濟困，仗義疏財。祇見他踏前一步，甩袍袖，雙手拱着，大聲說道："軍門暨各位英雄駕到，恕晁蓋迎接來遲！"

　　卻見晁蓋左旁，闖出一個黃臉的，丈三身材，一手執着泥金扇，高聲說道："俺雲裏金剛宋萬，迎接各位英雄！"又見右旁一個青臉，丈四身材，手執白紙扇，高聲說道："俺摸着天杜遷，迎接各位英雄！"這二人仿佛六甲神祇轉世，五丁力士還陽。

　　秦明搶步前來，忙讓道："秦明何德何能，叨蒙大寨主遠道相迎，實增愧汗！"拱手還禮不迭。眾人齊來參見。

晁蓋把袍袖一拂，顧盼衆位英雄，哈哈大道："山寨有幸，天遣衆位英雄前來聚義。正是：

　　罡星起義在山東，煞曜縱橫水泊中。風雲際會今如願，共救黎民稱英雄。

晁蓋與秦明挽手而行，衆英雄魚貫前進。眷屬花英小姐、白氏娘子等人，另由晁蓋娘子接待安頓不提。

兩處弟兄，同進山寨。經黑風口，來到聚義廳前。祇見廳口上首，有座將臺，高聳入天。旁竪一根旗杆，扯着一面杏黃旗，在天空飄蕩。黃旗上面寫着八個大字：替天行道　除暴安民。

聚義廳上，霎時鼓聲喧天，殺牛宰羊，大排筵宴。衆英雄觥觴交錯，開懷暢飲，各吐肺腑。酒酣耳熱，披肝瀝膽，齊詈宋室無道，寵用奸佞。鞭笞天下，萬民怨憤。百姓處於水深火熱之中，敢怒而不敢言。老幼孤獨不得其所，英雄被逼得鋌而走險。

秦明説到慕容彥達，仗着蔡京惡勢，胡作非爲。悲痛欲絶，泣血椎心。晁蓋連忙安慰，積蓄力量，靜待時機，山寨定然爲兄剪仇雪恨。秦明益發慨歎，大有相見恨晚之感！

衆英雄情投意合，焚起一爐香來。各設了誓，就此結拜爲弟兄。計有：晁蓋、吳用、公孫勝、林冲、劉唐、阮小二、阮小五、阮小七、杜遷、宋萬、朱貴、白勝、秦明、黃信、花榮、鄭天壽、燕順、王英、呂方、郭盛及石勇，共二十一人。

衆英雄思念着宋公明，深怕他回鄉後，縣主放他不過去，舊案重提，定然又要吃虧。白勝笑道："衆位兄長勿憂，小弟素習躥跳功夫，隨機應變，下山前去打探如何？"晁蓋大喜。次日，白勝辭別衆兄弟下山打探，不提。

且説宋江和清風山衆英雄分手，饑餐渴飲，在路行走，非止一日。這日下午，來至鄆城縣境。張文遠坐着暖轎，恰自郊野遊春回城，在轎簾中橫目四眺，忽見道旁一人，負着行囊，姍姍而行。仔細看時，張文遠不禁失笑起來，正是：踏破鐵鞋無覓處，得來全不費工夫。冤家路狹，今日相聚。張文遠惱怒宋江這人狡猾得緊，一向不知躲在哪裏，杳無音訊；這遭大膽竟敢混進城來，倒要防他一脚。肚裏暗暗盤算着："不如先下手爲强，讓我先去縣衙控告。既可立功，也爲閻大姐報了這血海深仇，泄我心頭之恨。"想罷，拍着扶手板，喚轎夫趕速回城。

宋江緩步行走，瀏覽山光水色，却未覺察有人窺覷。天色抵暮，到了家園。掌家宋福，急忙向宋太公告稟。宋太公傳呼草堂相見。宋江趨步上廳，拜了太公。父子暢聚，宋太公問道："倏忽三載，爲父日夜思念，吾兒一向在何處？"

宋江答道："孩兒自離家後，先去河北滄州，蒙柴王千歲竭誠款待，真的思賢如渴，仗義疏財。後到青州孔家莊行教。爲了眷念大人，辭館回鄉。路過清風寨，拜訪花家表弟、表妹。在花寨衙内，看燈過年。遲至今日，纔得歸家。孩兒不能侍奉甘旨，反累大人擔驚，實爲不孝！"

宋太公轉憂爲喜，撫着宋江的手説道："孩兒，今後須要謹慎。江湖上往來最要留意，倘若誤入歧途，一失足成千古恨。不但聲名狼藉，玷辱祖宗；而且自取毀滅，爲父也要受累。"宋江諾諾連聲。

説話之間，兄弟宋清和兩個兒子及李氏娘子齊上堂來，互道平安。闔家團聚，紅燭高燒，放懷暢飲，喝起團圓酒來。宋江詢問家中生計，宋清一一回答。宋清回問兄長客途經歷，宋江也是細説，祇是大鬧清風山之事，免得老父不悦，略了過去。

各位：宋江爲了刺惜一案，躲避官司，出外三載，今日始得歸來。刺惜一案，有個曲折，這裏須略表幾句，也使看官有個綫索可尋。

話説閻惜姣，東京汴梁人氏。一個年輕姑娘，生得花容嬝娜，玉質娉婷，頗有幾分姿色。父親閻義，母親閻婆，三人靠着先人薄產，相依爲生。祇因家道中落，在汴梁難以爲生，想着山東鄆城有房表親，過去於他有恩，或可借貸幾文，藉以糊口。遂收拾行囊，千里迢迢，前來投親。三人行詣鄆城天上鄉善人村，遇一財主，姓蔣名慈。這人性情刁鑽，最喜惹是弄非。獐頭鼠目，形貌醜陋。性好漁色，喜新厭舊，百般蹂躪婦女。蔣慈看到閻家三人流浪到此，認爲有隙可尋。把惜姣看成天鵝肉，想一口吞下，百般調戲凌辱。閻義憤憤不平，出而交涉。蔣慈哪裏把閻義看在眼中，一脚踢去，正中閻義血海。閻義見勢不妙，帶了妻女，急急奔逃，脱離虎口，來到鄆城。投親不遇，閻義愁病交迫，死在招商店中。閻婆母女兩人，扶着死屍，呼天搶地，大哭一場。祇因數月旅程，耗盡盤纏路費，閻婆無力償付房金飯鈔，發送丈夫。閻惜姣顧影自憐，莫慰母心。於是挺身而出，自願賣身葬父。閻婆無奈，祇好依從女兒。惜姣背插草標，與閻婆母女雙雙跪在鄆城縣大街上，哀哀求乞。誰知鄆城縣中，那些有閒錢的，早知惜姣已爲蔣慈覦覬，不敢插手問訊；否則不僅銀錢落空，還會招來禍水。蔣慈更是居心叵測，知道没人敢買惜姣，讓她自理債務，葬却父親，再圖掠奪，這樣落得省去一筆費用。閻氏母女，跪了一天。從朝抵暮，没人理會。兩人受盡酸楚，急得無路可走。回至旅店，對着閻義遺屍號啕大哭。

店家思想：這事没人擔當得起，祇有指引她們，前去思古村懇求宋公明先生，還有一綫生機。母女兩人聽了，喜出望外，匍匐而往。宋江聽了他倆的哭訴，憐其遭遇，面贈銀兩，料理喪葬。閻婆拜謝宋江，好好殯葬閻義。

蔣慈聽説惜姣家事已了，派人前來囉唣。惜姣痛不欲生，哪裏肯依。母女啼泣，還是一籌莫展。究竟閻婆懂些世情，忽然想出一個辦法。母女雙雙，再到思古村，閻婆把女兒終身許與宋江，一來報答宋江的恩義，二來自己與女兒終身有靠，不再受人欺凌。宋江已有娘子，哪裏肯允。閻婆苦苦哀求，定要宋江搭救。不然，母女兩人，祇好撞死閻義墳前。閻惜姣泣不成聲，宋江憐惜惜姣，就答允了。轉思老父不會諒解，便在縣西巷內典了一所樓房，名曰烏龍院。買辦家用什物，把閻家母女安頓下來。宋江與惜姣結合，相敬相愛，夫妻感情篤厚。

蔣慈看覰宋江娶下閻惜姣，自然心有不甘。但因宋江是縣中有名的押司，更兼江湖上人都敬重他，也就不敢輕易惹他。不多時蔣慈另有所歡，見異思遷，就把心丟了。閻惜姣痛定思痛，把這蔣慈的仇怨，牢記心頭。床第之間，不住向宋江哭訴，定要丈夫做主，剪除這個惡霸。夫妻之間，有些話該留神的，有時也留神不了。有次宋江無意說道："惜姣啊，俺這小小押司，哪裏剪除得了蔣慈？鄆城縣中像他那樣的人正多着呢！你要報仇，祇有等待。有着千軍萬馬要過鄆城呢。到那時間，你的仇就可報、怨就可泄了。"惜姣聽了，不解其意。想問下去，宋江便不說了。惜姣把這事暗記心頭，從此就不哭了。

晁蓋和七八個弟兄在黃泥岡打劫了梁中書的生辰綱，蔡京十分震怒，一道道文書下來，定要鄆城知縣破案。白勝娘子被捕，牽出晁蓋等衆弟兄來。宋江得訊，馳馬便去西溪村通報。放走了衆人，將生辰綱珠寶悉數挑上梁山。鄆城知縣時文彬查究通風報信之人，一一細考較去，疑到宋江身上。祇因宋江深通吏情，抓不到他的破綻，一時奈何他不得。尋思不能打草驚蛇，便暗囑張文遠去伺候他。

張文遠就來結交宋江。宋江年長，張文遠就拜宋江爲師。表面上向老師請教衙門章程，實底子是監視他的行動，刺探他的口風。一有消息，便向縣主呈報。張文遠賠了不少小心，常請老師酒樓相聚，暢談衷曲。詎知宋江早有警惕，並無一言半詞被他抓住，枉自費了不少心計。張文遠存心迫害，挖空心思，借故跑到烏龍院來，原爲刺探消息，及至見了閻惜姣，却生出另一念頭。眼見惜姣形貌美麗，思想床笫之間，必知隱情。不如讓我先來勾引閻氏，她如落入我的懷中，那麼宋江隱情，也就可以舉報；宋江犯法，我還可霸占惜姣。豈非一箭雙雕，左右逢源？張文遠自鳴得意，闖入烏龍院來。張文遠深染紈綺習氣，油頭滑腦，閻惜姣見了，十分厭惡。私怪宋江爲何招收這樣的門生，閉門不納。

　　張文遠自有主張，耐着性子，來走閻婆的門路。向閻婆吹拍，小恩小惠，忙獻殷勤。閻婆每早買菜，張文遠尋話前來與她搭訕。閻婆聽了幾句好話，占了些小便宜。不多幾時，便在女兒面前稱贊張文遠的好處來。閻惜姣初時不理，漸漸被母親説惑。張文遠趁機到烏龍院來，借茶談天。常言道：自古嫦娥愛少年。張文遠用水磨功夫勾引，閻惜姣經不住他的誘惑，眉來眼去，日久發生感情，通起情來。常言道：好事不出門，壞事傳千里。張文遠和閻惜姣私通，弄得沸沸揚揚，路人皆知。人們議論道：前面走的宋公明，後面跟的張文遠。話風刮到宋江的耳朵裏。宋江是個好漢，不以女色爲念，衹憐惜姣年輕，易受誘惑，思想勸她幾句，或可回心轉意。不想惜姣入了張文遠的圈套，對着宋江的勸説，着惱起來。宋江一時氣憤，指出她的病痛，説她“私通張”。誰知惜姣反唇相譏，接着也説他“私通梁”。宋江聽了，暗吃一驚。惜姣覺着這話分量太重，靈機一動，轉變詞鋒，便把“私通梁”改爲“私通良家婦女”，輕輕掩飾過去。宋江尋思話言多必失，衹得憤憤而去。

　　宋江去後，張文遠追問惜姣，你怎麼知道宋江私通梁山的？惜姣就將宋江以前所説等待的話托出來。張文遠聽了，心中有數,十分高興。便問惜姣,願做長久夫妻,還是短期偷情?惜姣自然不滿足於做露水夫妻。張文遠便教她監視宋江,兩人一個在家裏訪,一個在外邊訪,等到證據確鑿,那時宋江就難逃法網了。正是:明槍容易躲,暗箭最難防。張文遠回縣,把閻惜姣的話稟報縣主,縣主囑他再找物證。

再說晁蓋懷念宋江,一心要報答他的恩德。便命劉唐下書贈金,約他上山聚義。宋江得書,把書納入招文袋中,回縣前來。宋江走不到幾步,卻遇閻婆迎面而來。閻婆看着宋江前來,一把拉住,挽他到烏龍院去,思與她的女兒連和。宋江衹爲路途之上,拉拉扯扯,成何體統。脫身不了,衹得隨行。

宋江到了烏龍院中,閻惜姣對他自然不會有好聲好氣。正是:歡娛嫌夜短,寂寞恨更長。宋江覺得乏味,守到三更,一步步地挨下樓來。閻婆正想招呼,宋江已自出門去了。來到縣前,驀地想起劉唐那封信來,隨手一摸,發覺倉皇出門,招文袋沒帶走,遺落在烏龍院中。宋江這一驚非小,急步回院,搶上樓來。看着招文袋已不在床欄杆上,明白這袋定被惜姣拿去。宋江再三商討,惜姣衹是撒潑,口口聲聲咬定:"你要那招文袋不難,奴家拿到了鄆城縣大堂之上,自會歸還你的。"宋江忍不住她百般要挾,一時性起,爭吵起來,持刀將惜姣刺死。

宋江想到這案發作,定會牽涉私通梁山之事。叛逆之罪,禍延九族。因而潛逃,躲過此災。宋江潛逃,西溪村通風一案,時文彬就沒法追究,以此誤了限期。小官見不得上司,衹好丟官而逃,這案也就不了了之。

縣中不日換來新官,張文遠卻頂了宋江之職。現今宋江回來,時過境遷,尋思追究刺妾之罪,情有可原;更兼朝廷册立了皇太子,大赦天下,有罪也減一等,心裏倒也坦然。故闔家暢叙,盡享團聚之樂。

　　且説張文遠在轎中見了宋江，暗暗思量：怎樣控告宋江？時縣主已丟官，這通風一節，就難提了。全爲大姐報仇，豈非便宜了閻婆！宋江饒有家財，不如趁勢勒索，圖個受用快活。

　　張文遠一路盤算，不覺來到烏龍院。出轎進院，便與閻婆相見。張文遠叫道：“阿媽娘，大姐冤仇好報哉！”閻婆聽了，問道：“難道殺胚已回來了嗎？”張文遠道：“是啊，是我親眼看見的。”閻婆道：“既然如此，快快去寫狀子！”

　　張文遠踏進書房，寫好狀子，出來交與閻婆。説道：“待我先去縣衙料理，阿媽娘要快來啊！”閻婆答允道：“爲娘曉得。”

　　張文遠坐轎到了縣衙，進簽押房，翻出三年前的陳案。看着左右無人，計上心來：便在宋江刺惜案下，添寫一筆，拖欠縣庫白銀三千兩。寫好，將案卷仍納櫃中。

　　這時閻婆拿着狀子，來到大堂，抽出鼓簽，着力地打，口稱：“青天大老爺伸冤！”

　　縣主聞訊，傳點升堂。六房書吏站立兩旁，張文遠亦在其內。閻婆走上大堂，雙膝跪下，口稱：“小婦人給大老爺叩頭。”雙手將狀子呈上。縣主接狀，在供桌上攤開來。祇見狀上寫道：

　　　　具狀人閻蔣氏，東京汴梁人，現年五十四歲。四年之前，隨先夫閻義、女兒惜姣來鄆城縣投親。投親不遇，先夫病死招商。小女孤苦無依，宋江乘人之危，出身價紋銀五十兩，强娶作妾。居住烏龍院，一載有餘。民女侍奉宋江，篤守婦道，彬彬有禮。誰知宋江豺狼成性，心懷狠毒，趁夜闌人静之際，無端持刀行凶，刺死民女。民婦曾在前任縣太爺臺前嚴詞上告，大老爺緝拿凶犯，詎料宋江畏罪潛逃，杳無影蹤。時隔三載，此案未了。天遣神差，今日宋江托膽回鄉。所謂天網恢恢，疏而不漏。民婦懇求大老爺拿辦凶手，依法懲處。替民伸冤，公卿萬代。

民婦閻蔣氏　叩首

政和七年二月十二日

縣主覽狀，便側首問張文遠道："這案前情如何？"張文遠聽着，暗自發笑，這事和我商量，我就有縫好鑽。答道："大老爺啊，宋江原爲衙門押司，還是學生的老師呢。"縣主道："這樣說來，案情曲折，你是一清二楚的。"張文遠道："是啊，宋江是縣中有名的訟師，刺死小妾，區區小事，哪會放在心上？祇因拖欠庫銀達三千兩，不肯償還。深怕兩案併發，吃罪不起，以此潛逃。前任知縣，爲着這事，怕有株連，因此也就祇得丢官了！"

縣主聽說丢官，心想：這事務必小心，不能再蹈覆轍。便喚張文遠查翻舊卷。張文遠徑趨簽押房，把舊卷翻了出來，呈上。縣主察看，卷上果然寫得明白。當即准狀，發下火簽排票，立拿宋江。縣主問道："誰人願往？"堂上闖出兩位都頭。張文遠看時：一是美髯公朱仝，一是插翅虎雷橫。張文遠踏步前來，便攔阻道："大人且慢，這兩都頭和宋江篤於情誼，誠恐打草驚蛇，私放宋江。"兩人聽着，心中惱恨，祇得說道："大人，公門之中，執法無私，誰敢以身試法？"縣主笑道："是啊，爾等諒亦不敢，速將凶犯拿來。"朱仝、雷橫接過火簽排票，雙雙打躬，退出衙門。

兩人一路急向思古村走，商量道："宋大哥義氣爲重，這事我倆寧可擔些干係，不可委屈於他。"邊談邊走，思古村已到了。門公進內通報。宋江聽着，呵呵大笑道："兩位消息靈通，不愧在衙堂辦事。快請進來。"

朱仝、雷橫踏進莊廳，拜見了宋太公。宋江問道："縣主怎會知曉俺已回家？"朱仝笑道："還不是張文遠那小子嘛，他早見你回來了。兄長去後，他與閻婆認作母子，同住在烏龍院中。張文遠攛掇閻婆出首控告，還誣你虧欠庫銀三千兩呢！此案周折，兄長受累。天涯海角，辛苦兄長還是再走一趟吧。”

宋江搖手道：“多承美意，却不可連累兩位兄弟。當今朝廷大赦，刺妾一案，罪不至死。虧欠庫銀，則是張文遠弄虛作假，借此訛詐，容易辨析，不用再走。”朱仝、雷橫兩人看勸説無效。祇得取出鎖鏈，給宋江套上，押向縣衙門來。

朱仝、雷橫上堂復話，縣主吩咐將宋江帶上堂來。宋江下跪，縣主拍案，喝道：“宋江！怎樣持刀行凶，刺死閻惜姣的，從實招來！”

宋江不慌不忙，將閻惜姣賣身葬父，納爲小妾諸事，訴説一遍。那日使酒，一時性起，爭吵起來，不慎失手，無意將裁紙刀把閻惜姣刺死了。宋江對於刺惜一事，並無隱諱。祇需辯明兩點：一是惜姣的身份爲小妾，一是惜姣之死乃誤傷。

縣主便喚閻氏申訴。閻婆哭泣道：“世間哪有殺人犯是行善的？宋江看民女美貌，就用金銀引誘，説得天花亂墜，明媒正娶。誰知民女到了他的家中，方知已有妻室。民女生性懦弱，祇有哭了。小婦人出來交涉，宋江無奈，就在城中典了一所房子，名爲烏龍院，讓民女居住。小婦人眼看生米已成熟飯，也就算了。”

縣主細聽蔣氏申訴，破綻不少。既説明媒正娶，狀上怎能寫出身價銀納爲小妾？這點清楚，不必問了。各位：此案爲何要分辯這個妻妾之分呢？爲了宋時封建等級森嚴，小妾在家族和社會中，地位低賤。誤殺小妾，判罪就輕許多。

縣主又問：“宋江，怎能拖欠庫銀？”宋江道：“却無此事！”縣主便向張文遠問道：“這事究竟如何？”張文遠道：“一真都真，一假都假。一案是真，二案決不會假！宋江承認誤殺小妾，他是衙門押司，深通理法，何必畏罪出走？兩案俱發，方覺擔當不起。這種刁鑽之徒，不打哪裏肯招！”

縣主聽張文遠説話有理，便抽朱簽，打宋江四十大板。宋江見着，笑道："小人願招。常言道：'實則實，虛則虛。'是否拖欠庫銀，衹求人人在公事上批'查卷斷案'一句，上峰自會從實判罪。"

縣主聽宋江申辯有理，就命寫供畫押。供詞略云：

> 宋江不合前秋使酒，遂與惜姣爭吵毆鬥，將她誤刺身死。三載避罪外逃，今蒙緝捕到官，取勘前情，伏罪無辭。至於虧欠庫銀三千兩，有無其事，請上峰查卷斷案。

縣主覽供，便喚押入牢中監候。縣主退堂，閻婆自回家去。

各位：拖欠庫銀三千兩，這事宋江明知是虛，衹求縣主於文書寫上"查卷斷案"四字，這是他的高明處。曹州府查對舊卷，自會水落石出。所以宋江微微一笑，並不放在心上。

可是張文遠聽了宋江的申辯，暗暗吃了一驚。爲什麼呢？曹州府如查對案卷，便會發覺曹州府與鄆城縣案卷的差異。尋根究底，勘對筆跡，這私改案卷之罪，就會落到張文遠的頭上。張文遠不禁擔憂起來，一路心緒不寧，回烏龍院來。

正是：日間不做愧心事，夜半敲門勿吃驚。

畢竟張文遠的性命如何？且聽下回分解。

第八回　梁山泊吳用舉戴宗
揭陽嶺宋江逢李立

　　話說張文遠誣陷宋江，虧欠庫銀三千兩，企圖勒索。詎知宋江並不諱避，滿口允認，祇求縣主在供狀批上"查卷斷案"四字。張文遠聽了宋江申辯，暗吃一驚，心想：曹州府審查原卷，勘對筆跡，這私改案卷的罪名，定會落在我的頭上。

　　張文遠回到烏龍院來，與閻婆相見。閻婆招呼道："我兒回來了。"張文遠道："兒子回來哉。"兩人在堂前坐下。閻婆道："兒啊，官司進展如何？能否爲我女報仇？"張文遠道："娘啊，做兒子的倒要犯法哉！"閻婆聽了不解，大吃一驚，忙問道："你犯了什麼法啊？"張文遠道："宋江刺死閻大姐是沒有死罪的，做兒子的想幫幫你忙，敲他些銀兩，讓你歡度晚年，因在案卷後添注一筆：拖欠庫銀三千兩。不料宋江滿口允認，祇求大人在文牒上批寫'查卷斷案'四字。大老爺把公事送上曹州府，府大人若是翻出舊卷，查勘之下，不見記錄，駁下公事，吊看縣卷，縣主檢驗墨色、筆跡，不是兒子要犯法哉？"閻婆聽說，益發吃驚道："啊呀，兒啊，你趕快想個辦法。"張文遠道："兒子一時無法可想。"閻婆道："府大人處，可有熟人？通個關節。"張文遠道："府衙門裏，做兒子的平日少有往來，宋江倒是一向與他們勾勾搭搭的。"兩人談了幾句，吃過晚飯。閻婆上樓睡去。

　　張文遠走進書房,在椅子上坐下來,批了幾件衙中公事。心緒不寧,真像一隻没脚的蒼蠅,亂飛亂撞,飛不出個頭路來。張文遠站身起來,衣袋中摸出鑰匙,走到床旁,開了一隻箱子,從箱中取出久已藏着的那幅閻惜姣的嬌容圖來,向壁上柱頭掛着,隨手點了一炷香,插入香爐,倒身便拜。嘴裏不住喃喃禱告道:"閻大姐,閻大姐啊,學生生前與你相好,你一刀被宋江刺死,蒙了這樣冤屈。學生時刻記掛於你,定要爲你報仇雪恨。你的阿媽娘啊,學生撫養到今。今天宋江轉來哉,正是一天之喜,守出頭了。學生爲了替你大姐報仇,養活阿媽娘,就公事上添注一筆,意欲賞些銀兩。不料宋江來個反撲,這着實屬害。縣主倘然認真起來:一來不能替大姐報仇,二來學生也要犯法哉。我想你閻大姐啊,是知書識字的,最好你的冤魂,跑進府衙裏,幫我在公事上也添這一筆,那就可以稱了大姐、阿媽娘和我的心願哉!陽間裏學生幫你的忙,陰間裏你要幫幫學生的忙哉!請你閻大姐總要替學生盡這一把力啊!"張文遠禱告多時,不聞聲響。又自想道:"喂,閻大姐啊,怎麼我喊了你多少聲,爲啥一句回話都没有呢?喔唷唷,張文遠啊張文遠,你這人有點呆哉!這是一張嬌容圖,不是真人,怎麼會對我講閒話啊?倘若真的對我講起話來,豈不要活活地唬死我哉?"

　　張文遠在書房裏自言自語,有時頭沉着,有時眼閉着,悠悠思量。忽聽窗外瑟瑟,傳來一陣風聲,仿佛有人來哉。再聽似有人在喊道:"三郎啊,開門來!文遠,開門啊!"聲響過時,祇見桌上燭火摇曳明滅,晃個不定。張文遠不禁打了一個寒噤,驟覺毛骨悚然!忙問道:"外面是啥人?"又聽那人説道:"是奴啊,難道奴的聲音你都聽不出來了嗎?"張文遠定一定神,静心一聽,這是閻惜姣的聲音啊!霎時魂飛魄散,嚇得面如土色,慌了手脚,嘴裏却在説道:"呀呀吥!我我我……道是啥人?原原……原來是閻……閻……閻大姐啊！你……你……你冤有頭，債有主……你應該去纏凶手宋江纏對……勿……勿……勿要來尋着我學生哉……我學生的膽子蠻小格……這樣要給你活活地嚇煞哉！"張文遠在這樣說，祇聽外面還在叫喊："三郎，這門你開，還是不開呢？"張文遠慌忙着說道："閻大姐啊，學生這門是勿敢開哉！"那人道："三郎，這門你當真勿開啊？"張文遠道："大姐，真的勿開了！"那人又問道："果然勿開啊？"張文遠道："果然不開了！"祇聽那人笑道："三郎，你不開門，難道奴家就不能進來了嗎？"張文遠還撒嬌道："門勿開，戶勿開，你從哪裏進來呢？"張文遠話未說完，忽聽那人冷笑一聲道："如此，奴家來了。"說時，呼——呵——的，一道風從門縫裏鑽了進來。張文遠啊唷一聲，跌倒下去。仿佛聽見那人叫道："三郎啊，還我命來！"張文遠祇是渾身發抖，跪在塵埃，大聲叫道："閻大姐，饒命啊！"張文遠一時摸不着自己的頭顱，昏頭昏腦，閉着眼睛，不停地向着惜姣的嬌容圖搗蒜般地磕頭，耳際響着惜姣的聲音，向他罵道："奴家賣身葬父，虧得恩人宋江相救，贈我銀兩，逃脫惡霸魔掌。奴家願以身相報。你不該憑借鄆城縣主惡勢，闖入烏龍院來。借茶爲名，調戲奴家。更不該趁奴家沐浴之際，闖上奴的妝樓，肆行無禮。奴家年幼無知，受了你的誘惑，恩將仇報，企圖陷害夫君。夫君激於義憤，將奴一刀刺死。奴家不怪夫君行凶，却恨你的奸險。今日夫君歸來，你這小子昧了良心，煽惑奴家無知的娘親，前去縣堂誣告，害得夫君遭受牢獄之苦。今日奴家豈肯與你甘休！"嚇得張文遠跌倒塵埃，滿屋打滾，嘴裏祇是喊着："閻大姐，饒命啊！"

　　閻婆睡在夢中，忽聽張文遠大聲喊叫，急忙披衣走下樓來，循聲來到書房。祇見張文遠滿地打滾，口吐白沫，不省人事。閻婆嚇了一跳，慌忙走前攙扶，連聲叫喊。剪亮紅燭，向錫壺中倒一盏茶，递去给三郎润喉。张文远的神志稍稍清醒了些，朝眼前一看，对着图容，还是喊着："阎大姐，饶命啊！"阎婆道："儿子啊，休要如此。惜姣生前与你是相好的，待我前来与女儿跟前通神几句，给你讲个情就是了。"张文远打个呵欠，伸了伸懒腰，站了起来，忽又跌了下去。

张文远从此疯疯癫癫，不茶不饭，不久得病而死。县主得讯，给张文远销了差。这消息传到狱中，宋江一笑而罢。

县主叠成文案，报上曹州府听断。曹州府见了申辩情由，晓得府里都知宋江正直，勘明事实，文书批转，略道：

> 宋江拖欠库银，查无事实。使酒误伤小妾，减等问罪。
> 脊杖二十，刺配江州牢城。徒刑三年，罪满回籍。

县主复审，把宋江提上公堂，验明正身，即唤文笔匠人，在宋江额上刺字，当堂上枷，押下一道牒文。问谁愿为长解。堂下闯出赵德、赵能。县主发下乾粮盘费。赵德、赵能看了押解日期，请县主宽恩。朱仝、雷横也帮着宋江说话。县主宽放一月限程，赵德、赵能领下牒文，押了宋江，退下大堂。

赵德、赵能押着宋江，起解江州。出离郓城城关，赵德笑向宋江道："押司，你我衙堂共事，朝夕相见，自有一番人情。押司犯了官司，我们岂可翻脸？常言道：瞒上不瞒下。出了城关，这王法就在我们手中。戴着行枷，不便行程，不如除了下来，今后还是弟兄相称。"说时，赵能就把宋江行枷除下，打拴在包裹里。宋江脱去罪衣，仍是平日打扮，头戴方巾，身穿海青。邀着两解，径往思古村去，拜别老父。

宋福见宋江大爷回来，前去禀告。宋太公迎了出来，请两解草堂聚话。宋江拜了下去，说道："孩儿不孝，如今受官司缠扰，又将远离膝下。父亲年高，孩儿不能尽人子之道，如何得安？"说着,掉下淚來。

宋太公也垂泣道:"孩兒,為父尚健,不用憂慮。年災月晦,誰保得住?祇是江湖未靖,孩兒須慎於操守,能把握得住纔好。上為國,下為民,方不玷辱祖宗。古人云:'為善毋近名,為惡毋近刑。'孩兒及時雨的聲名,滿於江湖,就是近名。披枷帶鎖,刺配江州,就是近刑。這非孩兒明哲保身之道。押司雖小,還是朝廷官吏,不意孩兒問罪。天可憐見,早日罪滿回籍,復作良民。"宋江人稱孝義黑三郎,聽到父親教誨,祇是諾諾連聲。

宋太公看宋江將行,引至僻靜處,再三說道:"孩兒,此去江湖,三教九流,魚龍混雜,切忌魯莽,入了人家圈套。那時身落陷阱,就難於見老父了。你此去正從梁山泊過,倘有人來脅迫,斷斷不可依從。讓人罵你不忠不孝!江州乃魚米之鄉,你可寬心守法。我自會教四郎接濟與你銀兩使用。"宋江祇是拜道:"孩兒遵命,萬望老父放心。"宋太公甚為歡喜,款待趙德、趙能,齎送紋銀。

宋江便向兄弟宋清,囑咐幾句,好生侍奉老父。江湖上,相識不少,盤纏自有對付處。天可憐見,罪滿回籍,共享天倫之樂。宋江回房,再與夫人話別。

宋江辭別故鄉,和趙德、趙能,投南徑向官道進發。走了一日,覓得招商客店投宿。

且說白勝早詣鄆城,探得宋江發配消息,暗暗跟隨。這晚伏在招商店中,倒身蹲在屋面上,看覷動靜。祇聽宋江和兩解議論明日行徑。趙德道:"我們走濟南府的南面,取道李家道,轉馬家道,出蘆林鋪,向南就踏上去江州的大道了。"

宋江聽着,問道:"你所說的李家道,不就是梁山石鏡湖旁的那一條路嗎?"趙能點頭稱是。宋江想着父親的囑咐,尋思路經梁山泊,恐有不便。問道:"還有別的路可走嗎?"趙德道:"路還是有的，須向北繞着濟南府兜過去，寬走一日，也可達到蘆林鋪，不過這路盡是小道，而且路遠了些。"宋江道："就向北走吧！好在寬限一月，多走些路也無妨的。"兩解同意，吹燈就寢。

白勝探得消息，回山稟報："一報宋江自去鄆城衙署投案。二報宋江招供畫押，文書詳上。宋江散禁牢中，未受鞭撻。三報宋江發配江州，取道濟南府的北面，繞石鏡湖，轉蘆林鋪南行。"

晁蓋聽得，十分納悶。難道宋兄長願去江州牢城營嗎？

吳用道："這事見了宋兄長，衷曲自然明白。"

晁蓋當即傳令：劉唐帶領軍士五百，作爲頭隊，在蘆林鋪等候；花榮帶領軍士五百，作爲二隊，在蘆林鋪二里等候。先後迎接。晁蓋親自領軍士一千，並衆弟兄去水口迎接。又命阮家兄弟準備渡船，沿途高搭歡門，遍插旗幡。衆弟兄遵令而行。

這日，宋江與兩解繞道來到蘆林鋪，正行走間，忽聽一聲炮響，山嘴背後，闖出一人，烏紗紮額，拱心英雄結。身穿玄緞窄袖短衣，手裏持着一口朴刀。祇聽這人叫道：

平生膽氣豪，交友密投醪。善惡最分明，生死等鴻毛。

宋江看時，原來是赤髮鬼劉唐，領着五百兵士，來殺兩個解差。趙德、趙能見勢不妙，慌作一團，連忙伏地，叩頭求饒。

宋江見了劉唐，便道："遞刀來，不要玷污了你手，讓我把這兩解殺了。"兩解聽着，嚇得魂不附體，祇自叫苦不迭。

劉唐把刀遞與宋江，宋江接過了刀，便向劉唐道："殺這兩個解差，是什麼意思啊？"

劉唐乾脆地答道："這是寨主的將令，迎接兄長上山，共興大業，還要這兩個歹人何用？不妨殺了乾净！"

宋江道："既是如此，這事見了晁大哥再説。"

趙德、趙能聽了，益發抖個不住。

宋江不住向兩解睄視，兩解還是拉拉宋江的衣襟，低聲説道：“全仗押司救護，我們一路上没虧待你啊。”

劉唐引着宋江，行不到二里路，又聽一聲炮響，來了一人。此人面如滿月，眉清目秀，素白緞灑花包巾，銀挺帶，薄底緞靴。正是小李廣花榮。

花榮搶步上前，拱手見禮。趙德、趙能哪裏敢看？花榮、劉唐簇擁着宋江，談談説説，直趨馬家道水口來。

宋江望時，面前竪着一面大紅綉花盤金綫旗，寫着“水泊梁山寨主托塔天王晁”，陽光耀着，金光燦爛。旗上蛟龍競走，神采奕奕。旗下中央站着晁大哥。頭戴闖龍冠，雉尾雙飄，身穿蟒袍，腰懸寶劍。踏步前來，拱手迎迓。兩旁站着公孫勝、吳用、林冲、秦明、黄信、鄭天壽、燕順、王英、吕方、郭盛、石勇、白勝等十餘位弟兄。一隊隊，一彪彪，軍士簇護着。宋江見晁大哥來，踏步上前，拱手還禮。兩人謙謙讓讓，挽手而行，一同上了聚義廳堂。

賓主坐定，晁蓋啓口道：“公明仁兄。鄆城一别，倏忽已數更寒暑矣。每念仁兄義釋大恩，無日不往返於懷。前者又蒙引薦清風山等衆豪傑上山，光輝草寨。深感報答無門，今日重見，真正快慰平生。”

宋江答道：“兄長過獎，愧不敢當。小可回鄉探親，承父教育，啓豁愚昧。今犯官司，將去江州。天可憐見，異日有緣，還圖與兄團聚。”宋江看到秦明在座，便問邇來佳況。

秦明答道：“説來慚愧！自上梁山，叼蒙衆家弟兄義氣相投，十分看顧。感到八方同域，異姓一家。生死相托，患難與共。比着趙宋爲官，爾虞我詐，勾心鬥角，真的不可同日而語。今已身心舒暢，謝兄關愛，請勿介懷。”宋江聽了，十分欣慰。

晁蓋道：“這梁山泊方圓八百里，河港一千條。地勢險要，大可作爲。方今豺狼當道，虎豹專權，剝盡民脂民膏。俺等正可聚集英豪，替天行道，除暴安民，將大宋江山，攪它個天翻地覆。待到兵多將廣，殺向汴梁，滅去高、楊、童、蔡，保國安民。庶不負仁兄義釋一番好意。祇恨晁蓋識見淺陋，必須仰仗兄長大才，共襄盛舉。此語出自肺腑，未知兄長尊意如何？”

劉唐插口道：“晁大哥説得極是！可恨道君皇帝無道，寵用奸佞。蔡京、童貫、高俅、楊戩一班奸黨，擾亂天下，萬民不安。如今山寨蒸蒸日長，宋兄長今日駕到，無異錦上添花。請晁大哥先把兩個解差殺了，然後再議大事。”

宋江忙搖手道：“劉賢弟此言差矣！晁兄長投奔梁山，實是出於無奈。倘若這般説話，不是抬舉宋江，而是要陷宋江於不忠不義之地。若再要挾，宋江自願先飲此刀。”

劉唐看宋江固執，慌忙奪刀道：“哥哥，休要如此，再作計較。”

吳用站起，笑道：“宋兄長的意思，我領會了，不留宋兄長在山便是。晁頭領與宋兄長闊別已久，祇是稍傾積愫而已。且請少坐，便送登程。”

晁蓋看着宋江去意已決，不便多言，祇好設宴餞行。席間，吳用向宋江道：“兄長此去江州，那處有契友相識否耶？”

宋江答道：“苦於人地兩疏。”

吳用道：“如此，吳用倒有一個相識，現在江州，充做兩院押牢節級。爲人慷慨，仗義疏財，與人能共死生。這人姓戴名宗，人稱他爲戴院長，又稱‘小江州’。這人擅於道術，一日能行八百里，人家因此喚他爲“神行太保’。小可修下一書，讓兄長做個相識何如？”宋江大喜。

晁蓋看着吳用舉薦戴宗，自也想起一事，插口道：“宋兄長前去，旅途之中，怕有風險。”宋江問道：“此話怎講？”

晁蓋道：“江州在潯陽江上，那裏有着旱三霸、水三霸，最爲凶險。兄長前去，教人放心不下！”

宋江笑道：“四海之内，皆兄弟也，何險之有？”

晁蓋道：“不如晁某爲兄長寫一封信，先致潯陽天子李俊如何？”吳用道：“如此甚佳！”

晁蓋當即書寫文書，命嘍囉快馬傳遞。又向懷中取出白玉印璽一枚。這璽上有螭紐，繫着紅絲，上鐫“水泊梁山托塔天王”八個蝌蚪文字。對宋江道：“兄長此去，如遇急用，可蓋此印，不論款額多少，五萬、十萬，梁山可以周旋。”宋江深知晁蓋心意，不便固辭，便拜領收下。

宋江在山盤桓一日，決意啓程。衆頭領挽留不住，便都送下山來，相互道別。吳用與花榮一起過渡，直送至長亭外，纔回山去。

且説梁山派往江州的嘍囉，快馬加鞭，趕趲行程，一日到了潯陽江的小姑山上，拜謁李俊王爺。嘍囉登上龍舟，面呈書信。李俊拆書展覽，祇見信上寫道：

> 水泊梁山托塔天王移書小姑山潯陽天子陛下：兹有一事勞神，義弟宋江，山東鄆城人氏，人稱及時雨。刺配江州，路過禁地。敢請王爺青睞，惠予照顧。書不盡意，敬申謝悃。不備。

李俊覽畢，哈哈大笑道：“恩公來了！”當即寫好回書，交付來人。晁蓋得復，心遂放下。

李俊當即召集麒麟山李立，八排山蔣敬、馬麟，小姑山張橫、張順，穆家莊穆弘、穆春，揭陽嶺童威、童猛，會同商議。蔣敬站身説道：“宋公明仗義疏財，人稱及時雨，又號呼保義。山東道上，誰不仰慕？前在清風山與秦明智鬥，用兵如神，可算得曠世奇才！"

李俊點頭道："蔣敬説得有理。宋先生廣結江湖義士。這次路過梁山，晁天王再三挽留，爲何不上山聚義，却願來此江州受罪，令人不解？既來江州，我等兄弟，理應竭誠招待！"遂傳令水陸弟兄，如有山東鄆城配犯經過，必是宋江無疑，務必速來通報，李某將親去拜會。

看官：李俊這道令傳下去，是要落空的。因爲宋江現在已經不是配犯打扮，李俊手下哪裏知道，衹是盤查犯人，自然交臂失之。

宋江與趙德、趙能於路行走半月之上，來到一個去處。莽莽蒼蒼，早見有座山嶺擋着。這嶺起伏斷續，綿綿延延，峰鎖南北，岫列左右。兩解指着道："爬過了這條揭陽嶺，纔見曠野，前去便是潯陽江。盡是水路，距離江州，已經不遠。"

這時五月天氣，旅程往來，背着包袱，循着這羊腸小徑，顛簸前行，就覺煩躁起來。宋江便道："天氣炎熱，還是趁着早涼，少出些汗，趕過嶺去，尋個宿頭吧。"趙德應道："宋先生説得是。"三個人趕着奔過嶺來。林壑之中，澗聲潺潺，古木森森，悲鳥鳴啼，飛繞其間。叢樹掩映，却少人煙。

三人爬到嶺頭，忽見大樟樹下，有兩人正在納凉閒談。宋江向樹後望去，那裏有三間草房，樹陰下挑出一扇酒旗兒來，旗上寫着"童家老店"四個大字。宋江看了，心中歡喜，就向兩解説道："肚裏饑渴，我們正想買碗酒吃。"三人踏步入店堂來，兩解放下包袱，各就位子坐了。小二前來招呼。趙德、趙能連問這裏有什麼肉賣。小二應道："現有熟牛肉和渾白酒。"宋江道："也好，就先切兩斤熟牛肉來，再打一角酒。"小二送上酒菜。三人飲酒歇力。

却説坐在那樹下的青臉兒，雙手捧着頭顱，驀地"啊唷唷"地大叫起來。旁邊的紅臉兒連忙問道：“兄長的老毛病又發作了？”那個青臉的道：“是啊，俺的頭風病又發了。”那個紅臉的道：“兄長，你的藥放在哪裏？趕緊去拿！”那個青臉的答道：“藥麼恰好吃完，一時哪裏去辦？賢弟，俺倒要和你商量一下，不知你肯答應麼？”那個紅臉的笑道：“好啊，你倒會開玩笑，難道要借俺的腦袋不成！”那個青臉的說道：“豈有此理？俺看店裏來了三個牛子，今天正好發一個利市。”那個紅臉的聽着，慌忙搖手道：“動不得，動不得！天子恩公還沒碰見，做事要小心謹慎纔是。”那個青臉的按着頭強笑道：“你太小心了，沒有這樣的巧事！恩公是個配犯，眼前這人是相公，萬無一失。”那紅臉的祇得說道：“好吧，你有眼光，你去做吧！”

看官：這一青一紅的兩個臉兒，究竟是什麼人呢？一個喚作出洞蛟童威，一個喚作翻江蜃童猛。這青臉的有個頭風毛病，什麼藥總醫不好，祇有活活地把人的腦子打開，用勺挖出，吃下肚去，纔能制服。所以這爿店裏，築起一座劈腦亭，常常敲打人的腦袋。

此時童威雙手緊捧着頭，三脚兩步，直闖到店裏來，牽嘴向小二示意。小二明白，忙向三人添酒，又切上一大盤牛肉來。三人喝得口滑，哪裏分辨得這酒的清濁。不多時，兩解瞪着雙眼，口角流下涎水來。你揪我扯，望後便倒。宋江站立起來道：“你兩個怎的吃得三碗酒便恁醉了！”向前來扶，自家不覺頭昏眼花，“啊唷”一聲，也撲地倒了。瞪着眼，面面相覷，動彈不得。

童威吩咐道：“快上排門，把這三個牛子急速拖到劈腦亭去，宰了，做醒腦湯，讓俺治病！”

小二把三人的包裹等收拾了，擺在櫃上。然後把人一個個拖向劈腦亭去，綁縛在亭子柱上。小二一試，斧已生銹，就在沙石上摩擦起來。

童猛關照弟兄,且慢動手,這三人來歷不明,怕出亂子!童威聽着袛是發笑。

忽聽門外一聲大笑,一人跨下馬來。看着店門已上,知道店內有事,八成賬是敲實了。叩門進來,童猛看時,原來是大王爺李立駕到。

李立笑道:"今日做得好買賣啊!"

童威道:"不過捉得三個牛子,略有些包裹。"

李立問道:"三個是怎樣人啊?"

童威道:"兩個差役,一位相公。"

李立聽到"差役"兩字,着急道:"快別開剝,速速取那包裹來看!"

童威手向櫃檯指着,李立看見黃布包裹,益發吃驚道:"這位相公,莫非就是天子恩公及時雨宋公明吧!"

童威慌忙將包裹打了開來,取出差批細看,失聲道:"啊唷,不好!真是恩公。"嚇得渾身發抖,舌頭吐出,半晌縮不回來。

李立見了,虎目圓睜,破口大罵。童猛趕忙喚小二將三人背出,讓宋江在正位坐着,用解藥把他灌醒。

宋江悠悠醒來,三人納頭便拜。宋江思想,兀的奇了,不是在做夢吧?看這正中拜我的那個:

> 這人生得相貌奇特:一張鴛鴦臉,一面紅,一面紫。赤眉虯鬚,大鼻闊口。頭上戴着龍冠,雉尾高飄。身穿大紅蟒袍,腰懸佩劍。

袛聽那人唱喏道:"小弟催命判官李立遲來一步,多有冒犯,千祈海涵!"

童威、童猛連連拜道:"委屈恩公,萬望饒恕則個。"

宋江雙手扶起,道:"李大王,兩位英雄請起。不知不罪,坐着叙話。"

三人哪裏肯坐，祇自站立。宋江問這位尊姓大名，李立報了姓名，説道："祖貫廬州人氏。江湖上看我勇猛，渾號'催命判官'，現在麒麟山爲寨主。哥哥李俊，在揚子江中，泅得水，駕得船，因爲他的水性好，人家送他一個美號'混江龍'。現在潯陽江爲王，人又稱他'潯陽天子'。"

李立又道："這兩個是兄弟，一個童威，一個童猛。恰纔童威發病，用蒙汗藥麻翻恩公，拖到劈腦亭去，正想取腦做藥吃。幸虧小弟到來，討取公文看了，纔知是恩公，慌忙用藥解救，實是冒犯之至！"

趙德、趙能聽了，嚇得魂不附體，作聲不得。

宋江聽了，驚問道："童義士，怎麼敲人腦治病呢？"童威道："説也奇怪，吃了人腦，精神舒暢；不吃就覺昏迷，生活不下。"宋江心裏存疑，但此時不便多問。回首問李立道："大王爺，何故稱我恩公？"

李立道："説來話長。哥哥李俊，開過鏢局。那時受泥裏鰍張橫排擠，流落江湖。有一次來到山東鄆城縣，在城東二十里處，撞見地頭惡霸張輝，强搶民女。哥哥路見不平，拔刀相助，捺不住性子，將張輝一刀殺了。張輝見殺，百姓驚喜交集，喜的是除了惡霸，地方安寧；驚的是這人財勢滔天，勾結官府，爲害地方，怕受連累。哥哥哈哈大笑道：'大丈夫一身做事一身當！'提着張輝首級，自向縣衙投案。百姓感激萬分，跟在他的後邊。縣主升堂，問李俊與張輝有無私怨。百姓齊道：'這位義士，兩個時辰前，還不認得張輝，有什麼私怨？'縣主和張輝却有嫌隙，認爲張輝死有餘辜；但覺這案難辦，既怕張家，也礙百姓，畏首畏尾，優柔寡斷。那時虧得恩公，仗義執言，力訴張輝罪惡。縣主懾服，遂將這案從寬發落。哥哥獲得釋放，回轉家鄉，鬥走了泥裏鰍,管領着這水陸兩道,被推爲潯陽天子。因此常常稱道恩公。"

宋公聽了,原來爲着這事。不是李立説起,早已忘懷。

童威插嘴道:"今日得罪恩公,必然龍顏大怒,如何得了!"

宋江道:"不必擔憂,大王爺前,待俺勸説一下就是。"

李立道:"這事我也有錯,怎能開脱?"

童猛道:"在下倒有一計,不知恩公肯俯允否?"

宋江道:"且請義士道來。"

童猛道:"恩公光臨,喜從天降。我等結拜一個弟兄何如?桃園義重,天子知曉,這就不會多加呵責了。"童威忙説道:"我也是這樣想的。"李立道:"衹是高攀了!"

宋江道:"江湖上義氣爲重,情投意合,理當結拜。不知童家兩位義士,肯聽宋江一句話否?"

兩人齊道:"恩公説來,豈有不從之理?"

宋江道:"誰無父母,誰無子女?劈腦撮藥,不是太殘忍了嗎?"童威苦着笑臉道:"爲了醫病,也是不得已啊。"童猛破口罵道:"休要胡説!這頭脹毛病,分明是吃了人腦纔發的,哪裏會吃了人腦反而治病呢?現在輪到你的身上,天子要劈你的腦袋,看醫哪個的病啊!"童威看着兄弟發怒,忙向宋江作揖道:"使得,使得!"李立吩咐,趕速把劈腦亭拆了。

四人撮土爲香,結拜爲弟兄。李立問宋江:"何故配來江州?"宋江就把刺死閻惜姣,避難江湖,直至回家省親,事發刺配江州諸事約略叙説,三人聽了,歎息不已。李立趁勢就邀請道:"天子在小姑山,時常繫念兄長。請兄長屈駕前往,免得到江州牢城營去受苦。"

宋江道:"梁山泊衆兄弟苦苦相留,宋江兀自不從,生怕連累老父,此間如何住得?"

三人殷勤相勸,宋江決意要行。見挽留不住,衹得送還行囊,取些銀兩,贈與兩解,將宋江等送下揭陽嶺,分手而回。

李立與童威、童猛,徑回小姑山五鳳洲來,拜見潯陽天子。李俊見報,大吃一驚。喝令將童威、童猛綁出斬首。李立便來討情,說恩公已與童家兄弟結義,還是讓他兩人將功折罪吧!

李俊傳令:童威、童猛,火速前去準備船隻,巡邏潯陽江,找尋恩公。恩公倘有不測,兩罪俱罰,那時決不寬貸。兩人諾諾連聲而去。

李俊再斥李立道:"兄弟,恁地糊塗? 遇了恩公,還不請他上山?"李立解釋道:"他自不肯!"李俊道:"也可通報一聲,讓李俊前去拜會啊。"李立道:"亦是恩公堅意要行,小弟挽留不住。"李俊道:"恩公前去江州,你可派人護送?"李立道:"恩公亦是堅決辭謝。"李俊道:"那麼,你可派人暗中保護?"李立道:"小弟莽撞,一時却未考慮!"李俊聽着,衝衝大怒道:"你是呆子不成? 這點還想不到嗎? 還不速去保護。"李立忙拜辭了,旋身踏出小姑山,駕着小船,向江面追尋宋江去了。

宋江與趙德、趙能離了揭陽嶺,取路徑向江州來。行了半日,早是未牌時分,來到一個去處。祇見人煙輻輳,市井喧嘩,嶄嶄齊齊,足有數百戶人家。三人踏上鎮頭,却見那裏聚着一夥人。宋江分開人叢,挨進去看時,有個江湖人在那裏打拳頭賣膏藥。宋江與趙德、趙能站住了脚,看那人衣衫襤褸,寒窘異常。他是:

> 頭上戴一頂皂色闊六輪平頂英雄羅帽,團圈都是洞眼。旁邊插一個皂色絨球,穢得不成樣子。身上穿一件皂色綢拳袴,破得來一塌糊塗。披一片,掛一片的。腰間繫一條闊帶,這帶斷了多回,斷一回,打個結,結都相碰了。皂色綢紮脚褲,全是補丁,有幾處還破着。一雙白襪,分不出顏色。一雙烏緞幫薄底靴,靴頭像嘴巴樣的撐開,虧他還能在那裏

打拳。地上擺着一件破氊衣,一根棍子,曾塗過漆,斑斑駁駁都快脱落光了。

這人雖在風塵之中,却有軒昂之色。肩闊腰圓,胸高背厚,精神抖擻。

那麽宋江要跑上前去,與這位英雄厮會,無意中却得罪了地頭惡漢,險些送了性命。

正是:英雄鐵肩擔道義,無端惹出是非來。

畢竟這位英雄是誰?且聽下回分解。

第九回　穆家莊薛永受鞭撻
潯陽江張橫逞威風

　　話説宋江與趙德、趙能跑到揭陽鎮，看見一個走江湖的大漢，在那裏打拳頭賣膏丹。祇聽那人説唱道："日出東方一點紅，秦瓊賣馬到山東。諸公請了。俺河北人氏，姓薛名永，人稱'病大蟲'。初來貴地，没有什麼奉敬，祇好耍一套花拳。耍得好，勿要稱贊；耍得不好，大家原諒。耍好拳，溜好腿，大家幫幫場子，買幾張膏丹。識字的，看我的仿單；不識字的，聽兄弟交代幾句。跌打損傷，包貼包好。凡是一拳打傷，一腿踢傷，樓上摜到樓下，一摜摜傷，兩肩挑擔挑傷，腰裏撞傷，一張膏丹，一貼就好。倘是腦前風、腦後風、扳肩風、搜骨風、大脚風、草鞋風，單憑膏丹是貼不好的；還要向兄弟買點敷藥。打針拔火罐，分文不取。場子上如有牙齒痛、眼睛痛，敷粉送藥，一概奉送。當場試驗，立效如神。"

　　大漢雙手拱着，行了一個漁翁撒網禮，向場子上跑一圓步，將闊帶收緊，袖子捲高，並足而立。伸出右臂，大指往上一承，四指往下一捲，取了一個猛虎探爪之勢，出手打拳：

　　　　地下百獸虎爲尊，饑來撲食鎮山門。追逐麋鹿伸玉爪，
　　　　暢飲青泉露金盆。負嵎一嘯人喪膽，剪尾退洞盡驚魂。

宋江看他身腰步法，進退有方。拳起腿落，真有石破天驚之勢，不覺連聲喝彩："好拳腳！"尋思：會看的看門道，不會看的就看熱鬧。人家在喊好了，却怪場子上一點反響沒有，寂靜無聲。

薛永隨手把破箱子打開，取出三四十張膏丹，撒在地上。手裏拿着幾張，向四圍兜售。喊道："來，來，來！請看兄弟的膏丹。今天揚揚名氣，半賣半送。本應四十八錢一張，現在祇賣二十四錢。請各位買幾張去！閒時買，急時用。放在家裏，有人受傷，行行方便，功德無量。礱糠搓繩起頭難，哪一個幫幫兄弟的忙，交易一張。千人走路，一人領頭。"那薛永喊了半天，却沒有一個人理睬他。

薛永思想：拳頭耍得不好，看不上眼？再來一套棍棒吧。於是放下膏丹，說道："俺再奉敬一套棍棒。"提起棍，又飛舞起來：

> 英雄練就一條棍，棍打高樹去盤根。左打大鵬挺翅，右打惡蟒翻身。前一棍青龍探爪，後一棍猛虎下山嶺。八八六十四棍分上下，纔知英雄棍法精。

掩手撩勢，懸腿跌打，無不如意。薛永將棍放落，拱手再拜四方，笑說道："看官，高抬貴手！"跑了一圈，眾人白着眼看着，沒有一個肯出錢買的，人却漸漸地散了。

宋江看他爲難，踏步出來，身旁摸出五兩銀子，說道："薛仁兄，休嫌微小，請收下了。"薛永道："素不相識，怎敢打擾！"

宋江道："四海之内，皆兄弟也。請勿推讓！"

薛永看宋江誠意幫助，正待接受，並想問他一個姓名，以圖報答。忽見人叢中躥出一條大漢來，高聲喝道："呔！好大膽的鳥漢，竟敢放肆，滅俺揭陽鎮上的威風！"

宋江與薛永回頭看時：

> 這人站立平陽，身長七尺。生就一張削骨臉，色如白

紙。兩條劍眉，一雙鳳眼。頭上戴着大綠如意巾。紅綠鬚子分垂兩旁。羊脂白玉鎮頂。身穿大綠繡花海青，琵琶帶沒有扣緊。前胸敞開，露出紅玫瑰繡花拳袴。腰間繫着銀色絲帶。下身穿着玫瑰紅緞花底衣。腳上蹬一雙薄底花幫快靴。惡狠狠地搶上前來。

宋江理論道："小可贈他銀兩，與你無涉。"

薛永看了，明白這人是地頭惡蟲，俺今日生意做不成，定然是沒有拜會他的緣故。忙來賠笑。

看官：這個漢子你道是誰？這人姓穆名弘，人稱"沒遮攔"。住在穆家莊上。他有個兄弟名叫穆春，喚作"小遮攔"。這兩人肆無忌憚，除了潯陽天子，什麼人都不怕。江湖上因而有此渾號。今朝薛永膏丹賣不出，真是他的關係。照理江湖上人到鎮上來，先要到穆家莊去，拜會他倆，纔好開張做生意。薛永餓着肚子，拿不出禮數，沒法去拜會他，一到鎮上就開拳，自然不會順手。

這時穆弘聽到宋江頂撞，抹了他的面子，哪裏忍耐得住，便解帶子，脫去海青，擲與來人，捲好袖口，搶步前來。

薛永見勢不妙，也就躥跳過來。祇聽穆弘一聲喊叫，起手就向宋江胸前一拳。薛永尋思：這人好意贈我銀兩，豈可讓他挨打？伸手就向穆弘前胸架去。穆弘是虛驕自大慣的，哪裏防人還手，身子衝着，胸脯在薛永手臂上撞着，由於來勢凶猛，自己的腳沒有站穩，停不住，腰彎着仰天向後一跤跌去。

薛永見了，哈哈一笑。尋思這個傢伙太不中用，俺祇是起手攔阻，並非有意打他，已經跌了一個筋斗，看他能有多少本領？

穆弘爬將起來，還不肯服輸，自己倒認爲是由於措手不及，因此跌倒。運用全身氣力，二次搶身過來，取了一個二虎入懷之勢，雙拳向薛永打將過來。薛永哈哈一笑，雙手隔開，向穆弘肩上一切手,穆弘又是仰天一個筋斗。

薛永看他自不量力,厲聲道:"再來,就打死你!"

趙德、趙能怕弄出事來,慌忙拉了宋江就走。

看的人暗暗高興,卻不敢作聲。

穆弘爬將起來,面孔漲得緋紅,瞇着眼,對宋江、薛永兩人盯了一眼,說道:"打得好,打得好!"呼喚來人,旋身就走。

薛永收拾膏丹,披了氅衣,背箱提棍,饑腸轆轆,忙着找酒飯店吃去。薛永來到店門,祇見小二雙手搖着,道:"客官,今日已經過市,酒飯不賣。"

薛永眼看店中現成放着酒菜,便生氣道:"休看我衣衫襤褸,難道就付不出錢嗎?"順手摸出一兩銀子,放在桌上,說道:"爾可放心。"

店中小主人看得清楚,就罵小二道:"做生意的,難道可以委屈人家嗎?"連連招呼。

薛永道:"先打一角高粱燒來。"

小主人把酒菜捧上前來,放在桌上,給薛永滿滿地斟上一杯。薛永舉杯,霎時一股異香撲上鼻來;上口更覺雋永,遂一飲而盡。誰知一杯入懷,竟自醉了——喝着蒙汗酒了。

小主人一見哈哈大笑道:"倒了!倒了!快把他送穆家莊去,好領一筆賞錢。"回頭就罵小二道:"竟有你這樣的傻子!你道公子關照了,我們就不敢賣酒了嗎?你看這個計較好不好呢?"

再說趙德、趙能催促宋江快走,一路埋怨宋江,好管閒事,要麻煩了。宋江道:"好吧,我們尋個招商店投宿去吧!"三人跑到腳店門首,還未開口,祇見店家出來,趕忙搖手道:"小店早已客滿。"三人無奈,再找一家。不料這家主人也這麼說。趙德、趙能還想懇求,買碗飯吃。店家卻自冷笑起來,說房間早已有人包下了。

一連走了幾家，都落了空。宋江明白：鎮上人怕那漢子，不敢收留我們。便招呼趙德、趙能，出離鎮頭，到鄉村去找宿處吧。趙德、趙能明白，跟着宋江，邁開腳步，迤邐投南，不覺天色昏暗下來。但見：

> 一點硃砂墜金烏，東方漸漸生玉兔。疏林古寺，數聲鐘韻悠揚。竹籬茅舍，幾處炊煙繚繞。漁翁背繒回家轉，樵夫砍柴下山來。

兩個公人看着天色晚了，前不着村，後不着店，心裏慌張，喃喃吶吶，益發埋怨宋江不住。說道：「押司，吃一苦，學一乖。下次休要多事，弄得這般狼狽。」宋江笑道：「休要煩惱，天無絕人之路！找個宿處是不難的。」

三人走了二里多路，却見樹林背後閃出一座大莊院來。鴟吻分張，中藏許多庭院。山牆高築，四周是風火包沿。宋江教趙德、趙能慢走一步，自己先上前去接洽。

宋江撩着海青，穿過樹林，一路走去。看這莊子，前面松杉護蔭，居中聳着門樓。再走幾步，却見這莊門口放着一張桌子，繫着大紅桌圍，燒着紅燭。二門內踏出一位老丈，手捏綫香，恭恭敬敬，向天作了幾揖，跪了下去，起興八拜。

宋江站在一旁，並不去驚擾他。祇聽這老丈悠悠地禱告道：「蒼天哪蒼天！但願神明保佑，讓我兩個逆子早歸西天，也可使老朽早日安心！」

宋江聽得清楚，吃了一驚。俗話說的：「癲痢頭兒子自家好。」祇有望子成龍，哪有咒兒早死之理？這樣的話，倒是新鮮奇聞，沒聽見過，感到詫異。

看官：這位老丈就是穆弘、穆春的父親，穆家莊主，名叫穆松。他是十分憎恨兩個兒子的橫行的，祇是沒有辦法處理，見了兒子却是十分畏懼。父子心神不合,經常爭吵。這兩個兒子哪裏把父親放在眼裏,無大無小,氣勢洶洶,張口就罵,不是罵他老匹夫、老狗頭,就是罵他老奴才、老不死。從來不肯喊一聲爹爹。莊裏人看大相公、二相公這樣對待父親,見風掛帆,也就看不起他。一味地哄騙着小主人,胡作非爲。老人家心裏難過,今天在發牢騷。《水泊梁山》書中有四戶人家的兒子是最要不得的:一是穆弘、穆春,二是王定六,三是段景住,四是皇甫端。宋江真不愧爲及時雨,能化萬物,遇見他們,一個一個都把他們弄好過來。

宋江待穆太公拜禱完畢,雙手一拱,踏步前來。穆太公看是生人,不覺面紅過耳,問道:“客官前來,有何見教?”

宋江答道:“祇因錯過宿頭,欲求借宿一宵,房金如數拜納。”

穆太公道:“鎮上不是開着脚店嗎?”

宋江道:“早已滿座。”

穆太公心想:鎮上一向生意清淡,今天怎會客滿?莫非衝撞了我兒子?那麼祇有我來留他了。

這時趙德、趙能也走上前來。穆太公端詳一番,説道:“請三位隨老夫進莊,祇是我家家宅不安,晚上倘有響動,人聲嘈雜,請客官千萬不要好奇出來看覷。”

宋江道:“不敢,不敢!叨擾已經不安,哪裏還敢多事?”

穆太公領着三人向花廳走去。宋江看這房屋,造來顯焕,畫棟雕梁,光彩奪目。中間落地風窗,四周掛滿玲瓏。兩旁落地六扇長槅,雕刻得十分精緻。

穆太公正在引路,宋江却聽得那家奴罵道:“莊主,怎麼把這過路人牽進院來,公子知道,又要挨罵了。”穆太公聽着,不願多話,不住地向三人使着眼色,徑向後園快步前行。宋江尋思:這戶人家,怎地顛顛倒倒?父親咒兒早死,家丁謾罵主人!

穆太公引領三人到了後園潯陽閣下,啓鎖開門,指引三人上二層樓去。宋江看這二樓上有着現成的炕榻，鋪陳整潔。趙德、趙能見了也自歡喜，心定下來。

看官：這潯陽閣原來是三層樓。穆弘、穆春做了潯陽天子下邊的頭領，這裏就是聚會之所。三樓放着圖書表冊，二樓是賓館，方便往來英雄歇宿的。

穆太公知道三人還未用膳，自去取了飯菜，款待三人。臨走之時，不住回頭，還囑咐道：“客官早睡，夜間切勿外出。明早老夫自會前來招呼。”趙德、趙能諾諾連聲。穆太公下樓，走出閣子，隨手把門鎖了。

趙德、趙能心想：這老人家太仔細了，處處小心謹慎，難道我們會偷他的東西嗎？兩人就把窗子推開，見是滿天星斗，清輝掩映。又看閣下靠着人家小屋，屋畔長着幾枝毛竹，竹畔有一條小徑，曲曲彎彎，直向潯陽江邊，那裏長着叢叢蘆竹。叫道：“這裏景色幽雅，可惜晚上，大江白茫茫的一片，祇覺滔滔滾滾而已。”

宋江便招呼道：“借宿人家，務須安靜，不如睡吧。”趙能過來關窗。正想寬衣就寢，忽聽園中人聲鼎沸，像有一簇人擁進園來。霎時間，便見火把照得四處通紅。三人齊吃一驚，觸破窗紙，從窗子眼裏向外窺視。見兩個家丁綁着一個江湖人來。祇聽有人喊道：“一刀殺了這人，豈不痛快！”卻又聽人喊道：“且慢，不要便宜了他！”一個道：“賢弟，我看先將他上衣剝了，赤裸裸地吊在這梧桐樹上，喚家丁着力地打。俺等自去榴火亭上，喝酒取樂。”一個道：“兄長也說得是。”兩人一唱一和。家丁早把那江湖人高高吊起，舉起皮鞭，死力打去。霎時間把這人打得皮開肉綻。

看官：這江湖人就是薛永。那公子是穆弘、穆春。穆弘被薛永跌了兩跤，忍着氣，逃奔回家。喚了弟弟穆春，拿了鋼叉，帶了家人，從小路直趨向鎮頭來。這時薛永已被藥酒蒙倒，雙手捆綁，動彈不得。穆弘將他捉住，帶回莊院。宋江從大路上走向穆家莊來，與小路隔着山坡，因而路上大家没有撞見。

薛永吊在樹上，鮮血直流。緊閉着嘴，忍着痛，不住地呻吟。

趙德從窗眼裏看得清楚，着慌道："這遭撞在閻王手裏，怎的是好？"趙能也是唬得面無人色，説道："這般不巧，却撞在這霸王家裏。太公自不會説，莊客哪裏肯瞞？倘被那漢子知道，必然被他害了性命。"

正説話間，忽聽穆弘笑道："這漢兀自不肯討饒，與我着力地打，弄得他血肉横飛。樹上吊這一夜，明早捆作一團，把他拋入江心，好讓大魚飽餐一頓，纔泄我胸頭這口恨氣！可惜那個闊面長鬚的鳥漢和兩個公人，不知躲在哪裏？吩咐家丁，四出追趕，把這三人一齊提來。"穆太公聽了，暗暗地叫苦。

宋江一聽，招呼趙德、趙能，我等趁早速速逃走。趙德輕輕地把後窗推開，指着説道："快快逃吧。"三人爬上二樓屋面，却喜簷前長着幾枝毛竹，梢頭搖曳在屋沿上。這竹是從隔壁人家伸過來的。三人抓住竹子，很快就從竹子上滑了下來，到了另一户人家。

這家媽媽姓何。聽到屋畔聲響，不知出了什麼事情，急忙跑出來看。宋江見了何媽媽，示意不要出聲，悄悄把實情告訴了她。何媽媽聽了，眼睛滴溜溜地一轉，馬上堆下笑道："原來如此，恰巧撞到我家。客官休驚，請隨我來。"就把三人引到堂前，招呼道："三位請坐，待老身前去泡一盞茶來。"三人甚是感激，連稱不敢。何媽媽轉身自去。

這時媽媽的女兒在堂上磨豆腐，看着三人，端詳了一會兒。問道："你們就是日裏在鎮上行方便的嗎？"宋江道："這點小事，不值得説的。"那姑娘道："我們母女兩人是在鎮上賣豆漿的。你們的事，我早知道了。你們趕快逃吧，我娘不是去泡茶的，是出後門報信去了。"宋江又吃一驚,動問姑娘:"這又爲何?"姑娘道:"長話短説,我娘是怕穆家財勢的。"

看官:這裏還有一個原因,姑娘不便明説。何媽媽母女兩人,靠着賣豆漿度日,難於周轉,不免向穆家借貸。穆家兄弟看着姑娘俏麗,意欲討她爲妾。姑娘看着穆家兄弟作惡多端,衹是不允。何媽媽無奈,衹是順着穆家。故是穩住宋江三人,前去報信。

趙德聽了,着忙要走。那姑娘便道:"且慢! 你們走了,不是連累了我?"宋江道:"這是萬不可的!"那姑娘道:"你們可以縛住我的雙手,嘴裏塞着棉花,把我綁在庭柱,開門逃走,我就有話可説了。"趙能依計而行。打開了門,三人拔腳飛奔。

再説那何媽媽開了後門,徑向穆家後園走來。小脚伶仃,氣喘吁吁。恰遇穆家弟兄,發覺三人已經不在潯陽閣上,率着家丁趕來。何媽媽與穆家家丁撞了一個滿懷,跌倒塵埃。攙起來後,何媽媽扶着痛,休息一會兒,纔説三人躲在她的家中。

穆弘、穆春聽着,吩咐家丁把守後門,自己兜到前門來。衹見大門開着,姑娘綁在柱上,兩眼直望着他,並不説話,還在那裏掙扎。

穆弘上前,解開姑娘的捆綁,取出口中塞的棉絮。何媽媽來,姑娘便埋怨道:"你坑人啊!"何媽媽聽了不解,問是何意。姑娘道:"母親,你説煮茶,這話就被人家軋出苗頭,他們會有心品茗?他們想逃,我説:'我要喊了。'他們欺我無力,就用棉花塞我的嘴,把我縛在這庭柱上,動彈不得。不是母親坑了我嗎?"

穆弘、穆春就問姑娘,這三人向哪個方向逃。姑娘道:"一時看不清楚,他們從北來,路徑熟些,諒是向北逃的。"

穆家兄弟便唤家丁向北追去,直追到揭陽鎮上,未見蹤影。家丁回報,掉頭再向南追,這時宋江等已逃了一段路,不然早被捉住了。

宋江跑得氣急呼呼，跌掉了一隻靴子。趙德、趙能看着宋江跑不上去，兩人伸出左右手，一人一手挾着宋江，祇是拼命地衝。忽高忽低，跌跌衝衝，小路上祇顧走。三人團在一起，又跑了一程。星月之下，抬頭祇見前面兩邊擋着白茫茫的一片蘆花，望不到邊。又有一派大江攔住。滾滾東流，奔騰澎湃。却好來到潯陽江畔，哪裏再有個去路。宋江看清眼前是水，招呼趙德、趙能跑路小心，不要衝到泥沼水塘去了。趙德、趙能嘴裏答允一聲，却是不顧死活，拖着宋江隨路轉彎，沿着大江繼續奔逃。

祇聽背後喊聲大起："鳥漢休走！"火把亂明，吹風胡哨地趕將來。趙德、趙能拖着宋江想向蘆葦叢裏躲，回頭看時，那火把愈來愈近，心裏越慌，兩隻脚不由得瑟瑟地抖個不住，好像失去使喚，哪會搬動，急得拉直喉嚨大叫起來，高喊救命。宋江想要制止他倆的魯莽，已來不及。

正當急難之際，祇見蘆葦叢中，悄悄地搖出一條小船來。這船上掛着一盞燈籠，却聽得這個艄公唱道：

江面一帶稱威風，誰人不曉俺張橫。

這艄公姓張名橫。張橫竄在蘆花叢裏，遥見岸邊有三個牛子奔逃，後面追得很急，想是財亨來了，恰好做個買賣。所以悄悄地把船搖攏來，招呼道："客官休慌，俺是來救你們的。"張橫將篙子點着，船就直向岸邊攏來。三人急跳上小船。張橫眼看三人已經進艙，搖起櫓來，那隻小船箭也似的徑向江心直駛去。

穆家兄弟趕到灘頭，高叫："艄公止櫓，快把這船搖攏來！"家丁幫着高喊。

看官：綠林規矩，陸上趕來的牛子，水面上是不能接的。張橫盤算，岸上人如看出我時，祇得把船搖攏去，免得麻煩。現在聽這叫喊，沒有認出我來，所以張橫自顧自地搖去，霎時離岸已很遠了。

趙德、趙能向岸上望時，蘆葦上火把簇簇點點，猶是亂明。幸得梢公擺渡，救了性命。

宋江也喜道："正是好人相逢，惡人遠離。躲過了這場災難。"

穆弘、穆春看船去遠，祇好呵斥家丁返回家去。

張橫看着岸上火光熄了，嘴裏唱起歌來：

> 英雄生來武藝高，小小舟兒水面飄。有人落我艙中坐，管教他一命赴陰曹。

宋江和兩解聽了這首歌，齊吃一驚，還道他在尋開心呢。小心看這人時：

> 生就一張火刀臉，臉上色道朱紅。赤着臂膊，穿着一件汗褂。敞着胸，胸前露出一叢黑毛。兩脚赤着，粗粗獷獷，盡是泥巴，飛速地在搖槳。

三人驚魂纏定，又碰此險，飛不起，跳不高，不覺嚇得呆了。各自呆看，作聲不得。

張橫邊唱邊搖，把船搖向港裏去。轉了幾個灣，忽然不搖了。把兩塊碇石，拋下江去，這船就不會走了，在水面上，不過顛簸罷了。

張橫惡狠狠地向三人喝道："你這個鳥漢子，還有兩個公人！平日作威作福，最會詐害百姓。今夜撞在老爺的手裏，倒要孝敬孝敬你們！"趙德連說不敢。

張橫跳到中艙，把船底扳開，摸出一把雪白鋥亮的長長鋼刀來，又取出大石三塊，棕繩一條。每塊石頭有三十斤重。張橫把刀敲着，大聲喝道："想是你們餓了，老爺要孝敬你們！你們要吃板刀面，還是肉餛飩？自己説吧！老爺讓你們挑。”

趙德、趙能聽了，唬得魂不附體，忙分辯道：“這把是刀，哪裏是面？石頭、繩子，我們怎的吃得下肚？請艄公不要取笑。”

張橫冷笑道：“這就是你們衙門中的規矩，你們比我們懂得多！若説板刀面嗎，先將你們的衣衫剥下，赤條條地綁在船頭，拿起這把刀來，像切面似的，把你們的四肢五臟，一片片地切下來，丟入大江，讓大魚飽餐一頓。若説肉餛飩嗎，也是將你們的衣衫剥光，精赤着身體，兩手兩腳用麻繩捆緊，捆得像馬四蹄翻天似的，跟翹起的餛飩一樣。下面繫上這樣三十斤重的一塊大石頭，撂入大江，沉於江底，讓你們千秋萬世不得翻身。”

三人一聽，慌了手腳。高喊英雄饒命。

張橫又是一聲冷笑，道：“好啊，公門之中，貪贓枉法，敲詐勒索，你們肯寬恕人家嗎？休説廢話，快快脱下衣衫！老爺半個也不饒的。”

宋江仰天長歎道：“苦也！正是：福無雙至，禍不單行。”便向張橫道：“且慢，待俺望空祝告，拜別父親。”

張橫道：“容你祝禱。”

宋江走至船首，北望故鄉，雙膝跪下，悠悠告道：“爹爹啊，孩兒與世長逝了。想爹爹猶在夢中，倚閭而望，盼望孩兒回來。正是：若要父子重相見，除非三更夢魂中。孩兒恪遵庭訓，自願發配江州，不料葬身於魚腹之中。”説時，淚流滿面。

張橫聽了，放下刀，不由得也在揩淚。

趙德、趙能看見艄公下淚，以爲他心腸軟了，我等性命有了着落，便轉愁爲喜，忙着跪拜道謝。

不料張橫聽了，罵道：“我哭我的，你哭你的，有什麽好謝的。老爺是個硬漢，來時認不得爺，去也認不得娘的。快閉嘴，把你們的衣服趕快統統脱下來！”

看官：這張橫爲什麼要哭呢？原來這人兄弟兩人。弟弟喚作張順，渾號"浪裏白跳"，兩人都是孝子。家有老母，年已耄耋。那老母驀地生下一個外症，其名"蓮蓬發背"。江州城中沒人會治這病。傳說淮安府中有位神醫，喚作安道全。真是扁鵲重生，華佗再世。醫道高明，或許能診治。弟弟張順千里迢迢，跑去敦請。安先生問道："壯士是從哪裏來的？"張順回答從小姑山來。安先生認爲小姑山是盜賊淵藪，哪裏肯答應前去。張順志誠，長跪在安先生門首，日夜啼哭。門人通報，安先生出來，俯首挽他，好言勸他回家。張順祇是懇求：醫家有割股之心，與良相同功。務請神仙救我老母一命；不然寧願跪死在神仙府前。安先生念他一片孝心，答應前往。安先生來到小姑山，看了老太太病，却皺眉道："這病生在年輕人的身上，可以開刀敷藥，較有把握；老年人氣血虧損，就經不起這般痛苦。"張順再三懇求，安先生躊躇一會兒，説道："祇有打火針一法。不過要打火針，有一件十分爲難。"張順就問是怎樣的一件事。安先生道："打這火針，需用銀針一枚，在炭火上烤紅，然後趁病人不防之際，在背上、肋骨下面生瘡的地方，霎時猛刺進去。這針中心是空的，像一支葱管，膿汁會從針孔裏流出來。等到膿汁流空，再把藥水不時地灌進去洗滌。反復幾次，病就可好。治老太太的病，祇能用很細的針管；管子粗了，老人家就擋不住這痛苦。用細針，需要有人用嘴耐心去吸，這樣膿汁纔會流出。這膿汁十分腥臭，一碰到嘴，教人惡心不止，哪個肯去舐它？所以十分爲難。"張橫兄弟聽了，都很樂意。安先生就放手給老太太打火針。先前張橫去吸，後來張順來舐。輪流吸了二三十日，老太太的病纔痊愈。現在能夠漸漸自理，外出走動。

此刻，張橫看到宋江思念老父，淚流滿臉。想起老母，病得好苦，所以自己也掉下淚來。但他今天撞見衙門中人，兩個公差和一位相公,却不肯輕易放過他們。所以説:"你哭你的,我哭我的。"還是威迫他們,自尋死路。

宋江和趙德、趙能抱成一團,走投無路,思想祇有跳水。恰在狼狽之際,忽聽"嘣"的一聲弦響,一顆彈子不知從哪裏飛來,正打在這船的燈籠上。張橫心裏明白,曉得大事不妙。兩脚一尖,撲通一聲,躥向水中去了。

宋江驚訝,停神看時,聽得遠遠地有人喝道:"好大膽的船火兒張橫,竟敢私做買賣,做到天子恩公的頭上來了,還當了得!宋兄長放心,小弟來也。"

宋江望時,水面上有一隻快船,飛也似的從上水頭急溜下來,艄篷上掛着一盞紅燈,星光之下,早到面前。船頭上站着一條大漢,手裏橫着托叉。此人便是出洞蛟童威。艄頭站着一個後生,搖着快櫓,便是翻江蜃童猛。

童威擲下了叉,跳過船來,攙扶宋江。宋江跨過了船。趙德、趙能知有救星來了,也跟着過去。

童猛喜道:"我倆向天子稟告,天子委實放心不下,罰我倆前來巡哨。天幸得見兄長,請兄長速速與天子相會。"宋江點頭。

張橫躥進了水,水底行走,一個沒頭拱,汩水來到自己的水公館。這水公館是一個水窟,靠近小姑山,張橫平時歇在那兒。張橫來到水公館口,水面上露出了半個頭,左右眺望。心中擔憂道:"不好了,這遭怕做了天子恩公的買賣了。性命難逃。背着老母逃吧,怕老母不從;自己獨自逃吧,又怕連累老母。"張橫一時失了主見。

童威、童猛邀請宋江等三人到了五雷島水寨。兵士啟稟,小船駛近龍舟。早有軍士稟報天子,混江龍李俊掛念着宋江,尚未安寢。聽到消息,踏出中艙。飄動袍袖,雙手拱着,歡迎道:"恩公駕到,未曾遠迎,望乞恕罪!"宋江看時:

龍舟上燈火輝煌，侍衛森嚴。居中站着一位少年英雄。身長八尺貫頂，劍眉虎目，大鼻闊口。頭上戴着龍冠，雉尾雙飄。身穿四爪金龍蟒袍。腰繫玉帶，佩着寶劍。手執油紙大扇，畫着瓦岡寨十八路英雄聚義。下面大紅百花底衣，粉底高靴。旁邊八個衛士，一色打扮。肩上斜插着單刀，露出半個刀柄。

宋江答禮道：“小可何德何能，叨蒙天子垂青，慚愧慚愧！”

李俊起手扶着宋江，接上龍舟。童威、童猛、趙德、趙能跟了上來。李俊看見兩個公差，大聲喝道：“先把這兩個歹人，推出斬了！”趙德、趙能又是嚇作一團，緊抱宋江的腳，喊叫救命。宋江就向李俊求情道：“這兩個公差，一路小心服侍，並無差慢，怎可把他殺了？”

李俊笑道：“殺了公差，恩公就不必上江州去了。”

宋江笑道：“天子，這話莫提。小可過梁山時，晁天王苦苦相勸，尚是不依；今日豈肯有負初衷？請先饒過這兩人吧！”

李俊拗不過宋江，主意堅定，也就算了，饒了兩解性命。兩解瑟瑟地抖着，前來叩謝天子不斬之恩。

李俊挽着宋江，踏入中艙。賓主坐定，李俊忽見宋江衣衫不整，腰間失了絲帶，腳上失了靴子，驚問緣由。宋江就把穆家莊和潯陽江上的經歷，說了一遍。李俊吩囑左右，將自己服飾，遞與宋江穿着。兩人敘舊，各傾積愫。宋江復將刺惜發配之事，略略敘說。李俊聽說，眉豎眼突，衝衝大怒，連聲喝道：“童威、童猛，膽敢委屈恩公。既遇恩公，還不派人保護，竟使恩公飽受虛驚。現在派你兩人趕快拿捉張橫，如果脫逃，當心你的腦袋！”童威、童猛諾諾連聲，跳到自己船上，前去尋捉。

正是：一失足成千古恨，再回頭已百年身。

畢竟童威、童猛如何拿捉張橫？且聽下回分解。

第十回　李王爺怒斥没遮攔
宋公明初會黑旋風

　　話説李俊聽了宋江訴説張横、穆弘、穆春的胡作非爲，勃然大怒，喝令童威、童猛"膽敢委屈恩公，使恩公飽受驚嚇。現在派你兩人速去拿捉張横！"童威、童猛諾諾連聲，跳到自己船上，直向小姑山駛去。

　　到了小姑山，兩人上岸，向守寨兵士詢問："大大王在山上嗎？"兵士答道："想在江面上納涼，還未回來。"童威便問道："張老太太已經安睡了嗎？"兵士道："早睡熟了。要通報嗎？"童猛道："這個不必了。"

　　兩人商量道："看樣子，張横逃走了不成？"童猛道："我看不會。張横是個孝子，老母在堂，他是不肯逃的。"童威道："張横不會到開化柏涼亭兄弟那裏去嗎？"童猛道："這也不會。他如要去，定會來小姑山看望一下老母的。"童威道："你這樣説，竟難尋找了？"童猛道："這倒未必。張横定是躲入水公館去了，趕快去那裏捉拿！"童威忙道："且慢，張横落水，明晃晃地手中是拿着一柄刀的。我們前去，他如頑抗起來，俗話説的：兩虎相鬥，必有一傷。這也不好。不如設計擒他。"童威便向童猛附耳説了幾句，童猛點頭。兩人落水，撲向張横的水公館來。

　　張横的水公館不止一個，直尋到第五處，方聽到他的聲音。

童威、童猛心裏明白，用手輕輕地撩撥水草。張橫早已覺察，厲聲喝道："是哪一個？且請看刀！"

童威、童猛把臉露出水面，哈哈大笑。童威道："張橫，你該謝謝我倆啊，你送什麼禮物給我們呢？我們不是來拿你的。看在多年弟兄分上，特來給你送個信的。"

張橫詫異道："什麼信啊？"

童猛道："你還在做夢呢？你委屈了恩公，天子龍顏大怒，已將你的老娘拿捉去了，立刻就要斬首！"

張橫聽着，一驚非小，面色都變青了，眼裏流下淚來，人幾乎要倒下去。慌忙問道："還沒開斬吧？"

童猛正色道："張橫哥哥，我等見事不妙，連忙跪下懇情，說道：'仁兄是個孝子，請天子暫息雷霆之怒，免發虎豹之威。讓他母子一見，然後再斬未遲！'天子開恩，就命我倆前來傳你。你要命的，趕快逃走，逃得遠遠的，老娘就不必去管了。我倆是不會來捉你的；你若要搭救娘親，祇有自己去懇情，老人家那裏經不起這樣的驚唬啊。不過話先說明，你到天子跟前，可以救得娘親，自己的性命就難保了。我倆不敢擔保你的性命，還是趁早逃走爲妙！"

張橫哭道："這是我的過錯，怎可連累老母？要殺就殺吧。"

童威道："這你可要多多考慮！"

張橫道："事不宜遲，說走就快走吧！"

三人離了山洞，乘上小船。童威道："張橫哥，負荊請罪，也要像個樣子：須將雙手反絞，讓人家前來綁縛。"

張橫道："好哪。"擲下了刀，雙手反絞道："兩位請便！"

童威、童猛就把張橫雙手反縛起來，解上龍舟。

李俊聞報，把雉尾一撩，喝道："將張橫快帶上來！"

衛士把張橫推進中艙，張橫跪下，連連叩頭道："天子開恩！

我張橫冒犯恩公，罪該萬死！祇求天子開恩，饒了我的老母！我的老母，大病新愈，受驚不起！天子要額外開恩！"

宋江聽着，暗暗稱贊，十分欽佩他孝敬老人的美德。

李俊不知就裏，便問童威、童猛道："這話怎講？"童猛就把設計擒拿的話交代。宋江聽着，哈哈大笑，贊揚兩人聰明果斷。

李俊喝道："快把張橫推出，斬首示衆！"

張橫大叫道："恩公，恩公，你是天下大大的好人，請給説個情吧！這筆生意不是我兜上的，是穆家兄弟趕來的。恩公早早報個姓名，俺也不會弄錯。俺想穆家弟兄好做，俺也好做，還請恩公恕罪！"

宋江聽了，就朝李俊道："請天子開恩，刀下留人。莫怪張橫魯莽，實是穆家兄弟可惡！"李俊見宋江討情，傳話鬆綁。張橫旋身拜謝。

李俊喝道："張橫，虧得宋恩公説情，將你的首級寄在頭上。命你前去捉拿穆弘、穆春，將功折罪！"張橫聽了，却不作聲。

李俊怒道："張橫，這時，你還想什麽呢？"

張橫道："穆家莊門神衆多，難於闖進。要捉這兩兄弟，除非天子借我幾件東西。"

李俊問道："借哪幾件？你且道來。"

張橫道："上借束髮金冠一頂，雉尾雙飄。緞花馬褂一件，紅絲腰帶。下借大紅底衣一襲，銀跟皂緞靴一對。龍泉寶劍一口，手捏泥金扇一把。侍從四名。"

李俊理會張橫是想智取，便道："准爾所請，速去速來！"

張橫穿戴好了，帶着四名侍從，乘船徑向穆家莊來。

張橫等舍舟上岸，東方魚肚發白。早有莊人看見，笑迎着："張大王啊，今朝這副打扮，穿戴得怎麽這樣威風啊！"

張橫仰天哈哈大笑道："弟兄們還不知道嗎？張橫已做了潯

陽天子殿前的都太保了。"

家丁驚異道:"怎麽發跡得恁地快啊!前日不是還在江上賣板刀面嗎?"

張横又笑道:"有個道理,兄弟説與你聽,就明白了。昨晚你們趕來的那票生意,原來落在我的船中。"

家丁道:"張大王,這樣,你這人做人就不作興了。"

張横道:"是啊,真是要來謝謝你們呢!俺把那三個牛子接了,深怕撞着天子恩公,吃罪不起,便把他們送與天子,請旨定奪!不料你們趕來的那個闊面長鬚的漢子,却是天子三世的大仇人。天子見了龍顔大怒,立將這三人亂刀斬死。大大地賞賜了我,把我升做殿前都太保。俗話説的:飲水不忘掘井人。這個買賣,是兩位公子趕來的,哪裏可以忘了他的恩德?便道:'這事,穆家兩位公子也是有功。'天子知悉,就唤我來宣召。請弟兄們快快前去報喜,天子還要降龍恩呢。"

家丁聽説,高興得很,奔走相告,飛跑進去稟報。

這時穆弘、穆春猶未起床,被衆家丁一陣咚咚的門響吵醒。衆家丁連連報喜,穆弘問道:"喜從何來?"家人把張横的話,復説一遍,請快去領賞!穆春道:"張横現在哪裏?"家丁道:"正威風凛凛地坐在客房裏呢!"

穆弘、穆春連忙披掛起來,臉也不洗,穿出中堂,前來迎接。張横傳話二穆,速去龍舟謝恩。穆弘、穆春緊跟前去。

家丁個個歡天喜地,祇有穆太公悲憤不已。抬頭看着那江湖人還高懸在那裏,家人如狼如虎地鞭打,打得皮開肉綻,血流遍地。穆太公指着老天罵道:"皇天無眼,作惡多端的人,倒受龍恩去了。老天不會起個霹靂,打死這兩個惡賊,免得地方遭殃。天啊!你枉做了天!"

却説穆弘、穆春跟着張横下到船上,這船直向江心駛去。祇

145

一箭之遙,張橫便喚四個侍從將兩人捆綁起來,兩個捆綁一個,捆得緊緊的。穆弘、穆春驚問道:"這是什麼意思啊?"

張橫苦笑道:"我的性命險些給你兩個斷送了!教你死得明白。你們東不做,西不做,怎麼做到天子的恩公頭上來了?老實對你們講:我做潯陽天子的都太保是假,來捉你們,砍掉你們的腦袋是真!"

穆弘、穆春聽了面面相覷,自恨雙眼無珠,怎麼冒犯到宋恩公頭上去了?

張橫把二穆押上龍舟,李俊見已拿獲,隨即吩咐張橫、童威、童猛,將這兩犯嚴厲管押;船駛穆家莊,前去廝會薛永。又差人去麒麟山邀李立兄長,八排山請蔣敬、馬麟等大王,齊來穆家莊相會。

李俊船抵穆家莊,穆太公出莊迎駕,與宋江相見。眾人相讓,同上草堂。穆太公請天子上坐,賓主坐定。張橫把穆弘、穆春押上。李俊喝問道:"穆弘、穆春,山東宋先生遠道而來,竭誠招待,這令可曾傳到?"

穆弘道:"早已聆悉,祇恨有眼無珠,不識泰山尊容,多有冒瀆,罪該萬死,懇求天子開恩!"

李俊喝道:"爾等既已聽得,並無話説。與我推出莊外,斬訖報來!"

宋江尋思:昨晚員外咒子早死,今日斬首,不知作何想法?瞟眼向着員外看覷。祇見員外泰然處之,毫無驚愕之色。穆弘、穆春被推至天井中,情緒緊張,霎時便要身首異處,還落個不義之名。兩人高喊"天子饒命!"李俊仍是喝道:"快推下去!"穆弘、穆春戰慄不已,知道天子不肯饒恕,還是懇求宋先生吧,他是天下第一好人,不會計較個人恩怨的。便高喊道:"宋先生,恰纔冒犯。宰相肚裏好撐船,君子不記小人之過。請先生在天子面前,好言一句，饒了我兩人吧！”

宋江看覷穆弘、穆春，面皮鐵青，戰慄不已。便向李俊說道：“天子，且把這兩人帶回來。”李俊一聲吩咐，左右把這兩人旋個轉身，推了回來。穆弘、穆春叩謝不斬之恩。

李俊道：“不必拜我，叩謝宋先生就是。”左右將兩人跪到地上，鬆去綁縛。穆弘、穆春膝行前來，拜謝宋江。

宋江說道：“不必謝我。我祇是喚着你倆回來說話。倘若天子要殺，我是不能擔保的。”穆弘、穆春聽宋江這樣說話，祇是搗蒜般地叩首。宋江一揮手道：“穆弘、穆春，休要如此，給我退下了。”兩人弄不懂宋江的意思，還是跪在那裏。宋江看這兩兄弟愚蒙，面向穆松，手指着對兩人說道：“穆弘、穆春，你倆沒有看見你的父親在座嗎？”

李俊聽宋江如此說話，十分有理，暗暗稱贊。親、師兩字，親字在前。員外在座，賓客豈可爭先？却不知宋江話中還是有話。穆弘、穆春聽了，心裏自然明白，還是讓兒子上前去認個罪吧。穆弘、穆春跪到父親穆松面前，拜道：“請爹爹在天子駕前，好言一句，饒恕了孩兒吧。”

穆松聽了，失笑道：“孽子，怎麼十年來沒認識我，今天跪到我的面前，叫起爹爹來了？怪啊，怪啊！你倆不要眼花看錯了。鄉間老匹夫的這條性命，還要仰仗兩位公子保護着呢！”

穆弘、穆春聽了，羞慚滿面，無地自容。知道父親在說氣話，忙拜道：“孩兒不孝，自今以後，改過自新就是。總要爹爹海涵，不記孩兒之過。”

穆松還是不住地罵道：“孽子，還要老父侍候你們嗎？大相公、二相公的！”穆弘、穆春道：“孩兒不敢，再也不敢了！”穆松道：“還要辱罵嗎？老匹夫，老奴才啊！”穆弘、穆春道：“爹爹，孩兒改過！”穆松道：“還要不聽老父勸導，在地方上作惡造孽嗎？孽子，我看你倆還是早死的好！"穆弘、穆春聽了父親這些嚴詞訓斥，不覺難過起來，發聲哭道："爹爹，孩兒認錯。"

穆松看着兩子有改悔之意，一聲長歎，站身起來，拱手向着李俊討情。李俊問穆松爲何這樣痛恨兒子，穆松就把平日兩人的所作所爲，一一告稟。穆弘、穆春伏在地上，汗流浹背，自恨少個地洞可鑽，竟不知自己平日荒唐到了這步田地。

李俊允諾，説道："今日姑且寬恕，日後重犯，請來小姑山控告，兩罪併罰，休想活命。"穆弘、穆春自是感激不已。

宋江便問薛永現在哪裏，穆弘、穆春答道："還吊在後園樹上。"

李俊喝道："還不快快放下。"

家人備好門板，徑去後園，將薛永解下放在門上，扛抬出來。

衆人看時，薛永被打得體無完膚，血肉模糊，没一處是完整的。都罵穆家弟兄，好狠毒啊！

薛永昏迷多時，漸漸甦醒過來，手脚稍動，疼痛難熬。家丁用水替薛永周身揩抹，取藥敷治。

何媽媽聽到消息，帶了女兒何鳳姑前來賠罪。宋江便訓斥何媽媽幾句，看她尚有悔改之意，也就算了。宋江敬佩鳳姑的義氣，無意之中，做了一個媒人，便與薛永撮合。異日結爲夫婦，這裏一言表過。

這時嘍囉報道：催命判官李大王李立駕到；八排山神算子蔣敬、鐵笛仙馬麟駕到。穆家莊上，熱鬧紛紛。李立，宋江原是認識的；後來的兩位，宋江却不認識。宋江細看這兩人：

一個是紅臉，海牙板鬚，濃眉大眼。紅綢氅衣，體格魁梧。一個白臉，劍眉鳳目，鼻正口方。白綾氅衣，氣概軒昂。各執油紙大扇。

二人齊來參拜李天子。李俊一一與宋江介紹。

穆松吩咐掛燈結彩，大排宴席。殺牛宰羊，款待各路英雄。衆英雄共訴衷腸，酒酣耳熱，仰天而呼。話得投機，誓共死生。焚香禱祝，相互結義爲弟兄。宋江居首，李立、李俊、張橫、童威、童猛、蔣敬、馬麟、薛永、穆弘、穆春依次行禮，共計弟兄十有一名。

宋江將薛永交與穆松，請他暫住在穆家莊上。李俊深佩宋江的智慮周全。

看官：穆弘、穆春跋扈慣了，這次雖是認罪，積習難除，倘若老病復發，穆松年邁，是對付不了他倆的。去小姑山，路途遥遠，老人家怎能走得？把薛永留在此間，薛永藉以養傷，同時可以監視穆弘、穆春。兩人自然有此顧慮，從此兩人的行誼，改好不少，但有時還要行凶，蠻而無理。直到上了梁山，纔完全改了過來。

却説張橫央人修了一封家書，交於宋江，請他帶到江州開化柏涼亭，遞與兄弟張順。宋江取回包裹，安放好了。張橫説道："我弟張順水上功夫了得，人稱他爲浪裏白跳，義氣非常，敢與人同生同死。兄長前去，如有緩急，可以前去找他。"宋江謝了。

宋江在穆家莊上盤桓一日，趙德、趙能怕違了限次，催促着啓程。衆人苦留不住，祇得相送至水口。宋江堅辭，李俊等自回山寨去，祇喚張橫護送。張橫拽起一道風帆，認定風向，隨風轉舵。江水滔滔，直向江州駛去。

張橫穩坐船艄，與宋江攀談起來。張橫笑道："山間農民，最喜及時雨水。俗話説得好：三夜月明告天旱，一聲雷響路行船。不是苦旱，就是怕澇。譬如早春，春花剛剛萌芽，麥苗青葱葱，油菜緑滴滴。桃花紅，李花白，菜花黄，這春光明媚，全仗雨水滋潤。又譬如連續日曬，大地乾燥，花草枯萎。這時忽然春雨如油，滋潤萬物，那些莊稼呀，草木呀……全都起死回生，無比快活。宋大哥，你說這雨下得好嗎？"

宋江微笑道："是啊，上蒼有好生之德，雨也要下得及時。"

張橫笑道："宋大哥仗義疏財，扶危濟困。江湖上久仰英名，口碑載道。宋大哥正是這樣的及時雨露啊！"

宋江連道："不敢！"

趙德也笑道："這雨下得好大啊！"趙能插口道："是啊，從山東一直落到這江州。"

宋江忙謝道："各位說得好，這不是宋江之能，乃是兄弟們義氣相投，相互抬舉罷了。"

四人談談説説，船駛得快，頃刻間不覺已抵江州。宋江與趙德、趙能舍舟登陸，張橫自回小姑山去。

三人進城，直趨大街。趙德道："我有些糊塗了。"宋江問道："此言怎講？"趙能向宋江附耳説道："到了江州，兄長如此打扮，怎能去衙堂銷差？"宋江會意道："找個隱蔽去處，更衣戴枷是了。"三人走了一段路，見有一條弄堂，但有人往來不便；又前走了數十步，却見一座古廟，門額上寫着"天后宮"三字。廟門虛掩，三人推門進去，靜悄悄地不見人影。三人轉到神堂後面，趙德、趙能替宋江改換服飾，釘鐐戴枷起來。

正在這時，忽聽東厢房裏一聲咳嗽，踏出一位長者。那人閒吟道："洗硯魚吞墨，烹茶鶴避煙。"手指着趙德、趙能兩解吆喝道："大膽解差，竟敢在此私緝犯人！"趙德突然吃了一驚，定神看那人時：

> 面如重棗，唇若塗朱。頭戴大綠綢綉花披肩帽，身穿大綠綢綉花褂子，腰下繫着紅綠絲帶，懸着一口腰刀。大綠底衣，花幫薄底銀跟快靴。手裏拿着白紙扇。身材清秀，舉止瀟灑。五綹長鬚，飄灑胸前。

宋江起身賠笑道:"仁兄高姓,多多驚擾!"

那人道:"我自姓戴,三位是從哪道來的?"

宋江道:"山東鄆城縣。"

那人聽説從鄆城縣來,便追問道:"仁兄貴姓?"

宋江答道:"小可乃鄆城縣思古村人,姓宋名江。來此江州,守法三載。"

那人聽了却歡喜道:"莫非就是人稱及時雨的山東宋公明宋先生嗎?"

宋江謙道:"不敢,不敢,正是小可。"

看官:這人是誰?便是吳學究所薦的江州兩院節級戴院長戴宗。宋時金陵一路,節級稱作家長;湖南一路,節級稱作院長。原來這戴院長有一等驚人的道術,但出差時,齎書飛報緊急軍情要事,把兩個甲馬拴在兩隻腿上,作起神行法來,一日能行五百里,把四個甲馬拴在腿上,一日能行八百里,人稱他"神行太保",還有詩詞贊他:"健足能追千里馬,羅衫不染塵埃,神行太保術奇哉:程途八百里,朝去暮還來。"戴宗修煉道術,長年茹素,因而寄寓在天后宮内。

當下戴宗見了宋江,納頭便拜,申述仰慕之意。宋江還禮不迭,從包裹中取出吳用書信,當面遞交。戴宗將封皮拆開,從頭細細讀了。恐有疏虞,借着神前長明燈火,把信燒了。宋江就與戴宗攀談些來情去意,訴説一路上結納許多英雄的事情。戴宗也傾心吐膽,把和吳學究相交往來的事,告訴一遍。戴宗就説,江州之事,由我前去料理,宋先生不必上刑具了。趙德、趙能便將宋江戴的枷鐐除下,還是換上平時服飾。

趙德、趙能背着包裹,跟隨戴宗,向江州府衙門來。戴宗當差多年,門生故吏,遍滿江州。踏進衙門,他的學生都站立起來。戴宗介紹他們與宋江相見。宋江在門房闊凳上坐下。戴宗向趙德、趙能討了公文，遞上堂去。

這江州知府，姓蔡名九章，年方二十歲，是當朝首相蔡京的第九個兒子。他是十八歲來這江州的，到此已經三個年頭。蔡京放他的兒子來做這小小的知府，無非讓他學些官場路數，積攢些資歷，以便日後提拔。蔡京有個學生，喚作黃文炳。他是江州無爲軍人，曾在山東濟南府做過通判，恰纔任滿回家。蔡京就囑黃文炳幫助他的兒子，一同料理民情。等到江州任滿，那時再圖提升。從此，黃文炳在江州極有權勢。

此刻，蔡九章與黃文炳正在衙署弈棋，黃文炳笑道：“師弟，你這盤棋快要輸了。”忽有人報：“戴宗求見。”蔡九章笑道：“巧極！喚他進來，這棋看他可會解得？”

戴宗入署，參見兩位大人。蔡九章問道：“戴宗，你看這棋還有救嗎？”戴宗附耳向蔡九章説了幾句。蔡九章會意，果然轉敗爲勝。

蔡九章問道：“戴宗，爾來何事？”戴宗就把鄆城縣公文呈上，説道：“這個配犯，是小人的好友，請求大人額外開恩，免除訊棍。”蔡九章道：“好吧，你去簽押房辦理回文，在犯人冊上添注一筆，由你管押就是。”

戴宗寫就回文，出外遞與趙德、趙能。宋江又與趙德、趙能關照幾句，取出紋銀十兩，交於二人，權作路費。趙德、趙能自回鄆城縣去復差不提。

戴宗引着宋江，直趨刑寨。上寨呈遞公文，戴宗把府裏的意思説了，刑寨就免除了宋江的訊棍。冊上記下姓名，畫了一張圖形。手續齊備，戴宗引着宋江尋找客店安歇。宋江看着戴宗爲人樸厚，辦事老練，十分欽敬。

宋江在招商店中，不覺住了旬日。尋思不如租賃一房，生活較爲方便。戴宗就領宋江去壽星街看屋。宋江出銀百兩，典了一所房舍，寫契三載。戴宗就爲宋江雇了一個侍役，名喚阿三。這人忠厚可靠，可惜是個啞巴。戴宗帶了阿三來見宋江。啞巴上來，雙手拱拱。宋江問道："你當小差，可願意嗎？"啞巴頭點點。宋江取出紋銀十兩，喚他去浴室洗澡，置辦衣服鋪蓋。啞巴取銀，作揖去了。買齊回家，把剩銀、賬單交與主人。宋江看這人確實忠厚，説道："餘銀就贈與你。"啞巴口張張，手拱拱，表示感謝。戴宗與宋江閒談，啞巴便去煽爐烹茶，打掃庭院。

且説一日，戴宗邀着宋江，遊覽江州市景，隨興來到一家閣子裏飲酒。正飲酒間，祇聽街上人聲喧擾起來。有人喊道："人在江州地，天天餓肚皮。唉，俺自昨晚吃了些殘羹剩飯，今日涓滴没有入口，肚皮已餓得貼到背脊上去了。時已巳牌時分，飯還不知在哪裏呢？"這人匆匆走去，看到一家茶葉店門口，馬頭桌上放着兩千錢，插着草標。這人見了錢，嘻嘻一笑，不問青紅皂白，伸手來拿。恰要抓時，就有人把他的手攇住，喝道："小牢子，快放手！這錢是我的，與你有什麼相干？"這人道："我肚皮餓，向你借這二十個錢，吃頓飽飯，好嗎？"那人説道："我是個行販，小本經營。好是好的，錢給你了，我就餓了。快放手吧，這錢我是不借的。"這人道："你不借，我是定要借的！"行販道："哪有强借的道理？"這人道："我會還你的。"行販道："哪個相信你啊！"這人道："你不相信我，我却相信你啊！"行販道："你不要由自己説，人家不借是通行的！"這人道："我向你借，哪裏又是不通行的？"行販道："你到底放不放手？"這人道："你一定不肯借啊！"就此一把拉，把穿錢的繩拉斷了，錢散了半地。行販的大叫："請大家行個方便，給我拾起來。"這人道："這遭我不要向你借了，祇需地上拾拾就是。"急得行販冷汗直冒。

宋江撲出樓窗，看這人時：

> 面如鍋灰，髮似鐵刷。兩條闊眉，一雙圓眼。如意大

鼻，血盆大口。黑熊般一身粗肉，鐵牛似遍體頑皮。穿着一件破衣，祇剩一隻袖子。東一塊，西一塊，盡是污跡，陽光下閃閃發光。胸前露出黑黑的一大蓬護胸毛。腰間繫了根草繩。一條短腳褲，兩隻腳管都已扯破。屁股上補了不少補丁。赤着一雙腳。伸拳捋臂在那兒發狠。

宋江向戴宗道："這漢子是誰？却在市中搶錢？"戴宗道："這厮是小弟身邊的一個小牢子，姓李名逵。祖貫是山東沂州沂水縣百丈村人氏。在鄉打死了人，逃走出來，流落在此江州。爲他酒性不好，大家怕他，稱他作'小鐵牛'。今日又在這裏潑野。"宋江道："我倆且下樓去看來。"

兩人來到街口，街上人見了，都道："來了，來了。"

看官：江州人齊知李逵是跟戴宗的，見戴宗來，所以齊說"來了"，連"戴宗"兩字也不用說了。李逵聽街上人在叫喊，明白戴宗來了，馬上停手，搶步上前，喊一聲："戴先生，俺李逵有禮。"

戴宗手指着喝道："嘈！李逵，你又在這裏撒野，爲什麼搶奪人家的錢財？還不快快還與人家。"

李逵還辯道："我自向他借錢，哪裏是搶他的。他一定不肯借，却把錢擲在地上。那我自然拾錢了。我腹內饑餓，你飽人不知餓人饑，怎麼叫我把錢還他呢？"

那魚販見戴宗來，哭着道："我打了一夜魚，從四十里外，把魚挑來。賣到現在，纔掙得這幾個錢。一家七口要靠這錢活命的。漁稅銀子還沒有繳出呢。到錢號去兌銀子，一兌定要蝕耗。所以插了草標，等着用戶來兌。不料竟碰上了這鐵牛，無事端端地前來搶錢。現在錢索斷了，撒了一地，蝕耗不少。戴先生，你看這事如何是好？"

宋江聽了，從身邊摸出幾分銀子來，走上前去，向魚販說道："朋友，你把地上的餘錢拾起來。這蝕耗的錢，讓我津貼你罷！"

魚販道：“這倒不可以的。”

宋江道：“朋友，不必客氣。”魚販謝了，恰想把錢拿下，李逵伸手，一把抓住魚販，叱道：“快把這銀子給我。”魚販被李逵猛力一抓，“喔唷唷”叫了起來。

戴宗喝道：“鐵牛還不放手！”

李逵道：“俺没有錢，所以要向他借。這漢子好不講道理，他既有錢，爲何不送與我？祇有雪中送炭，何必錦上添花？”

戴宗喝道：“休得胡説！快快放手。你道他是誰？這先生就是天下第一等好人，人稱呼保義，又稱及時雨的宋公明先生。”

李逵聽着，把手放了。魚販拿了錢自離開。

李逵呆呆出神，嘴裏祇是説道：“是了，是了。不錯的，這回遇見的，莫非這位就是山東黑宋江嗎？”

戴宗向着宋江笑道：“兄長，你看這厮恁地粗魯，全不識些體面！”

李逵搶步上前，雙手推着宋江，讓他在階沿石上坐着，撲翻身軀便拜，嘴裏説道：“戴先生，你不早説，我那爺，也好教鐵牛歡喜！”弄得左右看的人都大笑起來。

宋江連忙伸手來扶，説道：“壯士請起！”

李逵道：“好人好人！這遭你要叫我吃飽飯了。”

戴宗便邀宋江、李逵上樓説話，聚坐飲酒。戴宗給李逵換了大碗喝。

宋江問道：“壯士，恰纔爲何歡喜？”

李逵答道：“俺是山東沂水縣百丈村人氏。爹爹早死，家中還有老娘和哥哥李達兩人。生活困苦，住的是晴天一百個日頭，雨天一百個鉢頭，一間破爛房子。母親唤我到趙大郎家裏去當長工。這年趙大郎叫我到田裏車水。第一天水車滿，第二天到田裏去看，水却没有了。我弄得不懂，難道這田有嘴巴的，能喝得這樣多的水。一個晚上，全喝乾了？我說今夜再去車吧，直車到三更以後，水又車滿；可是到了次日早上，水又乾了。趙大郎罵我偷懶，沒有車水，扣我的工錢，趕我回家。我說今朝夜裏一定車滿。到了晚間，我又把水車滿；但沒有回莊，想看看這田的嘴巴，究竟長在哪裏？初時不見動靜，四更以後，祇見田旁閃過一個人影，俺就躲在樹叢處瞧看。纔知有人偷水，這人先在田溝裏打了個洞，用石垜住。到這時候，把石搬開，水從洞口流向旁邊的水田去了，天明時水恰流完。俺細看時，這人不是別人，就是趙大郎。不禁心頭火起，提起拳頭就打。想不到這夥計經不住打，祇一拳打去，嘴巴就冒出鮮血來，不會動了。我就逃回家去，稟告母親。母親道：'犯了人命，官府定要抓人去抵命的，趕緊逃命去吧！'俺問母親，逃到哪裏去啊？母親説道：'要活命，祇有逃到山東鄆城縣去，找一個大好人，他是仗義疏財，廣行方便的。這人就是人稱及時雨，又稱呼保義的宋公明宋江先生。'俺拜別母親，拔脚就逃，走得匆忙，慌不擇路，却把母親的話忘了。想了半天，祇想出一個'江'字。俺便抓住一個人問道：'江在哪裏？'那人道：'可是江州？'我說是的。他就給俺指引了路徑方向，去江州是向西南走的。我防忘記，嘴裏一路念着，一路問訊，一日日走，如此到了江州。俺又抓住一個人問道：'江州現在哪裏？'這人道：'江州就在這裏。'俺說：'江州是一個人的名字。'這人道：'可是小江州啊？'俺說：'是的。'這人就帶我來見小江州。我跪在地上拜見，小江州就是這位戴先生。今天真的遇見宋公明宋江宋先生大江州了，所以十分歡喜。"

宋江看這人倒是個忠實漢子。戴宗道："這厮真是憨直，路見不平，敢於出頭，專打逞强的人，從此江州人都怕他。祇是貪酒好賭，心粗膽大，慣於使性子。我也被他連累得好苦。我收了他，讓他當差，做個小牢子，管管犯人。誰知他吃飽了酒，並不管理犯人，衹打一般强狠的牢子，打得頭破血流。我想這個行當，他是做不了的，便把他出缺了。他在江州日久，倒也撞識三朋四友，賭起來，輸了錢，把衣服當光。冒着我的名字，四處借錢。飯店、面店、點心店、錢莊、米號，掛滿了賬。我被人家纏繞不過，就向往來的店家交代，没有我的字條，不要借錢與他。他的生活就狼狼起來，有一頓没一頓的。每天拿着一個缽頭，二更天氣，闖進酒飯館裏討些殘羹剩飯，不知怎樣了局。"

宋江道："原來如此，先讓他吃飽再説。"

李逵今天大碗喝酒，大塊吃肉，大碗吃飯，十分高興。酒醉飯飽，自是歡喜不已。

宋江從身邊摸出十兩銀子，贈與李逵。李逵接銀，拱拱手，騰騰騰踏着樓梯下樓去了。

戴宗道："這鐵牛魯莽無比，管自去了，也不懂得招呼一聲。"

宋江道："李義士性情爽朗，有一句説一句，心口如一，也有好處。慢慢地開導他，自會懂道理的。"

宋江、戴宗在閣子裏坐了一會兒，各自回舍。

次日，戴宗無事，來邀宋江。一路行至閣子附近，却見李逵已在那兒候着。李逵見着宋江來，大聲喊道："來得好，來得好！"三人同上樓去飲酒。

宋江問李逵道："從哪裏來？"

李逵道："從賭場裏來啊！"

宋江勸道："可以不去嗎？"

李逵道："不去，日子怎麼混？伙食從哪裏來啊？"

宋江問道："一日要費多少錢啊？"

李逵想了想道："這個，我説不清楚。"戴宗從旁插口道："大約一百來錢。"

宋江道："每日你到壽星街來，取一百錢，賭場就不去了嗎？"

李逵允道:"可以,可以!"

這樣李逵每日就到壽星街去拜會宋江,宋江喚李逵坐下,經常對他開導開導,人就通脱許多,賭場也不去了。

正是:與善人交,如入芝蘭之室;與惡人交,如入鮑魚之肆。近朱者赤,近墨者黑。

不知李逵與宋江相交後事如何,且聽下回分解。

第十一回　黑旋風水鬥張二爺
及時雨義斥黃公子

　　話説宋江配在江州，虧得戴宗保釋，却也自由自在。宋江日與戴宗、李逵相聚，談些古往今來，可喜可愕之事。萍水相逢，遂成莫逆之交。

　　一日，三人踱出壽星街，向着江潭閒行，談談笑笑。宋江與戴宗説得高興，李逵忽地想起家中掛的那幅三義圖來。曾聽母親講過劉、關、張三位豪傑桃園結義的故事，李逵深入腦際，今朝看着宋江和戴宗，不覺笑了起來。戴宗問道："鐵牛，你想起了什麼事？"李逵忍不住大笑道："俺看咱們三人的面貌：一個是白臉長鬚，一個是紅臉長鬚，一個是黑臉短鬚，俺就禁不住要笑了。"戴宗問道："你笑什麼啊？"李逵道："戲文上不是唱的嗎，好有一比：白臉、紅臉、黑臉。這不是桃園三兄弟嗎？"宋江聽了，也笑起來。

　　邊走邊談，三人不覺來至江潭。宋江細看這江潭景致，端的雄偉秀麗：

　　　雲外遥山聳青翠，江邊近水翻銀浪。堤上一帶垂楊柳，綠葉紅花映粉牆。微風拂拂吹人面，猶有佳人倚樓旁。清涼粉，三白瓜，販賣人兒喊聲響。三人行來無多路，眼前突兀有大堂。朱紅華表分左右，一對酒旗掛中央。左書"醉裏

乾坤大", 右寫"壺中日月長"。"潯陽江樓"匾高懸, 蘇軾題
筆甚軒昂。

戴宗引領宋江、李逵踏上酒樓。宋江道："我在鄆城縣時, 早
聽得人傳說江州有座好潯陽樓, 原來却在這裏。"

上樓看時, 懸着灑金匾額, 乃是米襄陽親筆, 寫着"江山攬
勝"四字。用筆俊邁, 沉着痛快。正中掛着太白醉酒圖, 水墨點
染, 意似而已, 實是名家墨戲。旁側配着珊瑚箋紙對聯, 寫着：
"世間無比酒, 天下有名樓。"牆上掛着題詩板, 寫得琳琅滿目。
抱柱上懸着對聯, 寫道："楓葉荻花秋瑟瑟, 閒雲潭影日悠悠。"憑
欄遠眺, 小姑山依稀可見, 近處則有唐朝白樂天琵琶亭古跡。

宋江道："在這裏臨窗酌酒, 觀賞江景何如?"戴宗道："正有
此意!"三人遂去靠江占一座閣子裏坐了。李逵道："先搬一壇好
酒來, 再來些果品肉食。"戴宗又點了幾樣素菜。

酒保聽了, 便下樓去。少頃, 酒保一托盤把上樓來, 又取一
壇藍橋風月美酒, 擺下幾樣時新果品, 羅列幾般肥羊、嫩鷄、釀
鵝、精肉, 還有白菇、山藥、腐竹、油筋之類。

李逵見了, 喜不自勝, 大吃大嚼, 狼吞虎咽起來。李逵吃菜,
來不及用筷, 用手碗裏去抓, 連骨頭骨腦都嚼碎下肚去了。

宋江見了, 忍着笑。一看菜已無多, 喚酒保道："這大哥肚
饑, 你可去切四斤大塊牛肉來。"酒保回答道："小人這裏衹賣羊
肉, 却是没有牛肉!"李逵聽了, 便把湯汁劈頭蓋臉潑將去, 淋得
那酒保半身是水。戴宗連忙喝道："你又在幹什麼?"李逵應道：
"可惡這厮無禮, 欺我衹吃牛肉, 難道吃不得羊肉的?"酒保不敢
吱聲。宋江忙賠話道："你去吧, 衹顧切來, 我自付錢。"酒保忍着
氣去了, 切來四斤羊肉, 裝做兩大盤子, 一齊放在桌上。李逵見
了, 全不謙讓, 衹顧自吃。一霎時, 把這四斤羊肉全吃光了。

宋江看了, 贊歎道："確是好漢!"李逵道："衹有宋先生懂得

我的意思！”

戴宗道：“宋先生還未下酒，菜已捲光，再點幾色吧。”

宋江抬頭見江面上盡是漁船，想這魚米之鄉，魚肴定有佳品，便道：“來一個辣魚湯醒酒最好。”

戴宗便喚酒保，去做三分加辣點紅白鱘魚湯來。酒保回道：“湯盡是有，祇是這時還沒有新鮮鱘魚。”戴宗道：“醃的自然是不中吃的，這時爲什麼沒有新鮮的魚呢？”酒保道：“今日的活魚，還在船內。魚行主人還沒有來，漁戶不敢賣動，因此沒有好鮮魚。”

李逵聽了，向江面瞭望，説道：“那邊不是有兩號大船，滿養着好鱘魚嗎？待俺去買幾尾來吧。”戴宗擺手道：“不用你去，祇央酒保前去商量便是。”李逵答道：“店家不是説漁戶不敢賣動嗎？我去，他們就不敢不賣了。幾尾魚，算得什麼？”戴宗攔擋不住，李逵竟一直撞去了。

戴宗向宋江説道：“先生休怪！小弟引領這等人來相會，全不知些體面，羞辱煞人！”宋江道：“他的性格如此，一時如何教他改得！我却敬他爽直可愛。”兩人自在潯陽樓上談笑取樂。

却説李逵循着江潭走去，見那漁船一字兒排着，約有八九十隻，纜繩都繫在綠楊樹下。船上漁人有斜枕着船艄板睡覺的，有在船頭上結網的，有坐着唱山歌的，也有在水裏洗浴的，齊在等候主人來開艙賣魚。李逵走到船邊，大喝一聲道：“漁家快將船艙裏的活魚取出兩尾來賣與我。”

那漁人應道：“漢子，要買魚嗎？請到行中去買。這時魚行主人還沒來，我們是不便開艙的。不信，你看多少行販，不是都在岸上坐地等着嗎？”

李逵問道：“你們鳥主人到哪裏去了？”

那漁人道：“漢子，你可先去張順魚行打票。”

李逵忍着氣挨到柏涼亭張順興魚行，魚行中人見了李逵，把

頭偏了過去，都不睬他。李逵踏進店堂，高喊道："快拿兩條新鮮
鱸魚來!"行中人仍是不作聲。李逵益發生氣，罵道："難道都是
聾子、啞巴嗎?"

那行裏的賬房，看李逵已動火，慌忙賠笑道："小牢子，休息
一下。行中規矩，行主人不來燒紙發利市，是賣不來的。"

李逵怒道："什麼規矩不規矩，這時纔說? 你們這些鳥東西，
分明在作弄人!"起手向賬房胸前一拳搗過去，嚇得賬房臉如土
色，倒退六七步。李逵搶身前來，嘴裏說着："你們不肯賣，我自
來取。"腳在岸上踮着，跳向一隻船去。漁人見勢不妙，欲待攔
阻，哪裏擋得住他?

李逵闖進船艙，伸手抓魚。他哪裏懂得漁船上的事，祇顧着
來搶拔那竹箆笆。李逵再伸手去摸那舯板底下時，却並沒有一
條魚在裏面。原來那大江裏漁船，船尾開着半截大孔，讓江水出
入，養着活魚，却用竹箆笆攔着。因此魚在船艙，像在江中一樣，
江州因有好鮮魚。這李逵不省得，倒先把竹箆笆提起來，將那一
艙活魚都放走了。

漁人見了，祇是着急，大喊："漢子止手!"李逵哪裏肯聽，摸
不到魚，便又跳到那邊船上，去拔那竹箆。惱得那七八十個漁人
都急了，齊圍上來，用竹篙來打李逵。李逵益發性起，把衣衫脫
了，單繫着一條短褲兒，伸臂大嚷。見那亂竹篙打來，兩隻手一
駕，早搶了五六條竹篙在手裏，摧枯拉朽似的盡被他扭斷。

漁人看見，盡吃一驚，暗地把船纜解開，將船蕩向江心去。
李逵忿怒，赤條條地拿了兩截斷竹篙，跳上岸來，追打行販。慌
得衆人挑着擔紛紛跑了。

正熱鬧間，祇聽漁人齊嚷道："主人快來，看那黑大漢撒潑，
在此搶魚! 趕散了這裏行販。"

那人道："什麼黑大漢，竟敢在此撒野!"漁人把手指着道:

"那廝兀自在岸邊尋人廝打。"那人見了，大喝一聲道："你這廝吃了豹子心、大蟲膽，竟敢來擾亂老爺的生意！"

李逵抬頭看時，江面上有一號小船駛來，船頭上站着一人：

> 八尺五六身材，三十二三年紀。長梢劍眉，直竪天庭。一雙朗目，黑白分明。頭上裹頂青紗萬字巾，掩映着穿心紅一點髻兒。身穿白領綉花拳袴。密排紐扣，二十八檔。闊帶圍腰，下垂排鬚，綉着長壽字。白綢滾雪底衣。薄底花幫魚尾靴。外罩鳳吹牡丹英雄大氅。

此人正是張順。

李逵也喝道："來者莫非魚牙子？爺爺等你多時了！"

張順喝道："小牢子，休要潑蠻！俺就是小姑山二大爺，今日特來收拾你。要鱘魚嗎？這小船裏盡有，有膽量的就來取吧。"張順信手把氅衣拳袴卸下，紮起一條水褲兒，赤條條地露出一身雪練也似的白肉來。頭上除下巾幘，顯出那個穿心一點紅俏髻來。

李逵也叫道："逃的不是好漢，你祇把鱘魚送來便罷！"

張順道："好啊，我把船搖攏來，你就來挑吧。"

張順移船近岸，笑道："你自來挑。"

李逵道："俺不來挑，要你送上來的！"

張順搖手道："諒你是不敢來拿的！"

李逵道："誰怕你啊？廝打正缺少個對頭人呢。這可是你喊俺來拿的，最好不過！"說着，縱身向張順船上跳去。李逵身重，又不懂得船上行徑，這一跳幾乎把船都蹦翻，那船不住地在浪裏顛簸。

張順起脚一踮，把船航平，向江心駛去。

李逵跳到船上，並未見魚，問道："鱘魚在哪裏呢？"

　　張順笑道："鱍魚就在後艄。"李逵一看,後艄並無魚艙,知道已上了當,不覺大怒,一拳向張順面門打來。張順是懂得拳腳的,但比起李逵水牛般的氣力來,卻差一籌。李逵想:這魚牙子慣在江面上稱雄,這遭要煞煞他的水氣。一拳正中向張順面門上打來。誰知張順心中早有盤算,並不叫喊,撇下竹篙,蹦下水去。霎時間,這隻船像狂風吹敗葉似的在水上漂蕩。張順搶出水面,伸手在船舷上扳着,猛力向下一拉,這船一個鷂子翻身,船底朝天,李逵早掉到水裏去了。

　　李逵雖識些水性,哪裏比得了張順?張順見了,拍手大笑道："且不和你厮打,先教你喝幾口涼水受用。"伸出左手,一把捏住了李逵的右腳;再伸右手,一把抓住了李逵的褲腰,把李逵壓在水裏,讓他喝水。李逵喝了幾口水,張順把他挺出水面,問道："小牢子,下次還敢來嗎?"李逵連聲說道："要來,要來,自然要來,不死總是要來的!"張順看他嘴硬,向水裏把他沉了兩下,再問道："下回再敢來嗎?"李逵罵道："怎麼不來,不死,俺就要你的狗命!"

　　且說宋江、戴宗在樓上飲酒,多時不見李逵回來,尋思不要闖出什麼禍來。戴宗推開窗來,遙見江潭上擠滿了人,不知為了何事。戴宗便與宋江下樓來尋找。祇聽行人說道："戴先生,這鐵牛今朝夠受用了。"宋江忙問出了什麼事。行人道是如此這般。兩人急步來至柏涼亭,祇見江面開處,李逵被那人抓住髮髻,提將起來,又淹將下去。兩個正在江心清波碧浪中間廝鬥。一個顯出渾身黑肉,一個露出遍體霜膚,兩個打作一團,絞作一塊,江潭上看的人都在喝彩。

　　宋江眼看李逵被那人揪住,浸得眼白。提將起來,再捺下去,何止淹了數十遭。誠怕李逵吃虧,喚戴宗央人解救。

　　戴宗認識這人是張順,便手指着喊道："張二爺,快送李逵上岸吧！人命關天，哪裏可以視同兒戲的？"

張順聽人呼喊，回頭見是戴宗，思想這小牢子平日就是倚仗了他的勢力，無理行凶，今日正好倒你的彩。面對着戴宗，裝没聽見，霎時又把李逵淹下水去。

宋江聽到張二爺三字，忽地想起張横囑咐的話來，因問道："這張二爺莫非就是綽號浪裏白跳的張順嗎？"衆人道："是的，是的！"宋江尋思這事祇好讓我出場了，便道："張二爺，看在宋江分上，快放李逵上岸。你的哥哥還有一封書信在此。"

宋江的大名，張順在小姑山時，早聽李王爺談起，回問道："來者莫非就是山東及時雨宋公明先生嗎？"宋江道："正是小可。"張順聽到宋江招呼，便把李逵托出水面，兩條腿踏着水浪，一步步"走"向岸來——張順在水浪裏行走，如履平地一般。那水雖深，竟似淺淺地淹在臍下。江潭上看的人，個個喝彩，一陣大笑。張順把李逵扔在沙灘上，拱手來見宋江。

戴宗見李逵腹脹如鼓，面色已經鐵青，不禁火冒，伸手來打張順。宋江忙來勸阻，問張順道："這李逵性命無妨嗎？"張順道："可以救得。"宋江道："這要辛苦張二爺了。"張順回轉身來，伸手在李逵腹上撳着，又把他的身體上下翻動起來。李逵喘做一團，不住吐水，連連吐了三次，纔悠悠甦醒。

李逵一醒，手在沙灘上搭着，跳將起來，看準張順，摇拳就打。宋江連忙喝住。

戴宗指着李逵向張順問道："張二爺，這鐵牛你識得嗎？今日怎會衝撞你的？"張順道："李大哥，怎會不認識呢？祇是不曾交手罷了。"戴宗道："好啊，不打不成相識。今朝倒可拜個兄弟。"李逵道："張大哥，欺俺不識水性，以後路上你要小心，休撞着我。"張順笑道："我專在江裏等你便了。"引得四人都笑起來。

宋江道："張二爺，你去改换衣衫，我等先上潯陽樓去等候。"

宋江、戴宗、李逵先行，不多時，張順換了英雄大氅來了。宋江請張順坐，說道："前在潯陽江中，相會令兄張橫，他曾寫下家書一封，正想投遞。不意李大哥來買魚，却與壯士相會，真是天幸。且請坐叙，酌酒三杯。"宋江便在胸前摸出信來，交與張順。張順謝過宋江，看過藏在身旁。宋江就在三人面前，各敬了一盞酒。戴宗、張順一飲而盡。李逵喝了水，心中有氣，驀地站起身來，說道："宋先生請俺喝酒嗎？俺要請張二爺依我三件事，纔肯喝呢。"

宋江道："你且道來，看張二爺依得依不得。"

李逵說道："這第一件：罰張二爺，每天給我吃三餐飯，要放開肚皮吃的。"宋江頭點點。張順道："依得，依得！"酒樓上聽的人都笑了。

宋江道："請教第二件？"

李逵想了想，不錯，今天的事是鯽魚鬧起來的，弄到這時，鯽魚味道還没有嘗到。便道："這第二件，罰張二爺八尾大鯽魚，讓宋先生做碗醒酒湯喝吧。"宋江聽了，起身謙辭道："這却不必。"張順忙道："好，好，好，依了他吧！"

戴宗道："這第三樁呢？"說時，掇掇自己胸前的衣衫。

李逵會意，笑道："這第三件，罰張二爺出銀五十兩，給我添置衣衫。"張順聽了，說道："都依了你。"

李逵取了銀子，一徑來到衣裝店裏，喝道："店家，取衣衫來！"店家看他渾身是水，像隻落湯鷄，先自嚇了一跳，賠笑道："小店生意清淡，請你作成了別家吧。"李逵便把一錠銀子擲在桌上，指着問道："店家開店，難道有好生意竟不做嗎？"店家看李逵今日有銀子，眼睛一亮，忙來替他丈量身材，問他喜愛哪種顏色，配成一襲拳袴。說道："李大哥，你的服飾都配好，打成包袱，速去澡堂換吧。"李逵道："曉得。"取了就走。店家喊道："還有找頭呢!"李逵道:"碎銀就送與你們吧。"

李逵又走到了帽子店,説道:"店家,買帽子來!"老闆笑道:"小牢頭,會尋開心的!"李逵道:"誰尋你的開心?"老闆道:"錢在哪裏?"李逵把一錠銀子拿出來,叫道:"就在這裏。"老闆看到銀子,頓時換了臉孔,問道:"要買怎樣的帽子?"李逵道:"皂綢紗罩。"老闆端詳李逵的頭寸,選好帽子,紮在紙盒裏,把盒子繫在衣包上。説道:"這帽子没有弄髒,如果尺寸不合,好來調的。"李逵拿着衣帽,轉身就走。老闆尋思:這鐵牛做事着實魯莽,怎麼找頭都不要了。真是彩頭生意,讓他去,就不作聲了。

李逵轉彎抹角,來到一家舊貨鋪。出了一錠銀子,買了一根闊板皮帶,一塊綉花英雄帕,和一把泥金扇。再走幾家,來到一爿靴子店。李逵踏步進去,選買靴子。穿來穿去,總覺太緊。稍一着力,却將靴子撑破。李逵便把靴子丢了,拿了衣帽等物競自走去,嘴裏還罵道:"這家的靴子,這麼不牢,哪裏好賣錢呢!"店家都是怕他的,自認晦氣算了。

李逵連走幾家,都選不中。忽見一家橱窗内,放着偌大的靴子。李逵跑了進去,店家看他的脚寸,摇手道:"你的靴子,我家是配不出的。"李逵道:"橱窗裏不是放着大靴子嗎?"店家笑道:"這是神靴啊。"李逵道:"是靴,你就取來。"李逵一穿,恰恰合適,心中樂意,擲了十兩銀子就走。

李逵來到澡堂,向夥友説道:"你給俺打一支銀簪子來,俺喜歡愈重愈好。"夥友替他打了一支三兩五錢重的簪子。李逵洗過澡,周身揩抹乾净,連頭髮也梳通了,換了新衣,付了浴錢,取路回潯陽樓來。街上人見了,個個稀奇,齊道:"人要衣裝,佛要金裝。看李逵今日多風光啊!"

李逵重上潯陽樓,宋江等向他看時:

　　頭上皂綢紗罩子,當心插着箭翘。皂綢紮額,斜綴着絨球。兩支沖天威武髮。身上皂綢緊身拳袴,密排紐扣二十八檔。繡花皂色英雄帕,排鬚下垂,皂綢對襠底衣。花幫緊筒薄底靴,內襯白襪。肩上披着英雄大氅,手中拿着泥金扇。宛如烏金寶塔一座。

李逵站到桌前,把酒一飲而盡。宋江見了,哈哈大笑。

戴宗問道:"這副行頭,費去多少銀兩?"李逵道:"恰恰用盡。"宋江道:"你說說看。"李逵道:"俺又不打綠豆兒,把賬報與你聽?"戴宗道:"報來!"李逵道:"聽着:買衣服十兩,買帽子十兩,買帶、帕、扇子十兩,買靴子十兩,買簪子、沐浴十兩,可是五十兩啊?"戴宗道:"價錢難道都是一樣的嗎?"李逵道:"俺急於走路,找頭一概不要。"張順聽了,也笑了起來。

這時店家把八大盆鱘魚都端了上來。宋江道:"李鐵牛,這許多魚,請你來吃吧!"李逵道:"好啊,我吃就是。"李逵高喊酒保,酒保跑了過來問什麼事,李逵道:"承蒙你們照顧,經常給我飯食吃。現在謝謝你們,這六盆鱘魚,你們拿了去吧,快樂一下!算我請客。"酒保連聲道謝,把六盆鱘魚端了下去。李逵自取了一盆,大嚼起來,把湯鹵統統喝光。剩下一盆,招呼宋江、戴宗和張順吃。三人看了,捧腹大笑。

四人談談說說,十分有勁。李逵高興得抬不起頭來,連道:"我肚子都笑痛了。"三人問他:"爲了什麼?"李逵道:"我又想起一件事來,益發好笑。"戴宗喝道:"鐵牛,又在發傻了。"李逵道:"我們來的時候,我不是講過嗎?劉關張桃園結義,現在來了個白面的張二爺,宛如桃園中闖進了個趙子龍,不是很可高興嗎?"

宋江、戴宗聽了,齊笑起來,贊道:"比得好!"

張順道:"這潯陽樓就把它比作桃園吧,漢人桃園三結義,我們就酒樓四結義吧。不知三位意下如何?"

李逵先說道:"好極,好極!"戴宗道:"張二爺這樣說,哪有不從之理？"宋江道："真是天賜良緣。"便喚酒保擺設香案。宋江推戴宗爲首，戴宗推宋江爲首，兩人謙讓不已。李逵道："不必推了。哪個像劉備的就做大哥，哪個像關公的就做二哥。俺這黑爺自然是老三。張二爺是闖進桃園來的，祇好做小兄弟了。"張順、戴宗齊道："李逵説得有理。"宋江不好推託，占了首位。四人跪倒塵埃，義結金蘭，立下誓願來。

戴宗、李逵、張順齊向宋江拱手作揖道："大哥，小弟拜見。"宋江連稱不敢，還禮不迭。李逵又拜見二哥，旋身把肩兒一搖，氅衣一挺道："四弟，前來拜見三哥。"張順笑道："三哥在上，小弟有禮。"李逵道："罷了，罷了，做三哥的有禮了。"張順道："謝三哥。"李逵道："小兄弟，你太吃虧了。"張順道："爲了什麼？"李逵道："你向大家見禮，却沒有人先向你見禮的，不是太吃虧了嗎？"引得衆人又大笑起來。宋江道："三弟真會説笑。"四人歸座暢飲，正是：酒逢知己千杯少，話不投機半句多。結拜了兄弟，四人益發親愛，各叙胸中之事。

正在開懷暢飲之際，忽聽街市人聲喧擾，沸沸揚揚起來。四人驚異，不知出了什麼事故。李逵站起，奔走下樓。宋江、張順、戴宗也就跟着下來。四人手搭涼篷，眺望出去。街上擠滿了人，約有二百個。人圍中停着一匹大白馬，馬上端坐着一位公子，穿着海青，手裏執着揚鞭，喝吆家丁道："帶回家去！"宋江隨着這公子的揚鞭望去，梧桐樹下站着一位姑娘，這姑娘看來年方二八，穿着一身紗衣。雲鬟烏連雲髻，眉尖青到眉梢。名花爲貌，嫩柳成腰，杏臉桃腮，頗具姿色。祇是雙手緊抱着梧桐，高喊："救命！"四圍觀衆，面面相覷，同情這位姑娘，却又敢怒而不敢言。祇見一位老媽媽，小脚伶伶仃仃，闖上前來，抹着眼淚，拜倒在地道："貴家院，饒了她吧！"姑娘不住地在叫喊救命。

宋江問戴宗道："這公子何許人？光天化日之下，竟敢强搶民女！"

戴宗道："這人乃是江州伴讀師爺黄文炳的兒子。這黄文炳心腸狠毒，江州人稱他爲'黄蜂刺'，惹他不得。這公子名叫永泰，依仗父勢，作惡地方。人稱他爲'没毛大蟲'。"

宋江聽了，笑道："朝廷有法，國家有理。知法犯法，還當了得！"

李逵道："待我下去，讓他知道俺拳頭的厲害！"

宋江道："李賢弟，休要莽撞，待愚兄與他理論。"

宋江等在議論，祗見那批惡奴，如虎如狼，凶狠狠地，將這媽媽如老鷹提小鷄似的拉了出去，哄了幾十步路，突然猛地用勁一推，旋身就走。這媽媽哪裏禁得住這樣的蠻力，一下跌了出去，跌得頭昏腦腫。這媽媽顧念女兒，摸摸腦袋，掙扎着起來，停了一會神，又衝上來，雙手拜道："貴家院，高抬貴手，切莫動武！"這批惡奴聽了，都嫌媽媽不知分量，伸拳挦臂，氣衝衝地，向媽媽打來。這媽媽看着來勢凶猛，忙向後閃，帶着拳梢，又是一跤摔去。這遭摔得更凶，氣喘不住，伏在地上，還想掙挃，祗是爬不起來。

宋江看了，氣憤不已，踏步上來。却聽市人低聲歎道："這姑娘真正可敬、可憐。流落他鄉，日以唱曲謀生。很有骨氣，掙了些辛苦錢養活娘親。可恨這没毛大蟲，橫行不法，祗是没人敢來惹他！"宋江挺身而出，喝道："住手！光天化日之下，怎能作此無恥之事？"

那黄永泰聽了，也喝道："你是何人？敢在本公子面前囉唄！"

宋江道："在下宋江，好意相勸，難道還不知趣嗎？"

黄永泰聽了，大怒道："這潑皮説話刁鑽。黄福、黄禄，與我着力打。"

李逵一聽，再也忍受不住，怒從心上起，跳將起來，提起缽頭大的拳頭，將黃福、黃禄左右一記，齊打翻了。

張順也躥跳起來，罵道："畜生，不知好歹。今日教你在爺爺跟前領死。"一手掌向黃永泰臂膀上拍去。黃永泰一來原是外强中乾、柔弱無力之人；二來自高自大慣的，不防人會打他，哪裏躲閃得及，一下子就從馬上跌落下來。嘴裏祇叫："苦啊！"

李逵見了，哈哈大笑，罵道："豆腐小夥子，淘空了的，這麽不經打的？"家丁見勢不妙，撇了姑娘，來救公子。

宋江踏步來到梧桐樹下，撫慰姑娘。那媽媽歇了一會兒，甦醒過來，抖抖衣衫，也跑前來向着宋江道謝。宋江問了情由，慨贈銀兩，囑她母女早日回歸家園。媽媽、姑娘感激不已，連連叩謝，回到脚店收拾去了。

這姑娘唤作宋月姣。母女兩人回到脚店，收拾行李，出離江州，循着江塘走去，指望一路唱曲，回轉家園。行不到二十里路，霎時狂風大起，烏雲密布，大雨傾盆，無遮無攔。母女在暴雨中奔走。媽媽着急，想着年邁，摔了這一大跤，腰間酸痛，脚下伶仃，如何回得家園？向姑娘道："爲娘不能連累於你，讓我隨你父親作個異鄉之鬼吧！"姑娘道："親娘，女兒爲了母親，受盡千辛萬苦。爹爹之死出於無奈，親娘倘有個長短，女兒如何活命。不如我先死吧。"媽媽道："女兒年輕，逃生去吧！爲娘受盡苦楚，活着也没味道啊。你快放手！"祇要投江自盡。姑娘急了，一把拖住，盡力高喊救命。江面上恰巧來了一號大船，艙内有位員外，聽得叫喊救命，便喚水手去救。水手將船開動，移到江堤相近，鋪了跳板，挽着母女上船。

到了船上，祇見艙中坐着一位員外。這人年齡四十上下，唇紅齒白，眉清目秀。頭上戴着藍色方巾，身穿緞花開背。脚登銀跟靴，上面大紅底衣。手持檀柄，風度灑脱。母女叩頭謝恩，員外問："緣何投江？"母女將黃公子脅迫，幸遇一位先生救了性命，還贈紋銀經過訴説一遍。員外聽了，動問這先生姓甚名誰。姑娘道："他向姓黃的理論之時，自道姓宋名江。"員外便將母女收下，喚去後艙更換衣飾。員外舟泊一宵，次日便喚水手，不去江州，船回皇城。水手遵命，調轉船頭，駛向皇城而去。

看官：這員外實爲宿太尉宿元景。你道緣何來此？這裏有個交代：祇因徽宗道君皇帝偶得一夢，夢見來了三條妖物：一條紅、一條青、一條黑，似龍非蛟，似蛇非蟒。仰頭擺尾，前來吞噬皇上。皇上大驚，高喊"誰來救駕？"祇見一位白髮老道，手持瓊鉤，朝着三條妖物，嘴裏念着一聲"無量壽佛"，瓊鉤揮時，三條妖物騰空而去。皇上感激老道護駕有功，問他法號上下何稱。老道説道："萬歲，有四句偈言，謹請記下：'木上屋成叢，刀兵點水工。橫行三十六，作亂在山東。'"説罷不見。皇上一夢醒來，耳邊聽得鐘樓打着三更。

徽宗把這四句偈言，牢記心頭。明日早朝，説與大臣詳解。宰相蔡京解道："這三條妖物，應在江南方臘、河北田虎、淮西王慶身上。三人鬧事，意欲瓜分大宋江山。第一句'木上屋成叢'，射個'宋'字。'刀兵'者，掀動干戈也；'點水工'，射個'江'字。看來這人要大動干戈。'橫行三十六'，這句老臣感到費解，不知是這人三十六歲，還是黨羽有三十六人。這個應夢妖人，必須訪拿法辦！否則，萬歲江山，難以坐穩。"

皇上聽了蔡京解釋，就問誰人願肩此任。宿元景站出道："臣願緝訪！"皇上准奏。宿太尉喬妝改扮，來到山東道上。聞得宋江江湖上大有名聲，人稱及時雨，專行方便，濟人之急，解人之難，是個大好人。到了鄆城，又聽説爲了刺惜一案，宋江已發配江州。宿太尉因此追蹤來到江州。今日遇見了宋月姣，説他仗義執言，救了性命。如此説來，做事當分個是非，豈可亂捕無辜？又思：這第四句偈言，皇上是耳聞口説的，'作亂'可能是捉亂，也許蔡京解錯了。捉亂在山東，不是應夢賢人嗎？這事不可造次，傷了天理。宿太尉這樣想着，所以命船返回皇城去了。復旨道是沒有訪得。

宋月姣到皇城後，在太尉夫人跟前當了一名丫環，媽媽爲僕婦。夫人病逝，宿太尉看着月姣穩重，後來聘爲夫人。月姣不忘宋江恩德，日夕焚香禱告，一言表過。

却說那黃永泰悠悠醒來，家丁忙問：“公子，哪裏不舒服？”黃永泰道：“休要多問。”家丁要攙扶着他上馬，黃永泰搖搖手道：“給我喚轎吧。”家人雇了一乘轎子，黃永泰坐轎回家。跑了一程路，忽覺心裏難過，喉頭咕嚕嚕地一陣響，嘴裏冒出不少鮮血來。家丁見了，唬得魂不附體，忙道：“公子吃了大虧，快快告稟家爺，把這幾個强人抓來！”黃永泰暗自尋思，家丁這話很對，憑着家爺勢力，捉拿宋江，易如反掌。把他千剮萬割，纔泄我胸中之恨。祇是身體有病，没緒料理。娘子潑辣任性，被她知曉，定然不分青紅皂白，和我大吵大鬧。病榻呻吟，怎的禁受得起。不如待我身體稍可，再作計較。便道：“你們回到家中，不准信口胡説。有人問及，祇道我不慎墜馬受傷便了。”家丁道：“依小的看，還是説破爲妙；否則，家爺定要責怪我們。四個人服侍一個人還弄不好。”黃永泰道：“有我仕此，爾等可以放心！”家丁就不響了。

五人行至水口，一齊下船，渡水過去，到了無爲軍。這無爲軍是個島嶼，四面都要用船，不能步行。公子到了無爲軍，上岸來到黃家莊。黃永泰的母親看到兒子跟蹌回家，大發雷霆，責打家丁。黃永泰道：“這事難怪他們。今日風和日暖，我在堤上試馬。玩得開心，快馬加鞭，要家丁緊緊追上，家丁自然是追不上的。不想馬前飛起一鷹，把馬驚了一下，我纔跌下馬來。”黃母聽説，纔不辦這些家丁，祇是請醫治療。

再説宋江、張順、李逵、戴宗四人重上酒樓，宋江向戴宗説道："這黃永泰確是無法無天！"戴宗道："黃蜂刺的兒子，我們對他還當小心纔是。"張順道："什麼小心不小心！這小子就是該打。"李逵也道："俺就是不怕他！"四人暢談一會兒，便分手回去。戴宗放心不下，自去衙門探聽黃文炳的消息。

且説黃文炳得了家人報告，急忙回到家中。看見兒子躺在床上，一臉浮腫，口吐鮮血，問道："怎麼弄得這般模樣？"黃永泰還是推説墜馬，摔壞胸脯。黃文炳延醫診療，祇是敷服無效。綿延月餘，病勢日見沉重起來。黃永泰自知病無起色，尋思這事不能放過宋江，就向爹爹哭訴道："孩兒大膽，有幾句話想説。"黃文炳道："兒啊，有什麼話，你快快講來。"黃永泰道："孩兒不是墜馬，實是受了一個闊面長鬚人的欺負，這人名喚宋江。有位唱曲姑娘，羨我豪華，自甘納爲小妾。不料這人意圖窺覬，出來阻撓，把我打下馬來。孩兒深怕娘子誤會，又恐爹爹呵責，暫時隱忍下來。孩兒倘有不測，請爹爹替孩兒做主，出了胸中這口怨氣，也好維持爹爹的威望。"黃文炳就問家丁："公子是怎樣被打的？"黃福、黃禄、黃壽、黃喜戰戰兢兢地，如此這般説了一遍。

家人話猶未完，祇見房內闖出一個婦人來。這婦人家面孔如鼓，一臉橫肉，鼻坳處有不少雀斑。嘴闊唇厚，鬢絲拖在兩肩。祇見她伸出手來，將黃文炳的鬍鬚一把抓住，説道："公公，你好家規。兒子被人家打傷，却不敢説話。病得這個樣子，倘有三長兩短，要你還我一個丈夫來！"此人正是黃永泰的娘子蔣氏。

黃文炳氣急得説不出話來，夫人見了，一面吃喝媳婦，一面也與丈夫爭吵。黃文炳苦笑一聲道："賢媳放手，慢慢地談！"蔣氏哭哭啼啼，哪裏肯放。黃文炳又氣又惱，抱怨妻子道："都是你這老不賢害的，平日把兒子寵養慣了，家中好端端地坐着年輕美貌的妻子，怎麼看覷起唱曲的姑娘來了？賢媳，兒子的性命，你要向這老不賢討！"夫人聽了，也罵道："你這老殺才，什麼家規不家規！逼得他木頭木腦，在外邊受了人家的欺負，不敢放個屁。兒子被人打得這個樣子，還有什麼光彩？我這條老命也不要了，與你拼了！」氣得發抖。蔣氏見婆婆發狠，益發罵道：「婆婆説得有理，看公公還想見人不見人啊！」説着，臂腕上猛力一頓，霎時把黃文炳的鬍鬚拉了一撮下來，痛得黃文炳嗷嗷直叫，嘴上不住地流血。三人扭作一團，難解難分。家丁見了，誰敢吭聲？

　　黃永泰躺在床上，氣喘不已，祇是出的氣多，入的氣少。心裏惱恨這蔣氏：我之所以不願聲張，就是怕你撒潑。今已病重，你不好好服侍，倒反埋怨起爹爹來了，豈非笑話？現在拔了爹爹的鬍子，教爹爹怎樣出堂理事，拿辦凶手？心頭一急，冷汗直冒，嘴裏不斷地冒出鮮血來了。家丁忙來問道：「公子，你保重啊！」蔣氏、黃母、黃文炳旋首看時，慌了手腳。黃永泰兩眼翻白，三魂悠悠，六魄蕩蕩，早向閻羅殿報名去了。

　　黃永泰死後，蔣氏年輕守寡，青燈獨對，啼啼哭哭，益發吵擾不休。黃文炳被媳婦拔了鬍子，又死了兒子，心緒煩亂，淒淒惶惶。兀坐書齋，十多日不願出門。便將一團怨氣，鬱結在四個家丁頭上。朝打夜罵，限他們十日之內，拿獲宋江。四個家丁，痛恨黃文炳的手段殘酷，尋思這事難辦，便悄悄地逃走了。後來這四人在梁山好漢大鬧江州時，被李逵亂斧砍死。常言道：「好事人不知，惡聲傳千里。」黃文炳被媳婦拔了鬍子，江州人哪一個不取笑他？黃文炳等鬍鬚長齊了些，自己踱到江州來訪案，拿捉凶手宋江。

　　正是：世上多奸慝，安能容直人？無分今與古，流毒禍斯民。

　　畢竟宋江被黃文炳如何了？且聽下回分解。

第十二回　潯陽樓方臘題反詩
江州府宋江受冤屈

　　話說黃文炳親自訪案，拿捉宋江，以報打子之仇。一日徑來潯陽江樓，店家慌忙出迎。黃文炳捋着鬍鬚道："下官前來，正想結識一位英雄。"店家道："師爺高見，正待要請教！"黃文炳道："說來慚愧！我兒永泰，恣情酒色。不合强搶民間唱曲姑娘，引起公憤，教人打了一個不平。這人仗義執言，有膽有識，可算得江州一位豪傑。下官因而十分敬愛，所以特來尋訪。"

　　店家聽着，不覺躊躇。心想：黃文炳這厮刁鑽得緊，當心被他的黃蜂刺刺了。豈有兒子挨打，還會敬仰人家是英雄的？說話小心，若是有話讓他捏住，那麼他兒子那條性命，就會壓到我的肩上。要我指點人犯，公堂作證，這事受累不起。店家忙着搖手道："師爺說得有理！可惜這事，小的全不知道；否則，定當效勞，要盡力幫忙的。"店家問酒保道："各位可見公子被打嗎？"酒保也齊道："抱歉，抱歉！我們都不知道啊！"

　　黃文炳看這裏問不出來，便向旁的店家問去。衆人見黃文炳來，客氣得很；但問及這事，俱是雙手搖。黃文炳連連碰壁，自討沒趣，衹得憮然回家。黃文炳查了一月，總因人家怕他、恨他，探不出一點消息，無可奈何，衹得隱忍下去。

　　戴宗將這消息轉告宋江，宋江認爲自己做得有理，這事並不放在心上。

且説張順老娘，舊病復發，年老的人，宛如風中之燭，一夕病故。張順奔喪，星夜回小姑山去。李逵奉公差遣，押解犯人，前往南昌。戴宗上皇城去，投遞公文。宋江一時無伴，在壽星街閒居，頗覺寂寞。這日天朗氣清，宋江緩步出城，上潯陽樓來，瀏覽山光水色。

酒保見宋江來，敬他義氣，殷勤招待。宋江登樓，尋個窗口位子坐下，點了幾味菜，自斟自酌起來。倚欄遠眺，不覺酒上心頭，勾引出不少閒愁來。尋思道：我生在山東，長在鄆城。幼而學儒，長而通吏。祇是以忠義存心，未嘗魚肉人民。晁蓋哥哥智取生辰綱，劫了這不義之財，由我通風報信，放走他們。弟兄們上了梁山，殺了這做公的，傷了何觀察，損害許多官軍人馬，幹了許多驚天動地的事業。晁蓋哥哥眷念舊情，教劉唐下書訪問，俺便連夜打發他走。不料好端端地惹出事來，弄得俺流浪江湖。回得家園，多蒙爹爹訓誨，刺惜一案，情願自首投案。如今雖吃官司，刺配江州，多承戴宗兄弟看覷，未受刑訊，却有好處，在江湖上留得一個虛名。祇是目今三旬之上，名又不成，功亦未就，倒被文了雙頰，配來在這裏。家中老父兄弟，何時得見？不覺潸然淚下，臨風傷懷，感慨萬端。

宋江正在歎息，忽聽樓下腳步聲響，噠噠連聲，樓梯上踏來一人。這人嘴裏念道：「英雄三百輩，隨俺步瀛州。俺方臘為了尋訪宋公明先生，跑遍齊、魯、吳、楚。正是：踏破鐵鞋無覓處，得來全不費工夫。看來今日可以相會了。」

方臘上得樓來，左手撩開氅衣，右手搖着紙扇，昂首向樓頭左右掃視，就在中央一張大圓桌旁坐下，一聲喊叫：「酒保伺候！」

宋江聽這人叫喊，音如銅鐘，聲如霹靂，還道李逵回來。仔細看時，來了一位英雄，却是不認識的。但見這人：

生來魁梧，身材高大。面盤長方，肌肉堅實。色如重棗，唇若塗朱。濃眉托目，大鼻闊口。頭上紅綢紮巾，紅綢包頭。團圈綴着絨球。身上紅綢繡花箭衣，前胸繡着蟠龍。闊板鸞帶圍腰，腰懸龍泉寶劍。下穿紅綢底衣，蹬着花幫銀跟薄底快靴。外罩大綠綢英雄氅，裏襟繡着二龍搶珠。

宋江細看這人衣飾有龍，舉止十分軒昂。右手將扇子遮着臉孔，瞟眼覷着宋江，見宋江臉上猶有淚痕，又聽宋江連連歎息，不禁大笑，喚酒保道："備酒來！"酒保問道："爺爺要黃酒，還是火酒？"此人道："上好黃酒十斤，取一壇來。大碗盛酒，取菜板來！"酒保唱一聲喏，捧上酒壇，再呈菜板。此人點了幾色菜，把酒傾在大碗裏，捧了大碗就喝。

看官：這方臘是浙江睦州青溪縣幫源洞人氏。父名金平，母親楊氏，弟弟單名邈，妹名百花，叔叔名叫金中。方臘是個箍桶匠，做工養活娘親。却是見多識廣，胸懷大志。睦州四境多山，物産豐富，漆、楮、松、杉尤夥。當時趙宋官府，在蘇杭置造作局，殘酷搜刮。睦州地區每歲要供漆千萬斤，百姓深受其害。更兼近幾年來，天災人禍，百姓生活水深火熱。江南的民脂民膏，哪裏填得平官府縱情聲色、狗馬、土木、禱祠、甲兵、花石的欲壑？趙宋王朝對內鎮壓，對外投降。每年對外行賄，銀絹總以百萬計。百姓肝腦塗地，哭聲載道。方臘順天應人，舉起了"是法平等，無有高下"的造反大旗，就在徽宗宣和二年，揭竿起義。殺里正，打州縣，攻城池。四方百姓紛紛響應，數日之間，聚衆數萬，不斷發展到上百萬。嚇得昏君奸臣手脚發抖，恐慌萬狀，如熱鍋上螞蟻一般。

這時尚在徽宗政和七年，離方臘起義還有三載。方臘爲策劃舉事，四海求賢。聽說山東及時雨宋公明，江湖上頗有威望，廣有交結，文韜武略，甚是了得。方臘十分仰慕，特地從江南潤州渡江趕到山東尋訪。誰知方臘到了山東，宋江已經發配。於是又千里迢迢，前來江州。今日探知宋江來潯陽樓頭飲酒，特地趕來登樓拜會。看到宋江在潯陽樓上臨風灑淚，英雄氣短，兒女情長。一團興致，不覺冰冷。尋思：俺與宋江素不相識，抵不上晁天王與他兄弟情分、生死之交。晁蓋尚且留他不住，要說服他隨俺下江南起義，更是沒有可能。

方臘想罷，又是一聲大笑。喚酒保再添酒來。方臘乘着酒興，站起身來，在酒樓上漫步觀看。原來這潯陽樓上，常有騷人墨客相聚。樓上設着題詩板，有詩興的，就在板上題上幾句。到了晚上，店家自有人來，將好詩錄下，錄後詩都抹了，板原處掛好。方臘看到這題詩板有十二塊，順着子、丑、寅、卯……次序排列。板上已寫了不少詩：有的律體，有的古風，或草或正，或篆或隸，各抒胸懷，風格不一。方臘看得興起，循次讀去。看到一首詩云：

> 一舉成名姓氏香，十年宦海苦奔忙。省刑薄斂民無怨，
> 爲國擔憂兩鬢蒼。

方臘看了，心情沉重，不免嗟歎：當今道君皇帝昏庸，寵信蔡京、童貫、高俅、楊戩四奸臣。豺狼當位，虎豹專權。邊備不修，專務花石。朱勔等輩，生事弄非。農民終身勞動，妻子凍餒，不得一日飽暖。所謂省刑薄斂，都是騙人的鬼話。這位相公眷念朝政，空有好心，祇能兩鬢蒼白，一事無成。

方臘再看下去，又見一首云：

> 道院清幽鶴夢長，黃庭誦罷更添香。自從識透寰中理，
> 坐破石床不下堂。

方臘笑道："這位道長，說得自在逍遙。要是讓他三日不喝一口水，不吃一口飯，還能這樣去做鶴夢嗎？他所修煉的道院，

是受十方供養的。農夫不種田,工人不做工,他的石床能坐得穩嗎?再說他要坐破石床不下堂,那他怎麼會到這潯陽樓上來的?"

再看下去,原來是兩位衙門中人做的。一個是媚上欺下、慣於鑽營的官僚;一個是呼幺喝六、魚肉鄉民的皂隸。這兩首詩道:

> 日夕侯門不憚勞,半生辛苦侍權豪。井蛙自謂游龍窟,籬鴉爭知有鳳巢。

> 堂上忽傳報早衙,一身官事亂如麻。狼虎口中分肉食,是非叢裏作生涯。

方臘讀罷,無名火起三千丈,不禁衝衝大怒,思想衙門中着實可惡,世道着實黑暗,求賢舉義着實不易!待俺來題下幾句,以抒壯懷。於是伸手把詩板取下,揮舞柔翰,寫成絕句兩首。一首自抒胸懷,一首譏刺宋江。署下籍貫姓名。然後喚酒保結賬,摸出紋銀五兩擺在桌上。酒保道:"有多,有多。"方臘道:"多的賞與你!"便整衣下樓而去。

宋江看這人磊磊落落,匆匆下樓,不知道他在題詩板上寫些什麼。宋江便緩步前來,昂首仔細吟誦,不覺大驚!這第一首絕句寫道:

> 手揮寶刀殺氣橫,四方戎馬犯天庭。英雄自古拯生民,霜刀磨來殺不平。

宋江尋思:這人俠氣千尋,雄心萬丈,決非等閒之輩。祇是在這酒樓之上,直題反詩,不知避諱,看來不脫草澤魯莽之氣。倒想和他攀談幾句。宋江移步來到窗前,憑欄眺望,這人早已蹤影杳然,不知去向。宋江旋身再看第二首:

男兒意氣沖九霄，頭顱一擲等鴻毛。漫誇山東呼保義，思親却笑淚如潮。

江南睦州方臘題

政和七年五月

宋江讀罷，原來這詩是譏刺小可的。尋思：俺與方臘，尚未納交，緣何對我不滿？待俺趁着酒興，也寫上幾句，藉以解嘲，也算是給他個回應。

於是宋江磨得墨濃，蘸得筆飽，去那題詩板上，揮毫寫下一首《調寄西江月》詞來：

自幼曾攻經史，長成亦有權謀。恰如猛虎臥荒丘，潛伏爪牙忍受。　　不幸刺文雙頰，哪堪配在江州。自是憶父在心頭，淚灑潯陽江口。

寫完，讀了一遍，甚爲得意。意猶未盡，又在那詞後面，續寫一首絶句道：

心在山東身在吳，飄蓬江海漫嗟吁。他年若遂凌雲志，敢笑方君不丈夫。

山東鄆城宋江題

宋江寫罷，擲筆桌上，回座再飲酒數杯。不覺力不勝酒，沉醉起來。

霎時，西北天空烏雲滾滾，雷聲響動。酒客齊道：“要下雨了！”紛紛散去。酒保喚醒宋江，結了酒賬，自回壽星街歇息，不在話下。

宋江去后不久，潯陽樓上又來一人。此人見了宋江的題詩，不禁狂笑：哈哈哈，原來宋江却在這裏！真的“天網恢恢，疏而不漏”啊！

　　看官：來者並非別人，正是江州伴讀師爺黃蜂刺黃文炳。黃文炳這多日在家納悶，想到蔡九知府那裏打探點消息。路經江潭，忽見黑雲壓城，大雨將臨，便到這潯陽樓上飲酒躲雨。黃文炳面對江景，不覺思念孩兒，惱恨起來，坐立不安，就在樓頭走了一遭。轉到題詩板前，看見板上題詩頗多。黃文炳捋着鬍鬚，看到：

　　　　一舉成名姓氏香，十年宦海苦奔忙。

黃文炳點頭稱許道："妙啊！十年學就龍虎術，一朝貨與帝王家。這是男子漢、大丈夫的威風，辛苦一些算得什麼？"再讀下去：

　　　　省刑薄斂民無怨，爲國擔憂兩鬢蒼。

黃文炳連連搖首道："這位相公又嫌太迂闊了。不懂阿諛奉迎，怎的爬得上去？千里做官祇爲財，哪有真的哀念民生的？難怪他一事無成，祇好落得兩鬢蒼蒼了。"

　　又看到：

　　　　道院清幽鶴夢長。

黃文炳尋思道："這是一位道長寫的。出家人看破紅塵，自得其樂。在他看來，世事竟如浮雲夢幻，祇有焚修，方得超凡入聖。下官年逾半百，兒子夭逝，一切都可撒手了。"黃文炳自言自語，循着詩板，依次讀去。讀到那些趨炎附勢的詩句，頗合他的脾胃，不覺苦笑起來，連聲贊好。

　　驀地，黃文炳看到方臘的題詩，不覺大吃一驚。尋思：這歹徒膽子不小！清清日月，朗朗乾坤。在這大宋天下，竟有這樣不法之徒，口出狂言。非要追查他個水落石出不可。

　　再往下看，却是嘲笑呼保義的。又思：這個呼保義是誰？諒是同黨無疑。想來他們既相互勾結，又自相爭鬥。

黄文炳又看那首《調寄西江月》：

> 自幼曾攻經史，長成亦有權謀。

冷笑道：“這人自負不淺！”又讀道：

> 恰如猛虎臥荒丘，潛伏爪牙忍受。

思量：這廝也不是個安守本分之徒。又讀道：

> 不幸刺文雙頰，哪堪配在江州。

黄文炳嘻嘻一笑，道：“原來是個作奸犯科的配軍！”又讀道：

> 自是憶父在心頭，淚灑潯陽江口。

又笑道：“這廝還懂得些倫常。”又讀詩道：

> 心在山東身在吳，飄蓬江海漫嗟吁。

尋思：這廝憂讒畏譏，兀自想家。又接讀時：

> 他年若遂凌雲志，敢笑方君不丈夫。

黄文炳搖首道：“這廝好誇海口，配軍還有什麽凌雲志啊？祇是自己遮羞，解嘲而已。”

　　黄文炳伸出兩個指頭，指指搠搠，自鳴得意。誰知看到“山東鄆城宋江題”，不覺一惱，“啊唷！這個不是打死我兒的凶手嗎？原來却在這裏。冤家路狹，這遭尋到對頭了。就憑這塊題詩板，就可把這廝置於死地！”

　　黄文炳頓時興奮起來，尋思給宋江定個什麽罪名呢？忽想那方臘題的是反詩，宋江這詩也可以説是反詩啊！黄文炳眉頭一皺，計上心來：膽小非君子，無毒不丈夫。不如趁這時酒樓上四下無人，把宋江的詩詞稍稍改動，意思弄反，就可惹出是非，公報私怨了。

於是黄文炳趕忙取下詩板,仿着宋江的筆跡,在板旁試寫一下。看看墨色、筆姿相似,即將原詩"自是憶父在心頭"改作"他年若得報冤仇";把"淚灑"兩字改爲"血染";又將"方君"兩字改成"黄巢"。這樣一改,意思截然兩樣。黄文炳仔細看了兩遍,一聲冷笑道:"宋江啊宋江,今朝你的六親九族性命都操在我的手掌中了。"看墨已乾,掛好詩板,依然就座飲酒。

這時瀟瀟灑灑,水珠亂跳,江面上正落着大雨。酒保上樓斟酒,黄文炳斜視詩板,假意踱了過去。看覷一會,閑吟道:

> 他年若得報冤仇,血染潯陽江口。

又吟道:

> 他年若遂凌雲志,敢笑黄巢不丈夫。

遂故作吃驚道:"這廝是誰?却要在這裏報仇!黄巢殺人八百萬,他却要勝過黄巢,不謀反待怎的?這分明是反詩,哪個敢大膽題寫在此?"再看下面署名,寫着"山東鄆城宋江",便向酒保喝問道:"這宋江是何人?"

酒保起初没聽清黄文炳説話,看他神色不好,忙賠笑道:"黄師爺,宋江寫些什麽?小的亮眼瞎子,不識字的真苦,一點都不知道。宋江是和你們衙門中的戴院長相識的,可以問他。"

黄文炳聽酒保説出戴宗兩字,尋思這人已有着落,甕中捉鼈,手到擒來,益發得意。因又冷笑道:"你這店中出了大事,主人家倒很安心啊!"酒保聽了,慌忙下樓傳話。店主聽説,也嚇了一跳,三脚兩步,搶上樓來。

黄文炳冷笑道:"店家你是懂得皇家法度的,這詩板看過了吧?"

店主聽了一愣,就近詩板一看,看得臉色都變了,半響説不出話來。

黃文炳連連冷笑道："劫數來時，逃也逃不脫的。這官司注定就落在你的頭上了。你得把詩板好好地藏起來，萬萬不能塗改。明日一早就到府衙門來，控告宋江。稍有差池，當心你這個腦袋！"

店主聽了，兩腳不聽使喚，瑟瑟發抖，哪裏還站立得住？勉強唱一聲喏，把詩板用紅絹包好，藏在箱子裏。半夜裏，睏着還在夢囈，嘴裏不住嘮嘮叨叨："全家的性命，都在這塊板上了。"

黃文炳看雨住了，打轎回家。暗暗稱快，夢裏都大笑起來。明早聽堂，不提孩兒的事，落得大方，人家也無話説。這妄題反詩之罪，足夠宋江受用的。

次日，黃文炳詣府衙門來。蔡九章降階迎接，分賓主坐定。問及永泰賢姪病情，黃文炳歎道："不幸夭逝。"蔡九章勸慰一番。黃文炳道："愚兄今日晉謁，却有一事相告。"蔡九章問道："請兄見教！"黃文炳道："看來要有千百人掉腦袋了！"蔡九章笑道："師兄，失了愛子，弄得説話顛倒，還是珍重身體爲要。"黃文炳道："師弟，休要誤會。這不關我兒的事。有人在題反詩，我説兩句你聽聽：'他年若得報冤仇，血染潯陽江口。'嗅嗅滿是血腥氣，豈非關係着千百個人頭落地的事？"蔡九章道："文人弄筆，口出狂言，哪裏值得認真的？"

這時，恰好潯陽樓主頂着詩板，晉府衙門來。蔡九章沉吟半晌。黃文炳就攛掇道："這廝在酒樓上，敢題反詩，蓄謀已久，良非一日，豈可小覷了他。再説江州人文薈萃，亦是交通要道，大小官員常有往來。倘被上憲查察，師弟前程，恐有不便。"

蔡九章聽師爺説話，很有分量，看來這事不能不理，便道："師兄所見極明，祇是方臘、宋江兩犯，如何緝捕？"

黃文炳道："方臘雖已脫逃，宋江是個配犯。來時有着戴宗保釋，祇須一查犯人名册，便曉下落。"

　　蔡九章頭點，喚戴宗來。戴宗恰好回到江州，前來銷差。戴宗拜罷。蔡九章問道："戴宗，你與宋江交情如何？"戴宗聽這問得奇怪，便道："初交相識而已。"黃文炳問道："宋江現在哪裏？"戴宗道："在壽星街。"蔡九章便喚戴宗去傳。戴宗答應一聲，正想退出。黃文炳說道："且慢！"戴宗問道："還有何事？"黃文炳吩咐："隨帶差役四名，速將宋江抓來。"

　　戴宗聽說，還以爲黃永泰一案發作了。來到監獄，探問消息，夥友都說不知道。戴宗喚夥友去取刑具。自己先駕神行法，來到宋江下處，闖門進去。宋江見戴宗回來，前來見禮。戴宗抓住宋江的手，忙道："府衙來，傳兄長前去，看來凶多吉少！"

　　宋江搖手道："兄弟不用驚慌。"戴宗道："官司哪有分曉，不如早走爲妙。"

　　宋江道："去哪裏呢？"

　　戴宗道："江湖上哪個不認識你？近則去小姑山，遠則投奔梁山。"

　　宋江道："萬萬使不得，這要連累二弟。"

　　戴宗道："大不了吃幾天官司。"

　　宋江道："賢弟，不須如此，我自有主張。"

　　戴宗看宋江不肯走，便道："小弟却有一法，可以躲過此災，衹是要委屈兄長。"

　　宋江問是何策。戴宗教宋江衹須裝瘋作癲，便可安然無恙。

　　看官：戴宗爲何想出這條計來？衹因蔡九知府新上任時，不知官場情弊，曾被一個罪犯裝瘋蒙混過去。那罪犯上得公堂，瘋瘋癲癲。蔡九知府無法審訊，將他押入大牢。這犯還是如此，因案情不重，就將他釋放。戴宗匆忙之際，想起這事，說出這個法子來，却不知目下形勢大不相同。

　　宋江道："這事不妙，裝成瘋子，有理難於答辯。而且用起刑來,如何應付?"

戴宗道:"堂面上我是會料理的。"

宋江道:"好吧,姑且一試。"

戴宗退出,在門口守候。宋江便向厨房走去。宋江走到厨
房,把頭上巾兒除了,頂髮打散。隨手又將海青撕破,解下絲帶,
換上草索,撩起海青一角,塞向腰裏。一脚把靴襪脱了,赤着脚;
一脚仍是穿着靴子。又在鍋底抓了一把煙灰,抹在臉上。身子
倒下來,連連打滾。雪白衣袖,霎時弄得髒髒的。站立起來,拿
了一把菜刀,塞進稻草束裏。又拿一把笤帚,顛顛撞撞的,上下
揮舞起來。嘴裏不止地胡説八道:"馬來,馬來! 今朝皇母娘娘
開蟠桃大會,衆仙離開海島,跨駕祥雲,直上九霄。貧道也要赴
會去了。"

四個衙役恰跑進門來,戴宗招呼:"宋江忽地瘋了。"衙役看
時:宋江蹬着身子,左右搖晃,東張西望。衙役大喝道:"府大人
傳你去呢!"

宋江笑道:"我道是誰? 原來跑來一班孽子。"

衙役喝道:"朝廷王法,我們管不得他瘋不瘋的,快把這廝拖
出來。"拉拉扯扯,將宋江直拖到大廳之上。

啞巴看見主人瘋了,不覺怔住。嘴裏嘰哩咕嚕的,要説説不
出話來,祇好做着手勢,没人懂他。戴宗唤他好生看管房屋。

衙役押着宋江,直奔衙門。戴宗上堂禀告:"宋江已經拿到,
原來是個瘋漢。"蔡九章便道:"師兄,瘋漢不審也罷。"黄文炳笑
道:"哪見瘋漢會吟詩填詞的? 休要被他瞞過了。"

蔡九章當即吩咐將宋江推上堂來。鎮堂木連連拍着,衙役
聲聲威嚇:"唬——咦——"大堂頓時肅静下來。

宋江夾了一把笤帚,舞動菜刀,也喝道:"孽子,敢來問我嗎?
我是玉皇大帝的女婿,丈人教我引十萬天兵天將,來殺這江州人

的。要命的,快躲了我。不然教你們霎時都得死!"

衙役搶上前來,把宋江的刀奪了,又來奪他的笏帚。却緊握着笏帚不放。衙役尋思:這笏帚是闖不出禍祟來的,讓他去吧。衙役將宋江推到案前,舉起水火棍在他的膝後腿上一記敲,宋江着力,不自覺地跪了下去。宋江稟道:"臣宋江見駕,願我皇萬歲、萬歲、萬萬歲!"

蔡九章喝道:"嘈!大膽宋江,在本府臺前,竟敢裝瘋作癲?"

宋江仰天笑道:"啊,你說癲嗎?當年呂蒙正寒窑受苦,衣不蔽體,食不充饑,可算得顛沛流離。後來官居一品,一命嗚呼。"

蔡九章問道:"宋江,本府問你,你在潯陽樓上題得好詩,從實招來!"

宋江聽到知府這樣喝問,心中不懂。怎麼酒樓題詩,也會犯法的?祇是裝着瘋,礙着嘴,難於分辯。便道:"大人,你說書嗎?當年蘇秦失意回家,妻不爲炊。懸梁刺股,攻讀黃帝陰符、太公六韜之書,後來縱橫捭闔,到處遊説,身佩六國相印,弄得生民塗炭。這就是書的不是了。"

蔡九章見宋江還在瘋癲,拍案大怒道:"宋江,倘再裝瘋,本府就要用刑了。"

衙役把刑具搭琅琅擺了出來,喝道:"宋江快招,大人要用刑了。"

宋江哈哈大笑道:"你說安營嗎?在高的,怕圍困;在低的,怕水淹;蘆葦之中,怕火攻;深山之中,疑伏兵。安營下寨,最好是靠山近水。"

蔡九章再喝道:"嘈!大膽的宋江!"

宋江又是笑道:"萬歲,講到熟嗎?大唐則天皇帝在位時,一禾雙穗,五穀豐登,好算得熟了。"蔡九章看覷宋江,瘋瘋癲癲,笏帚亂晃,弄得沒理會處。

蔡九章瞟眼看着黃文炳。黃文炳尋思：這個叛逆，欺着知府年幼無能，祇有我來收拾。遂喚衙役取糞便來，看他識不識得香臭。衙役打滿一缽頭糞便，端將過來。説道："宋江，這是大人賞你吃的。"宋江站起身來，擲了笤帚，歡歡喜喜，雙手來接。笑道："這是聖母娘娘天賜的瓊漿玉液，吃了長生不老，真的異香撲鼻。"

蔡九章向黃文炳道："師兄，看這歹徒真的瘋了。我們説東，他却話西。這樣審到天亮也審不清楚的。"

黃文炳道："讓他先嘗一下玉液瓊漿吧。"

戴宗在旁插嘴道："大人，宋江在公堂上瘋瘋癲癲，成何體統，不如把他驅逐出去。"

黃文炳笑道："戴宗，你和宋江舊交，説話不怕犯嫌疑嗎？"戴宗一聽，祇好默不作聲。宋江聽得清楚。拍塵舞蹈，踏上前來，緊捧缽頭，高高興興，像有人要奪他的樣子，搶着要吃。黃文炳睜目直視着他。宋江突然把頭一抬，雙手一揮，把缽頭望準黃文炳的頭上死力擲將過來。衙役見了，忙來攔阻。宋江身子衝前，恰被衙役擋着。這缽頭飛出正打在桌上。一聲價響，裂成四片，糞穢隨着飛濺開來。弄得蔡九章和黃文炳滿臉裝金，臭不可聞。蔡九章大喝道："快把宋江押下堂去。"旋身退堂，跑進麒麟門。衙役打掃堂面。

蔡九章和黃文炳沐浴更衣，暫歇片刻。黃文炳教蔡九章二次升堂，嚴厲用刑。衙役前來提取宋江。這時宋江已經不裝瘋了，神智清明，從容自在。

看官，宋江思想：瘋了不好説話，爲了題詩，何必裝瘋？所以改變了策略。衙役又是連連吆喝道："呼——咦——，大人升堂！"

宋江答應一聲，踏上大堂，雙膝跪下，拜道："宋江叩見。"

黄文炳看着，不覺一怔。尋思俺正要拷問宋江裝瘋作癲，侮瀆官長，不想他却好了。

蔡九章問道："宋江，恰纔何故裝瘋作癲，冒瀆官長？"

宋江告罪道："恰纔真的瘋了。這是小人疾病使然。"

蔡九章道："這叫什麼疾病？"

宋江道："説來話長。小的兩三歲時，纔會走路，捧着飯碗，堂前突然來了兩條凶狗。一左一右，衝上前來，搶奪我的飯食。嚇了一跳，從此得了這疾病。精神癱瘓之時，不時要發，這病稱爲'狗驚病'。恰纔病發，因而語無倫次，多有冒瀆，懇求大人恕罪。"

蔡九知府聽了，便道："既是病發，本府免於追究就是。"

黄文炳仔細聽着，知道宋江説話刁鑽，分明是在辱罵官長，怎説算了？瞟眼向蔡九章示意，蔡九章却未理會。

蔡九章道："宋江，你在潯陽樓上，題下反詩，背反朝廷。究有多少羽黨？從實招來，本府主張，可以筆下超生。"

宋江道："小人題詩，並無犯上作亂之言。"

蔡九章聽着，尋思宋江還想狡賴，喚衙役取出詩板來，讓宋江看。宋江細細看時，驚得呆了。原詩不是這樣的啊！分明有人篡改。但看改得極像，竟能魚目混珠。再一想這事當是黄文炳改的，嫁禍於他，藉以公報私仇。這人慣要陰謀詭計，這場官司，不要翻在他的手中。正在思想，却待分辯。

黄文炳早已看出苗頭，尋思不能讓他説話。公堂之上，捶楚之下，何求不得？好在這事，衹我知道，一口咬定，壓下去。宋江是一點辦法沒有的。連連吆喝道："宋江，大人問你，究有多少羽黨？巢穴在哪裏？從實招來！恰纔瘋時，能言善辯，現在自知理屈，不發一言，分明衹好默認了。左右，把這刁徒，先打嘴巴兩百下，看他招與不招？"

　　兩個衙役衝上前來，把宋江的手反剪了，用竹片輪流着抽打。一五一十，連續打了兩百下。又在宋江頭上，狠狠一記打着，打得宋江暈頭轉向，嘴裂齒落。宋江正想分辯，嘴痛難熬，一時氣憤不過。罵道："若問我的羽黨，皇城中的蔡京、楊戩、高俅、童貫都是我的羽黨。丞相府、殿帥府、兵馬司都是我的巢穴。"

　　黃文炳聽了，冷冷一笑。心想：好啊！這宋江已上我的圈套了。轉向蔡九章道："這反賊已經招承，還想倒打一耙，心腸狠毒。好吧，大人今日辛苦，改日再細細地盤問收拾他。今日且賞他一陣棍棒。"黃文炳就喚牢子獄卒，把宋江攔翻在地，着力再打。棍棒若雨點般下來，打得宋江皮開肉綻，鮮血淋漓。戴宗看了，祇苦沒法子救他。

　　蔡九知府又喝道："宋江你快招承了，免得皮肉受苦。"宋江吃拷打不過，説道："自不合昨日一時酒興，在潯陽樓題詩，別無主意。"却忘了將改詩情由，細細分辯。宋江雖為押司，受了毒打，腦子已經糊塗了。

　　蔡九知府看宋江招承，吩咐將一面二十五斤死囚枷枷了，推放在大牢裏收禁。宋江吃打得兩腿走不動，當堂釘鐐上銬，被押向死囚牢裏來。

　　蔡九知府與黃文炳退堂，來到內廳。蔡九章謝道："師兄高見，下官險被這厮瞞過。"黃文炳道："全仗恩相洪福，除了國家大害。"蔡九章喚黃文炳辦理公文，黃文炳尋思這案祇須上呈南昌節度使衙門，宋江妄題反詩，並無反叛逆跡，罪不至死。此案若轉皇城刑部衙門，事情就鬧大了。朝廷重視反叛，宋江必然提審。把宋江押解東京，在囚車上坐上一月，宋江不殺亦死。況且三推六問，天牢折磨，人身肉體，哪能抵擋得住？斬首市曹，明正國法，還要罪及九族。黃文炳想罷，向蔡九章道："師兄在上，此事重大，務必修書，星夜送上京師，報與恩師知道。恩師奏明聖上，顯得師弟爲國家幹了一件大事，必然有賞。"

蔡九章道："師兄說得有理，見得極明。下官即日也要使人回家送禮物去，書上就薦師兄之功，使家嚴面奏天子，早日升授。"黃文炳拜謝，起草就寫公牒。

戴宗自進監中，時刻慰問宋江。

且說李逵從南昌回歸江州，來到城中，前來看望宋江。李逵不知宋江已犯罪下監。正是：天有不測風雲，人有旦夕禍福。

有分教：衆好漢大鬧江州城，諸英雄鼎沸白龍廟。

不知李逵會見宋江後事如何，且聽下回分解。

第十三回　梁山泊吳用定巧計
汴梁城戴宗傳假書

　　話説李逵自南昌回歸江州，急往壽星街來找宋江，一面自語道："大哥在掛念我呢！"一面上前敲門。那啞巴開門見是李逵，大做手勢。李逵哪裏耐得他的啞戲，焦躁道："呔，啞巴子，快快報告大哥，俺李逵回來了。"啞巴着急，還是連連做着手勢給他看，兩隻手面前翻翻，上下動動，意思在説宋江發瘋，逮捕去了。一個莽漢，一個啞巴，撞在一起，事情就弄不清楚了。搞了半天，李逵纔懂得宋江已被戴宗捉去。

　　李逵心裏就想不通，二哥怎會來捉大哥？惱恨這個啞巴，有了嘴偏是不會説話，弄得俺糊里糊塗的。李逵踏出大門，旋身就走，走到半路，祇聽人家説道："可惜，宋義士被官府拿捉去了。"又聽人家説道："留神些，小牢子來，別鬧出事來啊！"李逵裝做不知，走過去，忽地抓住一個路人，喝問道："呔，你説我家大哥怎樣了？怎樣被拿的？給我説個清楚！"説着，把拳頭搖了起來。唬得那人魂不附體，忙道："小牢子，你不要打，我説就是。"李逵道："快講，快講！"那人便把所知道的都告訴了他。説現在宋江已被打得稀爛，押在死囚牢裏。李逵聽了，將那人一甩，哇啦啦一聲大喊，吼道："二哥怎能做出這等傷天害理的事來！"直奔監獄而來，李逵到了監獄，喝道："呔，開門來！"管獄的看了，問道："爲何打門？"李逵道："我要去見大哥。"管獄的怕吃李逵的拳頭，祇得把門開了。李逵進得監中，一路大叫："大哥在哪裏，大哥在哪裏？"

戴宗聽到李逵的喊聲，防他莽撞，就向宋江的背後躲去，説道："大哥，三弟回來了。"宋江道："有我在此。"

李逵一路找來，見戴宗躲在宋江背後，哇啦啦一聲高叫，闖過身子，舉拳就打。宋江慌忙攔阻，説道："這不關二弟的事，三弟休要錯怪了！"李逵看宋江幫他説話，也就算了。

戴宗勸慰李逵道："大哥雖犯了法，三弟放心，爲兄自會營救。祇是牢中飯食，三弟要好好地服侍。"李逵就把鋪蓋從城隍廟裏搬了過來，和宋江一同吃宿。宋江坐牢，怕晁蓋所贈印章容易失落，便請戴宗收藏。戴宗就把這印章繫在自己的腰裏。

且説黃文炳寫好文書，請蔡九章過目，蔡九章點頭稱是。蔡九章來這江州，已歷四載，搜刮到不少金銀珠寶、玩賞之物。當下檢出許多，與書信一併藏在箱內。這隻箱子稱爲"黑油箱"，箱上裝着暗鎖，外貼封皮，用油紙包裹，再加封皮一道，箱環繫着綢帶。

次日早晨，蔡九章喚戴宗前來。一面訓斥戴宗不該保釋宋江；一面囑他，把這隻箱子，好好送上東京太師府裏，慶賀老父七月一日生辰。許他將功折罪，並有重賞。"你的前程，都在此舉。我料着你的神行日期，專等你的回報。切不可沿途耽擱，有誤事情。"戴宗聽了，哪敢不依？

戴宗徑來辭別宋江，一路思想：此去東京，如何搭救宋江的性命？邊走邊想，不覺來到牢中。宋江見了，問道："賢弟往哪裏去？"戴宗道："上東京太師府投遞公文去。"宋江問道："衙內近日有重大案件否？"戴宗道："未曾聽説。"宋江道："這樣看來，這文書恐是應在我的身上。"戴宗道："我也這樣猜。"

宋江尋思：倘若這件案子送上皇都，事情就鬧大了。就向戴宗附耳說道：「相煩二弟繞道山東梁山一走。」

戴宗道：「這話怎講？」

宋江道：「山上晁寨主得着消息，定會設法搭救的。」

戴宗道：「俗話說：遠水難救近火！不如讓小弟去小姑山，報告潯陽天子吧！」

宋江道：「江州無爲軍布防森嚴，不可小覷於他。恐防畫虎不成，反類其犬。到了梁山，有軍師吳用，他足智多謀，人稱智多星。可以不動干戈，憑智力來相救的。」

戴宗道：「吳用是弟舊交，我就去吧！」

戴宗別了宋江，回壽星街，遣散了啞巴，退了典屋。又回天后宮，取了神行甲馬，出城，念動咒語，取路向山東梁山進發。

戴宗一路行走，心中躊躇起來。自思：梁山離此江州，二千餘里。晁寨主有何妙法，能搭救大哥性命呢？誠恐興動干戈，打草驚蛇，反害了大哥性命！又想：方今朝堂上四大奸臣弄權，這些人都是愛財如命的。倘能送獻幾萬貫寶鈔，大哥性命就可無虞了。記得大哥說起，衹憑晁寨主一印，借貸多少款銀，都可如願以償。不如待我到了梁山，向寨主借一筆款子。雖說行賄不好，這也出於無奈。搭救宋哥哥性命要緊。

戴宗朝行夜宿，趕奔梁山。這日到了李家道朱順興飯店，戴宗走入店堂，拱手問道：「朱英雄朱貴可在嗎？」店家向戴宗端詳一番，問道：「客官貴姓，哪道來此？問朱貴可有事嗎？」

戴宗道：「我自江州來此，姓戴名宗，訪朱英雄有事相告。」

店家笑道：「來者莫非人稱小江州神行太保戴院長嗎？」

戴宗道：「豈敢，正是在下。仁兄可是朱英雄？」

朱貴笑道：「豈敢，在下便是。」戴宗道：「今奉宋江兄長之命，前來拜見晁寨主。」

朱貴道："戴院長，隨我來！"

戴宗隨朱貴到了水口閣子。朱貴取出響箭，扳弓搭箭，射向對岸號箭亭去。一箭去處，不多時蘆葦叢中蕩出一隻小舟來了。兩人下船渡水，到了對岸的金沙灘上。朱貴帶着戴宗進入山寨，向聚義廳來。戴宗在廳前伺立。朱貴入報。

晁蓋聽說戴宗來了，忙引衆弟兄下階迎接，拱手歡迎。吳用及衆弟兄齊道："相迎來遲，望乞寬宥！"戴宗回禮。

晁蓋吩咐備酒，殺牛宰羊款待。戴宗與晁蓋、吳用、公孫勝、林冲、秦明五人同桌聚飲，飲酒之間，戴宗把黑油箱取出放在椅上。晁蓋道："戴先生，這箱子可託付嘍軍看管。"戴宗辭謝。吳用道："院長兄，這箱子俺來代爲保存吧。"戴宗連道："這就不敢勞神了。"說時又把箱放在地上，雙腳緊緊踏住箱子。晁蓋見着，尋思這個漢子好不見世面，心胸怎地狹窄。吳用看了，也有些不解，思想：戴院長平日爲人做事大方得很，不是這個路數的。不由得斜目仔細看這箱子，祇見箱子上貼着江州府的封皮。吳用明白這是公事箱，箱內定有重要文書，戴院長因而這般小心。

晁蓋問道："戴先生，我弟宋江，刺配江州，多蒙照顧，晁蓋感同身受，實是感激之至。今日枉顧，不敢動問有何見教？"

戴宗尋思：向梁山借貸，總要托個事故。說道："宋兄長前來江州，理當招待，略盡地主之誼。由於弟的保釋，免去訊棍之苦。祇是旅途多染風寒，積勞成疾。前月病重如山，求醫許願，費了不少金銀，逐漸痊愈。現今缺少還願金帛，不知可否向山寨挪借一些？"說時，戴宗取出宋江給他的晁蓋所贈白玉印綬來。晁蓋看了，仍把印綬還與戴宗，笑道："朋友有通財之義，區區小事，有什麼不可以的？"

戴宗道："晁寨主仗義疏財，真的名不虛傳，如此多謝！"

却說吳用看了黑油箱子，知道戴宗是上皇城去送公文的。

聽着戴宗陳説，心中不免懷疑。抬頭便向劉唐、白勝兩人示意。白勝、劉唐來到後軒，吳用附耳向兩人授意如此這般，説罷歸座。

白勝霎時躲到戴宗坐的桌下去了，劉唐踏步前來，問道："晁大哥，戴院長駕到，有甚事嗎？小弟願聞一二。"晁蓋道："劉賢弟，戴院長是代宋兄長前來取款的。"劉唐問："這款發與不發呢？"晁蓋道："哪有不發之理！"劉唐聽了，雙手忙搖道："發不得，發不得！"晁蓋問道："爲何？"劉唐道："其中有詐，大哥不要受騙！"劉唐嗔着兩眼，惡狠狠地向戴宗喝道："你膽敢到老虎嘴裏來討生活，俺的拳頭是不生眼睛的！"弄得戴宗局促不安，一時面紅耳赤。

晁蓋見了，大聲喝道："大膽劉唐，竟敢如此無理，傷着貴賓，這還了得？左右與我推出去，斬訖報來！"戴宗尋思，銀子不借也罷，不能傷了山寨的和氣。站身起來，拱手道："寨主息怒！"吳用見了，喊道："刀下留人！"晁蓋受着戴宗和吳用的勸解，釋放劉唐，劉唐進內謝罪。吳用連聲訓斥。劉唐又向戴宗賠禮，兩人握手，一笑而罷。

戴宗回座，用腳踏時，祇覺桌下空空洞洞，箱子早已不翼而飛。霎時之間，戴宗唬得面如土色，渾身發抖，嘴裏連話都説不出來，禁不住説道："這這這……這箱子……不不不……不翼而飛了。"

吳用微笑，勸慰道："戴先生休要驚慌，這隻箱子落在俺梁山上，是決不會短少的，待兄弟前去查來。"

戴宗道："祇是有一點需要謹慎，萬萬不要將這箱子上的封皮撕了。"

吳用到了後軒，見到白勝。白勝已將箱子內外封皮揭去，正開着箱子在看。吳用挨來看時，見箱內滿是金銀珠寶，放着清單一紙，家書一封。吳用揭開家書看時，裏邊寫着：

反賊宋江，在江州潯陽酒樓，吟題反詩，罪當斬首。解京，抑就本處棄市，敬請訓示。

吳用看了，大吃一驚，半晌作聲不得。尋思：戴院長來，不是借錢，竟是去開封府，送宋兄長性命的。其中定有緣故，且待向戴院長問個究竟。

吳用藏了書信，來到廳上，問戴宗道：“先生此來，用意何在？”

戴宗道：“商借銀兩。”

吳用就將書信出示，傳與眾人展覽。眾人看了，面面相覷，個個驚呆。戴宗看後，也吃一驚。晁蓋問道：“宋兄長吃官司，究竟爲了何事？”

戴宗便把酒樓聚義、李逵怒打黃永泰、宋江題詩以及黃文炳改詩陷害諸事，備細說了一遍。今去皇城，傳遞公文，不知送的就是這個案子。繞道梁山，意欲商借紋銀數萬貫，上東京蔡太師處送禮，搭救宋江性命。“我來梁山，宋兄長原要我來報此消息，祇怕晁寨主和眾位英雄，義憤填膺，興師動眾，前來劫獄。生怕打草驚蛇，反害了宋兄長的性命，沒奈何，纔想出這個法子來。不料這箱子被你們開了，封皮揭去。如此俺就不能上皇城，也不能回江州了，如何救得宋兄長性命？”

晁蓋聽了，霎時焦急起來，恨不得拔地搖山，調動全山人馬，立刻奔赴江州大鬧，劫牢放獄，搭救兄弟性命。

吳用起身勸道：“戴院長考慮得是。祇是行賄老奸，是想錯了。晁蓋哥哥做事不可莽撞。一來江州路遙，軍馬去時，謹防惹禍，反送了宋公明的性命；二來江州軍門戴文龍足智多謀，武藝超群，一時不易取勝。這事祇宜智取，難於力敵。吳用不才，略施小計，可以救得宋江哥哥的性命。”

晁蓋道：“願聞軍師妙計。”

吴用道："祇需套得蔡京筆跡，仿刻印章，寫就一封假書，使蔡九章落入圈套，就得解救。便無需興師動衆，連累百姓。"

一語未絕，白面郎君鄭天壽拱手站立，説道："俺知有一人，善寫諸家字體。這人是個秀才，住在濟南府城中，姓蕭名讓，人都唤他作'聖手書生'。又知一位刻家，刻得石碑文，剔得玉印記。姓金，雙名大堅，人都稱他作'玉臂匠'。這兩人足當此任。祇是他倆性情狷介，甘心泉石，悠然意遠，極少與人往來。蕭先生常是枯坐書齋，詩云子曰，念念有詞，手不釋卷，目不窺園。一般的人，和他是談不來的。金先生有癖習，喜愛畫眉。一天到晚，守着籠兒，喊喊喳喳，自得其樂。這兩人是斷不肯上梁山的。"

吴用道："這事不難，祇是辛苦鄭賢弟跑一趟。"

吴用便把相邀入夥之計説了，衆人無不叫好。當下安頓戴宗，各作準備。

次日，鄭天壽、劉唐、石勇、阮小二、阮小五、阮小七依計而行。

鄭天壽頭戴蓮花道冠，身穿八卦道袍，雲鞋白襪，手持塵拂，打扮成道人模樣。一路行來，時交巳牌，來至濟南城中，尋問蕭讓宿處。有人指道："在拱橋下學前街聖廟旁七尺坊居住。"

鄭天壽走到門首，祇見門上貼着珊瑚箋紙對聯："寄情翰墨，得意煙霞。"心想是了。咳嗽一聲，上前叩門，問道："蕭先生在家嗎？"

祇見一位秀才，從裏面踱出來，嘴裏還在吟着："春靜棋邊窺野客，雨寒廊底夢滄洲。"吟罷，一邊問"是哪位啊？"一邊開門。鄭天壽看這人：

　　生得唇紅齒白，眉清目秀。頭上戴着淡綠巾，腦後兩條琵琶帶垂着。身穿鸚哥綠海青，拴着紺青絲帶。纁綾褲子，白襪紅鞋。手執檀香紙扇，畫着青綠山水。

蕭讓見了鄭天壽，却不認得，便道：“道長，請堂屋坐。”鄭天壽到了客堂，賓主坐定，蕭讓問道：“道長何稱，有甚見教？”

鄭天壽施禮罷，説道：“貧道是華山玉皇宮主持，法號一清道人。朝廷諭欽差宿元景太尉前來降香，見三清殿上缺少匾額，榜書‘威靈顯赫’四字，囑知府製額懸掛。太尉去時，留言兩月後重來。知府奉命製額，不料上匾之時，棟梁已被白蟻蛀空，忽然斷落下來，匾額打得粉碎。知府惶恐，便將工匠盡數鎖住，貧道也受干係。聞知濟南府中，金、蕭兩位先生，一個善套筆跡，一個能刻印章，故此不遠千里，前來敦請。萬望秀才俯允，一來搭救工人性命，二來保全玉皇宮廟宇。”説時，取出白銀五十兩，權作安家之費。

蕭讓聽了，躊躇道：“祇是路程太遠，俺是憚於出門的。”鄭天壽不住央求道：“救人一命，勝造七級浮屠。秀才如答允了，實是功德無量。”蕭夫人在旁聽了，説道：“官人，華山乃五嶽之一，陳搏老祖在那裏高卧，蓮花、落雁、朝陽、玉女、五雲諸峰俏麗，去玩玩，何樂而不爲？人家想去還不得去呢！再説，借此做些功德，求得一子半息回來，豈不甚好？”

鄭天壽道：“蕭師母説得是！秀才積此陰德，皇天不虧善心人，神靈必佑。”

這話却中了蕭讓心款，便道：“祇是尚不知金先生作何想法？”

鄭天壽道：“待我去請了，回來稟報。”

蕭讓道：“金先生住處，離此祇一箭之遥。”

鄭天壽轉向金家來，遥見大門開着。祇見堂前擺着一張板桌，桌上放着一隻畫眉籠子，籠旁放着一隻木盆，盆内盛着半盆水，一人正在那兒洗籠。鄭天壽看這人時：

頭上藍布包巾，身穿藍布直裰，繫着白圍裙，土鞋土襪。年歲不過三十五六，略有幾根髭鬚。生得眉目不俗，姿質秀麗。

鄭天壽猜這人就是金大堅了。咳嗽一聲，搖着麈拂，前來招呼道：“金先生，這廂有禮了！”那人回頭，見是一位道長，並不理睬，仍自洗滌鳥籠。鄭天壽看他一心在洗籠子，又高聲喊道：“金先生請了。”

那人輕輕放下鳥籠，搖着手，埋怨道：“道長怎地粗魯，把我的畫眉都唬壞了，這不是好耍的！”

鄭天壽指着畫眉，笑道：“金先生，這麼費事啊？貧道也愛這鳥，不說多，養着二十八隻，不是這樣討手腳的。我養的畫眉，善知人意。毛羽純白，娟潔可愛；但不是馴養在籠子裏的。”說着，呵呵大笑起來。

金大堅感覺奇異，便道：“道長，客堂請坐，我願與你閒談幾句。”隨手解下圍裙，請鄭天壽上坐。問道：“道長，你養的畫眉，怎麼毛羽是白的，不用籠子，鳥兒關在哪裏呢？”

鄭天壽笑道：“這個容易。我的畫眉養在樹上，是滿天飛的。”

金大堅笑道：“道長，好說笑話。養在樹上，莫說二十八隻，兩千八百隻，由你說吧！”

鄭天壽道：“鄉風處處別啊。這裏養的鴿子，不是箱子釘在壁上，敞着門，讓它自由飛翔的嗎？我們那裏養的畫眉，就是這樣啊。養馴了，飛去自會回來的。這鳥任意飛翔，所以能通世情，養的人祇須呼喚幾聲，它便來了。地方上出了奇聞異事，主人家還沒知道，它先來報告你呢。金先生，我不知道你喜愛這鳥，否則早帶幾隻來送你了。”

金大堅道：“聽你說話，是特來看我的。有甚事嗎？”

鄭天壽就把來意說明。金大堅初不願去，却不過情；又想可以一開眼界，看看白毛畫眉，就答允了。金大堅問："幾時動身？"

鄭天壽道："救人須救徹，救事須救急。今日就請先生動身。"說時，袖中取出五十兩安家銀子來。金大堅藏好銀子，思想：既是要去，早晚一樣。金大堅收拾行裝，打成一包，關鎖門户，提了畫眉籠，和鄭天壽踱到蕭讓家裏來，蕭讓便稍事收拾，便與金大堅、鄭天壽一起，出得門來。

鄭天壽問道："兩位前去坐車還是步行？"金、蕭兩人道："我倆難得出門，看看野景，走走就是。"三人出離濟南府，祇五里多路，金、蕭兩人便覺腿酸，却喜路旁有着一座涼亭，鄭天壽連忙招呼休息，兩人道好。

却見亭前站着一個漢子，身材矮小，鬍鬚是倒生的，蹦跳着喊道："客官，喝一杯走。"兩人謝道："我們不渴，祇是休息罷了。"

那人却道："價錢公道的，一文錢喝一碗！"兩人嫌他囉嗦，並不理睬，自去石條上坐着。

恰纔坐下，祇見道上跑來一個漢子，形貌凶猛，青臉獠牙，赤髮紅鬚，瘟神一般。這人推着一車柴，飛也似的奔來。這車硬柴足有千餘斤重。這人一面推，一面叫道："朋友，快把攤子收了。"那個倒生鬍子的，慌忙收攤，高叫："漢子，快把車子別過，不要把我的酒壇撞破了。"那青面的道："酒攤怎麼擺在路當中的？重車讓路，轉不來彎的。"兩人吵吵嚷嚷。一個攤子收不及，一個車子刹不牢。說時遲，那時快，車輪撞在酒攤上，"嘭"的一聲，"啪啷啷"，攤上的酒壇、酒盤、酒碗盡打碎了。賣酒的着急，跳起來一把抓住漢子的胸脯，要他賠償。漢子也怒道："你自把攤擺在路中，還不聽人招呼，砸了活該！快放手，不要引得爺爺性起，你這瘦子，經不起打的。"賣酒的道："漢子，還行凶嗎？打壞了東西，哪有不賠償的？俺小本經營，一家靠它吃穿呢，不賠不行的。亭子裏客官，請你們説説看，哪個錯？"

蕭、金兩人聽了，不住地笑。賣酒的道："相公，人家折了本錢，你還笑嗎？"蕭讓道："依我看來，都有錯的！"賣酒的不服道："你説，我錯在哪裏呢？説得對，就不要他賠了。"

金大堅道："路中擺攤，遮斷通道，還不錯嗎？"

推車的笑道："這位相公説得對。賣酒人錯的，快放手，這錢我就不用賠了。"

蕭讓又道："且慢，你也是有錯的。"

推車的道："我錯在哪裏？"

金大堅道："這裏路途平坦，你的車子不是從山上衝下來，容易刹住。怎麽毛手毛脚，把酒攤衝散了。還不是你的錯？"

賣酒的聽了又高興道："相公説得是！誰是誰非，請給我們作個調解。"

蕭讓就問賣酒的："你損失多少？"賣酒的道："三兩左右。"蕭讓道："約需二千文。"賣酒的道："是啊！"

蕭讓又問推車的："你身旁有多少文呢？"推車的道："並無分文，原想賣了這柴來買米的。"蕭讓問道："這車柴值多少錢？"推車的道："約八百文。"

蕭讓笑道："兩人都錯。論理，推車的該賠錢一千文；但看你們兩人都苦，這一千文我來償吧！"説時，摸出一兩半銀子來。

賣酒的哪裏肯依，説要相公破鈔，我就不要賠了。推車的見了，也道："這柴就償與他吧。"

金大堅道："兩位不用客氣，這錢我們負擔就是。蕭先生言出如山，豈肯改悔？"

賣酒的無奈，祇得將錢接了，答謝兩位相公恩情。並道："我這攤雖被衝了，可還算大幸。"

金大堅道："這話怎講？"

　　賣酒的指着涼亭後說："我還存着一壇好酒，十隻酒碗呢！蒙兩位相公厚誼，贈我銀兩，小的過意不去，請兩位斟酒一杯，這遭定要賞光了。"

　　賣酒的拿出酒壇、酒碗，放在涼亭的石桌上。斟了五碗酒，請大家喝。金、蕭兩人聽了高興，開懷暢飲，把一碗酒全喝下肚去。

　　看官：說也奇怪。這酒不喝猶可，金、蕭兩人喝後，霎時全都倒了。鄭天壽見了，呵呵大笑。原來這賣酒的和推車的，是白勝、劉唐假扮的。這酒裏早放了蒙汗藥。

　　此時白勝、劉唐把酒攤收拾了，將金、蕭兩人載上車，推向水口去了。到了水口，扶持上船，再由阮小二搖向梁山泊去。

　　話說鄭天壽又重新進城，徑去蕭讓家中，急急敲門。蕭師母忙問何事，鄭天壽慌言道："蕭先生到了船中，突然中暑，上吐下瀉，疲累不堪。金先生着急，讓我回來請師母前去。細軟、箱籠等物也可帶去。待到西嶽華山，書刻完工，一同回來。房屋暫請鄰舍看顧。"

　　蕭師母一時亂了主張，丈夫急病，祇有前去。遂將細軟收拾，門窗關鎖起來。鄭天壽道："車子已經雇就。"就見石勇帶了四名車夫進內，將蕭、金兩家的家私搬運上去。蕭師母引着金彪，坐上車輛，跟着鄭天壽來到水口，落在阮小七的船中。這兩隻船一齊開向梁山泊來。

　　白勝待船至中途，見金、蕭兩人甦醒，便把這事原委說破，請二位放心，我等奉着梁山晁寨主之命，相請入夥的。蕭讓忙搖手道："義士休得取笑，我倆手無縛雞之力，山寨無用，不如早早遣放回家。"

　　白勝說道："兩位前去，山寨真有大用。"就把搭救宋江之事說了。

金、蕭聽了，面面相覷，便道："我等入夥，祇苦連累着家眷，如何肯依？"

白勝道："山上軍師早慮及此，移時你們便可相聚。"

蕭、金兩人，半信半疑。船抵金沙灘，白勝、劉唐陪着兩人上山。後邊來了一船，走出蕭師母和金彪來，兩人驚呆了，問其備細，方知中計。金、蕭兩人，不由得不依，上山入夥了。

衆人回歸山寨，晁蓋、吳用與衆頭領，降階相迎。大吹大擂，將金、蕭兩人迎上了聚義廳。金、蕭兩人，看梁山禮數甚備，又安排好了家眷，也就不說話了。

吳用取出江州文書，和所擬好的稿子，與金、蕭兩人商量。蕭讓贊賞吳用心思細密，馬上動起筆來，套了蔡九章的筆跡，照着吳用所擬稿子，點易數字，便寫好了信。金大堅隨手仿刻圖章，很快完成。吳用把文書交與戴宗，囑他討得蔡京回書，再來梁山小聚。戴宗拜別下山，嘍軍早已備好船隻，送至朱貴酒店。戴宗取出四個甲馬，拴在腿上。作別朱貴，拽開腳步，趕向皇城去了。

卻說戴宗駕了神行甲馬，趕了兩日兩夜，這天到了皇城。收下神行甲馬，走進城去。過了天漢洲橋，尋徑來至丞相府第。戴宗看着府前轎來轎往，車水馬龍，熱鬧非凡，往來的都是達官貴人。門子見了戴宗，氣勢洶洶，大聲喝道："哪裏來的？"

戴宗賠笑道："是江州府來的。"門子聽說這人從江州來，知道是從少老爺那邊來的，就不響聲了，換着一副面孔，忙賠笑道："差官請坐，待我入內通報。"

門子入內，報與總管，說道："江州有差官到來，說要面見相爺。"這總管姓童，是個大麻子。聽了門子通報，點頭道："請他進來。"

戴宗到了裏軒，童總管問他姓名，戴宗道："小的姓戴名宗。"

童總管聽得，說道："喔，難道就是神行太保不成？"戴宗道："正是小人。"童總管道："公子爺常有信來，誇你走路奇快，日行八百，人稱神行太保，是真的嗎？"戴宗道："正是。"童總管聽了，又高興道："既然如此，你就給我傳個便條吧！"戴宗道："小人遵命。"

總管隨即寫就一條，交於戴宗道："勞神去許昌縣，請縣主過目，蓋印，並將原條帶回。"戴宗遵命，出了相府，見條上並無何事，知道這是在考試他的神行道術的。便駕起甲馬，向許昌縣去。這許昌縣離皇城一百五十餘里，來回三百多里，戴宗祇行了一個時辰便到，拜見縣主，遞上此條。縣主見條，當立蓋章。看到條上無事，覺得奇怪；因是總管那裏來的，也不敢多問。戴宗藏了回條，又駕甲馬，回歸皇城，來到相府，也祇一個時辰。戴宗進內見過總管，總管驚訝道："這麼快就去了又回？"戴宗道："正是。"說着將條呈上。總管見條，哈哈大笑道："果然神速，難得難得！"說着隨手將戴宗攙扶到上座，跪倒納頭便拜。戴宗忙道："童總管快快請起！"童總管道："俺要學你的神行甲馬，拜你為師。"戴宗道："今有公事在身，待今後有機會再教便是。"總管道："多謝先生！"遂至裏面的帽紗廳稟報丞相，回來對戴宗說："丞相傳見。"

戴宗來到丞相堂前，但見：

　　瑞靄繽紛，香煙繚繞。門內重重錦綉，堂前處處笙歌。左廂右柵，花團錦簇。迴廊復道，霧繞雲飛。綉幕高懸，上掛五彩珞瓔；珠簾半揭，遥映八寶玻璃。金爐馥馥霏霏，玉盞浮浮煜煜。座上列紫綬金章之貴客，院中排獸角犀甲之將軍。儼然位列三台，真的名播四海。

丞相坐在中央，兩旁官員，諾諾連聲，逢迎色笑。祇見：

　　丞相皮膚白嫩，身體胖壯。頭戴一頂錦鑲鑲、絨綉綉、填明珠、綴百寶，一字相吊左右飄，其名喚作天方地圓烏紗帽。身穿一件名師裁、巧工造、綉百花、盤金綫，一輪紅日湧海濤，其名喚作壽山福海紫羅袍。腰繫一根六尺長、三指闊、前嵌珊瑚、後穿瑪瑙，猶如銀龍盤在腰，其名喚作掌國銀龍白玉帶。下穿大紅底衣，脚蹬一雙登金殿、步玉階，皂緞粉底朝靴。面如敷粉，了無人色。兩眼突，雙顴高，頷下垂着絡腮髯子。手中拿着一柄尺餘長的湘妃竹骨扇子，自由自在地搖着。看似富貴福相，却笑滿肚奸刁。

戴宗上前參拜，遞呈家報。

正是：凜凜一軀，滿懷蛇虺之氣；堂堂一表，深藏虎狼之心。

不知戴宗傳書吉凶如何，且聽下回分解。

第十四回　李逵神授宣花斧
晁蓋駐軍太子廟

　　話説戴宗藏着僞書,拜別梁山,駕起神行甲馬,趕了兩日兩夜,奔到皇城。進丞相府,由童總管通報,戴宗叩見丞相,面呈家報。家院接過,呈於丞相。蔡京驗了封皮,啓書瀏覽,祇見信上寫道:

　　父相大人膝下:

　　　　跪稟者:自別芝顏,倏忽已數閲寒暑矣!兒在江州,叨仰洪福庇蔭,師兄黃文炳輔佐,治民理財,俱屬順遂。所積文物古玩,價值連城。原擬囑咐節級戴宗,攜帶晉獻。祇因江湖未靖,不敢造次。生辰綱之失,可爲前車之鑒也。邇來江州,發現配犯宋江,蓄意謀反。潯陽樓上,題下反詩,狂言:"血染潯陽江口。"又道:"敢笑黃巢不丈夫。"實屬悖逆之至!反詩全詞,另紙錄呈。案情重大,特將案情呈報,由刑部大堂審處,抑或就地正法。兒實愚蒙,叩請

　　　　父相大人垂鑒,賜予鴻裁。爲盼爲禱。敬此,叩請
　　　　福安!

　　　　　　　　　　　　　兒九章百拜叩首
　　　　　　　　　　　　　政和七年七月四日

　　蔡京覽畢,竊喜我兒在江州任官,得門生文炳輔佐,數年磨

練，確有長進。宋江此案，事關重大，未便拖延。便去書齋，落筆嗖嗖，寫就回書，蓋上圖章，糊好信封。出堂交與戴宗，喚他速回江州，轉告府大人，循示辦理。

戴宗接過書信，拜辭出來。童總管喚道："戴先生！"戴宗循聲問道："喔，童總管，尚有何事？"童總管道："我與你喝杯酒去！"戴宗道："理當奉陪！"兩人來至酒館坐下，喚小二備上酒菜。童總管道："先生，他日返京，定要教我學這神行甲馬啊！"戴宗道："放心，一定傳授。相府情況，可否請總管聊聊，一開眼界？"童總管滿口答應，就將相府上上下下、裏裏外外有關事物，竹筒子倒豆般說個不休。戴宗心中有數，閒湊幾句，辭別童總管，自登程去。

戴宗離了皇城，又施展神行道術，二次來到李家道，會見了朱貴，渡水口，上梁山。

晁蓋等得訊，出來候接。吳用請戴宗上座，戴宗掏出蔡京書信，交於吳用。吳用拆書讀道：

九章我兒如面：

　　頃接家報，藉悉種切。所蓄之物，妥藏爲是。宋江一案，事關社稷安危。

　　萬歲邇來曾得一夢，有紅、青、白三妖前來吞噬皇上；又夢白髮老道救駕，傳下四句偈言，道是："木上屋成叢，刀兵點水工。橫行三十六，作亂在山東。"聖上喚大臣詳解，爲父解釋：偈言應在山東宋江身上。起來掀動干戈，謀反朝廷。宋江是應夢妖人。今在江州果然題下反詩，仗得我兒察覺，足見幹練，功在家國，爲父聞之欣慰。今既已實口供，此犯不必遠解來京，謹防途中有變。可立請軍令，就地正法。

　　切切！

　　　　　　　　　　　　　　　　　　　父字

　　　　　　　　　　　　　　政和七年八月二日

晁蓋聽了,説道:"請軍師趕緊另撰回書!"

吳用奉命,便喚蕭、金兩人另書一函,復鎸一章,校讀復勘,見無差訛,糊好信封,交與戴宗。囑咐道:"此去江州,蔡九章與黃文炳會將宋江起解皇城。宋江解出,兄長速來梁山聚義,免遭不測。"戴宗遵命,就此告辭下山,駕起神行甲馬,一心要搭救宋江性命,趕奔江州而去。

自戴宗去後,梁山英雄無日不在討論此事,等待消息。一日晁蓋對吳用道:"賢弟,照你預算,戴宗何日可到江州?"吳用道:"也就在這一二日。"晁蓋道:"可速準備人馬,途中打劫囚車,搭救宋江大哥上山。"吳用道:"日期尚早。"晁蓋道:"祇是便宜了惡賊黃蜂刺。"吳用道:"但等宋大哥上山,再設法去拔了這刺也未遲。"

蕭、金兩人聽了,臉色大變,忙道:"晁大哥,吳兄長,你們講的黃蜂刺莫非就是蔡京門生黃文炳?"吳用道:"正是。"

蕭、金兩人又問道:"他可是做過濟南通判的?"

吳用道:"没錯。"

蕭、金兩人道:"別人可以瞞過,這事定要翻在他的手裏了。"

晁蓋、吳用問道:"何以見得?"

蕭、金兩人就把前六年的事説了:當時張、陳兩員外涉訟,陳員外侵奪張員外的財產,張員外十分氣憤不過,祇是筆據已經遺失,仗着我倆偽造筆據,仿刻私章,纔打贏了。這案落入黃文炳的手中,被他從紙上驗出真偽。我倆因此各判徒刑,刑滿釋放,深感羞慚。所以一向不願出門,祇是敷衍在家。此案落在他的手裏,早晚必然事發。

衆英雄聽了,大驚失色,晁蓋也自不安。祇怕江州路遠,鞭長莫及!各人正在束手無策之際,公孫勝道:"貧道奉師命下山,師父賜我錦囊一個,囑在危難之時打開。"邊説邊從身邊摸出,打開看時，祇見上面寫着：

> 八月十七，江州城內午時三刻立斬宋江、戴宗。我徒可作天罡大法，順風抵達。鬧江州、劫法場，營救宋、戴兩人上山。事畢回山，修仙煉道。勿誤！

衆英雄見此囊書，便請公孫勝作法。公孫勝道："爾等趕快準備起來！"

晁蓋隨即升坐聚義廳，打動聚將鼓。衆頭領、千百總，齊來參拜議事。

吳用道："命林冲率人馬三千，防守山谷要道。倘有官家驛馬往來，一律扣留。朱貴仍在李家道看守做眼酒店，專探江湖消息。蕭、金兩先生，留守山寨。其餘弟兄，扮成香客模樣，前往江州。阮氏弟兄速備船隻。軍政官調軍八百，軍需官趕做進香及弟兄喬裝應用器物。"衆人遵令而行。

天色抵暮，衆英雄齊上船。公孫勝把頂髮打散，身披鶴氅，站立船首，手持寶劍，焚化黃符，口中念念有詞，喝聲"疾！"霎時之間，狂風大起，順風順水，推着這十多號大船，出石鏡湖，轉運河，到揚子江，直向江州駛去。

且說戴宗算着日期，回到江州。先去監中拜會宋江，把吳軍師的計謀，悄悄地與他說了；然後再來知府衙門銷差。

蔡九章見戴宗回來，好生歡喜。詢問戴宗油箱、文書諸事。戴宗道："小的安敢怠慢，親到丞相府，面呈老相爺的。今有回文呈上，請大人察看。"

蔡九章拆開書信，見上面寫道：

九章我兒如面：

> 頃接黑油箱一隻，內儲珊瑚、瑪瑙、古玩珍珠百寶等物，照單一一驗收無訛。宋江一案，邇來萬歲曾得一夢，有紅、

青、白三妖前來吞噬皇上；又夢白髮老道救駕，傳下四句偈言，道是："木上屋成叢，刀兵點水工。橫行三十六，作亂在山東。"聖上喚大臣詳釋，爲父解釋：偈言應在山東宋江身上。起來掀動干戈，謀反朝廷。宋江是應夢妖人。今在江州果然題下反詩，仗得我兒察覺，門生黃文炳從旁指點，足見幹練，功在社稷。今已奏聞萬歲；爲父亦有榮焉。萬歲今欲面斬妖孽，見示速將配犯宋江，打入囚車，押解晉京，當殿定罪。

　　勿誤！是囑！

父字

政和七年八月二日

　　蔡九章讀罷家書，時適黃文炳在座，便向他說道："師兄，家父書信已到，宋江原來是應夢妖人，諭示將宋江解京定罪！"

　　黃文炳道："可否待我一觀？"

　　蔡九章便將書信傳與黃文炳。黃文炳看信，感到戴宗辦事，確有幹才。讀畢，看到這顆印時，不覺大吃一驚，問道："戴宗，你將這黑油箱送往哪裏去了！"

　　戴宗道："送往皇城相府。"

　　黃文炳又問道："這封信你是從哪裏拿來的？"

　　戴宗道："是丞相老大人交我的。"

　　黃文炳喝道："嘈！好大膽的戴宗，竟敢亂講！"

　　戴宗道："小人不會亂講！"

　　黃文炳道："我問你，相府在皇城的什麼所在？"

　　戴宗道："在天漢洲橋過去。"

　　黃文炳道："相府朝着什麼方向？"

　　戴宗道："坐北朝南。"

　　黃文炳道："相府内，你先見了何人？"

戴宗道:"先見了童麻子總管,他還喚小的去許昌縣跑了一趟。"

黃文炳道:"你把相府內的所見情況,一一道來!"

戴宗就把童總管在酒店告訴他的情況,一一說上去。

蔡九章在旁聽了,道:"師兄,你幹什麼?戴宗的話句句都對啊!"

黃文炳道:"師弟啊,你哪裏知曉,這封信是假的!"

戴宗聽得此話,心中暗暗地吃驚,衹是心跳。黃文炳將髭鬚一捋,瞟眼朝着戴宗,衹是冷笑,笑得戴宗毛骨悚然。

蔡九章道:"怎見得這信是假的?"

黃文炳道:"師弟請看,印油四溢,難道相府用印,會蓋這樣的油嗎?這蓖麻油啊!"

蔡九章道:"這蓖麻油難道是相府蓋不來的?"

黃文炳道:"老相爺用的是天字光明印油。"

蔡九章道:"印油用完,暫用蓖麻油代,也是通行的。"

黃文炳道:"師弟再看!"一面說,一面將紙向亮處照着,說道:"這筆勢不順,是描改的。難道老相爺會這樣書寫嗎?"

蔡九章道:"爹爹年邁,眼花,寫字改了幾筆也是可能的。"

黃文炳道:"不對,不對,這字的墨色還有濃淡呢!"

蔡九章道:"那麼,戴宗所答的話,却沒差錯啊。"

黃文炳道:"師弟,這黑油箱價值千金,非同小可。"還問戴宗道:"戴宗,你老實說,這箱到底送在哪裏?"

戴宗道:"小的送在皇城,親手交予老相爺的。"

黃文炳呵責道:"嘈!這封信明明是假信,還要抵賴,還不如實講來?"

戴宗道:"要麼丞相是假的,信是丞相交給我的。"

黃文炳道:"不必多言,蔡福、蔡禄,將戴宗拿下了。"

戴宗道：“俺一不走，二不逃，何必如此？”

黃文炳道：“來，傳點升堂。”

蔡九章道：“咦，又要升堂了？你在搞什麼啊！”

黃文炳道：“師弟，請讓我審個水落石出！”

蔡九章道：“看你怎地審去！”

霎時傳點升堂，聚集了衆衙役。衆人過來相見，兩旁站立。黃文炳道：“來，將戴宗帶上堂來。”家人即把戴宗帶上公堂。黃文炳把公案拍着，說道：“好大膽的戴宗，你是招與不招？”

戴宗道：“要我招什麼啊！照你説，我送在哪裏啊？”

蔡九章道：“戴宗啊，你不要抵賴了，還是老實説便宜。”

戴宗道：“大人不信，可以調查麼？”

黃文炳道：“還要查什麼啊？”

戴宗道：“難道就可以指奸爲奸，指盜爲盜嗎？”

黃文炳道：“好一張利嘴，身旁搜來！”衙役遵命。黃文炳道：“用你們不着，站開了！”衙役等祇好站開。黃文炳唤蔡福、蔡禄去搜。先搜出一個小小的銀包。黃文炳道：“這是他的盤纏，放還去。”又搜出速字旗一面，神行甲馬四道。黃文炳道：“此乃他的行路物件，放好！”下面又報：“還有圖章一顆。”

黃文炳道：“呈上來。”

蔡福便將那顆紫白漢玉圖章呈上。黃文炳看了圖章，見上面有十二個字，上有五龍交盤，繫着紅縵，竟和朝堂上的玉璽仿佛，祇是小些罷了。於是哈哈大笑，道：“師弟，你快來看。”

蔡九章接過一看，說道：“師兄，這十二個字，我祇認識一半。”

黃文炳道：“我來讀給你聽，這十二個字是用十二種字體來刻成的，寫的是‘水泊梁山托塔天王晁蓋玉章’。這該死的戴宗，他把黑油箱送在梁山了。”

蔡九章聽了，斥道："戴宗，我平時待你不薄，你不該私通梁山大盜。老實招來，這顆玉章是從哪裏來的？"

戴宗道："我在路上拾來的。"

黃文炳喝道："你是節級，有這十二個字，還敢藏在身邊嗎？"

蔡九章道："對啊，你是識字的，豈會藏在身旁？"

戴宗道："大人祇是認識一半，小的粗漢，這種文字哪裏認識啊？"

蔡九章聽了道："對啊，戴宗的學識，哪裏及得你師兄啊？"

黃文炳冷笑道："這樣的玉章，路上拾得的？反賊，你不說，我就說與你聽吧。濟南府中有蕭、金兩人，最會作假。定是你把信籠物件送上梁山去了，又用假信來哄騙。"

蔡九章對戴宗道："看來你真是和梁山泊賊人串通了，謀取我的信籠物件。"又向黃文炳道："師兄高明，小弟險些被他騙了。"

戴宗不肯招認。

黃文炳道："諒不用刑，你是不會招的。來，備夾棍，嚴加拷訊。"

戴宗祇得承認："小人路經梁山泊，被強人劫去，將信籠奪了，祇是饒了小的性命。這封書信，是他們請蕭、金兩人寫的，好讓小的回來脫身。"祇是不肯招認和梁山泊通情。

蔡九章道："不必問了，喚他畫供，押入死囚牢中。"

戴宗入牢，宋江看着新來的犯人正是戴宗；戴宗一聲長歎，道是如此這般。兩人各道委曲，不提。

黃文炳、蔡九章退堂，來到書房。蔡九章道："師兄，這事如何處理？"

黃文炳道："請示軍令，處決吧！將宋江、戴宗就地正法，免遭不測。"

　　蔡九章就此動身前往軍門府，軍門請進，蔡九章拜會軍門大人戴文龍，戴文龍道："宋江妄題反詩，妖言惑衆。戴宗串通梁山泊，結黨謀叛，若不清除，必貽後患。衹是今日已遲，明日是中元佳節，不宜行刑。後日適逢國家忌日，諸神下降，殺人不利。且定在八月十七日午時三刻，將兩犯開斬吧。"

　　蔡九章請出了軍令，回府衙與黃文炳講了，將執刑牌懸在府衙門首，一時轟動全城，百姓很快全聽説了。

　　且説李逵聽説戴宗也判了死刑，尋思：待我去買柄刀來，殺死這些臟官奸賊。於是大踏步地跑到軍器店，高叫一聲："呔！買刀來！"店家抬頭見是李逵，先已怕他幾分，問他買刀有什麼用，李逵道："是去殺江州府的。"店家聽得慌了，連忙搖手道："刀賣完了。"李逵指着貨架説道："這不是刀嗎？"店家道："這是不開刃的，殺不來人的。"李逵道："你給我磨就是了。"店家道："師父不在，那麼改日來取吧。"李逵無奈，衹得走開。一連問了幾家，都這般説。

　　李逵尋思不如到江塘去，會見了張順弟再説。就尋路奔向魚行街來。李逵到了張順店中，抬頭却見兩個賬房恰在談話，李逵沒有耐心等待他們説完，伸手揪了兩人的髮髻，喊道："大哥、二哥都要殺頭，俺來問你，小兄弟張順到哪裏去了？"將兩人頭對頭地碰得昏了，急喊道："啊唷，快放手！店主到小姑山去了。"李逵問道："小姑山怎樣走？"兩人隨手指着，慌得却把方向指錯了。李逵聽了，拔脚就跑。兩人自認晦氣，摸時頭都腫了。

　　李逵出離魚行，跑不到二里多路，見迎面來了一位道長，鶴髮童顏，神氣瀟灑。頭戴蓮花道冠，身披八卦道袍。右手持着拂塵，左手挾了一對板斧。李逵見了，喜不自勝，拱手説道："道長，這兩柄斧可讓與我嗎？"

　　那道長笑道："這斧子是要贈與那有緣的。"

李逵道；"那我與你相遇，定是有緣的了。"

那道人道："小鐵牛，不知你緣分如何啊？"

李逵道："既認得我，自然是有緣了。"

那道人道："祇可惜你要這斧子，不是去幹那正經事的！"

李逵道："怎見得呢？"

那道人道："你要這板斧，是想去殺那江州知府和黃文炳，豈非大逆不道？"

李逵聽了，頓時心中無明火起，怒不可遏，欺那道人瘦弱，躥跳起來，伸手就來搶那斧子。

那道人却不慌不忙，屈指向着李逵點着。説也奇怪，李逵立刻僵在那裏，兩眼祇是盯着道人，心中雖是惱火，却任你有千百斤氣力，祇是施不出來。那道人笑道："小鐵牛，你這遭不敢放肆了吧！"李逵懂得那道人法力高強，叫道："師父念弟子愚魯，寬宥則個。"那道人把塵尾輕拂一下，李逵就活躍如前了。

看官：你道這道人是誰？乃是公孫勝的師父，道號羅真人。原來他在河北薊州二仙山麻姑洞紫霞觀洞府，一日忽地心血來潮，掐指一算，知道宋江、戴宗有難，因而特來江州，爲李逵傳授宣花斧的。

李逵整整衣衫，納頭便拜。羅真人起手攙扶。李逵站起説道："師父，這回要討斧子了。"羅真人笑道："賢徒，有了斧子，不一定會用。待爲師教導於你。"羅真人放下拂塵，將龍虎綠帶收緊，袍角塞了進去，雙袖高捲，把雙斧揮動起來。正是：

起手宣花斧，回手左右掄。盤頂當頭蓋，倒退五花門。

上下披肩勢，攔腰鬧風緊。前後都遮到，此斧鬼神驚。

羅真人把這兩斧耍得潑水相仿，不見人面。李逵看了，捧腹大笑，嘴裏説着："這麼大的年紀，當心摔跤。"

羅真人把斧一收道："可看仔細了?"

李逵道："俺在替你擔憂,怕摔了跤。"

羅真人道："教你學斧,怎的發呆!"老道就將李逵頭上帽子除去,一手打在他的天門。李逵"喔唷"一聲,說道："師父厲害,怎麼就打起徒弟來了?"

羅真人道："我這一記,爲你聰明開竅!"

李逵道："我有數了。"

羅真人二次教斧,李逵一招一式地認真學習。羅真人要罷,喚李逵要來。李逵脫下氅衣,收緊闊帶,捲好袖口,拿着兩把斧子,照着師父的路子要去。要了一套,收了斧,問師父可有差錯,羅真人指出了一些破綻,要他以後勤學苦練。李逵牢記心頭。羅真人又說了些攔打的道理:

> 他擊左來我擊右,不可一處苦追求。竪來橫截疾如電,
> 我承彼沉祇用丢。

李逵歡喜不盡,練了幾遍。羅真人就將雙斧贈給了他。李逵接斧就走。羅真人笑道："賢徒,且慢!"取出紅丸一枚,付與道："回城,且去水仙閣上住下,練習雙斧。饑時可吞此丸。三日後自見分曉。"李逵道謝。羅真人化一陣清風去了。李逵驚訝不已,望空拜了幾拜,回城奔水仙閣來。

這水仙閣位於法場旁側,是個冷僻去處。香火不盛,有一老道士在那裏看守着。老道士看李逵氣勢洶洶地跑來,慌忙躲開。李逵自上樓去,把桌案移開了,練起斧來。老道士聽到聲響,感到驚慌,却不敢前來問訊。李逵練了一陣,腹中饑餓,便將紅丸吞下。不覺連連打呼,兩眼蒙矓,倒身在拜單上睡熟了。老道士聽到鼾聲,也就放心,關了廟門,自做功課去了。李逵這一睡,直到十七日午時三刻快到纔甦醒過來。

　　再説張順，這日午時，從小姑山回江州來。張順開設魚行，並非刻意經營，實是受潯陽天子委託，以開魚行爲名，暗中打探江州消息的。

　　張順踏進魚行，賬房就説："李逵已來過了，他喊道：'大哥、二哥要殺頭呢！'特來尋你的，我倆錯指了方向，想是進城了。"

　　張順問道："江州近來有什麽消息嗎？"賬房便將宋江詠題反詩、戴宗被捕入獄的傳聞告訴了他。張順大吃一驚，撇了行裏的事，徑奔進城來。

　　府衙見是張順來了，請他到門房坐談。張順開口就問怎麽個情況。衙役道："戴宗私通梁山，口供已經招認了。府大人現已請了軍令，十七日午時三刻，就要正法了。張二爺情重，若要見他一面，我們倒可以行個方便的。"張順謝道："那我就不去了。"旋身就跑。衙役見了，冷笑一聲，思想這人平日説得義氣，却是十分勢利的。

　　看官：張順實際不是這樣的。他知道，此時與宋江會面，能有什麽好辦法？反誤了時間。不如火速回去，將消息報告潯陽天子，讓他早早定計，搭救兩人性命。

　　張順重返江塘，把氅衣脱了，跑到水口，跳下水去。在水底潛行，幾個沒頭拱，很快到了小姑山。張順回家一把拖了張橫，喊道："兄長，快些跟我走吧！"張橫道："什麽事，這麽急？天塌地陷了嗎？"張順就把城中消息告訴他，唤道："快去麒麟山、八排山、揭陽嶺報信，通知各路英雄，飛速前來穆家莊議事；我去龍舟稟告潯陽天子。"

　　張橫驚異道："他倆犯了什麽法啊？"

　　張順道："沒工夫同你説了，還是分頭去幹吧！"

　　兩人跑到水口，雙雙跳下水去。張橫直指麒麟山，上得岸來，有小嘍囉探馬過來，張橫喝令"下馬！"小嘍囉慌忙把馬牽了過來。張橫道：「兄弟，這馬借與我騎，你可快快上山報與大王知曉，到穆家莊去，有急事要商量呢!」說罷，快馬加鞭，飛馳而去。

小嘍囉飛奔上山。李立得訊，霎時騎馬動身。

張橫到了八排山，遙見小嘍囉前來巡哨，也就喝道：「我沒工夫上山去了，小兄弟，勞你進寨通報大王，立刻趕到穆家莊來聚會。」小嘍囉遵命而去。

蔣敬、馬麟聽得呼喚，馬上動身去了。

張橫又飛馬趕到揭陽嶺，童威、童猛看到了張橫渾身是水，飛馬而來，知有急事，稍談幾句，替張橫換了濕衣，一同齊向穆家莊來。

再說張順潛水急泅，直詣龍舟，欲向潯陽天子稟告所見所聞。這時龍舟恰有探子報到，天子已悉宋江、戴宗兩人下獄，命在旦夕。

張順聽了，返身就向穆家莊來，抵莊直上莊廳，看到各路英雄都已來了，挨次而坐，有混江龍李俊、催命判官李立、船火兒張橫、出洞蛟童威、翻江蜃童猛、神算子蔣敬、鐵笛仙馬麟、沒遮攔穆弘、小遮攔穆春、病大蟲薛永，恰在談論江州之事。張順上前，拜見潯陽天子。

李俊問道：「江州消息，你是最靈通的，現在怎樣了?」

張順就說：軍令已下，後日午時三刻，是開斬之期。請天子急速發兵。

薛永聽了，站起身來，雙手一拱道：「事不宜遲，請王爺火速出令。」

李俊略一沉吟，決計大鬧江州，劫法場，搶救宋、戴兩義士性命。即吩咐：「蔣敬、馬麟，回八排山，調步兵二百，身穿皂衣，各備兵器。」蔣敬、馬麟得令而去。

又命童威、童猛，準備大小船隻，停泊穆家莊口。童威、童猛得令而去。

又命張順先還江州，料理行務，所有關礙之物，早早銷毀，再返潯陽江來，在離江州五六里江口岔處，尋覓大船。張順得令而去。

四更時分，潯陽江軍隊都已調齊，李俊率領弟兄九人，軍士兩百，浩浩蕩蕩，乘船齊來江州。

且說張順坐着小舟，乘風破浪，在潯陽江中，急急行駛。天色黎明，忽聽船後聲響。回首見有三號大船，張着朝山進香旗幡；又有三道篷帆，順風順水，行駛極快。船頭上，站着三員水將，穿着麂皮靠衣。張順思量：這三號船隻，不知如何來歷？一霎之間，那大船已追上了張順的小舟。

看官：這三號大船，就是梁山的船隻。船頭上站的三位英雄，是阮小二、阮小五、阮小七。公孫勝看船快抵江州，便收了法。先去江州打探消息，好讓吳軍師定計。倘若宋江已經解出，就在半途之中，打劫囚車；倘若尚在獄中，就設法劫牢放獄；倘若斬期逼近，那就祇有大鬧江州、劫法場這條路了。這三法中，劫法場最費手脚，因而晁蓋讓公孫勝道長先行打探。

阮小二看這小船隨波上下，像水鷗一般，想來這駕駛的人，本領高強得很，必非等閒之輩。待大船靠近，阮小二便認得這人即是張二爺，就冒叫一聲。張順聽得，曉得他是同路人了。但看他蒙着麂皮套子，一時却辨不出是哪個來。便答道："船上來的英雄，乞道姓名。"阮小二除下麂皮套子，張順看了，笑道："噢，原來是阮家義士！"大船就用撓鈎來挽小船，張順一個翻身，爬了上去，唱喏道："阮家義士，聞聽爾等在梁山聚義，怎樣來到這裏？"

阮氏弟兄道："我等是前來搭救宋、戴兩先生的。"

張順說道："這般說來，晁寨主也在船上了？"阮氏弟兄點頭稱是，隨即派人進艙通報。

晁蓋、吳用得訊，喜不自勝。思想：張順是本地人，土生土長。江州之事，自然是十分清楚的。傳令進見。

張順進艙，吳用招呼道："張二爺，請坐。"張順額手歡喜。梁山晁蓋，名震四海。今日一見，真是快慰平生，三生有幸。看時，晁蓋氣宇軒昂，不禁敬愛並至。

這時晁蓋扮成員外，頭戴天藍緞斗式方巾，身穿天藍緞花開擺，腰繫薑黃絲帶，白襪烏靴。雖是規行矩步，却不減英雄之氣。晁蓋問道："張義士，宋、戴的案子，諒有所聞，願乞教示！"

張順聽了，思想梁山英雄，真是義氣得很。什麼不談，開口就問這事了。張順道："説來使人焦急，明日中午，就是刑期了。"

晁蓋吃驚道："這樣快的？"

張順道："戴宗認了口供，蔡九章請了軍令，明日開斬。"因回問晁蓋，梁山是怎樣探到這消息的？用兵如此神速！

晁蓋把蕭讓、金大堅的顧慮説了。回首就問吳用道："先生，今天可到江州嗎？"

吳用道："中午就可以到了。"

晁蓋道："還來得及劫法場啊。"

張順道："潯陽江弟兄也已動身去了。"

晁蓋大笑道："會齊了大鬧江州。"傳令擺酒。

張順道："不必了，改日慶功！"

吳用送張順出艙，説道："張二爺，見了潯陽天子，就説梁山弟兄也來江州，混進法場。祇須察看，耳門上插着紙條的就是，休生誤會。"張順應諾，便落船，向柏涼亭開駛。

吳用回艙坐定，問地理官道："江州前去，還有多少路程？"地理官道："中午準可到了。"吳用道："離江州十里之遙，尋個岔道隱蔽的所在，將船停泊下來。"地理官探得岔道，便行進港。

到了埠頭，船夫將篷落了，敲樁吊索，把船歇穩，軍士在艙蜷卧多時,都想上岸活脚,跳出艙來。吳用見了,傳令曉示,無令不准登岸,在船上不准喧嘩。軍士聽令,各自檢點,重返篷艙,船上頓時靜悄悄的。

吳用隨即改裝,身穿半新半舊的海青,腰間繫了絲帶,白襪烏靴。手中把了一隻測字盤,像個算命先生。晁蓋問道:"先生可是去江州打探的?"吳用道:"去去就回。"晁蓋道:"先生小心了,倘被識破,那就像戴宗一樣了。"吳用點頭,登岸向江塘走去,進北門,到了江州城裏。

吳用主要是來看法場的。吳用以前曾在江州測字三年,因而對江州的人情地理是十分熟悉。法場原是在水仙閣前的,不知隔了多年,有無變動?所以來看看。吳用走到長橋,向下觀望,水仙閣旁未造房屋,仍是一塊空地。

吳用回下長橋,恰巧碰着公孫勝。公孫勝道:"明日是刑期,軍師早做準備。"吳用問道:"江州總兵還是戴文龍嗎?"公孫勝道:"是。"吳用道:"這要小心了,朝堂上有四把金刀,戴文龍是四刀之一,是十分厲害的。"

看官:這四把金刀,第一把是大刀關勝;第二把是大名府的大刀聞達;第三把是曾頭市的史文恭;第四把就是戴文龍了。這四柄大刀,是各有特色的,遠近聞名。

公孫勝跟隨吳用,出離江州城,沿着江塘回來。兩人交談:船上發令,很不方便,尋思找個地方。公孫勝看到林木深處,藏着一所禪院。走前看時,山門上題着"白龍太子廟"匾額。吳用穿進山門,端詳了一回,向公孫勝道:"可容五六百人。"兩人同意,回船與晁蓋說知。晁蓋便喚嘍軍四人,扮成香客模樣,前去太子廟知會僧人,傳話有山東屈員外前來進香,僧眾早出迎接。

晁蓋上馬,率領五百香客,一路望白龍廟來。四個嘍軍,來到廟前。見有道菩薩恰在掃地,相互招呼。嘍軍便道:"今有山東屈員外,帶了數百莊客,朝山進香,隨緣樂助。速速報與方丈知曉,前往迎接。"

道菩薩放下掃帚,進廟報告當家。一會兒,衆和尚披了袈裟,手持法器,銅喳銅喳地迎了出來。和尚見着這施主排場闊綽,喜不自勝。看這施主來頭不小,還有保鏢,這廟可進一筆大財,和尚嘴裏不停地念着阿彌陀佛。

晁蓋下馬,由和尚引導進去,衆人也齊進了廟。吳用吩咐軍士,把廟看守起來,祇進勿出。軍士悄悄把廟的四周圍住了,衆弟兄各處焚起香來。

正是:運籌帷幄之中,決勝千里之外。眉頭一皺千條計,胸中蘊藏萬斛兵。

欲知吳用如何定計鬧江州、劫法場,且聽下回分解。

第十五回　吳軍師多智善謀
戴金刀耀武揚威

　　話説晁蓋進了白龍太子廟，與當家廝會。晁蓋問道："大和尚，全寺有多少僧衆？"當家道："連伙夫、净頭在內，共有七十二人。"晁蓋道："小可前有願心，如遇叢林，齋僧布施。每僧施捨袈裟一襲，僧衣一領，鞋襪一雙；在家的各贈紋銀十兩。請大和尚傳集衆人，按名發放。"

　　當家聽了，合掌歡喜。職事僧打動雲板。霎時間，全來齋堂。連挑水的、燒水的、管庫房的、守鐘樓的，都來了。晁蓋復問一句，知客僧按名呼喚，並無缺少。

　　吳用看僧衆已齊，喚赤髮鬼劉唐，帶領軍士十名，將齋堂包圍起來，拔出鋼刀。和尚見了，十分驚慌，齊聲念佛，喊道："大施主不可造次，有話好説。"

　　晁蓋道："俺非施主，却是梁山寨主。今日前來，暫借寶刹一用，不必驚慌。爾等暫時委屈一下，切勿外出，也不准喧嘩。每日點名兩次，如有走失，莫怪軍令無情！"和尚無奈衹得枯坐下去。晁蓋又喚軍士五十名，分做三班，輪流看守。

　　那邊吳用傳令，衆人登岸，入太子廟，人齊把門關了，無令不准外出。樹林中放出便衣哨軍，離廟周圍十里的要道上，張貼通告，託説：太子廟修理大殿，香火暫停。又派軍士，扮作百姓，暗加防範。如有不識字的,勸他就不要去了。

吳用就在佛櫃上,一張張寫起令單來,仔細地看了一遍。拿起第一張令單,傳令軍需官:前去準備船隻,搬運軍器。這軍器須暗藏艙下,船上雜置箱籠器物,和搬家相似。從水城門運進城去,停泊水仙閣後,但等明日巳牌相近,把軍器運到法場周圍,悄悄遞送,不得有誤。軍需官得令而去。

吳用拿起第二張令單來,交與杜遷、宋萬。兩人接令一看:他倆隨帶軍器及攤片箱子,立即進城,投宿腳店。明天一早,到法場上,占場子,唱賣攤片。待到午時,犯人解到,聽到空中信炮響亮,有人來搶劫宋江、戴宗時,就衝殺出來,趕散百姓,打開通路。引導衆人過長橋,從北大街出城,跨過江塘,直到太子廟站隊點名。看官:這兩人生來高大,一稱作雲裏金剛,一個渾號摸着天。吳用預計:明朝城關定要戒嚴,兩人狀貌奇特,恐有不便,因而喚他倆早一日進城。這樣説來,梁山弟兄今天都可進城了,不是省了許多盤查。這卻不好,因爲一起進去,人有五百多個。招商店中,一下子添了這許多人,是會引起官府注意的。杜遷、宋萬得令而去。

吳用喚錦毛虎燕順聽令,教他扮作化郎,明日進城。午時將近,在法場聚集。信炮一響,急衝進去,搶劫戴宗,徑向北門奔跑。燕順得令而去。

吳用又命阮小二、阮小五,各備羊角車一輛,兩人扮做車夫。令鄭天壽、王英、呂方、郭盛,扮作説話藝人,坐車混進城去。倘遇城門攔阻,可依單上所寫,演習一下。等到劫法場時,鄭天壽、王英保護宋江、戴宗的左面;呂方、郭盛保護右面。阮小二、阮小五在後面抵擋。阮小二等得令而去。

吳用又喚劉唐,命他扮作農夫,進城挑肥。劉唐相貌奇特,青面獠牙,赤髮紅顏。這麼一來,可以避開守城的注意。劉唐進了城關，可去水仙閣門口等候，等到劫法場時，就在後面衝殺官兵，遮斷追擊。劉唐得令而去。

吳用又令石將軍石勇，扮作樵夫，暗藏軍器，混進城去。看官：石勇用的武器是一柄鑌鐵棍。他挑柴用的扁擔是用竹制的，把竹節打通，這根棍子，就貫在裏面。待到午時相近，把擔挑到北門。守城兵士前來攔阻，擔就歇在那兒，管守北門。法場出事，守城兵定要閉城，那就出來廝鬥，殺散官兵。石勇得令而去。

吳用又令活閻羅阮小七，也扮作化郎，前去監視北門吊橋。聽到空中信炮響時，急將盤索斬斷，務必占先！阮小七得令而去。

吳用又令白日鼠白勝，明日進城，身帶響鑼、信炮，靜候時刻。到時放出信炮，弟兄們便可一齊動手。搶到犯人後，當先鳴鑼開道，向北城奔走出去。白勝得令而去。

吳用又令花榮，帶領軍士一百，管守船隻，接引諸兄弟上船，回太子廟來。又派黃信帶領軍士一百，離柏涼亭二里處埋伏。待宋、戴兩先生經過後，衝殺出來，截擊官兵。又令秦明，帶軍一百，離黃信三里處埋伏，抵禦江州追兵。花榮、黃信、秦明得令而去。

晁蓋見令單已齊，却無他的名字，説道：“先生，俺自不遠千里而來，不知爲何事？”

吳用道：“自然是爲了搭救宋、戴兩先生性命的。”

晁蓋道：“燕順搶劫戴宗，那麼宋江交給哪個呢？難道忘了不成？”

吳用笑道：“宋兄長就要煩勞寨主了。”晁蓋聽了，哈哈大笑道：“這倒甚好！”

吳用傳令軍政官：調軍兩百，到大殿前來，晁寨主有話吩咐。隊伍站好，吳用與晁蓋踏步出來，晁蓋説道：“我等前來江州，搭救宋、戴兩先生性命,這兩位先生明天午時三刻,在水仙閣前蒙難。弟兄們,同心協力,不辭辛苦,赴湯蹈火,前去吶喊助威,義勇可嘉。先生有幾句言語,要與各位談談。"

吳用站前説道:"我們明天進城,今晚一切都要準備好。梁山的證件,一概放在廟裏,身上如有引人疑慮之物,各自檢點,不可帶進城去。各人可就自己的愛好,喬裝改扮,三百六十行,隨心所欲,要扮得像些。倘遇城口查問,切勿慌張。必須心中有數,能説幾句内行話。進城時,要四門分開走,不可專走北門。若是城上軍士橫加攔阻,不必固執。有幾個進不了城,是不妨的。倘若硬要進城,惹出禍來,那反不美了。進得城内,切勿東張西望。遇着梁山弟兄,一概不許招呼。明天寨主也要進城,遇見時不必行禮。不可三個一淘,五個一群的談談説説。在城裏不准喝酒,犯者依軍令問罪。出發前飽餐一頓,路上可帶些乾糧,直待搶了法場,回到太子廟裏,再吃中飯。官司發綁犯人,衙前定有炮響。大家可混在人群中,跟隨犯人,齊到法場。祇准徒手前去,軍器早已運進,那時自會取得的。每個十總,必須找到自己的軍士;每個軍士,必須尋着自己的十總。每個十總必須管守一副柴擔,這柴擔裏藏着軍器的。所有柴擔的扁擔都有太極圖記,倘然沒有,那就不是我們的。待到空中信炮響亮,打開柴擔,拿出軍器。先把刀向上一舉,高叫一聲:'狗官,爾等冤枉宋、戴兩先生,山東梁山托塔天王臺前衆家義士前來劫法場了。爾等擋者則死,讓者則生!'喊一聲'殺!'但殺的時候要看仔細了,祇殺官吏軍士,不可錯殺百姓。進城可任走一門,出來却必須走北門,直衝北大街。衝殺之時,自有白義士鳴鑼開道。第一的十總須帶響鑼,前後呼應;其餘祇須跟着衝殺好了。且戰且走,回到白龍廟來。"

説罷,晁蓋、吳用退入後堂。軍士自去準備。今晚吳用一時是睡不熟的，反復籌劃，直待次日法場劫成功，纔得安心。

忽聽軍士報道："張義士到。"吳用感覺奇怪，他怎會知道我們在這裏的？説聲"請！"張順進內道："我去柏涼亭交割行務，直到江上，沒有尋到潯陽江船隻，却看到了梁山泊的，因而特地趕來。"

吳用道："目標相同，何分彼此？潯陽江船隻尋不到，就在我們這裏幫忙吧。明日請你多備船隻，在柏涼亭伺候，但等城中搶出兩先生來，接待他們上船就是。張順應諾，就留在廟裏了。

却説李俊的船隻，黄昏時分，方始趕到。就在離江州四里路許，把船隻停泊下來。李俊就在船上發令：一令催命判官李立，明日法場搶救戴宗；二派病大蟲薛永，等兩人搶出後，前面開路衝殺；三令蔣敬、馬麟，左右保護兩人；四令童威、童猛，抵禦官兵，第二道保護兩人；五令没遮攔穆弘，管守北門城關，不讓官兵關門，堵了出路；六令穆春，管守北城的吊橋，相機行事，時刻一到，斬斷吊橋盤索，讓弟兄安然過去；七令張横在柏涼亭早備船隻，迎接兩先生。江塘如有步兵追來，船隻早已到了江心。如遇水兵，江上也不怕他。

李俊又囑二十軍士，扮作樵夫，各挑茅柴一擔，暗藏兵器，混進城去。到了法場，分發與衆家弟兄。又囑五十軍士，從法場到長橋，從長橋到江塘，分段站立，每隔二三十間門面，設一組人，暗帶響鑼。但等午時三刻相近，一鑼若響，衆鑼齊鳴。鑼聲爲號，一齊動手。其餘弟兄自出心裁，喬裝改扮。

李俊又對二百軍士説了一番話，意思與梁山泊吳用所説相仿，祇是潯陽江與梁山泊的標誌是不同的：梁山義士，耳門上都塞紙條；潯陽江義士，面部貼一個小膏藥。李俊自搶宋江。

兩路弟兄各自準備不提。

且説城中，戴宗的幾個學生，知道戴宗和宋江明天要被正法，便於當晚擺設酒席，宴請兩位先生。戴宗心神不定，宋江酌酒相勸。飲至二更響過，禁卒説道："兩位先生，今夜月半，防有獄官前來查問，上了銬子，早些安息吧。"看官：他倆平日是不上銬的，因爲明日正法，就與他們上了刑具。到了天明，禁卒又把上好的點膳送來。宋江、戴宗還不知道今天要被正法。

到了卯牌時分，軍門府聚將鼓響，戴文龍升座虎案，總兵郝飛熊、都監張魁、總察賀成，以及戴錦、戴綉、戴乾、戴坤和四個姪兒戴龍、戴虎、戴彪、戴豹，一齊來參見，左右站立。戴文龍起令，道："總兵郝飛熊聽令，命爾帶軍一百，管守東門，今天進城來，嚴加盤問。如遇身帶利器，或形跡可疑的，不准進城。午時相近，城門緊閉，吊橋盤起，切勿有誤！"郝飛熊得令而去。

戴文龍又起令，道："賀成聽令，命爾帶軍一百，把守南門。"又令都監張魁，把守西門；都司李寶，把守北門。三人得令而去。

戴文龍吩咐軍政官，調軍五百，已牌時分，到軍門府侍候。

又令戴龍、戴虎、戴彪、戴豹，各帶軍士五十，在法場四周巡查；戴錦、戴綉、戴乾、戴坤保護法場。

戴文龍發令已畢，退進後堂。

兵將發到城門，守城官方始開城，所以今日開城比往日要遲些。城門一開，吊橋一平，城裏軍隊排分兩面。守城官在城門下擺了一張馬椅，坐在中心；兩旁站着小卒。守城官捋着八字鬚，説道："來啊，今日進城的，都要盤問，查得仔細！"兵士道："是啊，敬遵老爺！"

恰纔説完，對面來了一乘轎子。兩個小兵喝道："喂，轎子停下！"

這轎内坐的是催命判官李立，抬轎的是童威、童猛。轎子停下，小兵跑前來問道："坐的是什麽人？"

童威手指着道："轎内坐的是個病人。這人病勢沉重，是進城來診治的。"

兵士道："來來來,把轎簾打開來,讓我們查看一下。"

童威把簾子打開來。兵士望進去看,轎裏坐的人,頭上包着病帕,伏在靠手背上。兵士喊道："喂,頭抬起來!"李立有氣無力地說道："食了五穀之精,難免百病之災。"頭向上一抬,眼睛隨着一白。小兵見了這張臉孔,嚇得退後一步——這李立臉色一紅一白,實在太難看了,所以稱爲催命判官。

守城官問道："轎內是什麼樣人啊?"小兵道："報老爺,轎內坐的是個病人。"守城官問道："哪裏來的?"小兵把手搖着,走到老爺身邊,附耳低言道："老爺,這個人病勢沉重,一臉死相,不能多耽擱時間,也許會死在城門口的,讓他進去吧。"守城官眉頭蹙蹙,揮揮手說道："好吧,去、去、去!"轎子抬進城去。

這時吊轎邊軍師吳用,扮了測字相面的;後面跟了托搭天王晁蓋,扮成了頭陀,兩人踱了過來。吳用見橋邊坐着活閻羅阮小七,他已扮成化郎,穿了一件破小衫,一條破短褲,赤着腳,背了一床破席,手裏拿了根棒兒,在那兒叫化。阮小七看見先生與寨主前來,他想試試看,倒底裝得到家不到家,便喊道:

> 我瞎子苦來苦萬千,兩眼無光黑白都不見。抬頭不見空中的雲和月,低頭不辨路高低。我瞎子身上寒冷,還是腹內饑。實難忍,哭啼啼。常言道:大陰功,修橋鋪路造涼亭;小陰功,布施我窮人花費幾個錢。老爺、少爺、太太、奶奶,給我幾個錢吧!

吳用把眼瞟着,心想:倒真做得出色當行哩! 手裏托了測字盤,盤下掛着布招牌,把三綹清鬚撩着,哼道:

> 石崇豪富范丹窮,運早甘羅晚太公。彭祖壽考顏命短,六神皆在五行中。靈不靈當場試驗,準不準過後方知。大

事能斷三十六,小事能判七十二。心中若有疑難事,取一字來問吉凶。三錢一個。

吳用恰想踏上橋來,祇見城門洞下,一位道者被守城兵士攔止了,喊他去見老爺。此道家到了守城官前,打了一躬説道:"見老爺。"看官:這人是混江龍李俊。守城官問道:"你是幹什麽的?"李俊道:"貧道人是個唱道情的。"守城官問道:"你手裏拿的是什麽東西?"李俊道:"這是漁鼓簡板。"守城官道:"好吧,你唱幾句給老爺聽聽。"李俊想道:狗官,你吃得真空。好在我是有準備的,就唱幾句給你聽聽吧,便道:

小道下山來,黃花遍地開。一聲漁鼓響,引出衆仙來。

呁呁蓬、呁呁蓬,李俊左手敲簡板,右手拍漁鼓,道:"我先奉敬一首《耍孩兒》。"守城官道:"我不懂什麽耍孩兒不耍孩兒的,你唱是了。"

李俊唱道:

小蘇秦,不第歸,衣衫襤褸真慚愧。妻不下機娘不睬,嫂不燴菜兄不回,垂頭喪氣天涯走。到後來,官封六國,他嫂嫂跪接在塵埃。

伍子胥,過關愁,一夜間,愁白了頭。全仗好友來勸告,吹簫吳市不怕羞。奮發有爲事吳侯。到後來,反昭關,鞭屍三百報父仇。今古風流。

守城官一聲笑道:"唱得不錯,好!再來個。"李俊無奈,祇得再唱:

來了一位大仙福壽高,倒騎毛驢下雲霄。漁鼓咚咚響,簡板喳喳叫。請問大仙名和姓?他本是一位張果老……

彭彭咻,彭彭咻,敲個不停。

守城官道："好好好,去去去!"

吳用上來,兵士又攔阻道："喂,去見老爺。"

吳用蹀步上前道："叩見老爺。"

守城官問道："你是什麼樣人啊!"

吳用道："做江湖生意的,測字相面。善辨風雲氣色,能知治亂窮通。"

守城官把鬍鬚一撩,朝吳用那塊布招牌看去,上面寫着:"江湖吳鐵口測字談相。"兩旁還有兩行小字,上首是說測字的:

　　破筆如刀,劈開昆山分玉石;

下首是寫看相的:

　　雙目如電,能觀滄海辨魚龍。

守城官道："好啊,這麼說,你給老爺看個相吧! 你看老爺這相生得如何?"

吳用思想,你這張死相,還是不看的好。等到午時正,你踏都被人家踏死了。不過要過關,還得敷衍幾句。說道:"老爺,你這張相,兩眼如星注射,天庭額角半隆,紅光滿面——看來不久就要高升。"

守城官聽到"高升"兩字,眉飛色舞起來。說道:"好啊,你看老爺高升到什麼地步?"

吳用道："定是連升三級。"

老爺聽了拍手大笑,道:"這麼說,你再給老爺仔細看看,老爺的這個五官生得如何?"

看官,那五官是:眉乃保壽官,眼乃視察官,鼻爲審判官,口爲出納官,耳爲采聽官。

吳用說道："老爺的五官,真是大富大貴。"

守城官問："這話怎麼講?"

吴用笑道："老爺，你生得兩條蜈蚣眉，一雙蜘蛛眼，一個癩蛤蟆鼻，兩張盤蛇臉，一張蝙蝠嘴。相書上説的：這樣的相必是大富大貴。"

守城官道："好啊！"

旁邊兩個小兵聽了，一個對另一個説道："老爺這張臉叫什麼相呢？測字先生説出了五種蟲，恰巧是端午節小孩鞋上綉的五毒。這個叫作什麼名堂？"一個説道："啊唷，你還不知，這是説老爺生了一張五毒臉。"

守城官聽了，罵道："你們在説什麼？"

小兵連忙改口道："嘿嘿，老爺，我們没説什麼。"

吴用眼睛一瞟，知道這兩個兵士腦子要機靈些。

守城官又説道："喂！你再給我看看，老爺有幾個少爺？"

這時就聽吊橋上有人念了一聲"南無阿彌陀佛！"

吴用斜眼一看，原來是晁蓋。晁蓋身材高大，就扮了個出家人。吴用尋思：我繼續給狗官看相，可讓晁大哥安然進城。便説道："老爺，要問幾位少爺，請你把頭低下來，讓我摸摸後腦的腦骨就知道了。"

守城官道："嘿，你還會摸骨論相，老爺就把頭低下來吧。"

吴用左手攏住了他的頭，右手放了紙匣，去摸守城官的腦殼。晁蓋踏步前來，念道：

日下西山月轉東，人逝千秋影無蹤。阿彌陀佛！

小兵喝道："嘿，見過大老爺！"

晁蓋回答："見過大老爺。"

吴用用力把守城官的頭攏住，讓他抬不起來。守城官急於看相，没有看見來人，揮揮手説道："去去去！"晁蓋進了城。

吴用尋思：好吧！晁蓋進城去了，我也不必再和你看相了。

説道："老爺，你有五子送終。"守城官笑道："我的福氣真不錯！"

旁邊兩個兵士又嘀咕，一個道："這個相面先生和人家兩樣的：人家説有五個少爺，他却説有五子送終。喂，你聽懂了嗎？"一個道："我懂的，老爺將來死起來是：兩根索子，一根杠子，再加上兩個叫化子，這就叫五子送終了。"

守城官仿佛又聽見了，罵道："你們在説什麼！"

兩個兵士忙道："没説什麼，説老爺福氣好。"

守城官把鬍鬚一撩，眼朝着吳用一白，手一揮，喝道："去吧！"

吳用進得城來，先去法場那裏，手持托盤，嘴裏喊道："欲知心中事，且聽口中言。"踏步過來，看見杜遷、宋萬高搭了攤片架子，已在那兒唱賣洋片。許多人擁着看。杜遷、宋萬站在條凳上，一個站在東端，一個站在西端。一個把上層的片子推進去，一個把下層的片子推過來。嘴裏唱道：

> 看一張來又一張，要看到關雲長，過五關，斬六將，擂鼓三通斬蔡陽，單刀會魯肅，匹馬斬顏良。獨戰三雄是吕布，英雄老將黄漢升，九牛大刀名許褚，陸遜小將有威風。山東響馬秦叔寶，單鞭救主尉遲恭，跨海征東薛仁貴，智遠時衰運不通。大宋有名楊家將，撞死五臺楊令公，殺人放火焦光贊，跳海鑽江穆桂英。

喊咯隆咚嗆嗆嗆……

"又一片，更好看啦！"坐着的一個人正在看，喊道："稍微慢些，還没看清楚哩！"

杜遷道："這張片子頂好了！"宋萬道："刮刮叫！"

看的人贊道："啊，了得！這個地方多大！亭臺樓閣，百花齊放啊！好像是個花園。這兩個姑娘多標緻啊！娉娉婷婷，窈窈窈窕！前頭走的是小姐，後面跟的是丫環。這喚作什麼片子啊！"喊咯隆咚嗆嗆嗆！杜遷又唱起來：

> 往裏邊瞧，又是一張：你瞧鶯鶯與紅娘，主僕二人把花園進，蝴蝶亭前去焚香。一炷香不爲旁的事，保佑俺去世的爹爹早上西方；二炷香不爲旁的事，保佑俺的母親福壽安康；三炷香鶯鶯不好開口，後頭跪倒了小紅娘。啊——

咚嗆咚嗆咚咚嗆……

> 三炷香不爲別的事，但願張生月下跳粉牆。

吳用冷眼看去，許多人在爭看洋片，心想這個場子已做開了。

吳用見法場周圍歇着許多柴擔，仔細一看，扁擔上都是有太極圖的暗記的。心中明白軍器已運到了。

吳用從法場兜過來，見裏首繞着一個人圈子，中間高坐着一個人，手裏執着一柄破紙扇，指手畫脚地在說評話。祇聽他說道：

> 話說那商湯，第三十一代傳至紂王。紂王無道，愛上妲己的花容月貌。建造一座摘星樓，天天飲宴，夜夜彈唱。以肉爲山，以酒爲池，酷刑殺害忠良。彼時有四位大忠良，你道是哪四位？就是微子、比干、箕子、膠鬲。上殿奏道："我王終日昏迷酒色，不理國政。"紂王大怒，聽信妲己讒言，剖比干之心，罰箕子爲奴，盡把忠良殺害。那紂王荼毒天下諸侯，有西伯侯起了吊民伐罪人馬，戊午日兵臨孟津，甲子日血染朝歌。一個個雄赳赳，氣昂昂，頂盔貫甲，掛劍懸鞭，搖刀躍馬。放炮一聲，大喊道："紂王無道，昏君慢走！"紂王大驚失色。放火燒了摘星樓，散却鹿臺財物，姜子牙將妲己斬

了。這叫作有道伐無道，荒淫酒色的下場頭。

這說書的就是鄭天壽。吳用看他一招一式，演說得有聲有色。周圍已經聚了不少人。阮小二、阮小五、王英、呂方、郭盛都混在裏邊。吳用心想：這六人倒比我早進城。

吳用穿過法場，到了長橋塊下。見有一個人圈，擠前去看。那人頭戴皂紗軟頂壯帽，烏紗紮額，拱手英雄結，打在眉心。身穿玄布窄袖短衣，玄布兜襠衩褲，深幫皂麂皮靴。捎馬子擲在地上。看官：啥叫捎馬子？捎馬子是藍布做成，裏頭是灌錢或東西的。小的灌錢搭在褲腰，大的背着走。這大的裏頭鼓鼓地灌的都是膏藥。那人跑了一個圓場，耍了一套拳頭。從捎馬子中取出膏藥，摔在地上，丁字步，八字脚，朝南一站。左手卡住腰杆子，右手大拇指頭一翹，兩眼骨碌碌四邊一望，嘴裏喊着："賣膏藥啊！識字的請看兄弟的仿單，不識字的請聽本人道來。兄弟這張膏藥，專治跌打損傷。一拳打傷，一腿踢傷，樓上跌倒樓下跌傷，兩肩挑擔挑傷，包貼包好。筋骨疼痛，一貼就好。還有遇着刀砍斧劈，貼上立刻止血止痛，當場見效。還有一切無名腫毒，一貼就能消腫化毒，靈驗如神。諸位，靈不靈？當場試驗；準不準？過後方知。孝順的買去可以孝敬父母，恩愛的帶給妻房，義氣的送贈朋友。哪一位朋友發個利市，買哦！今朝特別便宜，買一送一。一張祇八個錢。"

吳用看這人是不認識的，尋思這位英雄怕是潯陽江來的。看官：這位就是病大蟲薛永，他現在這副衣着，和在揭陽鎮上打賣街拳的行徑，大不相同了。

吳用走過長橋，見大街上來了打花鼓的，一男一女的打扮，一個敲鑼，一個打鼓。挨着店戶，一家家地打起來，嘴裏唱着：

> 先打鑼來慢打鼓，敲鑼打鼓唱秧歌。諸般雜事都不唱，

聽我唱個古人歌。神農皇帝嘗百草,女媧伏羲男女分。王
翦伐武破六國,卞莊殺虎有聲名。六韜兵書孫武子,臨潼會
上子胥能。姬光奪了吳王位,專諸刺死爲圖名。西天取經
唐三藏,大鬧天官孫悟空。逢山開路豬八戒,牽馬挑擔小
沙僧。

吳用看這兩個人,又是不相識的。看官:這兩人是蔣敬、馬麟扮
的。馬麟吹得一手好笛,渾號人稱"鐵笛仙",這兩人原是懂曲
藝的。

這時潯陽江、梁山泊兩路弟兄,紛紛從南北東西城門混進城
來,跑到預定場所,前來搭救宋江、戴宗。

却說宋江和戴宗在獄中,早上,禁卒進來開了監門,給他們
鬆了刑具,同到蕭王殿上,送上洗臉水、茶點。今天的茶點,四乾
四濕,特別考究。宋江、戴宗在蕭王殿上叙談,看到這般衙役來
往忙碌,還在竊竊私語,相互招呼,不知説些什麽。看官:他們是
在説,今日戴、宋先生正法,已給他們備好棺木,後事都備辦
齊了。

已牌時分,衙役挑進一桌上好筵席,請兩位先生痛飲。宋江
看了,感覺奇怪:昨天是八月半,中秋佳節,擺酒合乎情理;今天
爲什麽又要請我們呢? 難道是吃分離酒嗎? 思想:公文批下來,
上下經過幾道手續,沒有這般快啊?

戴宗道:"宋大哥,請用酒啊!"話雖是這麽説,心裏却也不
安。兩人有着同感。戴宗心想:認供至今,不過數天。公文往
來,決沒有這樣快的,想來今朝也決不會正法的。

兩人飲酒,各自思忖。戴宗的學生,師誼情厚,輪流敬酒,祇
説請兩位先生寬飲幾杯,旁的不談。宋江益覺驚異,抬頭看天井
時,日影漸短,時迫午時。

忽聽窗外號子聲響,一彪軍馬,耀武揚威,飛馳過去,弄得宋

江猜疑不定。

　　正是：心中懷有傷情事，不耐獄中對酒巵。雖説有路尋無路，莫道無門却有門。

　　不知宋江、戴宗性命如何，且聽下回分解。

第十六回　蔡九章抱頭鼠竄
宋公明從容脫險

話説宋江、戴宗在飲分離酒，戴宗的學生輪流把盞，宋江頗覺驚異。瞻顧天井時，日影漸短，時將中午。忽聽窗外號子聲響，有一彪軍隊耀武揚威，躍馬而逝。

這戴文龍在軍門府，聚集了五百軍士，帶了四個兒子和四個姪兒，人馬動身，來到府衙。軍士停隊，戴文龍下馬，遞帖進去。蔡九章與黃文炳出階相迎。蔡九章隨即升堂。大堂鼓響，衙役左右站立，一聲吆喝，蔡九章當中坐定，軍門戴文龍、師爺黃文炳在左右案桌兩邊坐下。衙役及戴家衆將前來參見。蔡九章起提牢牌，立提宋、戴兩犯上堂。衙役遵命。戴文龍吩咐兒子、姪兒前去彈壓。戴家衆將遵令，一齊出動。

各人上馬，提刀掄槍，直詣監獄門首。軍士站隊，刀槍密布。軍隊外有無數百姓觀看，梁山泊及潯陽江英雄混在其内。戴家衆將將馬扣住，衙役進虎頭吞吐門，高舉提牢牌。禁卒見了，向宋、戴兩人道：“大人又要復審，請兩位上堂去吧！”

宋江聽説，想是有不測了。戴宗看了，有些驚慌，思想：犯人正法，蕭王殿上是要焚香插燭的，回頭來看，果然紅燭高燒。禁卒服侍兩人上了刑具，喚他們在蕭王面前拜了幾拜，領到虎頭吞吐門口。宋江道：“二弟，爲兄倒是連累你了。”戴宗道：“大哥，説哪裏話來,小弟自是做事無能,却害了大哥。"宋江道:"可惜李逵不見,不然潯陽江可以通個消息。"戴宗道:"潯陽天子是有辦法的,這時已來不及了。"

衙役看到犯人出來,把鏈子在他們頭上套了進去,牽出監外。軍士見了,圓瞪着眼,把刀槍齊指着犯人,層層地管押起來。前有戴錦、戴綉,後有戴乾、戴坤;左有戴龍、戴虎;右有戴彪、戴豹,押着犯人,衝向府衙門來。

百姓中的晁蓋、李俊見了,覺察形勢不對,祇得按住性子,忍耐下來。

兩犯押到府衙,帶上大堂。先審戴宗,驗明正身。蔡九章見了,喝問:"戴宗私通梁山,假造文書。請了軍令,將你斬首示衆,尚有何言?"

戴宗睜目而視,並不理睬。

蔡九章惱極,吩咐發綁。

衙役上來,將戴宗鬆了銬子,雙手反綁起來。

蔡九章把斬條寫好:"江州府犯人一名,戴宗,與宋江暗遞私書,勾結梁山强寇,通同謀叛。律斬。"塗上硃筆,從案桌上擲下來。

衙役把斬條在戴宗背上插好,就有兩個劊子手搶步上來,把他左右挾着,旋一轉身,面朝外,背朝内,拖到天井裏,塞進没頂轎子。

祇聽蔡九章又喝道:"帶宋江!"

衙役吆喝一聲,把宋江推上堂來。又在宋江屈膝處一記打着,讓宋江跪下。

蔡九章道:"宋江,勾結梁山,唆使戴宗假造文書,今有批文回來,將你綁赴法場開斬,還有何言? 與本府申説,可以給你辦理。"

宋江並不答復。

蔡九章吩咐發綁。

衙役將宋江鬆了鐐銬，捆綁起來。

蔡九章便寫斬條："江州府犯人一名，宋江，故吟反詩，妄造妖言，勾結梁山强寇，通同造反。律斬。"硃筆一勾，擲了下去。

衙役把斬條向宋江背上插了，劊子手搶上前來，將宋江拉住，恰要走時，黃文炳笑道："宋江，心存不良，今日綁赴法場，做了刀下之鬼，來世要好好爲人纔是。"

宋江本不想説，聽了這話，頭一抬，罵道："呸！看門狗，將我綁赴法場，宋江身犯何罪？"

黃文炳道："故吟反詩，妄造妖言，私通梁山，謀反朝廷，還説沒有罪嗎？"

宋江罵道："這都是你的毒意，把我的詩篡改了！"

蔡九章聽了，不覺一怔。

宋江又罵道："狗官，身爲一府之主，民之父母，一無事實，二無口供，豈可草菅人命？看你横行幾時！"

黃文炳、蔡九章拍案道："這還了得，推下去！"

宋江還想罵，劊子手已將他推到天井，推進沒頂轎子。

衙門外兩聲炮響，邊門開放，將宋江、戴宗抬了出來。軍士排分兩面。

看的百姓，人山人海，喊道："綁出來了，綁出來了。"

戴文龍站起身來，提刀上馬。戴家八將，在前後左右彈壓。蔡九章、黃文炳退堂，坐了轎子，跟蹤而來。

兩犯身旁，有個劊子手押着。這劊子手：頭戴披肩帽，身穿大綠襖，雙雙雉尾飄，腰繫大跳包，肚皮凸得半天高，手中捧了鬼頭刀，神氣活現的。

這時梁山、潯陽江兩幫義士，隨着百姓向法場而來；祇有吳用,看布置舒齊,乘機走出城來。到了北大街,見有不少軍士站着,就從店家的廊簷下悄悄地走過去。到了北城,却有軍士手執長槍,喝道:"咦!來的是什麼人?快快站定。"

吳用尋思:攔在城裏,有些不便。捏了紙匣子,咳嗽一聲,説道:"軍爺先生,江湖人,出城去尋生意的。"

軍士一看,是個測字先生,手揮着説道:"去去去!"

吳用跑出城來,看到石將軍石勇,他的柴擔,歇在城門口,人靠着城牆在休息。吳用並不招呼,慢步過去。又見阮小七,躺在吊橋邊側,老爺、太太的在那裏叫喊:"好脚好手天堂路,爛脚爛手地獄門。"吳用暗暗高興,直向江塘柏涼亭來。看到張順的船隻,候在那裏。走了一程,看到江邊樹林裏,有第一隊黃信的人馬。再走過去,又見第二隊霹靂火秦明的軍隊。吳用尋思起來,祇有燕順没有會見,想是他已混在法場中了。吳用將近太子廟,早有船在候着。吳用下船,放下紙匣兒。軍士把瞟遠鏡送來,吳用站在船首,探望江州消息。

却説江州法場上,刀槍密布,人馬圍得水泄不通。兩頂没頂轎子抬到中央,兩人被拖了出來,面對着,雙雙跪下。空轎退出。

蔡九章、黃文炳也已到來,兩人站在水仙閣前,上了監斬臺。

戴文龍在法場上做了布防,命時辰官打探吉時。法場上前後左右,由戴錦、戴綉、戴乾、戴坤管守,將馬扣住。中央戴文龍自己執刀站立。四面是軍隊包圍。軍隊外面就是百姓看客,梁山泊、潯陽江弟兄都混在其内。又有戴龍、戴虎、戴彪、戴豹四位巡查。

時辰官報:"午時已到。"

蔡九章道:"報與軍門。"

時辰官得令,飛報軍門。

戴文龍道:"再探再報。"

　　梁山泊、潯陽江兩幫弟兄，站在法場周圍，都在等候空中信炮響亮，四面鑼聲響應，好動手搶劫犯人。

　　梁山泊的白勝將軍，早已扮了一個賣朝報的，混進城關，現在躲在水仙閣的屋簷上，手裏拿着信炮和煤花火，恰見犯人到來，謹防弟兄不齊，也在等待時刻。

　　這時監斬臺旁，衙役中間，忽有兩人，躥身出來，向蔡九章道：“大人，戴宗是我們的先生，請大人恩准，讓我們上法場去祭奠一下。”

　　蔡九章道：“速去速來。”

　　就有四個衙役，到場裏來。軍士見是衙役，不加吆喝，放了進去。到了犯人面前，籃子裏取出壺、杯，斟了一杯酒，遞與戴宗。説道：“先生，滿飲一杯。”

　　戴宗無緒飲酒。

　　衙役又説道：“先生，你吃一杯吧。”

　　戴宗勉强喝了一口。

　　衙役説道：“先生安心，後事我們早辦齊了。先生有事吩咐嗎？老家山東要帶信去嗎？”

　　戴宗搖頭道：“沒有什麼。”

　　衙役斟了第二杯酒，遞與宋江，説道：“宋先生，你也喝一杯。”

　　宋江抬頭，看是戴宗的四個學生，説道：“多謝盛意。”

　　學生把酒遞到宋江嘴邊，宋江看是花粉酒，説道：“你把酒倒了吧。”

　　衙役問道：“先生，還有什麼吩咐嗎？”

　　宋江道：“沒有什麼。”

　　衙役道：“山東可要帶個信去？”

　　宋江聽到“山東”兩字，想起老父，倒有些難過起來。思想也不必多事了，徒使爹爹傷心，説道："也没有什麽。"

衙役想既無話來，就把黄錢白紙焚化起來。但見：

> 愁雲荏苒，怨氣氤氲。頭上日色無光，四下悲風亂吼。
> 纓槍對對，數聲炮響喪三魂；棍棒森森，幾下號聲催七魄。
> 斬條高插，人言此去幾時回；黄錢亂化，都道這番最難活。
> 長休飯嗓内難吞，永别酒口中怎咽？猙獰劊子仗鋼刀，醜惡
> 押牢持法器。監斬臺下，幾多魍魎跟隨；水仙閣旁，無限强
> 魂等候。英雄氣概雖未休，鐵人見了却下淚。

衙役退出，濃煙四散，吹到宋江的眼睛裏。

宋江把頭抬起來，望到對面，人叢中站着兩個人，是熟悉的，一個是燕順，一個是李立。奇怪的是：燕順扮的是求乞的化郎，李立頭上包着病帕，像是生病的模樣。宋江心中思忖，這兩個人，一個是梁山泊的，一個是潯陽江的，怎麽會到這裏來的？又想：我在監裏，今天綁赴法場，並未得到消息，難道他們早知道了？得着消息，潯陽弟兄是趕得及的，梁山弟兄怎麽會知道呢？即使曉得，插翅也是飛不到啊！宋江再一想：定是他們從水路來的，是想劫牢的。這樣看，難道兩幫人馬都來了嗎？如説兩幫人馬都來了，可能會與他們聚義呢！宋江二次把頭抬起來，向法場周圍掃視一下，果是兩幫弟兄有不少人混在裏邊，暗暗歡喜。

宋江瞟眼戴宗，見他把頭低着。宋江思想讓我來打他一個招呼。心中盤算，這個招呼好難打啊，不能明説有救。宋江便道："戴賢弟。"

戴宗回説："宋兄長。"

宋江道："今天我倆在此，有多少知名之士，前來相送，真是有幸啊！"

戴宗道："是啊！"頭又低了下去。

宋江道："賢弟啊,你把頭抬起來看個清楚,來世好圖報答。就要離開紅塵,回歸地府了。"戴宗仍無反應。

看官:你道戴宗爲何如此?一是他心裏緊張,失去了平靜狀態;二是喝了些花粉酒,神志有些不清楚了。

宋江看他還是莫名其妙,便道："賢弟啊,想當年齊婦含冤,三年不雨;鄒衍下獄,六月飛霜。你我弟兄,身受血海之冤。賢弟啊,你看那紅日當頭,點雨全無,爲何蒼天無眼?"

戴宗道："恨這世界混濁不清,黑白顛倒,豺狼當位,虎豹專權。"

這時祇聽騰、噠,一聲炮響,站在吊橋旁邊的穆春,拔出腰下短刀,將左邊的盤索斬斷。阮小七見斬了盤索,知道是潯陽江弟兄,便將右邊的盤索也斬了。

北門的守城兵士,看時刻到了,急來關城。石勇把柴擔翻了,搖起鑌鐵棍,衝上前來。穆弘也是衝步上前,見人打,逢人殺。霎時兵士大亂,紛紛逃竄。郝飛熊手提鋼刀,飛馬過來,穆春、阮小七提刀上前助戰。四位英雄圍戰郝飛熊,郝飛熊被圍在甕城裏邊。這殺散的兵士想要到法場去稟報,已來不及了。

時辰官報道："午時三刻已到。"

這時李逵一夢醒來,忽聽炮響,搓着雙眼,挺身起來,摸着腰間插着的宣花斧,一聲大笑。聽到外面人聲鼎沸,走到窗前一望,以爲是賽會演戲。把威武髮一摸,虎目圓睜。再往下看時,場中是跪着兩人,背插斬條。這跪着的不是宋江大哥、戴宗院長嗎?李逵不看猶可,看了無名火起三千丈。再看過去,監斬臺上坐着蔡九章與黃文炳,周圍有不少軍隊,刀槍密布。八員大將,扣馬停蹄,耀武揚威,在那兒廝守着。

李逵這一驚非小,心中想道："好啊,你這狗官,膽量不小,竟這等無法無天起來了。待俺來殺這狗官!"李逵正想跳下去,却又想道："宋先生常對俺説，做事不能魯莽。我跳下去，殺那狗官，那大哥、二哥的性命却救不得了。要救兩人性命，這狗官必然逃走，又殺不成了。怎麼辦呢?"李逵旋一轉身，説道："有了。"看到菩薩面前，擺着一隻偌大的香爐。待俺來把這香爐丟下去，壓死了這兩個狗官，接着跳下去，就能搭救兩位兄長了。

李逵轉身抓住爐脚，搖起來跑到窗口，哇哇哇一聲大叫："黑旋風李逵，鬧江州，劫法場。呔!狗官，看打!"把香爐扔了出去，人躥下樓來。不料李逵倉皇之際，沒有看清窗口的檔子，香爐在檔上碰着，檔子斷了，香爐翻了一個身，方向一偏，跌到地上，離監斬臺還有一節路。一陣風起，爐灰四飛。法場上官將見了，當是觸犯了天神，慌得四散飛跑。四個行刑的劊子手，一看情勢不好，撇了犯人，拔脚想跑。百姓也紛紛逃避。

看官：這就是李逵的功績，不是李逵這麼一來，這活的宋江、戴宗是劫不出的。因爲法場四周盡是官兵，英雄衝殺進去，劊子手早把犯人刀起頭落了。這劫法場是驚天動地的事，誰都沒有做過，吳軍師雖是足智多謀，自然還有想不到之處的。

這時晁蓋、李俊正在法場上，聽得清楚。白勝看時機已到，就在瓦上放出信炮，高喊道："梁山泊好漢，劫法場，鬧江州。"

信炮一響，百鑼齊鳴。兩路弟兄一齊動手。

先説晁蓋，蹦進裏面，看到管押宋江的兩個劊子手正想逃走，左右各一刀，把兩個劊子手先砍了。

李俊蹦蹦跳跳進去，看到和尚已在那裏殺了兩個劊子手，就從晁蓋的脅下跳過來，伸手抱了宋江，兜在肩上，拔脚飛跑。晁蓋低頭尋時，宋江已不見了，倒嚇了一跳，轉過身來，看見一個道士背了宋江，飛奔出去。晁蓋大聲一喝道："來者通名!"搖起刀，撲向前來。宋江見了，叫道："晁大哥，這位就是潯陽天子!"晁蓋聽了，哈哈一聲大笑。

那邊催命判官李立，同時躥進法場，將管押戴宗的兩個劊子手也殺了。燕順緊跟進來，搶了戴宗就跑。李立厲聲喝道："你是何人？"燕順高叫道："俺是梁山弟兄。"李立笑道："最好不過！"

這時法場周圍，鑼聲齊起，兩路弟兄，都動起手來。潯陽江軍士把柴擔散了，魚桶翻轉，取出軍器，急急傳遞。梁山泊軍士也在柴擔裏拔出兵器，高叫道："山東梁山弟兄，前來江州，搭救宋江、戴宗兩位先生。江州兵將，阻擋者死，順從者生，死死活活，悉聽尊便。殺啊！殺啊！"宋萬、杜遷、阮小二、阮小五、鄭天壽、王英、呂方、郭盛、燕順、劉唐、薛永、蔣敬、馬麟、童威、童猛、李立、李俊兩路弟兄，見把標記插好，蜂擁上前，斬殺官兵，且戰且退，保護宋江、戴宗兩人出險。

監斬臺上蔡九章與黃文炳看到犯人失落，官軍死的死，跑的跑，百姓四散奔逃。這一驚不小，知道情勢不妙，性命要緊。蔡九章慌忙將這頭上紗帽脫了，身上的紅袍除了，跳下監斬臺，夾在百姓之中，抱頭鼠竄而去。

黃文炳看知府已跳下臺去，夾了屁股，混在亂軍之中也逃了。戴文龍在馬上聽得時辰官道："午時三刻已到。"又聽李逵一聲大叫，接着看法場四周百姓中殺進一班強盜。戴文龍橫刀躍馬，口中大喝道："好大膽的強盜，竟敢搶劫法場，看刀！"

再說李逵從水仙閣樓上跳下來，恰恰跳在劉唐面前，劉唐嚇了一跳，抽出兩柄青銅霍閃刀，來戰李逵。李逵看不是話頭，撇了劉唐，旋身來搶宋江、戴宗，却見這兩人已被人家背走了。反過身來，正要追殺蔡、黃兩個狗官，恰逢戴文龍飛馬前來，攔了去路。李逵性起，狠狠地對着戴文龍，夾頭就是兩斧。戴文龍起刀架開。劉唐看李逵抵抗官兵，知道這是一路人，提刀前來助戰。李逵、劉唐斧刀齊下，雙雙與戴文龍對抗。

戴錦、戴綉拍馬前來，鄭天壽衝步上前，提槍還擊戴錦。戴錦拿刀劈,鄭天壽用槍挑。戴綉提槍,躍馬前來,王英上前迎戰,看準戴綉馬頭,起手一刀。戴綉掄槍架開,復手向王英一槍挑來,王英提刀招架。四個人打成兩雙。

戴乾、戴坤槍挑上來,呂方、郭盛提槍迎戰。

戴龍衝殺過來,蔣敬橫腰殺出,乘虛一斧,斬於馬下。

戴虎見兄長被殺,拍馬上前,來戰蔣敬。馬麟乘勢來劈戴虎的馬頭。戴虎慌忙提刀架開。纔解這刀,蔣敬對準戴虎的頂門,接續一刀,把戴虎砍於馬下。

戴彪、戴豹拍馬前來,戰未數合,被童威、童猛斬了。

梁山泊、潯陽江的嘍軍,奮勇前來,四面追殺官兵,喊聲震天。衆英雄且戰且走,保護着宋江、戴宗,直向長橋衝過去。

宋萬、杜遷、薛永三人在前面開路。蔣敬、馬麟、童猛、童威四人左右保護宋江、戴宗。阮小二、阮小五兩人斷後。

鄭天壽、王英雙戰戴錦、戴綉;呂方、郭盛雙戰戴乾、戴坤。劉唐、李逵敵住戴文龍。宋江、戴宗兩人由晁蓋、李俊、李立、燕順更替背着,左右前後都有軍士圍護。

白勝在前面打鑼,引導衆人衝過長橋。說來奇怪,白勝本領高强,他走路不是在路上走的,而是在人家屋上跳來跳去。緊緊敲着鑼,高聲喊着。衆英雄看得清楚,浩浩蕩蕩,一路衝殺過來。

直到北大街,衹見南門管守賀成,已得消息,帶動軍隊,從弄堂裏衝殺出來,高聲喝叫:"大膽匪盜,竟敢搶劫要犯!"

宋萬見了,並不答話,舉起降魔戟,向賀成頂門打下去。賀成掀起兩柄鎮鐵鍵來招架,察覺這戟分量沉重。杜遷跳躥前來,舉起打魔鞭,一鞭向賀成前胸打去。賀成恰纔架過了杜遷頂上的軍器,不及保護前胸,一鞭吃着,翻身落鞍而死。兵士見主將陣亡,慌忙四散奔逃。

衆英雄走了幾步,忽見北面弄堂裏衝出都司李寶。薛永手提鐓鐵棍，上前廝鬥。李寶取了個走馬推刀勢，向薛永腰堂劈來。薛永取了一個猛虎負隅勢，用棍把刀隔住。戰未數合，李寶被薛永一棍打死。官兵四散逃竄。

兩路人馬過了北大街，奔向北城來。

衆人見穆弘、穆春、石勇、阮小七還在那裏與北城守將郝飛熊戰鬥，穆弘、穆春見衆英雄來，喊道："薛兄快來助戰！"

白勝穿牆越簷，來到甕城，躥上前來道："俺白勝來助你一臂之力。"白勝從八寶囊袋中，抽出攮刺來，跳到郝飛熊的前面，在郝飛熊的馬前、馬後、馬左、馬右，起刀亂戳。弄得郝飛熊騎的那匹馬，頭眩眼花。郝飛熊照顧不及，一個失手，馬肚子上被刺了一刀。這馬受傷，躥跳起來，郝飛熊按捺不住，摔下馬來，一時被衆英雄砍死了。

晁蓋背了宋江，李立背了戴宗，趕上前來。杜遷、宋萬道："晁大哥，趕快出城去吧。"蔣敬、馬麟道："大王爺，可以出城了。"兩路弟兄，擁出城關，跑過吊橋，直向江塘奔走。

再說戴文龍與劉唐、李逵兩人會戰，看犯人已經失落，心情緊張，尋個空隙，跳出圈子，撇了兩人，兜出法場，直向長橋、北大街來追捉犯人。趕過吊橋，遙見宋、戴兩犯，背在強盜背上，正在那裏奔逃。戴文龍怒氣衝衝，拍馬前來，趕過江塘。忽聽一聲炮響，綠林中躥出一彪軍隊來，擋住去路，眼看着幾位強人保護着宋、戴兩犯落了船，駛向江心去了。

戴文龍看了，大吃一驚。尋思：這班強人倒是水陸俱全的；在江塘還有隊伍埋伏。禁不住無名火起，潑口大罵。黃信見了，頂盔披甲，坐馬掄刀，衝上前來，勸道："犯人已經失落，軍門不用追趕了。可知鎮三山黃信三尖兩刃刀的厲害！"

戴文龍氣得直叫道："叛國強盜，不知羞恥，竟敢攔阻本將軍之去路。"起手便是一刀。黃信提刀架開，復手也是一刀。戴文龍起刀隔開,又是還手一刀。黃信看戴文龍的刀勢,來得很快,而且分量很重。尋思怎樣勝他,祇見戴文龍身子向馬前伏着,推着刀向黃信頭上劈來。黃信見了,心中吃驚。慌忙把馬帶轉,指揮軍士向樹林旁退去。戴文龍哪裏肯放,緊緊追趕過來。

祇聽一聲炮響,江塘上兩隊人馬衝殺出來。當前一騎坐的是霹靂火秦明。秦明手提金頂蓮花槊,前來迎戰。秦明與戴文龍原是認識的,那年在東京校場比武,秦明考中武狀元,戴文龍考中武榜眼,兩人武藝,秦明較好。秦明見戴文龍來,橫槊勸道:"戴年兄,識時務者稱爲俊傑,爾可回去了。"

戴文龍道:"秦年兄,既念武場之情,勸你回轉馬頭,一同捉拿叛犯,其功不小!"

秦明道:"戴年兄,前車可鑒,勸你還是投奔梁山,共興大業。"

戴文龍聽了大怒道:"當年反叛青州,今日身爲匪徒,不思戴罪立功,竟敢花言巧語,攔阻將軍去路,看刀!"説着,縱馬過來,手起刀落,向秦明夾頂劈來。

秦明提槊擋開,復手還他當胸一槊。兩人交鋒,起手是平交。今日戴文龍爲了法場被劫,全家生命財產不保,官職動搖,因而拼命廝殺,刀花甚緊。秦明戰了數十回合,漸漸氣力不支,祇有招架,不能還擊。忽然舊病復發,怪叫一聲,喉嚨口鮮血直冒上來。秦明盡力架開了戴文龍的金刀,回馬便走。

花榮見秦明臉色慘白,戴文龍舉刀追趕,情勢緊逼,想上岸來接應,已來不及。霎時祇見秦明口吐鮮血,倒身落馬。花榮慌忙取弓搭箭,嘴裏叫:"照箭!"説時遲,那時快,祇聽嘣的一聲弦響,一箭飛來。那邊戴文龍見秦明跌下馬去,拍馬過來,直取秦明,聽到弦響,知有箭來。提刀來攔,却來不及。一箭正中咽喉,翻身落馬而亡。

　　梁山衆軍，護住秦明。黃信前來喊叫，秦明漸漸甦醒過來。保護秦明下船，向太子廟去。宋軍見主將陣亡，四散奔逃。

　　且説城中鄭天壽、王英雙戰戴錦、戴綉；吕方、郭盛雙戰戴乾、戴坤。戴坤被吕方、郭盛斬於馬下。戴錦、戴綉忽聽三軍喊叫："戴龍陣亡。"又聽戰報："戴虎陣亡。""戴彪、戴豹陣亡。"再聽："戴乾、戴坤陣亡。"戴錦思想：再戰下去，恐怕也遭不測，嘴裏喊叫："賢弟，隨爲兄走吧！"戴綉道："敬遵兄長。"戴錦尋個破綻，架開了鄭天壽的槍，戴綉也虛晃一槍，架開了王英的刀，飛馬逃出南門。兩人在鄉下暫時住着，不敢回城。隔了些時間，投奔到山東濟州曾頭市史文恭處，後書再提。

　　鄭天壽、王英撇了戴錦、戴綉，出北門，向白龍太子廟來。張順載了衆英雄下船，把宋江、戴宗身上的綁索除了，換過衣衫，搭起一帆風，把船直駛白龍太子廟水口來。

　　吳用早已得消息，拱手相迎。

　　衆英雄紛紛前來白龍太子廟集合。吳用點名，損失了二三十兵士，弟兄中缺少劉唐一人。宋江問道："在法場時，耳聽到一聲狂叫'黑旋風李逵鬧江州，劫法場'的，怎麽不見？"

　　晁蓋、李俊等道："虧得他半空而降，驚散了劊子手，祇是没有看清楚是怎樣一個人。"

　　宋江就將李逵形容一番，白勝道："待我前去尋找！"白勝翻身進城，到了法場，祇見屍横遍野，血流成渠。劉唐、李逵還在那兒逢人殺，見人剁，摧枯拉朽般的，一斧一個，一刀一個，排頭兒砍殺官兵。白勝過來，大叫劉唐，快速出城，回太子廟。劉唐纏住了刀，管自去了。白勝上前大叫李逵，祇見李逵滿眼紅絲，神志昏迷，揮動雙斧，殺個不休。李逵原是不認得白勝，哪裏會睬他？白勝無奈，頓生一計，跳到李逵面前，雙手揮着攮刺，來對抗李逵。白勝縱跳自如，帶擋帶跑，氣得李逵哇啦啦地大叫，嘴裏喊道：“殺不盡的官兵。”白勝直誘李逵到了白龍太子廟，忽地跑出圈子，閃在一旁。李逵揮動雙斧繼續前來，宋江踏步出來，喝道：“三弟，爲兄在此，看清楚了。”李逵哪裏聽見，對着宋江仍是雙斧劈去。衆弟兄忙來招架，宋江大吃一驚，又道：“三弟，宋江在此！”戴宗也叫道：“三弟，不能魯莽。”李逵聽到這兩聲吆喝，定眼細看，大笑道：“好啊，原來大哥、二哥在此。”宋江道：“是啊。”李逵聽了，連道：“啊唷，好了，好了。”兩斧丟下，人向地上一躺，叫道：“喔唷，我一點力氣也没有了。方纔急壞了，現在纔定心了。”

這時，秦明船到。秦明由黄信、花榮扶着進廟。晁蓋唤隨營大夫替他診治。

衆人在客堂坐落。宋江介紹李逵與衆弟兄相見，説道：“都是自己人。”李逵聽罷，哈哈大笑道：“我們弟兄有這許多，好了，好了！”

再説江州城裏，黄文炳逃在百姓的一家空屋裏，看到一所大灶，連忙鑽了進去，身子伏在灶窩裏，頭鑽在煙囱裏，渾身發抖。守到天色昏黑，夜深人静，慢慢地偷跑出去。祇聽百姓十個一叢，八個一堆，在咒駡他們。黄文炳裝聾作啞，趁人不防，急急逃向府衙門去。

蔡九章逃在人家的豬欄裏，污臭難聞，又不敢響，戰戰兢兢，守得天黑，逃出豬欄，皇皇如喪家之犬，急急如漏網之魚，跑回府署。

蔡九章與黄文炳恰好在府署門口遇見，兩人到了後堂，蔡九章問道：“師兄，今日的事怎樣處理？”

黄文炳道：“且慢，换了衣冠再談吧。”

蔡九章道：“還要坐堂嗎？”

黄文炳道：“難道算了不成？”

兩人沐了浴，換過衣衫，即傳點升堂。衙役衹得點燈侍候。連連喚了數十聲，纔到了七八名衙役。

蔡九章吃了驚嚇，還是目瞪口呆，不能辦事。

黃文炳道："速去傳示各位將軍，將城門關閉，挨戶搜查，拿捉反賊。"

衙役無奈，奉了命令，衹得去各衙門叫喊。這時，衹有都監張魁尚在，其餘的死的死了，跑的跑了。張魁聽說師爺傳呼，點了二十幾個兵士，趕來聽話。黃文炳道："這事有勞都監了，速速前去挨戶搜查，拿捉強徒。"都監不敢辭絕，衹得領命而去。

霎時將東、南、西、北四門緊緊關閉，炮聲連連不斷，把百姓都從睡夢中吵醒，足足鬧了一夜。待到天明，黃文炳喚衙役出去，張貼布告，通知百姓，照常開張營業，不能謊造謠言。若知大盜蹤跡，立即稟報。被難死屍，露天三日，讓其親屬前來領取。無主者掩埋入土。

黃文炳寫就本章兩道，差人送遞。一甲公事，送往京都；一甲公事，送往鄆城縣府，捉拿宋江家屬。又命翻出畫形圖，各處張貼，捉拿宋江、戴宗、李逵三犯。四門緊閉，半月不開，交通斷絕，弄得民不聊生，怨聲載道。

再說白龍太子廟裏，眾英雄休息一日。次日，宋江開言道："小可宋江與戴院長，若非眾好漢拼命相救，早已死於非命。今日之恩，深於滄海。衹恨還有一事未了。"李俊問道："兄長有何囑咐？"

宋江道："黃文炳在潯陽樓上，偷改我詩。幾次三番，陷害於我。一不做，二不休，小弟想要會他一面，看他有幾個心肝。"

李逵聽了，大吼一聲，跳將起來，說道："待俺手提板斧，再度殺進城去。"

宋江道："賢弟休要魯莽，如今劫了法場，城中必慌，曉夜提防，四城緊閉。若是硬打，必然連累百姓。”

晁蓋問吳用：“先生，意下如何？”

戴宗道：“黃文炳不住在城中，而是住在無爲軍。這軍是駐在江中心的，軍中有一個駐防廳，廳長人稱玉幡竿孟康。這人生來長大，力大驍勇。黃文炳利用他，以保護無爲軍爲名，實際是保衛他自己的私產的。”

宋江道：“這樣要辛苦張二爺了。”

張順道：“小弟理當效勞。”

宋江道：“你可帶領幾位弟兄，二十名手下，備船去燒黃文炳的住宅，相機行事，回頭誘捉那惡賊。”

張順道：“好。”當即出發。

李俊聽了説道：“孟康我也認識，待我同去捉拿。”

宋江道：“好，辛苦賢弟了！”

李俊出來，備好船，扮成一個漁翁，向無爲軍駛去。

正是：擺就斬蛟擒蛇計，要捉狼心狗肝人。

不知黃文炳性命如何，且聽下回分解。

255

第十七回　白龍廟奸徒受戮
梁山泊英雄聚義

　　話說宋江痛恨黃文炳那廝陰謀陷害，定要報仇雪恨。張順、李俊挺身出來，願意效勞。張順駕船到了無爲軍，遙望這個軍州，四圍是水，中有五七百户人家，房屋櫛比，不知哪一家是黃文炳的。尋思：不可弄錯了，待我前去打聽一下。

　　上岸走不幾步，樹林中躍出一個人來，滿臉堆笑地走向前來道："果真是張二爺，救命王菩薩來了。"張順看時，原來這人是熟悉。姓侯名健，祖貫洪都人氏，江湖上稱他爲第一裁縫手。端的飛針走綫，更兼慣習槍棒。人見他長得瘦小，送渾號喚作"通臂猿"。現在黃文炳家做生活。

　　張順道："原來是侯師父，怎麼開起玩笑來了？"

　　侯健道："説來慚愧！像張二爺這樣的人是少見的。生活沒有做，就把銀子借與我了。現在遇見的東家，就兩樣了。我在黃文炳家做了一年的活，倒把我的生計全耗盡了，真是啼笑不得。他是大小月底，從來不算賬的。直到逢時逢節，纔把工錢結一結，還是七折八扣的。到年底付錢，拿的是一張銀票，要過四五十天兌現。要拿現錢，祇有貼息。你想，做手藝的，哪裏經得起這樣的盤剝呢？今年黃文炳死了一個兒子，逼我去做孝衣。孝衣做好，又趕制他女兒的嫁妝。時光限得很緊，獨自做不了，祇有請師傅。師傅是要我的現錢的，工錢付不出，工作完不了。結果，把我祖上遺下的兩間破屋都典出去。今天，看到張二爺，好透透氣，高興極了。"張順聽了哈哈大笑。

侯健又問道："聽說梁山泊、潯陽江弟兄，劫了法場，大鬧江州，有這事嗎？"

張順道："軍門、總兵都已被殺了。"

侯健道："那麼黃蜂刺可曾被殺呢？"

張順道："你怎麼也這樣説呢？"

侯健道："江州人哪個不吃他苦啊！我衹恨一個人成不了事。"

張順道："這樣説恐有不便！"

侯健道："大丈夫死也不怕。"

張順聽侯健説話有理，道："對你實説了吧。鬧江州我也有一份呢。"

侯健聽了，益發歡喜道："侯健生來魯莽，有眼不識泰山，這還有什麼好説的，真好極了！"

張順道："有件事要你幫忙。"

侯健道："那是水裏去，火裏出，張二爺放心，盡我的心就是了。"

張順道："正要拔掉這黃蜂刺！"

侯健道："不説黃蜂刺，他一家都是刻毒成性的。不説旁的，他的姑娘，叫冬花的，也是這樣。嘴巴很甜，心比砒霜還毒呢。丫環使女就被她逼死了好幾個。一不如意，就用燒紅的銀針，刺人家的舌頭。不如把這蟲窠翻了，把這家酷害良民和攢下來的家私，收拾俱盡，抬上梁山泊去，好興建英雄事業。那遺下的房屋就把它燒了。那些僕役丫環讓他們自由逃生去。"

張順哈哈大笑道："功成了，請侯師傅坐一把交椅。"

侯健道："那是喜出望外了。"

侯健就引了張順，向黃文炳莊房走去。穿過樹林，曲曲彎彎走了一程路。侯健指手道："這就是黃蜂刺的莊房。"張順望去，高高的白粉牆裏，露出了屋脊。侯健道："再走過去，這房屋就看不見了。"張順道："這是什麽意思？"侯健道："黃蜂刺是詭計多端的，他怕強盜搶他，賊子偷他。在莊園的四周，造了不少小屋，布成迷宮。生人進去，就休想能跑出來了。"張順道："湊巧撞見了侯師傅。"侯健道："好說好說，這就算我的進身之功吧。"張順道："還有幾個同來的弟兄和兵士在等着呢，待我回去喚來。"侯健道："張二爺，我們就如此這般地行事吧。"

張順回船，就喚了呂方、郭盛、穆弘、穆春、鄭天壽、燕順、王英、白勝八人前來，與侯健廝會。每人暗藏短刀，白勝並帶了火藥包。眾人看那侯健時：

> 祇有七五身材，一張削角臉，臉色如糙米。兩條短短的濃眉。如意鼻，元寶口，略有髭鬚。頭上藍布包頭，身上藍布直裰，下邊藍布短褲，棉紗帶繫腰。土鞋土襪。年紀三十左右。

侯健看這八人，盡是縫衣人打扮，點頭稱是，便道："各位師傅，我們到黃家莊做活去吧。"

到了黃家莊，管家怪道："太夫人在發怒呢，侯師傅怎麽今日上工恁地遲啊？"侯健道："湊巧，今日請到了八位師傅，手腳都是好的，祇是他們都有個古怪脾氣，本領是不肯輕意傳給人家的，所以做生活時，是不願人家來看的。做活時間長些倒是無妨的，慣是會熬夜的。請管家向太夫人稟明。"

管家把侯健之言向黃文炳妻子說明，那婦人便道："就喚侯師傅到茶廳去做吧。"丫環把羅、綾、綢、絹、大毛、二毛、狐皮、獺皮等取出來，轉身就去。

侯健取出粉綫，就在絹上，將黃家房屋、進出路徑等，詳細畫了出來，悄悄地向大家說明。白勝跳上屋簷，各處探訪。

守到夜間，大家都從腰間取出武器來。侯健首先跑出茶廳，適有刁奴提燈前來。侯健喝道："惡奴，今天要給你顏色看了！"這人早嚇得呆了。侯健手起刀落，把他殺了。

張順喊聲："殺！"跟着侯健，衝進上房，把黃家一門刁鑽，盡行殺了。衆人便將黃家家私箱籠抬了，直扛到船上。

白勝飛身上屋，各處燃起火來。大聲喊道："梁山泊、潯陽江弟兄前來爲民除害，祇燒黃文炳一家，與百姓無涉，休要驚慌！"

四處亂亂雜雜地火燒起來，引得半天價紅。但見：

> 黑雲迎地，紅焰飛天。碎律律走萬道金蛇，焰騰騰散千團火塊。狂風相助，雕梁畫棟片時休；炎焰漲空，大廈高堂彈指沒。丙丁神忿怒，踏翻回祿火車；南陸將施威，鼓動祝融爐火。馮夷翻雪罔施功，神術樂巴實難救。

百姓見了，没有一個來救的，都道："天理昭彰。"

這時，祇有駐防廳孟康心中着急，匆匆點了幾名兵士，提了鐵方梁趕奔過來，追到水口，恰值衆英雄都已上船，解纜向江心駛去。孟康見了侯健，氣得哇啦啦地大叫："大膽侯健，竟領帶賊人，前來黃家殺人放火，快把船靠攏來！"

侯健指着孟康笑道："這樣的閒事你就不要管了。"

孟康想追趕，祇苦無船。正在躁急，忽見江面上漂着一隻小舟。孟康高叫："漁翁擺渡則個。"漁翁道："船小哪裏載得下這許多人？"孟康道："渡我一人好了。"漁翁道："那我就來。"把船划了攏來。

孟康下船，指向漁翁道："速與我追趕那大船，重重有賞！"漁翁道：“好啊，請老爺坐穩了。”小船便向大船划去。划了一段路，離無爲軍遠了，漁翁把船停了下來。孟康大嚷：“怎麽不划了？”漁翁哈哈大笑道：“認識我嗎？”孟康怒道：“你是什麽人？”李俊道：“不知道嗎？老子便是人稱潯陽天子，又稱混江龍的李俊。”

孟康大怒，“呀呀呸！”站立起來，提起鐵方梁，對着李俊頭上打來。李俊把槳擲得遠遠的。身子一側，兩脚一尖，躦下水去了。

孟康打了個空，轉身來奪划槳，已拿不到，用鐵棒點水，水深又點不着。這隻船就在水中打轉，孟康恰在爲難。李俊躦水起來，兩手扳着船頭，用力一撬，孟康還想來打，已來不及，霎時之間，小船來了一個大翻身。蹦的一聲，孟康翻下水中去了。

水裏功夫，孟康哪裏比得上李俊？孟康在水裏連連翻騰，却是躦不出來。李俊看得清楚，就在孟康背上一把抓着，按住了他的身子，蹦蹦蹦地連連撬去，弄得孟康不斷喝水，把肚皮都脹飽了。李俊看孟康水快喝足了，雙手一挺，把孟康托出水面，踏水到了張順的船旁，一撒手把孟康擲上船去。張順就將孟康雙手捆縛。

李俊跳上船來，伸腿在孟康肚子上緊緊夾着，逼着孟康肚裏的水從嘴裏一口口地吐出來。孟康悠悠甦醒，還是潑口大罵。大家把船搖回白龍廟去。李俊把船扳轉，二次下水，把孟康沉在江底的鐵方梁撈了出來。爬上小船，追到大船。

侯健問張順道：“這位是誰？”張順挽李俊與侯健相見，侯健道：“李天子，我倆同去騙捉黃文炳。”李俊道：“好啊，齊上小船來。”

侯健拿了黃家燈籠，坐在船首。李俊仍是漁翁打扮，坐在船尾，直放江州水城。

近城，軍士吆喝：“不許靠近，看箭！”

李俊不慌不忙地把船停下，侯健站立起來，招呼道："軍爺，我們是無爲軍人。今晚黃莊失火，奉黃太夫人之命，特請師爺回府料理的。望勞通報，休生誤會。你看那邊半天還紅着呢！"軍士看時，果然火光直透，問道："你叫什麼名字？"侯健道："姓侯名健。"軍士聽了，不敢怠慢，轉身便向知府衙門去了。

黃文炳和蔡九章恰在煩惱：盜犯沒有殺掉，反惹出大禍來。縱使沒人敢於彈劾，相爺知曉，必然沒趣。如何是好？

忽聽軍士來報："師爺，不好了！尊府失火，管家侯健奉了太夫人命，前來敦請師爺即速回府。"

黃文炳吃驚道："是怎樣起火的？"

軍士道："小的不清楚。"

黃文炳跑到月臺看時，果然蒸天價紅。傳話備轎，回報轎班已經散了。祇得步行，來到水城。黃文炳從城上望下來，果見小船上坐着侯健，問道："侯健，來有什麼事嗎？"

侯健道："尊府失火，太夫人哭得死去活來，特請師爺回府料理的。"

黃文炳道："這火是如何起的？"

侯健道："起火原因不清楚，我在府上做活。傍晚在家，突聞尊府失火，趕奔前去，太夫人喚我速來通報，我就來了。"

黃文炳道："這話可當真嗎？"

侯健道："師爺，急驚風碰到慢郎中，這會可不能再耽擱了。我手中不是提的府上的燈籠嗎？"

黃文炳看這情況，不得不信，卻又問道："侯健，路上遇見人了嗎？"

侯健道："什麼人啊？"

黃文炳道："盜匪大鬧了江州，是都向北門城關逃竄出去的，無爲軍那邊有沒有騷擾？"

侯健道:"一路上是十分平静的。"

黄文炳轉念:"路上平静,家中失火,哪可不去看看呢?"吩咐軍士開城。軍士回説:"開城恐有壞人闖入,請師爺坐在藤籃裏墜下去如何?"

黄文炳交代軍士,回報府大人,黄文炳明日回衙議事,捕捉強盜。然後就爬進藤籃,軍士把藤籃慢慢地墜下去。

李俊暗服侯健聰明,這惡賊也會上當。李俊把船搖攏來,侯健伸手托籃,迎接黄文炳到了艙中。軍士就把盤索收了。

李俊開船,搖了一段路。侯健變個臉來,對着黄文炳,衹是冷笑。黄文炳問道:"侯健,有什麼好笑的?"

侯健道:"笑你這根刺快要拔下了。"

黄文炳道:"侯健,休得無禮!"

侯健笑道:"實對你説,黄莊已燒光了,你的眷屬都已殺了,衹留你這根刺還未拔去。"

黄文炳吃驚道:"侯健,説些什麼? 究竟是怎麼一回事啊?"

侯健道:"什麼事? 就是你惡貫滿盈的日子到了,宋義士在白龍廟等你呢!"

黄文炳聽了滿身癱瘓,思想英雄不吃眼前虧,衹有轉向侯健哀求了,道:"侯健,我與你前日無仇,今日無怨,何苦如此?"

侯健道:"不必饒舌。"取出繩索,將黄文炳手脚縛了。

小船搖到白龍廟,侯健將黄文炳拖上岸去。恰逢張順也將孟康解到了。衆英雄勸孟康歸順梁山,孟康聽到戴宗訴説黄文炳種種誣害百姓的事,恍然大悟,不覺眼中掉下淚來。

宋江唤人與孟康鬆綁,讓孟康去後堂歇息。孟康看梁山義氣,就此歸順。

侯健將黄文炳拖進廟宇。宋江指黄文炳罵道:"黄文炳,你枉讀聖賢之書,怎麼做出這等傷天害理的事來? 你想:江州百姓，哪個是不怕你、恨你的！你在江州，專結權勢，欺壓善良。勝過你的，你便害他、妒他；順從你的，你就拉他、捧他。人都呼你是個黃蜂刺。今日我要爲江州百姓，拔去這一根毒刺！"

黃文炳猶想分辯："我子永泰，雖是頑劣，舐犢情深，被你打死，爲子報仇，情有可諒的。"

晁蓋喝道："惡賊，休要顛倒是非！"

李逵抽出斧子搶步上前，大喝一聲道："黃永泰難道不是該死的？"起斧一下把黃文炳劈了。

宋江惋惜道："逵弟，忒心急了！不然細細地盤問，江州可以平反多少冤枉事啊！"遂喚人把黃文炳的屍首掩埋了。

當即大擺酒席，晁蓋舉杯道："全仗衆家弟兄義氣，前來江州，大鬧法場，救出宋、戴二人性命，剷除奸佞，實可慶賀！請衆家兄弟，滿飲此杯。"

衆英雄都道："全仗晁寨主、吳軍師領導。"舉杯一飲而盡。

晁蓋又道："愚兄有句不知進退的話：今幸官司已畢，請宋義士、戴院長一同上梁山，替天行道。"

宋江離席道："小可不才，自幼便喜結識天下好漢。前番路過梁山，祇因恪於父訓，不肯停留。在路上倒是際遇不少豪傑，不料被黃文炳誣害，險些帶累了戴院長性命。感謝衆家英雄，來此龍潭虎穴，搭救殘生，且得報了冤仇。義氣相投，宋江哪敢不依！"舉杯暢飲。戴宗也是欣然同意。

李俊道："請兩位兄長，同上小姑山去吧。"

宋江道："四海之內，皆兄弟也。何分彼此？不如兩地人馬，合在一起。"

李俊道："頗中下懷。"

晁蓋道："兩地人馬，合在小姑山上，還是合在梁山？"

宋江道："梁山地勢險峻，方圓有八百餘里，進可以攻，退可以守。請李賢弟合併上梁山吧。」

李俊聽了，喝了一大碗酒，哈哈大笑道：「宋先生言之有理。」

吳用道：「江州、潯陽江衆家弟兄，相從者收拾起行；如有不願去的，悉聽尊便。」

話猶未絕，李逵跳將起來，說道：「都去，都去！不去的，先吃我一斧。」

宋江喝道：「李逵，休得魯莽！這事全仗衆家兄弟，同心協力。」

大家齊道：「情願上梁山去，同生共死！」把酒喝個痛快，盡興而散。

李俊與衆弟兄暫回山寨，收拾金銀軍械，裝束入船，整隊下山。遂將山寨放火燒了。穆太公也是收拾家中細軟，挑到李俊的船上來。潯陽江弟兄忙了兩日，裝束就緒。

吳用放出廟內和尚，齋僧布施，以償損失。

大小船隻出離江州水面，浩浩蕩蕩，乘風破浪，凱旋梁山。

隔了一日，無為軍地保到府衙來報告強盜縱火殺人情況。蔡九章得訊，不敢前來踏勘，祇派都監張魁料理火場，掩埋屍骨。料理之時，發覺黃文炳和孟康不明下落，當即錄案呈報，不提。

梁山泊大小船隻，順風順水，在江航行，非止一日。這日到了山東濟州境界，早有快馬報知山寨，林冲帶動軍士前來迎接。好漢都是騎馬，眷屬都是坐轎，軍士搬運物件。車水馬龍，絡繹不絕。吹吹打打，擂鼓鳴炮，歡聲震天，迎上山去。

晁蓋介紹戴宗、孟康、侯健、李俊等新頭目與林冲相見，各道姓名，一齊到了聚義廳上。林冲問及大鬧江州之事，吳用備細說了一遍。林冲聽了，說道：「昨宵在要道口，捉到公差兩名，各人身上搜出公牒一通，原來一個是送本章晉皇城的，一個是送公事到鄆城縣來的。」吳用將文書細讀一遍，即行燒毀。差人扣押起來。

蔡九章不見回音，二次拜本晉京，又備公文，再送鄆城。及鄆城接到公文，去拿捉宋江家屬，為時已晚，宋江家屬已上了梁山。皇上降旨，江州另派知府、軍門、總兵，蔡九章調京，改任濟南知府。一言表過。

且說梁山上，大吹大擂，大擺慶喜酒席。吳用說到京畿流傳着童謠，正應在宋大哥的身上。李逵大嚷道："大哥正是應運而生，雖是吃了些苦，却糾合不少英雄好漢。現今山寨裏有着許多人馬，要造反也容易。不如殺去東京，奪那鳥位。晁蓋哥哥做個大皇帝，宋江哥哥做個小皇帝，吳先生做個丞相，公孫道長做個國師，豈不是好？"

戴宗喝道："不許胡說！在山寨裏須聽寨主的號令，多嘴饒舌，先把你的舌頭割下來。"

李逵道："割了舌頭，還會長出來的，我自吃酒便了。"引得衆人大笑。

晁蓋分出黃文炳的家財，犒賞衆人；又取出黑油箱，還與戴院長使用。黑油箱價值連城，戴宗哪裏肯受，全數納入寨庫。晁蓋祇得由他。嘍囉都來參拜新頭領。晁蓋分撥房屋，安排他們居住。

回山第三日，宋江向衆弟兄說道："小弟荷蒙救護上山，連日歡樂，但不知家中老父安危。江州文書，雖已截劫，想可能重來。那時追捕正犯，必使老父受驚。宋江意欲回家一走，搬取老小上山，幸乞鑒諒。"晁蓋道："養生送死，人子之道，如何不依？祇是衆弟兄連朝辛苦，小寨人馬初定，更緩數日，點了人馬，護隨前去，搬取如何？"

宋江道："晚了祇怕誤事。祇須宋江悄悄前去，反不驚動鄉里。"

吴用道："既如此，那就請花榮、白勝諸弟兄暗中護隨，相機行事便了。"晁蓋應諾。

宋江仍是平日打扮，離了梁山，迤邐返鄆城縣去。

這日薄暮，宋江路經還道村，見那村旁閃出一個古廟來。祇因連日辛苦，便入内歇息。宋江進了廟門，步入大殿，就在長明燈下棕氈上坐下來。不覺眼倦，蒙矓入睡。忽見兩個青衣童子，齊齊躬身，喚宋江道："奉娘娘法旨，有請星主赴宫。"宋江不解其意。兩個童子却又催促道："宋星主不用遲疑，娘娘久等。"宋江問道："兩位仙童，自何而來？"青衣祇是説："奉了娘娘法旨，有請星主赴宫説話。"宋江道："仙童差矣，俺自姓宋名江，不是什麽星主。"青衣道："如何差了？請星主便行，娘娘久等。"宋江道："什麽娘娘？不曾拜識過，如何敢見？"青衣道："星主到了那裏，自然知曉。"宋江道："娘娘在於何處？"青衣道："就在後面宫中。"

青衣前引便行，宋江隨後跟下殿來。轉過後殿，側首一座子牆角門；又過了兩重配殿，轉過宫門，看到一個大院子。青衣道："宋星主請從這裏走。"

宋江跑進，抬頭看時，星月滿天。正值八月時節，丹桂滿院，香氣撲鼻。宋江尋思道："不知這廟後還有這等佳處！"宋江行着，穿過小院，中間露出一條平坦鵝卵石曲徑來。又行了一里多路，聽得潤聲潺潺，前面橫着一條石橋，兩邊盡是朱漆欄杆。岸上栽着山茶、芙蓉、夭桃、翠柳，奇花異草，不計其數。橋下流水，翻銀滾雪般湧到石洞裏去。

宋江踱過了橋，却見一座大朱紅欞星門。宋江隨着青衣穿過欞星門，抬頭見一所宫殿。但見：

> 金釘朱户，碧瓦雕梁。左首架着鼓，右首懸着鐘。落地瑣窗長槅，掛龍回繞。遮天藻井斗方，燈燭熒煌。

青衣從龍墀右首引宋江到了月臺上，聽得殿上階前又有青衣道："娘娘有請星主進來。"

宋江走上大殿。青衣入簾內，奏道："宋星主已詣階前。"

宋江到簾前御階下，躬身再拜，俯伏在地，口稱："臣乃下濁庶民，不識聖上。伏望天慈，俯賜憐憫。"

青衣傳旨："請星主坐。"

宋江哪裏敢抬頭。四青衣扶上錦墩坐，宋江祇得勉强坐下。

殿上喝聲："捲簾——"

青衣早把珠簾捲起，搭在金鈎上。

聽娘娘問道："星主別來無恙？"

宋江起身再拜道："臣庶托庇粗安。"

娘娘道："星主到此，不必多禮。"

宋江這纔敢抬頭舒眼，看見殿上點着龍燈鳳燭，金碧交輝。兩邊青衣女童，秉笏捧圭，執旌擎扇侍從。娘娘坐於九龍床上，手執白玉圭璋，命童子獻酒。兩個青衣女童，執着玉杯遞酒，來勸宋江。宋江不敢推辭，起身接過玉杯，跪在娘娘面前，飲了一杯。覺得這酒馨香馥鬱，如醍醐灌頂，甘露灑心，五臟六腑，齊覺清涼。又一個青衣女童，捧過一盤仙棗，來勸宋江。宋江怕失了儀容，祇撿一枚吃了。青衣又斟過一杯酒來。宋江一飲而盡。娘娘法旨道："教再勸一杯。"青衣再斟一杯，過來勸宋江，宋江又飲了。仙女托過仙棗，宋江又食了兩枚。宋江飲過三杯仙酒，食過三枚仙棗，便覺有些微醺，怕醉後失態，再拜道："臣不勝酒量，望乞娘娘免賜。"

娘娘法旨道："既是星主不飲，酒可中止；猶有言語囑咐。"

宋江道："願受天言。"

娘娘道："星主今鬧了江州，擾動官府，官府豈肯饒爾？這也是劫數使然。目今道君皇帝，荒於酒色，朝綱日墮。蔡京、王黼身爲丞相，專愛搜括百姓；朱勔、童貫，占盡民田，驕奢淫逸。京西一帶，連年饑荒，百姓易子而食，處於水深火熱之中。有志之士，豈能坐視？星主回歸山寨，與晁寨主及衆家弟兄同心同德，全以替天行道爲主，聚集四方豪傑，共振大業。兄弟間不論帝子神孫，富豪將吏，獵户漁人，屠兒劊子，同胞兄弟，捉對夫妻，叔姪郎舅，主僕跟隨，或精靈，或粗魯，或刀槍，或筆舌，三教九流，凡來投奔的，無間親疏，不分貴賤，都要識性同居，量才使用。一般兒稱兄道弟，一樣地酒筵歡樂。今再賜汝天書三卷，匾額一幅，錦旗一面，帶回山寨使用。他日功成果滿，自然能再相見。"

青衣即去屏風背後，托出一隻玉盤來，放着三件寶物，授與宋江。

宋江拜受，接過看時：天書三卷，並無文字。題簽上祇有"天地人"三字。竹筒兩枚，兩端有節，不見隙縫，搖着却會響的。宋江不解仙家奥秘。

娘娘法旨道："竹筒内各藏錦箋一幅，回寨可依式仿製。天書分天、地、人三卷，行軍用兵，倘有天文不省，地理不測，人事難料，可循天、地、人卷次禱祝，自有文字顯現。這三卷書，祇可與天機星同觀，其他皆不可見。功成之後，便可焚之，勿泄於世。如今仙凡相隔，汝當速歸。"

宋江謝了娘娘，跟隨青衣女童，下得殿庭來。出得櫺星門，來到石橋邊，青衣道："星主且看石橋下水裏，有二龍相戲。"

宋江憑欄來看，固是二龍戲水。兩青衣望下猛力一推，宋江大叫一聲，却撞在庭柱上。負痛覺來，乃是南柯一夢。

宋江搓眼，向外看時，東方魚肚發白。向袖子裏摸時，藏着天書竹筒，又覺嘴裏異香未息。宋江尋思："這却是奇了，似夢非夢。若説是夢，袖裏這物，從何而來？口中又哪有酒香？叮囑我的話，分明句句記得。若説非夢，兀自坐在這棕氊之上？想是神靈點化，豁我愚蒙。不知是何神明？"於是揭開帳幔，祇見九龍椅上坐着的娘娘，正和夢中所見一般。

宋江把寶物好好藏了，整齊衣冠，一步步走下殿來。穿過戲臺，來至廟前。仰面看時，舊牌額上刻着四個金字："玄女之廟。"宋江以手加額，稱謝道："慚愧！原來是九天玄女娘娘，面賜寶物。回得山寨，必當來此重修廟宇，再建殿庭。伏望聖慈，俯垂護佑！"

宋江出了廟宇，迤邐前行，却見花榮迎面而來。原來梁山弟兄暗隨宋江，宋江進廟歇息，衆人悄悄守衛了一夜。花榮道："兄長鬧了江州，官司必然看覷寶眷。思古村不如讓弟前去，迎接姑爺到此，相會如何？"宋江允諾。花榮先走，白勝、石勇在後，遵循吳軍師之計而行。

花榮來到思古村，拜見宋太公宋文龍。宋文龍道："什麼風吹賢姪來此？十分難得。"

花榮道："愚姪今春，仗祖宗餘蔭，升任江州府都監，在軍門戴大人處聽令。"

宋文龍道："姪兒高才，榮膺都監，可賀可喜！不知前去江州，曾遇我兒否？"

花榮道："如何不遇見？這遭就是爲了表兄之事而來的。"

宋文龍道："可有書信？"

花榮道："待姪兒細細稟告：表兄到了江州，適逢好友戴宗爲兩院節級，賴戴宗保釋，得免刑獄之苦。那日在潯陽樓上，招友聚飲，却見江州師爺黃文炳之子永泰，白晝行凶，搶劫民女，打了一個不平，因而結下怨仇。自後表兄在酒樓獨酌，馳念姑爺，粉壁題詩，被黃文炳私下改了，誣説表兄吟題反詩，妖言惑衆。攛掇江州知府，屈打成招。本當就地處決，姪兒在軍門前細訴原委，虧得戴大人仗義，將表兄押解上京，前往刑部復審。姪兒護送囚車，路過鄆城，因得前來通報。這囚車現停在玄女廟前，請姑爺火速前往，父子尚得一見。"

宋文龍聞了，如聽晴天霹靂一般。忙着教備馬，與花榮一同前去。

白勝在宋家屋上，聽得清楚。等兩人去了，躥到後堂，拜見鐵扇子宋清。說明宋江爲了題詩一事，依律當斬。"全仗江湖弟兄，鬧了法場，出離龍潭虎穴。祗恐行文來此鄆城，捕捉家眷。那時就要連累宋太公上下，因而梁山軍師吳用定計，花榮先請宋太公出莊，由白勝說明原委。請二哥速速轉告大嫂，隨帶姪兒，收拾動身。莊外有車，是來接應的。這莊小弟就要放火了。"宋清連忙入內稟告。

石勇喚嘍囉推過車來。宋江娘子李氏，與兒子宋仁、宋義，並帶了一些箱籠，上了車。白勝就把莊房燒了。霎時火起，四處鑼響，百姓都來救火。

宋文龍祗跑了一程路，聽到鑼響，回首看思古村，天映得緋紅，急問道："哪裏失火了？"救火的道："宋莊。"宋文龍嚇得戰戰兢兢，喚花榮回馬，先救火去。花榮道："去也徒然了。"宋文龍道："哪有這理？"一語未了，祗見有不少車輛前來。這車子載着兒子宋清、媳婦李氏，孫子宋仁、宋義，齊來見禮。宋文龍看得莫名其妙，思想家中失火，箱籠物件，怎麼整齊地裝在車上？因問花榮道："是怎麼一回事啊？弄得我糊塗了。"花榮道："見了表兄，自然明白。此間非說話之所！"宋文龍無奈，祗得自行。

百姓救火，不見宋家一人，都在納罕。鄆城知縣接到江州文書，宋江眷屬早上梁山，難以追捕，不提。

宋文龍到了玄女廟，晁蓋、吳用及眾家兄弟早來迎接。宋江低頭請罪，宋文龍祗得順隨，上了梁山。

回到山寨，宋江遂將玄女娘娘賞賜之事說出，大家嘖嘖稱奇，無不歡喜。聚義廳上，焚起一爐好香來，將娘娘法物，居中供看。剖開竹筒，收藏"替天行道"杏黃旗一幡。晁蓋便喚匠人，連夜建忠義堂。請聖手書生依着字體，寫就匾額懸掛。忠義堂前，竪立天杆，揭起"替天行道"杏黃大旗來。又造寶書樓，供奉天書。娘娘廟宇，鳩工重修。梁山擴建房屋，又造梅花宛子城來。

宋江既已上山，晁蓋自謙德薄，定要推宋江爲山寨之主。説道："賢弟謀國用兵之才，饑溺天下之心，海内向慕，管樂不及，正是山寨之主，賢弟不坐，誰還敢坐？"宋江哪裏肯受？再三推讓，晁蓋纔坐了第一位，爲正寨主；宋江坐了第二位，爲副寨主；吳用坐了第三位，爲軍師；公孫勝坐了第四位。其餘弟兄，都是推讓。

晁蓋道："祇今休分功勞高下、才能大小，梁山泊弟兄坐在左邊，潯陽江弟兄坐在右邊。日後看出力多寡，重行定奪如何？"

衆人喝諾道："寨主言之有理。"遂依次坐去：左邊一帶是林冲、劉唐、秦明、黃信、花榮、鄭天壽、燕順、王英、阮小二、阮小五、阮小七、杜遷、宋萬、朱貴、白勝、呂方、郭盛、石勇、蕭讓、金大堅；右邊一帶是李俊、李立、穆弘、穆春、張横、張順、童威、童猛、蔣敬、馬麟、戴宗、李逵、薛永、侯健、孟康、宋清。共四十位頭領。

梁山水泊，從此益發蒸蒸日上。

晁蓋偕衆兄弟齊來參拜宋文龍太公，作賀宋公明父子兄弟團圓。宋江拱手忙謝道："宋家今日幸得團圓，皆賴晁寨主及衆家兄弟之力，宋江銘感五内！"喚兄弟宋清等拜謝。

梁山泊中，殺牛宰羊，鼓樂喧天，做着慶功、慶喜筵席，當日盡醉方散。次日又排筵席賀喜，大小頭領盡皆歡喜。

正是：撞破天羅歸水滸，掀開地網上梁山。

梁山泊日後命運如何？且聽下回分解。

第十八回　搶氂衣朱貴生急智
耍板斧李鬼自作孽

　　話説宋江上了梁山，四十英雄聚義，大堂前竪起"替天行道"杏黃大旗來，同心同德，共振大業。正在宴飲歡樂間，公孫道長起身對着衆兄弟道："感蒙衆位豪傑，義氣相投，情同骨肉。方今梁山風雲際會，正是用人之時。祇是貧道法術粗淺，難負重任。前承嚴師羅真人叮囑：冰凍三尺，豈一日之寒？理應勤學苦練。貧道因欲前往薊州二仙山師傅處焚修，添香換水。暫別衆頭領，異日山寨如有用到貧道時，再回來相見。"

　　晁蓋道："向日曾聞先生言及回山修煉，自是進修之道，難以阻擋。祇是不忍分別，容緩幾時如何？"衆兄弟也都挽留。公孫勝去意甚堅，祇得擇日排席相送。

　　公孫勝依舊扮成雲遊道士，腰纏肚包，背上雌雄寶劍，肩上掛着棕笠，手裏拿了拂塵，便下山來。過金沙灘，別了衆人，便望薊州去了。

　　衆頭領却待上山，祇見黑旋風李逵放聲大哭起來。宋江連忙問道："兄弟，何事煩惱？"

　　李逵哭道："晁大哥，宋兄長，這個去探親，那個去拜師，祇有俺李逵是石頭縫裏爆出來的？俺也有老娘，要接她上山來快活幾時！"

　　晁蓋道："李逵説得是，山寨派幾個人，跟你同去，接她老人家上山就是。"

　　宋江便道："李逵兄弟，去不得！你在江州，劫了法場，殺了許多人，哪個不認得你是黑旋風？這些日，怕官司文書移到那裏。你去沂州，難免有失，教人如何放心得下？且過幾時，略平靖些，再去不遲。"

　　李逵焦躁着叫道："哥哥，你也是個心不平的。你的爺便要接上山來快活，我的娘由她在村裏受苦？兀的不氣破肚子！俺一個人下山，自己去接。"

　　宋江道："兄弟，你不要焦躁！既然你一定要單身下山，當依我三件事，便放你去。"

　　李逵道："你且説哪三件事來？"

　　宋江道："你要去沂州沂水縣搬取老娘，第一件，你要改名換姓。"

　　李逵道："可以。"

　　宋江道："第二件，不准飲酒。"

　　李逵聽了，嘴裏不説，心裏卻在好笑，思想：我下山後，没人跟我，我吃不吃酒，反正你們是不會看見的。便道："答應就是。"

　　宋江道："第三件，你的那兩柄板斧不能帶去。"

　　李逵道："這件事就難辦了⋯⋯"

　　宋江問道："爲何？"

　　李逵道："板斧是防身武器，倘然路上官廳前來拿我，難道俺就束手待擒不成？"

　　宋江道："你可帶一把短刀，暗藏在身旁，作爲防身之用；必要時，纔取出來用。"

　　李逵想了想："板斧無非殺人用的，短刀也可殺人。"便道："好的，都依了你，隨帶一把短刀吧。"

宋江道:"如此,你可去得。路上小心在意,早去早回。"

当下,李逵紮束得爽利,准备了行装,内藏金银衣服,肩上一背,身带短刀,吃了几杯酒,别了众弟兄,过了金沙滩,迈开大步,渡水登山,直往沂州沂水縣去。

且说梁山众英雄回到大寨坐定,都放心不下。李逵此去,倘若途中有险,如何得了?朱贵起身说道:"晁大哥,宋兄长,俺朱贵家有胞兄,人称笑面虎朱富。也在沂州西门外开酒饭铺,不如让我朱贵回家一趟,一来可接胞兄上山,二来也可以暗暗跟随李逵,保护于他,以免不测。"

宋江道:"好极!就请朱贤弟赶紧下山,暗中护送李逵。这个做眼酒店,你可放心,我自教侯健、石勇替你暂管几日。"

朱贵便进内打点银包,交割铺面,相辞了众弟兄下山。渡水登陆,追蹤李逵,自奔沂州去了。

这裏宋江与晁蓋整理寨务,与吴学究看习天书,操练喽军,开发山林,不在话下。

且说李逵独自一个离了梁山,取路来到沂水縣界。这天离沂水縣的西门祇十里之遥,远远地祇见一人站立在店门口。看那人:

> 头上戴着鸭尾帽,身穿蓝布短襖。白府領,白罩袖。下穿蓝布底衣,蹬着土鞋土襪。肩上搭着一块抹桌布。一张圆脸,细眉细眼。鼻头稍塌,生就一张元宝嘴,微有酒窩。两耳贴肉。

正笑嘻嘻向李逵招手道:"黑脸英雄,请来吃杯上好美酒。"

李逵站住,抬头一看,招牌上写着"朱顺兴酒饭铺"。嘿嘿一笑,自语道:"这个人倒有趣,老是在笑。吃一杯,吃一杯,俺真听了大哥的话,在路上不吃酒。现在快到家了,进去坐一会儿吧。"

便踏進店堂，坐下。却見店裏並無一人。

店家過來，問：“客官喜愛黄酒，還是火酒？”李逵道：“你看我喜吃黄酒，還是火酒？”這人道：“這個客官自便，黄酒、火酒，小店都有。”李逵問道：“黄酒好，還是火酒好？”這人道：“黄酒好，陳壇老酒，已經幾十年了。”李逵道：“如此，就備黄酒，菜便取幾盆來。”這人捧上杯筷、酒菜來，說道：“客官嘗嘗這酒看看。”邊説邊斟了一杯酒。李逵道：“朋友，俺問你，你爲什麽這樣地好笑，有什麽好笑的？”這人道：“父母生我就是這樣的面容，心裏高興，就愛笑了！”李逵道：“你總是笑嘻嘻的，一定不是個好東西！你姓啥，叫啥名字？”這人道：“我姓朱，叫朱富。”李逵道：“喔，你叫豬玀。”朱富道：“客官，不是的，我叫朱富。”李逵道：“你不叫豬玀？”朱富道：“客官，你不要講笑話，我是朱砂的朱，富貴的富。”李逵道：“如此，我聽錯了。我這杯酒請你吃吧。”朱富道：“你是客人，我是店家，不能吃客人的酒。”李逵道：“是我自家請你吃的，錢我會付你的。包袱内金子有的是，你膽子放大就是。”朱富道：“没有這個道理的，哪有白吃客人的？”李逵道：“你是這裏的店主，我是客人。稱爲：主不動，客不飲。”朱富道：“我是店主，衹能陪陪你。”李逵道：“那麽我吃第一杯，你吃第二杯吧。”朱富道：“好。”

李逵把酒拿起，一飲而盡。朱富斟上第二杯，說道：“客官，再來一杯。”李逵道：“喏，這第二杯輪到你了，你要吃的。”

朱富道：“酒無單杯，成雙搭對。”

李逵嘿嘿嘿地笑了笑，說道：“你這個人倒很會説好話的，那麽我再吃第二杯吧。”又是一口喝了。朱富又斟了第三杯，說道：“客人，再來！”

李逵道：“這杯酒總該你喝了。”

朱富道：“這叫作連升三級。”

李逵道：“看來這杯酒，又要我吃的？”

朱富道:"正是。"

李逵剛想再喝,忽然啊啊一聲哈欠,將身撲倒桌上——中了蒙汗藥,睡着了。

朱富自笑道:"我給你罵了幾聲豬玀,今天這個賣買做着了。"便將李逵的包袱解開,一看,裏面全是白白的銀子,黃黃的金子。朱富心中得意,將包袱放好。隨手把店堂的六扇排門上好。進來,將這個黑臉的大漢背了進去,捆好在板凳上。回到店堂,將圍身裙子繫好,取出一柄快刀,急忙奔進裏屋來。

恰在這時,朱貴趕到。見排門上着,曉得店裏在做"生意",忙上前叩門,輕輕叫道:"開門來!"朱富聽到門響,問道:"是哪一個?"朱貴道:"小弟旱地忽律回來了。"朱富聽説兄弟回來,開門道:"兄弟,你來得正好,請裏面坐。"朱貴進店,問道:"兄長,今日甚好賣買?"朱富道:"兄弟,做阿哥的三個月沒生意了。今天來個牛子,倒是個肥豬。我做了他,備些菜來,與你下酒。"朱貴問道:"這人在哪裏?"朱富答道:"就在裏屋的板凳上。"朱貴問道:"可已開剝?"朱富道:"尚未動手。"朱貴問道:"是怎樣的一個人?"朱富道:"一個黑臉大漢,看來有些呆的。"朱貴聽着,吃了一驚,做做手勢,忙問可是如此這般的一個人。朱富道:"正是。"朱貴白語道:"難道就是李逵嗎?"朱富想想,道:"是的,就是他。沂水府正貼着他的畫形圖,圖上的模樣和這個人一樣。若把他送往沂水府,還有一千兩銀子好賞呢。"朱貴道:"好險啊!虧我來得快,若然走得慢些,便要闖大禍了。"朱富問道:"這是怎麼回事?"朱貴道:"兄長,這個李逵是與我同來的。"朱富疑惑不解,朱貴道:"兄長,小弟與你一時談不盡,長話短説,我現在梁山,你趕緊把李逵解醒來!"朱富聽了,進去把李逵解了縛,背了出來,撲倒在店堂裏。

朱貴一看,正是李逵,便道:"兄長,快快讓他醒來。"

朱富便舀碗冷水，放進藥，灌到李逵的嘴裏。又在他的臉上噴着。李逵雙手一攤，一個哈欠，醒來了。

朱貴道：“李兄，你怎麼在此？”

李逵揉眼一看道：“喔唷，我道是哪個，原來是朱貴，你來幹什麼啊？”

旁側的朱富把雙手一拱道：“李仁兄，多多冒犯！萬望恕罪！”

李逵朝朱富看着道：“店家，説哪裏話來，你對俺有何冒犯啊？”

朱貴道：“誰教你喝酒的？”

李逵道：“俺在山上答應大哥不吃酒，現在已經下山，吃不吃就由我了。”

朱貴道：“這個就是我的胞兄，人稱笑面虎。”

李逵道：“我知道，笑嘻嘻的，總不是好東西。他的肚皮裏在做什麼功夫，哪個知道？爲什麼他説冒犯？我就不懂。”

朱貴道：“你進了我兄長的店，就吃了他的蒙汗藥酒。你原是有性命之憂的，幸好我趕來，搭救了你，故而兄長口稱冒犯。”

李逵聽了，哇啦啦怪聲大叫道：“你這倒灶的笑面老虎！你要弄殺我，我就先殺了你！”嘴裏説着，手向腰下去取短刀。朱貴道：“你敢動嗎？”李逵道：“殺了拉倒。”朱貴道：“這是自家弟兄，搭救了你，你就不能無理！”

李逵嘿嘿嘿地一笑，説道：“原來是自家兄弟。這樣説來，不打不成相識啊。馬馬虎虎，就算了吧！”朱富道：“多有冒犯，萬望不見怪纔是。”

李逵道：“罷了，罷了，不來罪你。”又向朱貴道：“你跟我來做什麼？”朱貴道：“宋公明哥哥和山上弟兄等放心不下，讓我前來。一來，我要接兄長上梁山去；二來，保護你到家裏。”

李逵道:"我不要你的保護!"

朱貴道:"没有我的保護,今天你已經没有命了。"

李逵還是說道:"用不着!"嘴裏說着,抓起包袱就逃。朱貴就在後面緊緊追趕,喊道:"兄長站住,兄長站住!"李逵在前面邊逃邊說:"你這晦氣鬼,你不要追來,我又不欠你的錢啊!"李逵一路奔逃,覺得氅衣纏身,風勁很大,跨不開步,就把氅衣脱下,搭在手臂上。逃過去已是沂水縣的西門城門口了。

李逵祇見那裏有好多人圍着,在觀看牆上的幾張圖畫。這圖畫着宋江、戴宗、李逵,旁邊還有一張告示:

> 第一名,正賊宋江,係鄆城縣人;第二名,副賊戴宗,係江州兩院節級;第三名,從賊李逵,係沂水縣人。若有人拿到賊犯一名,扭送到官,即賞紋銀一千兩;三名拿齊,賞銀三千兩。倘有通風報信,因而緝捕到案,捉得一名者,賞銀五百兩;捉得三名,賞銀一千五百兩。

李逵不識字,走過去看,說道:"吥,這個'三義圖'是誰人畫的? 畫了這三個頭,劉備還像的,關公的眼睛太大,張飛的髭鬚剩落了。"旁邊的百姓一看,這個黑臉大漢,很像圖上的李逵。但想他是梁山好漢,也不願去舉報他。

且說朱貴從後面追來,看到李逵在這兒出神,竟連自己的畫形圖都不認識。嘴裏不便叫喊,臨時忽生一計:將李逵臂上搭着的氅衣一抽,奪到手中,轉身就逃。李逵回頭一看,說道:"你這倒灶的朱貴,把我的氅衣搶去幹啥? 我要穿的,你快還我!"朱貴一邊在前面逃,李逵一邊在後面追。朱貴逃到無人之地,站住脚步。李逵追上,叫道:"還我的氅衣!"

朱貴道:"呆子,你站在那看什麽?"李逵道:"我在看那三義圖。"朱貴道:"呆子,哪裏來的三義圖啊?"李逵道:"那裏掛的不是嗎?"朱貴道:"這是捉拿你們的畫形圖!一個是宋兄長,一個是戴兄長,還有一個畫的就是你!"李逵道:"噢,懂了。原來還有一個是我,怪不得畫得這麼年輕。難爲他們真要好,把我們三個頭都掛出來了。"朱貴道:"旁邊還有一張告示,是要殺你的頭的!"李逵道:"喔,是這樣,爲什麼不早和我説?"朱貴道:"這麼多人,我怎麼可以説啊? 倘被眼疾手快的兵士聽見,我們都要被捕。我奪你的氅衣,就是叫你轉來。我知道你脾氣急躁,準定會追來的。這是我第二次救你了。"李逵聽了道:"喔,原來這樣,這倒要謝謝你!"朱貴道:"這裏説話不便,趕快到店裏去。"李逵道:"如此,我跟你去見那笑面老虎了。"

兩人來到朱富店裏,朱貴即把李逵呆看畫形圖的事,向朱富説了一番。李逵忽然想到説道:"沂州不能走,怎樣能走到百丈村?"

朱富道:"從這後門過去,就到沂嶺腳下。兜過山坳,也可以走到百丈村的。祇是路小多險,你夜間動身,不過二三十里路,估計明晨就可回轉了。"

朱貴道:"這條路險,你不熟悉,還是我代你去接老伯母來吧!"

李逵道:"這條路我小時是走過的,也還認得,用不着你們,我一個人去接就好。老娘日夜在盼望我回家呢! 歸心似箭,早早拜見老娘就是。"

朱貴道:"如此,我們兩人等着你,明天辰牌,你一定要趕到這裏,切不要多耽擱!"李逵道:"明天辰牌可以趕到,最遲挨到巳牌。"朱貴道:"那麼,等到中午,你再不來,我們就要先走了。"李逵道:"如果日中還不回來,怕是被他們逮捕了。"朱富道:"現在你快吃飯,吃得飽飽的,纔好趕路。"李逵道:"甚好!"

朱富當即備飯,大盤魚肉,三人進餐。飯畢,李逵把包袱背好,插了短刀,離却後門,邁開兩腿,取路一直望百丈村去。

朱富、朱貴送別李逵,弟兄叙話。朱富問道:"自你逃出家園,一向在哪裏安身? 怎會與李逵同來的?"朱貴即把往事講了一番。

看官:梁山是如何發跡的呢? 早時,梁山荒無人煙。朱貴、朱富弟兄原在沂州開着黑店,那天朱富不在店裏,來了一位客人。朱貴放蒙汗藥入酒,被客人看見,問他放些什麽,朱貴回答不出。這人性起,拍桌大罵。朱貴將他扭住,揮拳便打,將這人甩倒塵埃,霎時打死。朱貴便逃亡在外。當地一個團練,人稱青眼虎李雲,朱富、朱貴拜他爲師,兩人的本領是李雲傳授的。朱貴出了人命案,李雲受累,丢了官職。後來又因連破兩次盗案,被任命爲沂州兵馬都監。朱貴外逃,在梁山李家道落脚。搭蓋茅舍,開了爿朱順興飯鋪。一天來了兩人,非常高大。一個黄臉,一個青臉。兩人坐下飲酒。青臉的外出小解,回來見黄臉的已被蒙倒,喊喊不應。他就大發雷霆,舉拳來打朱貴。兩下打成相識。朱貴問兩位貴姓大名,青臉的説:"俺姓杜名遷,因長得高大,人稱'摸着天'。"黄臉的説:"俺姓宋名萬,人稱'雲裏金剛'。"相識後,一同營業。

歇了三日,王倫到來。他是從柴王府來的,人稱白衣秀士,又稱鷄肚腸。朱貴請他飲酒,王倫早知這是黑店。説是自己弟兄,不要耍甚花樣。朱貴和王倫攀談,仰慕柴王府小旋風柴進的威名,即唤杜遷、宋萬見禮,互通姓名。推王倫做首領,坐了第一把交椅。便道:"一爿店,多少買賣可做?"朱貴道:"大哥,有何打算?"王倫道:"水泊那邊,山巒起伏。我們不如去看看,或可作爲安身立命之所。"三人同意。次日來至水口,覓船渡至對岸。望鴨兒嘴、獅子頭、金沙灘一路踏勘、遊玩過來。一日還看不盡,連遊了三天,還未走遍。王倫道:"這地山水繚繞,地勢好極,是個戰鬥場所,大可作爲。"就此造了一座斷金亭,建築要塞,又搭了一個大茅舍，喚作聚義廳。王倫身爲寨主，朱貴居二，杜遷第三，宋萬最末。暗地招兵買馬，漸漸聚集了三百多嘍囉。小生意，朱貴就在飯鋪裏做；大客商來，朱貴即備號箭，知照杜遷、宋萬來劫。梁山有了人煙，逐漸興旺起來。

林冲受了高俅陷害，弄得有家難奔，有國難投。持了柴王爺的薦書，投奔梁山。王倫怕林冲武藝高強，威望勝過自己，奪他的頭把交椅，不敢收留；然又礙着柴王爺面子難以推却，便要林冲立個軍令狀來。林冲苦惱不堪，却遇楊志帶着財物晉京路過，兩人厮鬥起來。楊志先認輸了，林冲取得一些財物，纔算立下一功，得坐第五把交椅。

鄆城縣晁天王弟兄八人，劫了梁中書的生辰綱。蔡京老奸追查下來，晁蓋等弟兄齊上梁山。王倫看衆英雄來，怕奪了他的權，又是不肯收留。在斷金亭上和朱貴、杜遷、宋萬、林冲商量。林冲回憶前情，思想王倫心胸狹窄，阻了英雄的來路，不是山寨之福。聚義廳上，王倫不肯招納晁蓋等衆英雄上山入夥，惹得林冲性起，火拼了王倫，嚇得杜遷、宋萬面面相覷。衆人歡迎晁天王等上山，欲舉林冲爲首領。林冲堅辭道："我殺王倫，爲的英雄聚義，山寨興旺，不是奪權！"因竭力推舉晁蓋，當做山寨首領。杜遷、宋萬、朱貴一致同意。自此，晁蓋爲梁山寨主。

自從大鬧江州，劫法場後，及時雨宋公明上了梁山，梁山人馬已達數萬。建立"五堂一軒"，堂前竪起"替天行道"大旗來。立買賣街，開墾荒地，種植莊稼，建造梅花宛子城。設卡收稅，不再打劫客商。聚義廳上團團坐着四十把交椅，山寨十分興旺。

因此朱貴特來敦請兄長，同上梁山聚義。

朱富聽得朱貴這一番話，心中高興，說道："承蒙賢弟美意推薦，爲兄與你同去就是。"

朱貴又道："師父李雲近況如何？"

朱富道:"現任沂州兵馬都監,還沒有娶師娘,尚是單身一人。"

弟兄兩人叙談直至夜深漏盡,同榻而眠。

且説李逵,別了朱貴、朱富,投百丈村來。走了十數里路,天色漸暗,祇見前面擋着偌大一片叢林,長着十來株大樟樹。時值新秋,風吹着葉兒瑟瑟作響。李逵來到叢林邊廂,祇見樹叢中跳出一個彪形大漢,哇啦啦一聲叫道:

> 此地是我開,此路由我賣。要從此路過,留下包囊來。若不留下金銀,可曉得我鬧江州、劫法場的黑爺爺兩柄板斧的厲害!

李逵兩脚站住,舉目朝着那人一看:

> 祇見此人有九五身材。一張海臉,頷下絡腮鋼鬚。濃眉飽目,大鼻闊口,兩耳招風。一身穿着黑黑的英雄拳袴。頭上羅帽,脚上花靴。手提兩柄很大很大的板斧,猶如半張圓桌面。

李逵倒也嚇了一跳,説道:"你是啥個貨色?"

那人道:"對你講了,俺是鬧江州、劫法場的黑旋風李逵!"

李逵聽了,不覺嘿嘿大笑起來,説道:"李逵年紀還輕得很呢,哪來這麽大的兒子? 你給我老實説,到底姓甚名誰?"

那人道:"不必多言,包袱留下,否則就是兩斧,讓你早早到森羅殿上報名去!"

李逵道:"且慢,我問你這板斧叫什麼名字?"

那人道:"喚作宣花斧啊!"

李逵道:"沒有這樣大的,也沒有這麽厚。"

那人道:"誰同你嚕里嚕嘛,看吃斧子!"

李逵喊叫一聲:"慢着! 我看你這兩柄斧子,是純鋼打的,還是生鐵澆的？"

那人道："你既然害怕，就留下金銀來。"

李逵道："包袱裏盡是黃金、白銀，我是願意送給你的。衹是我的朋友不答允啊，你不妨和它商量商量。它若答允，金銀便可全部送給你了。"

那人道："你的朋友在哪裏啊？叫他快來。"

李逵道："好啊，我就去叫，你對它講去吧。"嘴裏説着，脱下氊衣，連同包袱，隨手擲在旁邊，腰下拔出一柄短刀來，説道："喏，這就是我的朋友。"

那人看了，大發雷霆，哇啦啦一聲大叫，對準李逵腦門，兩斧砍去。李逵身子閃開，用刀去削，衹聽嚓琅琅聲響，兩把斧子霎時落地。那人跪倒，納頭便拜道："英雄在上，饒孩兒性命！"

李逵笑道："喔唷唷，爲啥長子不做做矮子啊！這兩把斧子到底是什麼東西？這麼不牢，倒教我削斷了？"

那人道："斧子是板釘的，柄兒是木頭的。衹有斧口是用純鋼打就鑲上去的。裏邊空心，外用紗布包紮，塗上退光黑漆，看上去黑油油、亮晶晶的。"

李逵聽了，哈哈大笑道："原來是嚇唬人的。你的膽子真不小啊！這樣的板斧，能夠砍得人嗎？"

那人道："英雄休小看它，若説劈在人的頭上，也是要喪命的。"

李逵道："你到底叫什麼名字？"

那人道："我的真名喚作李鬼。"

李逵道："倒是同姓。實同你講，我纔是真的李逵呢！江州是我鬧的，法場是我劫的。你怎麼冒起我的名來，做這壞事？辱没老爺的姓名！"

李鬼道："也是没辦法啊！没有本事去做買賣，家中還有八十歲老母，也要活命，拿什麼來贍養啊？沒辦法，纔冒着你老人家的名，嚇唬嚇唬人，弄些油水。總要請你老人家看在俺老娘面上，饒了我這條小命吧！”

李逵尋思：我是特地歸家來取娘的，却倒殺了一個養娘的人，這就不好。便道：“這次且饒了你，下次斷不可做這勾當了！”李鬼答道：“是是，斷斷不敢！”

李逵問：“你不做這勾當，打算怎樣生活呢？”

李鬼道：“誰不想做個好人啊，可是……”

李逵看他可憐，便道：“好吧，既然你能改過自新，我就贈你銀兩，好做資本，自食其力。以後不准剪徑，倘若重犯，被我知道，定不饒命！”李鬼連連道謝。

李逵就將包袱打開，李鬼留神看着：包內果然都是黃金白銀。李逵隨手取了二十兩，結好包袱，肩上背着，腰裏藏好短刀，穿了氅衣，搖着扇子。伸手把銀兩遞與李鬼，還問道：“你的老娘住在哪裏？”

李鬼向左邊指道：“從此過去十餘里路。”

李逵看了，説道：“好，我是向右邊走的，你走你的吧！”

李逵循着小路，走了幾里，感到口渴，環顧四下裏，却無人家。又走了一段，祇見遠遠山凹裏一所草屋映着燈光，門首站着一位青年婦人，搽一臉胭脂鉛粉，打扮得妖妖嬈嬈。她遠遠見有人來，叫道：“可是官人回來了？”

李逵答道：“大嫂，你弄錯了！”

這個婦人一聽，便不吭聲，回屋便把門關了。李逵思想，夜靜人寂，這個少婦站着等人，看來不像好人。再一想，我拿金子誘她試試。李逵便走過來敲門，道：“大嫂，俺口渴了，正想問你討盞茶喝。”

那婦人在屋裏道：“沒有水與你，快到別處去討吧！”

李逵道："我包袱裏現有金銀，送你一錠，換水何如？"

那婦人聽說送她金銀，便將門開了，說道："大哥請進！你要喝茶，我去燒來。"

李逵進屋，問道："你家幾人？"那婦人道："就夫婦兩人。"李逵道："你丈夫哪裏去了？"那婦人道："有事外出，奴正等着他回來呢。"

看官：這個婦人就是李鬼的妻子。李鬼說的家有八十老娘，是假的。李鬼得了李逵的銀子，向左走了一段路，躲了一刻，回頭又跟蹤李逵，看李逵向着他家的茅屋走去，尋思李逵包袱裏盡是金銀，他還是個重犯，若報告官府，還可得一千兩賞賜，因而暗暗地跟將過來。

李鬼繞到自家後門，輕輕地敲了幾下。那婦人正在燒茶，知是丈夫回來了，便來開門。李鬼躡手躡腳進來，悄悄對婦人說："娘子，你道這人是誰？"那婦人搖頭說："不認識。"李鬼便就把路上遇着真李逵的事講了一番，又道："此人呆頭呆腦，還是個要犯。你趕緊去稟告曹員外，帶了莊客、繩索來拿。"那婦人點頭，就從後門出來向員外莊上去了。

看官：李鬼爲什麼不自己去報信呢？這裏有個原因：李鬼原是曹員外家的長年，這個婦人是曹員外家中的丫環，喚作春香。兩人私下偷情，被曹員外趕了出來，並不准李鬼再來。春香則因原與曹員外暗中交往，還允許回來。所以今晚李鬼讓春香去。春香走後，這邊李逵坐得不耐煩了，叫道："大嫂，茶煮好了沒有？"李鬼忙捏着鼻子假裝婦人說道："大哥請坐，就要好了。"

李逵聽說，祇好再等一等。李逵原是粗中有細的，發覺聲音有些不對，便輕輕挨到門邊，湊着板縫朝裏看，却不見那婦人，倒是見了這個前世的兒子！隨即跳起，闖進灶間，大聲喝道："大膽李鬼！你假裝婦人騙我，是何居心？老實講來，這個婦人是誰？

到哪裏去了？"

李鬼驚魂未定，道："她是我的渾家。我見是你老人家，就喚她去打酒買肉，好招待你老人家。"

李逵問道："你的老娘在哪裏？"

李鬼見隱瞞不住，祇好承認："那是我騙你的，實在没有。"

李逵道："你還想騙我！夜静更深，荒山野嶺，哪裏來的酒店？你回家爲何不走正門，却從後門進來？鬼鬼祟祟，你老實説，究竟想幹什麽？不然俺一刀砍了你頭！"

李鬼忙道："英雄饒命！我講，我講。"

李逵叱道："快講！"

李鬼道："我見你包袱内放着這麽多的金子，又想你是個在逃犯人，便叫渾家去通報曹員外，帶莊客來捉你。没想到被你識破，還請你老人家再次開恩，饒了我這條狗命吧！"

李逵聽了這話，不禁怒氣衝衝，思想：世上竟有這等樣人，如此貪心，如此狠毒！這樣的壞人，如何能留得？於是手起刀落，李鬼的頭早已落地。李逵自言道："都説壞人的心是黑的，我倒要看看究竟有多黑？"便將刀頭去那李鬼前胸一挖，連心帶肺都挖了出來。一看，心是紅的，一點不黑。又自語道："莫非這心也是假的？"

李逵起身欲走，忽想：我的銀子不能給他用啊！便從屍首身上搜出那二十兩銀子，放回包袱裏。又思：屍體這樣躺着也不好，不如點把火燒了吧。於是將灶裏柴火把茅屋點燃，霎時，火光沖天。李逵出門自去。

正是：劫掠資財害善良，誰知天道降災殃。家園蕩盡身遭戮，到此翻爲没下場。

欲知後事如何，且聽下回分解。

第十九回　黑旋風沂嶺殺四虎
青眼虎梁山聚大義

話說李逵殺了李鬼，燒了茅屋。及至春香報了信，和曹員外的莊客一同前來，李鬼早已被燒成焦炭。

且說李逵，翻過沂嶺來到自家門首，看着自家房屋破舊不堪，自語道："慚愧！這房子多年失修，不成樣子，連俺都快認不出來了。"走上前來敲門，嘭嘭嘭，裏面傳來老娘聲音："外面是誰啊？"李逵答道："娘親，是孩兒回來了。"老娘驚喜道："是我兒回來了?!"李逵道："正是。"

老娘已經雙目失明，摸索着穿好衣衫，扶牆摸壁，起閂開門，問道："我兒在哪裏啊？"李逵道："娘親，孩兒在面前啊，您怎麼没看見？"老娘一邊伸手來摸，一邊說："兒啊，爲娘雙眼，幾年前就瞎了。"

李逵挨近一看，見娘親雙目緊閉，不由"啊"的一聲驚叫："原來好好的，怎麼就瞎了呢？"老娘道："哭瞎的。自你走後，流淚不止，漸漸地就壞了。"李逵扶着老娘來到床前，坐下，點亮燈，見到床上鋪蓋滿是補丁，家徒四壁。不禁雙膝跪地，哭道："都是孩兒不孝，害得娘親受苦。"

老娘摸着李逵的頭，歡喜道："這下你回來了，就好了！快給娘說說，這些年都是在哪裏安身的？"

李逵尋思：就往好裏説吧，讓娘高興高興。便道："孩兒自從打死趙大郎出逃走後，先是受了些辛苦，後來得到貴人相助，在官府裏幫忙，如今做了官，所以趕回家來，接娘親去享榮華富貴。"

老娘道："原來我兒也能做官啊！做的什麼官？"李逵心想：這下説出岔子來了，好在老娘不懂這些，就隨便編一個吧。於是説道："娘親，孩兒做的是泥地判官、水裏靈官。"

老娘又問："那是什麼官啊？幾品幾級？"

李逵道："三十幾品。"

老娘生氣道："兒啊，爲娘雖然眼瞎，耳朵還好使。聽説那鬧江州、劫法場的裏邊有個黑旋風，就是你吧！"李逵一驚，心想：壞了，娘親完全曉得了。老娘又説："兒啊，娘知道，你是連瞎話都不會説的。你的事，都傳開了。前些日子，官廳要來拿辦娘，幸虧鄰舍幫娘躲藏起來，纔得倖免。你可要小心謹慎，倘被官廳知曉，就性命難保了。"

李逵點頭答應，問道："俺哥李達呢？"

老娘道："説起他來，爲娘就生氣。你逃走後，他就投靠到趙員外家去了。没想到他的心腸如此狠毒，祇給娘殘茶剩飯吃，還不時來數落爲娘。説娘如何對他不好，對你好，句句都像刀子紮眼，戳到娘的心裏。讓爲娘傷透了心，又牽掛你的安危，日夜哭泣，眼淚流乾了，兩眼也瞎了。"

李逵聽了，憤恨道："這個李達，如此不是東西！待我去找他算賬！"

老娘道："算了，隨他去，讓他去過他的好日子吧！再説你去鬧出什麼動靜來，讓官府知道了，麻煩就大了。這家你也不能久留，還是趕緊逃走吧！"

李逵道："娘親説的是！不瞞娘説，孩兒現在梁山泊，安居樂業,開心快活。這回特地來接娘親上梁山泊去安度晚年的。"又把鬧江州、劫法場以及梁山泊如何興旺發達的情況,給娘説了一遍。

老娘道:"要説這黑暗世道,早就該變一變了。爲娘相信我兒不會做壞事,你的那些弟兄,也都是好人。爲娘願隨你去。"

李逵道:"太好了! 説走就走,這就動身吧。"

談話之間,忽聽窗外腳步聲響,老娘道:"像是你哥哥來了。快走吧,千萬不能讓他看到;看到了,必然會去報官領賞的。"

李逵慌忙背了娘親,提着包袱,旋身就跑。跑了一段路,老娘道:"兒啊,你鬆鬆手,爲娘被你勒得腿疼。李逵這纔意識自己情急之下,用力過大,便鬆鬆手,道:"娘親,待出了山口,僱個車輛載着您,很快就到了山寨了。"

李逵走着走着,發覺路已走錯,不是來時那條大路。心想:小路也行,雖然陡峭些,却可抄近,早些到達。於是趁着月色微光,便一步步挨上嶺來。

老娘被李逵背着,兩腿酸麻,氣喘吁吁,説道:"兒啊,爲娘痛煞,你放一放!"李逵道:"娘親,前面見有廟宇,且再耐一下,就可歇息。"來到廟門,原來是一座倒塌的破廟。板檔上盡是灰塵,李逵即將娘親放下。老娘道:"孩兒,爲娘渴死了,你去尋些水來。"李逵道:"那澗邊倒是一溪好水,待我去取些來給娘親解渴。"老娘道:"這倒也好,快去舀些來。"李逵因無盛具,便將殿前那隻石香爐磕將下來,拿着便去舀水。

老娘在板檔上坐着,忽然狂風大起,"唬啊——唬啊——",跳出來了一隻斑斕猛虎。老娘雖然眼睛看不見,却聽得這陣狂風異常,凶多吉少,正待呼救,便被老虎一口叼走。

李逵取水回到山神廟裏,不見老娘,便高喊:"娘親,娘親,你在哪裏?"没有答應。前後內外尋了個遍,也不見老娘身影。忽見廟門口板檔上有血跡，李逵吃驚不小，心想：難道被猛獸拖去了？看着山神，還睜着眼睛，不禁惱火起來，指着道："俺娘親到哪裏去了？你這山神怎生不響？"抄起一根柴棍便打去，霎時把泥神的頭打碎。又自語道："山神是泥塑的，打它有什麼用？"於是循着血跡，一路追蹤下去。祇見血跡一滴滴地直滴到一個山洞。李逵見洞口有兩隻小老虎，在那裏玩耍人頭，人頭滿頭白髮。李逵認得正是娘親的頭顱，眼前一黑，差點昏倒。隨即哇的一聲大叫："呔，你這可恨的毛蟲！吃了俺的老娘，豈能饒恕你們！"小老虎見有人來，以爲又是一頓美餐，張牙舞爪地撲來。李逵又氣又惱，挺着尖刀，奮起神力，一刀一個，把兩隻小老虎戳死在洞口。

李逵匍匐過來，抱起娘親的頭，號啕大哭："娘啊，你真是苦煞！寒冬臘月雪花飄，兒喊肚餓娘心焦。娘親，孩兒受盡趙大郎的迫害，總算熬出了頭。現在我來背娘上山，原想讓你快活幾天，却不知道孩兒闖下這樣的潑天大禍，孩兒罪孽深重！教孩兒怎樣活得下去？"李逵雙拳敲着自己的頭，不住地哭。

忽聽山洞裏還有虎聲，李逵便將娘的頭顱安置一旁，掣着刀來等着。祇見虎穴裏拖出來長長的一條，李逵以爲是條蛇，再看時，却是一條老虎的尾巴。原來這隻大蟲，是從洞裏倒退出來的。李逵罵道："畜生，俺豈肯與你甘休！"短鬚根根都竪起來，對準老虎攔腰就是一刀。那老虎負着痛，正想轉身鑽向前來，李逵隨即又是一刀，正割着老虎的咽喉。嚓嚓一下，拉斷氣管。虎血噴射出來，霎時挺着四肢倒地死了。

李逵性起，拎起老虎頭頸，把它擲得遠遠的。正要走，忽想：既有小老虎，大老虎就可能不止一隻，有公的也有母的。李逵拾起一塊石頭，猛力向洞裏丟去。果然聽得唔啊唔啊的呼嘯聲，隨即又一條虎尾巴退了出來，兩脚一踮，轉身過來，就撲向李逵。

李逵連忙將刀砍去，連連砍了十多刀。那老虎蹦跳得緊，都落了空。李逵情急智生，變換刀法，將短刀忽上忽下，忽左忽右地亂刺。一連刺了幾十刀，一刀戳着，正中大蟲要害。那大蟲便不再騰撲，倒退幾步，祇聽轟隆一聲響，老虎踏了個空，跌下山崖摔死了。

李逵又把石頭擲進洞裏，等了多時，不見動靜。便收拾起娘親的頭骨和屍骨，將衣衫包裹了，跑到山神廟旁，掘了個土坑葬了，李逵大哭了一場。

李逵在沂嶺連殺四虎，老輩相傳有詩贊道：

> 沂嶺西風九月秋，雌雄猛虎聚林丘。忍將老母葬虎穴，致使英雄血淚流。手執短刀探虎穴，心如烈火報冤仇。立誅四虎威神力，千古傳名李鐵牛。

李逵殺了四虎，肚裏饑渴，收拾包裹，正想尋路翻過嶺來。忽見下面又闖出七八隻老虎。李逵嚇了一跳。心想：這糟了，真的到了虎山。俺是人已困乏，短刀已經戳進老虎頭裏，老虎已經翻落到山崖去了。沒有武器，教俺如何抗敵？李逵再一想時，那俺也不能害怕，於是大聲喝道："呔，好大膽的毛蟲，你們來吧！來一隻，殺一隻；來兩隻，殺一雙！益發剪除了你這禍害！"

誰知來的那七八隻老虎，説也奇怪，聽着人的吆喝，都站立起來，拜道："英雄息怒！我們都是獵戶，每日前來捕捉這老虎的，眼見得你把那隻母大蟲殺了，我們遙遠看着，都驚得呆了！請英雄一同上沂州府領賞去。"

李逵聽説要去沂州，雙手忙搖道："不去，不去！俺還要趕趕路程呢。"

獵户聽了，翹起拇指贊道："英雄真的慷慨！到手的兩千兩賞銀都不要。我們還要行老虎會呢，給英雄揚名天下！"

李逵謝道："這四隻老虎，就送給了你們，俺也不要揚名！"

衆獵户道："英雄不願領賞，又不肯揚名，總要懇情，留個姓名纔是！"

李逵道："俺就姓張。"内中有個獵户道："還要請教大名？"李逵道："俺能力敵四虎，你們看我力氣大不大啊？"衆獵户道："大極！大極！"李逵道："我的膽子呢？"衆獵户道："也是大極！"李逵道："好啊，就叫張大膽吧。"

衆獵户道："英雄把這四隻老虎送了我們，我們實在難以爲報。請同我們一齊到前莊曹員外家去飲杯酒吧。"李逵聽説喝酒，呵呵大笑。思想肚中饑渴，酒倒正想要喝的！那宋公明哥哥在山上臨别的囑咐，李逵這時早已置之度外了。衆獵户便去尋了四虎，用索子綁起來，扛抬下嶺。抬到一個大户人家，喚作曹員外的。那人原是閒吏，爲人刁鑽，也是地方上的一霸。暴發成貫浮財，手下却有些爪牙，替他護短。衆獵户便將四隻老虎天井裏放着。

曹員外聽到報告，親自迎接出來，招呼李逵來到草堂坐定。兩人坐下，曹員外寒暄幾句，問壯士如何打得這四隻老虎。李逵便把昨夜同娘上嶺取水，吃了老娘，氣憤之下，一口氣連殺了這四隻大蟲諸事，説了一遍。衆人聽得都驚呆了。員外喚家院安排筵席，斟滿了酒，來請李逵。李逵看時，笑道："員外，恁地小氣！"員外賠笑道："怎見得啊？"李逵道："請客，哪見杯子這樣小的，你要我喝幾杯啊？"員外聽説，忙道："來人，調大碗來。"飲酒之際，員外又與李逵搭訕道："英雄貴姓是張？"李逵道："俺没同你説是王，還問我做什麼？"員外道："英雄的大號是大膽？"李逵道："俺没和你説是小膽，不恁地大膽，怎樣殺得這四隻老虎？"員外又道："聽英雄的口音是山東人啊？"李逵道："是啊，俺也没説是山西人啊。"員外嘴裏不説，肚裏尋思：和這等人談話是没有味道的。

不提外面,且説内房。丫環聽到這個新聞都來屏風後面張望,春香也在裏邊,一見李逵回身,徑向院君稟告,説道:"這人就是李逵,昨晚他來我家討茶,殺死了我的丈夫,燒了我家房屋的正是他。"

院君聽得,傳話員外進來。曹員外便向李逵招呼,推説小解,走進内房去了。李逵道:"你去,你去,你陪着我是喝不暢快的。"員外到了内房,院君告知:這人就是鬧江州、劫法場的黑旋風李逵。員外問道:"你怎知曉?"春香接着如此這般,説了一遍。員外聽了道:"既然如此,切忌聲張。祇唤家人把一壇好酒抬出去,寬待於他就是。"

員外回到外廳,原位坐落,抬舉李逵道:"英雄,實是量宏,老漢敬仰得很!"李逵道:"我一向是好酒的。"員外道:"英雄這様慷慨,老漢敬你三碗。"李逵飲得口滑,嘿嘿嘿地笑道:"莫説三碗,就是十碗也喝得下!"員外道:"好啊,老漢自然恭恭敬敬地敬你十碗。員外斟一碗,李逵飲一碗;再斟一碗,再飲一碗。員外大碗大碗祇顧勸李逵,李逵得意,冷一盞,熱一杯,祇顧開懷暢飲,哪裏知道是計?不上一個時辰,把李逵灌得酩酊大醉,立脚不住,撲倒在桌,爛醉如泥。

員外就把酒碗向地下一擲,哐啷一聲。左右兩邊家人闖了出來,把李逵縛了,緊緊捆起,高吊在庭柱上,李逵動彈不得。曹員外便唤家人同了獵户,抬了老虎,去沂州府衙呈報領賞。知府連忙升廳,賞了衆獵户。

員外家丁又稟:黑旋風李逵已被員外用計擒拿,現正懸綁在莊廳的庭柱上。知府聽報,吩咐下人去請都監來。都監來到府廳。這人是誰?原來就是朱富的師傅李雲。前輩相傳有詩贊道:

面闊眉濃鬚鬢赤，雙睛碧綠似番人。沂水府中青眼虎，
豪傑都監是李雲。

當下李雲領命，自騎着馬，提着槍，點起數十健卒，備着一輛
囚車，火速奔向沂嶺村曹莊來。

再說朱富、朱貴兩人，等待李逵回轉，直到巳牌時分，不見李
逵回來。却聽人馬喧嘈，打聽之下，知道李逵出了事故。朱貴忙
與朱富商議："這黑厮如何魯莽？宋公明哥哥特爲他教我來，暗
地保護，我若救不得他時，如何回寨去見哥哥？"

朱富道："兄弟不要慌張。這李師傅練就一身本事，三五十
人近他不得。我們祇可智取，不可力敵。師傅日常最是愛我，我
們可以如此這般，與他把酒賀喜，將衆人都麻翻了，放走李逵，
如何？"

朱貴道："此計甚妙！祇是這事却不能連累了李師傅。想他
昔日待我們的恩義，如何教他吃苦？李師傅且是爲人正直，益發
請他上山入夥聚義，如何？"朱富道："兄弟想得真是周到。"

朱富看着李雲領着士兵過來，竪着大旗，上寫着"青眼虎
李"。後面備着一輛囚車。朱富上前拜見，說道："祝賀師傅立下
大功，小徒不才，意欲懇請提拔在府衙當點公事。今有好酒一壇
奉敬，請師傅喝一盞去。"

李雲道："公務在身，待爲師押解要犯回來再叨擾吧。"朱富
道："如此，小徒恭候。"朱富回店，便與朱貴準備了。

且說李雲，帶兵到曹莊。員外迎接進去，草堂坐定。員外指
着李逵道："吊着的這黑漢就是要犯。"李雲看他爛醉如泥，便命
打入囚車。員外排筵，李雲辭謝。囑咐稍待即來府廳控告領賞。
員外送都監出莊，回家補寫稟單，喚李鬼老婆春香，做個證見，跟
蹤前來。

李雲出莊，持槍上馬，喚士兵護着囚車，一路回沂州府衙而

來。經過朱富店首，朱富早已備好兩擔魚肉，十多壇酒，以及果茶之類。朱富前來迎接，賀道："師傅，且喜立下這功，請飲三杯！"李雲道："賢弟，何勞如此迎送！"朱富道："聊表小徒一片誠意。"

李雲便喚兵士留步。朱富道："那邊雲官殿場面廣闊，請弟兄們過去，吃些酒肉。"兵士聽了，個個高興。李雲看朱富如此殷勤孝敬，就答允了。朱富便教士兵都去吃酒。這夥士兵，聽説有吃，哪裏顧個死活。好吃不好吃，酒肉到口，哪會客氣，正如風捲殘雲，一齊上來搶着吃了。

李雲下馬，就進店堂上首坐下。朱富連敬三杯，祝賀師傅步步高升。李雲哈哈大笑，連連三杯下肚。不覺打一哈欠，暈頭轉向，軟作一團，翻倒在地。朱富忙叫："兄弟快來。"朱貴便將李逵從囚車裏放出，換上李雲。並將李逵綁在馬上，繫好包袱。朱富上馬，帶着李逵，鞭馬前行。朱貴推動囚車，跟隨朱富的馬，追蹤前去。書在後，表在前。這些士兵吃罷了酒，到店堂來。不見李逵囚車，也不見都監大人和朱富，還以爲他們先進城去了。收拾酒筵，急忙回府稟報。知府派人查問，那些差人明知這是梁山泊幹的勾當，誰肯多事。祇説四方尋找，却無着落，知府祇好作罷。

且説朱富、朱貴兩人，離店五十餘里，李逵纔喔喔喔哈地醒來，看到自己綁在馬上，驚問朱富，是誰幹的。朱富見他甦醒，把馬扣在樹旁，鬆綁將李逵放下。這時朱貴推囚車也已趕到。朱貴便問："鐵牛，你在哪裏耽擱，伯母接在哪裏？"李逵聽了，傷心落淚，便將迎母遇虎，在沂嶺上殺了四虎，後到曹莊喝酒，約略説了一遍。朱貴連連呵責李逵，粗魯糊塗。李逵祇是低頭。朱貴又道："我兄如何幾次三番搭救於你？"李逵不語，忽見李雲，問道："這人是誰？"朱富、朱貴齊聲説道："他就是我們的師傅青眼虎李雲。"李逵聽了，跳了起來，奪刀叫道："這個瘟神，殺了便好！"朱貴喝道："黑厮不得無禮，師父爲人最好！豈可委屈了他！"朱富道："李英雄，俺倒想着一計，正想邀請師父一同上山聚義。"李逵問用何計，朱富説是：如此這般。李逵同意。朱富便將鋼刀遞與李逵。李逵悄悄地便去遠處樹叢裏躲着。

朱富就用解藥噴醒李雲，李雲悠悠地醒來，看見自己坐在囚車之中，不見要犯李逵，祇見朱富兄弟，知道中計了。喝問朱富、朱貴道："怎地把我弄到這步田地？要犯李逵哪裏去了？"朱富笑道："師父聽稟：小徒多多委屈師父，實對老人家講，李逵是梁山弟兄，兄弟朱貴已在梁山做了頭領，奉了及時雨宋公明哥哥將令，前來保護。不想被你拿了，因而設計把他放走。師父今往哪裏走？怎生回去見得知府？不如請師父一同上梁山去聚義吧！"

李雲大罵朱富負恩，放走李逵。朱富婉言勸説："師父三思，還是同上梁山聚義的好。"李雲怒道："快快交出要犯李逵，還可饒恕你們一死！"朱富兄弟祇管對李雲好好地勸説，李雲却訓斥不休。

忽聽樹背後哇啦啦一聲喊叫，李逵搶出來説道："好大膽的李雲，你要拿我。俺鬧江州、劫法場的黑爺爺李逵在此！"説罷，取個泰山壓頂之勢，對準李雲的馬頭就是一刀！李雲忙着攔架，感到兩臂酸麻。李逵又道："朱富、朱貴快快離開，看李雲怎地來拿我啊！"李雲挺槍前來，直取李逵。鬥了五七回合，李雲見那李逵如生龍活虎一般，哪裏拿捉得住他。

這時朱富過來便把李雲的槍攔住，朱貴過來也把李逵的刀隔開。兩人叫道："有話好説，何必傷了和氣？"朱富道："師父，不願上山，就請師父回歸城廂，祇是定吃官司，師父須加考慮。若願上山聚義，山東及時雨，專招賢納士，結識天下英雄好漢。兄弟朱貴願意推薦。"

李逵也道："這話最爲公道。你不願上山，就請啓程；若要捉拿李逵,就請刀上來領!"

李雲心懷不甘,又與李逵廝鬥了五七回合。槍來刀架,李雲還是贏不得半點便宜。李逵尋個破綻,哈哈大笑,管自走了。李雲細想:如今走了黑旋風,怎生去見知府?真正落得有家難奔,有國難投!又想官司哪有分曉,不如就去梁山泊倒快活。且喜沒有家小,不怕官司拿了。便道:"也罷!朱富、朱貴,隨着你們吧!"

李逵聽了,笑道:"好個哥哥,何不早說!"

李雲便和李逵唱喏,就此四人一起同上梁山泊來。

於路無書。看看相近梁山泊,路上碰着鐵笛仙馬麟、白面郎君鄭天壽,都相見了。馬麟、鄭天壽說道:"晁、宋兩位頭領,差我兩個下山來打探消息。今已見回山,讓我倆先上山去通報。"

次日,四位好漢,到了李家道,渡石鏡湖,上金沙灘來。晁、宋兩頭領得報,便引衆家兄弟排隊相迎,上大寨聚義廳來。

朱貴向前,先引李雲拜見晁、宋兩位頭領,相見衆好漢,說道:"這位是沂州府都監,姓李名雲,綽號青眼虎。"

朱貴又引朱富參拜衆位,說道:"這是家兄朱富,綽號笑面虎。"大家一一唱喏。

李逵訴說取娘至沂嶺,被老虎吃了,因此殺了四虎。衆人都怪李逵莽撞,不該違了宋公明哥哥的將令,旅途中喝酒,果然惹出許多事來。李逵也是惶恐,罪孽深重,爲着粗心,送了娘親一條性命,不禁傷心慟哭起來。

晁、宋兩頭領祇得解勸道:"人死不能復生,祇能想開些。可是被你殺了四個猛虎,山寨裏又添了兩個活虎,這事也要祝賀。"衆多好漢,轉憂爲喜。便教殺羊宰牛,安排菜酒筵席,慶賀兩個新到頭領。

晁蓋便請兩位在左邊白勝的上首坐定。吳用說道:"近來山寨，十分興旺。四方豪傑，望風而來。這是晁、宋兩位寨主領導有方，衆家兄弟戮力同心，當地百姓擁戴使然。但是朝廷官府，決不甘心。務要居安思危，多做準備。山寨須來一番休整，庶保無虞。如今還請朱貴兄弟掌握李家道做眼酒店，另外再設幾處，專一打探吉凶消息，接待往來義士上山。倘若朝廷調遣官兵，也可早做準備。山前添置三座關隘，專人把守，一爲防禦，一爲收稅。挖掘港汊，疏通水道，整理梅花宛子城垣，這些事都不可少。山上封山育林，山下種植菽稷。繁殖魚鱉，飼養六畜。關前市場，百姓行商，保護買賣。又令專人掌握稅收、倉庫、錢糧、出納，立下法度，嚴懲貪污舞弊。衣袍鎧甲，五方旗號，由手工作坊監造。修造大小戰船等項，都須分撥定位。梁山泊水陸兩軍，教演操練，一刻不能鬆懈。寨內發展農墾，廣積糧草。”晁、宋兩位寨主點頭贊道：“軍師遠見，喚衆兄弟討論，陸續施行。”梁山泊經此休整，益發蒸蒸日上。

宋江便道：“這次鐵牛下山，虧得朱貴兄弟保護，轉危爲安，因禍得福。如今公孫道長前往薊州，參師探母，却是音訊杳然！俗話說得好：山行怕豹狼，水行怕蛟龍。倘有不測，如之奈何？小可放心不下，弟兄們也十分關懷。最好有個弟兄，前去探訪一下虛實如何？”

戴宗起身道：“小弟願往！”宋江大喜，說道：“仗着賢弟法術，旬日便知信息！”

當下戴宗備着神行甲馬，帶了乾糧、盤纏，扮作客商，別了衆人，下山徑往薊州去了。上路作起神行法來，行了三日，來到沂水縣界。祇聽人家說道：“前日跑了黑旋風，却連累了都監李雲，躲得不知去向，至今還沒捕獲。”戴宗聽了發笑。

當日時交中午，戴宗收了神行甲馬，信步而行。忽見樹叢中跳出一個大漢，對着戴宗喝道：“此地是我開，此路由我賣。若從

此路過,留下金銀包囊來!"戴宗朝他一看,祇見那個大漢:

> 面色微黄,長得闊眉圓眼,大鼻方口,兩耳招風。領下
> 絡腮鬍鬚,兩隻沖天威武髮。頭上黄綢羅帽,身上銀黄綢緊
> 身拳袴,密排紐扣,闊帶圍腰。大紅底衣,花幫薄底快靴。
> 一件氅衣,斜肩繫着。手裏拿着混鐵筆桿棍。

戴宗看了,踏前一步道:"仁兄要錢不難,我與你賽跑一下:
我逃你追,如我輸了,我身邊的全部錢財都送給你,如何?"

那大漢道:"好啊! 一言爲定。如我輸了,我願拜你爲師。"

戴宗聽罷,道聲:"好啊,你就追來吧!"嘴裏念動咒語,駕起
神行法術來,迅速向前跑去。那大漢捲起底衣,露出飛毛,呵呵
呵地緊緊追趕。戴宗回頭一看時,此人追得很快;到了十里路
外,戴宗回頭一看時,此人已不見蹤影。心裏暗想:此人若上梁
山,自有他的用處。戴宗回身轉來,祇見此人坐在路旁,自語道:
"給他逃了!"

戴宗笑着喊道:"我這裏有錢包,請你快來拿啊!"那大漢答
道:"不,我不要了! 請教仁兄貴姓大名?"

戴宗道:"問我姓名,水泊梁山的神行太保戴宗便是。"那大
漢聽了道:"原來是江州府的神行太保,真正名不虛傳!"戴宗問
道:"英雄尊姓大名?"

那大漢答道:"俺姓楊名林,祖貫彰德府人氏。江湖上人稱
'錦豹子'。不知戴義士要往哪裏去?"戴宗道:"將往薊州。"楊林
道:"恰纔説話在先,甘願投拜爲師。"戴宗道:"且慢,敢問仁兄,
緣何流落在此?"

楊林道:"俺在河北薊州西門外行教度日,六親無靠,孑然一
身。祇爲一日,在茶坊品茗,見一不法之徒,正在行凶,我就打抱不
平,犯下人命,逃在江湖。身無分文,故而在此擋路剪徑。"

戴宗道：“仁兄可願歸正，同上梁山聚義？”

楊林謝道：“若得推薦，實是萬幸。”

戴宗道：“好，就同我上梁山吧。梁山上是沒有師徒之稱的。”

楊林道：“如此講來，我們結拜弟兄吧。”

當下撮土爲香，兩人結拜爲弟兄，戴宗爲兄，楊林爲弟，兩人立下宏願起來。

戴宗道：“你就跟我先去薊州一轉吧。”楊林道：“我去不是多找你煩擾嗎？”戴宗道：“不妨，快到薊州，你可先在村坊耽擱，待我訪問得公孫道長的消息，再行相見未遲。”兩人一路談説，戴宗駕了甲馬兩道，楊林動起飛毛腿，兩個速度恰好平行。到晚，就投村店歇了。過了一夜，次日早起，打火吃了早飯，收拾動身。正不知走了多少路，行到巳牌時分，前面來到一個去處，四圍都是高山，中間一條驛路。楊林却自認得，便對戴宗道：“哥哥，此地喚作蟹曲山，前面立着高山峻嶺，峭壁層巒。藤蘿屈面，瀑布湍飛，因而有此山名。常有强盜出沒，須要當心。”

話音未落，忽聽一聲鑼響，戰鼓亂鳴，跑出一夥小嘍囉來，攔住去路。戴宗、楊林兩個站住，戴宗問道：“你山大王是誰？”

小嘍囉聽了，答道：“山上有三位大王：大大王喚作鐵面孔目裴宣，二大王喚作火眼狻猊鄧飛，三大王喚作摩雲金翅歐鵬。你問他何來？”

戴宗道：“要錢不難，請你們大王下山來取就是。”楊林道：“倘然不去通報，便要你們嘗嘗俺棍子厲害！”即把棍子一搖。

嘍囉們看這黃臉的大漢子，氣勢洶洶，便有一個説道：“弟兄們，不要讓他逃了！待我上山通報。”轉身飛腿上山。

正是：計就月中擒玉兔，謀成日裹捉金烏。

欲知後事如何，且聽下回分解。

第二十回　九尾龜山徑逢戴宗
病關索長街遇石秀

　　話說戴宗、楊林來到蟹曲山，小嘍囉喝叫："留下金銀來!"戴宗說道："你要金銀不難，祇教山上大王自己來取!"楊林搖起棍子要打，小嘍囉慌忙地上山飛報。歐鵬、鄧飛聽了，起身對裴宣說道："大哥，讓我倆前去拿來!"鐵面孔目點頭。便調軍隊兩百，挺槍持刀，一聲炮響，衝殺下來。

　　戴宗、楊林觀看，祇見隊伍排開。隊伍中闖出兩個人來：

　　　一個是七五身材，臉紅如烈火。眼睛白肉兒，布滿紅筋，黑肉兒黃焦焦。大鼻闊口，頜下絡腮鬚。紅綢的羅帽拳袴，薄底大紅快靴。手裏拿着狻猊排刀。

　　　還有一個八五身材，面如藤黃，穿着銀黃綢英雄拳袴，下蹬花幫薄底靴。手裏拿着骨端排刀。

　　兩人大聲喝道："你這該死的牛子，還不快把金銀留下?"
　　戴宗微微一笑道："請教兩位高姓大名?"
　　紅臉的道："俺是蟹曲山二大王火眼狻猊鄧飛。"黃臉的道："俺是三大王摩雲金翅歐鵬。"兩人齊道："你問俺的姓名做什麼啊?"
　　戴宗道："要我倆的金銀不難，却要和你們打一個賭。"兩人

301

問道：“打什麼賭？講來！”戴宗道：“我倆在前面跑，憑你們多少人追，兩人之中被你們拿住一個，包裹內所有金銀，一概奉送！”楊林道：“倘追不着如何？”歐鵬道：“請你們自己説吧。”戴宗道：“如追不着，要請我倆喝酒。”鄧飛道：“好，如此請你們先走吧。”

戴宗招呼楊林，兩人邁開腳步，直往前奔，歐鵬、鄧飛帶軍猛追，趕不到一里路，這兩個牛子的影蹤早已尋不見了。衆人都感到驚訝，站着祇是喘氣。

戴宗、楊林回頭看時，沒有一個人趕得上來，便道：“我們回去。”兩人回來，却見前面的一批都站在那兒呆着。戴宗道：“兩位大王，請來拿包袱吧。”歐鵬、鄧飛祇是笑道：“在下認輸了。請教兩位英雄貴姓大名，爲何到此？”

戴宗笑道：“俺乃梁山神行太保戴宗。”楊林道：“俺是梁山錦豹子楊林。”

歐鵬、鄧飛聽了，忙拱手道：“原來是梁山英雄。如此，都是自己人了，敦請兩位英雄上山飲酒。”戴宗道：“真的打擾了。”

歐鵬、鄧飛引着兩人同上山岡。早有嘍囉通報大大王。鐵面孔目裴宣降階相迎，雙手一拱道：“兩位英雄屈駕光臨，有失迎迓，望乞恕罪。”戴宗向裴宣看時：

> 果是一表人材。身材高大，面如生鐵。兩條闊眉，眼梢很大。橋梁大鼻，闊口，絡腮鋼鬚。身穿四爪綉金的皂羅綢龍袍。大紅底衣。銀底高筒靴，腰繫闊帶。手裏拿着泥金扇子。肩闊腰圓，胸高背厚。

戴宗、楊林上前唱喏道：“豈敢豈敢，有勞大王迎接！”裴宣推讓，引着兩位義士，來到聚義廳上。安排筵席，相互推讓，都講禮數，請戴宗、楊林賓位正面坐了，裴宣、歐鵬、鄧飛三位大王陪着。賓主相待，大吹大擂，飲酒暢談。

　　三位大王問道："兩位義士離了梁山，將往何方？"戴宗道："俺奉寨主將令，前往薊州，訪問入雲龍公孫勝道長。中途會見錦豹子楊林，義結金蘭。"因問："寶山有多少人馬？"裴宣道："有一千五六百人，實感開支不敷。常見客商往來，貨物上插着梁山的報稅旗，我們就不敢動。我等願恪守山規，歸附梁山效力，不知仁兄可以推薦汲引否？"戴宗道："晁、宋兩位頭領招賢納士，最愛結識四方豪傑。八百里梁山泊，如此雄壯，更有許多軍馬，何愁官兵到來？倘蒙三位相助，真如錦上添花，最好沒有，哪有不竭誠歡迎之理？"衆人大喜。

　　正暢談間，嘍囉報道："蟹曲山后，飲馬川旁，有車三輛。車上箱籠全揭開着，露出白銀三箱。旁邊有工人模樣的十多名壯士護送。内有一人，手拿九齒釘耙，魁梧高大無比！這個買賣，做不做？特來稟報大王！"

　　裴宣問道："可有梁山上的報稅旗？"嘍囉道："這個沒有看見！"裴宣道："好啊，送來禮物，哪有不收之理？"即調軍隊兩百。嘍囉牽來高大烏騅馬，捧上七盤混鐵門閂。裴宣脱下龍袍，換上武裝，提閂上馬。歐鵬、鄧飛兩人手拿排刀跟隨。炮聲響亮，呐喊下山。

　　戴宗、楊林起身，前往觀戰。戴宗暗想：慢藏誨盜，出門人金銀向來不肯露白的，這人爲啥銀箱不蓋，反要揭開？確實奇怪。一徑來到後山寨上，展目四眺。

　　裴宣人馬自後山出寨，到了要道口，隊伍排開，打一陣鑼，大聲喝道："呔，牛子們！往此路過，識相的，速速留下銀子；若不留下，可知山上大王的厲害？"工人們聽了，叫道："陶大哥，你喜歡和強盜廝鬥，現在強盜真的來了。"

　　這個長大的漢子聽了，哈哈大笑道："弟兄們，銀車暫停，俺自來打強盜！"飛身上前，喝道："哪裏來的强盜？你要銀子，可到俺的釘耙上來領!"

裴宣朝他一看,祇見此人:

> 一丈頂冠身材。生就一張小小的圓臉。色道略帶灰
> 色。兩條細眉,一雙小眼。小小截鋼鼻,一張元寶嘴,帶點
> 尖。兩耳甚小貼肉。頷下無鬚。頭上髮髻,不戴帽子。身
> 上皂布短襖,腰下棉紗帶束腰。短脚皂布底衣。下面麻筋
> 草鞋。拿着九齒釘耙。

裴宣道:"誰人敢來頂撞本大王,還不把銀車留下!"

這人道:"若問我的姓名,九尾龜陶宗旺便是。你要銀車,這
釘耙却不肯饒人!"

裴宣大怒,拍馬前來,就在陶宗旺頂門上一記打下去。這人
用釘耙擋住,復手一耙向裴宣斜肩打來,裴宣用門閂架開。一步
一馬,打將起來,鬥了二十餘回合,打了一個平交,不分高下。歐
鵬、鄧飛見勢,乘機帶動隊伍,左右兩翼包抄,從小路上搶下來。
工人見勢不妙,丟下銀車,四散逃跑。歐鵬、鄧飛喚人將銀車推
上山去。嘍軍隨着歐鵬、鄧飛同上山岡,招呼裴宣道:"大王,不
必再會那漢了,銀車已上山了。"裴宣鞭馬,仍從後山回寨。

陶宗旺聽說銀車被劫,暴跳如雷,提起釘耙,單身搶上山來:
哇啦啦一聲怪叫:"强徒,還不把銀車還我!"

三大王回進山寨,下令抛放礌石滾木。戴宗插口道:"且慢,
別打!"又招呼大漢道:"下面這位仁兄站住,有話好講。"

陶宗旺抬頭道:"講些什麼?快把銀車送回,倘若不還,把你
這鳥巢打得落花流水!"

戴宗思想:這漢倒很勇敢。便道:"在下問你,爲什麼把箱籠
打開?"

陶宗旺道:"這有俺的道理。"

戴宗道："請仁兄細細講來，便可還你銀子。"

陶宗旺道："登州有張、陳兩位員外，要蓋一座莊院，包給了我。我備了紋銀三千兩，欲往河北採辦，路上遇着很多強盜，被我打了十多批，鳥巢也搗毀好幾處。我想蓋好箱子，就遇這麼許多；若是揭開，讓銀子露白，不是可以引來更多強盜嗎？借此可以給來往客商除害，做一件好事。不料今天被你們搶了去。"

戴宗聽了，心想這人倒有俠義心腸。又問道："你家還有什麼人啊？"

陶宗旺道："孑然一身。"

戴宗道："好啊，我同你競賽一下，你可願意？"

陶宗旺道："怎地競賽？"

戴宗道："就在這飲馬川一帶盤旋。我在前面奔逃，你在後面追。你如追住了我，我願加倍償你銀子，六千兩如何？"

陶宗旺道："那麼抓不着，就輸與你，不要還了。"

戴宗道："既然如此，你把釘耙放下。"

陶宗旺即把釘耙丟了。戴宗開了後寨，便下山來，說道："仁兄來追。"戴宗在前慢慢地走，陶宗旺在後緊緊趕來。看看快要追着，戴宗便駕動神行甲馬如飛而去，陶宗旺看了不解："這倒奇怪了。"再追，戴宗回頭看時，相差的路還遠，便又慢慢而行。陶宗旺越追越近，眼看又要追着，戴宗便又駕動神行甲馬。這樣接連幾次，陶宗旺總追不着。兩個人把飲馬川盤旋了十多里路，戴宗站在飲馬川口，祇見陶宗旺氣喘吁吁在後趕來。陶宗旺看着戴宗道："喔咦，輸與你了。"戴宗道："還有意見吧？"陶宗旺道："無話可說。"

戴宗就與陶宗旺回到山寨口，陶宗旺拾了釘耙，向工人們招呼道："請你們到登州帶信，對兩位員外說：俺輸了銀子，材料買不成，沒臉見人，祇能在此一死！他倆失去的銀子，俺祇好來世補償！”工人們齊道：“陶大哥，使不得，我們一同回去就是。”陶宗旺道：“不必多言，讓我自盡吧。”拿起釘耙，要向自己頭上來打。

戴宗忙喊道：“仁兄且慢！有話可講，豈可自尋短見？”陶宗旺道：“銀子已經輸了，難道你還不准我死不成？”戴宗道：“如要死，且聽我說完不遲。”陶宗旺道：“說什麼？”戴宗道：“實對你講，我非此地人氏，乃是梁山泊神行太保戴宗，仁兄不如跟我同上梁山聚義吧！”

陶宗旺聽了，雙手搖道：“不去不去，梁山也是強盜，俺就要打強盜，自己却去做強盜，豈不給天下英雄恥笑！”

戴宗道：“陶仁兄，你錯了。梁山晁、宋兩位寨主，祇是替天行道，不是打劫奪搶，而是山關報稅，招募天下英雄，聚集四海豪傑的。梁山弟兄人都稱為義士的。”

陶宗旺道：“你不要來騙我。”

戴宗道：“陶仁兄，你若不信，請到梁山一走。俗話道：耳聽為虛，眼見為實。那時發覺上當受騙，再死不遲！況且這些工人弟兄，腰無盤纏，你跟了我去，弟兄們的盤纏，在下可以資助。”

工人們聽了，齊道：“陶大哥，你就去看看再說吧！”

陶宗旺道：“既如此，請贈他們路費，俺與你們同上梁山去吧。”

戴宗道：“來，每人各贈紋銀二十兩。”

裴宣當即喚人送出，工人們領了，齊聲道謝而去。

戴宗引着陶宗旺來至山寨，叙禮坐下，重行歡宴。陶宗旺動問衆人姓名，戴宗一一介紹。言談之間，相互契合。裴宣就道：“難得今日機緣湊巧，豪傑相逢，就請戴義士做個首領，結拜為弟兄吧！”

陶宗旺道：“好極！”

衆人推戴宗為首，就在廳前擺設香燭，義結金蘭。戴宗、楊林、陶宗旺、裴宣、鄧飛、歐鵬，六人結拜爲弟兄。

次日，戴宗告別衆兄弟，要往薊州尋訪公孫勝道長。衆人苦留不住，祇得回寨收拾，等待戴宗找到公孫勝，重回蟹曲山，同上梁山，不在話下。

且說戴宗離了山寨，路上曉行夜宿，來到薊州城外，去那山間林下打問公孫先生，並無一人曉得。又去遠近村坊街市訪問，亦無一個認得。戴宗便進縣中歇了，次日，欲出城，到城門口，祇見城門緊閉。便問緣由，守城的道："客人出城，須待午時三刻以後。今日要斬十八名江洋大盜，正法後纔得開城！"戴宗聽了，轉身徑向府前來。抬頭看時，府前懸着執刑牌，牌上寫着十八名犯人名字。戴宗看並無公孫勝，心中倒也安心。

巳牌時分，知府升坐公堂，衙役兩旁站立。都監帶着三百軍隊，下馬趨上公堂拜見府尹，旁側站立。府尹起提牢牌，提十八名江洋大盜上堂。衙役前往將犯人提出，軍隊彈壓，刀槍密布。百姓擠着來看，戴宗也軋在中間。看覷大盜一個個地走過，都是不認識的。大盜提上公堂，一個個地驗明正身。府尹批下斬條，十八頂沒頂轎子送上，將犯人一個個地推進。這批大盜形色個個不同：有的在笑，有的在哭，有的驚慌失措，有的面如土色，有的高聲大喊冤枉，有的潑口大罵官府。都監騎在馬上，兩百軍隊，作威作福，威喝着前行。戴宗感覺奇異，怎麼殺人不見劊子手？不如待我跟到刑場，看個明白。

到了刑場，衙役將犯人推出，一齊反綁跪下。那邊府大人問道："怎麼不見行刑頭目劊子手楊雄來到？"

祇聽旁側一個衙役答道："楊雄身染小恙，囑我代勞，我爲着貪圖賞銀，胡亂地答應了，實是難以勝任的！"府大人道："速去傳來。"衙役便去湯糰弄找到楊雄，喚他速速前去。楊雄得訊趕來，進了法場，吩咐衙役把犯人的跪姿調整一下。十八個犯人原是横着一字排列的，现在改爲直的一行。楊雄站在犯人後面，戴宗望這人時：

> 站立平陽，八尺身材。生就一張圓臉，兩條長梢眉，一雙泡眼。淡黄面皮，幾根髭鬚，飄灑胸前。頭上大綠綢披肩帽，身上大綠綢褂子，大綠綢底衣。花幫靴。腰繫大紅帶子。手裏捧着一把截頭刀。

看官：據説這楊雄的面相，原是滿臉殷紅，兩眉入鬢，鳳眼朝天，和關雲長的第三個兒子關索仿佛，因爲生了場大病，面色轉黄，纔成這個樣子，所以人家稱他爲"病關索"。

戴宗暗地尋思：這個頭腦，一個人一下子能連斬十八個人，却也有些本領。祇聽時辰官報午時已到，府尹出轎，在馬椅上坐下。三刻一到，吩咐行刑。催命炮響，楊雄左脚踏着第十八個犯人的腿，左手拔去犯人的斬條，拎着頭髮，右手持刀，向犯人頭上擦去。霎時刀過，人頭落地，屍首撲倒。楊雄便將這人頭放置一旁。接着又是一聲炮響，楊雄接着便殺第十七個人。這人人頭落地，又是放置一旁。這樣楊雄連斬了六個人，把手搖着。炮聲暫停，楊雄喘了口氣。隔一會兒，又殺六個，再喘口氣，直到最後一個。死者家屬，號啕大哭。衙役將這十八個人頭，盛在木盆裏，送往案發地點示衆。

府尹坐轎去城隍廟燒完香，回到衙中，傳喚楊雄。楊雄進見，府尹道："江州劫了法場，朝廷十分震驚。傳旨天下，嚴屬鎮壓。今後如遇要犯行刑，務須小心戒備。寧可錯殺，不可放過。謹防走失，四城可以關閉。現你斬了大盜一十八名，理當褒賞。斬盜一名，賞銀三兩。這十八名應得賞銀五十四兩。"

楊雄領了賞銀出衙，心中自是歡喜。徐步回家，祇見小路上賭場中闖出一個無賴，一把扯着楊雄衣襟，叫道："楊頭領，我阿王生活過不去了，今天定要向你借二十兩銀子。"楊雄看是潑皮，衹是推託，却不便去惹他。正在爲難，衹見旁邊酒樓門首闖出一個挑柴的大漢，路見不平，起手將那無賴劈頭一扁擔，打翻在地。無賴見勢不妙，慌忙爬起，摸摸屁股，溜走了。

戴宗在酒樓上，看得真切。聽人議論道："這石三郎最愛打抱不平，惡霸、無賴最怕撞見他。"戴宗細看這石三郎時：

> 八尺身材。生得一張"同"字臉。眉梢入鬢，一雙虎目，精神抖擻。唇紅齒白，天庭飽滿。頭戴遮涼帽，身穿皂布短襖。肩胛上有着補丁。棉紗帶束腰，皂布短脚底衣。赤脚穿着麻筋草鞋。酒店旁放的柴擔，約摸有六百斤重。扁擔長有一丈。

戴宗心想：這石三郎如此威武，有這麼大的力氣，梁山正用得着。待我和他攀談幾句，問他一個明白。若他沒甚牽累，正好指導他上梁山去聚義。他是英雄，當要坐把交椅。

戴宗便問店家，這個樵夫是誰。店家道："這人姓石名秀，排行第三，人家因此喚他作石三爺。"戴宗問："他家還有人嗎？"店家道："爺娘早死，兩個哥哥已去世，嫂嫂已經嫁人，現是單身獨漢。"戴宗道："他的本領如何？"店家道："若問石三爺的本領，薊州城裏可算得獨一的了。耍得一手好槍棒，有萬夫不當之勇，多少人也近他不得！"

戴宗聽了，說道："他的酒賬我付就是了。"店家就去知會石秀："你的酒鈔，那位紅臉的先生已惠過了。"石秀朝內看時，倒是不認識的，連連道謝。

戴宗道："石三爺請過來拼桌，在下與你談談。"

石秀過來，因問戴宗名姓。戴宗道："石三爺，在下姓戴名林，與足下雖是萍水相逢，却是義氣相投。我有一個好友，姓屈。

這姓屈的有兩個兒子，喚作屈仁、屈義。欲聘一位教師，教習槍棒。在下四處尋訪，未遇名師。今日得見石三爺如此神威，嚇退了這無賴；恰纔動問店家，又是稱道石三爺的武藝高強。可否就請石三爺前往山東濟南行教，一年奉納修金三百兩，在下願作擔保。"

石秀聽了，回問戴宗："先生作何行當？"戴宗道："在下販賣珠寶爲生。"石秀思想：教習槍棒，却有這麼多薪金。便道："承蒙戴先生成人之美，石秀感激不盡。衹是路遙，如何去得？"戴宗道："既蒙三爺慨允，當先付與路費。"戴宗就向店家討了紙筆，寫就薦書一封，信口封好，從包袱內取出白銀五十兩，信、銀當面交與石秀。並道："請往山東濟南府城南五十餘里，地名李家道，到朱順興飯鋪，詢問店主朱貴，將書投遞。屈員外得書，定會前來迎接的。"石秀將銀與信接過，好好地藏在身邊。兩下談論一番，戴宗推說還有約會，改日濟南再見，便惠了酒鈔，與石秀話別分袂而去。

戴宗在薊州城中，又歇了一日，尋訪公孫道長，仍是没有音訊。便回蟹曲山來，和裴宣、歐鵬、鄧飛、楊林一行人馬，扮作官軍，星夜往梁山泊來。晁蓋、宋江聞報，出寨迎接衆英雄上山。擺設筵席，慶賀聚義。席間，晁蓋問道："公孫道長佳況如何？"戴宗回道："小弟遍訪不着，便引領諸英雄上山來了。"又說到楊雄、石秀之事，十分贊美。晁蓋便命通知朱貴，日後若有石三郎前來酒店，熱情歡迎，不在話下。

且說石秀送別了戴宗，回到座上，繼續飲酒。這時楊雄尋到酒店來，見着石秀，便前來招呼。看到座上放着兩副杯筷，楊雄問時，石秀告訴道："説也奇怪，恰纔有個珠寶商人，姓戴名林。見我打抱不平，武藝高強，邀我樓頭飲酒，爲俺付却酒賬。並且寫下薦書一封，喚俺前往濟南行教。"

楊雄便道："石三爺,濟南地廣,如何去得?"

石秀道："地點寫得明白,就在濟南府城外五十餘里,鎮名叫李家道。教我去找朱順興飯鋪。店主朱貴,由他帶我去見屈員外。"

楊雄聽說,便道："石三爺,楊雄往日送公文到過濟南,曾在李家道上耽擱,這個飯店,江湖上傳說是梁山的做眼酒店,難道三爺今朝逢了歹人不成?"

石秀笑道："我是窮漢,誰會看相我啊?他還贈我路費五十兩呢,決非歹人!"

楊雄問道："書信何在?"石秀在胸前取出。楊雄接信看時,封面寫着"面呈屈員外親拆,名內肅",別無他字。楊雄問："可拆看否?"

石秀道："拆了就不好投遞了。"

楊雄道："這個無妨,可以復原。"

石秀道："那麼,就請楊頭腦展覽。"

楊雄用水噴濕封口,再用一枚針,輕輕地將信封挑開,抽出信紙,衹見信上寫道:

晁蓋大哥勛鑒:

　　小弟奉命下山,一路來至薊州,訪問公孫道長,未得着落。在薊州却遇一位英雄,姓石名秀,排行第三,人稱拼命三郎。武藝高强,槍棒精通。爲人膽大心細,年少英俊。故而指引來,上山聚義。請大哥見書,殷勤接待。餘不一一。

尚此,敬頌

　　大安!

　　　　　　　　　　　　弟戴宗　頓首

楊雄看罷，一聲冷笑，説道："好險啊！"隨手把信遞與石秀，又道："這人原來是別有意圖的！"

石秀聽着，怒氣衝衝道："險些受騙！這紋銀衹是没法還了！"當即把信撕得粉碎。

楊雄道："還好，此書却好没被公人看見，否則不是耍的！"

兩人談得投機，楊雄便道："石家三爺，想我並無眷屬，若不見外，今日與你結拜做個弟兄，如何？"石秀推辭不了，就在酒店，備下香案，義結金蘭。楊雄爲兄，石秀爲弟。

楊雄欲引石秀回家，拜見嫂嫂。石秀便去買身服飾换了，重回酒店。楊雄再看石秀時：

> 頭戴皂色軟頂羅帽，皂絹紥額，頂心打着英雄結。耳門上斜插大紅絨球，身上皂色緊身拳袴，二十八檔密排紐扣。桂黄闊帶繫腰，排鬚下垂。皂絹兜襠底衣，花幫薄底銀跟快靴，襯着白襪。外罩皂絹英雄大氅。手拿白紙檀香骨扇。

楊雄見了，哈哈大笑。

兩人來至湯糰弄楊雄家裏。岳父潘老老前來開門，楊雄介紹石秀拜見。老老道："賢姪少禮，你不認識老兒。你爹開過肉鋪，我倆原是熟悉的。"

楊雄唤妻子巧雲下樓來，叔嫂叙禮。侍女銀兒便去烹茶。巧雲看着石秀，年少英雄，一表人材；却看楊雄，鬚亂如麻，兩眼泡着。弟兄兩個，大不相同，不禁一見傾心，生了愛慕之意。

巧雲問道："叔叔大名？"石秀道："姓石名秀。"潘老老道："女兒不認識，他是石老老的三子，我是看着他長大的。"巧雲道："叔叔現操何業？"石秀道："樵採度日。"老老道："石老老原是開肉鋪的，是肉業的幹才，人稱石一刀。克紹箕裘，看來這個兒子的本領還更强呢！"巧雲説道："如此説來，叔叔何不開爿肉鋪？"石秀道："談何容易，祇是缺少本錢！"巧雲道："叨在兄弟情誼，可以商量，不曉得需要多少？"石秀道："約五百兩。"楊雄道："恰巧，大街對衝有爿肉鋪，月前倒閉，現正貼着紅紙招盤生財，且去看看如何？"石秀道："聽說這家店面占的地段真不差。"

楊雄便與石秀同往，走出湯糰弄，來到大街，對衝一家肉鋪，上着排門，門上貼着兩張紅紙，一張寫着生財招盤，一張寫着吉屋招租。旁有一行小字："如合意者，請至隔壁酒店由王老闆領看。"

楊雄、石秀便來廝會王老闆。王老闆領着楊雄、石秀前來，從後門走進肉鋪。這肉鋪的後天井處有竹籬攔着，三人進得店堂，石秀看到這店生財俱全：肉案、砧頭、水盆、刀仗都好，便問盤貨要多少錢。王老闆喚小老闆來。小老闆道："本當盤銀三十兩，現算二十五兩吧！"楊雄問石秀意下如何，石秀認爲合適，接過盤單，就此定交。王老闆又喚房東來，兩下議定，租金一月三兩，先付押金半年，大修理歸房主，小修理歸房客。寫好租約：租屋人，石秀；中人，楊雄。楊雄付了盤費、租金，便與石秀分手，到府衙門辦公去。石秀自找夥友：兩個人立砧頭，兩個人宰豬，一個上手，一個下手，一個燒飯。

次日，石秀和楊雄商量掛塊招牌。楊雄道："開店盼望生意興隆，你姓石，我姓楊，兩家合作，店名喚作'石楊興'吧！"石秀道："兄長是主，小弟是次，不如改稱'楊石興'吧。"石秀便請百作，內外修理油漆，這店煥然一新。石秀又去豬行看貨。定期開張，來一個大放盤。衆親鄰舍，齊來掛彩賀喜。楊雄一家，看着石秀開店，盡都歡喜。

開張日，第一個朋友拿着十個錢，用紅紙包着，雙手捧上，嘴裏說道："十錢如意。"石秀端出一個豬頭給他。第二個朋友拿着一個錢，也用紅紙包着，說道："一本萬利。"石秀便拿了一副豬腸給他。第三個用四個錢，繫着紅綫，説道："四季發財。"石秀又拿一副肝肺給他。

石秀賣過三個紅紙包，正式開始賣肉。肉價和人家比，八折優惠，大家爭來買肉。這段街上，霎時人聚得極多。爆竹聲聲，喜氣洋洋。真的是生意興隆通四海，財源茂盛達三江。不到巳牌，肉已售罄。排門上起，把賬結好。放了三日盤，便收盤調整價格。那時生意就冷落起來，殺出的豬總賣不光，連着虧損一個多月。石秀思想：這樣營業怎地維持下去？

這一天，有個老人家來買肉，站砧頭的夥友説話生猛，賣主、買主兩下衝突起來，老人家便生氣。石秀看到，忙來招呼，和顔悦色地勸解，老人家感到落胃，心平氣和地回去了。石秀便對夥友説了幾句，夥友不聽主人家説，算清了賬，辭店回去。不上幾天，另一夥友又是遊手好閒，也被石秀辭退。石秀親自前來賣肉，顧客都很滿意。石秀賣肉，却有本領，眼靈手快，刀斬得準。他賣肉是不用稱的，一刀斬下，就知分量。顧客買多少，就斬多少，少一兩可補一斤。所以人又稱他爲"石一刀"。這樣生意就漸漸好轉。

這天是周團日子，辦喜酒的人家多。時交三更，石秀聽得鋪內豬聲大叫，還聽得隔壁酒店小二埋怨，説道："飯真是難吃，酒客總要磨到夜闌人静纔散，恰想入睡，間壁又要殺豬。直到天亮，吵個不了。教我白天如何幹活？"

石秀聽着，心想：這樣真對不起鄰居。披衣起床，看師傅是怎樣殺的。祇見師傅把豬耳朵拖着，豬正在大叫。石秀便道："朋友，不要祇拉豬的耳朵！"那下手師傅，將豬放了，説道："不拉耳朵，怎樣把豬捉出？"石秀道："你照我的辦法做去，豬就不會狂叫，免得吵鬧鄰居。"下手師傅道："曉得！"石秀還對上手師傅道："今後殺豬，你要換個方法，使豬的血不會行散，肉身便不會轉紅。最好把刀點進，刀頭一撥，點中豬的心裏。這樣豬既不會狂叫，血也不會行散。"上手師傅道："我還未這樣殺過。"石秀道："我做與你看。"

石秀繫好圍裙，將殺豬刀咬在嘴上，説道："請兩位賞目！"上下手師傅站着觀摩。祇見石秀踏進豬欄，左手將豬的鼻衝和嘴巴一把扣住，右手將豬尾巴用中指扣牢，霎時將豬拎起，甩在殺豬凳上。左手還是不放，這隻豬嘴就張不大，叫是在叫，没啥聲響。石秀將一腿跪在豬的身上，把豬頭扭轉；右手將殺豬刀在豬的頸項上一刀刺進，將刀撥了兩撥，方纔抽出。這隻豬就一動也不動了。豬血放盡，把豬放入七石缸内褪毛。待水燒滚，滚水裏澆進一勺冷水，然後刮毛，毛就容易刮净，這就稱爲"石秀殺悶豬"。接着石秀又連殺三頭豬，統計四隻，連上下手殺的，一共五隻。五隻劈分十爿。石秀道："請兩位細看：你們殺的兩爿，和我殺的八爿，比較一下，爲何這兩爿會這樣紅，俺殺的八爿全是白色的？這就是我剛纔説的道理。"兩位師傅聽了，十分敬佩。

石秀把排門摘了，來提豬爿。他是左肩上肩一爿，右肩上又肩一爿，兩手拎着兩爿，嘴裏用鈎鈎着肉，又咬了一爿，一次就帶走了五爿肉。祇走兩次，便把十爿肉全掛在店門口了。石秀回頭道："兩位，可照這式樣做，不會，慢慢地學吧。"上下手師傅都道："我們慢慢學吧！"兩個師傅學了一段時間，技術有了長進，祇是氣力斷斷趕不上。

石秀開店，不覺又是一月，生意還是清淡，入不敷出。石秀就和楊雄商量，楊雄建議縮小排場，可節約開支。石秀旋又辭了兩個師傅和一個燒飯的。楊雄道："店裏這麼許多事務，一個人料理得轉嗎？"石秀道："祇需兄長向嫂嫂説明，中飯祇唤銀兒送來，伙食問題就可解決了。"楊雄同意。嗣後，銀兒天天送中飯來。石秀尋思：一個人如何做這許多呢？必須好好地將店務安排一下。

正是：欲知世事先嘗膽，除却巫山不是雲。

畢竟石秀這肉鋪如何開下去？且聽下回分解。

第二十一回　海和尚通情潘巧雲
石三郎知會病關索

話説石秀開設肉鋪，一人獨理店務，如何應付得轉？積累經驗，想出竅門。每日交賬完畢，吃過晚飯睡覺。四更起身殺豬，殺好天亮。就到街坊去吃早點，買些粢飯充饑，開店便做生意。賣肉到了中午，銀兒送中飯來。下午賣光剩肉，向嫂嫂交賬，就在楊雄家吃晚飯。飯後回店休息。倘然要到行裏去，便少殺一頭豬。次日賣肉到巳牌，便可售完。吃過中飯，將店反鎖，到行裏去販豬，晚上收豬。每日如此，倒也有頭有緒，相當順手。後來賣肉的秩序很好，店的名譽不錯，而且信用可靠，顧客滿意。

這一日，巧雲曉起，倚窗外眺，見楊石興肉鋪已上早市，顧客很多。看着石秀斬肉賣肉，非常靈巧。巧雲心中暗暗思量：石秀做生意很靈光，不用夥友，而且年輕英俊。丈夫每日在外誤酒，不常歸家。若是能和這位叔叔，成其美事，也不枉了爲人一世。再一思想：不曉他的心思如何？轉輾思慮，不如待奴設計去逗引他。想罷便囑銀兒，去殺一隻鷄來，清炖燒熟，鷄嘴裏銜上兩朵黑木耳。用盤盛了，中午送與石叔叔吃。他若問時，你可如此這般地講。

中午，銀兒把蒸鷄送至店中，石秀問道："銀兒，非年非節，爲何如此優待，送隻鷄來吃？"銀兒道："石三爺，送來的不是鷄啊！"

石秀道："這不是雞，又是什麽？"銀兒道："叔叔連日辛苦，主母喚奴燒上一碗美肴奉承。這碗菜，主母説得好，稱爲'鳳采牡丹'。"石秀思想：人説菠菜，喚作'紅嘴綠鸚哥'，主母把雞比作鳳凰，木耳比作牡丹，一樣地巧妙。因笑道："好聰明的嫂嫂！銀兒回去，爲俺謝謝主母。"

銀兒回樓，巧雲問石秀如何吃雞，講了些什麽話。銀兒就把石秀大笑，稱贊主母聰明，還要托她道謝盛情，説了一遍。巧雲聽着，心中思忖：石秀這麽説，定然是有心的了，不勝歡喜。便囑銀兒準備四色小菜，一壺美酒，兩副杯筷，安放在房内桌上。巧雲自在房内等候着石秀。

下午，石秀挾着賬包，來到楊家，拜見潘老老。潘老老知是石秀前來交賬，起身招呼，喚女兒下樓來。巧雲聽了，喚着銀兒到樓門口説道："就請石三爺上樓交賬。主母奉着主人之命，有話面叙。"石秀道："還請嫂嫂下樓來講！"潘老老道："賢姪，嫂嫂有話，既是哥哥説的，上樓何妨！"

石秀便上樓去，來至房門，又站住道："嫂嫂有何吩咐？"巧雲道："叔叔請進，坐下談吧！"石秀道："兄長不在，小弟焉可闖入内房？"巧雲道："一家人計較得這許多嗎？"銀兒也道："石三爺請進！"石秀祇得説道："如此，小弟進來，拜見嫂嫂。"巧雲招呼石秀高坐，石秀便在一張凳子上坐下。銀兒斟上酒來，巧雲勸着石秀連飲幾杯。石秀問道："嫂嫂，兄長究竟有何吩咐？"巧雲道："銀兒，你去泡壺茶來。"銀兒把門帶上，旋身走下樓去。石秀坐着，看房中祇剩兩人，有些局促，因而低頭不語。

巧雲笑道："叔叔，今年多大年紀了？"石秀祇得回復道："小弟虛度二十三歲！"巧雲聽了道："爲嫂長你兩歲。"石秀應聲"是"。又問道："嫂嫂，有事請快講吧！"巧雲却問道："叔叔年輕，可感寂寞？"石秀忙道："嫂嫂勿説瘋話，小弟一向清靜慣的！"巧雲就道："叔叔，男長當婚，女大當嫁，叔叔青春二十三歲，爲嫂倒想替你做主，討個妻房，如何？"石秀道："嫂嫂，又要開玩笑了，小弟娶親尚早！"巧雲道："叔叔莫裝正經。爲嫂看到：那天有個姑娘，娉娉婷婷前來買肉，你和她講些什麼話呢？這姑娘笑嘻嘻地斬了一塊蹄夾心去，臨走時還幾次回頭呢。這個姑娘住在什麼地方，叫啥名字？請你講來，爲嫂給你說媒去如何？"石秀道："小弟並無此事，嫂嫂不要聽人亂說！"巧雲道："街坊上人早傳開了，叔叔還在怕羞，衹是不肯直說。請用酒吧。"石秀衹得聽巧雲絮煩，礙着楊雄的情面，沒有發作。並不答話，也不飲酒。

巧雲却道："叔叔，年輕人哪裏守得住心猿意馬？我看叔叔，也是個喜愛姑娘的，何必覥觍怕羞！"石秀道："嫂嫂，不說正話，小弟衹好告辭！"巧雲道："且慢，你哥哥再三叮囑，要爲嫂替你討房親事，教奴如何回答？"石秀被巧雲纏住，正在爲難。抬頭看巧雲時，見她眉橫春山，眼露秋波；面如桃花，胸若芙蓉，一片春意盎然。心想：不如早答復她，藉以脫身。便道："嫂嫂，衹教年歲相當，也就是了。"巧雲道："如此說來，像爲嫂這樣的人，你看如何？"石秀聽了，心中一驚，嫂嫂怎會說出這樣的話來？當面衝她，下不了臺，這樣不好。再一想：不要自己聽錯了，還是說話客氣些。便道："兄長仗着嫂嫂的聰明，管家有方，實是宏福！小弟安敢望這福分？"巧雲聽了，心中思想：那石秀對我如此恭維，定是話中有骨的，那就顧不得許多了。就將手臂悠悠地伸過去，挽在石秀的頸上。嘴裏說道："叔叔的福分也不淺。爲嫂看來，是有這福分的！"石秀忙道："嫂嫂穩重了。"順手一推，巧雲連人帶椅，都倒了下去。椅子倒在那床欄上。石秀怒氣衝衝，踏步走下樓來。潘老老上前來問："賢姪如何發火？"石秀道："沒有什麼！"管自出門去了。那巧雲站身起來，心中好似一桶冷水淋頭澆下。正是：

落花有意隨流水，流水無情戀落花。

潘老老看這行徑，在樓下罵道："女兒，怎的衝撞叔叔?"巧雲回道："爹爹，女兒與叔叔做媒，叔叔怕羞走了，並沒有委屈他!"潘老老聽了，說："原來如此!"

石秀走後，巧雲便喚銀兒去買花綫，藉端去看石秀。銀兒去時，石秀正坐在店鋪，思量這事，要否告稟兄長。忽見銀兒前來，問爲什麼。銀兒道："主母今日醉了，委屈了石三爺，千祈原諒!"石秀聽了，便道："銀兒，這回算了，下次不可!"銀兒回房，告訴巧雲。巧雲心纔放下。

第二日下午，石秀又來交賬。潘老老笑道："賢姪，爾嫂與你說媒，爲何如此怕羞?"石秀道："老伯不必多言!"心想你還蒙在鼓裏，祇是事情過了，也不多說。就請嫂嫂下樓交賬。銀兒便扶巧雲下樓。石秀並無笑容，將賬交上。巧雲不覺面漲緋紅，却不言語。自此以後，石秀遇見巧雲，總是面孔板着。倒也暫時相安。

一月以後，巧雲再次在月洞門內眺望看覷石秀賣肉，心裏思想：天下這樣的呆漢却少有的! 忽覺喉癢，一聲咳嗽，吐下一口痰來，恰巧有人走過，吐在一個人的頭上。祇聽下面那人啐道："哪個沒眼睛的，把痰吐在我的巾上了。"巧雲聽得人罵，低頭來看，恰巧這人把頭也抬起來。四眼相射，來了一個照面。祇見此人：

頭上戴大綠如意巾，身穿大綠繡花海青，足登皂緞靴，手拿白紙檀香扇。

那巧雲看了，笑道："我道是誰，原來是你，怎會恰巧吐在你的頭上?"邊說邊把身子躲了進去。樓下此人，祇見樓頭是一美貌婦女，仔細看時，也說："咦! 原來是巧雲大姐。無妨無妨!"就將衣袖去頭上揩抹。

看官：下面這人是誰呢？此人爲何不把帽巾除下，却用衣袖揩抹呢？原來他是個和尚，所以除不得！兩人怎麼認識的呢？此人在家時，喚作李陪生，出家後法號叫海闍黎。父親在日，開設藥鋪，薄有幾貫資財。和潘老老是對門鄰舍。潘老老開的是舊貨店。兩老却很要好，都沒有子女。這一年雙方家裏懷孕，說得高興，指腹爲婚。潘老老對李家説："倘若你家生着男孩子，我生姑娘，我的姑娘就是你家媳婦；反之，你家姑娘，就做我家媳婦。倘然都是生男或女，則螟蛉過繼對方。"李家答允。如此到了七月初七，潘媽媽生了個女孩子，因爲她是乞巧日生的，故而取名巧雲。李家隔了三天，初十生下一子，是陪着巧雲而生的，所以取名陪生。養到三歲，李家行聘締姻。到了六歲，兩人同館讀書，十分親昵。說也奇怪，別的男孩總同男孩玩，陪生却與巧雲同伴，寸步不離。讀書到了一十五歲，陪生和巧雲的媽媽相繼得病死去。潘老老因爲女兒大了，買了個丫環銀兒，在家侍奉。教巧雲學習針綫，不許外出亂走。陪生十六歲時，父親病故，從此沒有管束，軋了一班花朋酒友，一味吃喝胡鬧，數年之間，把家底花光。潘老老没法，催促陪生完姻，要些鋪陳。那陪生沒有銀子，却受朋友誘説，將聘禮收回，年庚還了潘家。從此兩家解除婚約。十八歲時，巧雲重配楊雄。陪生又將退聘金銀，浪費一空。無法生活，便去報恩寺挑經擔，老和尚知道他讀過書，筆墨不錯，有的經卷能夠解釋，於是允其受戒爲徒，取名海闍黎。第二年，老和尚圓寂，海闍黎便升爲報恩寺的當家和尚。今已二十五歲，仍然舊習未改。不時裝扮作在家人，走花街，穿柳巷，調笑良家婦女。今天路過這湯糰弄，恰巧巧雲一口痰吐在他的頭上，雙雙一笑而罷。

和尚回歸報恩寺來，仔細琢磨：那巧雲大姐，這口痰是有心

吐在我的頭上呢,還是無意的? 我自不能辜負她的好意。轉念
一想,有了,待我明日去化月米,藉端就可會她。海闍黎便帶着
道菩薩,挑着擔子,一路化緣而來。到了楊家門首,上前叩門,口
稱:"阿彌陀佛!"潘老老應聲開門,海闍黎念聲佛道:"原來却是
老伯。"潘老老仔細一看,認出來了,説道:"喔唷,老兒道是哪個?
原來是賢姪陪生來了。堂屋請坐。"陪生合掌謝過,道菩薩放下
經擔。潘老老便問陪生,如何出家。那和尚道:"自與老伯一別,
姪兒看破紅塵,在報恩寺削髮爲僧。師父圓寂,現做着住持僧。
法號海闍黎。"潘老老聽了,説道:"姪兒倒有善根,爲伯還不及
啊!"陪生回問道:"老伯,怎麼在此間?"潘老老道:"賢姪,我女兒
現嫁捕快都頭楊雄,這是我的女婿家,你看我真老了!"

堂前談話,樓上巧雲聽這話聲,好像是昨天所見的陪生和
尚。便喚銀兒,將她扶着走下樓來。主僕雙雙,來至堂前。潘老
老道:"兒啊,過來見過陪生哥哥。"巧雲乘勢招呼陪生:"小妹見
過哥哥。"那和尚忙道:"阿彌陀佛,巧雲大姐免禮!"巧雲道:"陪
生哥坐。"和尚道:"巧雲姐坐。"兩人就此眉來眼去。那巧雲見陪
生時:

> 頭上戴着漆黑毗盧帽,身上穿着黄澄澄袈裟,清清爽
> 爽。下穿桂黄底衣,僧鞋僧襪。腰間繫着九縷絲條。頭頸
> 上掛着一串菩提珠,手拿拂塵。

正是一個風流瀟灑的大和尚。那和尚也在窺覷巧雲,祇見巧雲
頭簪珠翠,身穿大紅綾襖,下圍大綠綢裙子,掩着一對小小金蓮。
兩人眉目傳情。

那巧雲暗暗思量:昨日分明是個白臉書生,今朝怎的成了個
年輕和尚? 曉得雖是出家,風流尚未拋棄。那巧雲便問道:"陪
生哥哥,在哪處叢林披剃?"和尚重述一遍,並道:"巧雲姐,你好

福分,不知有幾個小寶寶?"巧雲道:"尚未生育。"潘老老便喚銀
兒端茶。銀兒送上香茗。陪生答道:"阿彌陀佛,老伯真好客
氣!"潘老老問道:"報恩寺有多少僧衆?"陪生道:"小寺香火,不
見得盛。逢初一月半還好,不過二十餘人。"潘老老又問道:"這
寺出產可好?"陪生答道:"有些水陸道場,經懺倒有得做!"潘老
老便道:"哎,我問的是這寺宇的山田出產。"陪生連忙改口道:
"阿彌陀佛,我聽錯了,這報恩寺出產還可以。"潘老老看這和尚
說話,後語不對前言,知道他是心不在意,便喚巧雲上樓去。銀
兒扶着巧雲進去,到中門時,巧雲回過頭來看覷,却見和尚兩眼
也是盯着,目不轉睛。巧雲覷視,微微一笑,引得和尚魂靈兒都
飛了。潘老老就取出一斗月米,交與陪生。和尚祇得合掌道謝,
便喚道菩薩,挑了經擔,回歸報恩寺。

　　和尚一路心中思量:那巧雲大姐這一笑自然又是有意的,我
如何再來望她呢? 和尚想出一計:明日買了乾果四色,桂圓、荔
枝、香榧、胡桃,提着到湯糰弄來。見了潘老老忙賠笑道:"老伯
多年栽培,沒甚相送。區區薄禮,聊表心意。"潘老老道:"哪裏當
得起啊,教賢姪破鈔!"兩下相讓。巧雲又聽得和尚的聲音,便喚
銀兒扶下樓來,說道:"爹爹,陪生哥哥這一點誠意,心領了吧。"
潘老老祇得收下。三人坐在堂前,稍稍叙談,潘老老又喚女兒上
樓,和尚祇得告辭出門。和尚在路思想,每天跑來跑去,極爲不
妙。再過十天,來看他吧。巧雲回房,等了數日,却不見和尚再
來,心中却自納悶。

　　那日楊雄歸家,夜膳之時,巧雲向潘老老道:"爹爹,可記得
後天是什麼日子啊?"老老聽了道:"啊唷! 真的忘懷了! 後天是
你媽十周年的忌日。"巧雲道:"做孩子的理當追薦,還了願心。"
楊雄道:"巧雲說得是啊。"潘老老道:"如此,日裏拜一堂經,晚上
放一堂焰口,就算了。"楊雄道:"我去請太子庵的和尚來。"巧雲

道："爹爹，我看報恩寺和尚念的經真足！"潘老老聽了，心想：吃了海和尚的四色乾果，這個小生意就挑挑他吧。便道："是啊，賢婿可去請來。"

楊雄第二日去請海和尚，海和尚滿口答允。到了日期，來了六個和尚。在楊雄家裏，鋪設經堂，追薦亡魂。楊雄在家料理。傍晚懺畢，和尚回去，預備晚上來放焰口。楊雄便去楊石興肉鋪，見石秀在上排門。楊雄告訴石秀："今日是先岳母的忌日，我沒到衙門去辦公，猶恐耽誤了事，這時須去一轉。和尚來放焰口，請賢弟前去照料一下。"石秀回答道："兄長放心，小弟自會照顧的。"楊雄謝過，自往衙署。石秀反鎖了店門，到湯糰弄來交賬。且代兄長，照顧僧人施放焰口。

潘老老見石秀來，哈哈大笑，說道："老兒可以早些睡了。"

天時黑盡，祇見來了五個和尚。一個挑經擔的把箱子打開來，取出法器，擺設停當，開始來放焰口。石秀代着楊雄，送着和尚登壇。海闍黎搖動鈴杵，發牒請佛，獻齋贊供；僧衆敲動法器，做將起來。潘老老就去安睡。

焰口放到二更，銀兒忙着燒粥。巧雲前來拈香禮佛。石秀在椅上坐着，想到四更是要去宰豬的。且趁此時，打一會瞌睡吧，人就在茶几上靠着。挑經擔的也睡着了。

海和尚坐在壇的中央，嘴里正念着經，兩眼却祇管向着巧雲看。旁邊四個和尚，嘴裏念經，手上敲動鼓鈸，兩眼已經蒙矓，不住地在打瞌睡。巧雲過來，在海和尚身旁走過，斜手向海和尚袈裟上撩着，腰上擰了一把。海和尚眯眯地一笑，伸手去袖子裏欲捏那巧雲時，不想驚動了石秀，石秀就睜眼來看，海和尚不敢妄動，定了定神，一本正經地念經。石秀心中真有些不快意，架起精神，坐在堂前凝視着。直待焰口放畢，時已三更。挑經擔的收法器，銀兒搬出甜粥，請衆和尚消夜。衆和尚膳畢。石秀喚海和尚把錢算清了去。和尚道："改日好來!"石秀催巧雲把賬算清，免得師父勞駕。巧雲無奈，祇得將錢交付。石秀看着衆和尚已出門，自回店中，宰豬做生意去。

次日，海和尚又來。潘老老引入堂屋，連謝昨宵辛苦。巧雲耳尖，聽得和尚來到，扶着銀兒又下樓來。潘老老喚女兒把經懺焰口錢交付。海和尚道："賬已算清，姪兒原不想來，昨夜匆忙，把金剛經包忘了，所以特來取回。"銀兒就把經卷交還。巧雲問道："報恩寺新來有甚香火?"海和尚乘機説道："明日活佛升天，趙員外領香，香花最盛。"巧雲就向潘老老説道："爹爹，偌大年紀，還沒出外燒過香呢，明天我們一同燒香去，如何? 楊頭腦沒有兒子，奴家也好在佛前許個願心，求得一子。"潘老老道："也好，看看活佛升天，飽飽眼福。"海和尚滿心歡悦，口稱："阿彌陀佛，貧僧一定恭候!"和尚辭歸。晚間楊雄回家。巧雲把隨父燒香之事説了，楊雄同意。家門請石秀照顧。

次日，楊雄雇了三乘轎子，請石秀管家。轎子出了北門，徑向報恩寺來。那海和尚整頓精神，先在山門下伺候着。見着轎到來，喜不自勝，合掌向前迎接。銀兒扶着巧雲，進客堂坐下。已先安排下花果香燭之類。海和尚引着潘老老和巧雲，參禮三寶，在送子觀音殿娘娘前讀了疏頭，化了紙錢。然後引到齋堂，請潘老老飲酒。潘老老推辭，巧雲道："陪生盛意，且飲一杯。"説着，海和尚早喚小僧托出兩盤酒菜來。素雞、麻菰，甚是潔淨。斟上一盞白酒來。潘老老道："什麽道理，打擾陪生。"海和尚道："姪兒理當如此!"海和尚殷勤斟酒，潘老老吃央不過。原來這酒力很凶，潘老老多吃了兩杯，擋不住，不覺醉了。説道："老兒覺着頭昏，身子擺動，坐不定了。"海和尚道："老伯中酒，且請去禪房床上歇一會吧。"便喚師友扶着潘老老去一個淨房睡了。

海和尚便勸巧雲，開懷暢飲。巧雲説不出的高興，連連飲了幾杯，問道："你祇顧央我吃酒做什麼？"海和尚嘻嘻地笑道："祇是敬重大姐！"巧雲道："我也吃不得了。"和尚道："請大姐散散心吧！"巧雲道："這裏有甚好玩的？"海和尚道："廟裏沒甚好玩的，祇有佛牙耐看！"巧雲問在哪裏，海和尚道："在我禪房裏。"巧雲道："銀兒，在此等候，待我前去看來。"銀兒答允，心裏卻在疑慮！海和尚帶着巧雲，來到自己禪房，和尚起手來扶，巧雲伸手來摸。心猿意馬，浪蝶狂蜂，兩人擁抱，不自覺地在禪房中成了苟且之事。銀兒前來，眼見主母寬衣解帶，鬢髮蓬鬆，也就心中有了分寸。海和尚見了，好不歡悅，又與銀兒成了非分之事。和尚是色中餓鬼，卻成了一箭雙雕。巧雲、銀兒就此再整雲鬢，重勻粉臉。離開了禪房，到客堂來。

海和尚便道："你既有心於我，我也死而無怨！祇是今後，如何得見？"巧雲笑道："且不要慌，我的老公，一月倒有二十來日當差上宿，你來自便，祇是需要防個萬一。"銀兒卻道："主母，前來求子，理當許個願回家。湯糰弄一帶黑暗，石板路上七高八低，走的人常常跌跤。回家以後，不妨每夜許點天燈一盞，給人方便。楊頭腦看行好事，自然同意，我們可以借爲暗記。天燈點得亮亮，表示主人在家。海大師不可前來。若是低暗，表示主人外宿，三更之前，銀兒就去後門口等候。你可輕敲三下，兩快一慢，便可放你進來。"巧雲啐道："這卻不妥，主人回家，沒有定準。倘然四更以後回來，陪生還在房中，豈不撞見？如之奈何？"銀兒又道："最好弄個人來巡風，纔好！"

海和尚道："我卻有個知己，嘴巴很緊。我的心事，他都清楚。祇消塞給他一些錢，定然肯來幫助的。"巧雲問道："他是何等樣人啊？"海和尚道："就是此間土地庵的一個燒火僧，背駝着的。"巧雲道："錢我來出。這風如何來巡？"海和尚道："我喚他來拜《華嚴經》。"銀兒道："拜經胸前懸着木魚的，五步一拜，十步一敲。那麼，倘然主人從前門來，他可在後門將木魚打急，海大師就從後門跑出；主人若從後門來，他就在前門敲緊，海大師就從前門出去；倘然天快亮時，他在後門打動木魚，高聲念佛，海大師就好出去。既是巡風，又是報曉。"海和尚道："此計極妥！"

大家說定，銀兒便去喚醒潘老老，回客堂來。潘老老問是何時。海和尚道："已至巳牌。"潘老老道："緣何香客未來？"海和尚道："忽聽趙員外生病，活佛改日升天了。"潘老老道："如此，巧雲我們燒過了香，就回去吧！"海和尚幫助點燭，巧雲跪在拜檔上，許下願心。潘老老催着回去。海和尚送至山門。三人坐轎歸家。石秀看見他們回來，卻也安心。

那海和尚便向土地庵來，尋到駝背和尚，暗暗談論："每天夜間，一同進城。請你去拜《華嚴經》，每夜給你兩百文。"並將巡風、報曉之事，說與他知曉。駝背和尚聽說有錢，自然滿口答允。當日晚間，楊雄歸來，潘老老就將求子許願之事，告訴楊雄。楊雄聽了，正自歡喜，喚銀兒每晚去點燈。從此以天燈為號，海和尚和巧雲、銀兒常來常往，宵來曉去，不覺一個多月。

這一日，天尚未亮，石秀宰豬回店。忽見湯糰弄內，前面走着駝背和尚，後面跟着海闍黎。海闍黎的手搭在駝背和尚的肩上，神色慌張。石秀看着驚異，上前來問："海和尚，你到這裏幹什麼啊？"海和尚睜開眼來，見是石秀，這心益發跳個不住，支吾道："貧道在施主家放着焰口歸來！"石秀喝道："海和尚不要亂講，焰口不會放到天亮的！"海和尚便轉口道："不是施放焰口，實是耽擱在朋友家中。"石秀心中思想，和尚說話前後不符，必有蹊蹺。但無證見，不便亂說。便警告他，這條路你得少走。不然的話，當心打斷你的狗腿！海和尚諾諾連聲，拖着駝背，邁開兩腿，飛逃而去。石秀便將此事丟在腦後。

海和尚那邊卻有十多天不敢到巧雲處來！巧雲每日愁思，

和尚恁地不來？難道棄舊換新，琵琶別抱去了？便喚銀兒前去土地庵問一聲駝背和尚。駝背和尚說是如此這般，海大師膽小，怕再撞見，不敢再來了。銀兒道："煩你和海和尚說，主母已經生氣。倘不再來，主母要與主人講了，看你如何下場。"銀兒把這話回復主母。巧雲贊她說話伶俐，今晚且再等他，看他如何取捨。

駝背和尚便去報恩寺告訴了海和尚，海和尚決定重敘舊情。晚間與駝背和尚前來赴約，巧雲殷勤接待，還與他壯膽。自後又是日日相會。倏忽過了一個多月。

這一天間壁酒店酒客喧擾，至三更方散。石秀被吵得不能入眠，便早起宰豬，欲想小解，到湯糰弄轉角處來。忽聽得木魚聲聲，高聲念佛。石秀定神看時，楊雄家後門跟前，駝背和尚在那裏敲着木魚。霎時後門啓處，從黑影裏閃出一個人來。仔細看時，却是海和尚。又聽銀兒在後埋怨道："海大師今天來得太遲，明晚要早些來啊！"海和尚道："我二更以後一定來到。"石秀聽得清楚，欲想上前扭住，叫喊起來，又思鄰舍聽到，有礙楊雄臉皮。便不動聲色，放了他們過去。回店管自賣肉。銀兒送中飯來，如常吃了。

午後，石秀鎖好店門，徑到州衙前來尋找楊雄。行至州橋邊，對面迎見楊雄。楊雄問道："今日肉店生意如何？怎早休息？"石秀道："肉已售罄，得空尋得兄長，痛飲三杯。"楊雄道："爲兄理當奉陪。"便引石秀來到州橋下一個酒樓上，揀着一處僻靜處坐下。喚小二取瓶好酒來，安排盤饌海鮮下酒。

兩人飲過三杯，石秀啓言道："小弟想問兄長，有幾日不回家了？"楊雄笑道："賢弟，我經常是兩旬半月在外的，今日倒想歸家了。"石秀勸道："伯父年邁，嫂嫂青春，銀兒尚小，兄長乃一家之主，放心得下嗎？"楊雄道："我常在外，難道家中出了事故不成？"石秀道："沒有什麼，祇望聽我一言，每日回家就是。"楊雄道："賢

弟今日尋我，飲酒間忽出此言，必有緣由。兄長是急性子人，請
弟直説！"石秀道："祇教兄長天天回家是了，吃酒也可以在家吃
的。"楊雄聽得心癢難忍，説道："今日定要兄弟説個究竟，不然，
爲兄更煩惱了！"石秀被楊雄追問得没法，祇得説道："兄長，倘若
家中出了盗竊案呢？楊雄道："賢弟，何故説話吞吞吐吐，不是太
見外了？家中究竟出了何事？頭腦人家盗竊案想是不會有的。"
石秀欸道："也罷，兄長我就説了。不過千萬兄長聽了，不能煩
惱，也不可生氣！否則，我就不講！"楊雄道："賢弟快講，我不生
氣就是！"石秀道："小弟就直説吧！"就將施放焰口之夜，目睹調
情之事，直説到月前兩個僧人被我盤問，支吾不已，以及今朝五
更時分，小解時又是撞見兩僧。一一説與楊雄知曉。

　　楊雄氣得怪聲大叫，道："我豈肯饒恕這個賤人？待我回家，
殺了這賤人吧！"石秀道："兄長且慢，你不要責怪嫂嫂。她是年
輕婦女，哪能耐得孤棲？你終月在外，酒水糊塗，兩旬半月，不去
周旋她，這事一半是你造成的。這叫：知理不怪人，怪人不知理！
兄長聽我一言。日間家中有老伯和小弟在，僧人不敢前來亂闖。
晚上兄長回家安眠，諒是僧人也不會來。這樣三月、半載過去，
兩人情斷，事過境遷，這事也就冷了。兄長不能偏激，爲人難免
有錯，就饒恕了她這一遭吧！"楊雄聽了道："賢弟説哪裏話來？
爲人在世，當要顧得臉皮。這種羞辱，爲兄如何忍受得下？我是
決不甘休的！"石秀道："兄長還請三思！"楊雄道："決無後悔！"石
秀道："如此説來！捉奸捉雙，捉賊捉贓。請問兄長：雙在哪裏，
賊在何處？"楊雄道："賢弟你看，便當怎樣？"石秀道："小弟自當
助兄一臂之力。兄長今日可不回家，小弟在店堂候你。二更、三
更時分，前來敲門，我倆一同前去。小弟守着後門，斷着和尚去
路；兄長在前面打門，直待和尚逃出，小弟就可將和尚扭送公堂，
依法懲辦。兄長你看使得使不得？"楊雄點頭道："好。"石秀道：

"如此,不可失約。"楊雄道:"決不失信。"兩個再飲了一杯,楊雄算還了酒賬,一同下樓來。

出得酒肆,楊雄仍回衙去。半路却見門生走來,一把挽住道:"先生,學生找你找得慌,許多地方都尋遍了,你在哪裏?"楊雄道:"恰纔和石三郎到酒樓喝酒去。"門生説道:"先生快走,怎地忘了? 今夜正請先生去吃合歡酒呢!"楊雄道:"我今夜不能喝酒,改日來吧!"門生道:"恰纔先生不是和石三爺在喝酒嗎? 怎麽説不喝呢?"楊雄道:"我還有事!"門生道:"什麽事啊,我們替你去當差辦理就是。"楊雄道:"没有什麽。"門生道:"如此,定要請先生賞光,謝謝先生對我的栽培。難得好日,寬飲幾杯!"

門生硬挽着楊雄,來到他的家中。門生殷勤款待,賀客輪盞敬酒,楊雄吃得酩酊大醉。夜闌人散,楊雄問道:"已是什麽時候了?"有人道:"將近四更。"楊雄醉醺醺地説道:"你們把我害了,誤了我的大事!"門生道:"先生夜深,就在這裏歇息吧!"楊雄堅決要回家去,門生祇得相送。楊雄道:"我有要事,哪個跟着我來,就是給他一掌!"門生祇得讓他自去。

楊雄醉醺醺地邊走邊吐,一路前行。這樣楊雄要來楊石興肉鋪,知會石秀,捉拿海闍黎和尚。

正是:憑君汲盡西江水,難洗今朝滿面羞!

不知楊雄如何行動,且聽下回分解。

第二十二回　潘巧雲哄騙病關索
石三爺智殺海闍黎

　　話説拼命三郎石秀，將海闍黎通情潘巧雲之事，告訴了病關索楊雄。楊雄聽得，十分氣惱。相約石秀，今宵四更回家捉奸。楊雄與石秀分手，回衙之時，半路上忽遇門生，強挽着到他家中吃合歡酒，吃得酩酊大醉。四更時分，楊雄醉醺醺地尋到楊石興肉鋪來，着力地敲門，却沒聽得石秀的回音。不知石秀一直等着，等到二更、三更，却不見楊雄前來，知已誤事。尋思：早晨還要趕做生意。這時已經宰豬去了。楊雄砰砰敲門，敲得再響，自然石秀也不會有回聲了。楊雄有氣，糊糊塗塗，祇得自回湯糰弄來，來到自家門首，前門敲着，也無回應。楊雄發怒，大吼一聲，喊道："緣何不開門來！"連叫幾聲，幾乎把門打破。樓上巧雲，雖是早已聽到，驚慌失措，没法下樓開門，一時無奈，祇得應道："下面可是官人？"楊雄道："是我歸來，快開門啊！"巧雲推説早已睡着，夢中驚醒，要楊雄暫待，故意催唤銀兒穿衣。這時駝背和尚，在後門把木魚打緊。銀兒將海和尚匆匆送走，再回樓來。

　　巧雲便唤銀兒快快去睡着，自穿衣衫，張着燈下樓來，便來啓門道："官人回的怎遲？"楊雄聽了，也不答話，衝口就罵道："賤人幹得好事，我回來了。"巧雲不敢作聲。楊雄却又罵道："賤人你總有一天，落在我的手中！"楊雄嘴裏罵着，隨手將門關好。巧雲一聲不響。楊雄張燈，就在天井玉蘭樹叢旁四處尋找。嘴裏絮絮叨叨，罵個不休。楊雄找東找西，不見蹤影。轉到堂前供桌下又照了一遍，進得中門，又進灶房，四處看覷，然後上樓。巧雲跟着上樓。楊雄又在銀兒房內尋找，揭開紗帳，銀兒睡着。遂到巧雲房中，也沒有看出動靜。楊雄神倦，祇得寬衣就寢。不上一會兒，巧雲聽到楊雄鼾聲如雷。巧雲喚時，也不理睬。

銀兒就過房來，兩人輕談。巧雲道："今天主人回來，酒氣沖天，罵得很凶，是何緣故？ 難道這事敗露了不成？ 倘若走漏，你我性命難保，如何是好？"

銀兒道："主人到家四處尋找，分明在找師父。"

巧雲道："這事誰會知曉？"

銀兒道："主母，除非是石秀。他是四更要殺豬的，起身得早。那次海大師遇見他，被他罵了一頓。"

巧雲道："看來，一定是他，在主人面前搬弄。此人在此，我們早晚要死在他的手中。總得想個法子，拔了這隻眼中釘纔好！"

銀兒道："是的，不拔此釘，不得安寧。"

巧雲道："銀兒，你且去睡，明日如此這般做來。"

銀兒道："好計，照此行事便了。"銀兒自去安睡。

巧雲把房門閂好，獨自坐在月洞門邊。手持絹帕，兩眼不住地擦着。坐待天明，待至辰牌時分，兩眼早已擦得紅腫。

楊雄一覺醒來，祇見桌上殘燈猶明。巧雲獨對菱花，雙眉緊鎖，眼淚汪汪，自怨自艾。楊雄問道："賢妻，你一夜不曾睡嗎？ 爲何不住地哭泣？"巧雲掩着淚眼，祇是不應。楊雄下床，穿好衣靴，過來撫慰道："賢妻究竟爲了甚事？"巧雲仍是不理會他。楊雄心想：諒是昨夜酒醉，言語衝撞了她。便道："昨宵歸來，我酒醉了，多多冒犯，賢妻請勿惱。"嘴裏說着，深深地作了一揖。

巧雲道："官人哪，你的話重如泰山一樣，壓在我的頭上，教妾身哪裏擎受得起？我做了什麼没臉的事，請官人道來。"

楊雄道："賢妻，卑人酗酒失言，認不得真，賠禮就是。"

巧雲道："夫妻爭吵是尋常事，祇是官人説的，有何道理？妾身早當一死，却想弄個明白，這樣死也瞑目！"

楊雄道："賢妻，我祇是酒醉，説話没甚深意。"

巧雲道："定要説個明白。"

楊雄道："没有事教我講些什麼來？"

巧雲道："若真無事，你絶不會説這等話的，你不説啊，我也不願爲人了。"嘴裏説着，順手在針綫盒裏取出一把剪刀，欲向咽喉刺去。

楊雄見勢不妙，連忙奪住。一手摟住巧雲的肩膀道："放下放下，我説就是。"巧雲放下剪刀。楊雄道："昨天下午，卑人欲想回家，遇見賢弟石秀，同往酒樓叙話。他説道，那日岳母做十周年的忌日，代我照管家務，他親見你與海和尚兩下調情。一月之前，天未大明，又見兩個僧人從湯糰弄裏走出來，賢弟罵了他倆一頓。昨天早晨五更時分，石秀去湯糰弄小解，聽得我家後門有人打木魚。霎時間闖出一個人影兒來，細看時，不是別人，是海和尚。銀兒在後相送，還叫'海大師，今夜要早些來啊'。賢弟本想上前抓住和尚，恐怕驚擾鄰舍，壞了楊雄臉皮，所以放他過去，勸我經常回家。我聽此話，怒氣衝衝，豈肯甘休，定要找個水落石出！石秀道：'捉賊捉贜，捉姦捉雙。'他願助我一臂之力，叫我二更、三更時分去喊他。我敲前門，他守後門。和尚逃出，就可扭住，送往公堂，依法懲辦。不料我去門生家喝喜酒，醉醺醺地回來，没有撞見石秀。一人前來打門，越想越惱，因此碰見了你，破口大罵。我不相信他話就是，請你不要生氣。千錯萬錯，總是我錯。我多吃了幾杯酒，待我與你賠個不是。"

巧雲聽了道："官人那，你這位兄弟是好兄弟，講的話全沒有錯。我這種賤人，寡廉鮮恥的，請官人賜奴一刀，免得官人在薊州無顏爲人！"

楊雄道："嗳，賢妻啊，我不信他話就是。"

巧雲道："你兄弟做得好事，如何可說？祇求將奴殺了吧！"

楊雄忙問道："啊賢妻，石秀又做了什麼事？請你也是講來！"

巧雲道："我不來説，我講了千句也不及他一句，你還問我做什麼啊？"

楊雄道："賢妻，這話不講不明，我怎知曉？你快些道來！"

巧雲道："妾身無論如何是不講的。"

楊雄道："我一定要你講出來的。"

巧雲道："死還不怕，你殺了我，我也不講。總有一天你會明白的！"

楊雄無奈，喊道："銀兒，你上樓來！"

銀兒答應一聲，走上樓來。假意向巧雲一看，問道："主母，爲了甚事傷心落淚？"

巧雲歎道："銀兒啊，自愧當初沒有聽你的話，弄得今日難以做人。昨宵真想一死，又想死要死個明白！"

銀兒道："好端端的，主母怎説這喪氣話！"

巧雲道："銀兒，你真好睡，還不知道主人四更歸來，掀起了一場大大的風浪。"

銀兒道："主母啊，我白晝操作辛苦，虧得夜裏一覺好睡。家中究竟出了甚事，怎麼丫環一無所知？"

巧雲道："主人歸來，爲主母的連喚數聲，你總不應，我祇得親去開門。却不料主人一見即罵，説我做了不端之事，害得他在薊州難以爲人。"

銀兒道：“這話怎講？主母是拳頭上站得人，手臂上跑得馬，丫環都看見的。誰個傷天害理的，如此捏造！”

巧雲道：“是啊，我所以追問主人，務要弄個明白！主人說出是石秀講的。說奴放焰口時，與僧人調情。又說月前，有兩僧人被他罵走。昨天五更時分，你放和尚出去。昨夜還想捉奸。所以怒氣衝衝地回來，罵得我死無葬身之地。我的冤屈，祇有天和你知道了。”

銀兒聽了，也自垂淚道：“啊呀，主母，當初我是勸過你的，這事務須稟明主人，你不聽啊，現在果然遭殃了。俗話說得好：待人待隻狗，反轉咬一口。”

巧雲道：“銀兒啊，沒話說的，是我該死！”

楊雄道：“銀兒，石秀究竟做了什麼事？你快說吧！”

銀兒道：“我是不敢說的，說了主母會處死我的！”

楊雄道：“你講來，主母打你，有我擔當。”

銀兒不說，楊雄怒向銀兒道：“你再不講，我要打了！”

銀兒道：“主母，我祇得講了，你看如何？”

巧雲道：“你不要來問我，我是自身難保啊！”

銀兒便對楊雄道：“我今實說了吧。早在兩月前，石秀賣肉，我倆在月洞門望過去，已牌時分，早市以後，常有一個頭上繫着紅絲的姑娘前來買肉，石秀愛和她調情，送她些肉，經常有半天好嬉笑。主母見了，教我不能多說。主母好意，思想青年人總當成家。這天石秀前來交賬，主母請他上樓，問這位姑娘姓名、住所，以便說與主人，浼媒成姻。問了幾聲，石秀不響。主母喚我下樓燒茶，我自好奇，假意下樓，躲着在門縫裏偷看。主母道：‘叔叔，四下無人，你可真說！’不想石秀停了一會兒，忽地站立起來，說道：‘哥哥久不回來，嫂嫂獨自守着也極孤寂。’又道：‘嫂嫂胸前怎地高聳？屁股怎地豐盈？’眼朦朧着伸手來摸。主母發火，罵道：'石秀不得無禮！'打脱了他的手。看着石秀瘋癲，我推門進去。石秀慌得呆了。尋思不妙，雙膝跪下，向主母求情道：'嫂嫂，我今天多喝了幾杯酒，一時冒犯，要請嫂嫂海涵，在主人家前遮瞞則個。否則，我就無顏爲人！'主母道：'下次不准，速與我滾！'那石秀臉紅耳赤，悄悄地溜走了。我説：'主母，容情必有後患，這等事必須稟告主人！'主母認爲他吃了些酒，做錯了事，衹教改正就是。這件事，我不説，石秀自己是決不會説的。主母教我千萬別張揚開去。否則，主母會把我處死。我説：'主母謹防石秀他日反咬一口，那就懊惱嫌遲了。'主母説我該死。石秀和主人交誼情深，不可因此斷了情誼。主母叮囑，千萬不可由我多話，弄出是非啊！不想今日果然出了這事。誰家没有祖先，難道不可超度追薦？我家主母，日坐閨房，誰不欽敬？難道施放焰口，就是看中和尚？真是嚼舌離根，含血噴人。主人如聽石秀的話，楊家要倒霉了。"

楊雄聽了銀兒這番控訴，怒氣衝衝，哇啦啦的一聲喊叫道："原來如此！賢妻啊，早該説了，也不會弄出事來。這叫作善馬好騎，善人好欺啊！"説着，身子撲向月洞門外，衹見石秀正在做着早市，顧客很多。楊雄手指着石秀大罵道："好無禮的石秀，楊雄衹道你是個仁人君子，原來却是人面獸心的畜生！你倒來搬弄是非，害得楊家險些出醜，鬧出笑話！"罵個不休！銀兒幫着，也是氣勢洶洶，手指着石秀罵道："不要臉的石秀，做出不要臉的事來，你就忘了，怎樣跪在我主母面前，現在却來噴嘴嚼舌，搬弄是非。石秀要短命的，虧你説出這種話來。你開肉店，是哪個幫你的啊？"

石秀聽了，抬頭向湯糰弄看，還是硬着頭皮賣肉。心裏煩惱，想着楊雄定是醉後失約，又吃嫂嫂做了手脚，倒打一耙。一時顧着楊雄臉皮，如何與他分辯？衹得暫時忍耐。旁邊買客，也

是勸道："弟兄爭吵,總是有的。石三爺,不要生氣,給我快斬兩
斤肉來。"又有買客道："舌頭和牙齒要好,有時也會被嚼了一口
的。"石秀管自做着生意,不去理睬。

巧雲便勸楊雄道："官人哪,你是有身價的,他是個單身獨
漢,不煩和他計較這個長短,認識得這樣的人就算了!"楊雄道:
"我自姓楊,並不認識他這姓石的,從此就斷了義吧!"巧雲復罵
銀兒道："銀兒該死,你敢罵起石三爺來了,他是什麼人啊?"銀兒
道："主母啊,教旁人氣不忿,我氣死了,罵他幾句,正是出出這口
氣的!"楊雄便叮囑銀兒道："主母一時想不開,你要勸勸她。從
今以後,我與石秀斷了交誼,再也不聽他的話了。你勸主母,我
還要到衙門去辦事呢。"

銀兒便請主人放心,回首且向巧雲道："主母,事情已經講
明,石秀自知理虧,不敢聲響。現今主母不必啼哭,更不可自尋
短見。否則,倒教石秀高興了。"巧雲道："官人好辦事去了。"

楊雄下樓,出湯糰弄來。經過石秀店門,石秀看見楊雄,便
來招呼道："兄長且慢,小弟想有幾句話要說。"楊雄怒衝衝地還
罵石秀道："誰是你的兄長?姓楊的原沒有你這姓石的兄弟,我
楊雄就不認得你這樣的畜牲!"說罷管自大踏步去了。石秀正想
出來挽他,看着楊雄卻在火上,尋思:不必自討沒趣。又想:過了
幾日再找楊雄談話,談也沒多大作用。他們一家人朝夕相聚,我
說的話,巧雲、銀兒必然曉得。他們擤掇,我哪裏會清楚?兩個
夾着一個,兄長又是酒水糊塗人,這樣必然受着調弄,弄得越陷
越深,如何說得明白?思來思去,必須想個對策,免得兄長日後
更吃大虧,甚至壞了性命。眼見現在,肉店是開不下去了。

石秀想定,便把肉廉價賣了,一時銷盡,上了排門,把流水、
分戶膳清諸賬賬目細細結算,見還略賺幾錢,便將欠賬一筆勾
銷,也不向欠戶討了。先把肉店招人盤了,房子轉頂與人。理清

手續。然後肩着鋪蓋，來到舊相識陳老老成衣鋪家，就和陳老老商量，租了一間厢房住下。打掃房間，放好床鋪，拿着銀包，便到湯糰弄來。

潘老老來開門，知是交賬來了。石秀餘怒未息，潘老老倒嚇了一跳，心想：石秀對我一向不是這等顏色。石秀把銀包、賬簿"嘭"的一聲擺在桌上，朝樓上喊道："下樓結賬!"連"嫂嫂"兩字也不願叫了。

銀兒還是扶着巧雲下樓，石秀說道："今日收了鋪面，全部賬銀結算在此。寫得明明白白，並無分文來去。如有差錯，當場核對!"

巧雲道："這賣買早該收了，楊家原不稀罕做這生意。賺錢是我楊家的，虧了本也由楊家承擔，與你無干!"

石秀道："俺來去清白，不少你楊家的一文錢!"

巧雲喚銀兒取了銀包賬簿，招呼石秀可以走了，兩人自上樓去。

石秀轉身就走。潘老老連連追問，石秀道："沒有什麼，老伯不必多問，改日自然明白。"說罷，管自去了。一徑來到陳老老的成衣鋪裏，買好一月的柴米。每日祇在陳家屋內盤桓。購買東西，就托老老帶些。有時偶爾與老老對酌，囑他有人來問，祇是推託不知。老老回答："有數。"

且說潘老老看着石秀怒衝衝地收了肉鋪，念着石秀平日辛苦，爲人樸實，責怪女兒，爲着甚事衝撞了他。巧雲却道："爹爹年邁，這個閒事，你就不用管了。不會給你餓肚子的。"潘老老聽着，責罵女兒該死，"氣死我也!"

夜晚，楊雄過楊石興肉鋪，知石秀已把肉店盤了，房也退了租。楊雄看這情景，也就算了。回家，潘老老又問楊雄道："怎的得罪了石三爺，把店盤了，實在可惜!"楊雄道："老老不用饒舌，不開肉鋪就是，又不會給你餓肚子的！”潘老老又是聽了這話，氣得發抖道：“好好好！正是：一眠床出不了兩樣人！真的氣死老兒！”

楊雄上樓，巧雲迎接，問道：“官人，楊石興肉鋪，如何料理？”楊雄道：“已經有人盤去。”巧雲便把賬簿取出，請楊雄看。楊雄祇見賬簿上的欠賬，一筆都鈎了，因又問道：“可有虧空？”巧雲道：“這却沒有，還賺着幾文錢呢。”楊雄道：“不虧就算了。以後楊家可以安寧了。”

第二天，楊雄沒有回家，海和尚夜間又來。巧雲對海和尚道：“石秀被我設計驅逐出去了，現下弟兄反目，肉鋪倒閉。這十日半月，你不要來，謹防石秀不肯甘休，被他捕住。這事非同小可，弄不好有性命之憂。回寺你可派人打聽，石秀現在哪裏。”

海和尚聽了這話，從此多日不來。四下打聽石秀下落，却全不見蹤影。巧雲再喚銀兒詢問，也無消息。一日楊雄回家，巧雲問楊雄：“石秀今在何處寄身？”楊雄道：“自從肉店閉歇，一直不知道石秀的生活。諒是自覺羞慚，早離薊州，托跡他鄉去了。”

如此兩旬過去，和尚不來楊家度歡。巧雲料着風平浪靜，便喚銀兒，出城前去告知駝背和尚，請海大師來。駝背和尚當即轉告，當夜和尚又是來了。

自此每日來往。初時和尚張頭探腦，鬼鬼祟祟。三天五日一過，膽子大了，視若無事。石秀那兒，一月來柴米耗盡，算來已經三十餘日，諒那婦人又與和尚往來，我今夜去捕，定會見個分曉。

天色傍晚，石秀帶着銀子，告訴陳老老，今夜牆門遲一些閂。身邊藏着防身解腕尖刀，自出門去。

初更時分，石秀在王老闆酒店，打下一角酒，在中門後僻靜處飲酒。招呼酒家，沒事不必前來，也不要說石秀在此。坐喝悶酒,弄得酒家莫名其妙,讓其自在。石秀暗忖,不知今夜有無動靜。

到了二更時分,祇聽有人口念彌陀,敲打木魚,高聲叫道:"普度衆生,救苦救難諸佛菩薩。"幾步一拜,在拜《華嚴經》,從店門口經過。石秀從門縫裏張望,認得就是駝背和尚。心想:他們果然在走動了。

王老闆排門上好,燈下結賬,聽得三更鑼響,王老闆已打瞌睡,招呼石秀明晨清早來吧。石秀付了酒賬,拱手告別。

石秀從黑地裏一步步地挨入湯糰弄來。脫下氅衣,斜肩繫着,手裏持着尖刀,在楊雄家的後門首等着。耳聽遠處送來一聲:"南無《大方廣佛華嚴經》,華嚴海會佛菩薩——南無阿彌陀佛。"一路拜將過來。石秀等着這和尚拜過,搶步上前,一把揪住駝背和尚的頭皮,把尖刀掠在他的頭上,喝道:"不准叫!"

駝背和尚霎時吃了一驚,跪倒在地,連聲説道:"我不叫啊,請石三爺饒命!"

石秀道:"你老實説吧,誰人教你拜《華嚴經》的?海和尚現在哪裏?説了就可饒你,説謊便是吃這一刀!"

駝背和尚連忙叫道:"我説我説。海大師與楊頭腦的妻子指使我做的。他倆有情,常來常往。那天被你石三爺撞見,罵了幾句,一時就没敢來。他們叫我拜《華嚴經》,兩百文錢一夜。説定:倘然楊頭腦往前門來,我在後門將木魚打緊,海大師可從後門走出;若從後門來,就在前門敲急,讓他從前門去;黎明之前,我將木魚在哪裏打急,説明哪裏没人,海大師就從那裏出來。這樣不會出事。"

石秀道:"楊頭腦在不在家,你是怎的知道的?"

駝背和尚道:"是以天燈爲記。天燈點得亮而高,表示楊頭腦在家,和尚不能亂闖;若是天燈點得低而暗,表示不在,就可前來度歡。二更三更時分，銀兒自會在後門伺候。祇消敲三記門，她準來開。那天又被三爺撞見，告訴了楊頭腦，楊頭腦回家大怒。巧雲花言巧語，造做一番，使你弟兄反目。楊頭腦聽信讒言，祇是怪你！我們却是個把月不敢前來。後來聽説你已離開薊州，又是往來，這還不到十天，却又被你識破。句句都是實話，還請石三爺饒命啊！"

石秀問道："他倆是怎樣有情的？"

駝背道："這事我哪會知道。"

石秀又問道："這個時候海和尚在哪裏？"

駝背和尚道："今夜燈暗，海和尚正在巧雲的樓上。"

石秀道："如何唤他出來？"

駝背和尚道："祇教打木魚就行。木魚打得越緊，他就出來得越快。"

石秀聽得清楚，弄清原委，心想：祇有委屈你了。這時留你不得。轉手用這尖刀在駝背和尚的咽喉一割，霎時喉管、氣管都斷，駝背和尚身亡。石秀就把他的屍首拖在一邊。

在黑暗中，石秀將駝背和尚的帽子除下，袈裟剝去，披戴在自己身上，掛了木魚，拿着槌子，背朝後門，俯首彎腰，將木魚打得非常緊急。祇聽"撲、撲、撲……"地響個不停。

海和尚聞聲，心驚肉跳，還道楊雄真的回來。慌忙穿起衣褲，順手拿來，黑暗中也没有看清衣褲是男是女，邊穿邊走，連忙逃下樓來。銀兒穿好衣衫，點燃燈燭，執着蠟臺追下，喊道："海大師，你穿着主母的衣褲了。"海和尚看時，袈裟裏襯着大紅綢綉花綾襖，翠綠綢綉花綾褲，要換哪來時間，忙着説道："快些開門！"

銀兒道："海大師你這模樣，如何出去？"

海和尚道："不要緊的，黑夜裏不會有人看到的，回寺換了，明晚送來就是。"

銀兒道:"你要當心!"

海和尚道:"有數,有數。"

那巧雲在樓上用燈照看時,自己的衣褲失了,祇剩下那和尚的。翻開衣箱,慌忙把和尚的内衣藏了,自己穿着好了。

銀兒開門,海和尚跨出,石秀就不敲這木魚了。海和尚和銀兒無心細看。海和尚伸出一隻手搭在石秀的肩上,唤銀兒趕速關門。銀兒教和尚當心一些,關了後門便折回樓去。問主母前門可有甚事,巧雲道:"説也奇怪,並無聲響,祇是我的衣褲被海大師穿了。"銀兒道:"是啊,來不及换了,明晚他自會送來的。"兩人在樓待一會兒,不聞任何動響,弄不懂出了什麽事故。

門外石秀低着頭慢慢地走了二十多步,等待銀兒閉門上樓纔動手。海和尚一手搭在石秀的肩上,一手搓着眼睛,還悄悄地罵着駝背和尚道:"什麽事啊,木魚敲得恁急?我給你嚇壞了,弄得我穿錯了衣褲。我問你,怎麽老是不響,難道啞了不成?"

石秀把木魚及槌子地上一放,將嘴裏衔着的刀拿在手裏,旋轉身來,看着海和尚還在那裏痛罵:"難道你今日昏了?問你爲何不響?"石秀上前,將海和尚一把抓住,刀在他的肩上放着,喝道:"不要叫,叫一聲我就殺你!"

海和尚仔細一看,却是冤家對頭,忙道:"石三爺饒命,我不叫就是。"

石秀道:"你老實講,你倆怎樣起情,怎樣成奸?"

和尚道:"我講,我講!"石秀耐住這一肚皮火,祇教和尚快講。和尚道:"石三爺,巧雲大姐和我是指腹爲婚的。她生在巧日,故名巧雲。我初十生,因叫陪生。幼時兩人同館攻讀,十分相好。十五歲時我父死去,巧雲便躲進閨房,不讀書了。潘老老没收留我。我因無人教養,在外軋了一些壞道。眠花宿柳,就把家底耗光。十六歲時，退了巧雲的婚，收回聘金，不多時又用盡了。沒法生活，就到報恩寺去出家。住持僧死，我當了家。有天路過湯糰弄，巧雲大姐一口痰吐在我的帽上。抬頭時，她朝我笑。第二日我就借打月米，前來看她。四目傳情。第三日我送了四色乾果給潘老老，和大姐又談了幾句。過了幾天，楊頭腦喚我到他家去放焰口，大姐故意在我座旁擦過。石三爺那時可能覺察。後來巧雲問我寺內香火，我說次日活佛升天，十分鬧猛。巧雲便同潘老老和銀兒乘轎前來，在寺內我騙着巧雲和銀兒，入我禪房，觀看佛牙。一箭雙雕，奸污了這兩人。回到客堂相商，以點天燈爲號，同時又找這駝背和尚拜《華嚴經》，巡風報曉。曾被石三爺撞見，本不敢來，銀兒催着駝背和尚來叫，重又往來。一月以前，巧雲訴說：石三爺已把這奸情告訴了楊頭腦，頭腦回家破口大罵。巧雲、銀兒設下一計，弄得你們弟兄反目，斷了義氣。此後暫不來往，謹防石三爺前來襲擊。後來傳説石三爺投奔他鄉，所以重又往來。還沒幾天，今日就被石三爺抓住。請石三爺饒命，下次我決不再來了。"石秀聽完了這番話，手起刀落，又將這海和尚搠死了。

　　石秀就將身上的氅衣脫下鋪在地上，將海和尚穿的大紅綾襖、翠綠綾褲和袈裟剝得乾乾净净，將駝背和尚的僧衣一概剝盡折好，並將木魚、槌子等打作一包，放在旁側。將兩人的屍首放在楊雄宅旁，將駝背和尚的手挖開，將尖刀放在他的手中，刀口在駝背的頭上插進，裝作自殺之狀。將海和尚屍首擺在駝背和尚的面前，又將海和尚的頭割下，朝天放着。布置定當，石秀拿了衣包，來到陳老老的成衣鋪。推門進去，關門入房。

　　陳老老在板縫中看得，石秀背了一個大包袱回來，心想：石秀該是做了小偷不成？如此倒是借住不得。

　　不久天明，石秀起身，便與陳老老算還房金。陳老老問他：

"往哪裏去？"石秀便道："走得不遠，就在這個城裏。"囑他不要多話，陳老老知曉。石秀便隱藏到舊相識太子廟的禪靜法師那裏。

且說天色蒙蒙亮時，城中有個賣糕粥的，挑着擔子，來到了湯團弄。抬頭看見兩個屍首，一絲不掛，血淋淋地躺在地上，嚇得魂不附體，大叫起來。衆鄰舍和街上人聽着，都聚攏來。

地保聞訊趕來，把賣糕粥的抓了，喝道："人是你殺的嗎？"扭着去見保正。保正道："我去稟告大人。"霎時間，湯糰弄裏人挨人擠，潘老老聽得人聲嘈雜，想出來看，看着門都被堵住了，出不來。

樓上巧雲、銀兒慌得半夜未睡，忽聽人聲，便到曬臺，朝下看覷。巧雲正見海和尚的頭朝天睜着，不禁失聲喊道："啊呀，銀兒，海——"銀兒聽得，連忙伸手把巧雲的嘴捂住，一把拖了進去，悄悄地說道："主母，怎可叫得，被人聽到，闖下大禍來了！"巧雲道："兩個和尚被殺，定是石秀幹的，不知主何吉凶？"兩人提心吊膽，相對無言。

且說下面觀衆，有的已經聽到"啊呀，銀兒，海——"幾個字，抬頭看時，有的認得是楊頭腦的妻子，見她蓬首散衣，私下便議論起來。有人問道："銀兒是怎等人？"有人說道："是楊家的丫環。"有人說道："這蓬頭婦人，慌着叫喊，定有緣故。"有的說道："這海字下面大有文章。"有的說道："兩個和尚剝得精赤條條的，定是風化案子。想是吃醋凶殺！"有的說道："和尚如此大膽，該死，該死！"

且說地保稟告府尹，府尹隨即傳點升堂。地保稟道："今晨在湯團弄裏楊頭腦家後門旁，有兩個僧人屍首躺着。有個賣糕粥的，說是最先看見。小的去看時，此人還在大聲嚷叫。恐有嫌疑，小的已經將他逮住。這兩個和尚，一絲不掛，案出離奇，請大人明鑒，赴現場檢驗屍首。"府尹准告。

地保趕搭屍棚，棚上貼張紅紙，寫着"指日高升"四字。府尹隨帶仵作衙役，坐轎來到現場。府尹先傳賣糕粥的，爲何在現場嚷叫？賣糕粥的道："小人自來賣粥，忽見屍首，血淋淋的，嚇得慌了，擔子丟了，不禁喊了起來，却被地保抓住，認爲我有嫌疑。實是冤屈，請大人明鑒。"府尹道："胡説，誰信你的？恁地你早看見，分明是有嫌疑。"吩咐衙役，將他扣押，可憐這賣粥的吃了没頭官司。

府尹便喚仵作驗屍。仵作驗過，回報道："啓稟大人，一個僧人，被一刀剖爲兩段；另一個僧人，好像拔刀自刎。屍體已經移動，四周血跡淋漓，移動不止一次。"

府尹看了現場，喚衆人來認，大家都不認識。楊雄伺候在旁，看到兩個僧人屍首，明白這件案子當是石秀做的。前時我錯怪了他，而今知道他却是個漢子，實有能耐，心中暗暗稱贊。祇見圍着的看客，有的交頭接耳，説什麼"有個蓬頭婦人在曬臺叫喊'啊唷，銀兒，海——'這個海字大有意思"。楊雄回頭。有的忙拉拉説話人的衣袖，這人覺察，就不敢説了。

府尹看着衆人不響，便喚人到菜市場去找買菜的和尚來。買菜和尚指着認出這是報恩寺當家海闍黎，那是土地庵的駝背和尚。府尹審問緣故，買菜和尚回説道："這個就不知道了。"

府尹便喚報恩寺、土地庵兩處和尚前來備棺成殮，截角存案。兩處和尚要求大人緝拿凶手，府尹答允。衙役把案桌推翻了，府尹乘轎，上城隍廟去拈香，然後回衙。

正是：仗義壯士提三尺，破戒沙門喪九泉。

畢竟府尹如何拿捉凶手？且聽下回分解。

第二十三回　薊州城病關索訪案
翠屏山潘巧雲自盡

　　話說府尹命人殮了僧人屍首，燒香回衙，再次升堂。府尹思想：這個案子出在楊雄宅旁，眾人議論紛紛，却不知道情由，諒與楊家有關，自當着在楊頭腦的身上，這案纔好破得。且先看他的態度如何。府尹便把火簽、排票交與楊雄，再三叮囑道："限你一卯之期，立拿殺人凶犯到案，不得延誤！"

　　楊雄遵命，退出堂來，一路尋思：要破這案，當先會見了石秀，再作道理。楊雄先到成衣鋪去訪問陳老伯，陳老老問道："楊頭腦來，是否訪問竊案？"楊雄道："欲問老伯，石秀曾否來過你處？"陳老老道："石三爺在我家耽擱一個多月，一向不曾出門。昨夜忽地出去，四更以後，推門進來，背來一個大包袱。所以我問是否出了竊案。"楊雄問："石秀現在投宿何處？"陳老老道："天色黎明，石秀付清了房租，背着包袱、鋪蓋，早已走了。祇說走得不遠，還在薊州城裏。"陳老老因問楊頭腦來尋石秀，有何貴幹。楊雄推說沒事，別了陳老老。

　　楊雄又連問了幾家旅店、肉鋪，一點沒有獲得信息。嗣後問到酒店王老闆處，王老闆道："石秀昨天半夜前，曾在我店吃過酒的，坐到三更纔走。"楊雄聽了，越發猜準這案定是石秀作的。又去四處尋訪，還是不得消息。

傍晚，楊雄回家。潘老老問道："賢婿，這兩個和尚被殺的命案，如何處理？"楊雄道："正在緝拿凶手！"

巧雲在旁，這時驚魂稍定，她故作鎮靜，並不聲響。臉上倒是掛着淚痕。楊雄明白，巧雲總是在思念這和尚啊。又看銀兒，也是眼紅。楊雄就問銀兒道："何故啼哭，難道主母打你不成？"銀兒回道："柴濕，燒火時眼睛被煙熏得難過，擦得眼睛紅了。"楊雄也就不說，尋思待我找到了石秀，再和你們算賬。

自此楊雄每日在找石秀，一連十日，沒見影蹤。楊雄比卯，吃着府尹棒責。虧得門生說情，再放一卯。在第二卯時，石秀思想可以去會楊雄了，就到府衙照牆前，來看批示牌，等候楊雄。不多時候，楊雄垂頭喪氣地從衙署出來，石秀咳嗽一聲，楊雄抬頭看見。楊雄雙手拱着，深深地作揖，口稱"賢弟"，踏步前來招呼。

石秀回頭說道："姓楊的沒有姓石的兄弟，姓石的哪來姓楊的兄長啊？"說時，身子朝右邊側着，拂動衣袖，旋身要走。楊雄知道石秀在說氣話，忙來賠罪。石秀朝着四面看時，見前後左右無人，便道："敢是爲的兩個僧人被殺命案嗎？這案不是別人作的，殺和尚的正是俺石秀。把俺捉將公堂便了，不必多言！"

楊雄連連說道："賢弟快快住口！這裏非談話之地，我們走吧！"即把石秀的手一把挽着。石秀道："今天，怎就認識我這兄弟了？"

楊雄道："總是我錯，賢弟快走。"

石秀道："如此，楊頭腦請。"

楊雄道："喔唷，你叫我一聲兄長也不要緊。"

石秀哈哈大笑道："既然如此，兄長請。"

雙方歸於和睦，一如既往。兩人來到酒樓，却喜四下無人，就揀一個冷靜幽僻處坐了。店家備上酒肴，兩人叙飲。楊雄道：

"賢弟，請將你經歷的事告訴我吧。"

石秀道："酒家，我倆有着公事商談，你且下去，有事會喚你來的。"酒保下樓。石秀反問道："兄長，那一天怎的失信？小弟待到三更已轉，尚不見你來到，四更俺自殺豬去了。次日清早，怎的還要破口大罵於我？"

楊雄就把那天夜裏門生拖去吃喜酒，喝得酩酊大醉，出來找你，不知你已殺豬去了，祇得自回家來。到了家門，多時打門不應，心裏頓覺煩惱。後來巧雲開門，我一面越想越火，當即破口大罵。酒醉糊塗，罵些什麼，自己也已記不清楚。次日一早，巧雲、銀兒故作圈套，說你石秀意存奸淫，說了些瘋話，做了些歹事。我聽了她倆的一面之詞，惱恨賢弟，故而次晨撲出月洞門來罵你。千錯萬錯，總是我楊雄的不是。說了一遍，道："請賢弟諒解，將殺那兩個和尚的細情一一道來。"

石秀道："今日難得，既然兄長相問，請暫等待，俺去拿點東西給你瞧瞧！"楊雄道："好啊，我就在此等候。"石秀下樓，直奔太子廟，將包袱拿回樓來，並招呼酒家道："楊頭腦有些秘密公事，倘有酒客上樓，請他站一站，冒叫一聲。否則，倘然走漏風聲，你店定然負責不起。"酒家看石秀說話沉重，連連答允。

石秀便將包袱放在樓板上，朝兩邊隔壁板縫看了一下，都無人在，就將包袱打開，把衣飾理了出來，對楊雄道："請兄長過目，這些是什麼東西。"

楊雄看時，見有袈裟一件，僧衣褲一套，僧鞋兩雙，僧襪一雙，毗盧帽一頂，木魚和槌子各一；還見巧雲的大紅繡花綾襖和翠綠繡花綾褲各一。衣褲上血跡尚在。楊雄不見巧雲的衣褲，倒還可以，見了，氣得雙眉直豎，臉皮發青，罵聲："賤人！楊雄豈肯甘休！"

石秀把一切物件，仍舊包好，旁側放下。楊雄問道："賢弟，這些物件是從哪裏來的，你要細說纔好！"

　　石秀道："且慢，兄長要聽我的解勸纔好！"

　　楊雄道："好啊，我總是聽賢弟的話是了。"

　　石秀道："兄長性急，會惹出事來的，我不便説。"

　　楊雄道："我一定忍氣，今番聽你的話，你可講了！"

　　石秀即問楊雄道："嫂嫂配與兄長，是重婚，還是原配？"楊雄道："她是姑娘時嫁我的。"石秀道："是的，過去可曾受過茶禮呢？"楊雄道："有的，當初許婚，後來又是退婚的。"石秀道："你道僧人是誰？"楊雄道："不知。"石秀道："他是嫂嫂先曾訂婚的前夫，姓李名陪生，出家後法號稱海闍黎。他的生日祇差嫂嫂三天，兩人原是指腹爲婚的。到了六歲，同館讀書，感情很好。十五歲時分手。陪生爹娘雙亡，潘老老不加管束，逼得陪生退婚，再許嫁你楊雄。自後陪生在報恩寺出家，做了主持僧。那一日路過湯糰弄，嫂嫂將痰吐在他的頭上。從此起意。第二天僧人來打月米，兩下傳情。第三天和尚送乾果來。次日，兄長給岳母做齋，不該到報恩寺去，請海和尚來放焰口！"楊雄道："賤人還説報恩寺和尚規矩。"石秀大笑道："倒也滿口長齋！"

　　楊雄道："賢弟你再講下去！"

　　石秀道："放焰口時，小弟代兄之職。起更後已睹嫂嫂與和尚逗情，小弟不敢瞎吼，守到散場，總算没事，就教和尚把錢算走。不知這個和尚放刁，故意把《金剛經》經包掉了下來，明日來取，哄騙嫂嫂和老伯到報恩寺去燒香，看活佛升天。第三日去，和尚就在禪房奸污了嫂嫂和銀兒。"

　　楊雄聽到這裏，禁不住又要吼叫起來，忍着性子，自己按住，問道："這樣賤人和銀兒都與和尚有情了？"石秀道："正是！"又道："她們歸來之後，兄長不該教點天燈。"楊雄道："這爲行人方便。"石秀道："這事恰恰方便了那和尚。"楊雄問道："這是什麽道理?"石秀道："這是說明兄長在家不在家的暗記。天燈點得高亮，表示你是在家；反之天燈點得低暗，你不在家，和尚就好來了。那個駝背和尚，是爲他們巡風、報曉的。他每夜賺兩百錢，就以拜《華嚴經》爲名，替他們進出引路。你若回去，看你走前門時，駝背和尚把木魚就向後門打急，海和尚就從後門逃出；反之，則從前面逃走。這些話我是問得一清二楚的。"

楊雄聽了，氣得渾身打戰，瑟瑟發抖。石秀又道："我聽了駝背和尚的話，便將他一刀殺死了。我和駝背和尚並無怨仇，祇是爲了滅口，便於做事，不得不委屈了他。我將木魚敲急，那海和尚喚着銀兒下樓開門，慌忙地跑出來，用手搭在我的肩上。我等銀兒上樓，就將海和尚抓住，祇見海和尚袈裟裏穿着嫂嫂的衣褲。我問清了這一切，起刀也殺了他。"

楊雄氣憤至極，正要發作。石秀忙止道："兄長千萬不可魯莽行事，必須裝作無事便好。那和尚的死，可以推作互相殺死的。寺裏見無苦主，大家礙着兄長情分，明哲保身，不會出頭來說什麼的。這些事看來已成過去，兄長也不必煩惱，祇怪自己也有錯處。第一個錯：你是一個當家人，哪裏可以終日在外酒水糊塗！嫂嫂年輕，禁不住這孤單獨宿，心猿意馬，難免另有想法，這也情有可原。兄長聽我之勸，你我弟兄和好，同道回家，這事就不提了。兄長不說，嫂嫂、銀兒這遭當不會多嘴的。弟若不言，絕無旁人知曉，這事就可溜過去了，不知兄長意下如何？"

楊雄道："賢弟質樸忠厚，爲兄豈肯甘休？不碎割了這婦人，怎出胸中這口惡氣？"

石秀道："兄長，你們夫婦一向甚好，做了這點錯事，你就忍住這點氣吧。諒來嫂嫂下次再也不會做出這樣的事了。"

楊雄道："我在薊州，如此豪傑，怎麼還有這張臉去見人？"石秀道："既沒旁人知曉，自覺坦然，怎說沒臉見人？"楊雄道："賢

弟，你説没人知道，我看薊州人已盡都明白。"石秀道："這件事誰
會講出去？我替兄長已經想得周到。"

楊雄道："賢弟有所不知。收屍那時，這賤人和銀兒曾在曬
臺上張望，見着海和尚的頭，驚惶叫一聲'啊呀，銀兒，海——'，
當被下面街上一些人聽到了。城裏的人擁着府尹去驗屍時，許
多人指指戳戳，背地裏真是有着議論。幸得府尹兀坐棚下，没有
理睬。楊雄當時忍住，衹是今後何臉見人？這事就能這樣平息
得嗎？"

石秀聽了道："原來還有這樣一個曲折。如此兄長，還是不
能魯莽啊！"

楊雄道："我是豈肯甘休於她！"

石秀道："你是公門中人，如何不知法度？殺人要抵命的。
無故殺妻，罪加一等。"

楊雄道："就是抵命也好，總要出了這口惡氣！"

石秀道："既然拗不過兄長，小弟給你想個辦法。"

楊雄忙道："請賢弟道來！"

石秀道："兄長，你今日白日不要回家，到傍晚時，回家吃飯
歇息。三更時分可依我計，如此這般而行。明日騙得嫂嫂、銀
兒，同上翠屏山來，那時小弟可將衣物包袱取出，與嫂嫂銀兒對
質，説明是非，就將她倆殺死，同上梁山聚義如何？"

楊雄道："逃奔梁山聚義，我倆並不認得他那裏的一個人，梁
山如何肯收留我們？"

石秀道："兄長健忘，梁山神行太保戴宗，不是寫過薦書推引
過我嗎？如今江湖上人，皆稱山東及時雨宋公明招賢納士，結交
天下英雄好漢，放着我倆這一身武藝，怎愁不收留呢？"

楊雄道："賢弟去得，衹是我不合做了公人，衹恐他們起了
疑心。"

石秀笑道："兄長放心！宋公明難道不是押司出身？我倆在薊州犯了命案，祇教絕了朝廷上進之心，和山寨弟兄，一同替天行道，誰不叫好！"

楊雄聽了大喜，便道："敬佩賢弟恁地高見，必不差了。我明日準定賺那賤人來。"

石秀道："好啊，我在山上等你，待到日中爲止。若再誤了，小弟一人自上梁山去了。"

楊雄道："再不失約。"

石秀即將包袱拿了，拱手道："明日山上再見。"從容下樓而去。回到了太子廟，向禪靜和尚算清房租飯錢，將鋪蓋寄在廟裏。自己肩着包袱，拿條棍子，走出北門，尋個村坊歇宿。第二日，石秀早上翠屏山來等候。

這裏楊雄付了酒賬，並不回家。傍晚時分，纔回家去吃飯，也不提起什麼事，如常上樓安睡。三更時分，楊雄一覺初醒，便用脚在巧雲股上踢着。巧雲被他踢醒，問道："啊，官人，怎的猛踢一脚，奴家好不疼痛。"

祇聽楊雄厲聲喊道："我把你這個好大膽的楊雄，今天再不能饒恕你了，定要你的性命！"楊雄的牙齒咬得格格地響，四肢抽動。巧雲嚇得魂不附體，怎會自己罵自己的？連連罵個不休！家中又出了事，如何抵擋？連忙披衣起來，點亮燈火。朝楊雄看時：楊雄兩眼翻起，滿頭大汗，如雨一般地淌下來；口涎流得滿嘴，牙齒咬得緊緊。巧雲霎時叫喊："銀兒——爹爹——你們快上來吧，官人得了什麼病了。"連叫幾聲。

銀兒、老老聞聲披衣起床，急忙上得樓來，見楊雄神色昏迷，嘴裏還在亂罵。潘老老問道："賢婿怎地難過？"銀兒也問。楊雄指手畫脚地道："我乃翠屏山關聖帝君，楊雄小子，十年前來許願，討得妻室，一同前來燒香還願。現在薊州出了一些小名，薄有家財，就得意忘形起來。娶妻已經七年，沒來廟裏點一炷香，燒一張紙。本帝君要活活收拾他的狗命！」

潘老老聽到，喚女兒快快跪下，拜道：「我婿酒水糊塗，忘了大願。請帝君慈悲，明日喚他帶着妻子，前來燒香就是。」

銀兒道：「明日我也陪去還願。」

楊雄説道：「你們已經承認，倘若做不到將如何？」

潘老老道：「活活處死就是。」

楊雄道：「如此，本帝君去矣。啊……」打了一個哈欠，似乎神志清了，臉色漸漸轉紅。忽然問道：「啊呀，你們如何跪在此間？」潘老老喜道：「好了，好了，大家起來。」潘老老就罵楊雄糊塗，該死！楊雄問：「何故？」潘老老道：「我今問你，十年前你在翠屏山許過願嗎？」楊雄道：「這是有的，我早已忘懷了，這個願還未還呢。」潘老老道：「這個帝君真有靈感，他來要處死你，我們跪求，他纔饒了。明日，趁早你可帶着巧雲和銀兒，速速前去翠屏山燒香還願吧！不能再糊塗了。」

楊雄暗想：石秀這計甚妙，果然他們入了圈套。嘴裏却道：「是，是，是！我明朝準定前去燒香就是。」潘老老與銀兒自去安睡，楊雄、巧雲也就睡下。

看官：你道楊雄臉上恁地會突然冒汗，又會突然發青？這是他做了公人，有過這樣的訓練。汗自會逼出來的，臉也會變。俗話説的：「公人面，十八變。」活像有個神人附在他的身上似的。這裏附帶再説幾句：舊社會中，常有一等人騙人財物，胡説老爺附身，上朝關夢，裝得煞有介事，這全都是假的。

第二天清早，潘老老已將早飯燒好，拿着竹竿在樓板下嗍嗍地敲了幾下，説道：「快起來吧，早點燒香去！」

楊雄應道：「來了，來了。」便起身道：「賢妻啊，你梳頭插戴起來，我先去雇轎子。」巧雲、銀兒起身。楊雄下樓洗臉，來到轎埠，雇了三乘轎子。轎夫說道：“翠屏山是座荒山，哪裏有什麼廟宇？楊頭腦你別弄錯了！”楊雄道：“別多說了！你不清楚，我是很清楚的。”轎夫道：“好吧，如此轎子馬上打來。”

楊雄回家，祇見巧雲、銀兒梳洗已畢，正吃早粥呢。楊雄管自上樓換了衣衫，取了件替換的，暗地拿些金銀，作爲盤纏，還將一柄截頭刀藏在身邊，腰間插好。披上氅衣，外邊看不出來。隨手寫下書信一封，納入抽屜。走出了房，把門反鎖好了。下樓吃粥。將鑰匙交與潘老老道：“岳父大人，告別。這鑰匙請收上了。”

外面轎子來到，潘老老道：“你這人怎地糊塗，香燭元寶怎地沒有買啊，這又忘了？”楊雄道：“到了那裏，可向廟祝買的，請一副就是了，免得在路上撞壞！”潘老老揮手道：“好，好，好！速去速歸。”

三人坐着轎，出了北門，來到翠屏山麓。轎夫將轎歇下，楊雄出轎，喚轎夫休息。自己過來，招呼巧雲道：“賢妻，這座就是翠屏山。”巧雲看時：

> 遠如藍岫，近若翠屏。澗旁老樟蔽天，岩上刺藜映日。
> 漫漫青草，滿目盡是荒墳；蕭蕭白楊，回首多爲亂塚。一望並無閒寺院，崔嵬好似北邙山。

好個險惡山水。

楊雄道：“賢妻，你看這山路這麼陡，坡這麼多，步行還有困難！”巧雲道：“是啊，上山不知還要過多少坡呢！”楊雄道：“約有兩百多級，方能到得關帝神廟。路陡，轎子是抬不上的，腳下一不小心，那就粉身碎骨了。”巧雲道：“官人，怎地如何上去？”楊雄道：“咱們既來還這一炷香，祇能步行上去，表示一片誠意，不可累了轎夫。”巧雲道：“小腳伶仃，教奴如何走得？”楊雄道：“可喚銀兒扶着,邊走邊坐,時間還早,慢慢地走上去。中午,就在廟中吃飯。"巧雲道:"如此,我們走吧。"

楊雄又來銀兒轎前,說這山路險峭,喚她前來幫扶主母上山。銀兒道:"這樣的山徑,看來盡是荆棘,如何走得上去?"楊雄道:"慢慢地走,多多歇息幾回就是。"

楊雄便在身邊摸出紋銀,喚轎夫不用翻山了,便去村坊各飲一杯。吃過中飯,仍到這裏來接,我們打轎回城,轎錢先付給你們。轎夫聽了,齊聲道謝,抬着三乘空轎,齊到村坊喝酒去了。

楊雄帶着巧雲、銀兒,取路慢慢地爬上山來。爬了十多級山坡,巧雲道:"兩腿酸麻,怎能走啊?"

楊雄道:"就在條石凳上坐着休息一會吧。"

巧雲便小憩着。又走了幾級,又停下來休息。連連停歇,纔得上了這座翠屏山。

楊雄道:"多年不來,不知道這座廟宇是向哪條路走的,待我尋來。"便向山后兜去。尋到一處,古木參天,峰回路轉,却是一個峭壁怪石聳立的冷僻幽静去處。楊雄喚了巧雲、銀兒前來。

祇見樹叢後驀地躥出一人,手裏拿着檀樹扁擔,上來招呼楊雄道:"兄長言而有信,小弟在此恭候多時。"

楊雄道:"有勞賢弟等候。"

巧雲、銀兒看着這個情景,又聽石秀、楊雄兩人弟兄相稱,十分熱和,知道不妙,肚裏大吃一驚!銀兒便道:"主母,我們回去吧。"巧雲道:"是啊,回去吧。"

楊雄伸手過來,將巧雲頭髮一把抓住。巧雲雙膝跪倒,叫喊道:"官人饒命!"

楊雄道:"你這賤人,做出這等事來,叫我楊雄有何面目做人?我豈肯饒恕於你!"説着,腰下拔出鋼刀。

銀兒問道:"主母做了什麽事,犯了什麽法啊?"

楊雄指着銀兒喝道："還有你,你倆與和尚通情,還説不犯法嗎?"

銀兒道："捉奸捉雙,捉賊捉贓。贓在何處? 雙在哪裏? 不要含血噴人!"

石秀在旁説道："你要贓證? 有啊,可以拿給你看。"便在樹旁取出那個包袱來,打開説道："你們兩人自去看吧! 這個豈非贓物?"

巧雲看着,心裏一陣一陣地驚慌。銀兒道："僧人的袈裟衣服,就可當作證據嗎?"

石秀道："能不能當證據,你好好聽着。"於是就從指腹爲婚説起,直説到殺死那兩個和尚爲止。

楊雄聽了,暴跳如雷道："賢弟此話可有虛妄? 是否冤屈了你銀兒?"

銀兒道："和尚衣褲,不能作證,不知石秀是從哪個寺院借來的。"

石秀道："還有這套衣褲:大紅綾襖,翠綠綾褲,是那海和尚穿了,慌張地由你銀兒送出後門來的。和尚的手搭在我的肩上,是我從和尚身上剝下來的,難道這還不是證據?"

銀兒道："主母,那天你説少了一套衣褲,錯怪我了,你怪我是拿去典當,去當了的。原來石秀偷了,却來作個證據!"

石秀聽了,罵道："呀——呸! 難道這是我偷了你家東西,誣告你的?"

楊雄也罵道："小賤人,都是你幾次三番,呼喚勾引和尚,今天還要強辯?"

銀兒道："不能指奸爲奸,指盜爲盜,含血噴人,來委屈我銀兒啊! 石秀有理,爲何不向公堂呈告,却騙我倆來此荒山? 話不講不明,鼓不敲不響。銀兒有話,爲什麼不辯啊!"

　　楊雄聽了，無明火起三千丈，喝道："你再多講，我就給你吃這一刀！"

　　銀兒道："鋼刀雖快，不斬無罪之人。你殺不得！"

　　楊雄益發怒道："難道殺你不得？"嘴裏說着，手起刀落，對準銀兒頸上一刀砍去，銀兒的頭滾下，屍首跌倒。嚇得巧雲渾身發抖，托住了楊雄的手臂，叫道："官人饒命。"石秀站在旁邊，肚裏思想：楊雄究竟有着膽略，這殺得好。

　　楊雄又問巧雲道："賤人，賢弟所講，可有冤屈你處？"

　　巧雲道："並無冤屈，我倆正是這樣與和尚勾情來往的，請官人饒命。"

　　楊雄道："你這賤人，幹下這等醜事，豈可饒恕於你！"

　　楊雄吼着，這刀撩在巧雲頭上，衹是發抖，殺不下去。石秀看着，心中有些焦急。巧雲道："官人，你不看山情看水情。我父待你不薄，看着丈人年老無靠，饒了我吧。"

　　楊雄回頭看覷石秀，問道："賢弟，你看如何？"

　　石秀便覺不樂道："兄長不殺嫂嫂，何故先殺銀兒？人命早就犯了！"

　　楊雄聽說，又欲舉刀，說道："人命早已犯了，還講什麼饒恕！"

　　巧雲起手擋住道："且慢，官人，銀兒是過房丫環，小時買來，死生由命，談不上人命關天！"

　　石秀氣道："難道用錢買來，就可隨便殺的？"

　　楊雄聽罷道："是呀！"掄刀又要來殺。巧雲還求道："官人，你殺了我，難逃法網，何處容身？不如饒恕了我，妾身生下一子，還可爲楊氏門中連續香煙。"楊雄聽着，心一軟，回頭又向石秀問道："賢弟，我看饒了她吧。"

　　石秀道："饒與不饒，任憑兄長！不過既然如此，兄長何必到

357

翠屏山來啊？"

楊雄聽了，將心一狠道："賤人，今日不能饒你！對啊，還是殺了的好！"舉刀過來，手尚在抖。

巧雲又問道："官人，你究竟是饒與不饒？"

楊雄道："不饒、不饒！"

巧雲心中思想：我今不怪石秀，也不恨楊雄，祇是怪我爹爹，不該退了陪生的婚，不好好地管束陪生，讀書上進，讓他迎娶了我。爹爹拆散了這美滿婚姻，將我亂配楊家，誤了青春，毫無閨房之樂。弄到這步田地，三條人命都是由我而起。楊雄今日饒恕了我，我回薊州，教我也是難以爲人。便大聲道："既是如此，何必饒舌！"説罷，人躥過來，雙手奪了楊雄的刀，緊緊握着，刺向自己的喉管，喉管、血管一時俱斷，身子撲倒，跌在塵埃。正是：頭頂上飄散了三魂，腳底下蕩盡了七魄。潘巧雲飲刃，一命嗚呼。

石秀看這兩個婦人殺了，便催楊雄道："兄長快些打點，同上梁山去吧！"楊雄道："是啊，少時事發，便多糾纏。我們祇好望着後山奔走就是。"

石秀拿着棍子，楊雄插着腰刀，却待要走，祇見大樟樹上跳下一個人來，叫道："清平世界，蕩蕩乾坤，把人宰了，却自去投奔梁山泊入夥。那還了得！"兩人看時，祇見那人：

> 身不滿六尺，面如糙米。兩條鐵絲眉，小小伶俐的元寶嘴，顛倒生着壽桃髭鬚。頭上紗巾，身上三十二檔的緊身衣。花幫薄底快靴。背個多寶囊袋。

石秀看了，搶步過去就打。此人一躥而開，却來個反手巴掌。楊雄在旁叫道："師父止手，賢弟息怒！"

石秀問時，纔知來者是鼓上蚤時遷。怎見得時遷的好處？

前人有詩爲證：

　　骨軟身軀健，眉細眼目鮮。形容如怪族，行步似飛仙。
夜靜穿牆過，更深繞屋懸。偷營高手客，鼓上蚤時遷。

　　當下時遷哈哈大笑，笑話楊雄不夠英雄，還是石秀過硬，我
很贊成。原來時遷早躲樹上，眼睜睜地看着這兩婦女死去。後
又聽得楊雄、石秀商議投奔梁山，這纔跳下樹來厮見。時遷有個
弟兄，喚作白日鼠白勝，早已上了梁山。時遷早想上山入夥，恰
巧碰着兩位同道，可以一同聚義去了。

　　看官：你道楊雄爲何稱呼時遷爲師？略表一下：時遷聽説柴
進效學孟嘗君，厚待江湖義士，因此存心盜了他的祖墳，留下字
條，寫道："若問何人盜，輕脚鬼時遷。"柴王看了，一笑而罷。時
遷聞得，思想：盜他祖墳，真如太歲頭上動土，滅了威風，却能恁
地寬容，足見他對江湖上人另眼相看。就走開了，不再找他麻
煩。聽説楊雄當着步快都頭，大小盜案，落在他手，無不破案。
這人勇猛非凡，時遷存心捉弄於他，掂掂他的分量，故意盜取一
家員外的數千兩白銀。留下字條，寫着："若問何人盜？找到楊
雄便知曉。"這樣就苦了楊雄。誰知一案未破，不到十天，這員外
家又失竊。不到一月工夫，這家盜案連發，弄得楊雄天天坐吃
王法。

　　一天，楊雄到四鄉去，訪案回城，獨坐在北門外亭子裏歎息，
十分苦惱。忽見樹上跳下一個人來，對着楊雄哈哈大笑，自稱是
盜銀的。楊雄問他姓名，時遷道："盜皇墳的就是咱家。"楊雄問
道："我與你並無怨仇，何故苦苦相擾？"時遷答道："老爺與你也
無怨仇，祇是你常和我們的綠林弟兄作對，因此我要給你吃苦！"
楊雄道："原來如此。既非冤家，與你同上法堂，銷了這差如何？"
時遷答道："可以，祇是必須稱我爲師，以後聽我吩咐。"楊雄没

法,連叫三聲師父,答允他的要求。時遷大笑,就讓楊雄替他上了鐐銬。路上,時遷與楊雄説妥,進府衙時,必須如此這般行事。楊雄答應,兩人到了公堂。大人吩咐將時遷推下去打!誰知一聲令下,時遷早已跳上梁去。罵道:"吶,狗官,我自去了。休要連累我的徒兒。否則,當心你的腦袋!"

此後楊雄捕人,時遷常來説話。哪個該捕,哪個該放,楊雄無不遵從,不敢違拗半點。因此今日,楊雄見了時遷,稱他師父。這時時遷就對楊雄、石秀説道:"既然同上梁山,應當取消師徒名義。我們在此,不如結拜爲兄弟吧!"就與楊雄、石秀在翠屏山上,撮土爲香,禱天宣誓。時遷定要居小,就讓楊雄爲大,石秀爲次,三人結伴而行。

且説翠屏山下的六名轎夫,待到紅日西下,不見楊雄及其眷屬下來,衹得尋上山去。在山峰石壁下,驀地看到兩個屍首倒着,嚇得大叫。山裏哪有人聽得,便都回城,稟報官府。潘老老聞得,連夜到府上告。府尹立即察勘。潘老老買了棺木,成殮屍首。回家上樓,看得楊雄留下書信,纔知備細情由。府尹聽潘老老訴説,申請上憲,各縣行移文書,寫明賞格,緝捕楊雄、石秀歸案。轎夫和賣糕粥的,交保放歸,聽候提問。

且説時遷當下引着楊雄、石秀二人,自取小路下了後山,徑投梁山泊去。次日,離了薊州地面,在路夜宿曉行,非止一日,來到鄆州地面。行將傍晚,三人尋找客店安歇。

正是:未晚先投宿,鷄鳴早看天。庭户朝迎三島客,門關暮接五湖賓。

畢竟三人如何投奔梁山泊去?且聽下回分解。

第二十四回　勇時遷偸盜更雞
　　　　　　頑祝龍焚燒莊店

　　話說病關索楊雄、拼命三郎石秀、鼓上蚤時遷三位英雄離開河北薊州，千里迢迢，曉行夜宿，一徑投奔梁山前來聚義。

　　看官：這河北薊州，北宋時屬於南京道。那時黃河流域遼、金、宋三國割據。從薊州向西南走至析津府，再向西南走至涿州，唐稱范陽，前至安肅軍，屬於遼宋政權的部族界。這薊州，唐時稱爲漁陽，就是白居易《長恨歌》中所吟的"漁陽鼙鼓動地來"的安祿山造反地漁陽。自保州向西南走真定府，始屬北宋疆域的河北西路。再折向東南走至冀州，南渡黃河便至德州，稱爲河北東路。再向東南行，來至齊州，古稱歷城，今稱濟南市，屬於京東西路，爲山東濟南府的路級駐所。從歷城復向西南，出平陰，尋路向東平湖來，徑至鄆州，便詣濟州鉅野的梁山泊。小說家言書中自然有些歷史的影子，但這許多故事傳聞經過發生、流傳、衍變和發展，它的內容不斷起了變化，也就難以追究了。

　　楊雄、石秀、時遷三人出離薊州，覓路徑向這齊州來，一心投奔梁山。三人曉行夜宿，趲趕行程，在路非止一日。這日，三人路過山東濟南府，行至鄆州地面，越過香林窪，早見一座高山擋在前面。峰巒起伏，林木陰沉。山前聳着巍巍一座岡子，高插雲天，喚作獨龍岡。三人邊談邊笑，邁步走向前來。翹首忽見路旁高高地竪着一塊木牌，足有一丈多高、四尺來闊。定睛看時，却原來是一塊大言牌。三人不看則已，看時不覺驚駭，義憤填膺。祇見這牌上寫着：

> 獨龍山前獨龍岡，獨龍岡上祝家莊。繞莊一帶長流水，周匝夾堤俱桃楊。莊內森森羅劍戟，門前密密排刀槍。旗幟飄揚驚鳥雀，刀矛閃爍生光芒。殺敵盡皆俊髦士，摧鋒都屬義勇郎。大公子賽關公，二公子賽呂布，三公子叱咤風雲人稱賽霸王。莊主祝公韜略廣，金銀羅緞有千箱。扈李兩莊訂盟約，三莊合一糧餉堆積如山岡。三莊教師欒廷玉，盤龍鐵棒世無雙。朱牌一方岡上立，榜書煌煌字數行。填平水泊擒晁蓋，踏破梁山捉宋江。獻俘東京沐皇恩，殲滅強寇保村坊。日出而作日入息，百姓從此樂無央。

祝家莊主祝廣立

大宋政和七年八月

看官：祝廣爲何口出狂言，在這獨龍岡前立下這塊大言牌？他不怕惹事招禍嗎？待寫書的略表幾句。

這祝家莊方圓三百餘里。莊前莊後，有五七百户人家，都是祝家的佃户。兩日以前，祝廣囑咐家奴馮成，帶着蘇定、蘇坤兩員家將和五十名軍士，拿了繩子鏈索，氣勢洶洶，去後莊千家村收租。這村有兩百多户佃農，齊是種祝家莊的租田的。祇因黃河連年泛濫，農田水潦荒歉，顆粒無着，衣食難度，哪裏繳得出租來？祝家莊兵丁前來催租，祇有苦苦哀求，寬放日期。馮成狗仗人勢，哪裏會聽進一言半語？反說有意抗租，吩咐兵士動手。兵士當場捉了十多個人，用繩索捆綁，有的套着鏈子，一齊押向祝家莊來。後面跟着許多婦幼，不斷哭喊。行至中途，恰遇梁山義士。

那梁山義士兩人。一個喚作玉幡竿孟康，一個喚作通臂猿侯健，恰在解送鏢銀，回歸梁山。兩人路過此間，祇聽山墺之中，震天動地，哭聲不絕，便大踏步前來問訊。百姓訴說如此這般，孟康、侯健聽了，勃然大怒，三脚兩步，趕奔前來。這馮成有恃無恐，魚肉百姓慣了，哪裏經得起廝殺，孟康祇一刀，殺死馮成。侯健打敗蘇氏弟兄。軍士見勢不妙，四散奔逃。孟康、侯健救了千家村的百姓，自回梁山。蘇氏弟兄，狼狽逃回祝家莊來，哭喪着臉將這事稟告了祝廣。祝廣聽報，拍案大罵梁山匪盜囂張，心中尋思：祝家莊上還有安静日子好過嗎？俺與梁山勢不兩立。尋思怎樣對付，就請三莊教師欒廷玉前來商量，定下了這條引虎出巢之計。岡口擺設這塊大言牌，辱罵梁山。早晚必爲梁山草寇風聞。那時莽撞前來，祝家莊早作埋伏，誘兵深入，以逸待勞。旗開得勝，就可剪滅梁山。這是祝家莊上的内情，行人至此，哪會知曉？

楊雄看完這大言牌，勃然大怒，倒竪虎眉，緊咬狼牙，舉起截頭刀來，對着大言牌就要砍，恨不得劈個稀爛。石秀見着，急忙攔阻，輕聲説道：“祝家莊誣蠛梁山，被我們撞見，不如趁此打探軍情，上山稟報，略盡綿力，以爲進身之功。這牌暫時勿動，以免打草驚蛇，誤了大計。”時遷聽了頻頻點頭，連説有理。楊雄無奈，狼狠地向大言牌盯了一眼。

三人又走了十里路頭，祇見樹陰中露出一座小鎮，有數十家店面，臨街有的是平房，有的是短脚樓房。三人走到鎮口，看到路旁竪着一塊路牌，寫着“三莊鎮”三個大字。迤邐進鎮，看到街旁朝南一家酒館，簷下橫額題着“三莊店”三個大字。

這店是三開間門面，左邊一間，擺着長方櫃檯。櫃内擺着賬桌，錢箱上坐着一位老人，正在那裏運籌寫賬。右邊一間，放着爐臺。爐上煎熬炮炒，香氣騰騰，爐中烈火熊熊。客人却不算多。三人翹首望着，恰想進店，小二笑着已經前來招呼。三人進店，選了位子坐定。小二問道："三位大爺，吃些什麼？小店貨色齊全。"石秀道："備南酒五斤，生烤牛肉一盆，紅燒鮮魚一尾。"小二喊了下去："三臺上，生烤牛肉一盆，紅燒鮮魚一尾。"自己前去打酒。

一兒會，酒菜送上。楊雄問道："店家，祝家莊教師欒廷玉，是河北人嗎？"小二道："是啊，大爺認識他嗎？"楊雄瞧覷着小二，點了點頭，並未答話。

看官：欒廷玉是河北人，與楊雄同鄉，他倆原是相識的。楊雄看到大言牌上寫着欒廷玉的姓名，恐防與他相識的是同名，特地問這一聲。

這時石秀舉杯招呼："兩位兄長，請！"楊雄、時遷舉杯還敬。三人正在暢飲，忽聞一陣異香，撲鼻而來。楊雄旋首顧盼，却見小二捧着一盤五香雞，徑向店堂裏雅座跑去。楊雄看這雞是掛爐烹烤：雞先煮熟，然後塗上作料熏烤，仿佛德州烤雞。尋思：這是北方的名菜，在這是不易吃到的，待俺也叫一盤來嘗嘗。便向時遷、石秀兩人說道："五香雞味道不差，有些人看了就饞涎欲滴，兩位賢弟喜歡吃嗎？"兩人點頭道："好！"恰好小二從裏間出來，走了過來。楊雄喚道："店家，五香雞，我們這裏也來一個。"小二就站前來，答道："大爺們要吃雞嗎？可以請先去賬臺上付錢，明日清早來吃吧！"

三人聽了不解，楊雄問道："爲什麼要今朝付錢，明天纔好吃呢？"小二笑道："大爺有所不知，這裏周圍十里的地方，是不養雞的。本店出賣的雞，是到十里外村鎮上買的。殺好了，帶回鎮上，再烹調熏烤的。所以需要早一日預約。"楊雄又問道："想是這裏風俗是禁雞的。"小二躊躇一下，環顧桌旁無人，嘴裏要說，心想話是說不得的，可又熬不住，尋思：和外路人談談不妨，闖不下禍的。小二上前把身子低下挨攏來，低聲説道：“鎮上往年，鷄是養得很多的，所以這裏祖傳有這一套烤鷄本領。半月之前，西鄉祝家莊，忽地來了一隻大公鷄，喚作更鷄。祝家莊養了這一隻更鷄，就向四鄉張貼布告：祝家莊周圍十里之内，不准養鷄。並且時常挨户搜查，倘有違反，鷄子没收，還要罰款。從此鎮上就不見活鷄賣了。”

時遷詫異道：“祝家莊養了一隻更鷄，爲什麽不讓人家養鷄呢？”

小二道：“起初我們也弄不懂的。有一次，祝家莊那個管守更鷄的團丁，前來飲酒，就向他請教，纔算弄明白了。”石秀問道：“這團丁怎樣説的呢？”小二道：“那團丁説：‘這隻鷄是個寶貝呢。冠呈四開，毛分五彩。守夜稱信，候潮表異。孟嘗效之而獲免，燕丹爲之而得度。這是當朝首相蔡京送與祝員外的。送來時，是由兩百軍士護送的。如今養在更鷄樓上，這鷄每夜按時報更，不喪時刻。一更啼一聲，二更啼二聲，三更啼三聲。啼聲洪亮，聲聞十里。但有一個毛病，這鷄聽不得别的鷄叫，如聽他鷄啼叫，鬥性大發，亂蹦亂叫，滿籠飛舞。員外恐防影響鷄的性命，因此禁止十里之内人家養鷄。”

看官：小二將這鷄説得神奇，文獻上却也有些記述。《韓詩外傳》云：“夫鷄乎，首戴冠者，文也；足搏距者，武也；敵在前敢鬥者，勇也；見食相呼者，仁也；守夜不失時者，信也。”《南越志》云：“鷄冠四開如蓮花，鳴聲清徹也。”《異物記》云：“伺潮鷄，潮水上，則鳴。”《史記》云：“孟嘗君至關，關法：鷄鳴而出客。孟嘗君恐追至，客之居下坐者，有能爲鷄鳴，而鷄盡鳴，遂發傳出也。”《燕丹子》云：“燕太子丹質於秦，逃歸，到關。而鷄盡鳴，丹爲鷄鳴，遂得逃歸。”書上有着這些記載，民間傳説自是有所繼承和發展的，這是一定的歷史社會生活與思想意識的反映，是有其史料價值的。

時遷聽了，心中思忖：這祝員外可算得肆無忌憚，祇顧自家更鷄的安靜，便不管人家的生活。正是祇准州官放火，不許百姓點燈！真是豈有此理。石秀笑道："莊主是没有這樣的權力的，他不許人家養鷄，難道就不好到州縣裹去控告他嗎？"

小二笑道："大爺是好心腸人，却不知道這裹的世道啊！兩天前，在這鎮梢頭住着一份人家——名唤錢三的。一家五口，全是靠着這販鷄度日。霎時得着這個消息，人都嚇怔了。没奈何，祇好把養的鷄全部半賣半送的出籠，一時兜售不及，還剩下三隻鷄。被祝家莊的團丁查到，這團丁不分青紅皂白，一把將錢三抓進莊去，狠狠地打了他四十大板，屁股都敲爛了。錢三再三討饒，纔被放了出來。這祝員外與蔡京丞相是兒女親家，有裙帶關係的。縣大老爺見到員外，趨奉都來不及，哪會説半個不字？這裹的人對着他們都是敢怒而不敢言的。"

石秀聽了，嘴裹説着"唔……唔……唔……"，心中明白這裹暗無天日，百姓都在水深火熱之中。

時遷又問道："店家，這隻更鷄，你説是蔡京丞相送的，不知丞相又是從哪裹搞來的？"小二道："這事我就説不清楚了。"

看官：這隻更鷄是金邦女真國進貢來的。進貢時原是雌雄一對，雄的稱爲更鷄，雌的稱爲金鷄，又稱爲美人鷄，美人鷄目下養在皇后娘娘的宫中。後書宋江生蜈蚣發背時，神醫安道全爲治此病，梁山唤時遷進宫偷盜此鷄，後書再提。這隻更鷄怎會落在蔡京手中的呢？寫書的略表一下：當時金邦使者來朝，尚未參拜天子，首先謁見丞相。徽宗荒淫酒色，蔡京獨攬朝政。蔡京看到更鷄可愛，就唤使者改寫貢單，把更鷄留了下來。蔡京圖謀不軌，暗囑祝廣招兵買馬，積草囤糧，期待時機，奪取宋室江山。山東地方官員，都是蔡京的心腹爪牙。節度使慕容彦達，就是他的得意門生。祝廣上通蔡京，氣焰囂張，百姓奈何他不得！小二自然是不會知道這個底情的。

時遷聽了，憤懣不已，心想：蔡京與祝廣狼狽爲奸，禍國殃民。俺就敢與他作對，待俺將他的更鷄盜了，給他一個消息。嘴裏不説，心中却早有了主張。

酒闌飯飽，小二就引三人上樓歇宿。三人上樓，選了靠街一個雙鋪房間住下。恰纔坐定，小二問道："大爺還有事要辦嗎？"楊雄道："問它做甚？有事没事，與你店家是不搭界的。"

小二道："客官不知，有事請趕緊去辦，没有請早休息。這門，我就要把它反鎖了。楊雄道："反鎖了門，半夜之中，倘有事故，那是多麽不便啊！"

小二道："這是這裏三莊教師的命令，我們是不敢違拗的！教師的意思，怕有歹徒混入，造謡生事，惹起禍殃。所以隨時會派人來搜查的。客人落房，就把這房門反鎖了。"

時遷笑道："俺等没有事了，你就把這門鎖了吧。"

小二出房，果然把這門鎖好了。三人稍談幾句。楊雄、石秀走了一日路，有些疲倦，不住欠伸，就都睡了。

時遷不喜在床上睡的，兩手打好搋手結，將頭擱在手臂上，兩脚翹在板壁上，就在樓板上倒竪蜻蜓起來，慢慢地睡去。不懂的人看了，以爲他在練功夫呢。實際，他是習慣於這樣睡去。

時遷睡了半個時辰，已睡足了。細聽楊雄、石秀鼾聲如雷，知道他倆早入夢境。忽聽遠處悄悄地傳來一聲鷄叫："喔——喔——喔——"時遷一個翻身，輕輕地站立起來，换上夜行衣褲。這時時遷：

> 頭上戴一頂紗罩子，當心插着箭翅。耳門上絨球動蕩。身穿皂綢夜行拳袴，當胸二十四檔密門紐扣。闊板皮帶束腰。下穿皂綢底衣，足登斑箭軟底魚鱗躍鞋，襪着白襪，皂

布打腿。斜肩掛着多寶囊袋。腰插青銅柳葉狼刺。

時遷飛身一躍,躥出窗口,翻身在屋簷上倒掛,伸手將窗門
關閉。四顧無人,認清方向,躥牆沿壁,循着鷄聲,直向祝家莊飛
駛而去。頃刻之間,躥身已近祝家莊城。抬頭祇見祝家莊的城
上,標燈密布,處處點點,耀如白晝。旗幡招展,氣象森嚴。巡哨
軍士,綿綿不斷。時遷取了一個雁落平沙之勢,兩足一蹬,從瓦
上躥身下來,撲到護莊河旁。擇個隱蔽之所,擺了一個燕子躥梁
之勢,飛身過河,來到莊城脚下。

時遷蹲着,抬頭觀看,估計城牆有四丈多高。祇見一個黑影
閃過,時遷明白,適有軍士巡查。便在多寶囊袋中取出過山索
來,甩在城頭的牙齒上,一端緊緊套住。時遷起手拉住虎脛練
子,宛如壁虎遊牆一般,須臾之間,索索地爬上城去。一看無人
發覺,立刻藏了索子,翻跳下城,向前走去。祇見桃柳樹栽得密
密層層,桃樹內夾種柳樹,柳樹內夾種桃樹。爲什麼桃柳樹種得
這樣混雜呢? 這是欒廷玉擺下的埋伏。莊裏有幾句暗話說道:
"似路非路,埋伏甚多。彎彎繞繞,按着桃柳樹爲標記,喚作'逢
桃而避,遇柳而走'。"柳樹下皆有埋伏,奧妙無窮。生人不懂這
個門道,是走不進去的。

時遷心生詫異,爲何城內夾雜種着許多桃柳,雜亂無章。時
遷在江湖上是走慣的,見多識廣,機警得很。所以就從桃柳樹顛
跳躍而過,不會落入圈套。時遷穿出叢林,祇見裏面築着一座莊
城。這城喚作內莊城,城牆比外城要高五尺。時遷再用過山索
爬了進去。到了城上,看內莊城,盡是房屋,却無桃柳。叢屋之
中,忽見一座高房,看來不像嘹望臺。屋頂圓形,形如鷄籠。用
三和土和土石灰結頂,並不蓋瓦。

看官:這屋實是水牢。時遷高踞屋頂,左右眺望。忽聽
"喔──喔──喔──"又是一聲鷄啼,循聲而視,看到遠處隱約

聳立着一幢巍巍莊樓。時遷看得仔細，向着莊樓，躥身過來。聽敲更的在打二更，街上一彪軍隊踏步過去，大約有三十人。時遷向莊門望去，莊門大開，門下懸着一盞燈籠，燈籠下坐着一個家丁。時遷蹲下身軀，側耳靜聽。有人跑過招呼家丁道："二太爺，你好早啊！"家丁道："班長，時間已到，要辛苦你們了。"這班長就帶二十八名兵士，跑了過去；隔一會兒，又見另一班長帶了一隊兵士出來，那班長到了莊門，也向家丁道："二太爺辛苦，再見吧！"家丁道："各位辛苦，再見了。"看着這班兵士動身，家丁轉身把門關好。時遷看了，心中明白：這班人是來調班的，進去的和出來的，是兩個班子的。

時遷躥到風火山牆下，取了一個壁虎遊山之勢，撲開兩手，胸口緊貼着牆，雙手搭上牆去。爬了丈把路，耳內輕輕聽得啪啪兩聲，時遷曉得這裏定有埋伏，不敢怠慢，從靴統裏取出一把扇面刀來，向着牆壁連連敲了幾下。霎時祇見牆上"噠啪"幾聲，接着打出幾個釘子來。時遷邊爬邊打，把牆上的釘子統統打盡，並用白粉做下標記。雙手搭着，飛身上牆。再用刀向前一路敲過來，仔細看時，打出來的都是棗核釘、三角釘，釘上蘸着毒汁，見血封喉。時遷懂得，這就是牆上的埋伏。

時遷轉身在牆上扳了一塊羅紋石向牆內拋去，祇聽"啪"的一聲，並無反響。時遷躥身又到了第二道圍牆，用背吸功反躥上去。時遷早知道這裏又有埋伏，仍用刀在牆上打着，祇見呼呼呼地射出不少短箭來。時遷破了第二道牆上的埋伏，又用白粉做下標記。進了第二道牆，穿過房屋，到了第三道牆。這牆上面盡是斷刀斷槍，像刀山一般。時遷再吸上去，邊走邊撬，把斷刀斷槍都撬掉了一隻角。

翻過第三道牆，到了內花園。這花園中砌着一座更鷄樓。仔細一看，計有七層，每層有一丈二尺高。七層相疊，如寶塔相仿。底層周圍是二丈穿心，頂上是八尺穿心，每層外面都有飛簷翹角，角上懸着鈴，隨風響動。結頂像一隻亭子，穿心祇有五尺。總計高逾十丈。

時遷在更鷄樓四周繞了一周，轉到門檻。一看門是反鎖着的，裏面有人談話。從門縫內張望，四人正在喝酒談笑。時遷看了，抹一抹倒生的短鬚，咦地一笑，尋思：外邊不易上去，防有性命危險；裏面有人看守，怕驚動了他們，更鷄就難盜了。轉念一想，有了，待俺取出法寶來吧。時遷就從多寶囊袋中取出救命王菩薩來。

看官：時遷的多寶囊袋，藏有許多法寶，都是奇形怪狀的。中有十三太保、四海老龍王、八臂哪吒、過山索、扇面刀等，都是江湖上的用具。這救命王菩薩，俗稱悶香。時遷在囊中先取出解藥來，塞在自己的鼻孔裏；然後取出悶香筒子，筒上裝上引綫，用火刀火石，打旺煤花火，看準風向，把煙頭從門縫裏吹進去。四個守兵，指指觸觸，忽地聞到香氣，齊道："什麼香啊！哪裏來的？"一個說道："想是後花園中夜來香開放了。"一個說道："不是的，想是有個花姑娘來了，傅着梔子、茉莉花粉。人還沒到，香氣已先來了。"不上三言兩語，這四人腰酸腿軟，中了悶香，一齊眠倒了。

時遷從袋中取出一隻紅綉鞋來，就是一根銅絲，把門上的鎖一挺就開了。推門進去，趁着燈光，躡手躡脚，輕輕上樓。到了二樓那門，也是反鎖着的。時遷從門縫裏再一張時，見有四人圍坐賭博，桌上銅錢押了許多，正在推牌九呢。喊着"天子九、地上八"的。時遷又用悶香，將這四人也悶倒了。開鎖，推門進去。時遷一層一層地跑上樓去。每層都有四人看守，共二十八名，全給悶倒。

時遷到了頂層，看時：結頂是八扇落地風窗，齊敞開着。正中梁上繫着鐵練，練上掛着一隻雞籠。這籠用金絲編造，周匝三百六十根，籠內擺着一座黃金雞臺，更雞就站立在臺上。這隻雞依次啄着籠絲，三百六十根籠絲啄過來，恰好一個更子，這雞就啼叫一聲。兵士聽到雞叫，前來餵食。雞吃過食，又啄籠絲，第二轉啄好，第二次叫兩聲，恰好是二更。兵士又來喂一次食，一夜恰好五次。這雞訓練慣了，所以不會誤時。

　　時遷走進風窗，兩足一彈。一個白鶴沖天之勢，跳了上去。兩腳向鐵鏈上絞着，倒掛下來。左手抓住了雞籠鐵柵，取出煤花火來，細看這隻更雞時：

　　　冠高紅似火，嘴足賽黃金。毛羽成五彩，翅尾自繽紛。

雞身高大，與眾不同。

　　時遷定睛看視，這隻更雞站在籠內，看到生人，亮晶晶的一雙眼珠盯着他，就不由得飛跳起來，對準時遷眼珠，狠勁猛力地啄過來。時遷冷不提防，躲閃得快，鼻上已被啄了一口。"老子倒有些痛啊！"翻身跳下，將血揩了。二次躥跳上去，嘴裏銜着煤花火，時遷從靴筒裏抽出狼剌來，伸手拉開籠門。時遷看得準，一手抓住雞頭，一手用力向雞頭頸上割去，"嚓"的一刀，殺死更雞。雞血從籠裏淌了出來，淌到地上。這隻雞還想撞撲，時遷將手稍稍一頓，雞頭就拉斷了。

　　時遷走向下一層來，忽地想道：俺不是來盜雞的，是給祝廣送個消息的，讓他知道山寨的厲害。倘若悄悄地走了，祝廣知道是誰幹的？不如待俺留個姓名在此，揶揄他一番纔是。時遷想罷，"咦"地一笑，回身上樓，蘸着雞血，就在這粉牆上大書道：

　　　祝廣也是籠中雞，日日夜夜喔喔啼。但等梁山大軍到，
　　抽你筋來剝你皮！

　　　　　　　　　　　　　　　鼓上蚤時遷題

時遷寫好，帶雞下樓。走下一層，就把門關好鎖好。再下一層，又把門關鎖好，徑跑至園牆邊，細細察勘，在斷刀斷槍的缺處，尋到原先的白粉記號，就循原路而上。翻過第三道園牆，到了第二道園牆。再尋白粉標記，翻出第二道園牆。從百姓的房屋上，越出內莊城。在桃柳樹上一路跳躍，跑出外莊城，躥到吊橋河旁。時遷尋思：俺在更雞樓上雖已題名，怕他們不知俺的宿處，不如給他們一個綫索。時遷一路行走，順手就把雞毛拔下，邊拔邊走。一路行來，不覺已將雞毛盡數拔光了。

時遷一躍過河，蹲在河邊，取出狼刺，將雞爪、雞翅膀一齊割了下來，剖開雞的肚皮，又把雞腸統統挖出，拋在沙灘上。將雞浸在水裏，洗得乾乾淨淨，拔步回鎮。到了三莊店，從後院天井旁牆上翻了進去。來到店堂，揭開鍋蓋，洗乾淨了鍋子，把雞放進，加水蓋好，轉身就來燒火。時遷挽了幾把草秸，點着火，吹得火旺，把火燒滾了，接着又燒了幾把草。時遷揭開鍋蓋看時，四面水都滾了，中間的水還沒有動，就把鬍子抹着，忙道："好了，好了！"拿了一隻盤子，將雞盛了。又取大酒壺一把，打了兩斤火酒，備了一隻籃子，將醬油、碟子、杯筷、酒壺、熟雞，一齊放入，悄悄地上樓，取出銅絲，把房門開了。

時遷跳進房門，將籃在窗前桌子上放了。點旺燭火，放好杯筷，將酒斟了。走到床邊，雙手推着楊雄、石秀道："大哥、二哥，快起來喝酒吧！"楊雄、石秀正好睡着，被時遷喚醒了，搓了搓眼，整衣起來。尋思：好個時遷，衹有他想得出，陰陽顛倒，夜半把人推醒，喚人起來喝酒，真有趣啊！

三人坐下，楊雄問道："盤中盛的是什麽菜啊？"時遷道："就是祝家莊盜來的更雞啊！"石秀聽說，翹起大拇指贊道："不愧時英雄，盜得好！ 既是祝家莊的更雞，大家快來嘗嘗。"

時遷取出扇面刀來，把雞腿割下，遞給石秀，說道："二哥，請吃吧!"時遷又割下一條鶏腿來,遞給楊雄,説道:"請大哥吃吧!"兩人把鶏腿夾了,在醬油碟子中蘸了一蘸,放進嘴裏,一嚼,這鶏老得很,咬不動,一點鮮味也沒有。都笑道:"這樣一隻寶鶏,徒有其名,原來是不中吃的!"

石秀吃了一點,就停筷了。楊雄也夾了幾筷,嚼嚼味道,過過酒吃,真是鶏肋,食之無味,棄之可惜。獨有時遷不管三七二十一,吃得很起勁,津津有味。他把這隻鶏切做六塊,喝一口酒,吃一口鶏。斟斟酌酌,不多時把鶏全吃完了。桌上狼藉不堪,吐了一大堆鶏骨渣子。時遷就把窗子戳破,從窗眼裏把渣滓鶏骨塞了出去,都灑落在三莊店門前的地上。三人把鶏吃好,躺上床,又睡起來了。

再説祝家莊上,到了三更時分,班長聚集了二十八名弟兄,到更鶏樓去換班。尋思:看這時光已經不早了,為什麼今夜更鶏這時還不啼叫呢?招呼弟兄們去看看。兵士道:"好啊,我們快走吧。"軍士提着燈火,向更鶏樓一路跑來。到了更鶏樓附近,早見家丁已將牆門開了,坐在那兒,自言自語:"今夜更鶏這時怎麼不報三更呢?還是我們心急了些,起得早了?"旋首看到換班人來,叫道:"喂,班長老爺,什麼時候了?"班長道:"看樣子三更已過了,更鶏為啥還不啼呢?"家丁道:"我也弄不懂啊,這倒有些稀奇了。弟兄們進去看看!"

班長帶領兵士進去,穿過三道牆門,到了後院更鶏樓旁。將鎖敲了,急忙推開了門。衹見四個守衛,東橫西倒地在睡大覺。喊喊不應,叫叫不理,把刀柄打上去倒是會叫的。仔細一看,地上掉着不少鶏毛,還沾着一滴滴的鶏血。大家都驚呆了,知道這裏闖了大禍。慌忙一層層地開門上去,衹見守衛都像死人一般,目瞪口呆。到了結頂,衹見籠門大開,更鶏不知去向。鶏血從黄金臺上淌下來,流了一地。血泊中還有一個鶏頭。嚇得班長魂不附體，面色鐵青，兩隻腳頓時軟了下來。班長強作精神，拔腿要跑，連連跌了兩跤，爬了起來，一步一跌慌忙飛奔到教師府去。

教師府值班，見班長氣吁吁地跑來，手腳亂動，不知出了什麼事故。正想問時，却聽班長叫道：“大……大事不好了，更鷄失竊！快快報與教師爺知曉！”值班的拔步進去，喊醒欒廷玉的親隨，親隨進教師爺房，急忙推着欒廷玉道：“教師爺，請醒醒，更鷄已經不知怎樣丟失了！”欒廷玉驚醒過來，喝問道：“什麼事啊？這樣大驚小怪的！”親隨如此這般地回稟教師爺。

欒廷玉披衣起來，全身紮索，吩咐召集衆將。大堂上聚將鼓響，欒廷玉升坐虎案，衆將齊來參見，兩旁站立。欒廷玉傳令班長進見。班長報道：“啓稟教師爺，小的奉命前去換班，祇見兵士都被蒙倒，躺在那裏，人事不知。更鷄失竊，已被宰殺。不敢隱瞞，特來稟告。”

欒廷玉喝令退在一旁，起令在手，吩咐混刀將楊琪、賽哪吒姚越、飛槍教師侯景、小花棍蔡通，各帶軍士兩百，在外莊城東南西北四城門搜查奸細。各將得令，帶兵士前往。欒廷玉又起令道：“蘇定、蘇坤、蘇吉、蘇祥，各帶兵士兩百，在內莊城四周搜查奸細。”又起令道：“大公子賽關公祝龍、二公子賽呂布祝虎、三公子賽霸王祝彪，帶軍五百，出東城去三莊店一帶搜查奸細。”欒廷玉爲什麼要派將領到三莊店去呢？因爲祝家莊旁祇有這處是有招商客寓的，懷疑有外來壞人混入。衆將得令，點齊軍隊，明火執仗，炮聲連天，浩浩蕩蕩，吆喝前去。

欒廷玉退帳，命令班長帶路，打道更鷄樓。欒廷玉出了教師府，上馬。二十四名團丁跟從，手執刀槍，舉着火把，奔向更鷄樓來。欒廷玉到了更鷄樓，果見四名兵士，躺在那裏，地上鷄毛、鷄血狼藉，層層如此。到了結頂，果見鷄籠已空，地上祇剩下一個鷄頭，一攤鮮血。欒廷玉知道兵士已中了悶香之毒，喚用解藥解醒。下至底樓，坐定。吩咐道："帶班長。"班長戰戰兢兢前來，拜道："叩見虎駕！"欒廷玉道："更鷄失竊，該當何罪！"班長道："小的問過兵士，他們都是謹慎小心，好好兒在看守的。誰知忽來一陣香氣，嗅着就動彈不了。想要開口，連話也說不出來。霎時間闖進一個倒生鬍子的漢子來，這個漢子身材短小，一雙亮晶晶的眼睛，不住地轉動，看得人都汗毛直竪起來。他是身穿着夜行短袴，手執雪亮的狼刺，肩上背着一個囊袋，一會兒躥上樓去。不多時，就把這隻更鷄倒提了下來，鷄頸上還在流血呢。教師爺，這賊好大的膽子，牆上還題着詩呢！"

欒廷玉上樓查看，果見壁上題詩，是梁山大盜時遷寫的。下樓不禁拍案大怒，大罵兵士道："身爲守衛，怎麼不知戒禦悶香，還有何用？"拔出佩劍，就要格殺衆人。班長嚇得失色，連連叩頭，如搗蒜一般，連喊："饒命！"兵士一齊跪下求情。欒廷玉轉念，殺了並無好處，便道："赦了一死！"喚衆人將每一兵士重責大板四十，個個打得皮開肉綻。一頓打過，吩咐押入土牢，聽候發落。軍士謝恩，押送去了。

欒廷玉回稟祝廣，祝廣囑請欒廷玉嚴辦。更鷄失竊，更鷄樓就拆毀，不提。

欒廷玉回歸教師府，取了盤龍鐵棒，親臨莊城查問。裏莊城內，是祝姓房族親戚居住，怕搜查時，或者行動粗魯，或者手脚不乾净，倘若言語衝突，倒是吃罪不起。如若馬虎，又恐盜賊漏網。爲防意外，所以親自出馬。

單提祝龍、祝虎、祝彪，帶軍前行，發見五彩鷄毛，循着鷄毛，一路前行，到了莊城。守城軍士來見，開城平橋，讓衆人過去。前哨軍士忽地來報："護莊河邊，有內臟一副，想是偷鷄賊掉下的。"祝龍聞報，滾鞍下騎，與祝虎、祝彪上前察看，果是蠻大一副四件內臟。祝龍心中盤算：這般看來，偷鷄賊定是躲在鎮上無疑了。一聲令下："急速包圍這三莊鎮，挨户搜查！"信炮響亮，號子高張，人馬蜂擁前去，把鎮頭圍得水泄不通。

軍士一到，氣勢洶洶，拳打脚踢，連連打門，挨户搜查。搶入人家房中，翻箱倒篋，撿着貴重物品便拿，鎮上霎時哭聲不絕。

正是：城門失起千丈火，殃及池中萬條魚。衹因搜查，無端累及鎮上人家。

不知祝氏兄弟如何捉拿這偷鷄賊，且聽下回分解。

第二十五回　剌莊情時遷欺祝彪
施巧計楊雄激杜興

話説時遷盜了更鷄,祝家莊兵士速即報與欒廷玉知曉。欒廷玉委派祝龍、祝虎、祝彪帶軍前往三莊鎮搜查。軍士蜂擁前來,一齊哄到三莊鎮上,把這鎮頭層層包圍,圍得水泄不通。氣勢洶洶,挨户搜查。趁機翻箱倒篋,搶劫財物。

軍士喧喧嚷嚷,查到三莊店的門首,兵士一腳踏着泥漿,用燈來照,看是灑着一堆鷄渣鷄骨,嚷道:"偷鷄賊定是躲在這店裏了。"大家手腳齊動起來,一陣亂敲亂踢,高聲喊道:"店家開門!"

時遷耳聽到人聲嘈雜,心中明白,祝家莊前來捉人了。隨手推開窗户,探身四望。祗見軍士滿街塞巷,明火執仗,正在高聲喊叫。

小二慌張地問道:"什麼事啊? 來了,來了! 恁地敲打,兩扇板門快要被你們踢爛了。"

楊雄、石秀聽到叫喊,在酣睡中也自驚醒過來。楊雄站着,繫好氅衣,緊一緊腰帶,取過一把截頭刀。石秀便拿起青銅鎖子棍來。

這時,小二早把店門開了,軍士衝了進來,到處搜查。自有腳快惡狠的擁上樓來,直衝到時遷住房的門前。小二前來啓鎖,喊道:"客官,軍爺前來查夜啊!"

377

時遷罵道：“半夜三更，吵鬧着些什麼呢？”

小二道：“客官請勿要多話，快快地開門吧！”

時遷應道：“好啊，來了！”嘴裏説着，一閃躲在門旁，把閂去了。

一個軍士惡狠狠地衝了進來，高舉着刀，喝道：“矮漢！你就是偷鷄賊啊！叫什麼名字？弟兄們快來抓啊！”

時遷聽着，怒從心上起，惡向膽邊生，罵道：“若問大爺的姓名，大爺是三更不改名，五更不改姓的，鼓上蚤時遷便是。吃了這隻更鷄，它的骨頭全已吐在路上，還了你們，還要什麼？你們再要，請來領吧！”起手就是一個狠刺過來，正中那軍士的咽喉。“砰嘭”一聲，那軍士霎時就倒在這樓板之上，鮮血淌了一樓，刀也攂得老遠。旁的軍士見了，嚇得魂飛魄散，旋身拔脚就逃，大叫大嚷道：“不好了，這偷鷄賊在樓上殺人了！”

恰想奔逃，石秀接口高喊：“殺、殺、殺！”軍士聽着，更加慌張，衹圖逃命，一個個抱頭鼠竄而去，直奔到祝龍馬前，報道：“公子爺，大事不好了！”祝龍問道：“何事驚慌？”軍士道：“小人已查到這偷鷄賊了，這賊躲在三莊店的樓上，哪知這偷鷄賊凶狠得很，持刀行凶，已把俺的一位弟兄殺死了。小人抵擋不住，特來稟報。”

祝龍聽了，“哇啦啦”的一聲怪叫，吩咐道：“三莊店既是窩藏匪徒，諒有許多歹人。兵士們速速放火，將店焚燒！”軍士得令，回頭擁向三莊店來，跑進柴房，覓得火種，放起火來。店裏客官，早已喧擾，看見火起，忙搶包囊，四散逃命。兵士見了，衝殺前來，不分青紅皂白，捉的捉，搶的搶，殺的殺，頓時哭聲震天，亂成一片。

楊雄、石秀將身撲出窗外，將凳兒擲了下去，連聲喝道：“照打！”軍士四散躲閃。凳兒落地，石秀兩脚一踮，躥下樓來。時遷、楊雄接着跳下。各執兵器，衝殺過來。軍士忽散忽聚，亂喊亂嚷。

祝龍一馬當先，直掃過來。手裏提着青銅大砍刀，對準楊雄的頂門上，取了一個雷公劈腦之勢，起手一刀砍來。楊雄將身一側，手舉着截頭刀，取了一個推金入海之勢，架開了祝龍的刀，回手取了一個玉帶圍腰之勢，向祝龍腰部劈來，祝龍提刀撥開。

兩人恰在交鋒，驀地祝虎一馬橫掃過來。石秀搖了棍子，前來迎戰，喝道："休得猖狂，看打！"取了一個風掃殘葉之勢，直打祝虎的馬蹄。祝虎急忙將馬扣住，手提單耳銀綫戟，取了一個浪裏點篙之勢，將石秀的棍子架開。祝虎提戟來擋，祇覺石秀棍子分量十分沉重，頓時震得兩膀酸麻，虎口竟要崩裂。

看官：石秀這條棍子，是受名師馬龍指點的。在水泊梁山中，可算得獨一無二的。馬龍的棍子，在河北道上，可稱得鐵棍無敵的。石秀年少氣旺，精神抖擻，更兼戰法精通，變化多端。今朝祝虎遇着了他，自然祇有招架之功，並無回手之力。

賽霸王祝彪見了，懷抱着獨角烏龍槍，拍馬趕向前來，照應搭救。時遷闖入，跳到馬前，"咦"的一聲笑道："嘿嘿！祝家莊狗，休想依仗人多，領教咱的狼刺厲害！"舉起狼刺，就在祝彪的馬前馬後、馬左馬右，東躥西蹦，忽前忽後，忽上忽下，亂砍亂斬，亂刺亂戳。弄得祝彪提心吊膽，左右上下，慌忙招架。

這時三莊店的火焰，燒得半天通紅。勁風吹着，一陣陣地撲向街心來。軍士四面包圍，喊殺連天。楊雄度量這情勢，尋思道："古話説的：單絲不成綫，獨木難成林。苦戰下去，難免寡不敵衆。三十六着，走爲上着，不如趁早脱走爲妙。"楊雄架開祝龍的青銅大砍刀，兩脚一蹬，取了一個蛟龍出水之勢，霎時跳出戰圈。回首便招呼石秀、時遷道："兩位賢弟，休要戀戰，我們趕快走吧！"時遷、石秀聽得楊雄招呼，棄了祝虎、祝彪，殺散軍士，衝出重圍。

祝氏弟兄聽説他等要逃，哪裏肯放鬆一步，大聲喝道："偷鷄賊，往哪裏逃！"帶領軍士，三馬緊緊趕上前來。時遷將身躍起，躥身上屋。軍士不見時遷，齊喊道："三公子，這偷鷄賊不知逃到哪裏去了。"祝彪按住了槍，掃視過來，却見時遷躲在屋上。時遷隨即揭起片瓦，喊道："照法寶！"打將下來。祝彪連連把槍撥開，瓦片撒落一地。

祝彪喝令軍士"上去拿捉！"軍士蜂擁着闖到百姓的房子裏去，搶上樓來。"砰"地打開窗户，正想去捉時，時遷早已跳到隔壁巷子的屋上去了。祝彪從腰間取出弓箭，想要射時，時遷却又跳了下來，對準祝彪的馬頭，就是一狼刺過來，祝彪迅速提槍來架，時遷將這狼刺收回，躥到馬後，手起向着祝彪的馬屁股上，又是一狼刺過來。這馬覺察，頓時奔跳起來，險些把這祝彪顛下馬來。祝彪連連招架，時遷身輕如燕，敏捷得很。忽左忽右，聲東擊西。殺得祝彪心慌意亂，祇得拍馬奔逃。

祝彪棄了時遷，却來追趕楊雄。祝龍、祝虎也早馳馬前來，楊雄步行，早被祝龍追着。祝龍手提着青銅刀拍馬前來，大喊一聲："奸細看刀！"對着楊雄的頭顱，迎面一刀砍來。楊雄執刀架開。軍士包圍上來，刀槍齊下。楊雄左顧右盼，奮勇抵抗。見人便斬，逢人便殺。一時殺了數十兵士。祇是寡不敵衆，被祝龍尋個破綻，肩下一記打着，翻身倒在地上。軍士將楊雄捆綁起來，押解動身。恰纔天色黎明。

石秀行走之際，忽見軍士押解楊雄前來。石秀一聲喊叫，搶步上前，喝道："爾等莊狗，不要委屈了我的兄長，照打！"一連打傷了七八個人，軍士四散奔逃。石秀將楊雄的捆綁鬆了，説道："快走！"

祝龍、祝虎、祝彪追上前來，忽見時遷從樹上跳了下來，時遷叫道：「大哥、二哥先走一步，俺來擋他一陣！」回身轉來，一個箭步，取了一個猛虎擒食之勢，對準祝龍的前胸，一狼剌推向前來。祝龍急忙提刀招架，時遷收回狼剌，翻身向着祝龍腰圍剌來，祝龍連連提刀抹開。

祝虎拍馬前來，取了一個惡龍噴水之勢，悄悄地向着時遷背後的脊梁上猛力地一戟剌來。時遷聽得聲音，一個白馬回頭之勢，手舉狼剌，向戟耳上着力點去，借着狼剌的力，兩脚一踮，身子騰空而起。復手一個鷂子翻身，頭顱朝下，足趾朝上，手中舉着狼剌直向祝虎頂門上剌來。祝虎將踩花蹬夾着，把馬帶偏。時遷這一剌就落空，身未着地，祝彪一馬已到，手起獨角烏龍槍，用老龍探爪之勢，向着時遷腰下挑來。時遷速速舉起狼剌，一個順風推車之勢，這狼剌就在槍上擋着，蹦身一丈餘外。時遷脚未着地，軍士看見，蜂擁而來。時遷就在半空中一個翻騰，高高地跳上樹顛。

這時時遷心中盤算：大哥已經出險，倘若他等死不甘休，緊追上去，可能會有危險！我是主犯，不如暫讓他們捉住，一則俺可以在祝家莊打個公館，刺探軍師府的軍情；二則倘若日後有梁山弟兄被拿，俺還可以照顧一二。就將狼剌和多寶囊袋藏在大樹頂上，身子倒掛，望着祝彪放開嗓門叫喊道：「時大老爺高坐樹顛，爾等敢來送死嗎？」

祝彪回首，看見時遷懸在樹上，悄悄地取出了弓箭，扳弓搭箭，喝聲道：「疾！」弓弦響時，一箭早已飛出。時遷故意吃驚，嚇了一跳，翻身避開，箭雖未中，人却從樹梢跌落下來。

祝彪便喚軍士拿捉。軍士過來，將時遷揪頭抬脚，兩手反縛起來，喝道：「偷鷄賊，這遭要你的好看了。」

楊雄、石秀在路行走，聽到人家傳說，時遷已被逮捕。楊雄向着石秀笑道：「二弟，三弟是有縮骨功的，不用擔心，要走他是能走的。"石秀道："那麼，我們就到要道上去等候他吧。"楊雄道："好！"

再說欒廷玉，聽到軍士稟報偷兒已經拿獲，吩咐打聚將鼓，衆將繳令。祝龍、祝虎、祝彪帶兵回莊。三莊店留下一百名兵士清理火場。拿住嫌疑犯七八十人。欒廷玉升坐虎案，喝令將偷兒帶上。三公子稟明情況。

時遷上得公堂，軍士吆喝："叩見欒大教師！"時遷躥身起來，面孔朝外，背脊向內，罵道："欒廷玉！老爺被你逮了，要斬就斬，要殺便殺！快送老爺歸天。"

欒廷玉喝道："嘈！爾這大膽的偷雞賊！"兩邊吆喝連連。欒廷玉問道："偷兒，爾叫什麼名字？聽了哪個派遣，到此要幹何事？這更雞可是你偷的？從實招來！"

時遷大笑道："你問老爺的姓名嗎？俺姓時名遷，人稱鼓上蚤的便是。當年盜掘皇墳，名揚海內，誰人不知，哪個不曉？現今奉了水泊梁山寨主晁蓋之命，前來祝家莊刺探軍情，回山稟報。今天不幸，卻被你們拿住了。講到更雞，自然是時老爺偷的，也是時老爺吃的。爾便怎樣？"

欒廷玉聽了，大發雷霆，厲聲喝道："呀呀呸！好大膽的梁山奸細，該死的偷雞賊！難道殺你不得嗎？"

時遷道："好啊，快早殺我！爾不殺我，爾的頭就在俺的手掌之中了。"

欒廷玉吩咐道："來！左右將這偷雞賊，釘上手銬，打入水牢之中。"

看官：欒廷玉爲啥不殺時遷呢？因爲這隻更雞來頭很大。昨夜被時遷殺了，必須備文進京申報，回文轉來，方好處理。欒廷玉當即將更雞失竊、時遷拿獲之事，稟告員外祝廣。這事由員外備文進京稟告蔡京。不提。

軍士遂將時遷拖到水牢,開啓牢門,鋪上跳板,將時遷帶了進去。把時遷雙手上的鏈條緊緊盤在木椿上,再用鎖來鎖住。軍士鎖好時遷,出牢仍將跳板抽了,牢門緊鎖。回報欒廷玉教師爺。

欒廷玉又吩咐帶上眾人犯,眾人齊聲喊冤。審訊之下,這些人犯,多數是鎮上百姓,少數是過路客商。欒廷玉裝癡作聾,並不詢問情由,祇是喊他們一律用錢來保釋。弄得家破人散,鎮上怨聲載道。欒廷玉傳令三日之內,斷絕交通,四城緊閉。莊城內外,嚴密搜查。

且説時遷鎖在水牢,向四面瞻望,估計這牢有三丈五六尺高。中央立着的那株木椿,有一丈七八尺高。木椿周圍,用石砌成圓臺一座,臺周用鐵搭箍着,穿徑有十丈寬闊。四圍是水,水深得很,不穿跳板是跑不過去的。時遷暗自思量:這公館的門在哪裏呢?抬頭一看,水牢頂上有個天窗開着,攔着十數根鐵條。時遷看着,轉念這就有了。時遷便用縮骨功將這釘鋦脱了,飛身來到木椿上。兩脚踮着,躥身一跳,就到了水牢的頂上。他用背吸功將身子站住,起手來挖這牢上的磚塊,除去了這三根鐵杆。躥身飛出水牢,跳到樹上,取了那狼刺與多寶囊袋,再回到水牢來,將這寶貝埋藏好了。書在後,表在前。時遷後來又在祝公館的夾牆縫內打了一個外公館,這公館是用板皮搭搭的,一座小小的篷子,擺了幾張小小的板凳兒。又在欒廷玉的大堂之上,在那"爲國滅盜"的大字匾額內,打了一個高公館。時遷在祝家莊,裏外共計打了三個公館,這樣就便於他行事了。暫且不提。

再説楊雄、石秀,兩人走了十多里路,已到辰牌時分,忽見大道前露出一座村坊來。這坊中街上挑出一扇酒旗來。石秀道:"大哥,我們就在此小飲幾杯,等候三弟到來吧。"楊雄道:"好啊。"進內,楊雄就在朝街面的座位坐了,石秀坐在旁側。店家招待，捧上酒肴。兩人閒坐歇力，淺斟細酌，等候着時遷。

祇見店門前踏進一人，這人肩下挾着賬包，指着店主問道："你家的房金已齊備了嗎？"店家忙站起來，招呼道："總管原諒！小店連朝生意清淡，請再寬限三日吧。不敢勞駕，我們自會送到府上去的！"

這人聽了，説道："你説的話能算數嗎？"店家道："作數，作數，你看小店今日不是僥倖多來了兩個客人嗎？"這總管便向店堂裏看覷一下，忽地看到石秀、楊雄兩人，緊步走上前來，招呼楊雄，笑道："不期恩公在此相叙，未嘗迎迓，多多失敬。"

兩人看這人時：

> 身長九尺，生就一張大臉。紅眉托目，大鼻闊口。臉色蟹青，年輕無鬚。頭戴軟頂羅帽，身穿翠綠綢綉花拳袴，外罩大綠綢氅衣。下穿花幫薄底快靴，身體魁梧。手裏拿着一把泥金扇。

楊雄問道："壯士高姓？何故喚我爲恩公？"

這人聽了，哈哈大笑道："恩公難道忘懷了？我姓杜名興，是人稱'鬼臉兒'的。"

楊雄聽了，笑道："喔唷唷，我道是誰，原來是杜教師啊。多時未見，一時生疏了。請坐叙話。"

石秀因問杜興的來歷。杜興道："俺是河北薊州人氏，在村坊中行教度日。單身獨漢，原無牽掛。這日在茶坊喝茶，忽地見着一個不法之徒，强吃小販的烏棗。我便一把揪住那漢，意欲教訓他幾下。誰知那漢禁不起打，一拳落處，那漢霎時吐血而亡。賣棗子的見了，擲了棗子，慌忙逃奔。薊州府大人出簽喚楊雄捉拿凶手，我便自首投案。恩公説我義氣，贈我盤纏，暗地將我放了。俺自拜别恩公，從此四海飄蕩。路過濟南，聽説祝、扈、李三莊招兵，俺想在下略知武藝，在此倒可獲得一個棲息之所，借此糊口。就到李家莊來投軍。一日，員外李應閱兵，見我體魄雄壯，步伐道勁，便傳問我學何武藝。俺道：'俺的小小本領，就是慣使一柄牛耳撲風刀。'李應便道：'當場試來！'我就試耍一套。員外看了，暗暗稱贊，説道：'在我館下，請你就當個教師吧。'俺就住了下來。員外看俺性情篤定，做事認真，就把李家莊的房金出入，委俺掌握，稱俺爲杜教師，又稱杜總管，有的人稱俺爲杜英雄。"石秀聽了他描述，纔知他的經歷。

楊雄問道："李員外爲什麼要招兵呢？"

杜興道："祝員外與梁山有仇，請了天朝老教師周侗的徒弟欒廷玉前來行教。祝廣三個兒子——祝龍、祝虎、祝彪，就拜欒廷玉爲師父。扈家莊的扈成、扈三娘兄妹兩人，也來學藝。欒廷玉糾合三莊的力量，訂了盟約，發誓共伐梁山。李應願助祝家莊軍糧軍餉。祝家莊的力量大半依仗李家莊，小半是倚仗扈家莊的。"

楊雄聽了，暗暗思量：咱們投奔梁山，他們却要攻打梁山。怎樣想出一條妙計來，割斷祝家莊的一臂，先替梁山出這一分力呢？

杜興問："恩公僕僕風塵，今欲何往？"

楊雄聽得杜興相問，驀地想出一條妙計來。便道："杜教師，小可尚在薊州當差。薊州城中，月前出了一椿大盜案，打劫十多户富紳，損失累萬。府大人命我四處盤查。俺探悉這案是山東人幹的。府大人下了公事，命我前來。不想昨夜投宿在三莊店中，遭遇失火，將我的證件齊燒掉了。俺來時，帶着兩位夥友，一位就是這位義弟石秀，練得一身好武藝，特地帶他前來，做個防護。一位姓王名遷，他原是做賊的，帶他沿途做個眼睛。誰知昨夜王遷被祝家莊當賊錯捉了去，弄得俺就十分爲難。一來盜案未破，二來王遷被拿。恰在這裏商量，不想遇見了杜教師。"

杜興聽着，急忙説道："恩公，請把王遷的相貌説來，他是怎樣裝束的？"

楊雄答道："這人生來矮小，鬍鬚是顛倒生着的。頭上戴着紗罩。身上穿着黑色拳袴，外罩氅衣。"

杜興道："區區小事，恩公休要煩惱，待杜興前去保釋就是。"

楊雄懷疑道："杜教師寄人籬下，依仗什麼力量，能把這王遷保釋呢？"

杜興道："保釋一個客人，這算得什麼呢？兩位寬飲一杯，待俺去去就來。"杜興隨又問道："恩公，請把你的通緝公文取出來，也好做個證見。"楊雄道："不是俺已説過了嗎，這公文不幸早在莊店裏被燒了。若有公文，這事就不難了。"杜興道："這也不妨，待我前去説明保釋就是。"杜興向着楊雄、石秀抱拳作了一揖，旋身就走。

楊雄便向石秀附耳説道："愚兄如此這般，設下此計，可使李祝兩莊反目失和。"石秀聽着，輕輕説道："妙計，妙計啊！"

再説杜興轉身，通知賬房，這兩位的酒賬就不用收了。出了村坊，趕到莊城腳下。守城的早已覷見，便來開城平橋，迎接杜興進城。杜興進了外莊城，又進內莊城，直抵祝家莊公館門首，上前問道："三公子爺在家嗎？"門衛便回説道："恰纔查街回來。"杜興請他通報。祝彪見報，説聲："請啊！"

杜興進內，敘禮坐定。祝彪便問："杜教師前來，有何見教？"杜興道："公子爺，李家莊昨晚失落一人，被你們錯拿了。"

祝彪問道："這人叫什麼名字啊？"杜興道："姓王名遷。"

祝彪隨即差人前去查問，這差人在嫌疑犯中，找了不少時候，再三盤查，並無這人。轉身來到廳堂稟告。祝彪道："杜教師，這裏是沒有捉過王遷的啊。"

杜興道："不會的,準是被你們拿錯了。"

祝彪道："這差人已經再三地盤查,並無此人。怕是杜教師弄錯了?這人穿着什麼式樣的衣服,又是怎樣個相貌呢?"

杜興道："生來矮小,胡鬚是倒生着的。"

祝彪道："這樣的一個人倒是有的。這人不是王遷,却叫時遷。他是梁山强盜,更樓上的那隻鷄就是他偷的。目下關在水牢之中。這人曾盜過皇墳。杜教師爲什麼要保釋他呢?這人是萬萬保不得的。"

杜興搖頭道："我莊員外,助了你莊多少餉糧,難道保釋一個人還不能嗎?既有此人,俺就一定要保釋去的!"

祝彪聽着杜興托大,出言不遜,心中不免着惱,"哇啦啦"一聲大叫,罵道："你這該死的杜興,難道就不知死活了嗎?誰敢擔保梁山的奸細?這還了得!"

杜興看着祝彪聲色俱厲,不禁氣急,冷笑道："公子爺,你看我這樣的人,能不能保呢?"

祝彪道："自然,誰也不敢保的!"

杜興道："俺保不得,俺就情願離開這裏!"說罷,怒氣衝衝,大踏步地跑了出去。

杜興急衝衝地跑回李莊,再會楊雄、石秀。杜興問道："恩公,俺且問你!你這被拿的喚作王遷,還是時遷啊?"

楊雄聽了,頓覺詫異,道："杜教師,什麼時遷、王遷?你的話我就聽不懂了。"

杜興道："祝家莊失了一隻更鷄,可是他偷的啊?"

楊雄道："杜教師,怎麼誣說王遷偷起更鷄來了?難道我是特來騙你的嗎?這王遷可曾保釋到呢?"

杜興便道："假使真是王遷,這隻更鷄就不是他偷的了。那我一定是能把他替你保釋來的!"

楊雄忙搖手道："杜教師,請勿勉強。這事要看情誼的,不能保,保不得,也就算了!"

石秀在旁插嘴道："兄長,交短言淺,俺看不用再煩杜教師了。"

楊雄道："賢弟言之有理,真的是不用保了。"

杜興聽着,感到心裏不安,十分慚愧,便道："恩公放心,待俺前去懇請員外,寫端名帖如何? 這樣這王遷就可保釋的。"

楊雄道："員外與咱們無一面之緣,怎肯幫助啊?"

杜興道："員外最喜結交天下豪傑,義重如山。區區小事,看在我的面上,諒是不會辭推的。"

楊雄道："這麼説來,又要辛苦杜教師了,真的過意不去,我們一同前去拜謁李員外吧。"

楊雄、石秀便喊店家看賬。杜興道："賬已惠過了。"三人離了小店,徑向李家莊來。

走不多時,槐陰深處,隱約露出一座大莊院來。莊院前有着軍士看守,見杜興來,齊唱喏道："見過教師爺。"杜興道："少禮。"招呼楊雄、石秀就在欄凳上稍息,自己進內,到賬房間,繳了銀包。穿過二堂,前來叩見員外,寒暄幾句,説道："今有一事,特來稟告員外。"李應問道："何事?"杜興道："往昔常與員外談起,放俺逃生的楊恩公,今日相遇來了。他有一事爲難,欲懇員外商量!"李應道："可是病關索楊雄,薊州的捕快都頭嗎?"杜興道："是啊。"李應問道："現在哪裏?"杜興道："候立莊外,是和他的義弟同來的。"李應道："他有甚事見教? 不知俺能效勞否? 請杜教師説吧。"

杜興道："月前薊州發生一樁盜案,府大人下了文書,囑他前來山東查案,通緝大盜。來的時候帶了兩名夥友。一喚石秀,依仗他的武藝,借以防身;一名王遷,用他沿途做個眼睛的。不想

昨夜投宿在三莊店中,恰遇這店失火,文書被燒。楊雄、石秀從
亂軍中逃竄出來。王遷却被祝家莊人錯提了去,誣説他是奸細,
把他當作賊來辦。楊雄、石秀走投無路,急得没法:一來不能破
案,一來失去眼目。可否懇請員外備下名帖一端,將那王遷保釋
出來? 杜興仰仗員外恩義,以德報恩,也可了却一件心願。"

李應點頭,吩咐莊丁,有請兩位英雄。楊雄、石秀踏步進内,
來到莊所。祇見上首坐着李應:

> 這人站立平陽八尺身材,臉色殷紅,劍眉朗目,鼻正口
> 方,兩耳貼肉,絡腮鬚飄。頭戴烏緞方巾,身穿藍緞開背,内
> 穿大紅底衣,銀跟皮靴。手裏執着山水畫扇。年紀四十
> 上下。

楊雄、石秀前來拜見,李應降階相迎,拱手讓座。動問兩位
英雄文旌遥臨,有何見教。楊雄便把緝訪盜賊情由,細細説了一
遍,祈請員外垂愛,保釋王遷,銘感五内,終身不忘。李應信以爲
真,諾諾連聲。便唤杜興,去書房匣内,取出名帖來。杜興遵命,
便去取來一端。李應落筆書寫:"立保王遷一名,繳與杜興。"杜
興道:"員外諱下,最好還蓋一章。"李應聽着,哈哈大笑道:"這端
名帖,難道還保不了一個王遷嗎?"杜興看着員外隨意,心中思
忖:恐怕這事不會恁般容易。因笑説道:"俗話説得好,禮多人不
怪啊。寧可仔細一些,免勞往返。"李應一笑道:"那就蓋下這一
章吧。"杜興匣了名帖,辭別員外而去。

李應當即吩咐備酒,請兩位英雄痛飲一杯。席間談談説説。
李應看着石秀氣宇軒昂,英俊不凡。楊雄從旁復吹噓道:"我的
結義兄弟石秀,真的武藝超群,楊雄甘拜下風。"

李應問道:"石英雄寶眷見在何處?"楊雄道:"他尚孑然一
身。"李應聽了,心中盤算:這人倘若真的武藝超群,留他在此,異

日攻打梁山，大可一用。因道：“石英雄可否試演一番，使我一飽眼福？”

石秀道：“員外不棄，受寵若驚，敢不從命！祇是説來慚愧，俺這手中的這條棍子是不堪使喚的。”

李應聽了，哈哈大笑道：“這個好辦！來人，速速把軍器房打開來，請石英雄前去挑選就是。”

家人開了軍器房，石秀隨着入内挑選。祇見房内：紅銅棍、青龍棍、熟銅棍、鑌鐵棍、黄金棍、齊眉棍，擺得齊齊嶄嶄，一紮紮，一捆捆，堆積如山，教人眼花繚亂。石秀揀了一回，回出來，笑道：“員外，不是石秀放肆，可惜這些棍子都還嫌它有些不稱手啊！”

李應道：“嫌棍太輕了嗎？”石秀道：“是啊。”李應知道石秀嫌這些棍子輕些，便又吩咐道：“來啊，將我房裏的那根青銅鎖子棍抬了出來吧！”這根棍子原是李應自己使用的，他嫌這棍重些，不很合手，就擱在那裏了。

説起李應的武藝，他是馬上使刀，步下用棍，所以看覷人家的棍法，他是十分内行的。家人隨即把棍抬了出來。李應問道：“石英雄，你看這棍輕重如何？”

石秀把棍托了一托道：“恰恰合了我手。”李應點頭一笑，聽着石秀説話，心中已經明白，這人的氣力自然在我之上。

石秀將氅衣脱了，搭在太師椅上。兩袖高捲，起步提棍向天井下竄過來。跑了一個圓圈，徐徐收攏，起手耍棍，上下左右前後，舞動起來，祇見：

> 棍起朝天一炷香，當頭一棍打頂梁。左打大鵬單挺翅，右打猛虎下山岡。前一棍青獅開口祥光現，後一棍白象翻身把尾藏。八八六十四棍分上下，果然英雄棍法强。

颼颼地使動，渾身使勁，打得寒光閃閃，滴水不入。

李應看了，喝彩道："好棍法！果然名不虛傳。"

石秀收棍道："員外，小的露醜了。"

李應道："爾說哪裏話來！英雄要得好棍，即以奉贈。"石秀深深一揖，拱手道謝。將棍收了，穿好氅衣，回轉座位。

李應探問石秀來歷，石秀對答如流，李應不覺大悦，說道："真的英俊出少年。"

恰在這時，忽聽楊雄一聲長歎，兀坐似覺不安。李應問道："楊頭腦何故失聲歎息？"

楊雄道："掛念着府大人的公事，不知王遷能保釋得成否。"

李應笑道："頭腦放心！杜興去了些時，有事耽擱，總是有的，不是李應誇説，王遷定會跟着杜興帶回來的！"

石秀隨即指責楊雄道："兄長鄙陋，豈可小覷人家？員外慷慨，千金一諾，義重如山。難道還信不過人家嗎？"

楊雄自知失言，諾諾連聲道："是是是！"

不提席間李應陪着客人暢談，再説杜興第二次來到祝家莊上，徑往教師府去，拜見欒廷玉。欒廷玉問道："杜教師來有何見教？"杜興道："奉着員外之命，前來保釋王遷。這王遷是昨夜在三莊店中被尊莊莊兵錯拿來的，今有名帖一端，請大教師賞目。"

欒廷玉看罷名帖，就喚軍士快從嫌疑犯中尋查王遷。軍士得令而行，查了一轉，回稟教師道："嫌疑犯中查無此人。"

欒廷玉道："杜教師想是你弄錯了，這裏並無王遷這人啊。"

杜興道："王遷却是有的，衹是尊莊錯把他作賊辦了。"

欒廷玉道："王遷是怎樣一個人呢"杜興就把王遷的相貌描述一番。欒廷玉頻頻搖着手道："如此説來，是有這樣一個人的。但這人不叫王遷，自稱是時遷。他是梁山奸細，偷盜那隻更雞的就是他。他來此間，心懷不端，特爲刺探軍情而來的。今已被擒,見押在水牢之中。這人案情重大,是不能保釋的。"

杜興氣惱着道:"明是王遷,怎能誣説是時遷? 既有這人,員外説是定要保釋的。"

欒廷玉微笑道:"杜教師且休爭執,待本教師升帳,押上此犯,審與你看如何?"

杜興點頭道:"好啊。真金不怕火,一審便知情啊。"

欒廷玉令下,三通鼓響,衆將聚集。三位公子也在虎案侍候。衆將參見,旁側站立。

杜興站在祝彪的旁邊,祝彪見着杜興,心高氣盛,旁若無人,已覺不快。祝彪不住瞟眼向着杜興看覷,杜興早有覺察,也向祝彪瞪了兩眼。兩人雖未開言,心中已在鬥氣。

欒廷玉不知他倆已經有過爭執,傳令軍士押解偷兒前來復審。時遷躲在高公館上早已聽得清楚。回轉水牢,套好鐐銬等候。

軍士開了牢門,時遷問道:"你們來是幹什麼的?"軍士道:"前去復審。"時遷道:"可是要殺老爺的頭了?"軍士道:"是啊。"時遷笑道:"好吧! 老爺快要歸山了。"軍士把時遷押到虎帳,喝叫跪下。

時遷躥跳起來,問道:"狗教師欒廷玉! 喚老爺出來,要幹甚事?"杜興在旁,認得時遷清清楚楚。

欒廷玉道:"嘈! 本教師現在問你,姓甚名誰,這隻更雞你是怎樣偷的? 從實招來,免受苦楚!"

時遷道:"教師爺,俺不是早講過了嗎? 姓王名遷,什麼更雞不更雞? 俺不知曉,這雞哪里會是我偷的? 俺是跟着楊雄做個眼睛,前來訪案的。把我押入水牢,真的冤枉啊冤枉!"

欒廷玉聽他翻案,想他這話是早已想就編好的,不知杜興怎麼會上他的當的。拍着驚木,連聲喝道:"呔! 大膽時遷,你還想放刁嗎？在本教師虎案下，竟敢胡說！"

時遷笑道："誰曉你們把老爺的姓名改了！誣害於俺。"

祝彪聽了，衝衝大怒。呼喚軍士重責軍棍四十，看他還敢胡說不成！

杜興聽了，喝道："既是王遷，快快放了！豈可仗勢欺人？"

欒廷玉道："杜教師休得誤會，時遷明明是梁山奸細，故意放刁，哪裏可以放走？"

杜興道："豈可冤枉好人！三莊早有盟誓，難道就保釋不下一個人嗎？"

正是：休笑江湖穿窬輩，允稱人間大丈夫。

不知杜興如何搭救時遷，且聽下回分解。

第二十六回　楊雄遇友施妙計
白勝探莊獲軍情

　　話說杜興端了李應名帖，前來保釋王遷。欒廷玉道：“這裏被拿捉的，祇有梁山匪盜時遷，哪里來的薊州府辦公事的王遷啊！”兩人意見不一，爭執起來。

　　杜興便道：“三莊早有盟約，員外就保釋不了一個人嗎？”

　　祝彪喝道：“三莊誓約，一同剿滅梁山，難道可以放走梁山的奸細嗎？”

　　杜興道：“分明是在冤枉好人做賊！”

　　祝彪聽着杜興說話全無道理，心頭怒火上升，出手就向杜興臉上擊了一掌，杜興冷不提防，却正打在鼻梁上，打得鮮血直流。杜興“哇啦啦”一聲喊叫，心中祇是又惱又氣，尋思在這大堂之上，無話好說，連稱：“打得好，打得好！”邁開兩腿，離開教師府，向外奔走。

　　欒廷玉站起身來，連忙招呼道：“杜教師爺請轉，有話商談。”杜興却不理睬，徑自去了。欒廷玉知道這事不妙，便把虎案一拍道：“好大膽的祝彪，豈可出手打人？噪擾虎帳，還當了得？將他推出斬了！”

　　旁側楊琪、姚越、侯景、蔡通和蘇家四將一齊跪下懇情，道：“這是杜教師的無理，請教師爺恩典，饒了他這一遭吧！”欒廷玉

394

喝令帶回,説道:"各位將軍,杜興教師前來保釋時遷,諒是不明真相,受人愚弄。李應也是不曉此事曲折,妄下名帖。有話好講,祝彪豈可出手打人? 杜興是李應的心腹,如今着惱了他,他去定會在李應的面前,挑撥是非,加油添醬,小題大做起來,不利於三莊聯盟。列位暫緩退帳,少停李應前來,定是怒氣衝衝,各位必須忍氣,好言相勸纔是。"

且説杜興,氣憤地奔出了祝莊,把這端名帖撕得粉碎,又將鼻血揩抹,氣急吁吁,直奔回李莊來。李應正在和石秀談話,説得起勁。楊雄又是一聲長吁,李應聽了,心中不快,甚覺没趣,厭煩楊雄多慮。楊雄又道:"看來王遷是保不成了,怎麽杜教師去了多時,這時尚未回來呢?"

李應勸道:"楊頭腦請勿過慮,俗話説:等人心焦。不妨再等片刻就是。"

石秀道:"員外卓識,所言甚是!"

一語未絶,祇見杜興滿臉鮮血,氣呼呼地闖了進來,嘴裏喊道:"小的險些不得回來了!"

李應驚問:"哪個敢打你啊? 王遷保釋未?"

杜興道:"小子祝彪蠻不講理,不該將員外的名帖撕得粉碎。欒廷玉刑審王遷,嚴刑敲打,王遷祇得承招是個梁山奸細。杜興前去教師府,二堂復審,王遷纔敢吐露真情,實是跟隨着薊州府楊頭腦前來訪案的,未曾偷什麽更鷄啊! 欒廷玉聽了,目瞪口呆,一時無話答辯。祝彪呼喚軍士將王遷重責軍棍四十,杜興仗義執言:'豈可以勢壓人!'祝彪惱羞成怒,舉手就打,並把員外的名帖撕得粉碎。還道:'李應該死,私通梁山大盜,快快前來,洗頸受戮!'"

楊雄歎道:"賢弟,果然王遷保不成了。"

石秀道:"是啊,兄長却有見地,小弟智不及此,敬佩之至!"

　　熱譏冷諷，氣得李應怒髮衝冠，暴跳如雷。便喚杜興速速調軍五百，備馬伺候。

　　李應更換戎裝，杜興洗了臉血，取過牛耳撲風刀來。楊雄執了截頭刀，石秀也提了青銅鎖子棍。李應取了斬將金刀，蹬鐙上馬，炮聲響亮，五百軍馬，浩浩蕩蕩，殺向這祝家莊來。

　　離城五里，人馬排開。李應便喚軍士抵城喊叫："呔！城上軍士聽了，員外願意洗頸受戮，快喚祝彪前來領取！"

　　軍士聽得，趕速奔向教師府去稟報。欒廷玉聽了，忙詢問左右有何高見。眾將齊道："果然不出教師爺所料。"

　　欒廷玉起令道："祝彪聽令。"祝彪應道："末將在。"欒廷玉道："命爾單身獨騎，卸去軍裝，前去迎迓李員外，不得有誤！"

　　祝彪得令出來，喝叫軍士："備馬持槍。"軍士道："教師有令，喚你徒手出接。"祝彪怒道："誰敢多言？"軍士抬上了槍，送過馬來。祝彪上馬，飛馳而去。軍士回報教師爺，三公子不服號令，依然躍馬捧槍而往。

　　欒廷玉再起令道："祝龍、祝虎，急速提着軍器上馬，追趕祝彪回來，迎接李應員外進莊聚話，萬勿有誤！"兩人挺刀捧戟，得令馳馬而去。

　　看官：欒廷玉爲何要喚祝彪徒手相迎呢？因爲他是深知李應員外是極講道理的。徒手而往，就是表示歉意。雙邊說話，就可消除誤會。祝彪爲何不聽教師爺的命令呢？他想李應帶軍前來，怒氣衝衝之際，徒手相迎，倘若一言不合，豈非自討苦吃，白白地送了性命？

　　且說祝彪出了南城，跨過吊橋，一馬向前馳來。杜興早已望到祝彪捧槍拍馬飛馳而來，尋思：倘若先行聚話，這事定會被祝彪說穿的，我也有不是處。因而不分青紅皂白，飛步上前，對準祝彪的馬頭，舉起牛耳撲風刀來，喝聲："看刀！"一刀砍去。祝彪提槍架了。楊雄看着杜興已經動手，搶步上前，便向祝彪攔腰也是一刀。祝彪回槍來攔，石秀迅速衝上前來，起手向着祝彪前胸就是一棍。祝彪亦是格開。三人前後左右，打的打，劈的劈。扭作一團，聚成一塊。祝彪招攔格架，將三人的刀和棍擋住了。心中思想：虧得帶了軍器，徒手前來，如何抵擋？"哇啦啦"一聲大叫，喝道："打得好！打得好！"杜興也是大叫，罵道："小子，今日定要你的狗命。"

李應執着金刀，勒馬停蹄，心中思忖：這樣看來，杜教師做事太嫌魯莽了，怎能一言不發，就好動手的？又想：杜興已被祝彪打得滿臉鮮血，心中有氣，自然不肯甘休。李應便喊杜興："住手，住手！"

祝龍、祝虎奔出南門，馳過吊橋，看到三弟祝彪被杜興和紅白兩臉的包圍着厮打，兩馬搶上前來，却見李應的馬已經奔馳過來。那李應嘴裏不住地吆喝杜興"住手！"却被杜興、祝彪兩人的怪聲蓋了，祝龍、祝虎兩人都未聽到。祝龍還道李應拍馬前來助戰，迫急之際，不問情由，腰間取出那弓箭來，看準李應咽喉，彎弓搭箭，喝道："照箭！"嗖的一聲，一箭急馳飛來，李應乖覺，聽得弦響，知道前有冷箭射來，俯身急向馬頭伏去，欲避這箭。不料已經措手不及，這箭却早中了他的左臂。李應着箭，帶轉馬頭，一聲喊叫："暫且退下。"軍士齊道："員外受驚，咱們退、退、退！"

杜興聽得李應中箭，躥出戰圍，旋身就走。石秀、楊雄跟着退轉。祝彪再想追趕，被祝龍、祝虎喝住。祝彪祇自惋惜道："便宜了杜興這小子。"

李應回莊，杜興前來請安。李應氣得話都説不出來。杜興將員外臂上的箭取出，輕輕揩洗，用藥敷了。李應尋思，杜興説的話是不差的，祝莊小子竟敢傷我的性命啊！

再説祝龍、祝虎、祝彪退歸城中，來到教師府前下馬，放置武器,參拜欒廷玉。欒廷玉喝道:"大膽祝彪,竟敢不服號令,持槍上陣!"

祝龍替祝彪分辯道:"三弟幸而帶了兵器,不然豈不白白地送了性命?"

欒廷玉問道:"這事經過如何?"

祝龍道:"那杜興到了城下,會見公子爺,不問情由,舉刀就砍。還有一個紅臉、一個白臉的,雙雙前來助戰廝殺。那李應也是無禮,拍馬掃上前來。"

欒廷玉道:"你是怎樣應對的?"

祝龍道:"小徒挽救不及,情急之際,豈能坐視?祇好起手放箭,一箭中在李應的左肩上,李應隨即傳令退兵去了。"

欒廷玉聽了,拍案大怒,連連喝道:"嘈、嘈、嘈!你這歹徒!"兩旁吆喝不絕。欒廷玉道:"大膽祝龍,人稱你是賽關公,做事怎麼這樣糊塗?杜興分明受人愚弄,說了無理之言。他怕事發露餡,見了我莊之人,自然不敢辯說,所以衝作前陣,持刀就砍。那紅白兩臉,說不定就是梁山奸細,混在裏邊,煽弄是非,因而不問青紅皂白,前來助戰。那李應馳馬前來,自然是來勸說的,你就不該放了這一箭。要知道,這一箭,就射反了李莊與祝莊兩莊的和睦啊!"

祝龍聽了,恍然大悟,自覺錯怪了李應,連聲説道:"是,教師爺説得是。小徒有罪,望乞恕宥!"

欒廷玉道:"這事推根究底,祇怪祝彪魯莽,他不該在虎案打人!"

祝彪也認錯道:"是啊!下次改過。"

欒廷玉道:"看來,理應追趕前去,向着李應員外賠一個罪。祇恐他在盛怒之下,反滋誤解。明日再去拜會吧。"欒廷玉退堂,拜見祝廣。

　　再提李莊。李應便喚楊雄、石秀前來，說道："楊頭腦，石英雄，俺是無力保釋王遷，反被射了一箭。說來慚愧！有負厚望，務請兩位諒解，另作良圖！"

　　楊雄謝道："員外，說哪裏話來？員外盛情，令人銘感五內，敬仰萬分！不敢再事叨擾，我倆就此告辭。"

　　李應便喚杜興出莊相送。三人離了莊口，挽手同行，直抵岔路口。杜興看着四下無人，問道："楊恩公，這拿獲的究是王遷還是時遷？"

　　楊雄笑道："實不相瞞，這事真的委屈了杜教師，他實是偷盜更雞的時遷啊！"

　　杜興聽了，不禁一怔，半響說不出話來。楊雄又道："我倆前在薊州翠屏山犯了命案，意欲投奔梁山，幹那一番頂天立地的大事業。旅途之中，遇見時遷，三人談得投機，對天盟誓，結爲兄弟，一同上梁山去。不意路過這獨龍山岡，看到這祝家莊前立着一塊大言牌，兄弟三人看了，不勝憤怒。因想混進莊來，刺探軍情，上山稟報，作爲進身之功。昨晚，時遷確曾盜殺更雞，故意讓他們拿獲。今晨村坊飲酒，不意巧遇杜教師。聽你言談，知道祝莊所需糧餉，全仗李莊資助。思想削弱祝莊的力量，便生此計：敦請杜教師前去保釋王遷，從而橫生事端。今計已就，我倆上山通報去。衹是冒昧了杜教師爺，心實不安。爲着這大事業，望乞恕罪！"

　　杜興聽了，又是半晌不語，沉吟許久，轉念一想：祝家莊平日行事，確也蠻橫。生米今已煮成熟飯，衹得順從。遂轉笑道："杜興素重情義，這事理應相助的。"

　　楊雄道："杜教師這話對了。盛情真的感激不已。"

　　石秀也向杜興告辭道："送君千里，終須一別。異日有緣，當再拜會！"

杜興與楊雄、石秀兩人分別,自回李家莊去。

杜興回莊,見李應不住搔首推膺,氣憤不已。吩咐杜興道:"爾去賬房,領出餉銀。每一軍士,發放遣散銀三月,喚他們各奔前程去吧!"

杜興遵命,就將一千軍士盡行遣散了。

李應復道:"明日欒廷玉教師爺倘來囉唣,爾可以如此這般地答復。"

杜興問道:"員外何必如此?"

李應祇得苦笑道:"也罷!今後祝家莊去攻打梁山,梁山前來攻打祝家莊,這事就與我都不相干了。祝家莊自毀盟約,我就不必再管祝家莊的閒事了。"杜興聽了,暗暗高興。

次日,欒廷玉和祝廣果然帶了三位公子前來賠罪。眾人來到李家莊,看覷軍士紛紛齊在散去,欒廷玉道:"員外請看,這護莊兵都已散了,李員外真的是十分氣惱啊!"祝廣看這情勢,心知不妙,頗感棘手,便罵三子道:"小子祝彪,做事豈可這等魯莽,你看這事後果如何?"祝彪默不作聲。

五人下馬,徐步而行,看到莊門已閉,上前叩門。杜興聽得,打開莊門,便問是何人來。欒廷玉和祝廣踏步上前,齊賠着笑。欒廷玉首先拱手道:"杜教師,昨日委屈你了。"祝廣也道:"杜教師,小子祝彪失敬,老漢特地前來請罪啊!"

杜興笑道:"老員外,欒教師,兩位說哪裏話來?李員外私通梁山,纔是有罪呢!"

祝廣忙又賠笑道:"杜教師休得取笑,相煩通報,祝廣牽着教師爺和三個孩兒,特地前來寶莊向李員外認罪的!"

杜興道:"好啊!請各位暫退一步,小的前去通報就是。"

五人退出門外,杜興就把莊門關了,落手且把天撐地閂一齊都上了,復冷笑道:"員外說的:多謝祝家莊上射來好箭,改日祝家莊上有事,李家莊就不敢再來過問了。現在,請早回莊去吧!"

祝廣與欒廷玉聽着杜興不住冷笑,再三忍氣,還是不止地叩門。杜興却是悄悄地,不再應答他們一句。欒廷玉眼看無奈,祇得向着祝廣説道:"員外負傷,今日無緒酬酢,我們改日再來拜謁吧!"五人扶鞍上馬,齊回祝莊去了。

杜興就將這事回報李應,李應贊道:"杜教師,回絶得好!"

書在後,表在前。李應後來終於知道這楊雄、石秀兩人確是梁山上人,他倆引着梁山英雄前來攻打祝家莊。當初祝家莊拿住的不是王遷,而是真的時遷。自己一時失察,上了杜興的當,曾經狠狠地責怪杜興。却因李家莊的莊兵已散,欒廷玉又忙着作戰,竟没時間再來謝罪。雙方由是隔閡日深。李應話既説出,祇是坐山觀虎鬥,祝家莊與梁山廝殺之事,不問誰勝誰負,就是置之不問不聞而已。

且説楊雄、石秀,趲趕行程,這日來到梁山的前山李家道口,尋到朱順興飯店。抬頭看這店時,瓦屋五間,堂面闊大。兩人進店,小二前來招呼,端上酒肴。楊雄問道:"店主人朱貴可在嗎?"

小二反問道:"客官是從哪裏來的?"

楊雄道:"河北薊州。"

小二進內通報,朱貴便出堂來。端詳了這兩人一番,覰視是不認識的。寒暄幾句,便知兩人是來看神行太保戴宗的。朱貴曾聽戴宗説起與這兩人有過聯繫的。朱貴當即喚人前去忠義鏢局,喚請戴宗前來。

戴宗進店,楊雄、石秀上前見禮。戴宗便道:"一别之後,倏已多秋,真的教人思念!今日是什麽風吹來的二位?"兩人就把薊州之事約略地叙説了。戴宗道:"兩位暫歇,小飲幾杯,過一會兒,理當奉陪,前去拜會晁、宋兩位寨主。"

兩人酒畢,戴宗前行嚮導,來到水口。早有船隻,渡着三人,出石鏡湖，過沙灘，登岸上山，齊上梅花宛子城來。石秀、楊雄瀏覽山色。衹見山勢險峻，雄踞水泊。岡巒疊翠，澗瀑交縈，好一座梁山關塞。梁山道上，街的兩旁，店鋪林立，熙來攘往，十分熱鬧，市容極爲整潔。店主顧客交易，禮讓爲先，秩序井然。

兩人來到虎頭崖大堂之前，看到堂前旗杆上杏黃旗迎風飄揚，綉着"替天行道"四個大字。殿宇巍峨，是九開間的偌大一座大廳。正中懸着匾額，大書"水泊梁山忠義堂"七字。兩旁懸着髹漆金字硬聯。堂前一片廣場，鋪着金山石板；旁側八字粉牆，前爲照壁，塑着神州山河日月。堂前站着守衛軍士。戴宗招呼石秀、楊雄在堂前稍息，徑進金蘭軒去通報。

一時，鼓樂齊鳴。晁蓋率領水陸弟兄，降階前來迎迓。晁蓋搖動雉尾，攏着袍袖，拱手作了一揖。衆弟兄齊聲喚道："迎接兩位英雄。"亦是拱手深深一揖。楊雄、石秀受着這隆禮歡迎，滿心歡喜，從容前來，頻頻拱手還禮。

晁蓋一手挽着楊雄，一手挽着石秀，齊來金蘭軒中。戴宗便介紹道："楊英雄當年在薊州，刀劈群醜；石英雄怒打不平，真的驊騮開道路，鷹隼出風塵，胸襟灑落不凡，小弟見了心折，因而誠意相請。不想今日天緣，果來聚義，實乃山寨之福，萬幸萬幸！"

石秀笑道："戴義士真能成人之美，四海景仰！小弟何德何能，敢蒙謬贊？今番咱們兩人，在薊州作案，仰慕梁山招賢納士，特來投奔。願在晁寨主的臺前，效犬馬之勞。路途之中，復遇鼓上蚤時遷，三人結拜，一同前來投奔入夥。"

石秀説話未畢，衹見旁側闖出一個人來。這人急忙插嘴道："時遷現在哪裏？"

石秀、楊雄定睛看時，這人形貌倒與時遷相仿佛，因問道："英雄貴姓？"白勝笑道："俺姓白名勝，幼年曾與時遷同伴，一同學過技藝。"楊雄道："時遷之事，一言難盡，容在下稍後詳稟。"

衆人坐定。晁蓋又便問道："時英雄尚未見,現在哪裏?"

楊雄道："三人一路同行前來,路經獨龍山獨龍岡下,驀地看到岡上聳立着一塊大言牌,牌上寫的盡是誣衊梁山之辭,我等看了霎時怒髮衝冠。"

晁蓋問道："這大言牌上寫的是什麽?"

石秀道："不説也罷,説了教人氣惱!"

晁蓋道："説來不妨!"石秀便將牌上所寫,詳細説了。

林冲聽着,便覺詫異道："欒廷玉是我的二師兄,難道是願助紂爲虐的?"

吳用問道："三位英雄,見了這牌,是作何感想呢?"

楊雄道："我等尋思:既然路過,正好借此刺探虛實,上山通報,算作進身之功。夜間,我們就投宿在這三莊鎮的三莊店。時遷略施小技,盜了他們的更鷄。無非給他們一個消息。嗣後,時遷故意就擒,被鎖在水牢中。"

白勝笑道："時遷仗着他的本領,這鎖是鎖不住他的。他也不會久住在水牢中的。這事分明是借此做個内綫,好在莊内不斷窺探消息。"

楊雄又道："我倆前來,路過李家莊,恰遇莊上教師爺杜興。楊雄前在薊州當捕快時,釋放過他,於他有恩。杜興與俺閒談,無意説及祝家莊的軍糧軍餉,全仗李家莊來資助。楊雄心生一計,以保釋王遷爲由,離間了他們兩莊的和好。此計已成,可説斷了祝家莊的一臂。杜興還説日後他樂意援助。"

吳用道："兩位英雄,祝家莊現有多少人馬?山寨看來,還當派人前去打探,再作道理纔是。"吳用話尚未畢,就有兩人站了起來。白勝道："小弟願往!"楊林跟着也道："我願同往!"

晁蓋道："好啊,就要偏勞兩位了。"

白勝、楊林當即辭別衆人,下山而去。兩人來至獨龍山岡,果見岡前聳立着一塊大言牌，牌上所寫，和石秀所説無異。又到三莊鎮去，看到這三莊店已成瓦礫一堆，並未搭蓋房屋。兩人便去另找安商客寓投宿。

楊林就寢，白勝獨自起來，躥身上屋，飛奔着向祝家莊來。祇見莊城上標燈密布，這護城河十分寬闊，白浪翻滾。白勝躥過莊河，取出過山套索來，拋上城雉，上了莊城。看到莊裏林木叢生，沿城一帶却是平路。路上燈火明亮，守城兵士往來絡繹不絕。白勝不走平路，却在桃柳樹上跳躍，穿牆沿壁，逕來到了裏莊城，直詣教師府第。白勝躥身前行，驀地看見前面一個人影掠過。白勝靜悄悄地伏在瓦上，不露聲色。這人却已覺察前面有個人影，也是將身隱在牆角一邊。白勝暗地思忖：難道這人就是時遷麼？輕輕地用手拍了三下，放下暗記。時遷聽到聲音，看到暗號，知是白勝來了，回手也便三拍。白勝會意，問道："那邊可是兄長？"時遷道："正是愚兄，是白賢弟來了？"白勝道："不錯，正是小弟。"時遷道："賢弟到來，理當設宴洗塵，請到俺的外公館去暢談吧。"

兩人來到一處雙牆夾縫的牆上，躥身似壁虎遊牆般地下去。時遷打旺燭火，道："白賢弟，這個公館打得可好啊？"

白勝一看，贊賞不已。這公館確實築得幽雅，小所在可辦大事業啊。時遷道："賢弟請坐，俺自去打一角酒來。"躥身出去，不上一刻工夫，時遷提了一籃酒菜來，齊擺在桌上。兩人舉杯暢談。時遷道："闊別數載，教人想煞。聞説賢弟在梁山聚義，替天行道，早想登山拜會。今日相逢，喜出望外，可是爲着看覷祝家莊的虛實來的？"

白勝道："時兄長，偷盜皇墳，真個義膽包天，江湖上人早就傳説，英名顯赫，小弟也沾光彩。這番楊雄、石秀上梁山來，誇説兄長在這祝家莊上盜了更鷄，這樣的能耐，真了不得！梁山弟兄個個稱贊。小弟正爲這事前來。一來好與兄長厮會，二來借此打探祝家莊的軍情。回山好去稟報。"

時遷道："愚兄在此，已經打了三個公館，看來十分有用。"白勝問道："怎樣的三個公館呢？"時遷道："這處是外公館，水牢便是內公館，大堂上的匾額裏却是高公館。俺不時到高公館去，祝家莊的軍情，可以弄得一清二楚。不知賢弟此來有同道否？"

白勝道："小弟是與楊林同來的，他正歇宿在客店中。"

時遷道："明天你倆就不必進城了。這裏內外有着兩座莊城，內莊之外，外莊之內，却有十里埋伏，盡按桃柳樹爲標記。這裏有首歌謠，喚作什麼'逢桃而避，遇柳而走'。似路非路，埋伏甚多。彎彎繞繞，曲曲折折，不易行走。這數日，莊內莊外戒嚴，弟兄進來，恐有不便。"

白勝道："小弟記得。兄長還有話要囑咐嗎？"

時遷道："賢弟，這話説來有一大片呢！提起祝廣，有個來頭。他是當朝宰相蔡京的兒女親家。祝家莊上所以練兵，這是受着蔡京的指使。欒廷玉在這裏，身爲三莊教師，掌握全權。他的帳下有着不少將官。五虎將是扈成、祝龍、祝虎、祝彪、李應；副五將是扈三娘、楊琪、姚越、侯景、蔡通；步五將是杜興、蘇定、蘇坤、蘇吉、蘇祥。連他欒廷玉自己，一共十六員將。有兵二十餘萬。這番祝家莊惹惱了李應，他就撒手不管軍事、不助軍餉了，這就削弱了三莊聯合的不少力量。衹有扈莊還是助它一臂之力。欒廷玉這人城府很深，詭計多端，同時武藝精通。他是天朝教師周侗的門下，不可小看於他。祝家莊上的三位公子——祝龍、祝虎、祝彪，扈家莊上的兩位兄妹——扈成、扈三娘，武藝都是十分了得的。如説梁山發兵，還要防備一人。"

白勝問道："防哪個？"

時遷道："這就是祝廣的小兒子——祝鳳鳴啊。這人年紀雖輕，勤練苦學，功底紮得深。祝廣請過不少名師教導於他。練就一身本領，善用兩柄四絲金光虎頭鈎。使出勁來，排山倒海，有着貔貅之力。這人與三公子是異母兄弟，由於員外祝廣寵愛，輕易不肯讓他出場征戰的。但在緊要關頭，他自會出來拼命的。"

白勝道："好啊！兄長這就與小弟我同上梁山去吧！"

時遷道："爲時尚早。我留在此，也有好處。尚有消息，可以陸續送上梁山大營。功成之後，那時入夥結義未遲。"

白勝尋思：這倒甚好。便道："兄長，我們去盜這大言牌吧！"

時遷說："好！"

兩人吹滅燭火，躍身上瓦。白勝隨着時遷，飛身躍出裏莊城，過外莊城，穿護城河，一徑來到獨龍岡下。兩脚一點，齊躍至這大言牌上，却又倒掛下來。白勝用扇面刀將這大言牌很快鑽了兩個洞，把那繩索套進，一吊就吊牢了。時遷把這牌後杆上的釘子齊撬了，坐在杆頂。白勝跳下地來。時遷將這牌慢慢地放下來。白勝笑道："偌大一塊牌子，恁地背啊？"時遷道："這還不容易，把中間的竹釘盡削了，不是就可順次折起來嗎？"時遷隨把竹釘削了，白勝一塊塊地把它疊起來，再用繩索捆了，把它擱在山坳裏。兩人拱手分別，時遷回進莊城，白勝自返客寓去了。

次早，楊林起身，招呼白勝進城。白勝道："兄長，小弟已將軍情探得清清楚楚。莊城埋伏甚多，這時我倆犯不着去的。"楊林不勝詫異道："竟有這等事？"白勝道："這大言牌也已安頓好了。"就邀楊林同去山坳。錦豹子楊林就將這一疊板子，落肩背上山去。楊林十分敬佩白勝神通廣大，自思：我自眠床上宿一宵，他却幹了許多事。這本領的高下，真是不知凡幾啊！楊林駕起飛毛腿，邁步前行。兩人徑奔梁山去了。

欒廷玉次早，升坐虎帳。早有軍士前來報道："啓稟教師爺，這大言牌不知何故，不翼而飛了。"欒廷玉"啊"的一聲，喝令軍士退下。

祝彪問道："誰人敢來偷盜這大言牌啊？"

欒廷玉道："看來，老百姓是不敢動的，地方官也不會要這牌的。這牌子準是梁山匪盜前來偷盜去了。這是一個信息，看來梁山就想動手了。風朝雨夕，謹防前來襲劫纔是。"

欒廷玉當即備馬，前去拜見員外祝廣。稟告這大言牌已被竊，看來就有一場血戰。祝廣不住額手歡喜道："皇天有眼，剿滅梁山，在此一舉。一切都要仰仗教師爺了。"

欒廷玉回到教師府中，一面趕辦文書，上濟南府，請求大力援助，發兵發糧。公事發出，欒廷玉再放探馬，打探梁山消息；一面通知扈家莊扈福，早做準備。

扈員外聽説這大言牌已被竊，軍情緊張，就喚兒子、女兒，兄妹兩人絜束準備，前往助戰。

再説楊林、白勝，一路無書，這天回到梁山，到了忠義堂外。楊林把大言牌從肩上卸下，就地放置。白勝走上堂來，擊打軍情鼓。值堂的嘍軍見了，進軒稟報："白勝、楊林回山稟報，請寨主升帳。"

晁蓋吩咐打起聚將鼓，會集衆英雄。晁蓋升坐忠義大堂，衆英雄依次齊來參見，兩側伺立。晁蓋傳令白勝、楊林上堂。

白勝、楊林兩人上堂唱喏。晁蓋問道："爾等前去祝家莊，所探軍情，一一道來。"

白勝道："啓稟大哥，小弟奉命下山，耽擱在三莊鎮的招商店中。當夜，俺即進城打探，見了時遷，備悉一切。那祝家莊分内、外兩莊，俱是高築莊牆，裏莊還築水牢。祝公館、教師府就在那兒。内莊之外，外莊之内，處處暗設埋伏，按着桃柳樹爲記號。"

楊林道："小弟已將這大言牌背上梁山來，請大哥察看！"

晁蓋問道："這牌放置何處？"

白勝道："就在忠義堂前。"

晁蓋吩咐將這牌抬上堂來，解開繩索。白勝將牌一塊塊地拼好，地面占了一大塊。晁蓋搖動雉尾，踏步走下令臺。宋江、吳用等衆弟兄隨着看覷。祇見牌上寫的，盡是狂妄悖逆之語，和石秀所說無異。

晁蓋見了，勃然大怒。俯身隨手拾起一塊牌來，兩手執着在膝上一記打着，這塊牌霎時打成兩截。晁蓋指着這牌，向天盟誓道："若不殺了祝廣，弟兄們請看此牌！"

衆弟兄看了，個個摩拳擦掌，義憤填膺。

晁蓋坐堂，復與宋江、吳用商議。晁蓋便起令道："軍政官召集雄師五萬，明晨早去校軍場中伺候。"軍政官得令而去。

晁蓋與弟兄們退入金蘭軒，部署會議，如何攻打這祝家莊。衆弟兄紛紛獻議。

次日，軍政官上前繳令道："隊伍已經聚集，齊在校軍場候令。"

晁蓋收令，帶領全體弟兄，來到校軍場威武廳臺上檢閱。軍士站得整整齊齊，場面闊大，氣氛森嚴，全場鴉雀無聲。宋江看時：

> 隊伍縱橫相當，排得井然有序。有長槍隊、大刀隊、戈戟隊，氣勢昂昂；排刀手、撓鈎手、捆綁手，威風凜凜。四方遍插旗幡：一龍旗、二鳳旗、三才旗、四方旗、五行旗、六韜旗、七星旗、八卦旗、九宮旗、十面大紅得勝旗；飛龍旗、飛鳳旗、飛虎旗、飛豹旗、飛熊旗、飛羆旗，隨風招展。正中央懸着一扇大纛主旗，高有三丈。

宋江開言道："大哥，這番攻打祝家莊，小弟理當代勞，權作主將，領兵前往征戰，何如？"

晁蓋笑道：“此乃愚兄之責，請賢弟鎮守山寨。”

吳用擺手道：“大哥乃是一寨之主。常言道：龍不離潭，虎不離穴。還是勞神宋兄長一行，吳用權作行軍參謀。”

晁蓋聽了，哈哈一聲大笑。

宋江道：“請吳賢弟發號施令。”

吳用遵命，起令在手道：“王英、李逵、劉唐，帶軍三千，爲頭隊解糧官；李立、薛永、朱富，帶軍三千，爲二隊解糧官；林冲、呂方、郭盛，爲三隊解糧官。”衆人依次接令，旁側站立。

吳用又起令道：“黃信聽令：爾與鄭天壽、燕順，帶軍三千，兵進祝家莊，頭隊先行。”黃信接令。

吳用又起令道：“陶宗旺、鄧飛、歐鵬聽令：帶軍三千，前往接應。”三人得令。

吳用又起令道：“秦明、蔣敬、馬麟聽令：帶軍三千，作爲三隊。”三人唱喏接令。

吳用又發令道：“孟康，命爾爲營中主旗官。”孟康得令。

吳用再令白勝爲軍中密探，戴宗爲遠探，楊林爲近探，隨時報告敵人的動靜。三人遵令而行。

吳用又令晁蓋、蕭讓、金大堅鎮守山寨。李俊爲水上主將，帶領水上英雄，三關保衛，護持大寨。朱貴繼續看守李家道，開辦做眼酒店。

弟兄們一齊遵令行事。

時辰官報：“啓稟寨主，吉時已到。”

宋江走下威武廳，帶了弟兄，站到主旗前面。紅燭高燒，爐內焚香。宋江稽首三拜，跪在塵埃，祝告上蒼。朗朗乾坤，渺渺水泊。宋江見駿烏光華，回眺旌旗飄揚。雕弓抱月，勁箭穿雲。金鼓震動，鳴鉦敲響。將士個個精神振奮，意氣飛揚。心中自是十分高興。

　　一時炮聲連天，鼓響不絕。宋江一聲令下，頓時一隊隊，一彪彪，人馬排山倒海，齊下山來，向前挺進。水路弟兄，上了大船，渡石鏡湖，直到李家道金沙灘上登陸。浩浩蕩蕩，一齊殺奔祝家莊來。

　　正是：從空伸出拿雲手，來捉橫凶霸道人。

　　不知梁山英雄進攻祝家莊勝負如何，且聽下回分解。

第二十七回　祝莊弟兄得意忘形
梁山英雄沉着應戰

　　話説白勝、楊林回山，將這大言牌拼湊攏來，排列在忠義堂上。晁蓋及衆兄弟齊來看覷，個個義憤填膺，怒髮衝冠。晁蓋與宋江、吳用三人商議，決定點軍五萬，全由宋江指揮督戰，前去和祝廣廝鬥。梁山英雄，水陸弟兄，浩浩蕩蕩，奔向祝家莊來。

　　再説欒廷玉的探馬看到梁山隊伍，列隊行軍，蜂擁前來。這探馬勒轉馬頭，快馬加鞭，迅速回莊飛報。

　　欒廷玉得着信息，傳令會議。三通鼓罷，衆將齊來侍候。欒廷玉升坐虎案。楊琪、姚越、侯景、蔡通、蘇家四將，祝氏三弟兄，扈莊兄妹，以及偏將、備將、牙將、參將、千總、百總，一一上來參拜。

　　欒廷玉起座招呼："衆將少禮！"傳令：探馬晉見。探子除了煙氈帽，走邊門，踩夾道，跑至滴水簷前，雙膝跪下，報道："啟稟教師爺，小的探得：梁山大盜全由盜魁宋江指揮，率領着五萬人馬前來攻打祝莊。軍分四隊，頭隊由黃信帶管，已離我莊不遠。請早定奪。"欒廷玉賞與銀牌乾糧，命再探再報。探子領賞，二次馳馬前去。

　　欒廷玉一聲令下，速將三莊鎮的一帶房廊，舉火焚燒，免受梁山盜劫，先來一個堅壁清野之計。百姓得訊，四散奔逃，又是

411

怨聲載道，哭喊不絕。

欒廷玉吩咐四城緊閉，吊橋高懸。城堞嚴密守衛，市內務必多加埋伏。諸將遵令而行，欒廷玉退帳。

過了一日，黃信人馬，浩浩蕩蕩，已抵祝家莊附近。嘍軍報道："我軍距離祝家莊西城衹十餘里路了。"

黃信囑咐，察看地勢，前軍安營下了寨柵。軍中一時忙碌起來，釘釘子，搭帳篷，掘地灶，埋銅鍋，築土牆，挖戰壕，做了不少工事。黃信升坐在中營帳，鄭天壽、燕順兩弟兄前來參見。黃信派軍士嚴加把守這五營四哨，自己料理軍務。

黃信安營，祝莊軍士早已眺見，便奔教師府稟報："梁山前隊已到，就在西城外十里安營。主旗上飄揚着一個'黃'字。"

欒廷玉道："安營下寨，賊勢未定。哪位將軍願往，打他一個措手不及？先來一個旗開得勝！"

賽關公祝龍踏步前來道："末將願往！仰仗教師的虎威，定當破除這梁山匪盜！"

欒廷玉道："命爾帶軍一千，前去會戰，務當小心！"祝龍得令，帶動軍士，披掛踏鐙上馬。祝龍騎着紅鬃大馬，手裏提着青銅大砍刀。炮聲響亮，人馬一徑馳出裏外莊城。馳過吊橋，躍上沙場。列下旗門陣腳，便喚軍士罵陣。

軍士嚷着叫道："前面梁山強盜聽了：祝家莊大公子祝龍，帶軍前來殲滅你們。不怕死的，速速前來領死！"

這邊梁山嘍兵聽了，速下營樓，來到中營，報道："祝龍口出狂言，前來挑戰。"

黃信說："知道了，退下。"鄭天壽、燕順踏步前來，拱手說道："兵來將擋。小弟願往迎戰，一鼓挫其銳氣。"黃信道："二位賢弟，須要小心，好戰則戰，不可則退。"兩人得令而去。

鄭天壽跨上馬來，左右送過一支鼠白朗銀槍，燕順上馬，左

右送來一柄金背大砍刀。兩人帶着一千人馬，排列沙場。一聲
炮響，擺開旗門。鄭天壽一馬當先。

祝龍看到梁山陣營，心中十分驚駭。尋思：匪徒烏合之衆，
當是亂七八糟，軍裝不齊，號褂不一，怎的這樣嶄齊，紀律嚴明？
不可小覷了匪徒，務必小心一二纔是。

這時鄭天壽一馬掃上陣來，瞟眼看時，見陣前闖出一將。這
人是：

> 八五身材。生就一張長圓臉，兩條長梢眉。一個懸膽
> 鼻。臉色殷紅。兩耳貼肉。領下飄着幾根鬍鬚。頭上戴着
> 大綠鋼盔。身上穿着連環鎖子甲。脚蹬一雙虎頭戰靴。後
> 面大綠主旗上，繡着四個大字：賽關公祝。

鄭天壽喝道：“莊狗，前來送死，速速報個名來！”
祝龍道：“祝莊大公子賽關公祝龍。爾是何人？”
鄭天壽道：“梁山大義士，人稱白面郎君，鄭天壽便是。”
祝龍道：“梁山草寇，休得猖狂！”
雙方“噗隆隆”打起戰鼓，“烏打打”吹起軍號。祝龍拍馬舞
刀，來戰這鄭天壽。鄭天壽驅馬向前，挺着手中的銀槍，出來迎
敵。兩軍吶喊。祝龍喝道：“看刀！”對準鄭天壽的頭上，取了一
個雷公劈腦之勢，挺手就是一刀。鄭天壽提槍擋架，吃着這刀，
感覺兩臂發麻，知道這人確是有些氣力。鄭天壽取了一個寒梅
點心之勢，隻手一槍，就向祝龍挑來。祝龍提刀格開，攔腰向着
鄭天壽又是一刀，鄭天壽也是提槍架開。兩馬奔馳，刀槍並舉。
戰到二十餘回合，燕順恐防鄭天壽有失，拍馬舞刀，殺將出來。
却見祝龍正向鄭天壽馬頭劈去。鄭天壽搖槍來擋，不料架了個
空。祝龍的刀却正劈中馬頭，鄭天壽翻鞍落馬。祝莊軍士左右
拿出兩把撓鈎，鈎搭着將鄭天壽捆綁去了。

燕順馳馬前來,喝道:"祝龍休得猖狂,看刀!"向着祝龍斜肩搭背,一刀劈去。祝龍架開,復手就是一刀,打在燕順的馬背之上。這馬見刀閃來,驚得壁立起來。燕順向後一仰,翻身跌下馬來。莊客一擁而上,橫拖倒拽,又將燕順活捉去了。

梁山嘍軍,看着失了兩將,一聲吶喊,退進營去。

祝莊城樓,隨即打得勝鼓,收兵回城。

黃信得報,吩咐四營軍士,嚴加守衛,多加埋伏。

祝龍回到了教師府,虎案繳令。欒廷玉問道:"出戰勝負如何?"祝龍道:"旗開得勝,生擒梁山燕順和鄭天壽兩個强盜!"

欒廷玉大笑道:"得勝歸來,理當記大功一次。"祝龍拱手道謝。

欒廷玉吩咐將兩盜帶上帳來。鄭天壽、燕順站在大堂,立而不跪,破口大罵。欒廷玉拍案大怒,喝道:"來人,將這兩名强盜釘鐐帶銬,押入水牢之中。"軍士得令。

匾上的時遷,聽得犯人將押前來,忙回歸水牢等候。一會兒,水牢啓鎖開門,軍士鋪跳板,將鄭天壽、燕順兩人帶了進來,鎖好在木樁之上。軍士出臺,把跳板抽了,牢門關鎖,前往銷差。

時遷便來招呼鄭天壽與燕順。兩人都不認識時遷。時遷笑道:"梁山的事,我早已聽說,這番宋寨主率領大軍五萬,分作四隊,前來洗蕩祝家莊,你倆是列前隊,作副營官的。是嗎?"兩人尋思:水牢囚犯,關禁在這兒,外邊戰情,怎會知道得恁地清楚?

時遷早已覺察,便哈哈大笑道:"兩位義士,不必多慮。實不相瞞,俺就是時遷啊!"兩人聽了,歡喜道:"呃,原來是時英雄,久仰英雄的能耐,神通廣大。今日相見,果然名不虛傳。有眼不識泰山,多多失敬!"

時遷笑道:"兩位駕到,應當擺酒款待。"鄭天壽、燕順向水牢四周掃視一下,四壁空空,哪裏來的酒肴?祇見時遷運起了縮骨功，霎時便將鐐銬除了。轉身又將兩人的鐐銬也除了，招呼道：
"小弟去去就來。"

時遷躥出水牢，來到厨房。祇聽這厨師在埋怨道："這幾朝
這裏出了毛賊，連日酒肴不知虧了多少，這倒需要時刻謹慎小心
爲好。"

時遷聽了，伸手一掌向這厨師面頰打去，打得厨師頭昏眼
花，不知又出了什麼事。時遷當即奪過他的酒壺，躥身上去。厨
師喊道："啊唷，俺的牙縫裏血都被你打出，怎麼一個人影還没看
見呢，一把酒壺又偷去了。"

一個説道："早早叫你當心，怎麼吃了忘光狗尿，老是没記心
的！"厨師祇得苦笑道："好啊，不要説得嘴響，我看你還是管好你
自己的東西吧！"這人回頭一看，不禁也吃一驚，嚷道："啊呀！天
殺殺，真是活見鬼的，同你説這一句話，我這兩碗菜怎麼也不
見了？"

時遷已將酒菜和飯一齊疊放在籃筐之中，飛身躥到水牢頂
上，用根繩索將籃垂了下去。鄭天壽、燕順接住，把它擺在臺上。
時遷躥身下來，三人開始飲酒暢談。時遷就把路遇楊雄、石秀，
三人結義，從容叙述，直説到逼反李莊，在此打了三個公館，想爲
梁山攻打祝家莊，略盡綿力。

鄭天壽、燕順兩人聽得出神，不住地翹指稱贊道："時英雄的
本領，我等是萬萬不及的！"兩人也把梁山發兵之事，備細説了。
説到在忠義堂上，衆英雄看覷這大言牌時，個個義憤填膺，齊發
誓願，非鬥殺祝廣不可。

酒過數巡，時遷招呼止飲，留下半夜再喝。爲的是防着查牢
的人覺察，多多不便。時遷便把籃筐移到外公館去。此後，時遷
就定了一個規矩：三日打一次牙祭，照顧這水牢裏的英雄。

次日拂曉，梁山二隊人馬陶宗旺、歐鵬、鄧飛軍到。黄信出

帳迎接，兩隊合併爲一，安營下寨。

樂廷玉得報，又是升帳議事。賽呂布祝虎聽説，躍躍欲試，願出莊關一戰。樂廷玉隨即批准。祝虎帶動一千人馬，捧戟上馬，出城挑戰。祝家莊上炮聲震天價響，旗門大開。

這時陶宗旺人馬恰到，正與黃信忙着辦理軍務。嘍軍來報："祝虎前來罵陣。"陶宗旺道："兵貴神速，待弟前去迎戰。"歐鵬、鄧飛跟隨出陣。

陶宗旺帶軍一千，起炮動身，掃出營橋。歐、鄧兩人自在旗門押陣。陶宗旺祇見迎面來了一將：

> 這人八尺身材，一張圓臉。劍眉朗目，鼻正口方。兩耳
> 貼肉，年少無鬚。頭上戴着束髮金冠，雉尾雙飄，紅纓垂頂。
> 身穿銀紅戰袍，頂盔掔甲。大綠底衣，足蹬虎頭戰靴。跨着
> 一匹紅鬃馬。手捧着單耳銀綫戟。

這將喝問："來者何人？"

陶宗旺道："水泊梁山大義士，九尾龜陶宗旺便是。看你這廝，奶腥未乾，胎髮猶存，敢來討死？"

這將喝道："俺賽呂布祝虎便是。梁山匪盜，膽敢謗毀公子，還是早早下馬受縛，免爾一死！"三軍吶喊，排列陣勢。

陶宗旺大怒，拍馬上前，取了一個泰山壓頂之勢，搖起九齒釘耙，猛力向祝虎打來。祝虎提戟格開，復手便向陶宗旺咽喉上來一戟。陶宗旺便用釘耙架開，翻過手來，對着祝虎的馬頭，又是一記釘耙。祝虎用戟隔開，擋過釘耙，向着陶宗旺的腰下，取了一個凈瓶倒水之勢，一戟刺來。陶宗旺也用釘耙把戟隔開了。一個是釘耙熟諳，一個是單戟出衆。兩邊戰鼓咚咚，喊聲震天。戰了數十回合，陶宗旺占着上風。祝虎尋思：看來這仗是難於取勝了。戰到四更時分，樂廷玉在莊城上看時，都在硬拼，心想這

樣下去,旗鼓相當是難分勝負的。果然戰了一夜,兩人都不示弱。驀地,陶宗旺的坐騎,一聲馬喧,破空而出。陶宗旺曉得厮殺之際,戰馬不喧,喧馬不戰。這馬如此聲喧,一定要出事了。正想圈轉馬頭,換馬再戰。這馬霎時口吐白沫,鼻血流淌。祝虎看得仔細,哈哈一聲大笑,向着陶宗旺迎面一戟過來,陶宗旺舉耙攔開。陶宗旺的坐騎,這時吃着重力,二次聲喧起來,支撐不住,前蹄驀地跪了下去。陶宗旺身子衝前,忙用釘耙向着地上點去。雙脚一頓,跳下馬來。祝虎將馬圈轉,夾着陶宗旺的背梁上一戟刺來。陶宗旺死力攔開,望着旗門下急走,祝虎緊緊追趕。

歐鵬、鄧飛見了,飛步前來搶救。喝道:"小子休得猖狂!"摩雲金翅歐鵬把脚一蹬,躥跳起來。祝虎抬頭看時:歐鵬衝在半空,高有數丈。歐鵬手中提的是四柱金鈴吊角擋抑,祝虎抬頭看時,直像金色翅膀一樣。歐鵬提擋望下打來,祝虎提戟向上擋架。火眼狻猊鄧飛運用兩柄排刀,對準祝虎的馬蹄亂砍,却被祝虎擋住。

兩人一上一下,打了半天。鄧飛忽被祝虎一戟掃着,翻了一個筋斗,被祝家莊的兵士捉了過去。歐鵬見鄧飛失陷,打了一抑,雙脚着地,人馬退回營帳。

這回書喚作:"宗旺一次倒馬。"祝虎帶着人馬回莊。

陶宗旺和歐鵬進帳,稟告軍情。黃信聽了,心中自是納悶。

祝虎參見欒廷玉,繳上將令。欒廷玉動問:"此去勝負如何?"祝虎道:"殺得陶宗旺翻筋斗落馬,惜被大盜搶救而去。鄧飛助戰,幸被小徒拿住了。"

欒廷玉又是哈哈大笑道:"拿獲大盜,當記大功一次!"吩咐速將鄧飛帶上。

鄧飛進帳,飛身躥起,對着欒廷玉,罵個不休。欒廷玉喝道:"大盜賊性難改,將他打入水牢。"

417

時遷聽了,回到水牢,先替鄭天壽、燕順上鐐,自己也自上了。說道:"鄧飛兄弟快要來了。"不一會兒,鄧飛來到。

從人回去銷差。欒廷玉便退帳。

鄭天壽、燕順介紹時遷與鄧飛相見。時遷將三人鐐鐺除了,出牢盜酒,款待鄧飛。

第二日,梁山三隊人馬秦明駕到。黃信、陶宗旺將鄭天壽、燕順、鄧飛被拿之事訴說一番。

祝家莊探子得訊,馳報欒廷玉。欒廷玉道:"秦明人稱霹靂火,足智多謀。誰去迎敵,務必仔細。"祝彪道:"教師爺,休長他人志氣,滅了自家威風。末將願去厮殺。"欒廷玉准。

祝彪帶軍一千,拍馬捧槍,掃出城關,抵營辱罵,定要秦明出戰。

秦明聽了,衝衝大怒,拍馬飛馳,前來應戰。蔣敬、馬麟守住旗門。秦明看祝彪時:

> 這人站立平陽九五身材,生着一個偌大的腦袋。面如黑漆,闊眉圓眼。如意大鼻,血盆大口,招風大耳。耳旁插着兩支沖天威武髮。年輕無鬚。頭上戴着烏金盔,嵌明珠,鑲百寶,斗大的紅纓正頂。身穿黑色戰袍,外罩鑌鐵甲。前有護心鏡,後有護背鏡。下圍虎皮遮腿裙。跨着一匹烏雛大戰馬。手裏捧着獨角烏龍槍。凶煞煞,惡狠狠,衝上前來。

秦明喝道:"來者通名!"

祝彪高叫:"祝莊三公子賽霸王祝彪便是。爾是何人?"

秦明道:"水泊梁山大義士秦明。"

祝彪高喊:"快來送死!"

兩邊喊聲迭起。祝彪衝上前來,取了一個老龍對頭之勢,向

着秦明面部一槍刺來。秦明將馬帶偏,提起金頂蓮花槊,一擋架
開,復手一槊,以泰山壓頂之勢,向着祝彪頂門打去。祝彪捧槍
格開,夾着秦明小腹,運用蛟龍噴水之勢,呼的一槍向着秦明刺
來。秦明提槊擋過,又以童子撞鐘之勢向着祝彪打來。祝彪也
自以槍架開。

　　秦明的武藝,遠遠在祝彪之上,祝彪如何抵敵得住?祇是秦
明自從反了青州,得了嘔血之病,一直未能斷根。秦明會戰祝
彪,初是平交。鬥到二十餘回合,漸覺氣力不支。再戰十合,感
到力不從心。深防舊病復發,因而祇得勒馬奔回旗門。

　　祝彪緊緊追趕,神算子蔣敬、鐵笛仙馬麟見着,謹防秦明有
失,搶步前去助戰。秦明一馬掃來,兩人接應上去。蔣敬一聲高
叫:“小子祝彪,休得猖狂,看打!”蔣敬攔着祝彪,掣腰就是一刀。
祝彪擋開,復手向着蔣敬咽喉一槍。蔣敬提刀來架,一個措手不
及,那祝彪槍上的留情鐵,恰在蔣敬的肩上撅着。蔣敬仰天跌了
一個筋斗。祝彪喝叫軍士,將這強盜捆縛了。

　　馬麟衝上,向着祝彪的馬腿上打來。祝彪運用槍尖挑開,橫
轉一槍,向着馬麟打來。馬麟招架稍遲,身子偏過,槍却已在背
上掠着,馬麟合撲跌了一個筋斗。祝彪叫拿,將馬麟也逮住了。
祝彪哈哈大笑。打得勝鼓,回府繳令。

　　祝彪回到教師府中,便自誇道:“教師爺,秦明武藝,人家説
得稀奇,看來祇是平常。小徒將他打得狼狽而逃。蔣敬、馬麟前
來助戰,却被小徒生擒活捉過來,特來向教師爺報功。”

　　欒廷玉笑道:“着記大功一次!”祝彪拜謝,旁側站立。

　　祝彪飄眼向着扈成、扈三娘兄妹兩人看覷,面露驕色。扈家
兄妹見了,感到局促不安,却是心不服氣。

　　欒廷玉喝叫:“速將蔣敬、馬麟一齊打入水牢。”

　　時遷迎接蔣敬、馬麟前來,又是款待一番。一言表過,不提。

這日傍晚，梁山大隊人馬來到。宋江吩咐安營下寨，搭好蓮花大帳，升坐中營帳，料理軍情。收了行軍令，發出守營令。遞傳口令，放出探馬。養軍三日，沙場交戰。宋江已悉，梁山已經陷落五位弟兄，用兵却是鎮静沉着。

早有探子稟告教師府。欒廷玉登上莊城，執着瞟遠鏡來瞻望。祇見梁山營中，旗幡招展，刀槍閃爍，標燈密布，宛如汪洋一片，望不見底。看來氣象森嚴，軍勢雄壯。再看梁山營寨紮成圓形。欒廷玉懂得，這陣稱爲一氣渾元陣，一時難以攻破。欒廷玉看罷，回教師府，思量對策，暫不發令，且看梁山的動静如何。

隔了一日，探馬飛報欒廷玉：梁山匪盜王英，帶兵三千，押送着大糧前來，離莊祇有六七十里。欒廷玉問明情況，尋思糧食乃軍中之寶，劫糧時機已到，就在威武架上取下大令，問道："哪位將軍願往，接引糧草？"

扈成、扈三娘踏步前來，雙雙接令。欒廷玉説道："准！"

祝彪看到三娘接令，忽地眉瞪眼突，一聲長歎。在祝彪看來，閨女當在妝樓，描鸞綉鳳，怎可拋頭露面，沙場迎敵？成何體統？扈三娘見了，心自不悦。暗想：我倆尚未聯姻，已欲管束於我。嫁到你家，不知如何做人。看官：祝彪與扈三娘是未婚夫婦。這個婚事是由欒廷玉做媒撮合的。扈家兄妹帶動軍士，出城分路前去。扈成穿過獨龍套，扈三娘盤過獨龍岡。兩路軍隊，前往截劫梁山糧餉。

且説梁山糧隊，由矮脚虎王英、黑旋風李逵、赤髮鬼劉唐帶着嘍軍，押送前來。王英來到獨龍套，忽有軍士報："前邊發現敵軍。"

李逵、劉唐跳下馬車，人馬排開。果見遠遠地一彪人馬，闖着過來，攔住去路。當首是一位將軍：

這人八尺身材，生就團團的一張圓臉，色如銀盆。兩條長梢劍眉，一雙虎目，目光炯炯。天庭飽滿，地角方正。頭戴着白銀盔，上有紅纓壓頂。腦後飄着瓦管排鬚。身穿白銀戰袍，光華閃閃。下繫虎皮遮腿裙，五色虎頭戰靴。左懸弓，右插箭。騎着銀鬃戰馬，手中提着兩柄八角鎏銀錘。山邊挑出一面主旗，寫着"玉面虎扈"四個大字。

李逵看了，並不搭話，拍着雙斧，高叫一聲："小子，看斧！"夾着扈成馬頭，"潑潑"兩斧。扈成搖起八角鎏銀錘，前來招架，向着李逵頭上"噗噗"兩錘。李逵擋着，覺得分量沉重，却還抵擋得住。説時遲，那時快，扈三娘一彪人馬已從套口兜過來了。王英押着糧隊，察覺前有敵軍後有追兵。傳令糧隊前行，搖起八釘狼牙棒，徑奔過來，擋住後路。祇見後面敵軍簇擁一位姑娘前來。

這姑娘不過六五身材。生就一張鵝蛋臉，臉色紅潤。修眉俊目，朱唇皓齒。梳着飛鳳額，繫着紅纓。身穿翠藍戰襖，脚蹬鳳頭戰靴。腰懸弓箭。斜肩掛着一個豹皮囊袋，放着回馬器。騎着梨花馬，手中執着梨花滾銀刀。翠綠主旗，盤金綫，繡百花。上寫"一丈青扈"四個大字。

王英馳馬奔前，喝道："婆娘，報名上來！"扈三娘道："匪徒，俺扈莊三小姐便是，命爾速將糧車放下，下馬受縛，尚可免爾一死！"扈三娘搖着這梨花滾銀刀，拍馬前來。王英提着八釘狼牙棒，兩棒打去。扈三娘提刀架開。鬥了二十餘回合，扈三娘手顫脚麻，自知氣力不及王英，便將馬頭帶轉，向着山坳奔逃。王英拍馬追趕。

扈三娘是個乖覺人，心知這廝粗魯，一手將刀架在馬上，一手便去囊內，取出金頂梅花爪來。這軍器像佛手一隻，運用純鋼打成。後有兩丈四尺長的火金鏈條一根。扈三娘回身，輕舒粉臂，拋出金頂梅花爪，向着王英臉上打來。王英提棒招架，恰好這隻爪子落在他的肩上。扈三娘把手一拉,馬一拎。王英"啊呀"一聲叫喊,脫離雕鞍,翻身下馬。祝家莊軍士一擁而上,橫拖倒拽,把這王英活捉去了。

扈三娘傳令衝殺前去,人馬齊向糧隊擁來。前面李逵會戰扈成,劉唐提着青銅霍閃刀來厮殺助戰。戰到二十餘回合,一個破綻,給扈成打翻在地,也被擒獲。

李逵跳出戰圍,跑上獨龍山坡。遙看扈成、扈三娘兩軍會合,失聲高叫"啊呀"一聲,大喊:"大糧被劫!"宋江得悉,委派陶宗旺、裴宣速速前去搶救,已來不及。兩將路遇李逵,李逵十分懊喪。

扈成、扈三娘回莊繳令,劫得大糧一隊,拿獲王英、劉唐兩盜。欒廷玉傳令:將兩盜押入水牢,糧餉送倉驗收。兩人各記大功一次。

欒廷玉看着祝莊連戰連捷,十分高興。

時遷聽說梁山大糧失守,祝莊頓時加添了不少實力。自今天起,便在各處倉庫暗地放火,弄得欒廷玉坐立不安。

且說李逵來到梁山營寨,前來繳令。宋江問道:"爾可知曉今已犯了軍令?"李逵便道:"好啊,這事無話可說,殺頭就是!"宋江喝叫:"將這李逵捆綁,與我斬訖報來!"梁山弟兄慌忙齊來懇請。宋江傳令鬆綁,命他將功折罪。宋江退帳。

一宵已過,直抵來朝。梁山軍士來報:"二隊糧官李立解糧已近大營。"宋江傳令,派李逵、陶宗旺、裴宣三人前往接應。

那面欒廷玉正在議事,亦有探報:梁山二隊解糧已到。欒廷玉派出四將——楊琪、姚越、侯景、蔡通,帶兵六千,前出莊城半路截劫。但這番欒廷玉得報稍遲,糧隊已過獨龍山坳,無險可恃,難於掠奪。四將無奈,祇好帶軍自回祝莊來。

李逵接引糧隊,回營繳令,立下一功,以贖前罪。李立前來呈繳糧册，糧餉官檢點無訛，將糧車陸續推入糧營。

又隔一日，祝莊探馬報告：梁山三隊解糧官林冲，伴同呂方、郭盛，督糧而來，將近我莊。

欒廷玉聽了，沉吟半晌，吩咐退下，並不發兵迎戰截劫。衆將不解。欒廷玉笑道："攻打梁山，匪營中須防兩人：文的是難擋宋江之智，武的是難打林冲之勇。林冲這廝，馬上弓箭，步下棍棒，胸藏韜略，武藝好生了得。此人前來，須要沉着應付。"衆將聽了不服，齊道："兵家常言：'水來土掩，兵來將擋。'豈可長了他人志氣，滅却自家威風？梁山匪盜，不是許多都被祝莊俘虜了嗎？"紛紛請戰。

那面林冲押着糧車，來到大營，車馬停歇。林冲手裏執着百寶紫金槍，繫着糧官的大令，馬在營前圈子兜轉，悠悠地眺望祝家莊城。祇見軍士密布，兵氣森嚴。林冲回進大帳，前來繳令。宋江收令，林冲繳上糧册，次第運糧進營。

林冲探問戰情，宋江説道："祝家莊戰將確有實力，梁山兄弟七人已經陷落。"林冲道："明日，待小弟前往迎戰，且觀動静如何？"

次日，宋江臨帳。林冲討了軍令，全身紮束，跨上銀鬃雕鞍，捧着虎頭百寶紫金槍。一聲炮響，掃出營門，直奔沙場，來到陣前。喚嘍軍抵城叫喚，一不罵陣，二不討戰，三不攻城，祇請師兄欒廷玉沙場會話。

兵士遵令，抵城叫喊。守城聽了，奔向教師府稟報。欒廷玉聽了，心中思忖：師弟林冲，武藝超群，足智多謀，我愧不及。既點我名，豈可示弱？待我前去看覷一番。起令道："蘇家四將，各守外莊城一門，嚴加防護。"四人得令而去。欒廷玉又道："扈成、三姑娘把守裏莊城，擔負全責。"又道："軍政官調軍三千伺候，楊琪、姚越、侯景、蔡通與祝家三兄弟，隨到沙場旗門督陣，候我口令作戰。"七將得令。

欒廷玉思想:帶了這樣七員將去,單戰不勝,接着好用盤戰法來勝他。各將披掛上馬。欒廷玉手捧盤龍鐵棒,蹬鞍上馬。一聲炮響,掃出西城,擺成陣勢,衆將在旗門督戰。

欒廷玉望過去,林冲頂盔紮甲,白扮銀妝,跨着一匹銀鬃馬,手持寶槍。斗大一扇白綢主旗,上寫道"梁山義士豹子頭林"八個大字,威風凜凜,宛如神將一般。

林冲眺望過來,欒廷玉是:

八五身材,一張圓臉,面如生漆。闊眉圓眼,如意鼻,絡腮鬚,兩耳招風。頭上戴着鑌鐵盔,前有紅纓鎮頂,後有二十四道瓦冠飄着。身穿一領皂羅戰袍,外罩鑌鐵甲。虎吞頭,獸吞肩。護心鏡,光華閃閃;護背鏡,殺氣騰騰。繫着虎皮遮獸裙,踏着五色虎頭花戰靴。腰間飛魚袋內放着寶雕弓,躍獸壺內插着穿魚箭。背着除逆劍。肩架上插着打將鞭。騎着烏騅馬。手拿兩支盤龍鐵棒。斜肩一隻豹皮囊內放着回馬絕器。斗大皂羅綢旗高飄,上寫"鐵棒教師欒廷玉"七個大字。

遠看如趙公明下凡,近看如黑煞神一尊。

林冲以禮相待,把槍橫在馬背,雙手一拱道:"二師兄駕到,小弟林冲軍裝在身,衹得半禮參拜!"

欒廷玉將馬帶住,也是拱着雙手道:"豈敢,愚兄有禮奉還。聞道師弟召喚,不審有何見教?"

林冲寒暄道:"師兄,別來久矣。"

欒廷玉道:"是啊,賢弟,這一向可好?"

林冲道:"倒也託福。小弟前在梁山,聞聽探馬報道:師兄在祝家莊爲三莊教師。早想登莊拜望,勸兄早上梁山,共聚大義。

今在沙場相見，棒來槍去，槍棒不生眼目，誠恐有失！"

　　樂廷玉道："師弟所言差矣！梁山草寇，禍國殃民。常言道：
'學就文武藝，貨與帝王家。'理當上保國家，下愛黎民，豈可爲虎
作倀，自甘罪戾？還請師弟三思，聽兄一言。下馬投誠，同智協
力。共破梁山，填平水泊。生擒匪首，獻俘神京。這纔是大丈夫
的所作所爲！"

　　林冲聽了，連連呵斥，駁得樂廷玉理屈辭窮。正因這一番
話，引出一場大廝殺來。

　　正是：談笑鬼蜮皆喪膽，指揮桀驁盡驚心。

　　畢竟林冲如何戰勝樂廷玉？且聽下回分解。

第二十八回　豹子頭巧點回馬器
鼓上蚤智貼招英榜

　　話説林冲敦請欒廷玉沙場會話，先禮後兵，勸説欒廷玉投奔梁山入夥，共聚大義。欒廷玉却請林冲三思，下馬投誠，共破梁山，生擒匪首，獻俘神京，這是大丈夫的所作所爲。

　　林冲道：“師兄所言錯矣！梁山晁天王、宋兄長招賢納士，結交天下英雄好漢，除暴安良，替天行道。真的是上保國家，下愛黎庶。現今朝廷昏庸，奸佞弄權，百姓處於水深火熱之中。林冲曾爲八十萬禁軍教頭，並無差錯。深受奸賊陷害，誘入白虎堂，起解滄州府，火燒草料場，雪夜上梁山。弄得有國難投，有家難奔。師兄明鑒，勿蹈覆轍！”

　　欒廷玉道：“師弟所言甚是。常言道：‘既往不咎，回頭是岸。’請師弟懸崖勒馬，歸順祝莊，共滅梁山，將功折罪。愚兄可以力保，還可出仕爲官。倘若不從，便成不忠不孝不仁不義之徒，萬劫沉淪，永不齒於人倫！”

　　林冲道：“怎樣稱爲不忠不孝不仁不義之徒？請兄道來！”

　　欒廷玉大言道：“梁山背叛朝廷，爾爲羽黨，這是不忠；家庭出了忤逆之子，祖宗哭泣於九泉，這是不孝；誘惑百姓，徒受刑戮，這是不仁；違忤師友規勸，這是不義。”

　　林冲笑道：“師兄此言益發荒謬！宋室君昏臣奸，民不聊生，日後梁山兵抵開封,重整山河社稷,這是大忠;梁山尊老愛幼,各得其所,這是大孝;拯民水火,安居樂業,夜不閉戶,路不拾遺,這是大仁;梁山弟兄,風雨同舟,義同骨肉,勝於同胞,量才器使,共成大業,這是大義。勸兄長退兵散將,化干戈爲玉帛,一同聚義,共興大業。不負天朝教師的一番教導,練就這樣一身的好武藝。"

樂廷玉聽着林冲言語悖逆,執迷不悟,豈是話頭,怒道:"師弟,休再饒舌!"林冲也怒道:"好啊,爾就放馬過來。"一鼓作氣,林冲飛馬前來。樂廷玉見了,勒轉馬頭,退回旗門陣脚。

林冲將馬扣住,暗想:尚未交戰,樂廷玉何故退却?林冲向着旗門看時,原來有着七員大將守在那邊。林冲恍然大悟,這是樂廷玉的狡猾,他就要用盤戰法了。林冲尋思:梁山營中,已負數陣。這遭定當勝之,立下威望,好破祝莊。便將兩膀腋筋功夫,架運起來。

看官:林冲這套功夫,却有特色。架運了這功夫,頓添氣力,就可盤戰衆將。這套奇功,是周侗老師傳授他的。周侗收了幾百學生,祇有兩人學會:一是《水滸傳》中的林冲,一個是《説岳傳》中抗金兵的岳飛。皆可算得舉世無雙。

那樂廷玉到了旗門,一聲招呼。衆將前來,盤戰林冲。混刀將楊琪拍馬前來,大喝道:"林冲照刀!"起刀向林冲頂門劈來。林冲圈過馬頭,把槍架着。楊琪的刀着了林冲的槍,飄了過去。林冲復手持槍向楊琪迎面刺來。戰未數合,楊琪避槍不及,祇得搶頭向馬前伏去。林冲的槍正中楊琪的銀盔,刺得楊琪穿冠斷髮,血流滿頰。楊琪"啊唷"一聲,退了下去。

姚越躍馬過來,從橫頭掃出,照準林冲的腰刺來。林冲拍馬而馳,姚越一槍落空。林冲回轉馬頭,側手搖槍向姚越刺來,打着姚越的肩頭。姚越受傷,敗了下去。

第三個侯景上前，挺着雙槍，縱馬奔馳，取了一個雙龍取珠之勢，向林冲咽喉刺來。林冲夾馬直奔，一個左右開弓之勢，緊握虎頭，槍尖擺動，左攔右擋，一槍打着侯景的雙槍，那雙槍就飄了開去。兩馬穿着，林冲速向腰下拔出佩劍，夾着侯景頂門劈來，侯景架開不及，慌忙躲閃。林冲一劍，劈着侯景的獸吞肩。侯景大吃一驚，拍馬而逃。

蔡通馳馬前來，一個雷公劈腦之勢，向林冲馬頭，猛力一棍。林冲挺槍擋開，拍馬直取蔡通。馬向蔡通身邊擦過，林冲腰内拔出鋼鞭，翻身一記，向蔡通馬頭上打去，恰中蔡通的頭盔。蔡通血流滿臉，鞭馬而逃。

第五個祝龍上來，招呼祝虎、祝彪道："我們不如一齊上前，仗着人多，一記打死林冲。"祝龍一馬掃出，祝虎、祝彪兩騎一齊上來。林冲聽到馬鈴響亮，見三員敵將一齊奔馳過來。祝龍馬先奔到，起手就向林冲一刀。林冲不慌不忙，提槍攔開。祝虎也是夾着林冲前胸一戟，林冲又擋開了。祝彪起槍，向林冲馬頭刺來。祝龍搖起青銅大砍刀，向林冲馬蹄劈來。林冲躍馬，上避祝龍之刀，下擋祝彪的槍，都攔開了。林冲架運腋筋功夫，衝殺三將。祝龍、祝虎、祝彪三人軍器被他擋着，個個發飄，宛如風吹殘葉一般，弄得三人頭暈眼花。戰了數十回合，祝龍的刀，再飄開來。林冲一個淨瓶倒水之勢，向祝龍挑來，祝龍招架不及，勒馬躲閃，一槍正中大腿，"哇哇"一聲大叫，退了下去。

祝虎一馬躥上，夾着林冲前胸一戟刺來，仍被林冲隔開。林冲橫轉一槍，打中祝虎的束髮金冠。祝虎披頭散髮，流血而逃。

祝彪搶上，大叫："林冲照槍！"望林冲的肚囊刺來。林冲拍馬閃開，就手抽出鞭子。祝彪一槍挑空，見鞭打來，連忙人向馬前撲去，避了半鞭，鞭梢在背心鏡上刮着，背鏡擊碎。祝彪強作精神，把馬退轉，嘴裏吐出一口鮮血來。林冲把鞭插好。

　　欒廷玉飛馬上前，一聲大叫：「强徒林冲，休得無禮。照打！」以鐘鼓齊鳴之勢，夾着林冲的兩太陽穴，雙棒打來。林冲擋開，向欒廷玉咽喉還手一槍。欒廷玉執棒架開。兩下沙場合戰，鬥了數十回合。欒廷玉一心祇想雙棒打開林冲的豹子頭，林冲却不想結果欒廷玉的性命，愛惜他的武藝，想把他生擒活捉，説降了他，梁山可以多一人才。因此槍下留情。這點林冲却想錯了，欒廷玉狡猾得很，哪裏活捉得牢？戰了五十餘回合，林冲的腋筋功夫漸漸退減下來。欒廷玉尋思：林冲這樣勇猛，不易戰勝，待我用暗器來傷他，讓他吃一下回馬器。欒廷玉想罷，尋個破綻，架開林冲的槍，勒馬向後奔馳。林冲哪裏肯放，緊緊追趕。欒廷玉回首看時，林冲追得迫近，祇在百步之內。就將雙棒一架，在豹皮囊中探出回馬虎金爪來，大喝一聲：「林冲照打！」林冲看到欒廷玉在用暗器，覷得準，估得確，不慌不忙，提槍來點，金爪被槍點着，霎時退了轉擊。林冲哈哈大笑，十分鄙棄道：「師兄高才，怎麽用起暗器來了？」欒廷玉惱羞成怒，把爪收了，回轉馬頭，以雷公雙劈腦之勢，向林冲頭上打來。林冲提槍架開，兩下交戰，日當中午，不分勝負。欒廷玉暗暗思想：且待消磨他的氣力，再作計較。林冲用槍來挑，欒廷玉或擋或躲，進進退退，全是應付。打得林冲性起，打亦不得，停也不能。林冲會意，欒廷玉在磨我的氣力。他用消耗戰，我就用養力戰，或張或弛，又是戰了三十餘回合。欒廷玉尋思：這樣也不能取巧，祇得另想別法。一看紅日西墜，趁着陽光返照，拍馬祇是西馳，喝叫：「林冲休得追趕！」林冲面朝西，背朝東，陽光遮眼，愈戰愈顯得精神，拍馬緊追，喝道：「爾有詭計，林冲不怕！」欒廷玉取出虎金爪，二次喊打，心想趁着陽光耀眼，讓林冲來個措手不及。林冲久經征戰，胸有成竹，急速調轉馬頭，面朝南，背朝北，兩眼朝西瞟，執槍二點虎金爪。高聲罵道：「不知羞恥的野種，枉爲天朝弟子，豈可再用暗器！"欒廷玉並不答話，祇是怪聲喊叫，雙棒連連打個不休。林冲思想：欒廷玉已經焦躁，可以用計擒拿。連擋二十餘棒，欒廷玉忽然變換方式，自覺打得莽撞，不要中了林冲之計，躍馬出圍，喝道："林冲住手！"林冲笑道："師兄敗了不成？"欒廷玉道："呸！誰說敗的。"林冲道："何故喝叫住手？"欒廷玉道："天色昏暗，明晨早決雌雄如何？"林冲哈哈大笑道："輸的可以鳴鑼收兵，若不認輸，還可挑燈夜戰。"欒廷玉答應。雙方退下旗門，歇息片刻。

備好燈球亮子，篦檀火把，照得如同白晝。欒廷玉拍馬，直抵營前，帳下搖旗擂鼓，吶喊篩鑼。雙方再戰，兩馬奔馳，戰了四五十回合。更聲三下，欒廷玉招攔不住，思再用計，主意打定，拍馬馳向暗處。林冲看得明白，一聲大笑。欒廷玉回頭，林冲已近身旁，又把虎金爪飛打過來。林冲眼明手快，早用槍來點着，金爪霎時打了回去。爪有金光，林冲所以瞧得親切。林冲辱罵道："身爲教師，怎可三用金爪？既是無能，不如早早下馬受縛。"欒廷玉暴跳如雷，拿着雙棒，連連打個不休。

林冲看覷這人，冥頑不靈，看來祇有給他煞手纔是。自思最擅長的是梅花槍，但這路槍法，他也懂得，難於取勝，不如就耍一套百鳥朝鳳槍吧。這槍計有一百零一槍，林冲把這槍連連打出，正如風飄玉屑，雪撒瓊花，緊密得很。弄得欒廷玉祇有招架，難於還手。欒廷玉揮舞雙棒，上顧其頭，下顧其馬，中顧其身，忙個不停，招攔隔架，支持了七十多槍。忽地林冲中間一槍迎面過來，欒廷玉一個眼花，雙棒擋了個空。人向後一仰，倒伏在馬的背上。欒廷玉起手提棒來抬林冲的槍桿，避過了頭，頭盔早被打着。欒廷玉"哇啦啦"一聲喊叫，鮮血直流，淌了一臉，望陣下逃去。扈成、扈三娘等前來迎迓。

林冲勒馬高叫："師兄，饒你一馬，趕快退兵散將，投誠梁山！不然打進祝莊，玉石俱焚，悔之晚矣！"

欒廷玉退歸，升坐虎案，衆將參拜。收晚令，發早令，下口令，吩咐嚴守莊城，如有叫陣衝鋒，不可應戰。軍政官整頓隊伍五彪，早備燈球火炮。飽餐一頓，提早歇宿。夜帳聽令。衆將齊道："看這樣子，又將夜戰？"

林冲回營，宋江出帳候接，收令慰問。林冲訴説："沙場力戰七將，三點虎金爪，挑燈夜戰，敗了欒廷玉。"宋江贊道："賢弟，名不虛傳，大勝歸來，理當頭插金花，飲得勝酒。"林冲拜謝。

中營帳中擺起慶功宴席來。林冲頭插金花，身披紅緑彩球。宋江敬酒三巡，衆兄弟相互道喜。酒畢退帳，林冲自去養息。

看官：得勝歸來，爲什麼要插花飲酒呢？這是梁山的規矩。梁山弟兄，作戰凱旋，是不記功勞薄的。大塊吃肉，大碗飲酒，不分彼此，插花披彩飲酒，是最大的榮譽。

再説祝家莊中。黄昏時分，欒廷玉睡足起身，打鼓升帳，衆將伺候。欒廷玉把令一揮道："楊琪、姚越、侯景、蔡通四將，鎮守外道莊城；蘇家四將，鎮守裏道莊城；扈三娘在教師府代理軍務。祝彪帶軍三千，一不張火，二不放炮，悄悄地從東城出去，繞道到梁山後營寨下埋伏。三更左右，但聽空中信炮響亮，即行衝殺進營。殺至中營帳會合。祝虎、祝龍出東西莊城，夾攻梁山左右兩營，也到中營帳集中。扈成跟隨本教師同往。"各將得令而行。

時遷聽得消息，深恐梁山吃虧，意欲報訊。細看莊城嚴守，無隙可乘，祇得等待時機。

欒廷玉待至二更，帶了人馬，出南莊城，穿越沙場。欒廷玉思想：梁山大勝，擺慶功酒，喝酒歡呼，酒水糊塗，失去戒備，趁機偷營，打他一個措手不及。欒廷玉悄悄地來到梁山哨防之處。守營軍士喝問："口令！"欒廷玉吩咐升炮，空中"騰——啪"一聲響，扈成軍隊點旺燈火，衆軍一聲吶喊，衝殺上去。祝龍、祝虎、祝彪闖到梁山營旁，四面回應，炮聲迭起，隆隆不斷，望着梁山營寨衝來。

梁山營中,宋江、吳用輪值守帳。前夜是宋江,後夜是吳用。宋江恰想上床,脫了一隻靴子。忽聽四處炮響,穿靴出視。軍士急報:敵軍衝營。宋江、吳用招呼帶馬,跨出營來。嘍軍送過馬匹。兩人跨馬,到觀戰臺,下馬登臺。嘍軍見寨主來,吹旺煤花火,點起信炮,隨手把一隻大紅燈高扯起來。這隻紅燈就是營裏的信號,意思是通知兵將們說,宋寨主在臺上指揮作戰了。將士有令的,各守其職,沒令的到臺前聽令。

扈成一馬掃來,梁山守營軍士,亂箭似雨點般射來。扈成舞動錘花,擋了亂箭,拍馬跳越營河,搖起雙錘,擊開營門。守營將孟康披掛出來,營門已被擊開。孟康迎戰,擋住扈成。

祝彪一馬從後營掃來,霎時也是擊開營門。守營將李逵跳將出來,喝叫:"小子,看爺爺的斧!"兩人合戰,李逵廝殺祝彪。

梁山左營,祝龍衝殺進去,守營將陶宗旺,舉起九齒釘耙,敵住祝龍的青銅大砍刀。

梁山右營,被祝虎擊開,裴宣揮舞七盤混鐵門閂把他擋住。

宋江從臺上四向眺望,四營雖被擊開,都爲弟兄敵住。再見前營,欒廷玉一馬橫掃入營,徑向邊營衝來。邊營將石秀提了青銅鎖子棍高叫一聲道:"欒廷玉休得無禮!"欒廷玉扣馬見是石秀,頗爲驚愕。

看官:欒廷玉見是石秀,爲何要驚愕呢?原來兩人是認識的。石秀老師名喚馬龍,人稱鐵棍無敵。欒廷玉與馬龍是好友,兩人相聚,就談棍棒。石秀在薊州時,跟隨老師,向欒廷玉那裏去拜過年。所以欒廷玉認識石秀,思想這樣一個青年,正當有爲,怎會陷落在梁山匪寨?問道:"石秀賢契,你是上了誰人的當,怎會失身陷落在此?"石秀怒道:"大膽欒廷玉,休得多言,竟敢衝我營寨!"欒廷玉提起鐵棒,罵聲:"小子不知死活!"起棒就打。石秀舞棍，上下左右突擊，欒廷玉連連招架，尋思：名師出高徒，可恨落在匪窟。欒廷玉被石秀擋住，不能進占。

擂鼓響亮，檀火輝煌。水來土掩，兵來將擋。雙方打得緊張。欒廷玉回馬看時，忽見莊內燒得半天通紅，不禁大吃一驚，提心吊膽，不知莊中出了什麼事情。

看官：這火是時遷放的。他是用的聲東擊西之法。思想：欒廷玉偷襲梁山營寨，梁山可能吃虧。因而他在莊內，各處倉房點起火來，這邊在燒，那邊也燒，便好牽掣欒廷玉的進攻，分散消耗他的實力。這火比往常燒得厲害。救火的人，各處照應，手忙腳亂，哪裏來得及應付。燒得人心惶惶。

時遷趁這亂離之際，就將招英榜在教師府的大帳前照壁上悄悄地貼起來。這時扈三娘看到莊城到處火起，心中盤算，怎地搭救。忽見員外祝廣坐轎進來，囑咐道："三小姐，今夜莊內燒得半天通紅，定有梁山奸細，混入搗亂。再燒下去，防出岔子。不如傳令收兵，杜絕後患。"

扈三娘得了祝員外的囑咐，傳令下去，沙場收兵。放出信炮，一陣鑼響，守衛接遞傳敲。不多時候，四處回應。

宋江在觀戰臺上聽得，又見莊內火燒，知道莊裏內應得手。也是一聲信炮，擂鼓不絕，下令反攻。欒廷玉在梁山營硬戰，忽聽莊上鑼聲，極為驚奇。尋思哪個敢發這收兵令呢？看到莊城火燒，也自擔憂。沒奈何勒轉馬頭，喝令眾軍暫退。扈成和祝氏弟兄祇得退下。

梁山眾將乘勢追擊，大殺一陣。祝莊喪失不少軍士，銳氣大挫。宋江看莊兵敗進城去，也就收兵回營，慰勞眾將，重整營寨。

欒廷玉及眾將退回莊城，東方發白。欒廷玉沮喪不已，坐帳收令，料理了軍務，即便退帳。扈成隨着出帳，忽見大堂旁側，一張紅紙貼着。大家驚奇，擁着過來看覷，祇見那上面歪歪斜斜、大大小小，寫着一首招賢詩：

> 水泊梁山忠義將，飛簷走壁來祝莊。夜夜放火人不見，
> 空中來去一道光。可笑教師欒廷玉，足智多謀事奸黨。兵
> 士吃盡千般苦，將軍難免陣前亡。忠心耿耿成炮灰，歡迎扈
> 莊反祝莊。招英榜，貼大堂，罪魁禍首拿祝廣。替天行道興
> 大業，投奔梁山見宋江。棄暗投明歸大道，請看梁山招
> 英榜。

祝彪看了，驚慌不已，隨手把紙揭下，撕得粉碎。却恨遲來一步，衆將都已看見。祝彪説與欒廷玉知道。欒廷玉傳令四處搜查，又查獲了七八張，一齊把它撕下，疊着呈與教師爺。欒廷玉袖了揭貼，拜會祝廣。祝廣憂慮道："看來梁山奸細不少，請教師爺小心查勘！"欒廷玉回署，思想祝廣説話有理。莊內夜夜火燒，火種是從哪裏來的？昨夜襲取梁山營，打得厲害，祝家莊却也燒得厲害，並且燒在裏莊城內。這樣看來，定有匪徒混在這裏，企圖內外策應。遂下令大搜三日，弄得人人自危，鷄犬不寧，祇是搜查不着。欒廷玉二次三番傳令，總是不見蹤跡。哪裏想到這是水牢裏的時遷幹的？無可奈何，欒廷玉祇有尷尬地回復祝廣。祝廣却道："連日大勝，將士們都辛苦了。理當慶賀，大擺筵席，犒賞三軍。"

看官：這祝廣哪裏真的是在犒賞三軍？他看了這招英榜，怕莊中引起噪擾，想説幾句話來安安衆人的心。宴席之間，祝廣起身舉盞道："祝扈李三莊聯盟，合辦民團，説來來歷不小。首相蔡京曾將此事奏明萬歲，道君皇帝傳旨，喚我們招兵買馬，廣結天下英雄。山東地方官吏對我們更是青眼照顧，格外看待。爾等討平梁山，這功勞簿送上開封，申奏朝廷，皇上論功行賞，各位就可出仕爲官，封妻蔭子，光耀門楣，榮宗耀祖。大家盡興暢飲一

杯!"祝廣雖這樣説,將士們口雖不言,還是信疑參半,各懷鬼胎。樂廷玉有所覺察,心中有數,所以酒畢,並不傳令與梁山交鋒,祇在莊内緝查奸細。

且説梁山營中,宋江却有些焦躁起來,派出將領,日日討戰。祝家莊祇是閉城固守,按兵不動。宋江尋思:這樣下去,軍中每日消耗極大。所謂日費斗金,預計十月打破祝莊,看來日子要拖長了。

正在計議,忽聽探子來報:"啓稟寨主,小軍探得:青州聯防大元帥呼延豹,接着樂廷玉告急文書,準備調動山西軍隊五萬前來援助,攻打我軍。"宋江聽報,賞了軍士,進内營帳,與吳用、林冲等人商量。

次日,宋江傳令,令軍政官挑選軍士兩百,須原是青州人的。不到一個時辰,兩百軍士挑選齊全。宋江在内營帳就與兩百軍士座談,發給路費,唤他們扮作百姓模樣,混入青州。如此這般,散布流言蜚語。

軍士循計而行。到了青州地界,就在城廂内外,紛紛談論:青州百姓,快要遭殃! 這些百姓,聽得不解。軍士答道:"目下梁山在攻打祝家莊,打得十分激烈。聽説青州大元帥,快要發兵,前往援助祝家莊,攻打梁山。這樣一仗不打還好,打時,這青州百姓就快要遭殃了。"有人問道:"這話怎講?"軍士答道:"這點還不好懂嗎? 青州是三省的交叉地界,糧餉都集在這裏。大元帥倘一出兵,青州原是有着三個山頭:二龍山、桃花山和白虎山。這三個山頭的頭領,摩拳擦掌,等待時機,氣勢了得。平日他們不敢怎樣,待到這大元帥一發兵,他們必然聯合起來,攻打青州,搶劫倉庫,趁機借些糧餉。這樣不是青州的老百姓就要遭殃了嗎?"大家聽了,都道:"有理,有理!"一傳十,十傳百,六街三市就紛紛議論起來,弄得百姓非常驚慌。這個消息,片刻之間,也就刮到了軍門衙門。呼延豹聽了，就與慕容彦達商量。慕容彦達不知這事是真是假，他原是怕着三山的厲害的，建議先派探馬前去三山窺探動靜。得了實情，再作處理。呼延豹聽這話有理，便就放出探馬。

且説二龍山寨主魯智深也得着消息，探軍如此這般報告上來。魯智深尋思：二龍山並無這事，此話從何而來？難道是桃花山放出的消息？就派人到桃花山去。桃花山寨主打虎將李忠和小霸王周通回報，説道也無這事。魯智深派人再往白虎山去，探問孔明、孔亮。兩人也説没有。魯智深聽了，十分詫異，尋思：這事是何道理？施恩在旁説道："三山雖無動靜，這事却可做得。青州祇有軍門呼延豹和總兵黄冲，是善於征戰的。如果呼延豹發兵，黄冲必爲先營。青州就無良將固守，一個空城，不是垂手而得嗎？城中黍粟，堆積如山，這樣可以趁機一借。"魯智深哈哈大笑道："賢弟説得有理！"魯智深就唤桃花山、白虎山早做準備，聯合打劫青州。青州探馬來時，知道三山已經有了聲色，忙碌不堪。探馬飛報回去，呼延豹獲得消息。正想調集人馬，却是不敢輕舉妄動。尋思：還是保全青州爲重。欒廷玉的告急文書到來，他就置之腦後。宋江一計，祇用兩百軍士，却是説散了五萬大軍。

宋江一面再放探馬，刺探青州消息，知道那裏不會發兵，減了後顧之憂。一面與衆英雄商議，如何以攻爲守，救出水牢弟兄，鬥倒祝廣，獲勝還山。

林冲站起説道："祝莊虛實未知，埋伏甚多。今日大盡，月黑無光。不如擺一座烏龍陣，首尾可以照顧，偷進莊去，探其動靜。進則以攻，退則爲守。打開莊門，嗣後事就好辦了。"宋江道："賢弟説得有理，就請選將排陣吧。"

到了下午，林冲調軍三千，軍士盡穿皂衣，跨騎黑馬。唤白勝做龍珠，囊着信炮，前去探路。如此這般的趕辦。這座烏龍陣是：林冲當着龍頭，呂方、郭盛做龍角；穆弘、穆春做龍目；李逵做龍嘴；石勇、薛勇做前爪；朱富、歐鵬做後爪；黃信、花榮做龍腰；孟康最後做龍尾。龍腰保護龍心。備好燈球亮子，這燈球先用牛皮套好，遮去光亮。

　　初更時分，悄悄出營，望着祝莊悄悄進兵，銜枚疾走。林冲等到了護城河邊。白勝先穿過城河，用套山索拋上女牆。守哨前來喝問，話未說完，白勝已詣城上，腰間取出囊刺，見人便戳，逢人即砍，一連殺了十數哨軍。就在城上，放出信炮。林冲看見，接應炮連着響起。烏龍陣中的牛皮套子霎時除了。燈亮火把照耀起來，如同白晝一般。一聲吶喊，三軍衝殺上去。城樓上的兵士，早被白勝殺散，四處逃命。

　　白勝一囊刺把吊橋上的盤索斬斷，翻身下來，將西門打開，林冲等衝進西城，喚龍珠探路。白勝在前，龍陣跟着前進。林冲傳令：身臨重地，務必嚴肅。衝鋒廝殺，不可遊散。隊伍整整齊齊地進去。口令一隊隊傳下去。林冲爲什麼這樣謹慎呢？因爲，他久經征戰，有了經驗，感覺城中並無阻擋，好像空城似的，生了疑心。這裏沒有埋伏，定多陷坑。

　　那龍珠白勝，前面向導。看到桃樹，腳上踏着，飛身跳開，大聲喊叫道：“這是有埋伏的，不要來啊！”林冲喝令站隊，軍士循着白勝指的地方，把槍尖挑着，看覷下面地是空的，上面掩着浮土，底下偌大的一個空坑。這大坑有一丈多深，坑裏盡是斷刀、斷槍。再看旁側種着桃樹，白勝就往柳樹下過去，並無阻隔。大家跟了上去，兜不到一點點路，白勝又是躥跳起來，喊道：“下有埋伏！”林冲忙叫停隊，用槍來刺，卻沒看見些什麼。再喚排刀手用板在地面上猛力壓去，卻有不少地菱釘、三角釘、棗核釘飛打出來。林冲喚衆人把這埋伏破了。白勝仍是往柳樹下跳過去，一看打埋伏的地方，仍是桃樹，便帶軍士兜過桃樹，向柳樹下走去。看這柳樹下好像不是路，却又好走。走到前面，又見桃樹。白勝躥跳上樹，高聲喊道："當心桃樹下的埋伏。"林冲傳令又將埋伏破了。隊伍走了一陣，林冲摸到一些地形情勢，尋思：白勝所説的話都有準的。要破了這些埋伏，軍士纔可安然過去。這三千人，一時避不了這些埋伏，也來不及一一破除。林冲看這樣子，隊伍冒進，會中敵人的詭計的，就下令道："把烏龍陣急速調隊，龍頭化作龍尾，龍尾變作龍頭，倒退出莊。"嘍軍一路傳遞號令，霎時烏龍陣調換首尾，退出莊去。

再説被殺散的哨軍，前去教師府稟報。欒廷玉聚集衆將，領帶軍士，追殺出來，趕至吊橋邊，林冲人馬大半抵營。祇聽莊上喊聲不絶，欒廷玉驟馬來戰，林冲大笑道："俺衝破你的埋伏，却没中你的詭計！"欒廷玉心中惱火，却無辦法，祇好退回府署。

林冲回進大營，便向宋寨主獻計，恁地這般。有分教：宛子城中，操練嘍軍；祝家莊内，大破莊兵。

正是：不下萬丈龍潭穴，怎採惡蛟項下珠。

不知梁山營作何計議，且聽下回分解。

第二十九回　破埋伏林冲練兵
　　　　　　探莊情石秀放火

　　話説林冲識破詭計，烏龍陣尾作頭，頭作尾，迅速退出莊來。欒廷玉得報，驟馬來戰。林冲大笑，欒廷玉十分惱火，一時無法，祇得退回府署，升帳理事。傳令將這吊橋盤索接好，城門加鎖。破了的埋伏，統統修理好了。屍首逐處掩埋。從今日起，將桃柳樹挖起，調換地方種植。桃樹下種柳樹，柳樹下種桃樹。密令換過，改爲："逢桃而走，遇柳而避。"叮囑軍士不可弄錯。欒廷玉退帳。

　　梁山林冲進營，來到中營帳前。宋江、吳用拱手相迎，問擺這烏龍陣，得何經驗。林冲道："險些中了祝莊調虎入阱之計。早早調隊，免受損傷！"宋江點首道："林賢弟智勇雙絕，教人敬佩之至！"林冲忙讓道："兄長休得過獎。依弟愚見，梁山必須操練一彪軍隊，方可取勝。"宋江道："營兵五萬，可以任弟挑選。"林冲道："營寨操練不便，不如小弟暫行歸山，前去教習。"吳用道："却好儲糧將罄，賢弟正可兼程催糧。這就一舉兩便。操練這彪軍隊，是恁地特色？"林冲道："軍士都用排刀作戰，善於縱跳，不怕敵方處處設着陷阱。這軍隊稱爲'飛排兵'。"宋江道："如此，就請起程。"林冲道："欒廷玉敗了一陣，驚恐未定，正思以逸待勞。我今回山，萬勿更換這扇主旗，免得欒廷玉見了，又生他念。"宋江、吳用拱手相送。林冲單騎徑回梁山泊來。宋江傳令,堅守營壘,聽候派遣。

林冲回歸梁山山寨,參拜寨主晁蓋,稟告戰情。晁蓋聽了,坐軍機堂,命軍政官明晨在校軍場集合全山人馬,請林頭領挑選。

到了次日,林冲選了四五千人。每日由林冲教練,三操兩講。軍士先挖壕溝,壕面八尺開闊,下鋪蘆衣,喚兵士在上面練跳。這壕面增到九尺、一丈,直至一丈二尺,看他們都跳過了。再囑兵士,腳上吊鐵,往來跳躍。吊鐵逐日加重,最後,一條腿上繫上半斤,能夠往返躥跳過去,纔把腳上的吊鐵除了。這樣兵士徒步就能縱跳如飛。教練半月,舉行比武,四五千人中選出優秀的壯士三千人,餘者作爲補充。學會了這縱跳,林冲進一步教導演習陣勢,日夜操練不輟。一言表過不提。

韶光荏苒,倏忽到了九月月盡。宋江坐過早帳,弟兄帳下叙談。驀地一陣朔風吹來,砭人肌骨,衆人坐着喚冷,齊道:"凍雲密布,快下雪了。"宋江不禁悵惘道:"弟兄穿着棉襖,猶覺寒戰,不知水牢弟兄恁地度冬?"

吳用道:"小弟也是記掛他們,祇等飛排兵來,就好破莊。"

宋江聽着,面露難色道:"飛排兵來,尚須等待。大雪紛飛,怎能開戰?却是誤中了欒廷玉調虎離山之計,如今進退不得,枉費了不少錢糧。"

石秀聽了,尋思:事端由我曹引起,宋寨主話説得不錯,教人過意不去。難道攻莊一定要等飛排兵來嗎?就地就沒他法?事在人爲,待俺悄悄地溜出營柵,窺探動靜,或能定下一策,使梁山早日凱旋。石秀將胸中積愫與楊雄説了,楊雄喜道:"賢弟速往,愚兄待機理當襄助。"

石秀別了楊雄,徑至後營,呼喚軍士開營。兵士看着石秀未持將令，不許出營。石秀情急，舉棍就打，強跑出營。石秀過了營橋，向北直馳。

兵士進帳稟報，宋江與吳用正在叙談，吳用指出宋江适纔言辭，着惱了這石秀，故而私走。宋江道："快追回他，讓俺解釋幾句。"吳用道："這個不必。石秀定是前去窺探進攻之路，得了消息，自然會回來的。"宋江道："怎見得啊？"吳用道："不別而行，定與楊雄同奔，現在楊雄並未走啊。石秀義膽包天，智勇兼備，兄長衹是静静等待佳音便是。"宋江贊許不已。

且説石秀一徑來到獨龍山岡，面前見有一株合抱不交的大樹。石秀爬上樹梢，遠覷莊城，四下裏插着槍刀軍器，門樓上排着戰鼓銅鑼。一時看不出個端緒。石秀翻下樹來，尋路由北而東，兜繞過去，轉向東門觀看。衹見吊橋邊簇聚着不少小販，約有二三百人，歇着許多擔子。石秀尋思：這些擔子是從城裏挑出，還是挑進城去的呢？心中正在盤算，却聽一聲炮響，"噠啦啦"城門大開，橋也平了。小販一擔擔地挑進城去。看城脚時，站着數十兵士，拿着刀槍，在那裏守衛。小販進莊，好像自由出入，不受檢查。小販走完，又見東城緊閉，吊橋高懸。聽得城内號子聲喧，軍隊踏步的聲音，可能是在查街。石秀無法探望，兜回北門。這樣連續跑了幾遭，由巳牌末刻走到午牌初刻。石秀站在岡的東北角上，再看東門又聽一聲炮響，東門大開，吊橋又平下來。小販齊挑着空擔跑了出來，十分喧嚷，好像在講生意，慢慢地四散走了。石秀明白，城中菜蔬是由鄉村供應的。

看官：祝家莊原先衹是一個村莊，並無城牆。離獨龍山岡不遠，四下有條闊港。自欒廷玉做了三莊教師，設立教師府，三莊聯盟。祝廣一心剿滅梁山，造起這座莊城來。那小販都是老行販，管城的是老莊兵，原都相識，免得麻煩，所以並不檢查。那裏的年輕人，二十歲到三十歲的，都是要受軍事訓練的。老莊兵衹管守城查衛，並不打仗。小販自然都認識的。倘有生人往來，城上一望便知，就要拿辦的。石秀回營，徑來中營帳請罪。宋江表示歉意。

吳用道："祝家莊裏，路徑甚雜，賢弟前往覷視，未知有何建議？"石秀道："俺看東城，倒是有隙可乘。"遂將所見，備細與宋江、吳用說了。又道："明晨，石秀扮作樵夫，挑着一擔柴去出賣，混進莊城，就可探聽路途曲折，發放信號，來個裏應外合。盼能一舉成功。"宋江道："哪位兄弟同去？便於照顧。"李逵便道："哥哥，兄弟閒了多時，不曾殺得一人，我便同去走這一遭。"宋江忙道："你去不得，不是衝鋒破陣，這是做細作的勾當，用不着你。"李逵笑道："看這小小烏莊，打死幾個蒼蠅，還用得着大驚小怪？"宋江喝道："你再胡說，還不退下。"李逵管自走了。

楊雄插嘴道："楊雄不才，願助一臂之力。俺自吃衙門飯的，扮成一個送公事的，倒是本行，也從東門混進莊去。"秦明道："今日恰好月盡，趁着黑夜，再擺一個烏龍陣，混進城去，內外呼應，益發好了。"石秀道："秦兄言之有理。就以放火爲號。看到內莊火起，便可傳令總攻，想來大事可就！"秦明哈哈大笑。宋江、吳用聽了大喜，計議遂定。

次日，石秀挑着一擔柴，兜過山套，迤邐向着東門過來。楊雄肩着包袱，繫着腰牌，出了梁山營，尋路也投東城門來。

書在後，表在前。秦明在晌午以後，前去操練這烏龍陣。陣勢和林冲擺的一樣，衹是調了一個龍頭。這龍頭由秦明自己擔任，悄悄地埋伏，但看莊城動靜，見機行事。

石秀來到東門外，小販早已齊集了數十人，擔子陸續挑來。石秀把柴擔在人家的柴擔旁歇了，扁擔攔在牆旁，雙手打結，站在一旁。瞥眼楊雄踱步過去，石秀並不招呼。移時，一副柴擔在石秀旁側停了下來，扁擔攔在擔上，坐了下來。這人用草帽連連扇着，自説道："好吃力啊，冷天跑出汗水來了。"回頭看見石秀，問道："小哥，你可是姓韓啊?"石秀看這老樵夫，弓腰曲背，並不認識，自然是他看錯了，便搭訕道："老伯真好記性，怎麼知俺是姓韓呢?"這老老笑了起來，道："你的名字，我都知道的。"石秀道："老伯，你説説看。"這老老道："你不是喚作韓小一嗎?"石秀道："對啊，對啊! 一點不錯。"這老老道："小夥子好没記性，怎麼連葉老伯都忘了。"石秀連連作揖道："啊唷唷，原來是葉老伯，多多失敬。"葉老老道："你的叔父，如何不見?"石秀道："他腳上生了流火，因而喚我來賣柴的。"葉老老搖首道："怪不得幾天不見，他的流火病又發了。你來賣柴，是第一遭呢，還是來過幾次?"石秀道："不瞞葉老伯説，還未來過呢。"葉老老問道："你來，你的叔父知道嗎?"石秀道："這倒忘記説了，聽説祝家莊的價高，我就徑自來了。"葉老老伸伸舌頭，吃驚道："喔唷! 這裏豈是隨便可來的? 你的膽子真不小呢! 到了城下，定會被莊兵捉去的。"石秀就向葉老老懇請道："年輕人真的冒失，請葉老伯看在叔叔的分上，想個辦法纔好。"葉老老又笑起來道："算你運氣，今朝遇見了我，就帶你進莊去吧!"石秀謝過老伯，心中思忖：這老老錯看了人，我是隨機行事便了。

看官：這是怎麼一回事呢? 韓老老有個姪兒，名叫小一，與石秀相像。韓老和葉老是相識，常對葉老説起姪兒的孝順，兩人販柴度日。葉老當韓老的姪兒在老小時，見過一面，没講過話。今日遇見石秀，匆忙中就看錯了。石秀機智，應付過去。

兩人談談講講，不覺多時。祇見炮聲響處，城門大開，吊橋平下來了。小販一擔擔地挑進城去。葉老老挑柴走在前，石秀跟在後邊。守門兵士看到石秀跑來，霎時多人就圍攏來了，喝問道："你是哪裏來的?"石秀不慌不忙，將擔歇下，卻待回答。葉老老已笑了起來道："韓小一，你看我説的話是怎樣呢?"石秀誇道：

"老伯説話没錯,相幫招呼一聲。"葉老老隨即説道:"軍爺請了。這是韓老老的姪兒小一。爺叔生病,喚了替他前來賣柴的。他没來過,所以軍爺就不認識了。"兵士道:"他是和你同來的小一嗎?"葉老老道:"是啊,是他爺叔要我帶來的。"兵士揮手道:"别嚕嗦了,走走走!"

石秀和葉老老同進了城。葉老老問道:"小一,你懂得城裏的規矩嗎?"石秀道:"這也全仗老伯指點了。"葉老老道:"一路進去。必須注意:左邊有士兵站岡,你就向着右邊走;右邊有人站岡,你就向着左邊走;兩邊雙岡站着,你就向着他們旁側的小岔路上彎了進去,不懂這個規矩,是走不進去的。裏面埋伏很多,倘若引起嫌疑,這就要被提拿了。"

石秀聽着,心中思忖,這裏的埋伏是經常更動的,原先衹知道循着桃樹走去,柳樹下是不通行的。看來這個口令早已換了。葉老老走了一段路,問道:"小一,你在外莊城賣,還是再去裏莊城呢?"石秀還問道:"老伯,哪處的柴價高些呢?"葉老老道:"自然裏莊貴得許多!"石秀道:"我想寬賣幾文錢。"葉老老道:"那麽,你去裏莊,須要注意炮響。聽到第一聲響,趕緊動身,切勿耽擱;若到第二聲響時,城門緊閉,就出不來了。被哨軍逮住,要當奸細辦的。還是小心爲妙。"石秀連聲道謝,别了葉老老,順順溜溜,叫賣前去。很快徑到了裏莊城,把這一擔柴在一座大宅旁側歇下來了。小販也有挑進裏莊來叫賣的。小販放完,這東城門就關了。

楊雄也是混進了城——這時來往的公差是較多的,兵士並不攔阻,也不查問。哨兵知他是外來的公差,便指引他的路徑。楊雄走錯路時,兵士喝叫,教他往那面走。轉轉彎彎,楊雄走了裏莊城。見着街上數處開着酒店、肉店,楊雄揀了一家小酒店來坐下,半面朝着街心,半面朝着堂內。酒保前來招呼,捧上酒肴，楊雄自斟自飲，記掛着現在石秀不知耽擱在哪裏。祇見查街的隊伍過來，二公子祝虎的軍隊過來，忽有一個兵士見了楊雄，忙向祝虎報告道："那個送公事的，看來是那夜偷鷄賊的同伴。"祝虎問他："怎樣知道的？"兵士道："這人兩眼泡起，那夜擒拿，是由我押送的，不料被一個白臉的搶救去了。因此認得。"祝虎喝令逮捕，兵士闖進店來，楊雄吃了一驚。兵士就把楊雄的刀除下，推他前走。楊雄心想：他們是怎麼看出我的破綻的？

　　楊雄上來參見祝虎，祝虎問道："頭腦從哪裏來，奉了誰人之命，到此何幹？"楊雄答道："俺從山東濟南府來，奉着府大人諭，投遞公文。"兵士解下楊雄的腰牌驗看，火蠟上印着"濟南府正堂"，並無差錯。祝虎道："這公文呢？"楊雄解下包袱，遞了上去。兵士接手，看這公事是送與欒教師的。不敢怠慢，雙手呈與祝虎。祝虎接過，便問："你在府中，當差幾年？"楊雄答道："已歷五載。"祝虎問道："府大人諱喚作什麼，哪裏人氏？"楊雄又答道："府大人是當朝首相的第九個兒子，諱九章。"祝虎盤問，看覷楊雄，楊雄一一對答如流，祝虎却是驀地喝道："你這好大膽的梁山奸細，說話全無倫次，左右與我扣下了。"

　　看官：祝虎聽着楊雄答話都是符合的，爲什麼要扣下他呢？這是他的機詐，他想兵士說他是個賊伴，當有原因。且待驗看公文，自然明白。寧可弄錯，不可錯失。所以冒叫一聲。楊雄被拿，街市上的人頓時喧鬧起來。石秀聽到消息，暗暗留神。祇見遠處一彪軍隊過來。石秀就將笠帽齊眉兒壓下來，上半額被遮住了，躲在人後。兵士過去，並未察覺。待走過了一段路，石秀飄眼看覷楊雄的後影，思想他一失事，這個內引，全在我的肩上了，務要膽大心細纔是。

　　祝虎押着楊雄，來到教師府中。楊雄看覷正中坐着的是欒廷玉，猛然想起往事，俺與欒廷玉是會過面的，這是一時疏忽，沒考慮到，却是不妙。欒廷玉見是楊雄，笑道："原來是楊雄頭腦，怎麼做起强盜來了？城內究竟有多少黨羽？從實招來。叨念同鄉情誼，可以從寬發落。"

楊雄尋思：這封公文，自是假的。欒廷玉一看便知。這事既已識破，却自笑道："要斬便斬，休得多言！"欒廷玉道："來此究有多少羽黨？"楊雄道："祇我一人。"欒廷玉大怒，喝問道："啊呸！諒你不受重刑，如何肯招？"重打軍棍一遭。軍士把楊雄雲時撤翻，打得皮開肉綻，血肉橫飛。將他二次帶上堂來，楊雄默然，不發一言。欒廷玉着惱，吩咐火刑伺候。軍士便把金錢在炭爐上燒紅，無數個灑落到楊雄的背上，弄得楊雄性起，破口大罵道："若問梁山義士，欒廷玉要小心你的腦袋！有着幾千人在你的鳥莊。這鳥巢就是你的教師府。若問來幹什麼事的，放火爲號，來個裏應外合，殺得你莊鷄犬不留！"

楊雄尋思，我不開口，他不退堂，讓我罵個暢快。却想不到，這些話是説不得的，假話中却漏出了真消息。欒廷玉看着楊雄頑强，喝令打入水牢。時遷在高公館聽得清楚，便回水牢。楊雄落監，弟兄慰問。楊雄把同石秀探莊，秦明擺布烏龍陣，放火爲號，裏應外合諸事備細説了。時遷聽了，大吃一驚。還道楊雄在講大話，不知道在這話中露了餡兒。倘被欒廷玉嚼出骨渣，將計就計，誘騙梁山，梁山定會受到大害。楊雄聽了，深覺悔恨。

時遷躍身起來，説道："好吧，待我前去探來！"

書在後，表在前。欒廷玉退帳，果然覺察到了楊雄泄漏的機密，思想這事務要做得非常詭密，不能透露一點風聲，就用密條行事。因此時遷潛入窺探，也就得不到一點消息，以爲這事竟是隱瞞過了。

再説石秀，歇下柴擔，一時難於主張。忽見牆門啓處，咳嗽一聲，踏出一位老丈來。這老丈頭戴着斗式方巾，身穿着緞花開背,向着柴擔看了一看,問道:"賣多少錢?"石秀唱個喏道:"要一千錢呢!"老丈笑了笑,自忖平日衹好賣三百錢,算是物價飛漲,也衹可賣四五百,叫到六百文是貴極了。怪不得賣不出去!他倒是不嫌貴,有柴燒就好了。便來招呼,瞧了瞧石秀問道:"你可是韓小一嗎?"石秀思忖:又有人錯認我了。看他的打扮,料定是這家的主人。便拜揖道:"老人家,你怎會認識我的?"老人笑道:"年輕人,你怎麼這樣健忘了。前年不是你同你的叔父來此拜過年嗎?吃過夜飯,耽擱一宵,吃了早點纔走的。"石秀道:"是啊,小姪不大進城,一下子就糊塗了,請教老丈尊姓?"老人道:"莊上人都姓祝,衹我姓倪,喚作倪福。我與你叔父是相熟的。"兩人寒暄起來,問起叔父,石秀道:"病重如山,上床已有一月了。"倪福道:"怪不得,久不見呢!你來賣柴幾次了?"石秀道:"俺膽子小,不敢來啊,生活所迫,這次還是第一遭呢。"倪福道:"這麼説,你是不知柴價了。喊得太高,所以賣不出了。我今問你,你是怎樣走進城的?"石秀道:"是葉老伯帶俺進來的。"倪福道:"敢是葉老老嗎?他哪裏去了?"石秀道:"他在外莊城賣,我跑得快,挑到裏莊城來了。"倪福就向石秀買柴,説道:"原想給你六百文,聽你説叔父病重,代我望望他,就寬出兩百文吧!"石秀謝過倪福,把柴挑進屋去,順着好好地堆在倉裏。倪福拿出八百文來,石秀接錢,放在桌上,解開繩索,一個個地數去。倪福笑道:"不用數了,快回去吧。少了明朝好來補的。"石秀搖手道:"錢不過手,有了短少,叔叔會罵我不老實的。"倪福由他數去。石秀數了兩百錢,擺在桌上;再數第三百錢,一脱手把這三百錢亂了。嘴裏説道:"啊呀,衹好重數。"老老又氣又惱,想這傻瓜兩百錢都弄不清。石秀連連數了幾次,衹聽得"轟隆"一聲炮響,石秀假作吃驚,嚇了一跳,手裏的錢"嚓啷啷"落了一地,喊道:"不好了!"倪福喚他快走。第二聲炮響就走不出了。石秀諾諾連聲,慌忙用繩穿錢,祇是穿不過去。連穿幾回,跌了下來。果然第二聲炮響了,石秀急得哭起來,撲翻身便拜道:"完了,完了,城門關閉,怎麼出去呢? 被哨軍捉了去,叔叔會急壞的。請老伯行個方便。"倪福罵道:"天下有這樣的笨人,八百錢數了許多時光,被欒廷玉查着,定是會當奸細辦的。我是無力放你出城的。"石秀連連叩首,懇請老伯想個辦法,今晚不能出城,明晨回去也好,免了這場禍祟,"真的是小的再生爹娘啊!"倪福道:"看着你的叔父面皮,就住在我家吧。下次切切不可! 幸虧我家恰巧是不檢查的。"石秀千恩萬謝。倪福就引石秀到了住處。

看官:倪福是怎樣一個人呢? 他是祝廣的心腹家人。早年救過祝廣的性命。祝廣起家,給他房屋,讓他成親。現在妻子已死,兒子倪順,就在祝家莊的營裏當個百長。韓老老常到他家去賣柴,倪福因而熟悉。韓老老說起姪兒小一孝順,倪福喚他帶來見見。前年春節,小一隨着叔父去見過一面。今日遇見石秀因而錯認了。百長家裏,倪福又是祝廣的心腹,所以他家是不受檢查的。石秀到了下處,便去柴倉,劈起柴來。水缸裏把水挑滿,地上掃得乾乾淨淨。老老看他做事勤快,倒也歡喜。

再說兵士,聽到炮聲,先閉東門。小販一齊擁出城去。葉老老到家,放好扁擔,急忙就去探望韓老老。看見韓老老正好坐在門檻上說笑,葉老老十分詫異,敘談以後,纔知他的姪兒小一膽小,沒有挑柴進祝家莊去,他把旁人錯認了。後來聽說祝家莊出了奸細,大公子身亡,火燒了祝家莊。葉老老從此不敢再進莊去,思想這個奸細就是他帶進的。

再說兵士前來稟報,小販都已出城。欒廷玉吩咐查街。下午,欒廷玉寫好密令十餘紙,機密分發。命令各將照條辦事。楊琪、姚越帶軍兩百,在外莊城西門暗伏。侯景、蔡通帶軍兩百,在外莊城內內莊城外隙地,堆放柴草引火之物,待到初更時分放

火。扈家莊兄妹守裏莊城，負責安全。祝莊三公子從裏莊城南
西北三路挨户檢查，再出莊城，圍剿大盜。蘇家四將，各帶兩百
軍士在外莊城内要道口，暗暗埋伏。大盜中計，即行衝殺。欒廷
玉盤算這計，是想得十分周到的。

再提石秀，倪老老請他吃了夜飯，持燭喚石秀去睡。石秀取
了燭火，跟隨上樓。老老睡在前樓，石秀睏在後軒。

石秀進房，帶攏房門。這房原是倪順住的。倪順宿在營裏，
房就空了。床旁放着包頭、號掛和打腿布。壁上懸着一塊盾牌，
一把鋼刀。這副刀牌倪順看得歡喜，買來用的，嫌它太重，就擱
在這裏了。石秀看得，暗暗歡喜。靠在床欄，静待時機。衹聽得
前房悠悠鼻息之聲，石秀站身起來，輕輕地喚了幾聲老伯，不見
動静。知道他是早入夢鄉，就將包頭、號掛、打腿布穿打起來，插
了腰刀，拿了盾牌，張着燭火，悄悄地啓門，走下樓來。徑到柴
倉，將燭火納入柴草中。柴房一會兒引出火來。

這時三更相近，石秀悄悄出屋，把門重重地關了。啓門開了
牆門，復將牆門合攏。出門不到幾步，便見不少軍士，提着燈籠，
巡查過來。軍士跟蹌走着，東一家西一家，逢户搜查，一片亂哄
哄的。石秀躲在牆角邊，看着他們過去。他們在説，百長老爺家
裏，是不便去的，咱們快走。跑到一般住户，把門敲開，把居住着
的人都趕出來，聽候檢查。石秀看着他們是這樣亂糟糟的，就混
進隊伍中去，跟着他們行走。這班軍隊原是祝彪帶的，跑出裏莊
城的南門，直望外莊城來。

且説黄昏時分，欒廷玉帳下衆將循計行事：侯景、蔡通在裏
莊城外，外莊城内，在柴堆上放起火來，燒得滿天通紅。白勝看
得莊内火起，報告秦明；秦明傳令，静悄悄地進軍。將近城口，守
衛發覺。白勝迅速攀登城樓，放出信炮。取出囊刺，殺散守衛。
放下吊橋，大開城門。秦明傳令放出接應炮，陣中牛皮套除了，

燈火照亮，光華燦爛，如火龍一般。擂鼓鳴鑼，搖旗吶喊。大刀闊斧，殺奔祝家莊來。白勝喊道："烏龍陣緊跟我來!"梁山軍隊跟着秦明衝進城關，四面廝殺。

龍尾孟康，竄進西門，却遇楊琪、姚越的伏兵。兵士搶上城壘，斬斷吊索，同時關好城門，此路斷絕往來。楊琪、姚越就從後門兜殺。嘍軍各處探報，祝家莊伏兵四起，喊聲震天。秦明知道祝莊有備，中了詭計。白勝前進，連連蹦跳，喝叫："前有埋伏!"秦明察看，埋伏換了樣子，都在柳樹之下，桃樹旁側反是可走的路了。連忙下令："龍頭、龍角、龍目、龍嘴、前後爪、龍腰，回護龍心，首尾相連，嚴守陣脚。"

衆英雄簇擁着宋江，宋江教白勝帶領軍士，四下奪路尋走。伏兵追趕，分頭迎擊。石勇來戰侯景，棍來槍去。薛永敵住蔡通，棍刀齊飛。馬步兩將，雙棍各顯神通。楊琪、姚越撲上，龍後爪朱富、歐鵬搶前阻攔。朱富揮舞單刀，敵住楊琪。歐鵬掄動排刀，便鬥姚越。那面岔路上蘇定、蘇坤殺來，龍角呂方、郭盛雙馬齊上，猛戰兩人。這邊小路上蘇吉、蘇祥前來衝陣，龍目穆弘、穆春衝上，敵住蘇吉、蘇祥。忽地正門祝虎一彪軍隊殺來，驟馬提戟，來捉宋江。秦明看見，抄起蓮花槊來便打。祝虎擋開秦明的槊，復手向秦明一戟。秦明也把祝虎的戟攔開，兩下戰住。

祇見北面大路上，一彪軍馬喊着從後殺來。李逵跳將出來，揮動兩柄夾鋼板斧，呼啦啦地舉斧就砍。祝彪捧槍大叫，向李逵咽喉一槍刺來，李逵提斧架開。

又見那面欒廷玉手捧着盤龍鐵棒，飛馬奔馳前來。孟康提着鐵方梁迎敵，抵止鐵棒。祝家莊軍士四面包圍。梁山嘍軍被殺的被殺，被拿的被拿，被包圍的被包圍，不少中了埋伏，損失許多。

黃信、花榮保護宋江，跟隨白勝前進，指揮戰陣，進退爲難。

　　吳用在大營觀戰臺上，執瞭遠鏡探望，戰塵彌天，連連發出三路人馬，前來救應。裴宣拍馬奔過莊橋，舞着七盤混鐵鬥鬥，猛擊南門，却打不開。青眼虎李雲趕奔西城，躍馬馳騰，莊河跳不過去。陶宗旺望着東莊城來，拍馬也跳不過莊河。

　　外莊河正殺得緊張。祝龍又是一彪軍馬掃來，大喊："捉拿梁山匪盜。"氣焰囂張，有排山倒海之勢。忽地祝龍隊伍之中，闖出一個人來，也是大喊："拿强盜！"祝龍回首看時，這人早已蹦跳前來，夾着祝龍馬頭，哧哧連連的兩排刀。祝龍冷不提防，擋架不及，刀中馬頭，戰馬跌倒，祝龍翻身落下馬來。這人復手一刀，當頭劈死了祝龍。兵士見了大亂，高喊道："不好了，莊裏出了奸細了。"祝莊軍隊頓時喧喧嚷嚷，四散奔逃。梁山戰局，轉危爲安。

　　正是：從空伸出拿雲手，救出天羅地網人。

　　不知這人是誰，且聽下回分解。

第三十回　及時雨夜探獨龍岡
玉面虎會談梁山營

　　話說秦明誤中欒廷玉的詭計，擺着烏龍陣闖進城去，被祝家莊的軍隊四下包圍。黃信、花榮緊緊簇擁着宋江前行，東撞西擊，一時衝殺不出。驀地，祝龍的隊伍中跳出一條好漢來，閃電般地闖到祝龍馬前，"嚓嚓"兩刀，把祝龍的馬斬了。祝龍不提防，頓時人在葵花鐙上，向前撲倒，翻轉着跌下馬來。這人復手又是一刀，將祝龍也砍了。祝家莊上的軍隊，一陣噪動，霎時大亂。

　　看官：你道這人從何而來？這人便是從倪順牆門中躥出來的石秀。這時石秀大聲吼道："水泊梁山大義士石三郎在此，阻攔者快來刀下領死！"石秀揮舞着鋼刀，連連殺死了數十人。兵士看得石秀驍勇難擋，抱頭鼠竄，四散逃命。石秀追殺上去，抓着一個逃不快的，喝令止步。兵士高叫："饒命！"石秀問："這裏可有埋伏？"兵士回道："這埋伏的事，一言難盡，讓我前邊帶路就是。"石秀看他膽小，押着他向前走。回顧裏城，劈劈啪啪，響個不停。火光直透，城上大亂。

　　扈成鎮守着教師府，看見火起，心驚肉跳，驚惶不已，尋思定是裏莊出了奸細，早有梁山匪徒混入，連忙下令四道：第一，令兵士快速包圍水牢，嚴密監視強盜的行動。倘有暴動違抗，格殺勿

452

論。一人出事，眾犯連坐。時遷聽到消息，祇好暫回水牢。兵士打開水牢牢門，便行嚴加管制。第二，令內外莊城，傳令戒嚴，禁止通行，不帶包頭號褂，一概捉拿。第三，令莊上軍隊一齊出發，鎮守備要道口。第四，令急速救火，城樓鳴鑼，請教師爺回莊理事。這樣裏莊城就頓時寧靜下來，百姓不敢外出走動。

那樂廷玉正與孟康酣戰，聽到一陣鑼聲，知道裏莊出事，轉過馬頭，却見火光燭天，燒得半天通紅，大吃一驚。思想莊內定有奸細混入，厮殺之際，倘有暴動，裏應外合，那就十分危險。樂廷玉拿定主意，馬上傳令：眾將退守裏莊，盤查奸細。

梁山英雄，趁這時機，收集殘軍，簇擁着宋江，急急奪路跑出莊城。

樂廷玉退至裏莊，扈氏兄妹踏步來迎，驚問："這火從何而起？"扈成答道："說來奇怪，這火却自從倪順的牆門裏燒出來的。"樂廷玉又問："裏莊出事，街上何以這等鎮靜？"扈成道："我已下了四條口令，軍士遵令而行，所以井然有序。"樂廷玉聽了，心中暗暗贊佩扈成臨事不懼，確有才能。樂廷玉自回教師府去料理軍務。

這邊石秀由莊兵帶路前來，遙遙看見白勝等兄弟，奪路前行。石秀大聲招呼，會聚一處。又向莊兵宣傳梁山泊的好處，勸莊兵歸順梁山。

這時裴宣、李雲、陶宗旺三軍已經會集攏來，協力攻打南門。南門城破，陶宗旺看見石秀是莊兵打扮，還有莊兵在引路，自然衝殺前來。石秀喊道："梁山弟兄，切勿誤會。"陶宗旺知道來者是自家人，急喚弟兄出城。

宋江隨着眾弟兄奔出南門，來到陣營。吳用帶着宋清、侯健出營前來相接。

秦明回營停隊，檢點隊伍，弟兄齊全。祇是嘍軍喪了二千餘人，却也收了一個莊兵，就把他委爲小頭目。石秀殺了祝龍，除了一害。弟兄便來詢問石秀，楊雄何在。石秀回道："諒是莊裏看出他的破綻，已被逮了。"

宋江便問石秀，這裏莊的火，是怎樣起的。石秀道："這火是我放的。"並把如何進莊，以及混入莊裏軍隊，格殺祝龍之事，扼要稟告。宋江聽了大喜道："石賢弟立下這等大功，沒有你放的這場火，我軍不知要受多大的損失！理當插花飲酒。"大家看時：石秀渾身濕漉漉的，全是鮮血。都豎起拇指，贊賞他的英雄事蹟，佩服他的機智勇敢。

再說欒廷玉回府升帳，衆將齊來繳令。檢查之下，缺少祝龍。自有一個百長前來叩稟："怎麼咱祝家莊的軍隊中也有奸細？這人喚作拼命三郎石秀，大公子就是被他砍死的！"

欒廷玉聽說這奸細名叫石秀，尋思：這人我是認識的，這不是軍中出了奸細，却是梁山派進來的。梁山會用這挖心戰，是十分可慮的。又聽清理火場的軍士報道："倪福被燒死。"欒廷玉思想：倪福怎麼會葬身火窟之中？這該是倪福糊塗，把奸細石秀錯留在家了。一聲長歎！讓他兒子倪順自去成殮。祝龍的屍首，自由祝廣殯殮，開喪吊唁。

欒廷玉連連傳令，將埋伏加闊打深，桃柳樹標記改換，隨時聽候口令。欒廷玉估計兵力不足，祇得暫時休戰，靜候青州兵馬前來支援。不曉青州軍門，顧慮三山偷襲，不敢發兵前來。欒廷玉再向各州各路連發告急文書，請求官府早早發兵，協助剿滅梁山。

欒廷玉推想這奸細定是從小販中混進的，次日傳令：定出章程，小販進城，都要有人擔保，兩戶擔保一人。每一小販，發一腰牌，牌上燙着騎縫號碼，腰牌遺失，必須立刻報失作廢，纔可補發。倘若隱匿不報，發生事故，就由領牌人和擔保人負全部責任。欒廷玉尋思這樣防範，就可堵塞漏洞。

　　且說梁山營中，商議攻破祝家莊事，一時未可進兵。宋江便喚楊林回山，探詢林冲飛排兵的操練情況。楊林拜會林冲，將石秀探莊，以及烏龍陣失策之事，說明原委。林冲尋思：飛排兵練已一月有餘，已見端倪，下山赴營，可以繼續操練，相機投入戰鬥。於是稟明晁蓋，晁蓋頷首准許。林冲帶着飛排兵，催動糧餉，下山徑向祝家莊來。

　　林冲率領軍隊，趲趕行程，非止一日。正當十一月嚴冬天氣，水雲密布，朔風漸起。這一日水結雲愁，玉龍三百，紛紛揚揚捲下一天大雪來。林冲踏着碎瓊亂玉，耳聽得北風怒號，驀地想起當年的遭遇：慘受高俅陷害，風雪山神廟，雪夜上梁山。萬瓦凝霜，千山積雪。玉千頃，月半棱，都是冒雪而行，歷歷如在目前，不禁感慨萬端，悲憤不已。想着與娘子分手時，號天哭地情境，往事湧上心頭，不覺掉下淚來。又思今已上了梁山，梁山弟兄親如手足，一同替天行道，正好幹一番驚天動地的英雄事業。當化悲憤爲力量，益加奮發有爲。林冲看看天色抵暮，傳令軍士安營下寨，這且不表。

　　再說獨龍岡下，梁山營中，宋江正坐在內營帳內，祇聽得更鼓聲響“噗隆噗隆”，野外落木號空，朔風凜冽。凍侵短葛，冷逼重裘。宋江也是思緒萬端，心潮起伏。尋思久蟄營帳，消耗巨大，轉輾伏枕，一時難於入寐。

　　宋江推被起來，戴着深簷暖帽，披着貂鼠氅衣，脚穿獐皮窄靴，徐步走出帳來。這時大雪初霽，却見雲盡雪寒，長空皎潔，照得山河大地，宛如琉璃世界一般。營壘之中，分外嚴峻。陣陣寒風吹襲，雖覆重裘，不免寒戰。宋江轉輾思慮，梁山營中已是折了不少弟兄。水牢之中的弟兄，日日受凍挨餓，未知幾時相聚。不如讓我自上岡去，看覷莊上消息動静，回營借此商議對策。

宋江想罷，吩咐軍士備馬。撫鞍上馬，徑望頭營前來。到了頭營，軍政官上前迎接。宋江傳話打開寨門。宋江出寨，軍政官動問："可要小軍跟隨？"宋江回道："一去旋回，這個就不必了。"一馬馳出營寨，掠過沙場。

軍政官即將這事告稟吳用，吳用吃了一驚。李逵聽了，吼聲如雷，喊道："危險，危險！哥哥手無縛雞之力，還撲不煞一隻蒼蠅，前去何用？倘遇敵軍，如之奈何？"吳用道："賢弟說得有理，快快傳令石秀、石勇、薛永和孟康四人一同前去保護，不得有誤！"李逵掄着斧子，招呼弟兄，當即拍馬追向頭營寨去，直趨沙場。

祇見宋江悄悄地策馬而行。李逵縱馬跟上，大聲嚷道："凶煞在頭上轉，哥哥，這事太冒險了！"宋江回首，看着弟兄們來，責問前來何事，李逵笑道："奉了軍師將令，特來保護哥哥。"宋江道："你們都回營休息，這個就不必了。"李逵道："大哥，俺的心都要掛出來了，哪裏歇息得下？鐵牛常是聽你的話，今朝卻就不肯聽你的話了。大哥倘有個意外，這不是好耍的！"宋江道："鐵牛，那麼你別多話，大家都悄悄地走吧！"

衆人隨着宋江，拍馬上獨龍岡來。上得岡頂，宋江跨下馬來，正想繫馬，一看近處沒有樹木可以拴吊。李逵也下馬道："大哥，這馬就交與我吧。"李逵牽着兩馬，跟着宋江。一會兒尋得一個所在，把馬繫了。宋江站立岡頂，用瞭遠鏡向祝家莊探望，祇見兩道莊城，守得嚴整。標燈密布，耀得如火龍一般。閃閃爍爍，蜿蜒上下。巡哨軍士，荷戈持槍，來來往往，川流不息。趁着燈光，遠處隱隱見得有個雞籠形的建築，聳立天際。宋江尋思：這大概就是幽禁梁山弟兄的水牢了。不知幾時這些被囚的弟兄纔得相聚啊！

這時李逵等人，在半山腰裏守衛着，也在眺望莊城。正當三更時分，月色如洗，滿地堆銀。祝家莊那裏南莊城的守衛軍士，執着瞟遠鏡也在四處巡視。驀地看到獨龍岡上有人站立，正欲奔軍師府去通報，恰巧欒廷玉牽引着十二名軍士巡查過來。欒廷玉得訊，勒馬停蹄，執鏡遠眺，果然遠見岡上有人站立，而且不止一個兩個。欒廷玉暗地思想：這座山岡，自從梁山營栅駐紮以後，從未見有客商敢來行走。當這更深漏盡之時，即使有大膽百姓貪趕路程，路經此間，到了岡頂，也不敢在那裏停歇。欒廷玉仔細再看覷時，在這雪月輝映之下，這人打扮裝束，依稀可以辨認：這人的暖帽下琵琶帶正在飄動，手裏執着瞟遠鏡在凝神遠眺。欒廷玉心中頓時明白，就在豹皮囊中，悄悄地取出令箭一支來，交與軍士，如此這般，囑咐幾句，唤他速去調兵遣將。

教師府中，今朝是祝虎值日。祝虎接着令箭，當即與扈家兄妹、祝彪奔向南莊城來。欒廷玉看四人到來，吩咐開莊平橋，悄悄出城，徑往獨龍岡上馳驅而來。

石秀聽得遠處隱隱有馬蹄之聲，却無鈴鸞之響，心中早已知曉，自有敵騎前來偷襲，遂將氅衣寬了，斜肩繫好，雙袖緊捲，提棍搶前，高聲喝道："來者送死，拼命三郎石秀在此！"

衹見一馬飛來，祝虎喝道："强徒休得猖狂！"向石秀前胸一戟挑來，石秀提棍架隔。石秀復手拱腰向着祝虎一棍，祝虎起戟，把石秀的棍擋開。

孟康聽得石秀喊叫，脱去氅衣，摇起鐵方梁奔下山來。聽得又有馬啼聲喧，闖入雪地，黑沉沉地一馬飛馳。喝道："誰敢偷襲！"衹聽馬上一聲怪叫："爾就看棒！"原來是欒廷玉躥馳過來，取了一個雪花蓋頂之勢，劈頭對準孟康打來。孟康舉起鐵方梁擋了欒廷玉的盤龍棒，兩人戰住。

石勇、薛永兩人聽得廝殺之聲，喊道："敵騎侵襲，急速戒備！"兩人雪光之中遥見一將，提着雙錘，拍馬直闖過來。石勇、

薛永喝問："來者何人？"那人應道："扈莊公子扈成在此，識相的
快快受縛！"石勇過來，向着扈成前胸起手一個童子撞金鐘之勢，
一棍打來。扈成提錘擋了，反手連連兩錘，石勇提棍隔開。薛永
跳上前來，喝道："扈成休得放肆，照打！"一黃金棍向着扈成頭頂
上打來，扈成提錘擋了，反手以雙龍入懷之勢，向薛永打來，薛永
也用棍來擋過。雙雙戰住扈成。

李逵恰在眺遠，聽到弟兄廝殺叫喊之聲不斷，丟了氅衣，跳
將出來。掄着雙斧，奔馳下山，"哇啦啦"的一聲大叫。祇見雪地
裏一馬掃來，李逵喝問："莊狗姓名？"掄起雙斧，便看着那人砍
去。祇聽那人叫道："賽霸王自來了，看槍！"避過李逵的斧子，回
馬向李逵迎面一槍刺來。李逵迅速提斧隔開，復手向祝彪馬頭
上雙斧砍來，祝彪也用槍來擋了。兩人戰成一團。

這時扈三娘看着祝家莊衆將敵住了梁山弟兄，却從另一條
路，兜上山去，徑來拿捉宋江。宋江正在山頂，聽得山下弟兄喊
聲，吃了一驚。回首驀見一馬馳來，並無阻攔。倉皇之際，宋江
急切上馬，把馬連鞭幾下。祇聽這馬一聲喧叫，却是不動。宋江
定神看時，說聲"慚愧！"原來這馬還拴在石上，教它如何跑得？
宋江急速下馬，將韁繩解開，然後重新跨上馬來。宋江在馬屁股
上拍了幾下，這馬就衝奔前馳。宋江理應將這馬頭勒轉，偏向旁
側，正好回營。祇是一時心急，不知錯了方向，却是直望後山逃
去。那扈三娘眼睜睜地看着宋江拍馬東行，心中暗喜，知他慌
了，走錯了路，哪裏還肯放松？扈三娘手提着梨花滾銀刀，躍馬
前來，高叫道："宋江你往哪裏走？還不快快下馬受縛！今天你
逃上了天，我就追到你南天門；你逃下了地，我就追到你酆都地
獄！"縱馬跨刀，緊緊追趕。宋江哪有時間回話，祇是急急奔馳。

這時，獨龍岡上，祝家將與梁山弟兄雙方敵住。嶺麓梁山的
哨軍，發現敵軍侵襲，回營速報吳用。吳用知曉軍情險急，當即

委派秦明、李雲、陶宗旺、裴宣四員馬將，歐鵬、鄧飛、朱富、侯健
四員步將，帶軍三千，前往救應。馬將披掛上馬，步將各執軍器。
明火執仗，出營征戰。一齊吶喊着，穿過沙場徑往獨龍岡來。

　　欒廷玉在岡上，聽得擂鼓聲響，知道梁山救應兵已發出，岡
上却不見了宋江，生怕中了誘兵深入之計，城中失去照顧，定是
不妙，所以一聲令下，吩咐衆將退回莊城。欒廷玉率引人馬，從
西城退入。

　　李逵、石秀、孟康、石勇、薛永看到欒廷玉那邊四騎馬掃下嶺
去，正想乘勝追趕，忽見秦明等弟兄拍馬前來。秦明高聲問道：
"宋寨主現在哪裏？"李逵答道："俺等抵禦厮殺莊兵，哥哥想是早
回大營去了。"

　　秦明聽着，吃驚道："小鐵牛，你説哪裏話來？我們是穿過沙
場來的，並沒瞧見宋寨主啊，怎麼説他已回營了呢？"李逵急道：
"啊唷，難道哥哥被他們逮了不成！"石秀抬頭一看，心中盤算，喝
叫李逵："不要隨口胡説！那欒廷玉的四騎馬是空着回城去的，
可見宋寨主是並沒有被他們捉去。"陶宗旺插口道："寨主既未歸
營，當不會去祝家莊，這樣人向哪裏去呢？"歐鵬道："寨主如從南
面下來，我們定會遇見。若走北面，這是不可能的，因爲北面是
祝家莊。西面却是欒廷玉等往返之途，也是不會走的。恁地説
來，宋寨主定是拍馬向東奔馳去了。"衆人聽着，齊説此話有理，
於是都向東路尋去。翻過山巔，行不多遠，便見雪地裏有着新印
的馬蹄痕跡。石秀看着，指着説道："敵將上嶺之時，原是五員。
我們衹擋住了四人，那麼，還有一員將呢？"衆人回憶，都道是還
有一位姑娘殺上嶺來的，這人無人抵敵，難道是她在追趕着宋寨
主嗎？衆人恍然大悟，叫苦不迭，向東緊緊追趕上去。

　　欒廷玉收兵回城。扈成一馬掃來，纔上吊橋，向前探望，却
是不見妹子三娘，心中頗覺詫異：難道這時，妹子還在獨龍岡上

單獨酣戰嗎？這時岡上已經來了許多梁山人馬，她尚單刀獨馬地硬戰，這是很不利的。扈成勒轉馬頭，便向前去接應。一馬再掃上岡，却覺岡上安靜得很，四顧悄悄，不見一個人影。扈成心中納悶，還是四向眺望，隱隱看到東方有着燈火照耀。扈成看着奇怪，梁山隊伍在這東邊做啥？難道我的妹子正在那裏廝殺嗎？扈成就一馬向東奔馳，急速地追尋上去。

再說宋江落荒奔馳，扈三娘緊緊地追趕。宋江回首笑道："來者可是扈莊三小姐嗎？女孩兒家，好大的膽子。單身獨騎，身陷重地，還不快快地回去！"扈三娘道："强人，還不下馬受縛，可曉這梨花滾銀刀的厲害！"宋江喝道："大膽閨女！竟敢追趕於我。嗏嗏嗏，前面就是伏兵。不聽俺的好言勸告，我軍就要將你拿下了。"扈三娘尋思：這話宋江當是虛張聲勢的，前面果有伏兵，天機不可泄漏，他是決不會說的。因此扈三娘益發喝道："吓！好大膽的宋江，還不快快下馬受縛，你今往哪裏逃？你逃上天，我就追你到靈霄寶殿！"宋江笑道："好好好！你就追來吧。"宋江衹是拍馬望東而逃，背後扈三娘自是緊緊追着。兩人一逃一追，這就要看馬的好歹了。一來宋江的馬好，二來宋江騎術也高明。八個馬蹄，翻盞撒鉢似的緊緊周旋着。扈三娘追了一程，看將趕上，却是還隔着兩箭距離。宋江與扈三娘所騎的都是上等的戰馬，一逃一追，足足追了一個多更子，漏夜雪地之中，已經跑了七十餘里。正行之間，兩人抬頭，却見前路有座岩巒，白谷青崖，峰皆拔地，嶂獨摩天，形勢險峻。山下仿佛還縶着一座營壘。宋江一見，喜出望外。心下明白，急急拍馬向前奔馳，趕向營去。

看官：這座營壘就是林冲所駐的飛排營。林冲愛惜士兵，深感天氣嚴寒，喚他們早早歇息，自己却帶着二十名軍士，騎在馬上，兜來轉去，不斷巡視。林冲在這雪天裏，看到月色朗净，不禁

又在想起風雪山神廟時，遭受高俅陷害時的情景。弄得他有國
難投，有家難奔。正想將這山河大地，來個海沸山崩，不禁悲憤
交集，難以爲懷。忽聽山坳中傳來一陣馬蹄聲響，林冲放馬循聲
前來，遠遠便見一個戴着暖帽的，被一位姑娘緊緊地追趕着。這
姑娘雉尾高飄，搖着雪白的梨花滾銀刀，打將前去。林冲看覷
着，這一驚不小。仔細看時，這奔馳的好像就是寨主宋江，追趕
的那位女將却不認得，想來當是祝家莊的將了。眼見宋江在奔
逃，難道梁山大營已被敵軍衝散了嗎？林冲不暇尋思，急忙躍馬
挺槍，緊趕上去，保護宋江。扈三娘正是緊緊追着宋江，看看將
要趕上，正待下手，這時宋江還旋首在看扈三娘時，祇聽馬蹄聲
響，山坡上一馬掃來，那人大喝道："婆娘你往哪裏走！"宋江看
着，真的喜從天降。扈三娘聽着，倒是嚇了一大跳。宋江問道：
"來者莫非是林賢弟嗎？"林冲道："正是小弟，背後緊追你的是哪
一個？"宋江道："扈家莊三小姐——扈三娘啊！你且將她拿下
了。"説罷，拍馬飛竄過去。

　　林冲躍馬闖了過來，大喝道："兀那婆娘，膽敢追趕我家寨
主，你往哪裏走！"扈三娘扣馬也是喝道："你是什麼人啊？"林冲
尋思：寨主喚我將她拿獲，我若報出真名，祝家莊上都曉我的聲
名。當初單騎能戰五虎，連敗七將。倘若這婆娘聽了，必然拍馬
飛遁。在這山坳漏夜，這樣捉她就難。所以林冲報道："梁山大
義士林冲。"祇是説了半邊。扈三娘聽着，來者是個無名小卒，想
來他的武藝自然平常。扈三娘並不在意，自提起梨花滾銀刀來，
夾着林冲的頂門就是一刀。林冲挺槍迎敵，槍尖上抬，就勢擋了
扈三娘的滾銀刀。兩個鬥不到十回合，林冲便尋個破綻，翻手對
着扈三娘的咽喉，一槍刺去。林冲的武藝自然比扈三娘要高出
許多，扈三娘哪裏會是他的對手？自然抵擋不住，扈三娘祇是慌
忙向後一避，把這槍躲過了。

　　看官：扈三娘原是要喪在林冲的這槍上的，祇因林冲遵從宋江的口令，將她拿下。寨主喚他活捉，出手時自然要留神些了。林冲就把槍尖稍稍向左一偏，扈三娘就可避開了這槍尖。可是這槍雖已避過，它的留情鐵還是戳在扈三娘的肩上。扈三娘肩上着了這一槍，"啊呀"一聲叫喊，翻鞍便落下馬來，嘍軍一擁而上，霎時伸出幾把撓鈎和套索，將扈三娘逮住了。嘍軍上來，奪下扈三娘手裏的軍器，又把她腰下的弓箭也解除了。牽下她的溜韁馬，就將扈三娘俘虜了。宋江看見，連聲喝彩。

　　這時後面的秦明等將已經追到，都與林冲見面，一齊向宋江拱手道："宋寨主受驚了！"宋江慰問衆位兄弟辛苦。林冲保護着宋江，將扈三娘押在馬上，取路回營而去。

　　恰在這時，山坳裏忽見一騎飛馳前來。嘍軍稟報："來的又是一員敵將，單身獨騎，並沒帶兵。"衆人詫異道："啊，這人又是誰啊？"秦明等弟兄左右排開陣勢，準備廝殺。一看，原來是扈家莊的扈成。扈成看到許多兵將站在那裏，就把馬攏住。

　　宋江和林冲兩騎馳上前來，宋江見是扈成，問道："扈莊三公子，來此作甚？"扈成道："我妹三娘可曾瞧見？"宋江尋思：這個還待你來問嗎？ 轉念一想：這事理當向你說清楚的。便道："公子，你家三小姐，緊緊追趕着我，我軍已經把她拿下來了。"扈成聽説，"啊呀"一聲，心想：妹子被拿，這事如何是好？ 宋江便道："扈公子，暫請回城。如說你要領回你家三小姐，明日請到我軍大營前來會話就是了。"扈成道："好吧。"帶轉馬頭，徑回祝家莊去。

　　林冲迎接宋江及衆弟兄齊到飛排營來。金鷄報曉，天色明亮。林冲傳令，拔寨啓程。扈三娘仍是雙手縛着。宋江見着，囑咐軍士鬆綁。傳令軍政官備一鞍馬，讓三小姐代步。李逵聽説，搶口喊道："大哥，太客氣了。三姑娘騎上了馬，譬如老虎長了翅膀，不是要被她逃跑了嗎？"宋江道："賢弟，你退下。"李逮無奈，自認晦氣。説話不聽，祇得自捂着嘴，不説也就是了。嘍軍鬆了這扈三娘的綁縛，復又牽過一騎馬來。扈三娘上了這馬，心想：我自好尋個機會再逃走的。扈三娘騎上了馬，走了幾步，纔知這馬是一匹跛脚馬，祇會跟跟路，哪裏跑得快的？扈三娘祇得跟着隊伍走。宋江與林冲、秦明等人一徑回歸梁山大營。

再説扈成，回到了祝家莊，直詣三莊教師前下馬。進府叩見教師爺欒廷玉。欒廷玉正在詢問扈莊兄妹去處，看見扈成步上廳階，急忙問道："扈莊公子，如何這時纔回？"扈成聽欒廷玉這樣説話，心中自不悦道："教師爺，我妹不幸被梁山營俘虜去了。"就將扈三娘如何緊追拿捉宋江之事，備約陳述。欒廷玉聽着撫慰道："扈莊公子放心，這事定可從長計議。"扈成出了教師府，急急向扈公館去，拜見老父、老母。員外扈福看見兒子回家，詢問祝家莊近日的戰事。扈成稟告："妹子不幸被俘。"員外聽了，十分驚惶，老眼模糊，不住地流下淚來。扈成離開了扈公館，霎時間趕奔到南莊城來，看覷梁山陣營中的動靜。

晌午時分，宋江、林冲、秦明等回歸大營。軍師吳用出帳迎接。宋江就把俘獲扈三娘之事告知吳用。扈三娘進了梁山大營，下馬來到中營大帳。宋江請扈三娘客位上坐。嘍軍托盤送茶。扈三娘看着梁山營中待人和藹，彬彬有禮，落落大方，頗覺意外。眾將與嘍軍回歸營寨，休整一番，改換服飾。宋江遂與吳用諸人商議軍情。

扈成在南莊城樓上看到梁山隊伍已到，便回教師府來，參拜欒廷玉。訴説昨晚山下雪地曾經會晤宋江。宋江親口許諾：倘要釋放三妹回莊，喚我今日前去他的大營會話。欒廷玉聽得，心中明白。梁山上有着不少強盜，已經陸續被我們擒拿，囚在水牢之中。定是想要我們把這九個強盜送去，調回這扈莊的三娘來。

這般行事，豈不是將祝家莊的赫赫威名，一齊付之東流？又怎樣將這些強盜獻俘東京，報答首相？但是扈成這個請求不能不答應下來。欒廷玉尋思：這事十分爲難。不答應吧，謹防扈莊要與祝莊鬧翻，傷了兩莊和氣，甚爲不妙。欒廷玉眉頭一皺，自認爲已想出了一個圓通巧妙之計。抓令在手，付與扈成道："扈莊公子，請你前赴沙場和宋江會話去吧。"欒廷玉准許扈成前去梁營會話，怎地會話，却無一言交代。

扈成得令，帶軍五百，直向南莊城去。來到沙場，人馬排列兩旁。扈成拍馬上前，喚軍士去梁山營前傳話。軍士吼道："梁山營寨聽了，扈莊公子前來，請宋寨主出營會話。"梁山嘍軍聽得，忙進中營帳去稟報。宋江得訊，就寫令單一紙，喚李逵前去沙場，循計辦事。李逵接過令條，埋怨道："好個大哥，欺俺不識字，偏把這字條塞來。"退走幾步，請軍政官代看。軍政官道："喚你帶軍二十名，前去沙場。見了扈成，就是如此這般答話。"李逵聽了，牽嘴一笑道："好啊！"照辦就是。李逵腰裏插着兩柄斧子，帶了二十名兵士，大踏步地來到沙場。早見扈成搖着兩柄錘子，坐在馬上。

這時李逵不見扈成還好，見着驀地那往事就想起來了。李逵在獨龍坳上，一彪大糧，是失在扈成的手中的，弄得俺大吃軍法，哥哥面前半晌說不出話來。頓時怒氣衝衝，連連喝道："呔，扈莊公子，你來了。"扈成看到梁山營中，闖出這樣一條黑漢子來，料不到來者却是李逵。

扈成"啊"的一聲，心中思忖：宋江爲何不來？怎麼喚他來啊？這漢子在獨龍坳時，俺曾和他廝鬥過，知他性情躁急，說話莽撞，是不通人情的漢子。扈成就問道："李義士，宋寨主就快來了吧？"李逵答道："寨主軍情忙碌，無暇接待。你有話說，就向俺說也是一樣，由俺傳話就是。倘覺不便，那麼請你自己進營叙談去吧。"

扈成聽着，又是"啊"的一聲。思想：這個倒是缺乏準備。沙場會話，這有教師爺的將令；闖進敵營，豈非這就違反了教師爺的紀律？一時拿不定主意，眉頭皺皺，甚見爲難。李逵看得清楚，便道："俺説，沙場並非談話之所；談話是要坐着談的。我家大哥是不會到沙場來的，你要會話，還是你自己進營去吧！否則，就請公子回程。"

扈成聽着，進退爲難。轉念一想：我進營寨，祇要拿定主意，談這走馬調將之事，自然不會發生問題。扈成就和李逵招呼一聲，落馬下騎，將雙錘架在這馬鞍上，隨手解下腰間弓箭、劍、鞭等武器，一齊放在馬上。李逵看着，心想：扈成倒也識相。

扈成踏步前來，向着李逵拱手説道："我們就一同進營去吧！"李逵這時却是板着臉，搖手喝道："呔！軍士們，將這扈成周身搜來！"嘍軍就將扈成渾身摸過，道："回稟李義士，扈成身上並無違禁之物！"李逵便招手道："好啊！那麼，公子請吧！"李逵引了扈成同進中營帳去。

李逵、扈成進了營地。扈成在前，李逵在後。李逵就在腰間抽出那兩柄板斧來，大聲喝道："嘿！扈成，進了我們的營壘，要遵從大寨的規矩。大寨有個規矩，進寨的人不可東張西望，隨意走動；否則，休怪這柄板斧無情。快走啊！"扈成思想：這厮無理！但是爲着妹子之事，祇得暫時委屈忍受。

兩人來至帳下。李逵揭帳，又是大聲吼叫道："扈莊公子駕到！"扈成進帳，看到梁山馬步衆將，整整齊齊，八字兒分列站着，正中坐着寨主宋江，邊側坐着軍師吳用，賓位上坐着妹子三娘。桌上盤中，擺着時鮮水果。扈成轉念：梁山待人倒是彬彬有禮。

這時宋江與衆弟兄一齊站立起來，拱手相迎扈成。扈成也

——還禮不迭。賓主雙方叙禮讓坐。那麼,扈成要與宋江會談。

　　正是:不施萬丈深潭計,怎探驪龍項下珠。

　　不知宋江與扈成會談如何,且聽下回分解。

第三十一回　玉面虎變反祝家莊
祝鳳鳴送死梁山營

　　話説扈成爲了扈三娘之事，前來梁山營中會話。進了大帳，宋江與衆弟兄一齊站立起來，拱手歡迎道："扈莊公子，有禮了!"扈成也忙拱手讓禮道："宋寨主與衆位義士，扈成不敢叨擾，有禮奉還。"賓主叙禮坐定。嘍軍殷勤獻茶。

　　扈成回首，向着三娘看覷。宋江見了，説道："扈莊公子，三小姐，兄妹相聚，請兩位先暢談一會兒吧。"扈成聽説，尋思這話正中下懷。站身起來，走了過去。兄妹見禮坐定，談談説説。梁山軍士仍是畢恭畢敬地站着，等候兩人談話。

　　扈成急忙向扈三娘慰問道："賢妹，你受驚了。"扈三娘答道："這倒沒有什麼，我來這營中還是騎着馬兒來的。"扈成道："既是你有了馬，爲何不逃回莊城呢?"扈三娘笑道："哎，誰知這是一匹跛脚馬啊，它是走不動路的。"扈成心中明白，這就是了，梁山對待俘虜是不會這樣大意的。扈三娘道："兄長快去會談，走馬調將。談妥之後，我就可以回莊來了。"

　　扈成歸座，再與宋江叙禮。席上早已擺上好酒，肴饌豐盛。衆義士聚坐暢飲。宋江、吳用、林冲、扈成四人一桌坐着，扈三娘獨踞一席。扈成看着，頗爲驚訝。祝家莊拿獲梁山强盜，祇是釘鐐上銬，禁在水牢之中。一日三餐，還不給他吃飽。梁山却是優待俘虜，讓她這樣逍遙自在呢！

這時嘍軍前來，向着扈成斟酒。扈成看着宋江並不開言，尋思：機不可失，時不再來。我自有事，祇好先談。扈成站身起來，拱手説道："宋義士，昨宵承蒙雅意，喚成今日前來大營會話，未知有何見教？"

宋江道："是啊，公子今日枉駕見訪，諒是奉了樂教師的將令，不知樂教師有何囑咐，乞道其詳。"扈成轉念，樂廷玉並未囑咐，祇得説道："是啊，扈成奉了教師爺的將令，前來與寨主協商扈三娘之事。"宋江道："可是談這走馬調將的事嗎？"扈成應道："是啊。"宋江便道："好啊，就請公子回莊，隔一會兒就在沙場調換便是。"

看官：走馬調將，兵家自有成規，循例是不講人數的。雙方被捉的人，不論多少，一律交換。梁山被祝家莊拿去的，連時遷在內，共計九人。宋江並未説出人數。自然是指扈三娘這一人對調時遷等九人了。所以祇須總説一句。

這時李逵站立帳前，他是不懂得這種規矩的，聽得調換，便站前來，急忙插口道："呔，大哥，我倒有一句要緊話兒要説。"宋江道："賢弟，你且道來。"李逵道："走馬調將，不可便宜這扈成，是要扈成將兩個來調一個的！"李逵認爲他們兩個來調我們一個，是有一個上算的。李逵還道："這兩個人：一個是你扈成拿去的劉唐，還有一個是你三姑娘拿去的王英啊！"扈成聽了，暗暗發笑，心想：李逵究竟是一個粗人啊。自然一口答應下來，諾諾連聲道："好啊，我就遵命。"

宋江聽着，尋思李逵不懂兵家成規，説話莽撞，説錯了話。看着扈成順水推舟，已經答允下來。便道："公子爺，本應你莊將過去已經捉去的梁山弟兄，全部放還。李逵如此説了，我寨祇是以道義爲重，言出如山，就算以兩個來調一個吧。"李逵聽得宋江説話，自知説話出了岔子，吃了大虧，情急智生，還是厲聲説道：
"扈莊公子聽了，俺話還未説完呢。那時在獨龍山坳，公子與三
小姐兩人把我軍的大糧劫去，理當一同歸還啊。喏，這本糧冊還
在，請細看來！隔一會兒，帶着劉唐和王英兩人一齊來調這三姑
娘吧！"

扈成聽着，心中倒又着急起來。不覺吃驚！暗暗説聲：啊
呀！兩個來調一個，這事好辦。要還這筆大糧，那真不容易啊！
一來糧倉失火，燒了許多，二來祝家莊早就動用，哪裏還還得出？
糧食是軍中之寶，祝家莊現在被梁山困守，坐吃山空，哪裏捨得
還糧？看來祝廣和欒廷玉是決不肯答應的。這糧倘若由我扈莊
來賠，扈莊又是賠不起的。所以，眉頭一皺，心裏躊躇，嘴裏一句
話都説不出來。

宋江看着扈成爲難，心中自然明白，反勸李逵道："賢弟，你
且退下。"李逵便道："好好，好啊！大哥，俺不説了，一切由你做
主吧。"宋江就向李逵説道："扈莊公子爺劫去的那筆大糧，不是
拿回扈家莊的，這糧早已繳進祝家莊的倉庫中了，賢弟你今要他
繳出，那欒廷玉和祝廣斷斷是不會同意的。我們不能讓公子爲
難啊！這筆大糧，還是我們要看開些，就算了吧。"宋江這話，扈
成句句聽得清楚，一時心中倒有説不出的感觸來。

宋江回首便向扈成説道："時間尚可，就請公子便回城去，將
那劉唐和王英帶來沙場，雙方調換就是。"扈成聽着，喜不自禁，
頻頻點首，向着梁山營弟兄，招呼告別。宋江便喚李逵相送扈公
子出營去。扈成辭別宋江，上馬帶隊，自回祝家莊來。

祝家莊的守軍，在城上看見扈成走出梁山營，即赴教師府去
稟告：扈公子進了梁山營，談了許多時間，今已回莊來了。欒廷
玉傳令扈成進見。扈成上廳，祝氏弟兄在旁侍立。扈成上前見
禮，欒廷玉恰想與扈成談話，忽聽軍士報道："祝家莊的公子

爺到。"

　　看官：這祝家莊的公子爺就是時遷説的祝鳳鳴，他是祝廣的
兒子。祝氏弟兄祝龍、祝虎、祝彪是祝朝奉的兒子，祝鳳鳴與祝
龍、祝虎、祝彪是堂房兄弟。祝朝奉已經謝世。祝鳳鳴的武藝，
在祝氏三弟兄之上。祝廣視爲家中珙璧，不肯讓他輕易外出。
祝鳳鳴聽説祝家莊近日軍情緊張，今日瞞着父親，悄悄地來到這
教師府。

　　欒廷玉聽説祝鳳鳴來了，慌忙降階相迎。祝鳳鳴來至大廳，
叙禮坐定。動問扈莊三小姐事，有無新的消息。祝彪身子湊了
過去，向祝鳳鳴附耳説了幾句："扈成私進梁山敵營，談了不少時
光。"祝鳳鳴聽着，心生疑慮：梁山大盜曾在招英榜上寫過勾引扈
莊來反祝莊之言，扈成前去會談，定是懷着鬼胎。這事肯定是於
祝家莊不利的。祝鳳鳴暗地思忖，就招祝虎和祝彪前去裏廳
議事。

　　這時欒廷玉問扈成道："扈公子，你去梁山營寨，會談情況如
何？"扈成坦率言道："末將奉着教師爺命前去，來到沙場，恰遇李
逵來迎。這人性情暴躁，不曉兵家禮節，和他説話，一時糾纏不
清。扈成敦請宋江出帳，李逵却道寨主軍情忙碌，無暇出接，有
話請公子自去坐下面談吧。扈成無奈，祇得進營，坐下協談這走
馬調將之事。"

　　欒廷玉問："怎麼個調法？"扈成道："梁山要求不高，祇需放
出劉唐和王英兩人，就可將我妹調回。"欒廷玉聽着，頗感驚異，
不覺面上表現出來，"唔"的一聲，尋思：走馬調將之事，兵家自有
成規，宋江豈會糊塗？循例當是一起調換，爲何祇調兩人？莫非
梁山此言有詐？欒廷玉一時疑寶叢生。

　　欒廷玉正在心中盤算，驀地祝莊兄弟跑了進來。聞説走馬
調將之事，祝彪瞪着雙眼，手指着扈成斥道："呔！扈成。姑娘

家,匪營宿了一宵,調了回來,還有何用?"扈成聽得,雙眼也向祝
彪睜着,尋思:我的妹子就是你的未婚妻啊! 旁人冷淡,你該爭
論幾句,虧你今日竟會説出這樣無理難聽的話。反思梁山營中,
做事倒是落落大方,以禮相待。扈成心中已有了氣,忍不住頂撞
起來,便冷笑道:"三公子啊,我與教師爺在談話,輪不到你插
嘴啊!"

　旁側祝鳳鳴聽着,覺着扈成這話蹊蹺,目中無人,誰知道心
中想些什麼,就伸手向扈成指着,大聲喝道:"呔,扈公子! 教師
爺喚你前去沙場會話,爾却私入梁山營,與那梁山匪徒密談多
時,已犯下私通梁山之嫌。爾可知道軍法森嚴? 來啊,左右將這
扈成拿下了!"

　祝鳳鳴的親隨聽得,霎時擁了上來。扈成怒目圓睜,滿臉緋
紅,把腰間懸着的佩劍拔了出來,躍躍欲試。祝氏弟兄並不買
賬,一齊跑了過來,準備格鬥。一時劍拔弩張,針鋒相對。

　欒廷玉看着情勢不妙,手拍虎案,喝道:"住手!"欒廷玉是掌
兵權的,這一聲就是大令,喝住了扈成和祝氏弟兄。欒廷玉尋
思:祝鳳鳴已有成見,火頭上一時難以勸説。因此招呼扈成暫
退。扈成無奈,旋身走下莊廳。趨至天井,怒目而視,翹首四顧,
懷着一肚子的委屈,無處傾吐,上馬自回扈公館而去。

　看官:欒廷玉這時的想法,祇有讓扈成先回寓去,待與祝鳳
鳴談論好了,再請扈公子來,這樣辦事就比較妥當了。欒廷玉的
意思,還是要勸説祝彪將扈三娘調回來。

　扈成回到了扈公館,員外扈福掉着眼淚,默默無語,坐在莊
廳,正在記掛女兒。看見兒子回來,急忙問道:"兒啊,你三娘妹
的事情談得怎樣了?"扈成垂頭喪氣,懶懶地説道:"唉,爹啊,這
事從何説起,真的一言難盡。"説罷,無情無緒地自管自跑去,獨
自在書房,獨自煩惱。黃昏時分,家人送酒飯來。扈成一杯在

手，無緒飲酒，自言自語，還在氣惱祝彪。心想：妹子被拿，爲的是上獨龍岡去擒拿宋江，赤心忠膽，全是爲了保衛祝家莊啊！這次梁山興師，全是祝家莊的大言牌惹起的。梁山與扈家莊素無怨隙，目下祝家莊誣我有私通梁山之嫌，恰好應了招英榜上所說的話："忠心耿耿成叛逆。"如此說來，我該怎麼辦呢？當初三莊聯合，權力是一樣的；目下大權落在祝家莊的手中，那幾個小子非常猖狂，對李家莊已是那樣反目無情。李應已經不肯管事，袖手旁觀，坐視成敗。祇有我莊出盡力氣，還是吃力不討好，受盡他們的氣，這個向誰申訴？扈成想來想去，驀地想到招英榜上有一句話："歡迎扈莊反祝莊。"也罷！耳聽宋江說的：梁山道義爲重，大丈夫當機立斷。不如待我反了祝家莊，投奔梁山去，同這班小子勢不兩立。扈成想罷，拍案而起，當即傳令自己的五百名本彪軍士，整隊出發。

看官：扈成是祝家莊的上將，五虎將之一，所以他是有權自領軍士的。扈成傳令，隨即全身紮束起來。跑到廳堂，前來拜見父母。這時扈老夫婦俱在堂上，思量着女兒。扈成踏步前來，叩道："爹爹，母親，我等去吧。"扈福問道："孩兒，你說哪裏去啊？"扈成道："大人日夜掛念女兒，孩兒領着雙親前往一聚。"扈福還道扈三娘已回祝家莊來，自然點頭同意。

扈成吩咐備轎，兩乘轎子抬着員外、安人，便即動身。扈成跨上馬，搖着兩柄八角流銀錘子，在前開路。軍士五百，一齊執着燈球火把上路。扈成吩咐，兵發南莊城，人馬由扈公館動身，出二莊城，到外莊城，直奔南莊城門。守城的軍政官喝道："這隊伍往哪裏去啊？有教師爺的將令嗎？"軍士報告扈成。扈成一馬掃向前來，守城官問道："扈莊公子，你往哪裏去呢？"扈成道："出城巡邏。"守城軍士又問："可有教師爺的將令？"扈成道："急於出城，忘在公館中了。"守城軍士道："如此，且待取了將令，始可開城。"扈成搖起雙錘，大聲吼道："誤了軍事，你該當何罪？"舉錘要打。軍政官看來勢凶猛，尋思他是扈莊公子，三莊聯盟，他是有權自由行動的。倘若不開，不是白白地喪了我的性命？急切之際，祇得權把這莊門開了。扈成帶領着人馬自出莊去。守城軍士看到兩乘轎子隨着過去，却看不懂，這兩乘轎子是抬着扈莊員外、安人，巡邏難道要帶着眷屬嗎？

扈成出了南城，馳過吊橋，旋身轉來，一聲高叫道："呔，軍士聽了，你們快去教師府通報吧，俺扈成投奔梁山去了。"軍士嚇了一跳，忙將吊橋盤起，莊城緊閉。飛奔到教師府通報去了。

欒廷玉恰纔議論席散，拜送祝鳳鳴回座，復與祝彪叙談。忽聽軍士來報：公子扈成帶領本彪隊伍五百，轎子兩乘，出南莊城，越吊橋，投奔梁山去了。

欒廷玉聽說，尋思事在意料之中，却不料出得恁快啊！"啊"的一聲，眼睛旋轉，緊緊盯着祝彪看覷。心想：若不是受着祝彪的激惱，料扈成是不會想反的。他竟投奔梁山去了，不是又減少了祝家莊的實力嗎？

祝彪聽說，霎時怒氣衝衝地說道："請教師爺迅速發令，讓我前去追趕這小子回來就是！"欒廷玉囑他這番定要小心行事。祝彪得令，捧着獨角烏龍槍，踏鐙跨馬，帶着五百軍士，發炮鳴號，直往南莊城追趕而去。欒廷玉也自披掛上馬，手執着盤龍雙棒，也追出了祝家莊。

那面扈成離了莊城，徑奔梁山大營而來。早有梁山哨軍探見，喝問道："來者何人？"扈成通名，喚軍政官前去通報。軍政官當即喚軍士進中營帳去稟告。

宋江等弟兄正在商議，聽得軍士稟告，尋思：這事出於預料，但想不到扈莊公子歸順梁山竟會恁地快。傳令李逵，率帶五百軍士，前往迎接。再傳一支大令，派林冲帶軍五百，前去抵敵祝家莊的追兵。炮聲響亮，梁山的隊伍人馬浩浩蕩蕩殺奔前去。

李逵出營，迎面見是扈成，忙把雙斧腰間插了，兩手拱着，一聲大笑道："扈莊公子，不打不成相識，從今日起，我們都是梁山弟兄了。"扈成見了，也哈哈大笑。

袛聽喊聲連天，祝家莊的軍士鋪天蓋地，蜂擁前來。李逵忙掄雙斧，招呼扈成道："公子請速進營，讓俺鐵牛來殺個痛快！"扈成回首看時，追來的卻是小子祝彪，不禁無名火燒三千丈，衝破了青天。心想：好極！這小子實在欺人太過，俺早就要與你拼了。便道："李大哥，不敢勞神，讓俺來立個進身之功吧！"說着，一馬掃向前去。李逵尋思：不要讓扈莊員外、安人受驚，接待眷屬，事亦緊要。迎頭就將員外扈福夫婦接進大營。扈福夫婦看着梁山弟兄前來，深感突兀。思忖兒子扈成，怎麼會和祝家莊鬧翻，前來投奔梁山？扈福夫婦出轎，宋江與眾弟兄早已出帳迎接。這時扈三娘也前來叩拜。眾人進了大營。叙禮坐下，談談說說。

且說扈成帶轉馬頭，恰值祝彪拍馬前來，兩個照會。祝彪喝道："反賊扈成，竟敢投奔梁山，還當了得！"扈成也喝道："大膽祝彪，竟敢肆無忌憚，橫加威迫。"扈成看着祝彪一副殺相，氣得雙眉直豎，搖起雙錘向着祝彪打去。祝彪提槍招架。扈成的力原比祝彪要強，祝彪確是感到十分吃力。兩人戰了四五個回合，扈成把襠下馬一拎，就起一套錘花。這錘稱爲八卦錘，一套要打八八六十四記。祝彪搖槍來擋，擋到四十餘下，已經擋不住了。祝彪思想逃走，一時尋不着破綻，跳不出這圈子。祝彪的馬跑到哪裏，扈成的錘就打到哪裏。扈成的錘連打到五十錘外，祝彪便心生驚慌。扈成便向祝彪頭上兩錘，前胸兩錘，夾着左右腿又是兩錘。祝彪連連提槍架攔，忙個不停。扈成又向祝彪的太陽穴上兩錘打來，祝彪擋開了扈成這左面的錘，復手轉來要擋這右面的錘，已經來不及了，連忙把頭低下，想避開這錘，一個措手不及，被扈成一錘正打在太陽穴上，滾落馬下，霎時喪命。

這時扈成把馬一扣，身子向前撲着，看到祝彪腦漿迸流，躺在塵埃中，仰天大笑，大聲道：「這纔出了我胸中這口恨氣！」

樂廷玉追馬搶上前來，搖起鐵棒猛打扈成。梁山營中轉出豹子頭林冲來，一馬兜上，高叫道：「扈莊公子，辛苦了。請進營去，樂廷玉讓俺來鬥。」扈成馬闖過去，林冲的馬早搶上來，高叫：「師兄。」樂廷玉聽得，猛吃一驚，眼看扈成已經逃去，迎面來的却是林冲。因向林冲道：「師弟，扈成叛徒，腦有反骨，這種反復無常之人，天地不容。愚兄久慕梁山英雄忠義，難道可以收容這種亂臣賊子嗎？請師弟將扈成趕出，待愚兄前來擒拿，明正典刑！」

林冲也笑道：「師兄說哪裏話來？扈成反了祝家莊，投奔梁山，正是棄暗投明，做得好，做得對！我們十分歡迎。扈成今已接進大營，請師兄放明白些，快快收兵回莊去吧。」

樂廷玉羞惱成怒，嘴裏喝道：「呀呸！師弟，若不交出扈成，莫怪愚兄要得罪你了！」

林冲笑道：「如此，爾就放馬過來吧！」

兩下擂鼓吶喊。樂廷玉與林冲棒來槍去，戰了十數回合。林冲用力把馬一拎，尋個破綻，使出一套百鳥朝鳳槍來。樂廷玉見林冲又是使出這套槍法，知道那天已是吃過大虧的，今天却又來了。俺不熟悉這套槍法，一時是難於取勝的。樂廷玉抵了八十多槍，還被林冲迎面一槍刺來，一個招架不及，被挑去了頭盔。樂廷玉一聲怪叫，退了下去。

林冲並不追趕，收兵回營。趨進中營大帳，前來復令。林冲見到扈成全家與宋江等衆弟兄正在喝酒暢談。夜闌席散。宋江吩咐整理內營篷，請員外扈福等人安歇。宋江向扈成說道：「勝負乃兵家常事。員外、安人年逾花甲，營中起居不便，公子可陪兩老和令妹，先上梁山泊去。"扈成道："小弟願留營中，協助宋寨主兵進祝家莊。"宋江道："這也好啊。"過了一天，宋江另派兵將，送扈三娘和員外、安人先回梁山。

且説樂廷玉退進莊城，軍士將祝彪的屍骸搶了回來。樂廷玉看到，心中真是惱恨。思想：祝彪真是自作自受，沒有你的蠻狠，扈成哪裏會激變？吩咐把祝彪的屍體送回祝公館去。祝公館中一時停了祝龍、祝彪兩口棺材。祝龍被石秀打死。石秀是梁山的奸細混進莊來，一時失檢，情有可原。祝彪被扈成打死，這是内訌。哪裏説得出口？因此，更覺氣惱！祝公館中淒淒惶惶地開起喪來。撞鐘念經，懸幡焚香。員外祝廣，帶了兒子祝鳳鳴前來吊唁。樂廷玉與祝家父子相見。祝廣動問扈成變反之事。樂廷玉備細訴説一遍。

祝廣查問守莊的官，怎樣放出扈成去的。樂廷玉收過晚令，軍政官前來繳令。樂廷玉喝問道："昨晚你在守城，扈成無令，怎樣放他出去的？"軍政官道："末將那時適在東莊巡哨，扈成是從南城出去的。"祝廣道："傳南城軍士。"樂廷玉派人到了南莊城，把守城軍士抓了來，喝問道："扈成怎樣跑出城關的？"軍士道："扈成到了南莊城，要小的開莊門。小的回問可有將令，他説道：'匆忙着要走忘了。'還説出莊巡哨，不可誤了軍事。小的不開，扈成起錘就打。無可奈何，祇得把這莊門開了。他出了莊，馳過了橋，纔説去投奔梁山的。小的該死，請員外、教師爺恕罪！"祝廣聽了，將虎案一拍道："嘈！守衛城門，難道還不懂得軍法嗎？他錘一搖，就怕死了。這種貪生怕死之徒，要他何用？來啊，先將軍政官捆綁了。"左右就將軍政官綁將起來，祝廣喝道："推出去斬了。"軍政官嚇得魂不附體，連連高叫員外恩典。祝廣哪裏肯聽，手連揮着，左右速將軍政官推出去。軍政官跪倒在照牆下，一聲催命炮響，將軍政官立即斬了。

　　祝廣轉眼又看軍士，嚇得那軍士臉如土色，也是連連叩首，請求員外饒命。祝廣喝道：“來啊，將他用亂棒打死！”左右一聲吆喝，棍棒齊下。軍士連聲慘叫，打得皮開肉綻，血肉橫飛，不多時也死了。祝廣連連懲處兩人，但見死了祝龍、祝彪，又想賊營不知何日可破，心頭納悶不已，雙眉一皺，長歎一聲。

　　祝鳳鳴聽見了，寬慰祝廣道：“爹爹，這小子扈成讓他走就是了，他抵什麼用啊！區區梁山匪盜，我一個人就可打得他們潰不成軍。”祝廣心中懊惱，指着祝鳳鳴厲聲罵道：“嘈！孽子，休出狂言！”吊畢，衆人不歡而散。

　　欒廷玉自回教師府來，衹是心驚肉跳。思想如此看來，祝家莊實在危險得緊。我已早向濟南府和青州府辦過幾道乞援公事，怎麼到今日不見一個回音？這樣說來，衹能等過了年，再作打算。所以雙方停戰。

　　却說這年年底，祝廣款待欒廷玉，商量如何剿滅梁山。談至深夜，未得結果，各自安歇就寢。祝鳳鳴一人兀坐莊廳，看着四周燈燭輝煌，寂寥之中，驀地想起小子扈成，竟也背反祝家莊，投奔梁山。教師爺衹是一味姑息，幫他說話。心中惱怒，思想不如待我早去梁山營寨，打他一個落花流水，好使匪徒知俺祝家莊的厲害。主意打定，站起身來，回房改裝。隨手取出黃金盔甲，頭上頂盔，身上紮甲，腰下掛着弓箭，備劍懸鞭。吩咐親隨傳話，將那匹西方小白龍寶駒急速牽過來。馬夫當即鞍橋踏鐙，鈴帶嚼口，肚帶套索，一時間都披掛齊了，牽到門口。祝鳳鳴取來兩柄四絲金光虎頭鉤，喝叫家奴掌燈。家奴問道：“公子爺現在這要到哪裏去呢？”祝鳳鳴喝道：“呸！休要多問！今天是除夕，我自去六街三市遊賞一番。”祝鳳鳴隨帶二十四名親隨，跨上寶駒，出離祝府，直詣二道莊城。看到街上車馬往來還是喧鬧得很。

　　祝鳳鳴闖到外莊城，左右說道：“公子，夜闌人散，這裏已經冷落,不要過去吧。"祝鳳鳴喝道:"不用爾等嘮叨!"緊鞭着褙下的馬,奔馳前去。家奴一時追趕不及。祝鳳鳴拍馬已經到了南莊城,守城軍士前來叩見。祝鳳鳴喚他開城。軍士問道:"可有教師爺的將令?"祝鳳鳴道:"哎唷,我還要什麼將令嗎?"軍士嚇得戰戰兢兢,思想真是倒霉,管守南莊城的事情特別多啊!公子爺又是無令出城。開好還是不開好呢?守城軍士尋思:扈成背反祝家莊,軍士未曉,開了莊門,弄得把性命丟了。怕近日形勢不妙,公子爺慌張着先就溜了,隔一會兒員外要起人來,怎麼辦呢?這腦袋瓜怕也保不住了。便道:"公子爺,小的爲難,無令小的是不敢開城的!"祝鳳鳴聽着,勃然大怒,就把軍器搖了起來。守城軍士着慌地閉上了眼睛,嘴裏還是嘮叨着:"這是不能開的,開了門我的頭就要搬家啊!"祝鳳鳴哪會聽他説話,手起一鈎,罵道:"去你媽的!"早把這守城軍士打死了,又是一鈎,把門上的閂鎖全抹下了。開了莊城,高叫:"平橋!"城上軍士看見,這守城軍士已被打死,哪裏再敢違拗,不放索子?

祝鳳鳴一馬掃出,軍士馬上把城門關好。這時二十四名親隨趕到,問軍士道:"公子爺往哪裏去了?"軍士如此這般地回答。親隨趕回祝家莊來,稟告祝廣。守城兵也是飛快到教師府來稟報。祝廣得訊,坐轎望南城來。欒廷玉得訊,也是騎馬往南城來。祝鳳鳴乘的是小白龍寶駒,馳驅得快,一會兒工夫,就跑到了梁山頭營。梁山哨軍喝問:"來的是什麼人?"祝鳳鳴一馬衝來,哨軍霎時放出一排亂箭,祝鳳鳴起鈎擋抹,祇見亂箭似雨點般向四散飛舞。祝鳳鳴拍馬飛馳,跳過營河,連起雙鈎,劫開營門,一馬掃了進去。

這時宋江適與衆弟兄在中營大帳談論,軍士來報:"有敵軍前來衝營。"宋江站立起來,與吳用兩馬馳向觀戰臺來。衆弟兄各執軍器,齊集觀戰臺下聽令。宋江登臺,看見營門已經劫開,一馬掃進，這人左衝右突，把營內的燈、旗、營篷、帳布等物都打爛了。細看這人並無軍士追隨，祇是單身獨騎，在那裏橫衝直撞。看觀這人雖是莽撞，不知策略，揮舞着雙鈎，流星掩日，倚天衝斗，武藝却還不差，未可小覷於他。

宋江下令，就遣林冲出馬，前往迎敵。林冲一馬掃出，來到頭營。祇見這人打扮奇特，瓦冠鈿額，金鎖魚鱗，不文不武。喝問道："呔，你是什麼人，敢來衝營？報名上來。"祝鳳鳴道："祝莊公子祝鳳鳴是也。"林冲聽了，心中明白。當時時遷曾來消息：祝家莊中還要防範一人，這人武藝高超，雙鈎無雙。不想今日會見。祝廣與蔡京結成兒女親家，就是這人的關係。他被蔡京老賊認爲繼子。林冲看這祝鳳鳴的披掛時：

> 頭戴黃金盔，嵌明珠，鑲百寶。上有紅球鎮頂，下有流蘇飄金。前有二龍鬥寶，正中藍鈿額，又有瓦冠排鬚。身上穿着白領袖戰袍，外罩黃金鎖子連環鎧甲。脚攔裙遮腿。蹬着皮幫豹皮底的虎頭威武靴。襠下騎的是西方小白龍。手裏拿着四絲金光虎頭鈎。

林冲看着祝鳳鳴襠下騎的那匹馬確是出色，此馬在八駿中排到第三位，其名喚爲白駒，又叫西方小白龍。這馬是千兩黃金難買的，不知他怎樣得來。

看官：祝鳳鳴被丞相認作繼子，賜下八色大禮：一是黃金千兩，二是彩緞千匹，三是琥珀酒斝，四是玻璃畫屏，五是今古奇書，六是鏤金盔甲，七是這一騎馬，八是手上拿的那兩柄軍器。一身配備，全是蔡京送的，可謂來頭不小。

祝鳳鳴見了林冲，也喝道："賊將通名！"林冲道："水泊梁山大義士林冲是也。"祝鳳鳴心想：梁山賊將算你最稱驍勇，今天先打敗你，梁山從此再也不敢猖狂了。祝鳳鳴就把襠下的馬一拎，搖起雙鈎，前後左右，劈頭劈腦向着林冲打來：

> 鈎起當頭打太陽，回頭一馬打四向。上打泰山壓頂，下
> 打狂風掃廊，左打大鵬單挺翅，右打猛虎下山岡……八八六
> 十四鈎隨手轉，纔曉鳳鳴鈎法強。

林冲把手裏的槍，將這八八六十四鈎，一一擋開。一看這套
鈎法，確實不錯，耍得水潑不入。宋江、吳用在觀戰臺上看了，不
禁暗暗喝彩。任憑林冲槍法精熟，也取不得他半點便宜。一時
林冲被包圍在鈎花之中。燈光照着，如閃電一般，分不出兩人兩
騎。林冲也覺這鈎打來，分量沉重。

祝鳳鳴打得得意，林冲覷個破綻，一個回馬槍殺了過來。正
是你便是哪吒太子，怎逃得這地網天羅；火眼金剛，難脱那龍潭
虎窟。

有分教：飛蛾投火身傾喪，怒鱉吞鈎命必傷。

畢竟林冲如何取勝祝鳳鳴？且聽下回分解。

第三十二回　萬華山打虎遭冤屈
登州府得賄施淫威

　　話説祝鳳鳴十分惱怒這扈成變反祝家莊，教師爺衹是一味姑息，按兵不動，思想不如讓我衝進梁山營，打他一個落花流水。滅了梁山志氣，長這祝莊威風。故而趁着除夕漏夜，闖進梁山大營。祝鳳鳴衝進梁山營柵，宋江上觀戰臺，傳令林冲前來迎戰。祝鳳鳴使出一套雙鈎，耍得水潑不入，霎時把這林冲圍在鈎花之中，占不得他半點便宜。林冲也覺雙鈎打來，分量十分沉重。祝鳳鳴正得意間，酣戰了數十回合。林冲覷個破綻，把槍花一起，使出一套梅花槍來還擊那祝鳳鳴。

　　　林冲斜挺烏龍槍，上下顧住神鬼忙。連挑三槍龍偷目，
　　　飛身化就獨龍槍。金剛懷抱琵琶勢，對胸刺來最難擋。槍
　　　挑密密如亂箭，點點梅花透寒光。

　　這套槍法一起，祝鳳鳴就難以還手。祝鳳鳴鈎法雖好，由於少經征戰，缺少磨煉，衹知出鈎打人，不知如何反擊敵人。人家擋過了他的雙鈎，還攻過來，他就茫然未曉怎地厮殺。祝鳳鳴提鈎招架了林冲的槍，吃到九十多槍，就顯出自己的弱點來了。一個疏忽，林冲一槍向着祝鳳鳴迎面刺來，祝鳳鳴大吃一驚，避之不及，慌忙之中，翻身向右一仰，這槍正中祝鳳鳴的咽喉，祝鳳鳴

想喊聲"啊喲"都來不及，翻鞍落馬，血如泉湧，就地死了。嘍軍搶步上前，就把祝鳳鳴的溜韁馬緊緊扣住。

宋江望見祝鳳鳴落鞍而死，又見欒廷玉帶軍前來，傳令將祝鳳鳴的屍首拋出營寨，扔在沙場。欒廷玉來時見他已死，不禁"啊呀"一聲，雙眉緊皺，心裏真是有着說不盡的惱恨。思想：你祝鳳鳴真的該死！祇因不見世面，在莊托大慣了。豈能單身獨騎前來衝敵營的？可算得是自不量力。傳令軍士速將屍首搶了回去。

欒廷玉回進莊城，祝廣急忙問道："教師爺，我的孽子現在哪裏啊？"欒廷玉道："公子爺已經抬回來了。"祝廣大吃一驚，幾乎昏倒。欒廷玉尋思：祝廣見了兒子屍首，準會有着一場氣惱。還是識相些，不必再看他的顏色了。欒廷玉便悄悄地一馬溜回教師府去。

祝廣眼看着兒子血染黃沙，唯有頓足痛哭而已。無可奈何，祇好備棺成殮，開吊追悼。囑咐欒廷玉嚴加防守，尋機狠狠攻打梁山。欒廷玉看着祝家莊損兵折將，在這形勢下辦事就更加棘手了。

梁山營中宋江、吳用走下觀戰臺，傳令重整營寨。林冲興高采烈，欣喜梁山得了這樣一騎駿馬。銀面玉蹄，虎脊龍文，看來這馬真好。正是：日行千里雙見日，夜趕八百快如風。登山越嶺如平地，跨海涉江一陣風。宋江看着林冲興致勃勃，便道："林賢弟來祝家莊參戰，屢敗驍將，屢立奇功，這馬就贈與你了。"林冲拜謝。這馬以後就成了林冲的坐騎。

梁山攻打祝家莊，費了不少時日，轉瞬已屆宣和元年的歲首。

花開兩朵，另表一枝。却說這段話是與宋江初打祝家莊時一同發生的。寫書的寫了一頭，不寫另一頭。這段書寫的乃是山東海邊，有個州郡，喚作登州。在登州府南城外六十餘里地，住着一戶人家，弟兄兩人父母早亡，相依爲命，俱未婚娶。家道貧寒，以打獵爲生。弟兄兩人俱是有着一身驚人的武藝，登州裏的獵戶們都敬重他倆，都推他倆武藝爲登州第一。那哥名叫解珍，善舞一柄三齒陰陽叉。因爲這叉舞得好，江湖上稱他爲"兩頭蛇"。弟名解寶，善使一柄七齒蓮蓬叉，江湖上稱他爲"雙尾蠍"。兩人好打抱不平，肯説公道話，愛憎分明，敢於仗義執言，不怕豪强，在獵戶中人緣最好。

祇因近日萬華山中，出了一隻斑斕猛虎，時常出來傷人。登州知府拘集獵戶，委下文書，務要獵戶十日限期之内獵得猛虎；否則每人先打八十板子，枷號示衆，決不寬恕。弟兄兩個，受着文書，一同回到家中，整備窩弓藥箭，執着鋼叉，徑奔登州山上。設下窩弓，搜索一夜，不見濟事，兩人祇得收拾回家。次日帶了乾糧再來，一直守到五更，還是没見動静。次日再來，守到天明，又等不着。

兩人心頭焦急，冒雪衝風，吃盡苦頭。尋了十夜，好不容易纔算找到了猛虎的窠穴所在，發現猛虎的窠穴在山頂。兩人爬上了兩株大樹，就將那叉架在樹的椏上，守了多時，看到猛虎蹲向樹旁。解珍取箭一箭射去，正中猛虎的左腰。解寶同時也射一箭，這隻猛虎正負着傷旋身轉來，解寶這箭却正中了它的糞門。猛虎着了兩箭，負着劇痛，暴吼起來，亂蹦亂逃。兩人提着鋼叉跳下樹來，緊緊追趕。猛虎見有人來追趕，拼命地逃。這猛虎在山坡上逃了一大段路，還没逃到半山，哪裏擋得住這箭上的藥力發作？大吼一聲，滿地打滾。接着又是打了一個虎跳。蹿跳起來，一個脱空，正撞在那峭壁的岩石上。猛虎站立不住，四爪騰空，就由岩石上骨碌碌地滾將下去，翻進一個莊園。

解珍、解寶奔到岩石旁邊，望下去看，這虎正好跌入園中去了。兩人認得這莊就是毛莊。便繞後牆，一徑轉到莊前。這時東方發白，天方明亮。解珍、解寶來時，見莊門口毛莊家奴毛福正在掃雪。解珍、解寶兩人提了鋼叉，上前招呼道："莊家，昨夜我家弟兄打虎，猛虎中了我兩弟兄的箭，已經跳進你們的後園來了。相煩莊家，通報莊主太公知道，我們前來提虎就是。"

毛福放下掃帚，瞪着眼睛吼道："猛虎可以趕到人家園裏來的嗎？傷了人的性命怎麼辦啊？"解珍、解寶道："是啊，所以特地趕來，快請通報！"毛福笑道："這時恁早，不知太公已起身否。且請稍待，我自去稟報。"説着，拖着笤帚走了進去。遙見毛太公正在那紅火爐邊取暖。毛福遂將這事稟報。太公毛善問道："這虎可曾受傷？"毛福道："聽他説話，這虎已經中了兩箭。"毛善就喚毛福權且前去看來。毛福膽小得很，毛善逼着他去，毛福一時沒法，就同另一家奴毛壽躡手躡腳前去，來到園門，貼着門縫向裏仔細張望，果見一隻猛虎直挺挺地躺在地上。

看官：這隻猛虎早已死去。這虎中了兩箭，一個虎跳，翻進莊園，在假山石上撞着。兩個箭頭大半已經没入。這箭是含有毒汁的，毒性發作，這虎血管崩裂，所以很快死了。祇見一攤鮮血，全淌在假山石旁。家奴看時，那地上還被這老虎刨出一個很大的坑呢。

家奴回報員外，虎已死在園中。毛善尋思：萬華山中那班獵户，一年四季對他原是都有孝敬的。自被解珍、解寶硬出了頭，送禮的人就一天少似一天了。喚他們送些人情來時，也不像從前那樣的恭順了。毛善對於解氏兄弟一直懷恨在心，正想鑽個空子，制服於他。這隻老虎恰好落在我的園中，這是天教他來送我一份人情，我祇有好好地把它隱藏起來。一來補償我過去的損失；二來藉以儆戒他們，讓他們知道我的厲害；三來把這隻老虎説成是我兒子毛仲義獵得的，送上衙門也好請功，也好讓知府知道我兒子的本領，借此謀個差使。那時我是文有女婿當着孔目，武有兒子當着都頭，登州地界不就成了我的天下嗎？

毛善打定主意，命人打掃血跡，拿出一具銹鎖來，把這園門鎖了。兩支弩箭扔在火盆内就燒了。一面命毛福到莊門口去敷衍這解珍、解寶兩人；一面囑咐兒子，急速把這隻老虎解上府衙門去。這事看來這班刁民自然不肯罷手的，毛善囑咐兒子，千萬還要帶着幾個公差回來，嚇唬獵户。倘若鬧事，就可把他們抓進衙門法辦就是。

看官：這毛善是萬華山中的一個財主。六十多歲了。身材七尺光景，生就一張田字臉，一雙三角眼。花白鬍子，頭上戴着一頂天藍緞繡金壽字棉折巾，身上穿着山貓皮鶴氅。人家怕他有財有勢，又是上了年紀，所以，唤他一聲毛太公。這財主單名一個"善"字，其實一點也不善。這毛善倚仗着他的女婿在府裏當個孔目，收起租來，十分凶悍刻薄。佃户如有欠他租的，他對佃户總是百般刁難，私刑拷打，經常將他們送上衙署嚴辦，弄得求生不得，求死未能。本人當着里正，在地方上一貫橫行不法。

這時毛善和顏悦色地請着解珍、解寶兩人進莊。兩人到了莊廳，在牆旁放下鋼叉，雙手拱着説道："大伯，多時不見，今日特來拜擾。"毛善道："兩位英雄久會了。適有家奴來報，説什麽有隻老虎跳進我家園内，這話當真的嗎？"

解氏弟兄道："當真、當真，正是這樣。"

毛善不覺吃驚道："啊喲！老虎跳進了我家的後園，這還了得！啊呀，啊呀！老虎是要傷人的。"

解寶道："太公不用害怕，那隻老虎已經死了。"解珍道："是啊，太公不必害怕，我等就是前來領取這隻猛虎的，勞神指導帶路。"

毛善道："唷，原來如此，這倒甚好！且請莊廳小坐。"

家奴端上茶來，殷勤地留着兩人在廳上暢談多時。毛善遂喚毛福、毛壽，陪同兩位英雄前去後園看來。毛壽、毛福道："這個，我們都怕。"

解珍、解寶兩人笑道："有我們在，這個是不妨的！"

毛福就去管家房間取了鑰匙，招呼道："兩位請隨我們走吧。"

衆人到了後園門口，毛福自取鑰匙來開，開了半日，百般地開，祇是開不開來。毛福細看這鎖，已是銹了，自然開不出來。毛福一時火起，就用鐵鍾把那銹鎖砸爛了。開了園門，引着衆人跑進園來。毛福道："老虎躲在哪裏，你們自去尋吧。"解寶道："好啊，哥哥，我倆快去尋虎吧。"解珍道："那麼，你我分頭去找吧。"兩人一路尋去，看到假山石旁隱隱地淌着一攤鮮血，揩抹未淨，還有巒大的一個土坑呢。解珍道："賢弟，猛虎想是死在這裏的，怎麼這猛虎會不見了呢？"解寶便向家奴問道："這隻老虎看來一定是死在這裏的，怎麼會不見了呢？"家奴道："我們不是一同進來的嗎？園門好好地鎖着，多時未開，鎖已銹了，沒人來過。你看，這裏哪來的老虎呢？"解寶道："你說沒有老虎，那麼這地上的血跡從何而來呢？而且這個土坑分明是老虎抓出來的，怎能說這裏沒有老虎呢？"毛福道："我們是燈草當不來拐棍用的，有話請你們自向毛太公去說吧。"解珍道："好啊，我倆和你們去向莊主說話便是。"

四人來到莊廳，毛善笑着問道："兩位英雄，老虎可曾找到？"解珍道："老虎沒有看見，卻見很大的一攤血跡和一個巨大的土坑，不知老虎躲到哪裏去了。"毛善道："如此說來，想是這隻猛虎跳了進來，又跳出去了？兩位，快請出園再去找吧！"解寶道："不會，不會！這隻猛虎中了兩支毒箭，毒性發作，忍不住痛，在地上打滾，抓了一個大坑，還淌了不少鮮血。怎會再有氣力躥跳出這高牆呢？這虎是從岩石上翻滾跌下來的，分明沒有力氣再跳出去，是死在這園裏的，或是太公的莊客將這老虎藏了。"毛善道："哎，我們要你這隻老虎做什麼用呢？且請坐地，喝杯酒暖暖肚子再說。"解寶道："感謝大伯的厚意。這個猛虎我們是要抬往府衙去銷差的，必須還我。"毛善笑道："這隻老虎，教我從哪裏去拿呢？倘若家奴拿了，兩位英雄放心，我自會去查的。寒冬殘歲，兩位冒着風雪，在山上熬了一夜，煞是辛苦，且請寬飲一盞，這事是好辦的。我是不會要你倆的這隻老虎的。"解寶看着毛太公一味推託，心中火起，欲待取叉來打。解珍忙把手一搖道："不能如此，我們好好地說吧。"向着解寶看看，意思是勿要爭吵，有理好說，免得把這事情弄僵了。毛善便喚家人擺起酒來，毛仲義却將老虎早已藏了，自己趕進城去，徑到王孔目那裏去關說。登州府隨即派了都頭衙役十六名，拿着鐵鏈、手銬、棍棒等物，出離府衙，趕奔這毛莊來。

毛善一味敷衍着解珍、解寶，硬拉着兩人取暖飲酒。解氏兄弟一時看不透毛善的歹意，皮裏陽秋，自覺身上寒冷，聽他說話並不否認這事，祇得強坐下來，敷衍一杯。誰知毛善居心叵測，酒壺中是已放着蒙汗藥的。解珍、解寶喝了幾口，藥性發作，霎時就倒在桌子上了。毛善見着，哈哈笑道："這兩個小子，自來送死，今日要你倆知道俺的厲害！正是：天堂有路你不走，地獄無門闖進來。好啊，這遭要你倆的好看了。"

不多時候，府裏衙役已經到來。毛善連忙出階迎接，引入莊廳，招呼道："匪徒已經被我用酒蒙倒，勞神都頭，速速將他倆帶走吧。"衙役就給解珍、解寶戴上鐐銬，再用解藥，將兩人噴醒，拉着兩人手上的鐵鏈，要跑。

解珍吃了一驚。看時，身上已經上了刑具，面前都是衙役。毛善指着這兩人罵道："解珍、解寶，你倆好大的膽，怎麼以討虎爲名，趁機搶劫我家的財物，該當何罪？有勞頭腦，快快地把這兩個匪徒解上本州，好爲地方除了一害。"

解寶聽了，哪裏按得住這心頭怒火，潑口罵道："老賊，竟敢這樣蠻橫！你家謀吞了我倆的猛虎，還要設計陷害，誣良爲盜。真的暗無天日。我倆倘若活得性命，定要你的狗命！"解珍也道："傷天害理！今日之冤，沒齒難忘。"

毛善聽着，連喚頭腦將這兩個匪徒速速解走。衙役隨即拿起鏈棍，把這解珍、解寶拖的拖，打的打，雙雙推出毛莊，直向府衙押解而去。到了衙門，就將兩人寄在監獄之中。

毛善聽到解珍、解寶這兩人的罵聲，尋思這事倘若鬧大，毛家定會吃大虧。俗話說：縛虎容易制虎難啊。這裏的獵户都是聽這兩個小子的話的，倘被他們知曉，那就益發地難弄了。既是這樣，就一不做，二不休，來它一個你死我活。好在羊毛是出在羊身上的，上下打點，多花些銀子就是了。來他一個斬草除根，將這兩人的性命送了，拔了這眼中釘，今後也好使衆獵户乖乖地聽話。

毛善便喚毛福肩着解珍、解寶兩人使用的鋼叉，背着銀箱，隨着他走。毛善自己坐轎便上衙門，去找女婿王孔目，托他在知府通情，上下打點打點。

知府何林得了一筆賄銀，當即傳點升堂。何林頭戴尖翅烏紗，身穿綉金紅袍，腰圍玉帶，足蹬烏靴，踏步出來，升坐大堂。王孔目侍立一旁，衙役齊聲吆喝，排分左右侍立。何林咳嗽一聲，喝道："帶强盜！"

衙役拉着解珍、解寶，押到公堂。衙役便在解珍、解寶的腿後，一記打着，兩人跪了下去。

何林問道："下跪何人？"兩人道："解珍、解寶。"何林問道："多大年紀？哪裏人氏？"兩人道："二十七歲，二十五歲。住在萬

華山麓。"何林又問道："以何爲生？"兩人道："打獵爲生。"何林喝
道："抬起頭來。"解珍把頭髮一甩，頭抬起來。何林看這解珍時：

> 七尺以上身材，紫糖色面皮，青筋暴起。兩條細眉，一
> 雙圓眼。耳旁兩支沖天威武髮。兩耳甚尖，牙齒扒出。頭
> 上兔子皮遮風梨巾，身上緊身棉襖，兜襠叉褲。外罩獐皮馬
> 甲，腳上麻布筋快鞋。是個獵戶模樣。

何林又向解寶看時：

> 也是七尺以上身材。臉紅如烈火，青筋飽滿。兩條倒
> 掛眉，一張長尖臉。鼻梁微塌，兩耳招風。長着兩支紅的威
> 武髮，兩腿上刺着飛天夜叉。也是獵戶打扮。

何林喝道："既以打獵爲生，爲何搶劫毛莊？"

解珍、解寶大喊冤枉道："大人容稟。那日小的在大人臺前，
立下文書，限在十日之內，捕捉這隻猛虎。小的弟兄拼捨性命，
冒雪衝風，日日夜夜自去山中搜尋，直至昨晚纔遇見它。小的弟
兄同時發箭，一箭射中老虎的腰，一箭射中老虎的糞門。這隻老
虎連吃了這兩箭，負着劇痛，拱着虎腰，伸出兩腿，驀地大吼一
聲，震得山谷鳴，一個虎跳，蹦到峭壁的岩石上去，被這峭壁擋
着，翻身直落到毛莊的後園去了。今天早晨，小的弟兄前去毛莊
討虎。毛員外初時一味敷衍，假意殷勤，擺酒勸杯，誰知他用蒙
汗藥酒把我倆霎時灌醉了。不僅不把這隻老虎還給我們，還倒
打一耙，反咬我倆搶劫他的莊子。天理昭彰，大人明察秋毫，祈
請大人明斷！"

何林拍案大怒道："大膽！你倆敢在本府臺前，一派胡言亂
語。你倆俱是歹徒，一個稱爲雙尾蠍，一個稱爲兩頭蛇。可見江
湖上早已惡名播揚。搶劫毛莊，物證俱在。想你倆不受重刑，斷
斷不肯招認。"

解寶聽何林說話，蠻橫無理，便把頂髮一甩，頭抬起來，高聲說道："大人爲一府之主，豈可祇憑原告片面之詞？這兩柄鋼叉，分明是獵虎的工具，怎能說是搶劫的證據？顯是毛善惡意誣告！"

何林聽得，一時難以駁辯，不禁惱羞成怒，連連喝道："看這兩個匪徒，敢於衝撞本府，咆哮公堂。左右來啊，與我推了下去，各責大板四十！"衙役就將兩人毒打，打得皮開肉爛，肉血橫飛，又復推上公堂來。衙役齊來勸道："解珍、解寶，我看還是承招的好，免受苦楚。人身肉體，是擋不住這些刑罰的。"解寶索性大罵道："大人怎能不問情由，就可用刑的？你喚毛善上堂，雙方對質好嗎？"

何林喝道："毛善是地方公正士紳，哪會冤枉你啊？毛善的事，你管不着，本府自會秉公勘察的。你不信任本府的公斷，這就是你的罪了。還不快快招認！來啊，左右把這兩個匪徒，再推下去，夾棍伺候。"

王孔目看着兩人還是不肯承招，怕弄僵了，便也勸道："解珍、解寶，何大人是最爲清廉的。你們的事，他早弄得清清楚楚了。還是快快承認，硬拼硬撞是頂不了事的，歸根結底，還是你倆要吃大虧的，這又何苦呢？"

解珍、解寶祇是搖頭道："冤枉難招！"

何林看這兩人還不屈服，伸手將朱簽抽了出來，喝道："來啊，將兩人拖下堂去……"恰想要說：大刑伺候。祇見衙前數十名獵戶已經擁了上來，高聲叫喊道："毛善賴虎不還，誣良爲盜，天理國法何在？請求青天大人，快快把這解氏弟兄釋放出來。"一時人聲鼎沸，喧擾不已。

何林看這情景，怕會鬧出亂子來。吩咐衙役出去，趕快給我轟散了。遂即吩咐退堂，將解氏弟兄釘鐐收監。

　　何林退堂，來到花廳。毛善前來逢迎。何林説道："須待獵户散了，纔好定案。"毛善會意，知道關節已經打通。自己却不敢明目張膽地走，便從後門偷偷逃回毛莊去了。

　　這時衙前的獵户，三人一簇，四人一群，伸拳捋臂，正在喧嚷。人聲鼎沸之際，衹見街頭迎面走來一人。衆人定睛看時，原來這人是孫立孫提轄，人稱"病尉遲"的。衆人看這人時：

　　　　站立平陽八尺以上身材，生就一張長馬臉。色道赭赤。兩道秀眉，一雙慈目。鼻正口方，兩耳削竹一般。腮間三綹清鬚。這人射得硬弓，騎得劣馬，善使一管長槍，腕上懸着一條虎眼竹節鋼鞭，綽號稱爲"病尉遲"。頭上戴着黄金盔，身上穿着黄金鎖子連環甲。甲内襯着青緻戰袍。前有護心鏡，後有護背鏡。九吞頭，十八紮。甲攔裙，束兩旁。足蹬虎頭戰靴。十分威武。

今天是三、六、九操演日，孫立是從教場練兵回署來的，因而全身戎裝。看見獵户喧鬧，便來問訊。遂知毛善賴虎，誣良爲盜。縣主受賄，嚴刑逼供。審案不公，惹起民憤，故而獵户在衙前噪擾。孫立聽得，也認爲知府辦事不公，莫怪獵户不服。就向獵户勸説，喚他們暫退了，説道："是非自有公論，待我前去理論就是。"那衆獵户素知孫提轄平日爲人耿直。承他一口擔當，衹得暫時散了。等候消息，再集未遲。

　　孫立便進衙去，直抵花廳，前來參見知府。何林看見孫立練兵回署，連忙站立起來，招呼道："提轄來得正好。聽説衙前擁着一夥刁民，在那裏鼓弄是非，藉故鬧事。請孫大人勞神，把他們都趕走了。"

　　孫立聽着，尋思知府説話，看來很不對頭。怎能不分青紅皂白，蠻橫斷案的？由此引起公憤，還能説是刁民鼓噪嗎？真的利令智昏！轉念一想：待俺向他提醒一下，免得鑄成大錯。便道："公台，恰纔卑職問過獵戶，他們言道：並非鼓弄是非，乃是伸冤告狀。"

何林問道："他們要告哪一個呢？"

孫立道："要告毛善啊！"

何林又道："要告他什麼呢？"

孫立道："賴虎不還，誣良爲盜。"

何林聽了，轉念這班刁民着實可惡，這事倒是全給孫立知道了。便笑道："噯唷，提轄請勿誤信謠傳。那毛善是萬華山中的公正士紳，樂善好施。怎肯賴虎誣告？恰纔本府已經審問明白。解珍、解寶是以討虎爲名，白晝行凶，趁機打劫毛莊，毆打公差。這罪確是不小啊！怎麼可以反告毛善呀？"

孫立聽了，尋思何林說話，着實可惡，顛倒黑白，益發倒行逆施起來。犯人尚未招供，堂上怎麼就可把這罪名定下來呢？我倒是不怕權勢的，民有冤情，豈可見死不救？必須詢問一句。便道："解珍、解寶，可有供辭？"

何林無話可對，祇得支吾道："這兩個匪徒，一味狡辯，哪裏是輕易肯承招的？"

孫立道："大人，獵戶自能捕虎，猛虎從峭壁翻入毛莊園中，豈無可能？他倆既無口供，其中必有冤情。"何林笑道："怎見得呢？"孫立道："解珍、解寶是登州地方的獵戶和善良百姓，哪個不知道呢？"何林道："孫提轄，事實勝於雄辯。本府已經勘對明白，毛善早把這兩個匪徒的凶器繳出來了。物證俱在，還有什麼可疑的啊？"孫立道："這是毛善一面之詞。公堂之上，雙方可曾當面對質過呢？"何林笑道："有了凶器，不問已知，解珍、解寶到莊搶劫行凶，不是最清楚也沒有了？"孫立道："鋼叉是獵戶工具。解珍、解寶是否日日上萬華山去捕虎？這事祇要傳衆獵戶前來復審，便可水落石出了。"何林道："那些刁民早已互相勾結，豈能做得證人？"孫立道："是非自有公論，公台這樣輕率武斷，人家是不服的。"何林道："不服便是怎樣？"孫立道："那就難怪獵戶們要鼓噪喧嘩了。"

何林聽了，尋思：孫立這話分明是爲解珍、解寶説情，硬説這兩兄弟冤枉，獵戶鼓噪得對，那就是我的不是了。這事曲折，我是知道得比你更清楚的，孫提轄實在太不懂事了。這樣的區區小案，你出來硬頂做什麼呢？何林把臉沉着，説道："孫提轄，聽你説來，莫非你與這兩個強盜有着親戚情分嗎？"

孫立聽着，思想：我與解珍、解寶，是有些親誼的，是個遠親。不過我講這話，並非私情。知府説出這等話來，實在卑鄙，令人氣憤。便道："公台，你説這話是什麼意思？俺與解珍、解寶非親非戚！"何林板着面孔道："既非親戚，你爲什麼來管這閒事呢？"孫立辯道："這哪裏可説是閒事，我説這話無非爲了公正兩字！"何林看着孫立還不知趣，尋思：衹有冷淡他了。便道："古人説得好，不在其位，不謀其政。問案是由本府做主，你是無權干涉的！"説着，拂袖踱了進去。孫立看着知府做事蠻橫，氣得發抖。轉念一想：解珍、解寶尚未招供，知府一時是奈何不得他倆的。沒奈何，衹得走出府衙，再作計較。

孫立走後，何林心中盤算：看這樣子公堂是不便再行審訊了。常言道：虛則虛，實則實。倘再審訊，稍有不妥，傳揚開去。風吹草動，被衆獵戶知曉，哄鬧起來，這事情就弄大了。轉念再想：事到如此，一不做，二不休，不如我暗裏做些手腳，早日結果了他的性命，斬草除根，來個萌芽不發，免了這個後患。

何林想罷，就喚管押死囚牢的節級來。這人姓包，名吉，是個殺人不眨眼的魔鬼。何林對着包吉眉毛動動，眼睛眨眨，説了一句暗示的話。包吉得了毛善的好處，早已心領神會。包吉就將解珍、解寶移到死囚牢裏,沉着臉對着兩人喝問道:"你這兩個畜生,平日仗勢欺人,作惡多端,喚作什麼兩頭蛇、雙尾蠍的。天理昭彰,今番落到了我的手裏,還有何説?"

解珍道:"小人自有這個諢號,人家無非誇説俺倆打獵勇猛而已,哪裏做過半點壞事?"

包吉喝道:"還敢胡説!今番讓你倆個受些教訓,教你兩頭蛇變作一頭蛇,雙尾蠍變作單尾蠍。來啊,且與我上了這匣床!"

早有小牢子前來把這兩個捆翻了,推上匣床來。解珍、解寶的手腳一時都被匣住,動彈不得,祇得忍受着。包吉看着這白日監裏往來人衆,不是時機,祇是冷笑着一聲,徑自去了。解珍、解寶平白遭受這樣一場冤枉官司,正是恨不得騰天倒地,拔樹搖山。一時蹦不出頭,祇是悲憤而已。

這時在小牢子中惱怒着一人,同情於他倆。這人走上前來,招呼解珍、解寶。解珍、解寶看這人時:

> 頭戴大綠披肩帽,身穿紫醬色褂子。紅綢紮腰,大綠底衣,花幫快靴。臉如銀盆,唇若塗朱。年紀不過二十上下。

原來這人叫樂和,祖貫茅州人氏。姐姐嫁與孫提轄爲妻,是個聰明伶俐的人。他是諸般樂品,一學便會,人稱他爲"鐵叫子"。説起槍棒武藝,這人是如糖似蜜般地愛着,雖是當着牢子,却是一身英雄氣概,相交的都是江湖上的英雄好漢。他是深恨官場黑暗,願意替人説話、抱打不平的。今天這場案子,其中冤情,自然瞞不了他。樂和知道底情,極爲不服。看着解珍、解寶是好漢,有心要搭救他們。所以走上前來招呼。有分教:這一席話,惹出無數事來。

正是:空中伸出拿雲手,救出天羅地網人。

畢竟樂和怎樣搭救解珍解寶?且聽下回分解。

第三十三回　得賄賂群凶逞暴戾
反牢獄八義鬧登州

　　話說登州知府何林受了毛善的賄銀，有意陷害解氏兄弟，却被提轄孫立頂撞。何林暗示節級包吉，將他倆移入死囚牢裏，早日結果性命。包吉就將解珍、解寶推上匣床受苦。這時小牢子中却是惱怒了一人，眼看解珍、解寶受着冤屈，有心要救他倆性命，走上前來招呼。但愁單絲不成綫，孤掌豈能鳴，這事需要從長計議。因而向這兄弟兩人說道："好教你倆得知，如今府衙上下全是得了毛家的錢財，必然要害你倆的性命，你倆當要想個法子。"

　　解珍道："是啊，仁兄，我倆却是一籌莫展，真的怎生是好？"

　　樂和道："這裏，兩位可有親戚好友嗎？"

　　解珍道："我倆是萬華山人，城中並無親友。毛善有錢有勢，有也難於對付。"

　　樂和道："你且仔細想來，我可與你倆去送一個信。"

　　解珍道："如此說來，有是有的，祇恨不在城中。"

　　樂和道："現在何處？多跑些路倒是無妨的。"

　　解珍道："我是有個姑表姐姐，嫁與孫提轄的兄弟孫新爲妻，現在東門外十里牌住。她在那裏開着一爿酒店。幼習武藝，深有膽略。二三十人是輕易近她不得的，江湖上給她一個綽號，喚作'母大蟲顧大嫂'。姐夫孫新,也有本事,可是却輪與她。她與我弟兄兩人是最要好的。"

樂和道:"如此説來,我們都是親家了:我的姐姐嫁與孫新之兄登州提轄孫立,我的姐姐和你的姐姐是妯娌。好啊! 提起這顧大嫂,她是巾幗英雄,誰人不曉,哪個不知呢? 她如出場,定能救得你倆的性命的。待我前往通個消息何如?"

解珍、解寶道:"如此,多謝樂頭腦了。"

次日巳牌光景,樂和借個事由,離了牢監,一徑奔出東門,望十里牌來。走了一程,遙望街上挑出一扇酒旗,門前懸着牛羊豬肉。樂和瞥眼便見顧大嫂正坐在這櫃檯裏。仔細看時,顧大嫂生得如何? 但見:

> 眉粗眼大,胖面肥腰。耳旁戴着大圈金環。頭髮梳成穿心雲髻,鬢髮上插了幾件首飾。身上穿件花布棉襖,外罩青緞面子羊皮胎,出風背心。下面繫着一條玄色花緞紮脚管棉褲。一雙大脚,蹬着繡花布棉鞋子。

樂和走入店堂,看着顧大嫂,唱個喏道:"大姐請了。"顧氏見了,連忙招呼道:"樂和兄弟,難得來此,快請裏軒拜茶。聽説你在府監當差,公事想來很忙碌吧? 今日是什麼風吹來的?"顧氏招待樂和到了裏軒坐定。

樂和道:"無事不登三寶殿啊! 小弟前來自然是有些事的。"

顧大嫂道:"樂和兄弟,讓我打壺酒來,咱們吃上兩杯,慢慢談吧。"

樂和道:"大姐請勿客氣,長話短説,我今問你,可有親戚住在萬華山的? 兄弟兩人打獵爲生,喚作解珍、解寶。"

顧大嫂道:"有啊! 他倆是我的表弟啊。樂和兄弟怎會問起他倆來,現在生活怎樣?"

樂和道：“大姐，我就是爲了他倆的事，前來報個信的。他倆已幽囚在死囚牢中了。”

顧大嫂道：“我的兄弟不知怎樣會犯罪的？”

樂和就把解珍、解寶領限打虎，被毛善吞没，反誣爲盗，屈打下獄諸事備細說了。現在毛善上下使了賄賂，早晚會被他們做翻。小人路見不平，祇恨獨力難救，特地前來通個消息，請大姐設法搭救纔是。

顧大嫂聽了，傳話當家前來。孫新便來與樂和相見。顧大嫂將這事說與孫新知道。樂和、顧大嫂、孫新三人商議：解珍、解寶既受冤枉，自以義氣爲重，我們理當搭救。祇是採取什麼法子呢？毛善既與何林狼狽爲奸，和他們談是談不好的。樂和道：“文縐縐地擺在桌子上談，是救不了這兩人的。”顧大嫂道：“自然祇有動武了。”孫新道：“那麼，武又是怎樣動呢？”顧大嫂想了想道：“當家，祇有劫牢放獄，大鬧登州，別的法子是救他倆不得的。”孫新笑道：“你好見識，我們兩人，就劫得了這獄嗎？總要想得周到些，否則，是弄巧成拙了。”又說：“劫了這牢，也要有個去向。”

顧大嫂道：“當家，你快去登雲山，請鄒淵、鄒潤兩位弟兄來。他倆在那裏聚衆打劫，這兩人和我們投機，若得他倆的幫助，這事十有九成可成了。”

樂和道：“如此說來，這事非同小可。登州城裏我的姊夫孫提轄，却是一員驍將。倘若劫牢，他是定會出馬攔截的，我們怎樣迎擊他呢？”

顧大嫂道：“我們不如一併把他請來。先就與他商量，劫牢放獄，請他相助一臂之力。”

孫新聽着，忙搖手道：“哎，渾家，好個主意，祇怕是如意算盤吧，他是不會來的。提轄大人怎肯做出這種事呢？”

顧大嫂微微一笑道："老娘自有妙計啊。"樂和道："請大姐講來！"顧大嫂道："當家的，你進城去敦請，祇消如此這般，孫立大伯定會前來。那時，我就有辦法了。"又說："你在回家路上，遇着嫂嫂轎子，請你把嫂嫂的轎子隨即送上登雲山去。"顧大嫂回首又向樂和說道："兄弟，請你向令姊問好。見你姊，可以如此這般地說，請她上轎，轎子抬至半路，一併交與我的當家，你就趕到我的店中來啊。"

樂和、孫新聽了顧大嫂的這些安排，不覺伸長了舌頭，驚得呆了，半晌縮不回來。思想：這事鬧得太大，看來是做不成功的。不覺躊躇起來。

顧大嫂看着兩人爲難，躊躇不決，便道："這件事，看來做得要做，做不得也要做。你們幫忙最好，不肯幫忙，闖出了禍你們都是逃不了這禍祟的。所以不幫忙也得幫忙。你們不能祇顧自己，能夠幫忙的，還是幫忙的好。"

兩人聽着顧大嫂說話堅決，敢作敢爲，胸有成竹，祇得按計而行。

顧大嫂送走了樂和、孫新，就叫店小二速去登雲山，請兩位大王率帶嘍軍十餘名，各執武器前來。店小二趕奔而去，拜見兩位大王。

說起這兩位大王，那個爲頭的姓鄒名淵，原是萊州人氏。閒漢出身，爲人忠良慷慨，更兼有着一身的好武藝。氣性高強，不肯容人。江湖上出了名，綽號"出林龍"。二大王名喚鄒潤，是鄒淵的姪兒。鄒潤的年紀與叔叔仿佛，兩人相差不多。鄒潤身材高大，天生一等異相。因他腦後長着一個肉瘤，以此人都喚他爲"獨角龍"。那鄒潤往常和人爭鬧，性發起來，暴躁得很，他便一頭撞去。忽然一日，一頭撞折了潤邊的一棵松樹，看的人都驚呆了。

這時店小二前來拜見，說道："奉着主母命令來邀請兩位。"鄒淵、鄒潤當即帶了二十嘍軍，各執鋼刀，隨着這店小二奔下山來，直來到十里牌拜會顧大嫂。

顧大嫂見了，請入後軒坐地。鄒淵、鄒潤呼喚嘍軍隨入。顧大嫂將表弟解珍、解寶之事扼要說了，務請兩位大王出力。但等我家大伯孫立駕到，一同商量劫牢放獄就是。鄒淵、鄒潤兩人聽了，哈哈大笑，翹起大拇指贊道："大嫂想得周到！我等也如此想，真是英雄所見略同。"衆人應喏。顧大嫂便通知店小二，孫提轄來，就照我的說話，將他引進就是。

再說孫新來到提轄衙門，邊哭邊走，眼睛濕漉漉的。守門的見是孫新二老爺來，即往內通報，孫立便請孫新進來。來到花廳，孫立問道："二弟何故啼哭？難道受了什麼委屈嗎？"孫新道："這倒不是的！"孫立道："那麼男子漢大丈夫，爲什麼要哭呢？"孫新聽了兄長慰藉，益發悲傷道："兄長，誰知我妻在一月前，忽染一病，四處延醫診治，藥石無效，病勢祇見日重一日。挨到這幾日，已入膏肓。昨宵昏迷，人事不省，昏去了幾次。昏醒過來，她卻泣道：'說來慚愧，過去虧待了兄長，要請兄長前去，會一會面，賠一個罪，了結這生前的一筆欠賬，纔肯安地死去。'小弟思想：我妻既有追悔之意，古人說的：人之將死，其言也善。兄長當會見諒。所以特來商請兄長枉駕一行。"孫立聽着，忙搖手道："這種婦人，死了一百，祇算五十雙啊，哪個還肯去見她呢？"孫新再三央求道："不看僧面看佛面，請兄長看在小弟的面上，就勞駕這一下吧！免得我妻不斷哭泣，嘮叨難過。"孫立又道："二弟你不必多說了，俺自不去就是不去。"

看官：孫立爲啥不願去和弟婦相見呢？孫新、孫立弟兄兩人感情原是篤厚的。孫新原是住在兄長家裏，人家喚他爲二老爺。孫新成長，孫立就給他討親，討的就是這位母大蟲。結婚時，孫

立做主,熱鬧忙碌異常。那天親眷朋友齊來送禮、吃喜酒。舊俗
討親的第一夜是要吵房的。據説愈鬧,這户人家會愈發的。哪
知顧氏不慣這種禮俗,心中已經惱火,衹得忍受下來。到了第三
日,花廳上唱堂戲。新娘子穿着便衣,前來觀賞。孫立酒醉,親
眷朋友却來湊興道:"大人忙了幾天,今日空些,三天裏不分大
小,請大人鬧鬧新房逗個趣吧。"孫立看着兄弟討親,十分高興,
便道:"好啊!"説着拿着燈火,站到新娘的面前,哈哈大笑道:"古
話説的:若要發,先看新娘娘頭上髮。"燭火高舉,向着顧氏的臉
上照過來,引得親朋哄堂大笑。顧大嫂已經氣了。孫立接着却
又説道:"若要富,再看看新娘娘脚上褲。"頭低下來,來看顧大嫂
的褲脚。顧大嫂是長着一雙大脚的。她想這是你大伯故意來逗
趣我的大脚的。顧大嫂忍受不住,就開口道:"老娘就給你來個
好看吧!"孫立不提防,她把脚飛了起來,輕輕一腿,恰好踢在孫
立的鼻梁上,弄得孫立滿臉鮮血。孫立哪會想到新娘子會飛起
這一腿的?放不下臉,羞惱不已,擲了燭火,奔出房外。親眷朋
友看着,這樣煞風景事,誰願插嘴?拂拂衣袖,一哄而散。花廳
堂戲頓時停鑼。孫新看到這新娘子這等無禮,怒氣衝衝地揮拳
來打顧大嫂。却不知顧大嫂的武藝,遠遠地在孫新之上。顧大
嫂還手便把孫新痛打一頓,打得孫新討饒纔止。

　　次日,孫新跑到孫立下處賠罪,請求兄長息怒。孫立餘怒未
息,憤憤地説道:"兄弟,這個潑婦,敗壞門風。孫家容不得她,你
就把她休了。爲兄準備幾百兩紋銀,給弟再取一房便是。"孫新
回家就罵顧大嫂道:"渾家,你與我滾回家去!孫家容不得你,俺
今把你休了。"顧大嫂聽着,發怒道:"當家,你説哪裏話來?要老
娘來,敲鑼打鼓,吹吹打打。不要老娘,説聲休了。哪有這樣便
當?俗話説的:嫁一夫,着一主。你尋到我,我也尋到你了。你
要休,這比上天還難呢!"孫新没奈何,衹得説道:"你這行徑,教

我恁地去見親友？我是仗着兄長扶養長大的，不能反面無情啊。
再説離了兄長，教我怎樣生活呢？”顧大嫂便罵道：“好没志氣！
男子漢大丈夫，不是有着一雙手嗎？還要靠哪個呢？難道我們
一世就做不來人嗎？俗話説的：靠親不富，戤飯不飽。我們就不
能自立門户嗎？一個人結了婚，就是能開門定居了。”孫新道：
“渾家，你説得倒很輕快。開門七件事——柴米油鹽醬醋茶，都
要自己料理，真是難以維持啊！”顧大嫂笑道：“你没本事，老娘倒
是有這本事的啊！”孫新就把這話告訴了孫立。孫立聽了道：“好
吧，她有本領，你就請她去養吧，我就不願和她相見了。”孫新知
道兄長孫立在生氣，弄得左右爲難，垂頭喪氣地跑回家來。顧大
嫂道：“當家，那麽我們不必住在這裏了，急速搬走就是。”孫新
道：“搬到哪裏去呢？”顧大嫂道：“在山放得牛羊，在水走得蛟龍。
此地不留人，自有留人處。堂堂七尺身軀，還怕没有地方去安身
立命嗎？”這樣顧大嫂就來到了這十里牌，賃了房廊，開設了這樣
的一爿十里酒館。

顧大嫂從城裏搬到此間，已有三四年了。孫立祇是拗着氣，
從未來過這裏。孫立是再也不願會見這顧大嫂的。不過，孫新
和孫立兄弟的情分，還是很好的。孫新常常到衙門裏來探望兄
長。樂夫人和顧大嫂妯娌之間感情也還不差。今日孫新淌着眼
淚來請孫立，孫立還是不肯答應。樂氏娘子聞訊，便問叔叔爲何
恁地悲傷。孫新就把顧大嫂病危之辭，説與樂氏娘子知曉。樂
氏便來勸導孫立，説是：“君子不念舊惡。顧大嫂來時不知禮節，
今已悔悟。人家已是病危之際，哪有不去會面之理？冤家是宜
解不宜結的。分手之時，還是去一趟吧。”孫立經娘子勸説，便
道：“好吧。看在老弟的面上，就走這一遭吧。”孫立吩咐備馬。
孫新就説在城還要辦些斷送之物，招呼兄長孫立：“俺先走一步，
哥哥隨後便來。”孫立聽着孫新説出此話，尋思這個潑婦真的活

501

不成了，那麼俺就騎馬去吧。

孫新出了衙門，會見樂和，喚樂和依計而行。孫新自去東門外等候，樂和來到衙署，姊弟會面。樂氏娘子問道："弟弟，緣何光臨?"樂和道："恰纔遇到姊丈，說顧大嫂病危，已經人事不省，夢囈之中說有緊要的話，須託付姊姊，故而喚我前來接引。"樂氏聽着這話有理，並無疑慮。立即乘轎出衙，徑去東門。行至中途，樂和撞見孫新，孫新就來帶領。這頂轎子一路就引到登雲山麓，呼喚轎夫抬上山去。轎夫看了，弄不清楚原委，正想問個明白，孫新祇是逼促着前行。樂氏娘子也從轎簾內覷視，頗覺奇怪。祇見登雲山的頭目，雄冠雉尾，站立路旁，拱手相迎。孫新關照一聲："山上嘍軍好好地寬待提轄夫人。轎夫也就耽擱在此，都不可以怠慢。"樂氏娘子看了，驚問道："叔叔，這是什麼所在啊? 怎麼將我引到這裏來的?"孫新道："嫂嫂放心，這地方喚作登雲山。請嫂嫂委屈一下，暫住下來，日後自然明白。我尚有急事，恕不奉陪了。"孫新說罷，立刻便下山去。

再說孫立騎着馬，望着十里牌來。到了十里酒店，店小二早出門來伺候。孫立踏進店堂，直至後軒顧氏房中。孫立揭開門簾，祇見室內鬧哄哄地有着一簇人手執鋼刀，站在那裏。孫立見時，頓覺十分蹺蹊。看這些人，哪像是來探病的? 正在思考，祇見顧大嫂從後房轉了出來，連連唱喏道："伯伯請坐。"孫立問道："嬸嬸，你害的是什麼病啊?"說着，睜着眼向着顧大嫂狠狠地盯了一眼，尋思：顧大嫂沒有病啊，我倒是中計了。祇聽顧大嫂答道："伯伯拜稟，我害的是救兄弟的病啊!"顧大嫂便將兩位表弟解珍、解寶如何被毛善陷害，早晚性命不保的事，說與孫立知曉。"今日請伯伯來，出個主意。"

孫立聽着，顧大嫂原來爲着搭救解氏兄弟之事，從而騙我前來的。思忖：這事我早已經知道。爲了這事，我還被知府搶白過

呢！這事我是會主持正義的,顧大嫂何必來要脅我呢?便點頭
道:"原來爲了這兩兄弟事。他倆深受冤屈,我是不會袖手旁觀
的。這事情急,嬸嬸,讓我快回城去,與這知府評理就是了。"孫
立説罷欲走。顧大嫂起手攔阻道:"伯伯,且慢!衙堂評理,難道
就評得過毛善的銀子嗎?"孫立問道:"那麽,怎樣辦呢?"顧大嫂
道:"看來祇有動武啊!"孫立詫異道:"動武?"顧大嫂道:"是啊!
我已請了登雲山上的兩位大王前來,相助一臂之力。大鬧登州,
劫牢放獄。這事深恐連累伯伯,所以特請伯伯光臨議事。劫牢
以後,軍門余文德倘若帶兵追捉,還請伯伯抵擋一陣。"

　　孫立聽着,大吃一驚,答道:"我是登州軍官,食君之禄,報君
之恩。豈肯做出這等事來?"顧大嫂道:"伯伯,如今朝廷哪有分
曉? 真的豺狼當道,虎豹專權。忠厚的便吃官司,伯伯是明白
的。今晚來了,便當慨然承允。倘若不然,恐怕伯伯來得,却已
去不得了!"孫立聽着,尋思:世上竟會遇着這樣的潑婦。心中十
分惱火,却是不便罵出聲來。哪肯答允下去?

　　鄒淵、鄒潤正看覷着孫立的動靜,看着這樣的赳赳武夫,竟
是這樣膽小怕事的。踏步上前,厲聲説道:"提轄大人,我倆這厢
有禮了。"説時兩人齊睜着眼凝視,按着鋼刀。孫立看那鄒淵時,
八五以上身材,碩大魁梧,板刷鬍鬚,滿臉横肉。鄒潤面色微青,
年輕無鬚。也是八五以上身材,氣概軒昂。兩人雄赳赳地站着。

　　顧大嫂接口説道:"這兩位弟兄與解珍、解寶弟兄素不相識,
祇是以江湖義氣爲重,赴湯蹈火,在所不惜。伯伯是自家人,難
道可以坐視的嗎?"

　　孫立肚中盤算,顧大嫂潑辣,真的反了登州,那我這個提轄
還當得成嗎? 早知這樣,這裏是不該來的。看來這個婦人是不
會做出好事來的。因説道:"真的幹了這事,這登州城我們就安
身不下了,這十里牌自然也就住不下了,我們好到哪裏去呢?"

顧大嫂道："伯伯放心，我們可以跑上登雲山去的。"孫立笑道："登雲山祇是一個彈丸之地，就能擋得住登州的千軍萬馬嗎？"顧大嫂道："那時，我還有個去處，登雲山安不了身，如今梁山泊十分興旺，晁、宋寨主仗義疏財，招賢納士。我們救了解氏兄弟，一夥兒齊上梁山泊，投奔入夥如何？"

孫立道："我們並無進身之功，山寨就肯收留我們嗎？"

顧大嫂道："四海之內，皆兄弟也。江湖上祇是義氣爲重，情投意合，自然如膠投漆，一見便契合啊！山東及時雨宋公明，專愛結識天下英雄好漢，誰不知道？伯伯愁它做甚？祇怕伯伯不肯去就是了。"

鄒淵、鄒潤聽着，又是哈哈大笑起來。孫立無奈，勉强應承下來。"余文德來，讓我出來搦戰，抵擋一陣就是。"說罷動身。

顧大嫂道："伯伯，季布一諾千金，千萬別忘懷了。"

孫立道："言出如山，豈可失信？"

孫立走出孫家店後，拍鞍上馬，急返城去。一路尋思，待我回轉登州，即詣軍門密告。緊閉城門，嚴守牢獄。然後再發軍隊，上登雲山來拿捉這鄒淵、鄒潤兩個匪徒，旋身再來逮捕這個潑婦，讓爾等知道俺的厲害。變反朝廷，這是九族全誅的勾當！孫立身爲登州提轄，豈可知法犯法？

孫立行時，忽見兄弟孫新迎面而來，前來招呼，問道："兄長，十里牌已去過了嗎？"孫立怒氣衝衝地斥道："嬸嬸早已死了，你快去收屍吧。"孫新暗暗地好笑，想你已經中了渾家的妙計了。

孫新回家，顧大嫂問道："當家的，嫂嫂已經接上登雲山去了嗎？"孫新道："早接到了。"顧大嫂道："這樣，再也不怕伯伯會反復了！"

孫立進城，樂和就來這十里牌酒店拜會顧大嫂。顧大嫂喚登雲山的兄弟速回寨去，善待嫂嫂，不能讓她擔擾傷感。三更時分,悄悄地再行前來。鄒淵、鄒潤回山,便將搭救解珍、解寶之事,告訴樂氏娘子。樂氏尋思:兄弟樂和,怎會與強人同黨?今已中了詭計,祇有唯唯諾諾而已。

顧大嫂又向樂和說道:"火速返城,趁早通個消息與解珍、解寶兄弟兩人,讓他倆安心。牢內多備引火之物,待我來時,一齊動手。"樂和返城,自去布置。

再提孫立,一馬馳回衙署來,下馬入門。急去上房與夫人叙話,四處找尋夫人,却不見蹤影。祇聽親隨上來稟告道:"夫人已被舅爺迎接去了,去十里牌探望顧大嫂的病。"孫立聽着,氣得目瞪口呆,心頭不住地亂跳。怎麽樂和舅爺也會與強人合夥?夫人不知被他們劫到哪裏去了?搔首一想:這事怕又是這潑婦想出的詭計,可能把俺夫人劫上登雲山頭去了。俺就中了她的搖樹拔根之計。這却如何是好?聲張開來,夫人的性命就難保全。孫立左思右想,驀地想到解氏兄弟的冤屈,官府對待老百姓的種種逼害情景,自己也是深感痛苦的。那就決意幫助顧大嫂一把力吧。上梁山去,俺也可以做出一番驚天動地的事業來,免得在這府衙裏日日受氣。孫立主意打定,就悄悄地收拾細軟之物,納入箱籠,喚親隨來架上車輛。親隨看着提轄行事,深爲不解。

再提登雲山上的英雄早已裝紮齊備。三更時分,悄悄地都到十里牌來。顧大嫂早宰着幾頭豬,燒好了大鍋飯,安排果酒,喚衆人盡吃個飽。便從四門混進城去,約定把東門作爲出路。但等火起,一齊動手抵禦官兵。衆英雄宴畢,兩個一起,三個一群,混進城去。孫新扮作農夫,身帶短刀,把守東門靜候城內火起,厮殺守城官兵,打通退路。斬斷吊橋盤索,務使吊橋暢行無阻。

顧大嫂穿着藍色布的短襖、短褲,貼身藏着尖刀,扮作一個送飯的鄉婦,一路走向監獄。樂和提着水火棍,守在監獄門口。

顧大嫂到了虎頭吞吐門。樂和問道："兀那婦人,你是來做什麼的?"顧大嫂賠着笑道："禁長,小婦人從萬華山來,送監飯的。祈請行個方便。"樂和忙搖手道："晚了,晚了。"顧大嫂又賠着笑道："可憐見我已趕了許多路。公門之中好修行啊,饒了小婦人這一次吧。"説着身邊摸出五兩重的一錠銀子來,塞與樂和。樂和接了銀子,便開監門,放了顧大嫂進來。

這時恰巧包節級巡獄過來,劈面看見這婦人進監,大聲喝道："自古獄不通風。這婦人是什麼人啊?誰敢把她放進來的!"樂和笑道："這叫瞞上不瞞下啊,她是有孝敬的,就讓她送這一餐飯吧。"包節級聽説有好處的,便道："快快拿來!"伸手就把樂和手中這五兩銀子奪了過來。

看官:包節級是個見錢眼開的人。他是有錢總要撈的,聽説有錢,就答應了。尋思:讓這婦人進監送餐飯去,有啥關係呢?包節級受了知府的囑咐,原來就是暗害解珍、解寶的。祇因監裏事多,一時糊塗,多拖了些日子。今天倒是前來尋機動手的。

樂和帶着顧大嫂,直到扣押解珍、解寶的所在。就把監門的鎖啓了,跑進裏邊,將解珍、解寶兩人身上的匣床也齊開了。解寶刑傷未愈,走不來路,解珍便把他背了出來。

樂和趁勢將旁的監門也齊開了,喊道："難友們,趕快逃命去吧!"監中犯人,一聲呼嘯,像山崩地裂一般,一齊蜂擁着奔逃出來。

顧大嫂便把棉襖脱了,露出緊身拳袴。手中明晃晃地掣出那兩把日月雙鋒刀來。包節級踱步過來,一看情勢不好,猛吃一驚,想不到樂和與賊是早有聯繫的,高聲吶喊:"拿奸細啊!"禁班聽得叫喊,忙提着水火棍,衝向前來。顧大嫂吼叫一聲,左右開弓,起刀便刺。包節級一看不是路頭,正想逃走,嚇得慌了,祇是兩腳酸麻,竟像雙腳被釘住的一般,哪裏搬動得來。顧大嫂早奔上來，一刀刺向包節級的胸脯，霎時把他戳死了。那禁班看到，慌忙逃命去。顧大嫂眼明手快，連連戳翻了三五個衙役。犯人一齊吶喊，一個個從牢裏打將出來。

樂和隨手放起一把火來，燒得監中火光沖天。趁着監中忙亂擾嚷熱鬧之際，解珍背了解寶，隨着顧大嫂、樂和衝出監來，奪路徑向登州東門直馳。

鄒淵、鄒潤、孫新，看見監中火起，馬上拔出刀來。鄒淵、鄒潤闖出，殺散城旁守卒。孫新挺刀殺了守城老爺。打開城門，斬斷吊橋繩索，把這通路先打開了。城中兵將，冷不提防，登州城內，會出這樣劫牢放獄的大事！

顧大嫂等迅速地跑出了東城。

衙役赴軍門稟報，余文德聽了，大吃一驚，慌忙披掛起來，拍馬提刀，帶着五百軍士，炮聲響亮，前來捉拿強盜。

提轄衙門，同時也就得着通報。孫立聽得通報，也是捧槍上馬。孫立傳令三軍，推着車輛，高喊捉拿強盜。軍士看了，深覺奇怪：怎麼捉拿強盜，要攜帶家裏的箱籠細軟？祇因上司吩咐，自然祇有跟隨。孫立的隊伍，浩浩蕩蕩，齊向登州東門奔馳。

一時登州城內，人馬繽紛，落亂三千。街市上喊聲大起，行路的人有的躲避，有的衝出城去。街上店鋪、人家，有的忙上排門，有的緊閉大門，躲進屋裏，都不敢出來。

登雲山嘍軍在前，迎接着孫立和余文德的軍馬，前奔後逐，也是奔出城來，一齊趕向十里牌來。待到十里牌的附近，顧大嫂發一聲喊："弟兄們速跑啊！"回頭便向孫提轄道："伯伯，余文德的軍馬，快要追上來了。這時再不截擊，更待何時？"孫立道："好啊，待俺前來截擊。"

孫立回馬，向軍士說明情由："劫牢放獄，是我的舅子樂和和弟婦顧大嫂幹的。推車的快向十里牌去。餘衆站隊，排列旗門陣勢，迎接戰鬥，與余文德厮殺。如不遵令，休怪槍下無情。"

軍士站佇列陣，放着車輛跟着顧大嫂前去。孫立勒轉馬頭，捧槍上前，却見余文德馳馬前來，兩馬正好照面。余文德搖動金背大砍刀，喝道："孫立，爾在登州多年，朝廷不曾虧待於你。食君之禄，報君之恩。何故私通匪徒，反牢劫獄？還不快快下馬受縛，尚可饒你一時失檢之罪。若不受勸，可曉俺的金刀厲害！"

孫立也是喝道："呸！知府仗勢橫行，糊塗定案，草菅人命。俺孫立就是看得不服，故而拔刀相助。自古識時務者呼爲俊傑。還請軍門收兵回城。如若追趕，徒然送死，這就太不值得！"

余文德聽着孫立口出狂言，大怒道："好大膽的孫立，竟敢花言巧語，私通大盜，真的罪該萬死！"鼓聲喧天，余文德對着孫立頭頂，劈臉一刀砍將下來。嘴裏罵着："好大膽的小子孫立，看爾有何能爲？"

孫立提槍架開，余文德轉身又是一刀砍來。孫立笑道："大人，今日不是姓孫的在誇口，你的武藝還差一截！我是誠意勸說，讓你反轡回城，故而連讓三刀。"余文德聽了，益發暴跳如雷，罵道："休得胡說！"把刀陰陽翻過轉身，又是一刀劈來。孫立連連擋了三刀，笑道："余文德，這遭要看俺的槍了！"孫立迎面，便向余文德一槍刺去。余文德便起刀來架。兩馬奔圓，一場厮殺，酣鬥了數十回合。余文德尋個破綻，勒轉馬頭落荒而走。孫立却並不追趕。驀地余文德調轉馬頭，又奔前來，不知余文德作何打算。

正是：一思報主，何懼疆場征途險；一爲仗義，豈怕馬革裹屍還？

不知這兩人勝負如何，且聽下回分解。

第三十四回　欒廷玉九路大開兵
　　　　　宋公明三打祝家莊

　　話説登州知府與萬華山惡霸地主毛善串通一氣,陷害獵户解珍、解寶,群情不服,激起民變。這時鄒淵、鄒潤、孫立、孫新、樂和、顧大嫂、衆人相互激勵,祇以江湖義氣爲重。劫牢放獄,反了登州。鄒淵、鄒潤、孫立、孫新、樂和、顧大嫂、解珍、解寶八人默識心通,生死與共,這回書因而稱爲"八義大鬧登州"。一座登州城池,頓時搖撼起來。

　　軍門余文德率領軍士,追趕上來,吶喊着要捉强盜。孫立回馬,規勸余文德還是回城去吧,因而先讓三刀。余文德哪裏肯聽,引得孫立不能再忍,回手一槍,直逼向余文德咽喉來。余文德起刀來架,擋了這槍。兩馬奔圓,鬥了數十回合。余文德惱火着孫立擋着他的去路,放走這批大盜。故又勒轉馬頭,心生一計,尋個破綻,奪路而走,想給孫立一些厲害。孫立見了,並不追趕,心中早知這番余文德要耍暗器了。孫立將馬扣住。余文德看着孫立並不追趕,所以把馬又帶回來,將馬輕輕一勒。在離孫立不滿一百步的所在,將刀提在左手,右手就去豹皮囊中,取出那個回馬火龍頭來。

　　看官:這火龍頭是鐵打的一個龍頭,龍頭的嘴巴是張開的,嘴裏會吐出一根舌頭來。這舌尖上放着硫黄、硝石。龍頭後面還繫着一根鏈條,稱爲火金鏈。豹皮袋上有塊打石,火龍頭探出來時,這龍舌頭就在石上打着,會冒出煙來。把這火龍頭一打出去,敵人被煙霧蒙着兩眼就睜不開來,這就難於抵抗。不過想要打旺這個龍頭,並不容易。打時這舌頭稍一偏斜,火就不會發出。這樣十記中總有一兩記打不着的。余文德就將這火龍頭取了出來,恰巧這次龍舌打偏了些,沒有打旺。孫立看見火龍頭,他自識得這種暗器,不慌不忙,便用槍來點去。大喝一聲:"去吧!"槍尖恰與舌尖撞着,這龍頭霎時冒出火來。誰知這次的火碰到撞擊,轉了方向,冒出煙來,全部反撲余文德的面部。余文德自己是深知這個傢伙的厲害的。水火無情。這時余文德的兩眼祇是睜不開,心裏便着急起來。說時遲,那時快。火龍頭早向他的面孔直打上來。余文德一聲怪叫,翻鞍落馬,跌在沙場,腦漿迸流而死。這回書喚作"孫立巧點火龍頭"。

余文德的軍士,看到軍門陣亡,快來搶奪屍首,逃進城去。孫立催動人馬,便往十里牌來。登州弟兄齊來迎接。孫立與衆人拱手叙禮。顧大嫂問起戰情,孫立說明運用這巧點火龍頭的技術,回擊軍門。衆人聽着,贊佩不已。孫立便問顧大嫂道:"夫人現在哪裏?"顧大嫂笑道:"已經接上登雲山了。"孫立也笑道:"嬸嬸,怎麼把我的夫人接上山寨去呢?難道她會懂得兵書戰略的嗎?"顧大嫂道:"伯伯明察,這是用的搖樹拔根之計啊!難道伯伯會不知道嗎?"孫立聽了,又是哈哈大笑。顧大嫂就勢料理店務,每一夥計,給遣散銀二十兩,讓他們各回家去。整理就緒,就在柴房之內放起了一把火,將這十里牌酒店焚燒了。官軍、嘍囉齊上登雲山去。樂氏娘子這時便與孫立會見。檢點人馬,嘍軍中祇死傷了十餘名。

午牌時分,衆英雄齊在喝酒暢談。孫立站起,開言道:"登雲山是彈丸之地,怎能站得住脚,抵擋得今後官兵的襲擊呢?"衆人道："提轄休憂，老大姐自有良策啊！"顧大嫂哈哈大笑道："這出路不是早就説過了嗎？"衆人問道："何處投奔呢？"顧大嫂道："梁山正在攻打着祝家莊，雙方相持不下，還未凱旋。我等前去，正好戮力同心，助他一臂之力。這定然是晁、宋兩位寨主十分歡迎的。"孫立聽着，這話有理，連聲稱贊。衆人同意。顧大嫂道："事不宜遲，我們就從速料理吧。"鄒淵、鄒潤呼喚衆頭目分頭辦事。統計官兵一千六百餘人。把軍需財物等全收拾好了，捆載下山。登雲山上的房廊放火焚燒。星夜投奔梁山泊去。

衆英雄行了十餘里路，時交二更。解珍、解寶驀地止步，拱手向着衆人説道："難道我們就此便上梁山嗎？"顧大嫂道："是啊，還有何事？"解寶道："可恨那毛善老賊冤家，屈害人家，不剪滅他，還讓他橫行鄉里嗎？"孫立道："這話説得真是啊。"就喚兄弟孫新，與舅舅樂和，陪伴着解寶，護着車兒先行。解寶負傷過重，衆人勸他祇有坐着車行。孫新、樂和簇擁着車兒先行去了。孫立引着解珍、鄒淵、鄒潤等人，奔向毛家莊來。

這時毛仲義和毛善正在莊上歡宴叙樂，自無提備。衆人到莊，吶喊一聲，殺奔進去。見一個，就殺一個，見兩個，便殺一雙。把毛太公和毛仲義的一門老小，盡皆殺了，沒有留下一個。解珍就去後院厩裏牽出七八匹好馬來，將這莊一把火焚燒了。各人上馬帶着一行人趕上來。趕不到三十里，人馬便會集攏來，歸隊一齊上路行駛。捲旗息鼓，悄悄地向着祝家莊來。

再提登州知府何林，聽得大盜逃遁，軍門已經陣亡，方敢出來派人料理善後，出榜安民，備文逐級遞報。上憲得訊，另委知府提轄，前來接任。何林削職爲民，一言表過，不提。

再説登雲山的人馬，在路非止一日。這日行近鄆州地面。顧大嫂向着孫立招呼道："投奔梁山，需要人先去聯絡的，這事就要勞神伯伯了。"孫立謙謝道："不知能辦得好否？"顧大嫂道："梁山英雄豹子頭林冲，與伯伯是一師門下，都是天朝教師的學生。伯伯前去拜會，定然會接待的。"孫立道："這就好啊！"獨自拍馬前行。登雲山的人馬就遠遠地暫行停歇。

孫立單身獨騎，馳馬來到獨龍岡梁山營寨的後邊。守軍問道："壯士是從哪裏來的？"孫立下馬，懷中端出名帖，請守軍通報進去。守軍跑進了中營大帳，將名帖呈了上去。宋江看畢，遞與林冲，便問這人的來歷。林冲回道："這人姓孫名立，是登州的提轄。這次枉顧，定有見教。"宋江說聲："有請！"守軍出帳傳話。

孫立踏步走進營來，林冲已經出帳來迎。兩人攜手同行，齊到了中營大帳。宋江與眾義士都站立起來拱手向着孫立見禮，坐定。孫立先與宋江寒暄，詢問近來作戰情勢。宋江回問道："孫大人此來，未諗有何見教？願乞明示！"孫立說道："在下與貴寨林教頭同在周侗老師帳下學藝，闊別久矣。聞在宋寨主帳前效勞，所以特來拜會。"宋江尋思：孫立與林冲是自己人，諒有話說。便喚林冲與孫立同去內營帳歇息叙談，林冲引着孫立到了內營帳，設宴叙別。

林冲問道："師弟枉駕前來，不知有何教示？"孫立就將八義大鬧登州之事，備細說了一遍。"今欲上山入夥，不知宋寨主肯收容否？"林冲聽着，思忖孫立所說，當是實情。登州那裏梁山放着的探馬，急便回來，這事待不多時，就可證實。

看官：梁山泊注意官方的動靜，山東境內的各州各府，都是放着探馬的。就是東京汴梁，朝廷的消息，梁山也會很快地就能知道。

林冲因問孫立，這劫牢反獄是在哪一日。孫立說道："是在臘月廿八日。"林冲聽着，心中理會探馬傳來消息還沒這樣快。便道："好啊，我將此事就與宋寨主談談。"林冲引着孫立，再來拜會宋江與吳用，稟告孫立大反登州之事。目下帶了八位英雄，千餘人馬，前來投奔入夥。特請宋寨主定奪！

宋江哈哈大笑道："登雲山的英雄駕到，真是四方干城，義氣相投。喜從天降，真的歡迎之不暇啊！不知來有多少人衆？"孫立便將清單一紙，雙手奉上。宋江展卷看時，上面列着登雲山義士的姓名：病尉遲孫立、小尉遲孫新、兩頭蛇解珍、雙尾蠍解寶、出林龍鄒淵、獨角龍鄒潤、鐵叫子樂和和母大蟲顧大嫂。下面注明軍需糧餉、鑼鼓帳篷等物，以及嘍軍人數。

宋江看了，因問孫立道："弟兄前來，未知祝家莊上的欒廷玉已經得到消息否？"

孫立沉吟半晌，說道："看來莊上還未知曉，俺是先來梁山的。俺與欒廷玉也是一師門下。倘若前往拜會，該是也會接見的。宋寨主如信得過，登州人馬就投進祝家莊去，那便可以打他個裏應外合！"

吳用聽了大喜道："叨蒙衆位英雄，成全山寨事業，真的天緣湊巧。如此看來，大破祝莊，祇在旦夕之間了。"

宋江又道："此去登州，路程遙遠。祝家莊久在圍城之中，內外隔絕。登州消息想來不會很快便知道。祇是爾等前去，務要小心纔是。"

孫立笑道："仰仗宋寨主的威福，此去欒廷玉必會落入我的手掌中。"

林冲却道："欒廷玉自幼熟讀兵書，老謀深算，當是不可小覷於他的。"

孫立笑道："兄長有所不知。去歲寒冬，弟處，欒廷玉先後來過三書，催促着登州軍門，急速調兵遣將，幫助祝莊。祇因登州冬防事冗，這事就拖下來了。今俺前去，祇消如此這般地說話，欒廷玉自然就會中了我的計了。祇是登州人馬：官軍有一千餘人，其餘數百名是登雲山弟兄，號褂不一，這就是一個大大的破綻。"

吳用道："這事好辦,缺少的號褂,全由梁山來負責配備好了。"

宋江就將登雲山的名單收下。孫立便在營中宿了一宵。次日,吳用吩咐軍士扛抬着包頭號褂,暗地隨着孫立前去。

吳用便喚戴宗打探消息,不意探馬驀地來告:登州英雄反牢劫獄,在那裏大鬧一場。梁山弟兄聽了,自然歡喜不已。

孫立回隊,便與登州英雄密談進莊之事。孫立吩咐嘍軍改換服色,一律扮成官軍模樣。推着車輛,帶着軍需糧餉、鑼鼓帳篷等物,炮聲響亮,浩浩蕩蕩,開向祝家莊東城而來。

到了祝莊東門,高聲喊叫。守莊兵士問道:"你們是從哪裏來的?"孫立説道:"軍旗上寫得明白:登州兵馬提轄孫立,奉着知府何林之命,前來協助祝莊,剪滅梁山強盜,速去教師府稟報來!"守軍聽着,急速進莊稟報。

樂廷玉聽到稟告,心中自是歡樂,帶着二公子祝虎站上這城樓來。推開了護城窗,遮眼便見都是登州的旗幡。祇見孫立當首騎在馬上。樂廷玉便問道:"來者可是孫大人嗎?"孫立答應道:"是啊,樓上可是樂大教師?"樂廷玉道:"正是小弟。"孫立道:"登州知府,去冬連接教師三書,早想調兵遣將前來協助剪滅梁山匪盜。祇因冬防期間,不便抽調,延捱至今,還乞樂大教師見諒!孫立這次回家祭祖,路出鄆州。知府再三叮囑便道路經祝家莊時,看覷動靜。倘若梁山大盜已滅,速回登州;若是尚在頑抗,理應相機協助,共除大害。孫立祭祖已畢,屢得探子稟報,梁山寇盜氣焰還是十分囂張,因而前來拜望兄長,願出一臂之力。"

樂廷玉道:"連日與梁山泊草寇廝殺,倒是屢獲大勝。祇待捉了這匪首宋江,一併解京。賢弟此來,正是:錦上添花,旱苗得雨。知府關愛,更是感激不已! 諒有明教,不知可以一讀否?"

孫立道:"俺自回鄉祭祖,便道相訪。知府叮囑,隨機而定。故而祇有口令,未落文書。"

欒廷玉聽着,捋捋鬚鬚,沉吟片刻,一時心中却打不下主意來。祝虎聽着,大聲喝道:"師爺,既無公文,其中必有詭詐,這當是梁山泊派來的! 不要被他的花言巧語迷惑了啊!"欒廷玉看着祝虎脫口亂説,便不住地喝罵,暗中却在細察孫立的顏色動靜。祇見孫立笑道:"教師爺既是見疑,我們就回登州去了!"招呼人馬退轉下去。

欒廷玉細看孫立的態度,從容自如,真的想走。便道:"公子不可無禮。孫大人既是好意相助,遠道而來,豈有見疑之理?"吩咐守軍速開莊門,放下吊橋,親率衆人下城,列隊迎接。

顧大嫂道:"伯伯! 常言道:'各人自掃門前雪,莫管他人瓦上霜。'梁山攻打祝家莊,與我們登州有什麽干係? 還是早早回去爲妙。"孫立道:"師兄秉公辦事,赤膽報效國家,理當謹慎小心。既不見疑,我等同受皇家俸禄,哪有坐視成敗的? 缺了休戚相關之道!"

欒廷玉細聽他們的言談,暗暗觀察他們的舉止,一時難以判斷真僞。所以心中盤算:不如迎了進去,再作理會。衆人進莊,一齊來到三廟府前下馬。欒廷玉看着扈公館尚空着,便把扈公館改稱爲孫公館,讓欒氏娘子和顧大嫂等先行安歇。忙令三莊府置酒,安排筵席,吹吹打打,熱鬧一番。欒廷玉將這事稟告祝廣,祝廣聽了大喜,前來拜會孫立等人。尋思:莊中添了這樣八員猛將,再不必愁梁山會不平。孫立看覷着祝廣,思忖你是罪魁,到了開兵之日,那就將你先擒了,明正典刑。

席間暢談,欒廷玉向着祝廣誇贊孫立,説道:"這位就是賢弟孫立,綽號病尉遲的就是。自幼與他同師學藝,一向欽佩。他是善使一支長槍,出人頭地,真有神出鬼没之技。由於天下聞名,現任登州兵馬提轄。"孫立謙讓道:"師兄過獎。小弟不才,心實不安,衹是一心想要成全兄長之功而已。"孫立遂喚孫新和解珍、解寶前來參拜祝廣,一一給予介紹。指着樂和道:"這位是登州府的公吏。"指着鄒淵、鄒潤道:"這是登州的軍官。"祝廣看着孫立的眷屬都來了,這就消除了不少疑慮。

次日,樂廷玉升坐虎帳。孫立帶着弟兄前來聽令。樂廷玉款待孫立,就在虎案之旁設下座位,賓禮相待,十分客氣。

戴宗早將消息探得清楚,歸報宋江。宋江知曉樂廷玉已經中了孫立之計。

孫立心中自是盤算,登州之事,樂廷玉早晚必會知曉的,所以希望他早日開兵,趁熱打鐵,把祝家莊早破了。於是就向樂廷玉獻議道:"師兄,小弟前來,假期短促,不克久待。趁這兵強馬壯之時,不妨和梁山來一次大開兵吧!"

樂廷玉看着孫立初來,就談開兵,便有些疑慮起來。說道:"師弟足智多謀,高出愚兄百倍。祝家莊的軍情緊張,請賢弟不辭辛苦,暫理軍務,也好發揮師弟專長,收集思廣益之功。"

孫立聽着樂廷玉的說話,話中有骨,想是自己說話,出了破綻,使他生疑。就堅謝道:"師兄,說哪裏話來。孫立碌碌庸才,豈能與師兄相較,敢領這莊中的兵權?真是折煞小弟。衹望在師兄的帳下,聽候差遣。倘若有違軍令,願受軍法懲處!"

樂廷玉謙讓再三,孫立哪裏肯受?樂廷玉知道孫立並無野心,疑慮稍釋,便道:開兵之事,明日再議。"孫立自回孫公館去。

時遷正在圙上聽得清楚。

夜帳以後,孫立與孫新、解珍、解寶、顧大嫂等聚談,時遷又來瓦上潛聽。顧大嫂問道:"樂廷玉和你談些什麼呢?"孫立道:"他自慚才拙,要把兵權讓與我呢。"顧大嫂道:"伯伯你是怎地回答的?"孫立笑道:"這分明是樂廷玉用這話來試探我的,哪裏會答應他?"顧大嫂道:"是啊,伯伯真看對了。我們可以相機行事,最好敦促欒廷玉早日開戰!"孫立道:"是啊,倘下戰書,須讓登州弟兄前去爲妙,否則刀槍不生眉目。沙場相見,是容易出岔子的。"

時遷聽得,躥身下屋,貼着窗櫺向内説道:"大膽孫立,竟敢前來詐降,還當了得!"説罷飛身上屋,衆人嚇了一跳,尋思這事既已泄露,祇有早早動手,先下手爲强,殺他一個措手不及。衆人開出門來,就想衝殺出去。時遷這人是乖覺得很,思想不要弄壞了事,迅速又從瓦上跳了下來,笑道:"自家人啊,請勿驚慌,請勿驚慌啊!"衆人看時,却是來了一個鬍子顛倒着生的。孫立喝問道:"你是什麽人啊?"時遷"咦"地一笑,就把姓名報了出來,如此這般,説了些話。衆人聽了大喜,招呼時遷進内叙話。時遷説道:"祝家莊下戰書,倘若登州弟兄當不上差,梁山營中俺自可以去接洽的。此後俺就常常要到這裏來領教了。"時遷回歸水牢,把這事暗暗地報告難友。大家聽了也都歡喜。

次日,欒廷玉升坐虎帳,孫立侍坐。欒廷玉收過晚令,發下早令,各處嚴加布防。思忖:莊中突然添了這麽許多人馬,殲滅大盜,時機已經成熟。心裏高興,面露喜色。徵詢衆將的意見,軍事如何布置?衆將看着欒廷玉的臉色,順水推舟,都道:"願隨教師,早日決一雌雄!"欒廷玉就把大令抓起,問道:"誰人願下戰書?"祝家莊諸將,聽説要下戰書,尋思:這個差使是不好當的,到敵營去下戰書,是自討没趣的。霎時帳下沉默下來。

樂和看着衆人都不作聲,尋思機不再來,時不可失。他就把手一拱,踏步上前,説道:"末將願往。"欒廷玉就把書信、令箭交付與他,唤他速去速回。樂和接了令箭,把書藏好。出帳備馬,直馳東莊城去。軍士收下令箭,開城平橋,放着樂和外出。

欒廷玉退帳,暗囑軍士前去外莊城樓,窺覷動静。

樂和出離莊城,過莊橋,穿沙場,直望梁山營寨而來。祇見梁山營中旗幡招展,刀槍密布,威風凜凜,殺氣騰騰。營篷紮得密密層層,守衛往來巡邏,絡繹不絕。樂和看了自是歡喜,思想梁山軍勢,好不威嚴。樂和馬近營寨,早見哨軍喝問道:"來此何幹?"

樂和跳下馬來,答道:"奉祝家莊樂教師命,前來投遞戰書。"哨軍進帳報告。

宋江看了名單,心中有數,知是登州英雄。吳用便寫條子一張,喚石秀、李逵照條行事。

李逵、石秀隨帶廿名軍士,得令出營,盤查樂和。李逵大聲吼道:"呔!來者可是下戰書的?"樂和答應稱是,喚義士速速引路。石秀却自焦躁道:"快快與我把這廝周身上下仔細搜來!"這廿名軍士,齊聲吆喝,如狼如虎,七手八脚地把樂和的衣衫扯了開來,渾身搜索,一搜不見什麼。李逵喝道:"好吧!爾就跟我進營。"兩人夾着樂和哄了進去。

東城樓上,樂廷玉的心腹看得真切,暗暗地前去稟告。

樂和進營,石秀忙逗趣道:"樂仁兄,委屈委屈!"樂和也自笑道:"好說好說!"

石秀、李逵引領樂和來到了中營帳。樂和往上去看,兩旁站着馬步眾將,正中坐的是一位頭戴方巾、身穿海青、闊面長鬚的相公。樂和明白:"這人當是寨主宋江了。"恰在想時,宋江已經站立起來,舉手招呼。樂和急忙搶步上前,回禮不迭。宋江問及孫立進莊諸事,樂和將這經歷一一備細說了。因將戰書呈上。宋江拆書看時:

梁山寨主宋江麾下:

汝等蕞爾草寇,竟敢嘯聚山林,禍害地方。罪惡滔天,不容於誅。然而不思悔改,益無忌憚。自去秋迄今,煽惑愚衆，猖狂進攻祝家莊。荼毒生靈，人神共怒。今約明晨，九路開兵。莊軍到處，誓滅醜類。乾坤宏大，日月自是光明；宇宙寬洪，天地豈容醜類？寨主若知進退，從速繫頸請罪。皇家以仁慈爲懷，尚可免於刑戮。幸勿自誤，冀三思之。

鐵棒教師欒廷玉具

大宋宣和元年正月十五日

宋江看書，環顧衆兄弟道："九路大開兵，諸位意下如何？"衆人答道："祝廣恣肆暴戾，魚肉鄉民，俺等早應拯民於水火之中。今有登州英雄相助，此天賜奇緣，祝家莊旦夕可破。兄長可以批准！"宋江道："此言有理。"就在戰書上寫下"批准交戰"四字。

宋江與樂和商議，沙場會戰，怎地安排？樂和道："寨主意下如何？"宋江道："可以放火爲號。莊內火起，梁山就下總攻擊令，內外一齊動手。"樂和會意。又問道："登州軍士多數未和梁山英雄會面，交戰之時，難免誤傷，需要提防一下。"吳用道："這個不妨，交戰之時，可先報出姓名，打個招呼。如若登州英雄上場，祇教自道'登州將軍'四字，就可避免誤會。"樂和將行，吳用又囑咐道："義士且慢！欒廷玉倘若問你投書之情，你可如此這般，訴説一番。這樣，他就不會懷疑你了！"

樂和告辭出帳，石秀、李逵緊緊跟隨。樂和到了營門，石秀喚哨軍開門。樂和腳纔跨出，石秀便向軍士示意。這些哨軍揮鞭前來，猛向樂和身上、臉上打去，打得樂和滿臉鮮血，渾身青腫。樂和忍住這疼痛，抱頭鼠竄而逃。心想這頓棍棒打得好啊！

宋江下令：今晚三更造飯，四更飽餐，五更時分，衆將齊到中營帳來聽令。宋江退帳，與吳用、林冲、秦明諸人商議軍情，部署開兵作戰諸事。

再提祝家莊的守衛兵士，遠遠看到樂和被梁山哨軍毒打，暗暗地又去教師府稟告。

樂和倉皇逃奔，踉踉蹌蹌回到教師府來，參拜欒廷玉。欒廷玉看着樂和步行艱難，問道："樂將軍，如何恁地狼狽？投書之事順利否？"

樂和罵道："梁山強盜惡極！末將前去投書，這些賊盜蠻不講理，凶狠地先將我搜查一番，然後拖進中營帳去，叩見宋寨主。那宋寨主見了戰書，破口大罵。隨後寫了'批准交戰'四字，將我皮鞭打出，弄得遍體鱗傷。故而這般狼狽，請欒教師做主。"

欒廷玉隨即撫慰樂和道："這般辛苦，當記大功一次。"樂和拜謝。自去洗滌傷口，敷藥醫治。

欒廷玉當即吩咐各將，今夜三更燒飯，四更飽餐，五更再來聽令。衆將一齊得令退下。

欒廷玉聽了心腹彙報，和樂和所說的無異，所以並不疑慮，便請孫立前來議事。孫立如此這般，獻了不少計策。欒廷玉感覺孫立說話都有道理。

孫立自回公館，時遷例來拜訪。問起投書開兵之事，樂和告訴相約放火爲號。時遷笑道："放火是我的看家本領，莊內放火由我承擔就是。"時遷又請孫立早備兵器、馬匹，裝備水牢弟兄。時刻一到，就可衝殺出來。孫立點首稱是。時遷回歸水牢，靜候消息。

再說梁山營中，宋江與吳用計議軍情。宋江道："看來這次開兵，可以大破祝莊！"吳用道："寨主所言有理。"宋江推測：登州人馬現在莊內。祝家莊開兵，欒廷玉祇有三種安排：一是把登州人馬，完全派在沙場，兩軍照面，三通鼓罷，登州人馬就可倒戈，一齊殺進莊去。二是欒廷玉將登州人馬全部放在城內布防，這樣欒廷玉的人馬出莊，前來廝殺。那就有出無歸，祝家莊頃刻之間，可以攻破。三是欒廷玉把登州人馬一半留在莊內，一半派在沙場。這樣更妙，正可來一個裏應外合，把祝家莊的實力全部殲滅。這三種安排,看來欒廷玉會採取第三種形式。宋江與吳用兩人細細察勘地圖,推究怎樣開兵攻莊。認爲:祝家莊的將領所剩無幾,都是碌碌無能之輩。在這大交戰中,不是被殺,定是被俘。祇有欒廷玉一人,慣於征戰,老奸巨滑,不能讓他逃跑,否則,後患無窮。欒廷玉如悉祝家莊已破,定是無心戀戰。獨龍套那條山徑,峰巒起伏,岔路極多,欒廷玉很可能會向那裏逃的。那麼,派哪員將去把守爲宜呢?吳用考慮:秦明智勇雙全,當得此任。祇是他有嘔血之症,深恐舊疾復發,關鍵時刻,便會失之交臂。林冲要爲八方都救應,無人當得此任,難以調動。如之奈何?宋江便道:"這八方都救應,我來擔任。把守這獨龍套,還是請林冲前去吧。林冲和欒廷玉雖有同窗之誼,他以山寨義氣爲重,一同替天行道,可以不慮其他的。"

宋江與吳用大計商議已定。四更時分,衆將紥束齊全,中營帳聚將鼓響,齊來集合聽令。宋江便讓吳用傳令,吳用先囑咐道:"沙場會戰,敵軍中有登州英雄,注意不要發生誤會。作戰之時,須先通個姓名。若是聽説'登州將軍'四字,就是自家人了,刀下留情,虛晃幾下過去。看到莊内火起,黑煙沖天,一齊殺奔前去。"衆將唱喏,歡聲雷動。

吳用就將令單打開,唱令道:"秦明、裴宣,領兵兩千,戰正東方;陶宗旺、李雲,戰正南方;黃信、孟康,戰正西方;花榮、吕方,戰正北方;鄭天壽、郭盛,戰中央;石秀、李逵,戰東南角;石勇、薛永,戰西南角;穆弘、穆春,戰東北角;歐鵬、朱富,戰西北角。九路人馬,同時出發。"衆將得令。

吳用喚侯健領軍三千,保護宋寨主做八方都救應。戴宗、楊林,前往各路窺探軍情。宋清坐鎮營中,保護大纛主旗。但見祝家莊内火起,飛排兵先行攻打埋伏。鳴金擂鼓,吶喊搖旗。一齊殺進莊去。

這時林冲感到寂寞，九路開兵，怎麼會用不着我？正在思考，忽聽吳用起令，林冲踏步前來唱喏。吳用道：“大令一支，命爾帶兵五百，馳往獨龍套把守山徑，靜待欒廷玉敗陣過來。或擒或戮，上帳繳令！”林冲應一聲“得令！”

梁山人馬，發出沙場，一彪彪，一隊隊，九路分發，靜候祝家莊人馬到來。

再説祝家莊中，欒廷玉同時升帳。眾將排分兩行，靜候命令。孫立旁側坐下。忽聽軍士報道：“員外駕到。”欒廷玉喚軍士迎接。

祝廣停轎出轎，踏步走上大帳來，欒廷玉請員外上坐，問道：“員外駕到，願聆教示。今得登州將軍相助，想這梁山泊該當滅了。”祝廣道：“是啊！教師爺九路開兵，旗開得勝。老漢想在教師爺的帳前，討令一支，上觀戰臺看覷着剪滅梁山盜賊！”欒廷玉道：“正要請員外前來督陣。”兩人説得高興，眉開眼笑。欒廷玉得意揚揚，正待發令。

正是：狂笑未已，誰識孤軍作戰日；大難來臨，恰逢水泊建功時。

不知欒廷玉如何指揮作戰，且聽下回分解。

第三十五回　破祝莊百姓歡忭
收李應梁山班師

　　話説祝家莊向梁山發下戰書，雙方發令，九路開兵。欒廷玉得意揚揚，尋思：滅此朝食，可以剪滅梁山。祝廣員外也是興致勃勃，前來觀戰。欒廷玉便請員外上觀戰臺督陣。回首便向孫立説道："賢弟熟讀兵書韜略，足智多謀，愚兄望塵莫及。今日開兵，請賢弟不辭辛苦，代發將令。"孫立尋思：令單早已寫就，欒廷玉却這麼説，不過做個樣子而已。俺自不妨認下，但是還當謙虛。便道："兄長高才，孫立萬萬不及。倘有差失，祈請兄長隨時指教！"

　　欒廷玉笑道："當仁不讓，賢弟請勿過謙。"

　　孫立細看着令單，便起令道：樂和帶軍兩百，前去水牢，監視匪徒，嚴防暴動！解珍、解寶在内外莊城，四出巡查，倘遇行跡可疑之人，一概拿下，格殺勿論。顧大嫂帶軍一百，坐鎮祝家莊，保護家屬。

　　孫立又令：楊琪，領三軍爲正將，孫立爲副將，戰正東方；姚越爲正將，孫新爲副將，戰正南方；侯景爲正將，鄒淵爲副將，戰正西方；蔡通爲正將，鄒潤爲副將，戰正北方。祝虎帶動牙將戰正中央；蘇家四弟兄各帶副將，領兵一千，戰東南、西南、東北、西北四角。

孫立又令：欒廷玉帶軍五千，做八方都救應。

孫立又請祝員外上觀戰臺督陣，祝虎掌握全權，不論祝家莊莊內莊外，登州兄弟，或是祝家莊的兵丁，倘有違抗命令，悉依軍法立斬。

孫立發完了令，請欒廷玉指點。欒廷玉道："賢弟所傳，正合我意。"孫立道："既是這樣，諸將遵令而行。"

欒廷玉尋思：孫立辦事，極有分寸。全權都操在我們師徒手中，沙場上我是八方都救應，祝家莊內祝虎掌握全權，登州弟兄並未沾着半點便宜。因是欒廷玉十分得意。却不知道祝家莊已危如累卵，登州弟兄在莊內發動起來，祝虎一人還當什麼用啊？

祝家莊上都披掛了，一時炮聲隆隆，號子張張。九路人馬，分頭出發。戰鼓齊鳴，喊聲四起。

欒廷玉一馬直馳沙場，執瞟遠鏡眺望，看到梁山營中，中央立着大纛主旗，旗上斗大一個"宋"字。欒廷玉見了，仰天哈哈大笑，道："今朝大功告成，鄆城小吏，行將自取毀滅。"

天色明亮，梁山營中，宋江登觀臺督戰，傳令開戰。霎時，將與將戰，兵與兵打。沙場上，喊殺連天。待寫書的一處處地表來。

先提正東。裴宣守着旗門，秦明一馬掃出。祝家莊孫立守着旗門，楊琪拍馬當先。雙方放馬，戰鼓咚咚。兩馬兜圈，秦明一蓮花槊正向楊琪頂門蓋來，楊琪格開，斜肩向秦明一刀劈來，秦明也自攔了。兩下戰住。

南方李立，手執雙刀，壓住陣脚。陶宗旺飛馬上前，祝家莊炮聲響亮，孫新捧着雙鞭，守住旗門。姚越執着紅銅槍，拍馬前來。兩馬兜圈，姚越一槍向陶宗旺前胸刺來，陶宗旺執釘耙擋開，復手向姚越馬頭上一耙打去，姚越也是用槍挑開。兩方戰住。

西方孟康執鐵方梁守着旗門，黃信馳馬上前。祝家莊旗幡招展，鄒淵守陣，侯景衝上前來，兩下厮殺。侯景執着雙槍向黃信亂挑，黃信提刀攔開，翻手三尖兩刃刀，向着侯景頭上劈去，侯景用槍抵住。

北方炮聲響亮，人馬分開左右。呂方守住旗門，神箭手花榮掃出陣前。祝家莊鄒潤守陣，蔡通躍馬上前應戰。雙方喝問姓名，花榮聽了，向蔡通一槍刺去，蔡通架開，回手向着花榮頂門一棍蓋來，花榮起槍格開，也戰住了。

東南角上，蘇定衝上前來。梁山石秀守門，李逵大踏步上前，喝叫來者通名。李逵聽説蘇定，躥跳上來，大吼一聲，搖着雙斧向着蘇定頭上亂砍。蘇定手提雙刀，猛力還擊。兩下戰住。

西南角上，薛永守陣，蘇坤會戰石勇。石勇喝問，聽他回答，曉得不是自己人，就向蘇坤兜頭一棍，蘇坤架開。

東北角上，蘇吉手執雙刀來戰穆弘。小遮攔穆春守門。穆弘喝問蘇吉，知道不是登州來的，高舉連珠錘猛打，兩下戰住。

西北角上，蘇祥手執雙刀，來戰朱富，歐鵬守陣，戰成一簇。

正中央，祝家莊炮響，掃出賽呂布祝虎，捧了單耳銀綫戟，拍馬前來。梁山接應炮響，三千飛排兵嶄嶄齊齊，雄赳赳，氣昂昂，手拿排刀，衝殺出來。中央竪着一扇主旗：梁山義士白面郎君鄭。賽仁貴郭盛手提畫戟，守住旗門。鄭天壽跨着銀鬃馬，飛馳上陣，賽如天仙下凡。怒吼道：“祝莊小子，快來送死！”祝虎“哇啦啦”大聲叫道：“梁山匪盜，要爾等的腦袋。”祝虎飛馬上前，向鄭天壽咽喉一戟，鄭天壽提槍格開，復手以净瓶倒水之勢，一槍向着祝虎挑去。祝虎橫轉一戟，又以寒梅點心之勢，向鄭天壽前胸刺來。八隻馬蹄圍旋奔馳，賽如灑雨一般，殺得難解難分。

三軍一齊呐喊，兩邊號子張張，鼓聲咚咚不絕。

欒廷玉騎在烏騅馬上，手執盤龍鐵棒，兜來轉去，四面瞻看。

哪裏人馬吃擋不住,馳向哪裏協助。祝廣看着大喜,不住贊好。

宋江由侯健保護着,督陣指揮。楊林、戴宗四向窺探軍情。

戰到辰牌以後,巳牌相近,正東方裴宣躍馬上前,喝道:"莊
狗休得猖狂!"孫立上前接應,通姓道名,裴宣與孫立虛戰一陣。
南方孫新雙手提着鑌鐵鞭,奔馳出來,高喊:"姚教師辛苦,俺來
助陣。"李雲看着對方人來,喝叫通名,孫新道:"登州將軍小尉遲
孫新。"李雲聽了,心中有數,兩下戰住。正西方出林龍鄒淵,搖
起青絲排刀,飛身上陣。孟康掄動雙棒上前,互通姓名,也在等
待時機,虛應一下。正北方鄒潤手拿白象排刀,搶出陣前。呂方
提着雙刀上前,通了姓名,假戰一起。沙場九路,戰成了十三路。

花開兩朵,話分兩席。時遷早將水牢英雄除了鐐銬,自己背
好多寶囊袋。水牢英雄個個摩拳擦掌。

祇聽樂和喝道:"牢軍快開監門,讓俺前來巡查!"牢軍開監,
望見俘虜鐐銬盡已脫除,驚叫起來。樂和拔出鋼刀,把兩個牢軍
殺了。其餘望見,拼命奔逃。登州兵士即來鋪跳板,水牢英雄衝
了出來。時遷向衆人招呼一聲,霎時飛身上屋,直跳到南門附
近,放起火來。一時火焰沖天,燒得半天通紅。

顧大嫂望見火起,掣出兩把日月雙鋒刀來,指揮登州軍士,
衝進祝家莊的内院裏去,把祝廣家眷,一個一個盡都殺了。解
珍、解寶領着自家弟兄,向内外莊城衝殺出來,擊潰莊兵。

祝虎正在沙場作戰,忽見莊内火光沖天,吃驚不小。祇聽敵
報連連不斷:"樂和倒戈,水牢強盗全部放走!""顧大嫂在内院殺
人!""解珍、解寶領着登州弟兄衝殺衛兵,莊門暢開!"祝虎聽了,
"哇啦啦"的一聲吼叫,險些跌下馬來。思想:要管水牢,救不了
家院;要救家院,却又守不了内外莊城;要守莊城,怎樣能在沙
場作戰?眼前却見白面郎君鄭天壽迎面拍馬而來,祝虎哪有
心思作戰?虛晃一戟,勒轉馬頭就逃。郭盛哪裏肯放,躍馬上

前截擊攔阻。

宋江看到城中火起，立即下達總攻令，指揮梁山弟兄，一齊衝鋒上去。

楊琪在戰秦明，孫立在戰裴宣。孫立看到莊內火起，大叫莊城已破，楊琪回馬看時，孫立便向楊琪咽喉刺去。楊琪正想躲閃，秦明一槊早已搠來，正着楊琪的太陽穴上，楊琪落馬而死。

欒廷玉看見孫立叛變，知道大事不妙，拍馬奔馳。

孫新看見火起，起鞭向姚越肩上打來。姚越冷不提防，心裏一慌，手忙脚亂，被孫新一鞭打死。

正西鄒淵看到火起，向侯景馬頭一排刀。侯景慌忙來架，被黄信攔腰一刀砍死。

正北鄒潤得訊，飛馬而來，向蔡通肩上一排刀掠去。蔡通還想回架，被花榮前胸一槍挑着，落馬身亡。

東南角上，石秀幫助李逵，砍了蘇定。

西南角上，薛永幫助石勇，一棍打爛蘇坤。

東北角上，穆弘、穆春，雙雙戰死蘇吉。

西北角上，朱富、歐鵬，排刀劈死蘇祥。

梁山九路兵馬，齊把祝家莊將領殺死。九路會聚，追殺欒廷玉。

再説觀戰臺上，員外祝廣聽得莊內大亂，水牢強盜逃奔出來，城頭火起，三軍死的死，傷的傷，四散奔逃。沙場上，將軍陣亡。祝虎被圍。欒廷玉遁逃，不知去向。嚇得頭暈眼花，心中一急，把瞟遠鏡打碎了，衹是團團轉。時遷見了，"咦"地一笑。躥上前來一抓，捏住祝廣的頭皮，提了下來。喚登州士兵捆綁，等候發落。

樂和就在城上放起炮來。兩聲炮響，解珍、解寶就在城上扯出白旗來。時遷跑出莊城，見梁山英雄圍攻祝虎。時遷呐喊一聲,舉起柳葉囊刺,向着祝虎坐騎前後左右亂刺。祝虎心亂眼花,自顧不暇。一個失手,被時遷一刺打中馬肚。馬兒一聲喧叫,向上直躥,把祝虎顛下馬來,霎時踩成肉醬。

宋江看到城上高懸白旗,下令封刀進城。百姓照常營業,軍士倘有強賣強買,委屈百姓者,一律按軍法處斬。祝家莊兵將,祇要放下武器,徒手站立,一律受到保護,不須驚慌。百姓聽了,個個歡喜。扶老挈幼,香花燈燭,歡迎梁山英雄,拜謝宋江。但見:

> 雲開日見,霧散天清。旱苗得時雨重生,枯樹遇春風再活。風捲旌旗,將將齊敲金鐙響;春風宇宙,人人贊美義軍來。正是:龍岡春色來天地,玉壘浮雲變古今。

解珍、解寶、樂和、顧大嫂喚軍士開城平橋,迎接宋寨主、吳軍師和衆軍士進莊。城上換了梁山旗幡。宋江直到三莊教師府下馬,傳令看守祝家莊內院,封閉祝家莊倉庫,撲滅餘火,清理屍體,善待俘虜。

再說沙場,梁山兵將,前來圍攻欒廷玉。欒廷玉看到莊城火起,孫氏弟兄倒戈,知道大勢已去,再也不必苦戰下去,不如逃得性命,保全實力,還可卷土重來。遂下令衝殺突圍。

此時梁山三軍衝殺過來,祝家莊兵士哪裏抵得過梁山的英勇?被殺得屍積如山、血流成渠,死亡不計其數。欒廷玉心中盤算:九路開兵,莊城怎會很快失守?看來城中必有細作,四山當有埋伏!那麼衝出重圍,該走哪一條路可以避去梁山的刀鋒?那北面是梁山的營帳所在,南面就是祝家莊,都已落在賊人手中,自然都走不得。東面望過去,隊伍連續不斷地向祝家莊開來,也走不得。那麼祇有走西山這一路了。尋思:這西北一面,歧路是很多的。獨龍套內,重巒疊嶂,中間有不少小徑,梁山盜賊一時不會知道得那麼清楚。祇須跑出一二十里路，跑到狹谷的地道口，生命就可無虞。

看官：這獨龍山套内，原來是有一條隧道的。欒廷玉倘能逃到這裏，一進地洞，就不會被人發見，自然可以逃出。當初，祝家莊築城之時，察看地形，依兵家看法，這城原應築在這獨龍岡上的，建瓴之勢，可攻可守。計劃定了下來，就先開鑿隧道。這隧道脈絡分枝是四通八達的。隧道築好，就在山上建築城牆。但是費用浩大，築城的消息傳了出來，祝家莊上的百姓都不願搬家，紛紛抗爭。祝廣看這個計劃是行不通的，改換章程，就把這城仍築在祝家莊原地的四周平地上了。平地築城，戰時，倘若敵人上了山頭，居高臨下，這就十分不利。欒廷玉挖空心思，再度擴建隧道。利用隧道中間安放着地雷大炮，倘若敵人盤踞山頭，祝家莊就可將兵士從隧道偷運到敵人的後方，使其腹背受敵。同時，隧道内的地雷火炮，突然爆發襲擊，就可一鼓作氣，殲滅敵人。不過這條隧道，有兩個時間是用不得的：一是春天漲水時，常會山洪暴發，洞裏盡是水；二是雪天，岩洞被冰雪封閉，難於出入。去年宋江夜探獨龍岡時，正當雪天。欒廷玉就不能用它。梁山是不知道這秘密的，否則宋江就十分危險了。這時不雨不雪，欒廷玉尋思開了這個隧道，不想今天派了這個用處。

欒廷玉搖着盤龍鐵棒，奪路奔馳，衝出沙場。頭一個撞見的是李逵。李逵掄動板斧，喝道：“欒廷玉，莊城已失，還望哪裏走啊？”向着欒廷玉雙斧砍去。欒廷玉提棒來架。李逵把身蹲着，來劈欒廷玉的馬蹄。欒廷玉拍馬緊逃，心裏焦急。心想挨了時刻，梁山盜賊蜂擁而來，那時祝家莊的士兵，逃命都來不及，哪一個還會來助戰呢？所以擋了幾斧，尋個破綻，縱馬奔馳。

欒廷玉方逃得性命，第二個陶宗旺放馬前來，攔住去路。陶宗旺舉起九齒釘耙，向着欒廷玉迎面打來。欒廷玉起棒格開，擋過一釘耙。陶宗旺第二耙又打上來，欒廷玉忙來招架，一個措手不及，祇得把頭低下。陶宗旺的齒釘早已帶在欒廷玉的紅銅盔上，劉海帶繃斷，頭盔落地，頂髮四散。欒廷玉披頭散髮，着力拍了幾下馬，向前直馳。

欒廷玉上前，第三個遇着鎮三山黃信。黃信搖了三尖兩刃刀，厲聲唱道："欒廷玉望哪裏走！快快下馬受縛！"欒廷玉並不答話，雙手搖着鐵棒，快馬加鞭，直向獨龍套奔馳。欒廷玉逃了一二十里，頂髮披散，忙忙如喪家之犬，急急如漏網之魚。忽地自言自語，仰天一聲大笑。

看官：欒廷玉狠狠逃竄，何故還要發笑呢？這是有個道理。欒廷玉思想：梁山宋江，人稱用兵如神，神鬼莫測。這裏爲何不放一支伏兵呢？

欒廷玉笑聲未已，祇聽松林中"騰啪"一聲炮響，震得山鳴谷應。欒廷玉驚得呆了，把馬扣着。祇見松林中衝出一彪軍隊來了，各執長槍，排分兩旁。旗門下掃出一員大將來。這人頭盔紮束，威武異常。欒廷玉仔細看時，來者非別，却是師弟林冲。

欒廷玉尋思：這倒如何是好？且聽他説話，相機行事就是。欒廷玉躍馬前來，祇聽林冲高叫一聲道："欒師兄！"欒廷玉聽到林冲呼喚，思想還好。回答道："林賢弟！"林冲道："小弟奉了宋寨主的將令，在此等候多時。"欒廷玉問道："賢弟候我，有何教示？"林冲道："小弟早早勸你歸順梁山，事不宜遲。喏，這裏有着囚車一輛，祇得委屈師兄了。"欒廷玉聽着，拱手謝道："好啊，事至今日，愚兄祇有投降。既蒙青睞，請賢弟暫避半箭之地，讓愚兄自縛請罪。"説着，自解軍裝，跨下馬來。

林冲看着欒廷玉放下武器，就答允他的要求，喚軍士暫退一箭之地。欒廷玉看着林冲退讓，拿着鐵棒，三步兩脚快速衝至林蔭，一閃轉至隧道旁側，尋到標幟，急忙闖了進去。欒廷玉是熟悉這條隧道的路徑的，在這隧道中急急地跑了半個時辰，竄了出來，逃奔而去。

欒廷玉此後投奔到曾頭市史文恭處，後書再提。林冲一刹那間却不見了欒廷玉，以爲他是躲閃到哪裏去了，便喚軍士四散搜查，翻遍山岡，祇是查不出蹤跡。沒奈何祇得帶了欒廷玉剩下的馬匹、衣甲，回莊繳令。

宋江升坐在三莊府，衆將齊來繳令。時遷報告：祝廣已經擒拿。宋江傳令將他打入水牢，再行發落。李逵哈哈大笑道：“造了水牢，原來爲他自己用的。”

宋江却想查問欒廷玉的下落，這時林冲前來繳令，如此這般地説了一遍。李逵聽着，大喝道：“欒廷玉是罪魁禍首，却被林冲私自放了，犯了軍法，理當斬首！”林冲諾諾連聲道：“小弟有罪，請宋寨主處分就是。”宋江吩咐將林冲捆綁起來，心中却在奇怪：林冲何故不加申辯，難道真是他放走的嗎？祇得喝道：“快推出去，斬了！”軍士就將林冲推至天井。衆將尋思：林冲私放戰犯，罪當斬首。祇是屢建大功，可稱得是梁山第一員戰將。林冲未來大營，梁山連敗數陣，弟兄數人被俘，軍糧丢失。林冲前來，轉敗爲勝，士氣振奮。打得欒廷玉膽戰心驚，按兵不動。而且救了宋寨主的性命，俘虜扈三娘，拆了扈祝兩莊的和好。其功實在不小。現在祝家莊已經破了，大家歡樂，不可自喪鋭氣。因而齊來求情。

這時扈成踏步前來，向着宋寨主唱喏，道：“這事林義士是受委屈的。”宋江便問緣由：“扈公子，這話怎講？”扈成就將祝家莊修城經過，以及建築隧道之事訴説一遍。欒廷玉不是林冲私放的，而是趁人不提防時，逃入隧道的。梁山弟兄都不知此處有隧道，林冲自然會上當了。這是情有可原的。衆將聽着扈成這一訴説，恍然大悟。思想林冲不爲自己辯護，胸懷磊落，益發使人敬佩。不是扈成訴說，衆人竟是錯看林冲了。宋江聽得，隨即傳令鬆綁。林冲回來，謝了寨主不斬之恩。

宋江破了祝家莊，追思撲天雕李應李大官人爲人慷慨，武藝超群，理應請他一同上山聚義。就與軍師智多星吳用商議，認爲梁山要打李家莊，一來師出無名，不是對待李大官人之道；二來單憑戰鬥，雙方都有損傷，不是好事。尋思：這事可以和平解決嗎？所以隔了三日，兩人設下一計。宋江便喚白面郎君鄭天壽扮作濟南府尹，錦毛虎燕順扮作濟南府的兵馬都監司。一文一武，帶着衙役、軍士，從祝家莊後盤出，直向李家莊去。又喚黑旋風李逵、赤髮鬼劉唐帶軍五百，於路守候。再派病關索楊雄、拼命三郎石秀到李家莊去尋找鬼臉兒杜興，喚他們依計行事。宋江退帳。

鄭天壽扮成府尹，喚呂方、郭盛、花榮、裴宣扮成孔目、押番、虞候、節級，坐轎而去。燕順騎在馬上。鑼聲響亮，直敲到了李家莊。

李家莊莊丁見着，問是哪裏來的。軍士回答道："府大人到。"莊丁忙着進莊稟報。李應聽得，思想：這濟南府膽子真不小啊。梁山正在祝家莊上作亂，怎敢明目張膽地跑到此地來呢？再一想，怕是有着緊急公事，特地前來商議的。便喚杜興平橋開莊，大開正門，親自外出迎接。

李應步到莊前，却見馬上騎着一將，大纛旗上寫着："山東濟南府兵馬都監司陳。"李應衹道他是陳成。又見場上歇着轎子，轎內端坐着府大人"蔡九章"。李應一個箭步走向前來，向着府尹作揖道："卑職叩見大人。"

府大人隨手招呼道："員外少禮！"李應就請"蔡九章"進莊拜茶。却不料"蔡九章"板起臉來，說道："李應，你好糊塗，何故私通梁山？"李應吃驚道："大人說哪裏話來？""蔡九章"道："祝家莊與李家莊合辦民團。李家莊緣何按兵不動，坐視成敗？且受梁山送來的金銀、彩緞。今有祝家莊人告你，如何抵賴得過？”

李應不住叫屈道：“小的祇因受了祝彪一箭，一向養傷在家，並未曾與梁山往來。怎能説是私通？”

“蔡九章”喝道：“好啊，這裏不便與你饒舌。有話公堂對質，左右將他拿下了！”

李應尋思：“虛則虛，實則實，公堂對質，這倒合理。”衙役竟自押着李應，簇擁着“蔡九章”，徑上濟南大道去了。

楊雄、石秀看着鄭天壽、燕順等人去遠了，吩咐嘍軍將車輛推過來。楊雄、石秀就來李應莊上拜會杜興。杜興看到李應被押，正在着急，却見楊雄、石秀前來，便與他們商量對策。楊雄湊着杜興耳旁説了幾句，杜興喜之不盡。慌忙進莊，稟造院君。院君看見杜興前來，急問：“大事如何？”杜興道：“如今官司哪有分曉？員外被打得皮開肉綻。梁山英雄不服，路見不平，拔刀相助。半途將員外搭救下來。員外十分感激梁山義氣，因而自願歸順。特派楊雄、石秀前來接眷，請院君從速打點，逃出龍潭虎穴，免遭意外。”院君聽了杜興説話，急忙收拾上車。楊雄、石秀保護着院君推向梁山大營而去。杜興封了莊門，在李家莊上等候李應。

鄭天壽押着李應走了七八里路，忽聽一聲炮響，路旁闖出一彪軍隊來了。祇見隊伍中竪着兩扇旗子：一扇寫着“梁山大義士李”，一扇寫着“梁山大義士劉”。李應祇聽兩人大聲喝道：“好大膽的官兵，快把李員外放下來，尚可饒汝等一死！”

“陳成”聽了大怒，排開隊伍，拍馬上前，也是大喝一聲，來戰李逵、劉唐。李應看得親切，思想這樣一來，弄假成真，反要害我。“陳成”與李逵、劉唐廝鬥，“蔡九章”見了，嚇得魂不附體。衙役搶步前來保護着知府向林木叢處逃去。“陳成”打了幾個回合,感到不是對手,跳出圈子,拍馬奔逃。

李逵、劉唐呼喚嘍軍,搶上前來,把李應團團圍住。劉唐跑上前來,向着李應唱喏道:"員外,受驚了。"李應把脚一蹬,一聲長歎。李逵驚問道:"員外緣何歎息,我等難道救錯了嗎?"劉唐暴跳道:"人身肉體,誰願去牢裏受苦呢?"李應道:"義士不是這樣説的。我上濟南,冤情不難辯析,現在跳入黃河也洗不清了。"李逵、劉唐聽着,一唱一和地説道:"我們已是連累員外,趕快走吧,不必再多事了。"兩人把李應撇在半路,帶隊自去。

李應眼看着知府、提轄都已嚇逃,垂頭喪氣,一步步地挨向李家莊來。李應走到李家莊附近,早就看見杜興。杜興搶步前來,將李應手上的縛解了,急喊道:"大事不妙!"李應忙問何事。杜興道:"不料知府、提轄第二次跑上莊來,宣説李應私通梁山是實。捉拿滿門家人,房廊悉數封閉。我是從後園的牆上翻跳出來的。"

李應走到莊口,果見門上貼着濟南府的封條。李應十分氣惱,尋思:這事糟了!不如讓俺追趕上去,説個明白。李應拔脚追趕,杜興隨着走了四五里路,迎面驀見又有梁山隊伍開來。李應仔細看時:却是前番來莊拜會的楊雄、石秀。李應尋思:這兩人害得俺好苦啊,這番前來,不知又是何事?

楊雄道:"我倆奉着宋寨主命,到處巡查官軍的。"

李應道:"這些官軍,原是來提我的。"就把情況説了一遍,並道:"李逵、劉唐好意把我搭救,却弄得俺全家都遭殃了。"

楊雄便問道:"員外,今將何往呢?"

李應道:"我是上濟南府去説理的。"

石秀聽得,哈哈大笑道:"員外前去,好比羊落虎口,危險非常。祝廣與蔡京是兒女親家。祝家告你,你還説得清楚嗎?"

李應躊躇道:"那麽怎樣好呢?"

杜興道：“我看還是投奔梁山，請宋寨主幫助接回家眷。”

楊雄道：“員外，我們就一同上祝家莊去吧。”

李應無奈，衹得跟隨楊雄、石秀向祝家莊來。

李應來到祝家莊上，看到街上萬商雲集，擁擠不堪，比起往日，更加熱鬧。李應來至教師府，楊雄、石秀入內通報。宋江出府迎接，和李應挽手同上廳堂。宋江問道：“不知莊主駕到，有何見教？”杜興就把李應受難經過，訴說一遍。宋江聽得，呵責李逵、劉唐的魯莽。李逵、劉唐恍然大悟道：“誰知仗義相救，竟是連累了員外啊！”宋江便道：“爾等還不快快前去接回員外寶眷，尚可將功折罪。”李逵、劉唐諾諾連聲，退了下去。

宋江傳令安排筵席，款待李應。李逵、劉唐出東門，走南門，兜西門，進北門。在獨龍岡下兜了幾圈，弄得滿頭是汗。返身進教師府來回報道：“兄弟已將官軍殺退，員外寶眷已經接到，現在孫公館內歇息，正和樂氏夫人歡笑暢談。”宋江慰勞李逵、劉唐。傳令插花飲酒。

李應便喚杜興，向宋江表達感謝和仰慕之意，就算是歸順了。

宋江與吳用料理軍務，盤查祝家莊的倉庫，獲得細糧五十萬石。宋江曉喻百姓，連日打擾，大破這祝家莊，實爲萬民除害。所有窮苦百姓，每戶發給細糧一石，困難戶加倍補貼。祝家莊的佃戶，歡喜不盡，香花燈燭，拜謝宋江。

這一日，忽有梁山嘍軍急匆匆地踏上莊廳，直詣宋寨主臺前呈遞文書。宋江拆開看時，却是一封告急文書：朝廷下旨，立史文恭爲一品紅袍大都督，委雙鞭呼延灼爲平寇元帥，大興兵馬，征伐梁山。祝家莊駐軍從速退守山岡。

宋江看罷，傳令把餘糧裝運上車。祝家莊的俘虜，願意隨去梁山者，整編入伍。年老體弱，不能隨行及需要復員者，發給路費,隨意還鄉。將祝廣梟首示衆。梁山軍隊,進駐這祝家莊,祇是殺了這樣一個惡霸。

次日,梁山班師。大隊人馬,浩浩蕩蕩,向着梁山進發。祝家莊上百姓,焚香點燭,夾道歡送。

衆將一齊上馬,到了李家道,渡水登山。晁蓋帶動衆人,擂鼓吹嗩吶,迎接上去。梁山寨中殺牛宰羊,大擺慶喜筵席,犒賞三軍。

聚義廳上,衆英雄扇圈似的坐下。晁蓋同時遷、李應和登州英雄互通姓名。梁山上又新添了十二位新頭領,那花名是:李應、孫立、孫新、解珍、解寶、鄒淵、鄒潤、杜興、樂和、時遷、扈三娘、顧大嫂。這時梁山泊上英雄總計爲六十人,一同替天行道,共興大業。

正是:天罡龍虎相逢日,地煞風雲際會時。

畢竟梁山英雄怎樣迎敵史文恭? 且聽下回分解。

第三十六回　美髯公義釋插翅虎
及時雨拜會小旋風

　　話説宋江破了祝家莊，忽接梁山告急文書，説是趙宋宣和皇帝下旨，立史文恭爲一品紅袍大都督，委雙鞭呼延灼爲平寇元帥，大興兵馬，討伐梁山。宋江得報，急速收兵，星夜馳歸梁山。這日兵馬來到李家道，晁蓋等守寨弟兄，齊來水口迎接，殺牛宰羊，做慶喜筵席，犒賞三軍。衆弟兄來至聚義廳上，宋江一一介紹，與晁蓋等見禮。這時梁山弟兄共計六十人。大家羅圈也似坐定。宋江介紹到時遷時，特別贊揚他在祝家莊内做了不少工作。大家談談説説，暢叙衷曲。晁蓋説起探馬消息，衆弟兄都注意着皇城的動靜。

　　晁蓋已唤探馬前去，再探再報。吳用起身説道：“梁山三打祝家莊，行見義軍聲勢，蓬勃發展，熱火朝天。朝廷哪裏肯甘休？探馬往返，恐有罅隙不到之處。如今看來，不如就在皇城之内，設立一個機關，藉以做個耳目，靈通消息，方能知己知彼，百戰不殆。”

　　晁蓋、宋江聽着，俱道：“軍師建議，極爲重要。”

　　吳用便道：“誰人可去？”

　　晁蓋道：“我有一個心腹家人，唤叫晁興，可以去得。”

　　宋江道：“我也有個家人，唤作宋雲，人自靈巧。”

　　吴用就請兩人前來，囑咐兩人改了姓氏，喚作張興、李雲。各帶紋銀數百兩，前去皇城，依着計劃辦事。

　　不多時日，兩人來到皇城，買下一幢房廊。回信梁山，匯銀萬兩，將這房廊翻改，成爲店面，開爿"聚義館"，專任招納來往客商，兼營喜慶筵席。一時成爲皇城最大的一家客店，專做皇城各衙門和大戶人家的生意，皇宫内務府的供應也漸做到。兩人在皇城都成了家，日子久了，和皇城的官僚鉅賈，也都打了交道。這爿店就專與梁山通風報信。後來梁山英雄進出皇城，就都住在這裏。館内有間密室，專備梁山英雄商議之用。

　　張興、李雲來到皇城，不久密告梁山，朝廷由於缺少錢糧，征伐梁山一時暫緩，然而爲着羅致將弁，今年開設武考。

　　梁山得報，衆弟兄就在金蘭軒裏議論起來。衆人齊道："我等可以趁機前去報考，倘若中榜，異日朝廷前來征討梁山，就可相互通氣，來個裏應外合。"

　　玉面虎扈成踏步上前，便道："待小弟先去報考，如何？"晁蓋頷首贊許。

　　扈成當即攜帶盤纏、乾糧，別了爹娘及衆家弟兄，前去皇城，耽擱在聚義館中。

　　這天皇上駕坐在紫宸殿，受着百官朝賀。詢問道："衆位愛卿，誰人願任這次武場的主考官？"祇見班部叢中，丞相蔡京出班奏道："臣蔡京啓奏萬歲：現今四方狼煙蜂起，各番蠢動，大有搖撼大宋之意。河北田虎，淮西王慶，浙江方臘，擾亂地方，非止一日，已呈星火燎原之勢。臣虞這場武科，有反寇爪牙混入。倘中詭計，魚龍混雜，朝廷便會出現内奸。厝火積薪，安危可慮。據臣之見，此科暫停。待寇氛稍歇，再施恩科。伏望陛下聖鑒。"

　　天子准奏，便諭停考。聖旨下達，皇城出了邸報。這時四處武生早做準備，耗費不少金幣，趕至皇城。聽到這個消息，宛如蒙頭淋着一盆冷水,大失所望。議論紛紛,怨聲載道。扈成也是無奈,正欲回歸梁山。祇聽皇城中悄悄地傳來消息:四平王方臘在杭州府開考,各路英雄都願奔走前去。扈成聽得,隨着南下。

四平王方臘,派元帥小昆侖袁福爲主考官。扈成考中第一名武殿元。與扈成同榜的,第二名是大刀彭萬春,第三名是金錘將石寶。榜出以後,扈成官封陸軍都督,彭萬春爲鎮國將軍,石寶爲保國將軍。這次招考,方臘物色了天下英雄一百餘人。此後方臘和梁山聯絡,扈成做了一個橋梁,後書再提。

且説梁山歡宴席散,自有一番布置。一日,宋文龍病重,躺在床上。宋江入内探詢,扈三娘侍奉湯藥,兄妹見禮。宋江問道:"爹爹病體如何?"宋文龍道:"爲父年邁,無甚疾病,這是年老體衰,已享天年,爲父恐不能復元了。"隨營大夫悉心醫治。

外面從祝家莊歸寨的衆家弟兄,都來探望。宋江由於事務繁忙,一時未遑久伺湯藥。過了三日,到第四日,宋文龍病入膏肓,時或昏迷。宋江、晁蓋、吳用等站立床前。宋文龍睜睛時,向宋江道:"兒啊,爲父有一件事,尚未如願。"宋江道:"請爹爹吩咐就是。"宋文龍道:"繼女三娘,我想給她作伐成親。"宋江道:"配與何人?"宋文龍道:"我看中的是王賢姪王英。不知三小姐和王賢姪兩人意下如何?"

宋江退出,便與扈三娘叙談。問了王英,徵求了扈福的意見,雙方欣然同意。恰纔説定,宋江便將喜事回復爹爹。宋文龍點頭示意,頓覺已不能開口。宋江上前,急喚爹爹。宋文龍痰湧上來,急促着呼吸了幾口,一會兒便氣絶。

梁山山岡,一時便撞鐘放銃,遠近訃告。山東道上,各山頭綠林英雄都來吊唁。宋江就請蕭讓、金大堅兩位英雄,在石鏡湖旁李家道前搭設帳篷,權作賬房,接收禮物,招待各路英雄。宋江通知在喪簿上務必詳記叙述。第一要記送禮的是哪個山頭,第二要記他的寨主姓名，第三要記禮品內容。

看官：這本禮簿，後來爲梁山和各個山頭互相通氣，提供了許多綫索。宋江從此曉得山東道上共有一百零一幫綠林弟兄。宋江今天請蕭、金兩英雄詳細記載就是爲着日後打青州用的。那時少華山、桃花山、二龍山三山聚義打青州時，聘請梁山好漢參加。宋江發信，在桃花鎮上就集合了一百零一幫弟兄，戮力同心，就是這時打下來的基礎。

喪事完畢，晁蓋、宋江召集衆家弟兄，整理內務。大家認爲梁山大破了祝莊：一是獲得許多糧餉，二是剷除了丞相蔡京的一個招兵買馬的據點。看來朝廷受震動不小，一時雖未發兵，卻已作了部署。所以大家一致認爲：梁山必當未雨綢繆，要高築五路梅花宛子城，修建軍機堂、天王堂、聚義堂和金蘭軒。打造統一的頭盔戰甲。山上必須添造幾條街面，四郊興修水利和農田。倘若朝廷發兵前來，山麓四大鎮上的子民就可遷上山岡。前山李家道，後山張家道，左山孔家道，右山馬家道，子民便得安居樂業，不受宋軍的騷擾。

晁蓋、宋江在山上辦理一件件事，井井有條。忽聽山下來報，鄆城縣都頭雷橫前來登山拜會。晁蓋、宋江聽了大喜，隨即與軍師吳用三人下山歡迎，接上山來。雷橫是晁蓋在家替娘做壽時結拜的十弟兄之一。當時晁蓋居長，推爲老大。鄆城縣中有着兩個都頭，另一個喚作美髯公朱全。自從吳用智取了生辰綱後，不少弟兄已經上梁山來。晁蓋曾喚劉唐多次下書，請兩位都頭登山聚義。朱全、雷橫一時下不了決心，總是推辭。這兩位都頭，都有一身本領，功夫好極。兩人祇在縣衙當差，實是明珠投暗，英雄哪來的用武之地啊！晁蓋、宋江、吳用三人將雷橫請上。晁蓋看見雷橫還是帶着老母，就將老太太接入內堂，由女客侍奉。雷橫就在聚義堂上見禮坐下。

雷橫坐定，晁蓋問道："賢弟怎地到此？"雷橫道："我是因在鄆城縣中作案，犯下人命，因而前來投奔入夥的。"晁蓋道："如此，乞道其詳。"

雷橫道："鄆城縣中出了一樁搶案，縣主喚我破案。我就四出查案。城裏有着兩個院子：一個喚作勾欄院，一個喚作蘭香院。嫖院的是三教九流，各式各樣的人都有。我去蘭香院中查案。院裏的烏龜，倚仗他有腳路，頭大得很，哪裏把我們擺在眼裏？我是例行公事，他却囉囉嗦嗦，屢屢刁難衝撞。我自耐不住這心頭怒火，將他狠狠地痛罵一頓。這烏龜和縣主時逢是要好得很，便在狗官面前狠狠攛掇講了我幾句。縣主懊惱起來，就將我枷了，押到蘭香院門口，號令示衆，惹起許多人來圍觀。裏面有個姑娘，喚作白秀英。這人皮膚白嫩得很，原與縣主有染。她就倚着縣主的寵愛，走到門口，伸指戳着我的鼻子，吊兒郎當地來嘲笑我。我一時怒從心發，扯起枷來，望着白秀英的腦蓋上打將下來。這一枷下，打個正着，劈開了她的腦蓋。白秀英頓時撲地倒了。我既犯了人命，就去縣衙認供。縣主公文詳上，回文批示發配河北滄州。兄長朱全，聽到這個消息，就來與我商議，我配滄州，家中老母何人侍奉？老人正如風前之燭，草上之霜，哪裏等得到這些歲月？因而喚我帶着娘親同走。朱全押我，解至半途，就將我放了。因此得上梁山。"

晁蓋道："賢弟，那麼朱全現在何處，爲何不上梁山來啊？"雷橫道："起訴的公人總是有兩人的。還有一位，喚作馬德。"宋江道："也可請他同來的啊！"雷橫道："我們在路途之中，曾商量過。馬德家中還有妻兒老小在縣裏啊。倘若朱全和我一同上了梁山，豈不連累了馬德？禍水便都潑在他的頭上，一切由他頂罪。朱全仗義，所以願意陪他同歸鄆城。"宋江聽了道："如此，就請雷英雄山上聚義。鄆城縣中梁山自會派人前去打探消息。"雷橫就在梁山坐了一把交椅，不提。

且説朱仝回歸鄆城，稟告縣主："小的真不小心，路上被雷横溜了。"縣主問道："怎地脱逃的？"

朱仝道："我們清早起身，馬德自去招商店付房金飯鈔，我帶着罪犯走時，不料犯人身上的鐐銬已有損傷。雷横這人一身功夫好得很，人稱他爲插翅虎。這點大老爺也是知道的。他一繃，就斷了這銬。宛如老虎插了翅膀，便就飛了。我緊緊地追趕上去，休想趕得上，因而，被他逃了。請大老爺恩典啊，犯人是在我的手中脱逃的，小的情願領罪無辭。"

縣主喝道："這還了得！你與雷横如兄弟一般，深有交情。本縣是很清楚的。這雷横分明是你故意放走的。"縣主就將朱仝所犯的情由詳上，申報濟州府去。回文下來，當堂定案，將朱仝抵着雷横的罪，斷了二十脊杖，刺配滄州牢城。梁山的探馬到鄆城時，遲了一步，朱仝已經解出。

探馬回歸梁山，將這事稟告宋江。宋江聽了道："縣主將這罪定得重了。"尋思：滄州，可以去托一個人，這事就好辦了。這人是誰？就是人稱小旋風的柴進。這人是大周柴世宗嫡派的子孫，自從陳橋兵變，柴家讓位，太祖皇帝念柴家有德，敕賜與他誓書鐵券，藏在家中，因此誰也不敢惹他。他爲人仗義疏財，專結交英雄好漢。宋江在烏龍院中刺死了閻惜姣，避難來到滄州，受過柴進的款待。所以此時便想去滄州，一來探望朱仝，二來可以拜訪柴王柴進。

晁蓋聞聽宋江想上滄州去，道："好！你可多帶幾個弟兄前去，相機行事，劫牢反獄，把朱仝劫上梁山來，免得他在牢城受苦。"

宋江道："這個不必的。我去滄州，自有辦法。"

衆弟兄聽了，都争着要去。林冲受着高俅陷害，刺配滄州，

曾蒙柴王照顧，給他薦書，雪夜投奔梁山。他和柴王有着死生知
遇之感。所以請求同去。秦明當年在武考時，武場中考中了武
狀元，柴王盛宴款待，所以也要同往。還有時遷、白勝和柴進有
過一面之緣，兩人也要同去。雷橫爲着朱全，自然要去。晁蓋
道：“好啊！同意大家都去。”

這時驀地李逵闖了出來，叫道：“別忘了我！”宋江道：“你去
做什麼呢？”李逵道：“江湖上早聞柴王爺的大名，我倒要看看那
柴王爺究竟是怎樣一個人！”宋江道：“你要去也沒什麼不可以
的，祇是王府不比在山岡上，大家都知道你的性格！今去，你須
要聽從愚兄的話！”李逵忙應道：“好、好、好啊！”晁蓋便令準備船
隻，第二日，宋江便率領着這班弟兄從水路啓程進發。一路無
書，不表。

這一日，宋江率領衆人到了河北滄州橫海郡。航船停泊，衆
英雄隨着宋江登岸，來到了柴王府。門上的人都是認識宋江的，
今見他來，忙招呼道：“宋先生好，宋先生好啊！”宋江一一拱手作
揖，便取名帖一疊，遞了過去，說道：“有勞門公通報。”

柴王身坐在銀安殿上，正在思念：山東梁山與祝家莊交戰，
不知誰勝誰敗？想那梁山，文有宋江之智，武有林冲之勇。當會
戰勝祝家莊的。這兩人都曾來過滄州，與俺聯床共榻，漏夜暢
談，共傾肺腑之言。現在梁山有這一文一武，名震四海。真的可
以上佑國家，下保黎庶。

柴進正在想時，却聽外面報道：“王爺，梁山宋先生駕到。”遂
將衆人名帖呈上。柴進接帖過來，逐一看時：計有宋江、林冲、秦
明、時遷、白勝、李逵、雷橫等人。柴進思想：這些都是梁山英雄，
大名鼎鼎的。好算得四美具、二難并啊。柴進忙道：“快請！”手
下傳話，宋江引着衆人走進頭門，過了垂花門，穿過中堂，直詣銀
安殿前。柴進却已來到滴水簷前，拱手相迎道：“宋先生與衆義

士駕到，孤家候接來遲，望乞恕宥！"大家拱手還禮，口稱："柴王千歲！"

看官：柴進的性格是與眾不同的。他接待江湖上的英雄，都很客氣，沒有一點王爺的架子。可是遇到朝廷官員，祇是搖頭，却會擺出架子來的。

大家齊在殿上坐下。李逵、雷橫，柴王原是不認識的，宋江前來一一介紹。

柴王便喚擺酒。酒過數巡，柴王問宋江："先生與眾家義士前來，不知有何見教？"

宋江道："因與王爺闊別已久，特來請安。"

柴進道："還有事嗎？"

宋江便將朱仝義釋雷橫的事，備細説了。朱仝已從山東鄆城起解，見在滄州府的牢城營中。

柴王聽着，贊賞朱仝道："唷！朱仝原來如此豪傑。這事今天已來不及辦。明天我就喚人到滄州府去，叮囑官府將朱仝送到我王府來就是了。爾等可以在此見面，不必進滄州城了。"

宋江道："這也好啊！"

酒宴已畢，天將薄暮。柴王道："今朝這裏有一個地藏殿，熱鬧得很，四城人都要來燒香的。今天是七月三十日，是地藏王菩薩的生日，我們前去觀賞何如？"宋江道："真的有幸。"

柴王改換服飾，打扮成讀書相公的模樣。帶着宋江等人出離王府，走了二三里路，來到了這地藏殿。祇見山門口擺着許多攤兒：有賣古玩的、珠寶的、字畫的、香燭的；還有賣餛飩、豆漿的，賣酒菜面飯的。向大殿上望去，月臺上點滿紅燭，寶鼎内香煙繚繞。廟門口人山人海，擠得水泄不通。

宋江恰進山門，祇聽人叢之中，一聲咳嗽。宋江抬頭看時：真巧極了，恰好就是美髯公朱仝啊。宋江看朱仝時，他的肩上坐着一位小官人。那小官人穿着一領綠紗衫兒，頭上角兒拴着兩串珠子。宋江思想：朱仝是新來的配犯，諒在牢城裏受苦，怎會來此逍遙呢？其中必然有個緣故。宋江便叫："賢弟！"

朱仝回頭看時，却是宋江，感到驚訝。隨口答道："唔，先生，真真難得，不想在此相見。"再一看時，與宋江同行的人有許多呢。朱仝在這人叢之中，不便招呼，祇道："各位難得。"

宋江問道："賢弟緣何來此？"

朱仝道："此處人雜，說話不便。我們再去幾十步，尋個僻靜處去細談何如？"衆人遂走，到一所在。朱仝便道："我來滄州，遇着一個奇緣，府大人有個公子，年方三歲。府大人坐堂時，那小官人從裏邊出來，見着我幾根胡子長得齊整好看，那小官人就上來玩，定要我抱。我祇得將這小官人摟在懷裏。那小官人雙手扯住我的長髯，說道：'我祇要這個長鬍子人抱。'乳娘上來抱時，這小官人死不肯放。府大人年已五十出頭，祇生一子。爲他生得端正美麗，愛惜得如金如玉。看到孩子歡喜着我，就喚公人開了我的銬子。喚我伺候這個孩兒，吃飯、睡覺都在一起。大人查案，看我爲着義氣負罪，益發信任於我。日子久了，衙門外邊也讓我自己走動了。"

宋江聽着，思想：你不是來吃官司，而是在做嬷嬷了。因問道："這裏離橫海郡有二十餘里，你今天怎地來到此間的？"朱仝道："今天地藏生日，夫人前來拈香，丫環等伴隨着夫人前來，隨時伺候，我也來了。"

宋江道："晁天工念念不忘賢弟昔日放他的恩德，特派我們來敦請賢弟上山，同聚大義。"朱仝聽罷，半晌躊躇道："先生休提這事，這話怕被外人聽到不便。我在衙門生活順當。天可憐見，過了一年半載，消了這個時災月晦，還可歸爲良民。"恰在說時，朱仝看見那面有個二爺跑來，急忙招呼宋江等道："好啊，我們再見。"説着便自去了。宋江尋思：今天隨着你吧，明天王爺祇須向滄州去投一帖，便會將你送過來的。宋江等便踱向廟前來，優遊地向地藏殿去，觀看點放河燈。

朱仝走不多遠，忽聽人叢中一陣啰唪，百姓叫道："不好了，這隻黑老虎又來搶姑娘了！"朱仝望過去，見有四個家人搶着一位姑娘，後面跟着一個三十歲左右的黑漢。搖搖擺擺，氣勢洶洶。看看像個文人，再看又不像。祇聽那人叢中的人齊喊道："黑老虎，黑老虎！"

朱仝看着，很是疑訝，遂向旁邊人問道："這是怎麼一回事啊？"旁人道："這件事你不曉得啊？這隻黑老虎，住家離此不遠，祇有五六里之遥。他是黑莊的莊主，以前常常是出來搶姑娘的。近幾年倒沒看見，今天卻又在這裏搶姑娘了。"

正在説話時，朱仝看見那面拉拉扯扯地推過來一個鄉村姑娘，這姑娘高喊着"救命！"這地藏殿門口原是擁着許多人的，這時都向兩旁瀉開來。有的站在那裏看覷，卻是不敢多説。

朱仝看得氣憤起來，踏步上前，手指着那黑老虎道："呔，你這無恥之徒，竟敢在光天化日之下強搶民女？還不快快放下！"這黑老虎便衝上前來，大聲喝道："你是怎樣的人？竟敢找到太歲頭上來了！"朱仝道："休得啰嗦，再不放下，俺就要你的狗命了！"

恰在爭鬥，宋江等聽得叫喊之聲，就向人叢中挨了過來。遥見朱仝訓斥這黑老虎。柴進道："這人真是地方上的一隻惡蟲。"宋江道："那麼，王爺爲何不懲罰他呢？"柴進道："這人以前強搶姑娘，我就下令捉拿，送到滄州府去關了半載。釋放以後，一時還好。現在舊病復發，又重犯了！"宋江等要挨進去，人瀉過來，一時更加擁擠，擠不上去。

這時，那黑老虎已經闖上前來，起手就向朱仝前胸一拳，朱全身子側過，起手招架着那黑老虎的拳頭，措手不足，一時顧不得他背上的孩子。這孩子哪裏禁得住這震動，自然扶坐不牢，霎時摔了下來。黑老虎哪裏知道這是府大人的兒子？看見孩子摔下，思想借此逞凶，旋身轉來，對準孩子的腦袋一腳，一時把這孩子踏成血泥。朱仝看着，勃然大怒，喝道："啊呀！踏死府大人的公子，哪還了得！"李逵見了性起，躥跳上來，挺出手臂，喝道："好大膽的黑老虎，看爹爹的拳！"黑老虎轉身來避，早被李逵一拳打中，一跤摔了出去。朱仝上前去抓，柴進喝道："快拿下了！"這黑老虎的手下看見柴王爺在，慌忙沒命地跑了。

宋江便向朱仝説道："賢弟啊，令公子爺已被踩死，你就難以回府了，還是跟着我們走吧！"朱仝左思右想：倘若回去，府大人前怎地交代？祇得同意。宋江就引着眾人回柴王府去。

知府的家人聞訊前來，看見公子已經被踩死，追問朱仝何在。柴進推辭這個倒不知道。夫人看着孩兒慘死，號啕大哭一場，祇得將這黑老虎關押嚴辦就是。

梁山眾弟兄回至柴王府中，柴進與宋江等閒談。眾人便欲回山，王爺祇是苦苦挽留。王爺每天同這個談談，那個講講，感到興致勃勃。柴進感覺李逵這位好漢，性情爽直，談吐十分詼諧。柴進道："仁兄，我看你是有着虎力，功夫是極好的。"

李逵道："自然，我的功夫是大家曉得的。在祝家莊上打過幾次硬仗。未上梁山以前，我在江州一個人就在水星閣上跳下來，仗着這兩柄板斧，左衝右撞，殺得江州知府屁滾尿流。與眾兄弟搭救了宋大哥的性命。江州就有我的威名！"

柴進道："是啊，聞聽到了這事，我也是很仰慕啊！不知江州這水星閣有多少高啊？"李逵道："説高嘛，俺也説不清楚，總是高得很啊！"柴進就手一指道："可有這銀安殿高啊？"李逵道："看來遠遠不止吧。"柴進聽罷，想了一想道："像銀安殿這樣高，已經很難跳了。"柴進便問道:"你能跳得下嗎?"李逵笑道:"自然跳得下的。"柴進道:"可否請仁兄給我一飽眼福?"李逵道:"祇是沒有這樣高聳的建築啊?"柴進道:"有啊,這裏有個更樓,比這銀安殿還高呢!"李逵道:"好啊!我們就去看看。"

宋江聽着,便插口道:"哎唷,賢弟,你是又要來闖禍了!"李逵道:"哎唷,大哥,請你不要泄氣。哪有好了瘡疤忘了痛的?我再跳一次來給你看看如何?"旁邊時遷、白勝兩人聽了,"咦"地一笑,尋思:這個鐵牛是死活都不管的,却又不便掃他的興。

柴進就引着衆人進去。衆人看到四面房廊,中間高聳着一幢更樓,這在柴王府中算得最高的了。柴進就喚家人,引着李逵入樓,一層層地走上去。李逵走到了這最高層,看見這樓四面是窗,中間架上擺着一面大鼓,一面大鑼,旁邊還有一張桌子和一張眠床。這床桌是更夫用的。李逵站到這樓窗口,向下望時,柴進問道:"仁兄,可好跳嗎?"李逵笑說道:"好跳,好跳!真好跳啊!"

宋江手指着道:"賢弟,我看這樣高地跳是有危險的。"

柴進道:"仁兄,倘不便跳,這就算了。"

李逵道:"可以,可以!我在江州跳時,是先甩下一隻香爐,大喝一聲,然後纔跳落下來的。現在就借用這面鼓吧!"李逵伸手就把這鼓端起,一隻腳踏在這窗口上,大叫一聲:"俺山東沂州府沂水縣百丈村黑旋風黑爺爺李逵來矣!"把鼓扔出,前腳跨出,後腳一挺,身子旋着,"撲通"一聲,像山崩地裂一般,大聲響着。衆人看着李逵跳了下來。這更樓究竟築得高了,人自擋不住的。李逵這一記跌下來時,正好摔在鼓上,就把這個大鼓壓得粉碎了。柴進等走上前來看時,李逵却是爬不起來。雷橫上前便來扶他,還是站不起來。時遷就向李逵的身上摸了一摸,說道:"啊唷,了不得啊!李逵的一隻腳和骨盤已經脫臼,而且還有些骨折啊！"

柴進道："如此説來，請大夫前來診治就是。"

時遷道："這個脱臼損傷，我是可以把他醫治好的。"

當即將李逵抬上了床，拍上脱臼，用柳枝接骨，醫治損傷。柴進讓他啜了傷藥。李逵祇得躺着養傷。

宋江等緊念着山寨，看着李逵的傷一時不易恢復。柴進便道："待他的傷好了，我會派人送他回山去的。"宋江道："我們就抬他上船去吧。"時遷、白勝抬時，李逵祇覺動彈不得。柴進道："就把李逵留在俺莊上吧。"宋江祇得和柴進作別，先回山去。

柴進置酒餞行，當日起程。朱仝隨着雷橫等弟兄，就上梁山泊來入夥。衆人行了一程，出離滄州地界。宋江等人取路自回梁山泊來。一路無話。

這日，早到了李家道朱貴酒店，朱貴發出響箭，使人上山寨去報知。晁蓋、吳用引着衆家兄弟，打鑼擂鼓，直趨金沙灘鴨兒嘴來迎接。一行人都相見了。各人乘馬馳回山上。

衆人在山寨前下了馬，都到聚義廳上來叙話。朱仝道："小弟今日辱蒙招引上山。祇是俺在滄州，又出了事。知府死了衙內，豈肯甘休？必然行移文書，去那鄆城縣捉俺老小，如之奈何？"

宋江聽了，笑道："好教兄長放心。山寨早慮到此，尊眷早已接到，在梁山玩耍已多日了。"朱仝問道："現在何處？"宋江便引朱仝入内厮見。朱仝大喜，出來拜謝衆人。宋江便請朱仝、雷橫在山頂房廊下榻。一面且做筵席，慶賀着新頭領來，不在話下。

且説滄州知府，被踩死了這小官人，嚴辦着黑老虎，並要捉拿朱仝。鄆城縣向知府申報朱仝眷屬在逃，不知去向。行文州縣，出給賞錢捕獲，不在話下。

且説李逵在柴王府中住了一個多月，損傷痊愈。柴進正想護送李逵回山。忽地這一日，高唐州來了一個旗牌，來到柴王府前下馬。門公帶進來見柴王。旗牌呈上一封公事，说是老王爺柴九千歲病勢沉重，危在旦夕，有着言語囑咐，喚柴進前去，謀會一面。老王爺是柴進的叔父，並無子息。柴進得信，當即買舟，要去高唐州走這一遭。

柴進便向李逵道："你可回梁山去了。"李逵問道："高唐州在什麼地方?"柴進道："在山東啊。"李逵道："這樣甚好，我們是同路啊。同行一程，再分手吧。"柴進就與李逵同行，率引許多家將。船離了橫海郡，望高唐州來。

在路非止一日，這天到了高唐州相近。柴進喚李逵登岸。李逵忽地説道："滄州王府我已住了許多日子，這裏高唐州的王府我還未見過，可否和王爺同去，讓俺長個見識。"

柴進道："叔父的王府和俺橫海郡的兩處章程不同，叔父年紀大了，他的性情非常固執，不是家將手下，他是不允許進這王府的。"李逵道："好啊，我就扮作一員家將，伴隨着千歲同去，住下三天，馬上就走何如?"柴進思想：倘再拒絕，李逵可能見怪。那就讓他扮成一員家將吧。

這舟直詣高唐州的水口，就有府官、縣官、總兵、都監、團練等人出來迎接。柴進離舟登岸，到接官亭，拜謝衆官員。衆官員各自回衙。

柴進來到柴老王爺宅中，留着李逵和家將們在外面廳房伺候。柴進徑入臥房裏來，看視那叔叔的病情。但見：

面如土色，體似柴枯。悠悠無七魄三魂，細細衹一絲兩氣。神志倦怠，連朝水米不沾唇；胸膈悶脹，盡日湯藥難下腹。隱隱耳虛聞蟬鳴，昏昏眼暗覺螢飛。六脈微沉，東嶽判官催使去；一靈縹紗，西方佛子喚同行。

柴進看着，自坐在叔叔榻前，斂聲悲泣。

嬸母出來勸道：“大官人連日辛苦，初到此間，且休煩惱。”柴進施禮罷，便問事情。嬸母答道：“此間總兵高廉，據説是朝堂上金殿元帥高俅的兄弟，仗着他胞兄的惡勢，衹是魚肉鄉里，橫行不法。他的舅老爺名喚殷天錫，人盡稱他爲殷直閣。那廝也是倚仗着他的姐夫高廉權勢，在此間衹是害人，更是胡作非爲。自有那些狐群狗黨，挑動是非。看着我家宅後有個花園，水亭結構很好，便派人來霸占，發遣我們出走，他等要來居住。你叔叔和他等論理，説：‘我家原是金枝玉葉，藏着先朝誓書鐵券，不許僚屬欺侮。爾等怎敢前來侵占，催趕我府老小出去？’那廝置之不理，衹道：‘什麽誓書鐵券，不過廢銅爛鐵。’定要我們遷出。你叔叔正言訓斥，反被那廝侮辱毆打。因爲受着這口怨氣，卧病不起，飲食不進，藥石無效。特請大官人前來做個主張。”

柴進聽了嬸母言辭，勸道：“嬸嬸放心，衹是延醫診治叔叔，頤養之福，可以永年。家裏藏着誓書鐵券，這事自可和他理論。不説告到官府，便是皇上御前，有理也不怕他。”

嬸母道：“皇城幹事，恐不濟事。還請大官人自作主張纔是。”

柴進看視了叔叔一回，出來和李逵與隨從衆人備細説知。李逵聽着，跳將起來，吼道：“這廝怎地無禮，讓他吃我幾拳，再作商量未遲。”柴進道：“仁兄，休得魯莽。我家現放着丹書鐵券，到得京師，明擺着這朝廷的條例，和他説理就是。”李逵又自嚷道：“條例，條例，倘若行得，天下就不亂了。”柴進道：“待我看看情勢，倘若用得着仁兄時，那時再央請吧！”

正説話間，侍妾從内急走前來，慌忙來請大官人前去看視老王爺。柴進入内，衹見老王爺雙眼流淚，對着柴進説道：“賢姪氣宇軒昂，真的不辱祖宗。我今日被這殷天錫毆死，請你遵着祖宗遺訓，親詣京師，金殿告狀，與我出了這口怨氣。九泉之下，感激賢姪的情誼。”便喚夫人將這誓書鐵券，速速授與柴進。柴進拜受，雙手接過。老王爺溘然長逝。

柴進痛哭一場，遵禮成服，製備內棺外槨，鋪設靈位，一門穿著重孝，大小舉哀。在銀安殿上開吊。地方官員，齊來祭奠。柴進靈前守孝，李逵與一班家將伴著，在外廂伺候。

開吊到了第三日，總兵高廉，依仗著高俅的惡勢，藐視著柴王府的軟弱，並不前來吊唁。但為遮掩世人眼目，派舅老爺殷天錫帶些薄禮前來慰唁。殷天錫來至王府府前，並未遵循柴王府的規則，先投帖通報，而是徑自直闖進去。門公見著，前來勸阻。殷天錫却自大聲喝道：“呔，誰敢攔阻俺舅老爺來吊孝啊？”

門人通報進去，柴進聽著，怒不可遏。傳話出來：“把這不法歹徒便拿下了！”柴進要拿這殷天錫，有分教：大鬧高唐州，驚動梁山泊。

正是：招賢國戚遭刑法，好客皇親喪土坑。

畢竟柴進如何拿捉這殷天錫？且聽下回分解。

第三十七回　柴進失陷高唐州
李逵斧劈羅真人

　　話説高唐州總兵高廉,倚仗着高俅的惡勢,藐視柴王。喚舅爺殷天錫,前往吊喪,直闖孝堂。柴進聽報,衝衝大怒,呼喚家將,把這殷天錫就逮下了。家將得令,齊圍上來。若説這殷天錫的武藝,虎劍蛇矛,周旋罄控,倒還有兩手。家將們一時抵擋不住。

　　李逵在人叢中,看得親切,闖將出來,高叫:"呔,殷天錫,休得猖狂,看俺的拳!"手起一拳,對着殷天錫的前胸打來。殷天錫避開這拳,起一腿便向李逵踢來。哪知殷天錫的功夫,近年來失了磨煉。這功夫已經荒疏,自然擋不住李逵的神力。怎經幾個回合?殷天錫一腿向着李逵踢來,李逵接住了他的腿,起手向上一抬,殷天錫仰天就跌倒了,李逵搶前一步,一隻脚踏着殷天錫的脚上,兩隻手左右用力一撕,竟將殷天錫的身子撕成兩爿。殷天錫的跟隨看到,大聲喊叫:"爾是什麼人,竟敢打死我家老爺?"李逵吼道:"誰人不知,俺就是梁山的黑旋風李逵!"跟隨聽了,急急逃命。

　　柴進看着李逵打死了殷天錫,對李逵道:"哎唷,仁兄,你又闖禍了!"李逵道:"可是犯了人命?"柴進道:"殷天錫私闖王府,真的死有餘辜。但你不該報出'梁山'兩字,如今不能收留你了,

553

官司我自支吾,你快快回梁山泊去吧。"李逵道:"我便走了,須連累你。"柴進道:"我家自有誓書鐵券護身,你快快走吧,事不宜遲啊!"柴進取出五十兩紋銀來,送與李逵。李逵接了作爲盤費,換了衣飾,告別柴進,出後門,邁開兩腿,自投梁山泊去了。

李逵去後,柴進尋思:且看高廉動靜,再作道理。總兵衙門來的一班跟隨逃回總兵府,訴說舅老爺已慘遭橫禍,被王府裏暗藏着的梁山強盜打死。原來這柴王府是私通梁山、圖謀不軌的。

高廉聽說,昂首冷笑一聲,說道:"好啊!"正愁没個藉口。趁這機會,便即傳令,四城緊閉起來。吩咐四個家將,調動五百士兵,把這柴王府團團圍住。

不多時間,五百士兵各執着刀杖槍棒,前來包圍王府,圍得水泄不通。高廉帶着四將,直至王府下馬。柴進正冠端服,站立在殿前,看到高廉武裝進來,大聲喝道:"好大膽的高廉,竟敢身帶凶器,私闖王府! 你還知道王法嗎?"

高廉笑道:"王府裏出了梁山強人,本總兵理應前來捉拿,保爾王府的安寧啊!"當即一面下令搜查。柴進又是喝道:"好大膽的高廉,竟敢搜查王府,請問:可是有朝廷的諭旨?"高廉又冷笑道:"王府出了盜賊,本總兵是有權查詢的!"一面傳令將柴進管住,祇叫:"快搜!"

從人氣勢洶洶,湧進府來,東翻西檢,祇是搜捉不到李逵。高廉無奈,冷笑一聲,呼喚從人,暫時退出王府。柴進氣得發昏。

高廉回府,當即寫下公事,馳馬皇城,報告兄長高俅。

柴進看着高廉去久,派人出去,柴王府還是被包圍着,公事、信劄一時無法傳遞。

再說李逵,連夜奔逃。這天來到了濟南府的一個小鎮,喚作武岡鎮。祇見街市上人煙輻輳,有着幾十爿店面。李逵走得正饑,尋酒飯店去,想吃個飽。祇見路傍有塊空地上擁着人圈,熱鬧得很。有人在喝彩道："好氣力啊！"

李逵挨過來看時，人叢中圍着一個黑臉大漢，年紀很輕，不過十八九歲。正耍着兩柄斧子，迎雪含霜，運斤成風。看的人拍手擲錢。李逵見他使得起勁，不覺技癢。思想：俺所好的也是耍弄這斧子，這漢使得未見得好，衆人已是喝彩，待俺也來耍他一套。李逵不問情由，闖進人圍，喊道："呔，你自耍着雙斧，俺也來耍一套。喏喏喏，讓各位觀賞。腰間抽出雙斧，出手就舞出一套斧花來了。

看客見他耍得益發好了，鼓掌喝彩不絕。這個賣斧的黑漢，立在旁側呆呆地朝他盯着，思忖：這事想來奇怪，我自在這裏做着生意，他軋進來，插這一手，好沒道理。李逵耍好，也就叫道："來來來啊！朋友們，請大家幫幫場子啊，破鈔幾文。"大家紛紛丟錢，撒了一地。

李逵旋身向着這個賣斧的道："啊呀，地上的錢一時分不出你我的了。"賣斧的道："好好好啊！仁兄，你我就平分吧！"李逵哈哈大笑道："好好好啊！我不要這錢，這些錢一概都送與你吧！"

賣斧的人看這來人倒是十分慷慨，連連拱手道謝，問道："請問仁兄貴姓？"李逵道："俺的姓名，不須多問。俺且問你：你看我耍的斧子如何？"那漢道："高明得很，我是萬萬不及的！"李逵道："既恁地說，倘若你要長進，就跟我學，我就教你。"那黑臉漢道："如此，仁兄勞神了。"李逵道："學藝必須拜人爲師的。"那黑漢當即跪下，高叫一聲："師父在上，小徒拜見！"李逵扶了那漢起來，再問他的姓名。那漢道："小徒姓湯名隆，渾身有着麻點，人家都稱俺爲'金錢豹子'。原籍延安府，父親在老種經略相公帳前打鐵度日。近年父親亡故，小徒無所依靠，流落在江湖上，權在此間耍斧糊口。"李逵問他多大年紀，湯隆道："一十八歲。"李逵招呼湯隆拾錢。湯隆拾完了錢，背了包囊，跟着李逵就走。

两人離了鎮頭，來到没人的所在，李逵對着湯隆説道："好教徒弟知曉，我便是梁山泊的黑旋風李逵啊。我的斧子是受名師傅授的，你要繼續學啊，就跟我上梁山去吧！"湯隆道："最好不過，我是久聞師父大名的，不想今朝天緣相遇。今已拜了師傅，師傅帶俺同上梁山，最好不過啊！"李逵、湯隆取路迤邐便向梁山泊來。

這日两人來到水泊，渡石鏡湖，上梁山山寨，直詣金蘭軒中。宋江等衆頭領正在思念李逵，見他來到，後面還跟着一位英雄。李逵上前唱喏，宋江問道："這位英雄貴姓？"李逵道："這是我的徒弟。"宋江道："你在哪裏收下的？"李逵把武岡鎮上相遇的事説了。宋江又問湯隆是哪裏人，湯隆答道："原籍延安府。爹爹是替老種經略相公專打軍裝的，人稱爲'千里俠'，名叫湯萬春。兄弟两人：兄長喚作湯興，我名湯隆。爹爹亡故，難以爲生。弟兄爭鬧起來，我便流落在這江湖上了。路上打賣街拳，耍弄斧子。天巧結識師父李逵，引我上了梁山。"宋江道："兄弟爭吵，無非爲了糊口，這點梁山可以資助。"湯隆道："久慕梁山高義，湯隆早有意思，願在山岡效勞。"

宋江便問李逵高唐州事。李逵訴説："高廉恁地凶殘，舅爺殷天錫仗勢欺人。把那柴王府並不放在眼裏，氣死了柴王叔。李逵因將這殷天錫打死，性命由俺承擔，報出俺是梁山弟兄。"

宋江聽着，斥道："鐵牛還是恁地魯莽，真不懂得一點策略。你在禁地，怎能報出是梁山弟兄來的？這事非同小可啊！"

李逵道："如此，怎樣辦呢？"

宋江道："那麽，就請戴宗兄弟急速下山，前往高唐州打探消息要緊，再作道理。"

神行太保當即動身，纔走两日，高唐州的探馬已經來報，柴王府已被總兵軍馬包圍了。白勝聽説，便向宋江請令道："待俺再去打探如何?"宋江准許。

白勝隨即下山。第三日，白勝到了高唐州。這時高唐州的探馬，又來報告梁山："柴進已死。"宋江吃驚道："啊唷! 這還了得!"

時遷説道："待我再去探來!"

宋江坐在軍機堂上，就和眾弟兄議論這事:柴王之死，定是被高廉陷害! 李逵道："大哥，如此説來，柴王的性命實是俺連累的，俺自請支令，帶軍前往，攻打這高唐州。破了這城，殺了狗官，定給王爺報仇。"眾人議論下來。宋江決定:兵打高唐州。

晁蓋道："柴王府自來與山寨有恩。高廉一向在那地方作惡，我得親自去走一遭，除了這害。"

宋江道："哥哥是山寨之主，謹防朝廷發兵前來干擾，如何可以輕動? 柴王爺與小可也有恩，情願替哥哥下山。"

吳用道："高唐州城地雖小，人煙稠密，軍廣糧多，攻打務須從長計議，斷斷不可輕敵。河北滄州王府，還有柴娘娘在，謹防高廉施展詭計，聲東擊西，前往劫持。煩請林冲、秦明、扈三娘和顧大嫂四位將領，帶動五百便衣軍士，前往橫海郡接引柴進寶眷上山，免了這後顧之憂。"

宋江便即安排三萬軍士，兵發高唐州。恰要發兵，戴宗已經探得消息，回來通報;王府被總兵軍馬團團圍住，聞説柴進已死。宋江當即發兵，令劉唐、李逵帶軍五百，兵抵高唐州，作爲前隊先鋒;一隊楊雄、石秀;三隊石勇、薛永，隨後策應;後面就是宋江、吳用的大隊。中軍主將宋江、吳用督率人馬，望着高唐州一齊進發。真的好威武啊! 但見:

　　繡旗飄號帶，畫角間銅鑼。三股叉、五股叉，燦燦秋霜;點鋼槍、蘆葉槍，紛紛瑞雪。蠻牌遮路，強弓硬弩當先;火炮隨車，大戟長戈擁後。鞍上將，似南山猛虎；坐下馬，如北海蛟龍。端的槍刀流水急，果然人馬攝風行。

行至中途，白勝回報道："晚上翻進王府，看到大殿上擺着柴進王爺的靈位。"

梁山軍士又趕了一天路程，時遷又去打探回報。

梁山的軍士已離高唐州城不遠，宋江、吳用傳令安營下寨。這時時遷踏進了內營帳，就和宋江密談。說道："王爺未死。"宋江驚疑。時遷回道："我還會見了王爺！"宋江問道："這怎地一回事啊？"

時遷道："我進王府，巧遇兩位丫環去送點心。我悄悄地跟着前去，來到書廳後面，却見一口枯井，柴王就是躲在這裏面的。"

宋江道："柴王爲何怎地做作呢？"

時遷道："王府被困，公文、信劄無法投遞。柴王因與總管商議，假傳柴王已死。這消息傳了出去，高廉認爲冤家失了對頭，便可收兵。不料高廉這厮十分狡猾，四圍還是守得嚴緊。我見了王爺，王爺就給我一封公事，喚我送上濟南，或是青州都好。那裏接着王爺公事，定會派兵前來接應的。高廉受到壓力，就不敢再逞凶了。請問兄長，這封公事可以送去嗎？"

宋江看了道："這可不必。這封公事送上濟南，或是青州，想來不會有什麼結果的。濟南和青州，總歸是在朝堂四大奸賊之手。那些總兵和高廉官官相護，還不是一丘之貉？梁山已經發兵，我們就可打開這高唐州，劫出柴王。那時敦請柴王上山聚義就是。"宋江尋思：柴王死了，梁山去打高唐州，化悲憤爲力量，好爲柴王復仇。現在柴王尚在，看來兵貴神速，柴王纔能早日得救。

這樣梁山的頭隊人馬，第二天就趕到了高唐州。梁山兵到，官軍探馬也是進城急速報與高廉。高廉傳令盤起吊橋，緊閉城門。

李逵、劉唐就來高唐州南城外討戰。軍士報與高廉，高廉仰天大笑道："好大膽的草寇，他等在梁山泊窩藏，我還要去剿捕。竟敢來此挑戰，這是天教我成功也！"隨即整點軍馬五百，自己改換服飾，頭頂着盔，身穿着甲。腰下掛弓插箭懸鞭，帶着一個火紅的大葫蘆，在斜肩背着。薑黃絲帶在前胸打着一個蝴蝶結。提刀上馬，呼喚軍士出南城門來，一馬掃到沙場，站列旗門陣腳，排成陣勢，搖旗呐喊，擂鼓鳴金，前來迎敵。

李逵、劉唐來到陣前，喝道："呔，狗官，報上名來！"

高廉道："俺乃高唐州總鎮高廉，你是什麼人啊？"

李逵、劉唐道："俺乃梁山大義士黑旋風李逵，俺乃赤髮鬼劉唐。你這虐民的賊官，竟敢謀害柴王爺的性命，還當了得！"李逵嘴裏說着，掄着雙斧向着高廉馬上劈來。高廉提刀招架。劉唐躥上，又是雙刀。高廉翻手，再擋劉唐。劉唐、李逵雙戰高廉。高廉武藝自是平常，一個對打一個，都有危險，兩個鬥他一個，哪裏抵擋得了？

高廉戰了幾個回合，把馬一拎，一聲馬喧，這馬跳出圈子，高廉就把大砍刀反手一搖，伸出右手在肩上的葫蘆口搭着，口中念念有詞，喝聲："疾！"李逵和劉唐祇見那葫蘆裏捲起一道白光，白光當中透出滾圓的兩顆丹來。這丹在空中不住地打轉，兩丹相撞，霎時雷聲響亮。正迎着風，見風便長，不一會兒工夫，這丹就跌落下來。跌到李逵、劉唐的面前，又是"哐啷啷"一聲響，撼地搖天，放出三昧神火來了。這三昧神火真像山頭一座，後面還有怪風送着，向着李逵、劉唐迎面吹來。兩人吃驚，旋身便走。後面高廉扇着風火，向着梁山軍士燒來。軍士不能相顧，四散奔走。七斷八續，星落雲散。營篷、布帳、糧餉都被燒光。

　　高廉燒了三四里路，見梁山人馬退去。把手一招，收回了兩粒風火丹，收兵進城。高廉心中盤算，且待梁山大軍人馬齊到，一場燒殺，就可將梁山全部兵馬剿滅。

　　李逵、劉唐帶軍退卻十里左右，看着後面風火燒不上來，傳令站隊。點檢軍士，五百名已燒了一百多。軍用物件一概燒在其內。李逵、劉唐兩人的頭髮、鬍子、衣裳，也都燒了。天色將晚，喚軍政官造飯。軍政官報道："糧已燒光。"李逵慰問軍士，大家都願堅持，挨餓一餐。就在樹林中山坡歇息。沒有營帳，相靠着在露天過夜。

　　起更時分，梁山的二隊楊雄、石秀已到。安營，埋鍋造飯。衆人飽餐，負傷的軍士由隨營大夫診療。

　　楊雄、石秀兩人聽說火燒情況，知是妖法。兩人沒有回風返火的本領，自然難於破敵。祇有等待大隊到來，再作商議。

　　東方發白，梁山的三隊石勇、薛永人馬到來。霎時，紅日東升，宋江、吳用中軍大隊也已到來。安營收令。

　　李逵、劉唐便來上帳稟報，訴說前事。宋江與衆弟兄商量，大家認爲這是妖術，人力難當。李逵在旁，忽然"嘿嘿"一笑。宋江便問道："鐵牛何故發笑？"李逵道："大哥這時不及我了？"宋江問道："喔！你倒有妙計啊！"李逵道："是啊。喏，晚上就請時遷進城，把那個葫蘆去偷了來。這樣不就可以調頭來燒高廉了嗎？"宋江聽着李逵說得有理，卻想不是恁地簡單。

　　時遷便道："這個葫蘆，不知是何式樣？怎地用法？最好須一見。"李逵道："好啊，我去討戰。高廉自會把葫蘆拿出來的，你看這葫蘆是盜得盜不得啊？我是準備給他再燒一次就是！"宋江道："哎唷，賢弟。你們已經受了劇傷，待愚兄另派他人就是。"劉唐道："別人不是一樣要受燒嗎？我們已經受傷，再燒也就無妨！"宋江道："燒灼面大，這樣會有危險的！"劉唐道："頭一次高廉放火，我們自不識得。這次已經有了經驗，高廉取出葫蘆，我們旋身就跑便是了。"李逵、劉唐奮勇着前去。宋江、吳用、時遷三人便上觀戰臺來，執着瞭遠鏡，眺望沙場。

李逵、劉唐帶動軍士，搖旗操鼓，便殺奔高唐州城下來。早有官兵報入城中。高廉聽着，非常奇怪。昨天梁山軍士已經燒得焦頭爛額，今日怎麼又來搦戰？莫非梁山已經有了什麼計較不成？再一想時，即使想出了什麼方法，也是沒有用的。高廉再點人馬，開放城門，放下吊橋，擺成陣勢。自背着葫蘆，一馬掃向沙場前來。

兩軍喊聲起處，高廉望見李逵、劉唐，大聲喝道："看你這夥反賊，昨天燒得還不夠嗎？快快自縛，免得髒了我的手腳！"

李逵、劉唐也自罵道："昨天誤中詭計，今天你再燒也不怕，一定把你來個誅盡殺絕！"李逵搖起斧子，直奔高廉。兩下交戰，還是兩個戰鬥一個。高廉戰了幾合，又是帶轉馬頭，口中念念有詞起來。喝聲："疾！"

時遷在觀戰臺上眺望，看得清楚。這是一個大紅火葫蘆，描着金花。看他嘴裹念訣，手上搭着，葫蘆裹就放出兩粒風火金丹來。見風長，迎風大。一落地，火焰就像泰山一座，向着梁山陣營吹來。宋江等看時，也覺驚慌。李逵、劉唐見有火來，旋身飛腿就奔。高廉把手指着，火舌頭直捲過來。燒至頭營，那營篷、布帳、旗幡、吊燈，齊捲着火，大燒起來。宋江在觀戰臺上再也站不穩了。

這時忽聽空中一聲霹靂，把火完全打滅。高廉趕忙把手一招，收轉了這兩粒風火金丹，收兵回城而去。說也奇怪，這時紅日當空，晴天裹哪裏來的霹靂？這場大火，梁山軍士又是傷亡了兩百餘人。

宋江道："時賢弟，此物能否盜得？"時遷："這是妖術，看來難於偷盜。且趁今夜月盡，翻進城去，看看動靜究竟如何。"宋江贊許。

當夜，時遷仗着他的飛簷走壁之能，越城翻到了總兵府，看到高廉正在神機房中，操練神兵。房內四處，盡是大紅火葫蘆，和陣上看見的一般。不知哪個是真，哪個是假。那神兵原來都是紙人紙馬，祇是被高廉點着，都能手舞足蹈起來。那神機房的北端，插着一面皂旗。時遷知道這魔術的厲害，不去打草驚蛇。看清情況，回營便來稟告宋江。

宋江尋思這神兵厲害，思忖如何取勝。驀地想起玄女娘娘所賜天書，便將天書取了出來。向天默禱一番，揭書來看。祇見書上顯出四句偈言。道是：

> 若欲破高廉，再訪入雲龍。天收皂雕旗，土山捉奸雄。

宋江當下便和吳學究説了：要破此法，除非教人去薊州尋取公孫勝來！

吳用道："前番戴院長到薊州去，訪問多時，打聽不着。我想公孫道長是個清高的人，必然住在名山洞府，大羅仙境。今番前去，可就這些所在，前去尋覓訪問，不愁再不得見。"

戴宗道："前番俺去薊州，祇是訪尋這二仙山不着，諒是不在薊州北鄉，也不在於四鄉。"

李逵道："薊州這地方我是很熟悉的，我就和戴院長同伴走一遭吧。"宋江問道："鐵牛，薊州難道你去過嗎？"李逵道："那時，俺在家鄉闖下這禍，先去薊州住過一年，後來再到江州。所以這地方我是熟悉的，可以陪着戴院長同去的。"宋江尋思：李逵所説沒有誤差嗎？李逵雖然不説謊話，可是他説話不是那麼準的。換了一個地方，就會説錯的。

戴宗道："好吧，正少一個同伴，我倆就一同去吧。祇是我會駕神行法的,你哪裏跟得上啊?"李逵道:"你的神行甲馬,不是可以借給人家的嗎? 有這甲馬,一道可行五百里,兩道就行一千里。你借我這一道或兩道就是了。"

戴宗道:"你用我的神行法啊,那是要吃素的。"李逵道:"祇有耐着性子,吃幾日素是了。"戴宗答應。

兩人拴了包裹,拜辭了宋江和衆家弟兄,出營自去。雙雙離了這高唐州,取路投奔這薊州來。第一日,李逵真的滿口純素。第二日,走到日中,戴宗收下神行甲馬,與李逵同去吃飯,却見村店裏有牛肉賣。店家把鍋蓋揭開,一陣香氣噴出。李逵聞着,已是垂涎三尺。戴宗看着,並不聲響,知道他是在口饞了。兩人繼續前進,跑到一家素麵館時,便走進去。戴宗向着堂裏坐了,李逵就在外邊廂旁坐了。驀地李逵喊起肚子痛來。戴宗道:"急速請醫診治。"李逵道:"這個不妨,不妨! 祇須解個大便就好。"戴宗道:"快去解來! 此去却切不可以開葷的。"

李逵答道:"這個曉得。"急忙走出飯店,就向那牛肉店走去。這店離開麵店,祇有四五間門面,戴宗看得清楚。李逵到了那牛肉店,摸出五兩銀子,教店家快快地切大盤牛肉來。店家看着來的是個大買主,自然殷勤招待。霎時切出兩大盤五香牛肉來了。李逵走得餓了,捏着就吃。亂塞亂咽,敲敲肚皮。不多時把這兩大盤牛肉吃得精光。店家看這菜錢還多,又是裝了兩大盤燥牛肉來。李逵又是隨手取了七八塊,藏在衣袖管內,説道:"多餘的錢,我不要了。賞與你吧!"

李逵匆匆地就奔回素麵店來。向戴宗道:"解了一個大便,肚子好多了。"戴宗道:"那麽,賢弟就吃麵吧。"李逵道:"肚痛稍好,還是不吃爲妙。"戴宗一笑,便道:"那麽,我們可以走了。"

兩人出了村坊,走了二里多路。戴宗道:"今日須趕路程,我與你就駕起這神行法來。"戴宗取了四個甲馬,就在李逵的兩隻腿上縛了,口中念念有詞,吹口氣在李逵的腿上。這樣,李逵曳開腳步行走時,渾如騰雲駕霧一般,飛也似的凌空起來了。戴宗又取出一扇"速"字旗來揭開,祇見李逵一個翻騰,從半空裏攛下地來。戴宗又將"速"字旗領着,李逵站起來就走。祇見兩邊的房屋樹木,宛如連排倒下般的。耳朵邊祇聽着風雨之聲,響個不已。戴宗再將"速"字旗揭開來,李逵又是一個跟斗,接二連三,李逵連連跌了幾跤,跌得頭腫腳青,那兩條腿,李逵自己哪裏還收拾得住?

李逵怕將起來,忙喊道:"我攛殺了,真的走不動了。"戴宗詫異道:"怎的? 我的這神行法今朝就不行了? 你吃過了葷沒有? 誰人叫你吃的?"李逵道:"我葷沒吃,祇吃了兩塊牛肉。"戴宗道:"原來如此。你身邊還有沒有?"李逵道:"還有幾塊燥牛肉啊!"戴宗道:"快快地給我丟了。"李逵邊走邊丟,把這燥牛肉全拋棄了。

戴宗便收了法,停了下來。對着李逵道:"你可以回營了。已吃了葷,駕起神行法來是要攛死的,怎能趕奔薊州?"李逵急道:"搭救柴王爺的性命要緊,怎能中途回去? 院長,我今都依你就是了。"戴宗道:"你還要瞞我去吃葷嗎?"李逵道:"老爹,鐵牛再要吃時,這舌頭上便長個大瘡!"戴宗道:"既是這樣,就饒你這一遭吧。"

戴宗帶着李逵,日日趕路。這日來到了河北薊州。先去北鄉,戴宗一處處地去問,人人都說道:"不知這二仙山在何處。"戴宗道:"鐵牛,你說薊州這個地方,你是熟悉得很的?"李逵道:"是啊,祇是這個二仙山我也不曉得是在哪裏。"戴宗尋思:這遭看來又是空跑了。兩人就在薊州,專找名山大川,去訪。一連走了三天,沒個眉目。到了第四日,兩人來到一地,這裏矗着一座山巒,委實秀麗。但見:

青山削翠，碧岫堆雲。兩崖分虎踞龍盤，四面有猿啼鶴
唳。朝看雲封山頂，暮觀日掛林梢。流水潺湲，澗內聲聲鳴
玉佩。飛泉瀑布，洞中隱隱奏瑤琴。若非道侶修行，定有仙
翁煉藥。

當下戴宗、李逵來到這個山麓，衹見山上有個滿頭白髮的老
樵夫，肩挑松毛，一路走下山來，嘴裏說道："不經辛苦事，怎覓世
間才？"

戴宗上前拱手施禮，說道："老丈請了。"樵夫便還禮道："客
人請了。"戴宗問道："借問一聲，有座二仙山在哪裏？"

那老樵夫聽了，呵呵大笑道："客官，這座就是二仙山啊！"

戴宗尋思，這山我曾來過，怎的會不知道的？便道："老丈，
這山就是二仙山嗎？"那老樵夫笑道："這是道家取的名字，百姓
不是這樣稱呼的。"戴宗聽了，這就是了。便問："此間可有一座
麻姑洞紫霞觀嗎？可有一位公孫勝道長住着？"

那樵夫答道："有啊，他是我的鄰居，道號一清道人。這裏很
少人知道他是喚作公孫勝的。衹循此路上去，過了幾個山嘴，便
是麻姑洞了。進得洞天，裏面有着七座茅屋。正中一間，籬笆搶
門，就是他家。他家還有老娘，早晚侍奉在側。"

戴宗謝了，便和李逵循着小路，彎彎曲曲，走上山來。果然
有個麻姑洞，洞內築着七座茅篷。正中一問，籬笆搶門。戴宗上
前叩門，衹見一個老奶奶拄着杖從裏面走出來，笑問道："兩位客
官，是從哪裏來的？爲着何事？"

戴宗答道："是從山東來此。請問老奶奶，入雲龍公孫勝道
兄在這裏嗎？"

老奶奶道："兩位垂詢我兒何來？"

戴宗、李逵兩人聽了，忙施禮道："原來是老伯母，姪兒多多
失敬！"戴宗道："我乃是水泊梁山弟兄之一神行太保戴宗。"李逵

道：“我乃是黑旋風李逵。”兩人雙雙拜見老奶奶，道：“今奉及時雨宋江兄長之命，特來邀請公勝道兄回山議事。”

老奶奶聽了，便道：“兩位來得不巧，我兒昨日到師父那邊焚修去了。”

戴宗道：“不知仙師洞府在於何處？”

老奶奶道：“這個老身不知道啊。”

戴宗道：“那麼，公孫道兄幾時歸家？”

老奶奶道：“這就説不定了。師父讓他下山，即便歸家。倘不允諾，三月半載説不定的。”

戴宗聽了，便向李逵道：“你看如何？我們祇得辭別這老奶奶，上路走了。”李逵聽了，霎時間，濃眉直竪，雙眼圓睁，腰下拔出那兩柄板斧來，大喝一聲，道：“快請公勝道兄出來，佛眼相看。不然，先劈了這老伯母，再把你家放一把火，燒作白地，纔知我黑旋風的厲害！”

老奶奶看李逵發狠，氣勢洶洶的，嚇得人往後倒退，渾身發抖。不想公孫勝早已聽到，便從裏面走將出來，喝道：“鐵牛，不得無禮！”戴宗也便喝道：“鐵牛，豈可造次！如何驚動老伯母！”連忙伸手來扶。李逵撇了板斧，哈哈大笑道：“不是這樣，公孫兄長怎肯出來啊！祇是老伯母受驚了，小姪賠罪！”公孫勝先扶娘親入內。

戴宗問李逵：“你怎知道道兄就在家裏？”李逵笑道：“你真傻了，老伯母回復我們時，她的眼睛不是向屋裏瞧着嗎？”戴宗心想：李逵這人倒是粗中有細的。

公孫勝再次走出來，拜請戴宗、李逵一同進去，來到後軒一間靜室坐下，問道：“虧得兩位尋覓到此。”

戴宗道：“道兄下山以後，小弟已是來過薊州尋訪一次，却苦没處打聽。今次宋公明哥哥，爲着去高唐州搭救柴王千歲，却被總兵高廉兩次使用妖術贏了。無計奈何，特來尋取道兄前往解救。哥哥現在高唐州上，度日如年，請道兄急速啓程去吧！"

公孫勝道："貧道飄蕩江湖，素願與好漢相聚。自從梁山泊分袂還山，非是生意婆娑，實緣德業淺薄。得蒙本師羅真人開導，故而隱居在此。日夜焚修，師父有命，輕易不可下山。"

戴宗道："師父現在何處？我們能否同去啓稟尊師，説明高唐州事？"公孫勝道："這也好。"便告辭老母，起身引着戴宗、李逵，出離茅屋，爬上山去。

三人來到山巔，早見紅日西墜。峭壁旁邊現出一條小徑來，直通到羅真人的觀前。公孫勝手指着道："此爲本師的洞府。"戴宗看時，見有硃紅牌額，上面寫着三個金字：紫霞觀。三人整整衣襟，徑進紫霞觀來。

兩個道童看着公孫勝引人進來，便道："師父朝真纔罷，現坐在雲床上養性。"

三人入内，衹見羅真人端坐在榻上，盤膝、合掌，閉目養神。公孫勝招呼戴宗、李逵，躬身侍立。

李逵看着，失聲道："好啊，這個道士酣睡着了，不知要等他到何時纔醒？"李逵發音洪亮，深山之中，空谷傳聲，是有回音的。公孫勝連忙將手搖着。

這時羅真人睜開兩眼，問道："這兩位客人從何而來啊？"公孫勝與戴宗、李逵三人上前行禮。公孫勝説明高唐州事："梁山宋江特派戴宗、李逵到來，呼喚小徒下山。未敢擅便，特來稟告我師。"

羅真人道："弟子既脱火坑，學煉長生，豈可重開殺戒？爲師命爾在山修煉，不得下山。"

戴宗道："高廉作惡多端，禍害地方百姓。柴王千歲身陷枯井，梁山英雄攻打這高唐州，却怕神兵厲害。拜求天書，須請公孫勝道兄下山，幫助作戰。懇請仙師慈悲，法旨允許。"

羅真人道："兩位有所不知，此非出家人所管之事。我們跳出三界外，不在五行中。一清道人祇會吸風餐露，在山打坐修煉。神兵厲害，上蒼自會收拾他的。"說罷，雙眼閉着，屏神息氣。神寄八荒之表，心遊六合之外，夢遊去了。

戴宗還想説話，公孫勝祇是挽着兩人就走，説道："師父眼晴閉時，就不談話。"

李逵却不肯走，問道："那老道説些什麼？"戴宗道："偏你没有聽得。"李逵道："誰懂得他的蟲聲？"戴宗道："師父教公孫道兄休去。"李逵聽了，叫將起來，吼道："教我兩個走了這許多路，千辛萬苦，總算尋見。這位羅真人，倒是放出這個屁來！不要惹得老爺性發，一隻手把這老道攛下峭壁去啊！"戴宗便喝道："你又想摔這筋斗了。"李逵道："不敢，這是説説玩的。"拔脚便走。公孫勝道："師父不允，且請兩位寒舍權宿一宵，明日再去懇求吧。"戴宗、李逵又到公孫勝的家裏。當夜公孫勝安排晚飯請兩位吃了，都至静室裏睡。

羅真人等着三人去後，傳喚道童進内，吩咐："今晚可將洞門大開。你們兩人入内打坐。倘有響動，切勿看覷。"道童領着師父法旨而行。

李逵睡至半夜，悄悄地爬將起來，聽得戴宗鼾聲如雷，自己尋思道：公孫勝不能下山，都是礙着這個妖道的阻擋。這妖道不准公孫勝下山去，豈不誤了哥哥的大事？倒不如殺了這個妖道，省得被他攔阻。李逵想定，就把斧子腰上插着，自開了門，走出茅屋。披着星月光輝，大踏步地望山峰上來。

到得紫霞觀前，李逵暗喜，祇見洞門大開，裏面燈光明亮。李逵思想：這倒怪了，既是洞門大開，又没人看守，待我進去吧。朝着上面看時，祇見羅真人正坐在雲床上，盤膝合掌閉目。四方是空蕩蕩、靜悄悄的。面前桌上燃着一爐名香，點着兩枝紅燭。

李逵上前，悄悄地說道："師父在上，弟子李逵拜見。"聽時，這道士一點聲音沒有。李逵抬頭望時，祇見師父兩眼閉着，鼻息微弱。李逵又道："師父好睡，李逵真的要殺你了。"還是不聞聲響。李逵細想：這妖道合該死啊。腰間拔出斧來，一聲吼叫道："妖道，你不該不准公孫勝道兄下山，就是你與梁山作對，這就錯了，你請看斧！"李逵對準羅真人的頭上，就是一斧砍去。霎時羅真人的頭顱跌落下來，屍體仍是端正坐着，這頭上卻沒冒一點血。李逵朝羅真人的頭再看時，羅真人的眼朝着李逵一睜，眼睛上射出兩道光來。嘴巴張了幾張，鬍子隨着飄動。李逵大吃一驚，旋身就跑，奔下這山岡來，回到麻姑洞茅屋靜室中，依然睡了。

羅真人從此脫卻凡胎，將屍體差喚六丁六甲，送入大海，原人仍是打坐在這雲床之上。

到了天明，公孫勝先是起來，安排早飯，款待兩位吃了。公孫勝與戴宗兩人，不知李逵昨夜做了歹事，李逵自己更不說。

三人用過早膳，戴宗道："再請道兄同引我們兩人上山去懇求師父吧。"

李逵聽着，暗暗地冷笑，自不願去。兩人動身，李逵坐在茅屋裏暗笑，想這妖道已被殺死，還去見他做什麼呢？又一想：待我前去看看這妖道究竟是何樣子。李逵踏出茅屋，追了上去，說道："好吧！同去就是。"

正是：要除起霧興雲法，須請通天徹地人。

欲知三人此番拜會羅真人結果如何，且聽下回分解。

第三十八回　入雲龍大破高唐州
小旋風義歸梁山泊

　　話説李逵惱恨着羅真人，不肯放公孫勝道長下山，幫助梁山作戰，心情急躁，唯恐耽誤了大事，夜間悄悄地摸上紫霞洞府，掄起板斧，就把這羅真人劈了。心想：這樣没人攔阻，公孫勝道長就可以下山去高唐州了。早晨，公孫勝、戴宗起來梳洗，還不知道這事，三人相邀再上紫霞觀去，拜望羅真人。

　　來到洞府，公孫勝早見兩個道童在洞闕守着。問道："師父可在？"道童答道："師父坐在雲床上頤情養性。"李逵聽説，暗暗地吃了一驚，把舌頭伸得很長，半晌縮不進去。

　　三人進觀，李逵果見羅真人端坐在雲床上，祇得低頭垂手，尷尬得很，不知如何是好。心中惶恐不已，思想：昨夜莫非是錯殺了人？

　　羅真人便道："汝等三人清晨前來，有何事嗎？"

　　戴宗道："特來哀告我師，大發慈悲，搭救高唐州衆人性命，免遭此劫。"

　　羅真人問公孫勝道："這事，賢徒意下如何？"

　　公孫勝道："願遵師父法旨。小徒可以前往，助他一臂之力。"

　　羅真人睜開眼來，撫掌道："善哉善哉！竹破還須竹來補，孵卵當須鷄爲之。物非同類，豈能生克？魚目不可爲珠，蓬蒿安能作櫃？梁山遵循玄女娘娘法旨，替天行道，爲師安能逆天行事？汝今前往，祇以大義爲重，拯民水火。切切不可忘乎所以，恣情妄爲。謙虛謹愼，經受鍛煉。汝家老母，我自早晚委人看覷，勿用憂念。”説着，便喚道童在玉匣中取出五彩霞光葫蘆一個，騰雲帕一方，付與公孫勝，並將口訣傳授與他。公孫勝再拜稽首，感恩不已。

李逵在旁見了，尋思：俺恁地對待師父，悔恨不已，眞的錯怪了他，祇恨少一個地洞鑽進去躲。恰在想時，羅眞人站身起來，招呼這三人道：“爾等都跟我來。這二仙山巓，有塊頑石，其名喚作‘望遠石’，能將千里外的情景，霎時顯映在這咫尺之間。高唐州的陣上，梁山英雄正與高廉苦戰硬拼，汝等可以前往站立遠眺。”

羅眞人領着三人到望遠石上，三人立停，祇見梁山營中：林冲、秦明、花榮、李俊、吕方、郭盛、朱全、雷横、楊雄、石秀、歐鵬、鄧飛、劉唐等衆英雄，正在酣戰高廉。及時雨宋公明和智多星吴用跨在馬上，徘徊遊移，正在旗門督戰。梁山英雄或持短刀，或挺長戟，或投索，或排鑲，刀如驟雨，旗若亂雲。擂鼓聲鳴，征塵四起。眞的是人似貔貅猛，馬若蛟龍勇。軍士挺進，有着破竹燎原之勢。高廉這些紙人紙馬，哪裏抵擋得住？戴宗、李逵看着，興高采烈，前俯後仰，拍手大笑。

霎時間，高廉拍馬向左右衝撞，尋個空隙，左手仗着法劍，右手在肩架上取出一扇旗幟。把這旗角揭開來，陽面向着自己，陰面向着梁山兵馬，喝道：“疾！”祇見那旗陽面日光朗照，陰面黑暗層層。霎時梁山陣上，伸手不見五指。一時飛沙走石，狂風大作。高廉將旗子掀着，左右飄動，頓時天翻地覆。衆英雄頭昏腦疼，不知南北東西。宋江、吴用也都跌下馬來。趕快收兵，三軍敗退。高廉拍馬飛馳，直取宋江。公孫勝情不自禁，口中念念有詞，喝聲："疾！"揮手將掌心雷向着陣上打去。說時遲，那時快。李逵見是高廉來捉宋江，大吼一聲道："俺李逵來也。"從石上向着空中猛跳下去。這公孫勝的掌心雷恰好打在陣上，驟時萬道金光，霹靂交加，從天而降，直向高廉陣上打來。高廉生怕失了這寶旗，慌忙便把這旗收了。

戴宗看着李逵跳下山澗，大驚失色，央求羅真人道："師父慈悲，快快搭救李逵。"羅真人掐指一算，喚聲："力士安在？"仙風起處，驀地來了一尊黃巾力士。羅真人吩咐力士如此這般。力士領了法旨，化陣清風去了。

羅真人便向公孫勝和戴宗兩人說道："李逵這一跌啊，就是跌落在九宮縣的大堂之下，要稍稍吃些苦頭，並不打緊。你們自回高唐州去，路上可以遇見。這李逵的性格、好處，為師早已知道。他秉性耿直，分毫不肯苟且於人。肚裏藏不了話，敢說敢闖。祇恨花言巧語之徒脅肩諂笑，痛恨官府助桀為虐。義勇當先，萬死不辭。祇是生性魯莽，容易壞事。昨晚他自持着板斧，悄悄地前來劈我。幸虧我自有些修煉功夫，身外有身，不曾被他壞了，遭受劫難。反是因禍得福，脫了凡胎。為師諒他心跡，知他已有愧悔之意，並不與他計較。祇是望他日後改過。"戴宗聽着，深感仙師的雅量高識，欽佩不已。

羅真人留着戴宗、公孫勝兩人在觀內宿歇，便問山寨裏的動靜事務。戴宗訴說晁天王、宋公明兩位寨主，仗義疏財、保國愛民的許多好處。羅真人聽說，極為高興。

在洞府一住三日，戴宗再拜懇告道："小可來的日子久了，高唐州軍情緊急，望師父慈悲，早囑公孫道兄，前去搭救宋公明哥哥。"

羅真人道："我本不教他去，祇以大義為重，權教他走這一遭。我有片言,弟子汝當記取。"

公孫勝跪在丹墀,聆聽仙師的指教。

羅真人道:"弟子,你往日學的法術,却和高廉的一般。今已授爾五雷天罡正法,憑此就可搭救宋江。保國安民,替天行道。休爲私意纏繞,誤了大事。吾有八字真言,道是:'逢幽而止,遇汴而還。'爾當牢記,那時休得有誤!"公孫勝拜授訣法真言,便和戴宗拜辭了羅真人。又回家拜別老娘,收拾道衣,離山上路,趕奔高唐州來。

且説李逵,從空攛將下來,就在九宮縣大堂的簷前,跌得頭昏目眩。這知縣恰坐堂上審問江洋大盜,驀地見堂前跌下一個黑大漢來。心知有異,不問情由,將這黑漢斷定是這盜犯羽黨,前來行刺。喝令皂隸將他緊緊縛了,重責八十大板,打得李逵皮開肉綻。喚取一面大枷釘了,押在死囚牢裏。

李逵身不由己,待甦醒時,已是關押在牢裏了。禁卒看着李逵是從半空裏跌將下來的,來得突兀。便問李逵道:"你究竟是怎地攛下來的?"李逵笑道:"知縣瞎眼,活該倒霉了。我是地行仙啊,西池皇母娘娘正開蟠桃大會,我是應邀去赴宴的。不想南天寶德門人挨人擠,仙翁把我撞了一頭,我自頭重脚輕,跌落下來。"

禁卒笑道:"哪見過地行仙會挨打的?"

李逵道:"仙人自有劫數,狗官日後俺自會收拾他的。"

禁卒笑道:"好啊,地行仙就請你在監裏逍遥逍遥吧。"

兩人正説話時,力士駕着祥雲,來到這九宮縣的上空,作起法來。念動解災解厄咒語:祗見監門大開,李逵身上的枷銬霎時脱下。力士喝一聲"起!"李逵便騰身而起,駕在半空。力士又喝一聲下,李逵又悠悠地飄蕩下去。

禁卒看着李逵飄飄然騰空,嚇得魂不附體,慌忙入府稟告縣主。知縣聽着，如聞驚雷一般，嚇得面如土色，心膽俱裂。忙設香案，望空再三拜禱。這縣主，三日三夜，神魂不定，祇是心驚肉跳，嚇出一場大病來了。

李逵又從空攢下來。這遭好了，恰好倒翻一個筋斗，坐在山野的草地上。李逵攢在九宮縣時，頭昏目眩；這時倒是清醒得很，腦中梁山英雄酣戰的情景，歷歷在眼前。李逵想着宋江逢受劫難，心中祇是焦慮，急着想趕向高唐州來，立起身來便走。在這山谷之中，不辨方向，急走一陣，卻又兜回原路。

李逵正在愁急之際，卻見前路有着兩人飄飄然地跑來，想去問訊，一看正是公孫勝和戴宗。李逵喜出望外，三人便又相聚。公孫勝告訴李逵："高廉陣上，受着俺掌心雷的打擊，已經收了這七星皂雕旗。梁山雖受挫折，沒大妨礙。"

李逵聽着，心情頓覺寬暢不少，回說道："前在二仙山上，真對不起羅真人，說來慚愧！攢在九宮縣前，吃了八十大板，卻也罪有應得。打得痛快，自願做個教訓。"

戴宗就把仙師訓示，告訴李逵。李逵連連點頭。三人一路談談說說，回高唐州來。公孫勝道："這樣走太慢了，李逵賢弟我就助你一陣風吧。"李逵笑道："一陣風怎地吹得動我這鐵牛啊？這是不可靠的，還是老實走吧。"李逵正在說話，忽見風吹樹動，樹林中"忽"的一陣風吹來，李逵恰想回頭看時，這兩隻腳已是騰空起來，身不由主，人自向空中闖去。李逵高聲喊道："又要攢跤了。"兩人隨他喊叫，並不前去拉他。

戴宗駕起神行甲馬，公孫勝騰雲駕霧而行。兩人行得迅速，祇兩天時間，就到了高唐州的附近，離梁山大營不過二十餘里。遙見山谷之中，李逵正在大路上鼾聲如雷地睡着。戴宗上前喚醒李逵。李逵醒過來，問道："院長，這是什麼地方啊？"戴宗手指着道："前面就是我們的大營了。"李逵嘿嘿地一笑道："這倒省得走了，公孫道長真有本領啊！"

三人望着營寨過來，公孫勝道長先到了大營。宋江、吳用見了，拱手迎接。三人齊入中軍帳內，衆頭領都來祝賀。各施禮罷，擺酒接風，叙問闊別之情。

公孫勝問道："邇來軍情如何？"

宋江道："自從戴院長去後，梁山與高廉厮戰，總是一勝一負。高廉妖術委實厲害，難於破他。高廉那賊每日衹自領兵前來搦戰，梁山堅守，一時無計可施，衹等道兄回來。"

公孫勝道："天下事逃不出'仁義'兩字。高廉逆天行事，容易破他。"

戴宗、李逵退出。宋江、吳用、公孫勝一起商議攻破高廉之事。公孫勝道："主將傳令，明日拔寨前行。看覷敵軍動静如何，貧道自有分曉。"

宋江當即傳令，各寨一齊起程，直抵高唐州城壕，下寨已定。次日早起，五更造飯，軍士都披掛了。公孫勝討一支令，帶動軍士五百，肩背葫蘆，手持法劍，一馬當先，直馳沙場而去。宋江帶動全營弟兄，在後追隨。搖旗擂鼓，吶喊震天，殺奔向城下來。

高廉早有探馬，報知宋江軍馬前來搦戰。便喚開了城門，放下吊橋。引領三百神兵，一身道裝打扮，馬上插着這七星皂雕旗，出城迎敵。

旗鼓相望，擺開陣勢。遥見一騎馬上，打着先鋒，坐着一個道士。高廉厲聲喝道："水窪草賊，來的妖道是誰？"

公孫勝诮："貧道乃河北薊州二仙山紫霞洞羅真人門下，梁山大義士入雲龍便是。高廉狗官，膽敢逆天行事，還不快快下馬受縛，尚可饒你一死！"

高廉聽着，衝衝大怒，拍馬上前，當着公孫勝的頭上就是一劍。公孫勝避開這劍，復手向着高廉也是一劍。兩下交戰，高廉自不是公孫勝的對手，便帶轉馬頭，把左手反在後面，右手向葫蘆蓋上搭着，口中念念有詞，霎時，葫蘆裏透出一道白光來，白光裏射出兩粒風火金丹，在空中激蕩不已。見風長，迎風大。

公孫勝尋思：焦道慶道長收的徒弟都是正派的，怎地出了這個不法之徒？焦道慶有四隻葫蘆——火葫蘆、水葫蘆、雲霧葫蘆、風火葫蘆，這隻風火葫蘆怎地落在高廉手中的？這倒是被他糟蹋了。今朝定要破它，除了這個歹徒！

公孫勝看這兩顆金丹在空中激蕩時，也就念念有詞，揭開腰間懸的那個五彩霞光葫蘆來，揮手搖着，葫蘆裏也就射出兩顆金丹來了。祇聽"騰咇"的一聲巨響，震得山崩地裂，把那高廉的風火金丹，霎時打得粉碎。

高廉看了，帶轉馬頭就逃。公孫勝追趕上去，就在高廉的馬後一劍，高廉把馬拎着，拍馬橫馳，避了這劍，再轉馬頭，趁勢腰間取出那面聚獸銅牌來。高廉用劍來擊銅牌，連連敲了三下，祇見高廉的神兵隊裏捲起一陣黃砂颶風，渾天動蕩，罩得天昏地暗，日色無光。高廉喊聲"起！"無數豺狼虎豹、毒蛇猛獸，一齊捲撲過來。

梁山軍士見勢不妙，恰待要走。公孫勝便在馬上祭出那法劍來，指着敵軍，口中念念有詞，揮一揮手，使出五雷天罡正法來。擊起一個掌心雷，"哐啷啷"一聲響，山鳴谷應。雷聲到處，射出萬道金光。祇見那些毒蛇猛獸、豺狼虎豹，在那蒙天的黃砂中亂紛紛，都墜落在陣前。衆軍看時，這些東西都是紙剪的。黃砂盡都散落在地上，再不飛揚。

這邊公孫勝與高廉雙方戰鬥之際，那邊羅真人在二仙山上，掐指一算，梁山將遭劫難。便駕祥雲從空而來，飄飄蕩蕩，迅速來到沙場之上。南海五雷島焦道慶道長這時心血來潮，陽陰一算，逆徒高廉，惡貫滿盈。却也須要走一走，將他收拾。焦道人駕着風雲,亦是飄飄而來。羅真人在空中見着焦道人來,相互稽首施禮。焦道人祝賀羅真人已成大羅仙人。羅真人説聲"慚愧!"便道:"貴門下高廉做了逆天之事,行將盜用神旗。"焦道人道:"是啊,逆徒膽大妄爲,待小弟收拾他就是了。"兩個道人,在空中叙話。

　　下面高廉見公孫勝破了他的聚獸銅牌,慌忙披髮仗劍,在馬鞍橋上拔出那七星皂雕旗來。一時之間,天翻地覆,雷電交加,震得梁山三軍落馬,白日天上星宿透現。公孫勝"哐啷啷"地又是一個掌心雷打去,震得高廉的手瑟瑟抖着。這時焦道人喝聲"疾!"高廉手一顫,那七星皂雕旗升空而去。羅真人"啪"的一聲,仍是天日昭昭。高廉嚇得魂不附體,慌忙逃走。

　　宋江看了,鞭梢指着,大小三軍,一齊掩殺過去。但見敵軍人亡馬倒,旗鼓交橫。高廉退兵入城。宋江鳴金,收聚軍馬下寨。

　　羅真人便回二仙山去,焦道人也回歸五雷島,再赴北極玄武宫,拜見真武大帝,奉還這七星皂雕旗。大帝問道:"你這徒弟,如何處置?"焦道人道:"理當橫死!"大帝頷首,説道:"去吧!"焦道人便回山島。

　　高廉退兵入城,心中煩惱。寶物失去,如何得了? 祇得緊閉城門,嚴加看守。城上多加擂木炮石,伺機而動,再作計較。

　　梁山營中,吳用察看地理圖,防備高廉狗急跳牆,夜間前來偷營。就在土山各處,派李逵、劉唐、楊雄、石秀、薛永、歐鵬、朱富、雷橫各自帶着步隊,四處分哨看守。公孫勝手持法器,亦是四處巡視。

　　紅日西墜,高廉在總兵府發令道:"本鎮今晚在後花園裏,操練神兵,作天罡大法。衆將無令,不得擅入。"高廉交代清楚,心想:祇有今夜去五雷島焦道人處一行,懇求寶物,纔可再與梁山作戰。高廉香湯沐浴,盥洗已畢。換了道服,騎着草龍。口中念動咒語,乘着烏雲,急向南天飛馳。

公孫勝正在巡視,看見天上烏雲亂翻,知道高廉在天上作祟。隨手取出騰雲帕來,鋪在地上,自己踏上,喝一聲"起!"那手帕化作一片紅雲,載了公孫勝冉冉騰空而起。

兩人同時升到了半空裏,高廉乘的烏雲低,公孫勝乘的紅雲高。公孫勝在高處看得清楚:那烏雲之中草龍上騎的正是高廉。公孫勝念動咒語,直待趕到高廉的烏雲雲頭之上,一個掌心雷直向草龍頭上打去。高廉"啊唷"一聲喊叫,從半空中跌落下來,攧在黃泥潭裏。公孫勝喝聲"止!"按落雲頭,收了騰雲帕,飄飄然走向本營來。

這時李逵、劉唐適在守衛,看見高廉跌下,兩人笑道:"歹賊,這遭要你好看了。"將高廉繩捆索綁,推向大營來。宋江連夜坐帳,燈燭輝煌,各路將領,兩側站立。李逵將高廉推上帳來。高廉一身是水,狼狽不堪。還自倔強,大罵梁山大盜,說:"貧道現被拿獲,爾等要斬就斬,要剮就剮,不必多言。"

宋江喝道:"速將高廉推出營帳,梟首示衆。"

吳用在旁喊道:"刀下留人!"

李逵吼道:"軍師,這是什麼意思?"

吳用道:"高廉忠於朝廷,頑固不化,情實可原!"

李逵罵道:"軍師,今日怎的頭發昏了?"

吳用喝道:"嘈!大膽鐵牛,怎敢藐視軍法?左右,快將李逵亂棒打出。"

李逵無奈,拔腳就逃,直逃出中營帳外,嘴裏還在嘮嘮叨叨,罵道:"梁山收了高廉,不是要倒灶了?"旁邊一個軍士道:"那也沒有什麼,回頭趁人不備,一斧子把他砍了。"李逵心中尋思:這話却對。就不多說了。

宋江却道："吳賢弟言之有理。高廉忠於朝廷，理當保護。祇是要看總兵是否願意歸順梁山？"

高廉便道："要我投降不難，祇須依了我三件事。"吳用問："哪三件事啊？"高廉道："這第一椿：今後梁山之上，任何人不能道一反字。哪個敢說聲反俺大宋，高廉就與他勢不兩立；這第二椿：梁山兵馬入城，不能驚擾百姓；這第三椿，不准動用國家倉庫一草一木。"

宋江便道："總兵所說這第二椿，梁山深表贊許。總兵如願叫開城關，梁山隊伍定當封刀入城。這第一、第三兩椿，梁山與你截然不同。總兵一時執迷不悟，這事可待總兵叫開城關後，再從長處理。"

高廉看宋江待他客氣，有隙可乘。思忖：讓我留在梁山，暗嫻地形，尋機畫個圖樣，送上東京哥哥高俅殿帥那裏，正好作個內引。他便可布置將領兵士，攻伐梁山。於是說道："如此願降。"宋江便囑軍士鬆綁，備酒相請。

李逵在帳外候聽，聞說哥哥已准高廉投降，氣得直跳。尋思：柴老王爺死在他的手中，這個狗官作惡多端，一刀殺了就是，還同他講什麼？祇是無奈！

宋江在席上問高廉道："高總兵，千歲柴進聞說一向受着大人保護，不知現在哪裏？"高廉答道："有這回事，當初，我曾盡力回護。到俺那裏，不止七天，他就不辭而行。俺曾多方尋訪，未知他的下落。諒是怕着高唐州有戰事，避居城外去了。"

吳用道："千歲定在城內，倘已出城，舊友故知，必然會來梁山軍營的。天明，我們同進城廂，前去尋訪何如？"

高廉聽着，心中暗笑：千歲早已下入黃泉去了，哪裏去尋？口中却是應着："好啊，明早我們一同進城去吧！"

不覺天色明亮，宋江調動軍隊三千，傳令向高唐州城進軍，全體弟兄同往。高廉隨着上馬出營,李逵緊緊跟隨。高唐州守城將兵,看到梁山隊伍前來,還想放箭頑抗,喊道:"休得近城,近城便打埋伏。"隊伍暫停。

吳用便命陶宗旺、裴宣隨着高廉出營。高廉拍馬前來,喊道:"城上各位將軍請了。本鎮現已歸順梁山,寨主進兵,爾等可以放下武器,徒手歡迎。"守城兵將聽了,一聲令下,城開橋平,衆將徒手前來迎接。

宋江下令,安民進兵,封刀入城。先有士兵提鑼,緊敲進去,嘴裏叫喊:"一城兩厢子民百姓聽了:梁山軍馬進高唐州來,不驚動百姓,不取寸草一木,不强買强賣,不强占民房,不淫辱婦女。倘有不法行爲,可以控告舉發。查明屬實,馬上梟首示衆。"

軍隊浩浩蕩蕩進城。宋江與高廉並馬而進,陶宗旺與裴宣執着兵器隨行。

行了一程路,來到總兵府前。吳用大喝一聲:"拿下!"豹子頭林冲闖了出來,將高廉從馬上擒了下來。李逵看着,十分詫異:既要拿他,何故勸他投降、贊他忠於朝廷?石秀見了,自然明白。便向李逵解釋道:"賢弟啊,這是軍師的妙計啊!你想:高唐州的軍隊,都是高廉的爪牙,還自有着實力。若祇斬了高廉一人,抵什麽用?這些軍將頑抗起來,高唐州何日可破?不就曠日持久了嗎?千歲身坐枯井,度日如年,寬打一日,他就多受一日災難。有個三長兩短,如何得了?高廉惡貫滿盈,軍師難道連這點也不懂嗎?軍師不是收他這人,而是借他的嘴,讓他叫開城關,不費吹灰之力,很快就兵進高唐州。還不便宜嗎?"李逵聽了,連連點頭道:"如此說來,我這亂棒是該打的,打得有理!"

宋江便道:"弟兄們,我們兵進總兵府。"傳令:將高廉縛着懸掛在旗杆上,夫人段氏也綁縛在轅門口,其餘家人奴僕,一律釋放。

這時，魏大人魏全把老皇娘娘鳳輦接來，宋江引着衆家弟兄迎迓，安頓下來。

宋江又傳令衆兄弟齊詣銀安殿，拜會柴王千歲。衆弟兄一同向着枯井前來。李逵搶步上前，從井口向下看去，幽暗潮濕，淒苦萬狀。李逵流淚道：“千歲的災難，都是俺連累的。”李逵便先下井，用籮筐把柴王從枯井中背將上來。

李逵背着柴王，柴王不住地喊痛，説道：“身上有瘡。”李逵上得井來，輕輕扶住。衆人看時：柴王在井下已是皮肉潰爛，臉色浮腫。雙眼怕光，眯着一綫眼睛，纔睜開又復閉上。滿身長着寒濕瘡毒，污穢不堪。有氣無力，已是奄奄一息。

宋江喚用軟椅抬着柴王，再至總兵府來。吩咐小心伺候，替千歲香湯沐浴，改換衣襟。抬着柴王，來到大堂坐定。

高廉看着柴王抬進總兵府來，心中吃驚：怎地柴王還沒有死？自己這條性命是難保了。嚇得面如土色，懸在旗杆，等死而已。

宋江陪着柴王，便問千歲和衆家弟兄：“如何懲辦奸賊高廉？”

柴王千歲便道：“恁憑弟兄處置，爲叔王報仇雪恨！”

弟兄們一時議論起來：有的説淩遲、碎剮；有的説開腸剖腹；有的説備一個大油鍋，把他烹了。

正在議論不一，守門兵士來報：“北天有着無數雀鳥飛來，齊停在高廉的身上。我們要趕也趕不了。”宋江便扶着柴王軟椅及衆弟兄前來觀看。祇見高廉身上、腿上都站滿了鐵嘴鳥，這些鳥狠命地啄着高廉，一時啄得他血肉模糊，沒有一塊肉是完好的。

正啄之間，正北方又見來了一隻猛禽。羽分五色，稱爲鐵嘴神鳥。飛到高廉的肩上停着，對準高廉咽喉，連啄三口。一時喉管、氣管、血管三管都斷。高廉霎時身亡，鳥群便即向北飛逝。

宋江傳令：將段氏夫人斬了，備棺成殮高廉夫婦屍首。

宋江敦請隨營大夫給柴王醫療瘡傷。

次日，宋江傳令：高唐州軍士到校軍場檢閱，願從者隨去梁山，重行整編。不願者，發放路費遣散。盤查倉庫糧餉。

梁山軍士在高唐州休整三日。第四日，梁山托塔天王晁寨主，特派探馬送來公事一封，公事上說：近得皇城探馬報道，蔡京丞相保奏史文恭爲一品紅袍平寇都督，並調雙鞭呼延灼爲平寇元帥，征伐梁山。已經打聽屬實，要宋江軍馬速返梁山。宋江看罷公文，尋思高唐州已破，諸事料理已畢，不宜久留。次日便與柴王千歲同歸山寨。所過州縣，秋毫無犯。正是：鞭敲金鐙響，齊唱凱歌回。

宋江大軍回到山寨，這時梁山早已派人將柴王的寶眷接來。柴進夫妻團聚，拜謝晁、宋兩公，並衆家兄弟。晁蓋選擇吉地，就山頂松岩幽雅之處，營建一所別墅，安置柴王寶眷。

梁山破了這高唐州，又自添得柴進、湯隆兩位頭領，宋江大喜。衆弟兄都來到金蘭軒上叙首，大排筵席，開懷暢飲。宋江推柴王做寨主，柴王不允。宋江便與吳用及衆兄弟商議，準備抵敵朝廷大軍。有分教：宛子城頻添羽翼，梁山泊大破官軍。

欲知後事如何，且聽下回分解。

第三十九回　呼家將擺布甲馬陣
梁山泊集會金蘭軒

　　話説梁山義軍大破高唐州，救得柴進，得勝歸來，連日擺宴慶功。此時蕭讓、金大堅把皇城送來的探馬消息取出，展開與宋江瀏覽。消息説道："朝堂上宣和皇帝聽説濟州梁山隊伍三打祝家莊，接着大破高唐州，倉廒庫藏，洗劫一空，氣焰囂張，感到十分驚慌。認爲這是朝廷的心腹大患，當今趙宋天下有着四大禍患：一是浙江的方臘，二是河北的田虎，三是淮西的王慶，四是山東的梁山。皇上降旨，立史文恭爲平寇都督，金殿召見。皇上便問史文恭，攻伐梁山，有何部署。史文恭奏道：浙江方臘遠離京師，有着長江天塹攔阻；河北田虎亦受黃河阻隔；淮西王慶兵微將寡；祇有山東梁山，勢最猖獗。山東和河南又屬鄰省，不予剿滅，將成大患。史文恭因議這四大寇中，當先出兵討伐梁山。又奏：討伐梁山，不可輕敵。請委呼延灼爲平寇大元帥，部署討伐。朝廷復下詔書，提蒲東金陵州大元帥大刀關勝，調往邊關，去接呼延灼任。呼延灼調到皇城，提兵先來山東。"

　　宋江聽了蕭讓、金大堅的報告，料着宋軍一時還不會來。未雨綢繆，先做備戰工作。傳令：將山麓下四個大鎮的子民，全部遷上山岡，早備船隻木排，讓他們渡河，務必於一月之間，將山下百姓全部遷上山岡。山麓所有房廊，悉拆上山，重行修建。百姓就在山上初步安頓。

這時皇城又有探子來報，呼延灼帶着大軍十萬，已在開封啓程。宋江傳令：調兵遣將，就在李家道駐紮水陸聯營——李家道是陸營，陸營後面就是石鏡湖的水營，水營後邊接着又是梁山金沙灘的陸營。這樣梁山發下來的人馬，不須渡河，穿過水營，就可直接通到李家道上。

且説皇城呼延灼奉着宣和皇帝的上諭，領兵十萬，前隊先行將爲百勝將韓滔，二隊先行將爲天目將彭玘。出離開封，浩浩蕩蕩，直向山東梁山進發。

梁山這邊，早有探馬連連報道：呼延灼前隊先行，已抵李家道。宋江正在中營打鼓升帳，聽得消息，便帶弟兄到觀戰臺來，看着官軍的二隊隨後也到。黃昏月上時分，呼延灼的人馬都已到齊。宋江、晁蓋等執着瞭遠鏡眺望，細覷這呼延灼的營寨，是按着五行八卦紮的。

宋江、晁蓋與衆頭領議論：這座陣營安排得奧妙，一時難以攻破。吳用道："這營分水、木、金、火、土五行排列，内藏埋伏；又分八八六十四卦，營寨裏有着六十四門。前營寨布置的是風門，衝進營柵，四處盡是飄風。狂飆之中，雜着灰石亂箭。人馬碰着，兩眼就會睁不開。倘若帶了防風的東西進去，這座營門倏又變爲火門。它的埋伏，變化多端。倘要攻破這座營寨，每個將領都須有對付六十四種埋伏的本領。"時遷却道："軍師説得有理。這事且待咱們看了呼延灼的沙場作戰變化，再議就是。"

呼延灼傳令安營下寨，將營紮好。傳令養軍三天，沙場討戰。

看官：這呼延灼乃開國功勳河東名將呼延贊之後，嫡派子孫。當年太祖趙匡胤兵下湖廣，呼延贊突圍救駕，使太祖轉危爲安，太祖賜封虎駕爲八百里浄山王。呼家代代王位，代代武將。

輪到呼延灼領兵時，西北胡奴小景率軍進兵界牌關，形勢危急。呼延灼掛帥，兵臨邊關，未滿兩月，平了叛亂，胡奴豎起白旗，獻上降書降表。呼延灼爲當今朝堂上五家王爺之一，又是一員名將。嫺於韜略，素有作戰經驗。起軍布陣，從容不迫，神鬼莫測。

呼延灼安營至第四天，便升軍帳。傳令排軍五百，齊備軍裝。跟隨將他的戰馬送了過來。這馬喚作四蹄踩雪烏騅，又名碌弸。隨着又送兩柄十二節半虎尾雌雄紫金雙鞭上來。呼延灼手搖兵器，踮鐙上馬，殺奔沙場，直詣旗門。吩咐兵士上陣叫喊。

宋江聞報，抓令一支，問道："哪位賢弟願往？"石秀出來説道："待我前去厮戰。"宋江點頭道："賢弟，沙場會戰，必須謹慎。"

梁山當即人馬排出，石秀搖了青銅鎖子棍，衝到陣前。呼延灼橫鞭勒馬，看到梁山營中闖出一員步將，身上披着戰甲，手裏搖着棍子。呼延灼心中盤算：步將在敵營中諒是名位稍次，可能是無名之輩。

石秀大踏步奔向前來，高聲喝道："呔，呼延灼，爾快放馬過來！"呼延灼聽了，却自問道："來將姓甚名誰？"石秀道："梁山大義士拼命三郎石秀。"呼延灼心中思忖：來人年少英俊，武藝超群。爲何不來神京，報效國家，却願陷於賊窩？怕是少人提拔。因思：兩軍交鋒，必須知己知彼，纔能百戰不殆。梁山四面環水，江漢縱橫。黃河之水，傾注其間，水浪洶湧。中間聳着一座高山，岡巒起伏，山勢險峻。梁山賊將，作亂多年。營栅之內，定是兵精糧足。我這來時，他等可以進則以攻，退則爲守。以逸待勞，一時不易剿滅。倘要攻破梁山，必須先收幾個將領，作爲內引，方始奏效。緣是呼延灼見了石秀，和顏悦色，坐在雕鞍上説道："石秀，原來是你！本藩爺早知爾在三打祝家莊時的威名。武藝超群，膽大心細。正好爲國立功。爲何不趨神京，奪取功名，却願深陷匪窩，辱没祖宗？諒是乏人提拔。本藩爺今日良言規勸，回頭是岸。爾可放下軍裝，棄邪歸正，隨同本藩爺回宋營去。拜本晉京，戮力同心，一同剪滅梁山匪徒。立下大功，可以出仕爲官。光耀門楣，纔不枉大丈夫人生一世！"

石秀聽了，連連喝道："呀呸！呼延灼，爾可知道當今皇帝無道，酒色昏迷，寵用奸佞，百姓在水深火熱之中？文華殿蔡京、武英殿楊戩、五城兵馬司童貫、金殿殿帥高俅，專權誤國，民不聊生。梁山寨主托塔天王晁蓋，興兵起義，招賢納士，吊民伐罪。依我看來，藩爺還是丟官罷職，隨我同上梁山，一同替天行道。"

呼延灼自思忖：我自勸他，他却反來勸我。看這小子冥頑不靈，一時難以説降。就命軍士擂鼓吶喊，雙方對陣。石秀提棍就向呼延灼的馬頭上一棍打來，呼延灼起鞭招架。石秀的戰法自與人家不同的，看來奇特得很。他舞的棍，人家是碰他不着的。由於動作迅速，這棍一舞起來，棍花起處，使人眼花繚亂，好似神出鬼没，就没法還手了。呼延灼留神看着石秀舞動棍子，就在他的馬前馬後、馬左馬右打着，蹦跳翻騰，打得連連不斷。呼延灼看着石秀雖一員步將，學到的這樣一身功夫，真能抵敵馬將，很不容易。思想：石秀的功夫雖好，步戰抵敵馬將，究竟吃力。這樣蹦跳下去，没有多少時可挨的，祇教耐心等待了。交戰幾個時辰，再有本領，勢必氣力衰退，鬆懈下去，就可將他生擒活捉過來。不料兩人交戰，直到中午，還是勢均力敵。再戰便是下午，呼延灼看着石秀揮舞這條棍子，整體運氣，陰陽平衡，舞得一無破綻。呼延灼雖是騎在馬上，揮動雙鞭，左右開弓，上下飛舞，却也占不得半點便宜。石秀舞棍是一緊一鬆的，剛柔得體。實者虛之，虛者實之。緊張之中，有其間隙，是有節奏地在戰鬥的，所以不見吃力。兩人足足戰了一天，直到紅日西墜。宋江站在觀戰臺上眺望，心中不住喝彩，石賢弟真有一身好功夫！預備吩咐軍士傳遞燈火，讓他們挑燈夜戰。忽見石秀尋個破綻，一個箭步,跳出戰圈。將手裏搖着的棍反一個身,左手搖開,右手指着呼延灼,喝道:"呔,呼延灼!"呼延灼把馬扣住,雙鞭搖着,問道:"石秀,有何言語?"石秀道:"行見天色抵暮,明日沙場再分勝負,如何?"呼延灼聽着,一聲大笑道:"好啊,收兵。"石秀轉身,大踏步來到大營繳令。宋江已下觀戰臺,回到大營,出帳迎接,揮手向石秀道:"賢弟,沙場辛苦了!"營中吩咐擺酒,宋江親自執壺把盞,斟酒三杯祝賀。酒畢,石秀回歸內營休息。

過了一宵,直抵來朝。宋江正在料理軍務,軍士前來報道:"呼延灼已來沙場討戰。點名要石義士出陣,再分一個勝負。"宋江起令,石秀踏了出來,正欲來接。宋江把手搖着,説道:"賢弟,昨日辛苦,今天就不必再出陣了,理當另委他人。"石秀道:"不啊!昨天有約,今天還是我去!"宋江道:"哎,賢弟,我軍戰將如雲,何必再勞賢弟?"石秀聽了,衹得退下。旁邊闖出林冲,前來請令。林冲今朝頭頂鋼盔,身穿鐵甲,威武得很!梁山營中,自從三打祝家莊得勝歸來,便行打造統一戰甲。所以林冲今朝是這樣裝束。宋江准許。林冲帶軍五百,排列沙場。

呼延灼馳馬前來,眺望來的不是石秀,却是素來相識的林冲。呼延灼見了林冲,心中却又思忖:林冲當年是東京八十萬禁軍教頭,可恨被那殿帥高俅陷害,從而逼上梁山。身陷賊窩,迄今沒人挽救。今日賊勢猖獗,朝堂之上還是文恬武嬉,醉生夢死,無力應付。軍中早有傳言:文士難當宋江之智,武將難抵林冲之勇。今日本藩既與林冲會見,倘若教頭願意回歸大宋,平定梁山,當是指日可待,實爲皇家之福。呼延灼心中盤算,衹見林冲已是馳馬前來,見了呼延灼時,便將戰馬扣住,拱手招呼道:"王爺,別來無恙!"

呼延灼看林冲還是思念舊情,便回問道:"林教頭,一向可好?"林冲答道:"倒也託福,安好!當年開封一別,倏忽寒暑數

易。聽説王爺討伐胡奴，旗開得勝。後來鎮守邊關，爲國效勞，
功勛卓著。可惜林冲與王爺天各一方，無緣把晤。今聽探馬來
報，王爺前來窺覷梁山。特請寨主將令，前來與王爺一叙舊情。”

呼延灼聽着林冲話中有話，便道：“林教頭，當年爾受高俅陷
害，本藩真的氣憤不已，祇恨無緣搭救。今日厮見，理當開誠布
公。千祈教頭掃却前嫌，棄暗投明，回歸大宋。且待一同平定梁
山，小可定當金殿保奏，還爾官職，洗雪當年怨仇，何如？”

林冲答道：“王爺錯矣，林冲決不回歸朝綱！”

呼延灼驚異道：“林教頭，當年爾受雨露之恩，朝廷器重於
你，今日何出此言？”

林冲道：“我在梁山，非爲個人恩怨，祇恨宋德衰微，朝綱不
整。君昏臣奸，民不聊生。梁山寨主托塔天王，憤國治之不平，
憫黎民之失所，於是崛起山東，揭竿起義，憑梁山水泊之險以爲
屏障。登高一呼，四海雲從。其勢如吞天落日，奔鯨駭流。他日
兵抵開封，清理朝綱。重整山河社稷，博施濟衆，使子民安居樂
業，如坐衽席之上。那時王爺還是鎮守邊關，爲國效勞，嚴防敵
人窺覷。今日相見，就請王爺放下武器，徒手同上梁山。梁山弟
兄益發敬重王爺。林冲保證，寨主定當重用。”

呼延灼聽着，心中思忖：原來林冲這厮是個冥頑不靈之徒，
咱自好言勸導，他却聽不進去。一聲長歎，心想：連日碰到的這
梁山來的兩個將領，石秀、林冲，竟是一模一樣。我自勸他，他倆
倒反來勸我了！好吧！既是如此，莫怪無禮，祇有放馬！

林冲、呼延灼兩人槍來鞭去，厮鬥起來。戰了四十餘回合，
兩將的智勇武藝一時難見高下——後來梁山弟兄評定各將高
下，第一虎將是林冲，第三虎將是呼延灼。林冲心中盤算：這樣
戰鬥下去，一時難以取勝。林冲把槍一搖，變換一套槍法：

> 大將懷抱一杆槍，上下急馳鬼神忙。連挑三槍龍吞月，

飛身化就獨龍槍。金剛懷抱琵琶勢，對胸挺擊最難當。槍
尖密密如亂箭，朵朵梅花透寒光。

這套槍稱爲百鳥朝鳳槍。這槍一起，迅如驚風，密似驟雨。
呼延灼祇能招攔格架，聚精會神，靈警地躲進林冲這四面八方灑
來的槍點中，哪有半點工夫還手？這樣呼延灼照應到八十多槍，
眼花繚亂，一時弄不清來龍去脈。這隻馬隨着呼延灼的擺動也
是不住地打轉，馬前馬後、馬左馬右，都是林冲閃來的槍影。呼
延灼將林冲的槍，前胸攔開，林冲又向呼延灼的馬頭上刺來。呼
延灼起鞭，把馬頭上的槍格開；林冲的槍尖，趁着馬勢翻上來，向
着呼延灼迎面又刺。呼延灼要避這槍，一個招架不及，身子祇得
往後一仰，起鞭便向林冲的槍桿子上抬去。林冲這槍下得厲害，
原是可以結果呼延灼性命的，祇因未出兵前，宋江和吳用計議，
呼延灼這員將領梁山是要爭取的，來日自有他的用處。所以林
冲這槍下得很有分寸，祇在呼延灼的鑌鐵帥字盔上輕輕帶着，却
聽呼延灼“啊呀”一聲喊叫，劉海帶雲時崩斷，頭盔落地，弄得滿
臉鮮血，頂髻崩開，披頭散髮起來。呼延灼心知不妙，趕快勒轉
馬頭，奔回陣去。林冲勒馬停蹄，高叫道：“王爺慢走，林冲是不
來追你的！”

呼延灼收兵退進營寨。百勝將韓滔、天目將彭玘便前來迎
接，慰問道：“王爺這番受驚了！”呼延灼着惱道：“勝負兵家常事。
兩軍對陣，何出此言？”呼延灼便傳令道：“將軍速速與本藩整備
連環甲馬隊！”兩將得令而行。呼延灼額頂受傷，自有隨營大夫
給他揩洗敷藥。

呼延灼祇是額頂上受了些皮傷。一夜休息，第二天清晨又
升坐軍帳。呼延灼起手持着大令一支，喚百勝將韓滔、天目將彭
玘，率領甲馬隊見機行事。呼延灼自己仍是帶着軍隊，奔赴沙
場，向梁山敵營搦戰，指定林冲上陣。

　　軍士急報及時雨宋公明，説是如此這般。宋江聽了軍報，感覺奇怪。昨日呼延灼已經敗陣，險些送了性命，今日爲何仍要林冲前去交戰？其中定有計較。

　　宋江抓令，豹子頭林冲已經站了出來，拱手討令。宋江便道："賢弟，今天出馬定要小心，不可戀戰，適可而止！"林冲睹這形勢，心中思忖呼延灼恐是另有打算，定有暗計。昨日我是要了一套槍法，打敗了他。不過呼延灼的兩條鞭子，確有能耐。他的功夫自然還未完全施展出來。呼家的鞭，當今天下可算得是數一數二的。特別是他那回馬鞭的一記，是所向無敵的。林冲就將人馬排開，出陣迎戰。

　　晁蓋、宋江、吳用三人齊登觀戰臺上瞭望。宋江執着瞭遠鏡向敵營巡視，祇見宋軍營內，呼延灼的旗門下站着一彪大旗隊。宋江看了，火速傳令陸營寨二隊軍馬急速退回水營。晁蓋問道："賢弟，敵營之中，見何動静？"宋江手指着道："兄長，敵軍陣下擺着無數紅旗隊。"晁蓋問道："這旗隊的後面又見什麼？"宋江道："大旗隊是作爲軍前掩護的。大旗隊後却是埋着四種軍隊：一是炮火隊，這隊放炮，炮火衝天，人力一時難於抵抗；二是象綱兵，當年西楚霸王鉅鹿之戰，曾經用過這兵的；三是火牛陣，這火牛陣攻陣劫寨，鬥力極大；四是連環甲馬隊。不知呼延灼的主戰軍隊是哪一隊，一時看不清楚。爲了摸清敵軍的實力，必須先作打算。爲了避免陸營意外損失，所以傳令退兵。"

　　這時林冲躍馬上陣，正欲與呼延灼會戰。呼延灼看見林冲已上陣來，便笑迎道："林教頭，你這一套槍法，真有神出鬼没之能，果是名不虛傳。本王爺慚愧，真的不如。祇是今日，本王爺還想請教一二！"説罷，兩將又是交戰起來。

　　林冲、呼延灼戰了數十回合，未分勝負。忽地呼延灼雙鞭向上一舉，勒馬橫馳，宋軍陣下韓滔、彭玘看得清楚，王爺雙鞭上

舉,就是命令開炮。霎時炮聲響亮,沙場上,呼延灼的軍隊隨着
呼延灼馬頭所示方向,左右兩面分開。旗門大開,宋軍營內衝出
了無數甲馬隊來。林冲雖是久經戰陣,卻不識得這陣。看着呼
延灼的隊伍向左面退去,思想我也祇有跟着呼延灼的馬匹走,纔
能保得性命,所以也往左面退走。林冲襠下騎的是一匹龍駒寶
馬,走得快,沙場上的梁山衆多隊伍一時哪裏退避得及?就被連
環甲馬隊衝着,幾乎全軍覆沒。

　　看官:這甲馬隊是一聯聯地排着的,五騎馬成一聯排着,這
一聯的馬肚上有肚帶扣住,要走祇能一起走,連衝帶奔,任何一
匹馬都沒法停止下來。所以五騎馬衝上,這股勁勢如驚雷迅雨,
力量大得很,誰也沒法抵擋。而且這聯馬的身上都蒙着皮,敵方
對這聯馬,用箭射,射不上,用劍砍,砍不進。馬的頭上,還掛着
一塊鐵板,鐵板上插着雪白鋥亮的五柄鋼刀。這五騎馬,有三個
軍士夾空騎着,那夾空的兩騎馬上,背着箭筒。馬上的軍士都是
手提長槍,腰下掛刀。遇敵前來,近者用刀槍砍殺,遠者就用弓
箭放射。這些馬前懸着擋箭牌,敵人前來,想用刀箭駛擊,宛如
潑水入石,不見效用。宋軍營中這樣的連環甲馬隊伍有着一千
餘騎,齊向梁山營柵衝來。營柵自然都是沒有準備的,哪裏能抵
擋得住這樣驍勇的敵騎?雖然宋江已經下令,軍隊早作退却,陸
軍營中兩萬餘人,還祇退了一萬五千餘人,還有五千人馬,奔至
水口,渡河已來不及,祇得向着兩面散開。

　　宋江看着這宋營的甲馬隊來勢凶猛,恐怕梁山水營也快被
衝垮,隨即下令把水營前面的船隻速速拆開,從水泊四散開去。
宋軍的連環甲馬隊衝到水口,就再也不能衝殺過去。韓滔、彭玘
看了,馬上傳令發出信炮,炮聲一響,連環甲馬停止進攻,立即
站隊。

　　呼延灼霎時撥轉馬頭,追趕前來,馳到水口,看到石境湖上

梁山的船艦都已漂蕩在水泊之中，星棋似的密布着。船上站着馬將，也有步將。雄赳赳，氣昂昂。人人奮勇，個個爭先。齊向岸上的甲馬隊伍睁視着。呼延灼看了，不覺驚訝，一聲長嘯，口呼："萬歲！蒼天！"

看官：呼延灼今日衝着梁山營寨，大獲勝利，爲何還要口呼蒼天？這其中有個道理。呼延灼是原想一下子衝垮梁山，消滅梁山的實力的。想不到這一戰陣祇衝掉了梁山微微一點，撼了梁山幾根毫毛，損失不大。這甲馬隊是祇能用一次的。第一次用，人家已經識破它的厲害，便會拆整爲散，來對付你，這樣甲馬隊的威力就差了。

呼延灼得了梁山陸營，獲得了許多糧餉軍裝。傳令起營拔寨，把自己的大營推進十里。安紮到梁山的水口。殺牛宰羊，犒賞三軍。

宋江傳令將水營收了，齊回金沙灘來。豹子頭林冲勒轉馬頭，取路從馬家道回上梁山來。眾弟兄都上梅花宛子城來。到了山寨，聚在金蘭軒商議軍情，討論如何攻破呼延灼的連環甲馬隊伍。宋江思想：要破這甲馬隊，陷馬坑是不起作用的，因爲這陷馬坑即使掘得很深很闊，多掘幾處，幾聯馬隊一掉，這坑就填滿了。後面的馬照常衝過來。用絆馬索也不會見效，絆馬索是祇能絆一騎馬，五匹馬相聯這力量擋不住的。一時大家想不出好辦法來。連開了十幾天會，還是不見頭緒。

驀地，金錢豹子湯隆若有所思地説道："這個甲馬隊麼……"話祇説了半句，黑旋風李逵焦躁着忙把手搖，就擋了他的話頭道："徒弟，你懂得什麼，不要多話！"湯隆就不説了。

宋江看湯隆正想説話，却被李逵攔住，便招呼李逵道："賢弟，湯隆有計，讓他説幾句吧！"李逵道："哥哥休怪，這個徒弟年紀還輕，金蘭軒中這許多人都想不出辦法來，難道他還有什麼神通不成？兄長不必聽他，徒費唇舌！"宋江却不以爲然道："哎，賢弟，湯賢弟熟悉軍器，他能知曉一些破這連環甲馬的陣法也不一定。大家湊湊，會想出些點子的。俗話説的：三個臭皮匠，合個諸葛亮。辦法就會多了，你不可小覷於他！"李逵聽了，着惱道："好好好，你去問他！"

宋江將手一招，請湯隆兄弟前來。湯隆便來前座坐下。宋江問道："這甲馬隊爾可知道如何破法？"湯隆道："這甲馬隊我哪會破？但破這甲馬隊的軍器我自知道一些。破這甲馬隊需要四件軍器，我祇知道兩件啊！"宋江問道："是哪兩件啊？"湯隆道："我祇知道擋牌和二節棍，還有兩件，尚不清楚。"

看官：湯隆家裏原是開軍器店的。他的爹爹人稱千里俠，專門打造各色軍器。軍書上還畫着許多圖樣，這些書在市上書坊裏是買不到的。例如《火龍經》《撼龍經》之類，什麼"聯環丹式""鐵計神車""排義神火鏡""轟天霹靂炮""毒火噴筒""飛沙神霧""萬矢飛廉箭""鵝鴨翎蕩板"等等，寫得詳盡，都是他家祖傳秘笈。那時湯隆還小，祇十幾歲。有次爹爹會客，這客是個校尉。爹爹翻出這些書來，讓這校尉看。湯隆在旁聽爹爹説，看到過攻打甲馬隊的這兩樣軍器。小孩子好奇，恰想再看下去，爹爹唤他出門買菜，招待這校尉，后面的就再没有看到。

宋江聽了，思想：既有武器，必然有人懂得使唤這武器的。現今知道了這兩件，還是缺少一半。雖然不知道如何破得，這個綫索却很重要。必須邀請一位英雄，能夠破得這甲馬陣法。有了對策，纔可兵來將擋，水來土掩，上沙場交戰。

宋江便向大家説道："衆家兄弟，哪個知曉何人能破這甲馬陣的？"大家聽了，默默無言。湯隆驀地站起説道："有人啊！"宋江問："是哪一個？"湯隆道："祇有金殿上的十殿大將軍金槍手徐寧。此人能擺能破，祇是他怎肯上梁山來啊？"

柴進、林冲、秦明等頭領，過去都在東京朝堂上和徐寧共過事的。祇知他和雙鞭呼延灼十分相好，但不知道他倆爲什麼恁地相好。今日聽湯隆這樣説，心中恍然大悟。

宋江便問道："湯賢弟，你是如何知曉的？"湯隆笑道："説來此人與我還是親戚呢，他就是我的姊丈啊。"宋江驚喜道："啊唷，他就是你家姊丈啊！"湯隆道："是啊！"宋江問道："這親戚，你家是如何交攀的？"

湯隆道："我的姊丈出身是個千總，他帶着一千人馬駐紮在我的故鄉。我爹爹開着軍器店，他常到我爹爹的店中來的。爹爹賞識他一身好武藝，所以把姊姊許配與他，還贈他一杆寶槍。這槍是千兩黃金難買到的。兩軍對陣，如遇敵將驍勇，用這槍去架，兩手不會發震。後來徐寧調進皇城，恰逢聖上操練軍隊。呼延灼在御校場上就擺布連環甲馬陣，朝堂上良將如雲，勇士如雨，却没有人識得此陣。呼延灼就在聖上駕前誇下海口：此陣祇有呼家擺得，這是呼家的看家本領。這時姊丈徐寧職位尚低，自然不便站出來説話。但在校軍場中看了此陣，便在圍牆之上寫下四句詩道：

> 呼家甲馬陣，能衝萬叢營。滿朝無人識，却有我徐寧。

"這事很快就被呼延灼知道。他怕徐寧日後和他作對，就向皇上竭力舉奏，徐寧自此官職步步高升。呼延灼器重徐寧，並且和他結成親家。"

湯隆這麼説着，衆人聽了，議論紛紛，説道："這人既是朝廷一員大將，如何能夠請他上山來？"宋江便道："這倒有個辦法，祇教能夠將他引出皇城，就能請他上山！"林冲問道："不知使何方法？"宋江道："這人一生喜愛的是什麼？"柴進答道："徐寧隨身帶着五寶，這是他一生中最喜愛的！"柴進這麼一提，林冲、秦明兩人都想起了。宋江問道：“是怎樣的五件寶？”柴進道：“徐寧頭上戴的，稱爲天王盔。盔上綴着一顆偌大的夜明珠。身上穿的羽甲，人稱雁翎甲。這兩件可稱稀世奇珍。”宋江聽了道：“噢，兄長這麼一説是了。這副盔甲當年是戰國時吳王僚穿戴的，專諸刺僚時，吳王正穿戴着這副盔甲，被專諸一劍刺着，這甲上後來就留下一道劍痕，現在却落在他的手裏。”

林冲道：“這甲大宋開國之時，太祖、太宗相繼定下制度，是賜與十殿大將軍穿的。大將軍換任之時，須將此甲繳回聖上。”

宋江問道：“還有哪兩件？”柴進道：“一件就是他的軍器，手上所持的槍。還有一件是他所騎的馬，那匹坐騎唤作獨角捲毛青獅吼，是馬中之寶。”宋江問道：“此馬是從何而得的？”柴進道：“這是一個陝西的馬販子孝敬他的。”宋江驀地想起，徐寧的前任，那個大將軍一時疏忽，丟失了這個寶物盔甲，循着朝廷王法，不僅丟官，還要發配充軍。後來仗了老賊蔡京保奏，纔算削職爲民。由於呼延灼的舉奏，補上了這徐寧。現在要騙徐寧出城，非要能夠盜得他的盔甲不可！

宋江就與時遷、白勝商量。宋江問道：“兩位賢弟，這盔甲能盜得否？”時遷道：“這盔甲的名貴，江湖上早有傳聞。昔年時遷爲了盜取這副盔甲，曾到徐府去過三次，一次總是要在徐府裏躲藏一個多月，始終没法知道這副盔甲藏在何處。”

宋江便問湯隆道：“湯賢弟，爾可知道這副盔甲究竟藏在哪裏？”湯隆答道：“這副盔甲，徐寧十分珍視，因而密密地收藏着。徐寧看到前任大將軍爲此丟了官，所以當皇上賜下這副盔甲以後，徐寧特請我的爹爹前去開封，爲他修築了一個藏甲房。這座房子室内盡多機關埋伏，重重疊疊。這個地方不但人走不進去，就連風也吹不到的。”

　　時遷就問道："裏面的機關是怎樣造的?"湯隆道："這藏甲房，我小時曾見過一張圖。第一間是一個猴子房。"時遷問道："養着這隻猴子是管什麼用的?"湯隆道："養着這隻猴子，是喚它專管這藏甲房的鈴帶的。猴子如見有生人前來，就會去拉動鈴帶。鈴帶一動，鈴子就響，外邊看守馬上就會知道。"時遷問："這猴子房坐落在徐府的哪一所在呢? 周圍有着什麼標識?"湯隆道："這點我就說不出了，我看圖時，那時祇十歲多，還不懂事，哪裏會看個仔細呢?"時遷又問："進了這猴子房，裏面又有什麼情景呢?"湯隆道："進去，還有二門，門上裝着一把閘刀。進門時，務必機警小心! 進了二門，室內團圈疊着鼓，這鼓共計四十九架，分成七層。雁翎甲就是藏在這鼓中的。"時遷道："我進徐府盜甲，差不多府內的地方都跑遍了，卻從未見過、聽說過有什麼猴子房啊! 也從未聽到過猴子的叫聲。"湯隆道："這一定是個暗門，或者是一座地下室。府裏的人很少會知道，陌生人哪裏會曉得呢?"

　　宋江便向時遷問道："時賢弟，爾看這甲能否盜得?"時遷道："盜是能夠盜得的，祇是先要去摸摸情況，這樣要費一些日子。"宋江問道："約需多久呢?"時遷道："總要兩月左右。"宋江尋思：呼延灼前來攻打梁山，阻着水泊，這方圓八百餘里地，水勢浩瀚。石鏡湖宋軍一時難以偷渡過來，可以拖延時間。這兩個月光景，梁山能夠守得住的。所以同意時遷的意見。時遷接着要求和白勝一同前往，仗他做個幫手。宋江也同意。

　　宋江便和吳用商議怎樣誘出徐寧，兩人足足討論了三天，纔定下一條計來。就派時遷、白勝、湯隆、楊雄、戴宗、楊林六人同往。每人給令單一紙，紙上寫得明白，盜出雁翎甲後，各照令單所寫趕辦。估計徐寧就能請上梁山，而且連他的寶眷一併都能接上山來。時遷、白勝、湯隆、楊雄、戴宗、楊林六位弟兄欣然接

令,隨即整頓行裝,帶着盤纏路費,分別起程。臨行之時,宋江一
一交代:到了皇城需要耽擱在自家的招商店內。

這六位弟兄啓程,有的是取水路,準備船隻;有的是走陸路,
備好車輛。做勤務的人後去,讓六位弟兄先走。

眾人下了梁山,趕奔行程,在路非止一日。這一日,時遷、自
勝、湯隆先自來到開封皇城。進城經天漢州橋大街,來至自己的
旅館。這就是前面說到的"聚義館",此時已經成爲皇城里最大
的客店,現任老闆人稱賽悟空馬德,是梁山在開封的探馬頭子,
專探朝廷上的消息。梁山各路都有探馬,是以這路設得最早,也
以這路爲最重要。梁山智劫生辰綱,嗣後林冲火拼王倫,擁立晁
蓋爲寨主,江湖早有聲譽,震動了朝廷。蔡京老奸奏明聖上,務
要嚴辦此案。所以智多星吳用來開封刺探消息,就是耽擱在這
招商店中。那時這爿酒館規模很小。吳用看覷馬德這人聰明伶
俐,是從學徒出身,久受官府欺凌,對於朝廷有着不滿情緒。思
想這人雖是小店老闆,卻可交個朋友。吳用和他說話,談得投
機,秘密與他聯絡,委他做個探馬。由梁山發下資本,將店擴
大,生意興旺,人來人往,消息益發靈通起來。馬德得着消息,
馬上派人送遞梁山。梁山所得朝廷上的消息,都是馬德傳
遞的。

這個馬德自己曾去梁山數次,因此,梁山弟兄都是認識他
的。今天梁山弟兄來到這聚義館中,馬德看見,馬上前來招呼,
請他們去後堂相敘。馬德動問:"梁山弟兄今日到來,諒有事情,
倒要請教。"時遷答道:"咱們前來,奉着副寨主及時雨宋公明和
軍師智多星吳用之令,特來皇城盜取這雁翎甲。"馬德回說道:
"這副盔甲藏得機密,外人是輕易盜不着的。"時遷問道:"這事爾
是怎麼知道的?"馬德笑道:"江湖上一班英雄都是早已看中這副
盔甲呢! 來盜這甲的,據我所知,已不止一二十人了,可是都盜

不到啊!"時遷道:"且待我們去盜盜看吧。"馬德立刻鋪設房間,時遷、白勝、湯隆就在這招商客店內住下。

　　正是:計就玉京擒獬豸,謀成金闕捉狻猊。

　　畢竟時遷等人能否盜得雁翎甲?且聽下回分解。

第四十回　時遷智取雁翎甲
湯隆計賺金槍手

　　話説梁山欲破呼延灼的連環甲馬陣，湯隆説出東京十殿大將軍徐寧能夠破得。宋江、吳用設計，當先盜得徐寧心愛的寶物雁翎甲，纔能將他誘出皇城，引上梁山。就派時遷、白勝、湯隆陸路趕奔京師；楊雄、戴宗、楊林水路前去。分頭辦事。時遷、白勝、湯隆先抵皇城，住在聚義館招商店中。

　　到了晚上，時遷、白勝帶着湯隆，翻牆進入徐府。時值初冬，山寒水落，冷月無光。却喜徐府樓臺，時見燈火發射。三人翻過每一院落，小心留神尋找這座牆門。仔細撫摸，祇是尋找不着。這樣一天天地找下去，直到十一月中，已經找了個把月，還是不見影蹤。

　　且説山東李家道上呼延灼的營寨，自從用了連環甲馬隊衝了梁山的陸營後，梁山一直掛着免戰牌，停兵不戰。呼延灼的軍隊眼看受着石鏡湖的阻隔，不能進兵。呼延灼因此發出文書送往山東濟南府，喚知府供應船隻，用以攻打梁山。濟南府接到公事，馬上派兵四出，攔搶民船。弄得民怨沸騰，鷄犬不寧。

　　這事早有濟南探馬，報到梁山。宋江得報，知道濟南在搶民船，準是解往呼延灼處，前來攻打梁山的。宋江當即派出一支水軍，前去東昌湖上駐紮。濟南船隻，經過黃河、運河開向梁山水泊來，都是需要經過東昌湖的。不久濟南有着大批船隻駛來，悉被梁山水軍攔下。隔了幾日，還有船來，又被扣下。

呼延灼聽説船隻全部損失，急於派兵去接，已經遲了，毫不濟事。呼延灼看着濟南來的船隻多次損失，無可奈何，祇得囑咐縣官去雇船匠，預備就在營中打造木排、竹筏，藉以渡河。這樣呼延灼祇得在水口守待，看着日子一天天地挨了過去，直等到了十二月二十日。

這時白勝、時遷、湯隆又是每日裏翻進徐府，尋找這藏甲房，祇是尋找不着它的牆門。因而三人進府的時間就一天天地提早起來。就這一天，天纔斷黑，三人已經到達徐府。恰巧騎在牆上，正想跳入花園。却見一個侍役，手裏挽着一隻油燈，一隻籃裏放了許多東西。這侍役向着那假山石後的半月亭上走去。祇見亭子的正面裝着六扇落地風窗。這侍役推開正中兩扇，時遷望進去看，這亭居中掛着一軸畫，畫着白衣觀音。便見這侍役將這畫兒捲起，隨手把牆推開，却見有一重門。這侍役就把東西放進，馬上把門關好，把畫放下，閉了這落地風窗，他是管自走了。

這事時遷看得清楚，便向白勝、湯隆指道："這個地方看來，定是機關所在，我們需要前去看看。"三人走上前來，推開窗門，隨手打旺煤花火，用火一照，祇見亭裏放着四張椅子。椅子中間放着一張小圓桌。桌後是張紫檀攔几，正中掛着一幅畫兒。時遷將畫捲起，看到的祇是護牆板，並没有門。湯隆前來，起手就將這板壁撅着。果然有一扇門自動地開啓了。這門内原是隻馬猴看守着的，這隻馬猴看見來了生人。一聲尖叫，迅速躥跳過來，張着爪子來抓來人。這時時遷自是機警得很，急唤白勝、湯隆快走，將手一搖，把門關好。這畫隨着放下，並把脚印也揩抹乾净了，關好了窗。推着白勝出去，白勝問道："爲什麽不進去呢？"時遷道："這裏説話不便，我們就回招商店去吧。"湯隆道：

"馬猴厲害,我們不怕,把它殺了就是。豈不乾淨!"時遷道:"不能,不能! 殺了這隻猴子,我們就不能進到裏面,因爲這事不一定一夜之間就能成功,猴子的主人天天要來喂的,這侍役看到猴子已死,知道有人來過,這樣防範會更嚴。倘是把雁翎甲移了一個所在,那麼,我們再來也是無用,這事就更麻煩了。"白勝、湯隆兩人聽着時遷這樣說時,感到他很心細,做這盜竊的事真有經驗。三人便回店去,歇宿一宵。

次日,時遷唤人買了許多水果,用袋盛了。晚上背向徐府園去。時遷重新來到半月亭中,將門撳開。馬猴看到生人來了,又要抓人。時遷就把這時鮮水果連連投擲過去,留神看時,頗覺奇怪,這猴子並不前來取食。

看官:這是徐寧早就設想好的。每日送給這猴子吃的經常祇會是這一個人,倘換了一人給它吃時,猴子來取,這人便打,並把東西拿走,一日不給它吃。這樣幾次三番訓練,猴子養成了習慣,祇會專吃那一個人送來的東西。時遷並不了解其中緣由,看見這個情境,想着定有道理,仍是把門關好,滅去痕跡,悄悄地自回店來。

時遷從這日起,就每天都去猴房抛投水果。這猴子原是愛吃水果的,看這人天天前來送它水果,並不打它,這猴熬了幾天熬不住了,見水果來,拾着捧來就吃。嗣後時遷來時,它就有點熟識了。再過幾天,時遷開門進來,丟東西去時,它就不來抓人了。

時遷來丟東西,這猴並不來抓,但是時遷的脚一踏進門,這猴還是要抓上來的。時遷就耐心再喂幾天,這樣一直飼候到年三十夜,時遷、白勝、湯隆三人又進亭來。時遷對着湯隆、白勝兩人說道:"看樣子,今夜可以動手了。"時遷就唤白勝在亭瓦上望風,湯隆先去捲畫,時遷隨手撳開了門,雙脚交替着地踏進。燃着煤花火，兩面照着，先去找尋繫這鈴帶的繩索。一看是有四根，這四根繩下都垂着鐵圈。時遷躡手躡脚地躥跳進去，湯隆跟着進來。湯隆一脚就把猴子踢開。猴子翻了一個筋斗，二次還是躥跳上來。時遷又是一脚踢開。看官：這猴子是怕人打的，它受到漢子的兩次猛踢，兩個筋斗一摔，摔得很痛，就不敢再上來了。

時遷、湯隆兩人就把頭門關好，輕手躡脚，接着來到第二重門。時遷伸手撫門，搭搭這門是鐵做的。手推上去，時遷力氣用得蠻大，這門倒是一動也不動。時遷便問湯隆道："這門怎地開進？"湯隆走前來看，瞧着門上正中的騎縫處刻着一個小小的八卦。這八卦的外圈刻着九宫，圈上寫着九個字：一、二、三、四、五、六、七、八、九。湯隆看了，心中明白，這裏諒是進處。却不知道這門如何開法。這九個字寫在門上，並無異樣，實際都是活的。看看很平，手去撳撳却是撳得進的，祇要用三個手指去點，點得準這門就會開的。湯隆尋思：爹爹所造暗鎖，是喜歡採用隔字分聯的，因此先用了手指去搭，先搭一四七，一旋，一點不動。再點二五八三字，一點一旋，忽聽門内裏面"嚓"的一聲響，湯隆知道這個彈簧已經震動，馬上伸出手來，在時遷的肩上一把抓着，倏地把時遷攔開了。這時牆門驀地向着左右移開，門檔上面懸着的那一把閘刀迅速地閘了下來。時遷大吃一驚，暗地叫道："真好危險啊！"

這時閘刀落地，就像門檻那樣有一尺多高。時遷再用煤花火向里間四面照去，看着裏面有一間比房子稍小的場地，左、右、後三面聳着石壁，地下鋪的是一塊塊的方磚。時遷、湯隆兩人跨過閘刀，一徑來到里間。祇見中間疊着一堆鼓，時遷和湯隆就在鼓的四周巡視一圈。看覷那鼓直徑有兩尺多寬，一尺厚，是竪着起放的。周圍七個，七個鼓的騎縫上疊着第二層鼓，總共七層。

最上面的鼓上，都繫着一根繩索。湯隆關照時遷道："這根繩索是萬萬不可去碰的。倘一碰時，這一堆鼓忽喇喇地都會坍下來的。"時遷道："這房屋造得堅實，金櫃石室一般。這鼓坍了，它的聲音外邊怎會聽到呢？"湯隆忙搖手道："這鼓上吊着七根繩，這鼓一坍，上面的鼓就都倒下來了，這樣繩索着力，就會震動上面的鈴帶。這鈴帶是一直通向外邊去的，說不定是直通到夫人的上房。這就告訴他們，我們在作案了。那就非常危險！這房裏還有暗箭隨時放出，會射下來的。你祇能踏着這鼓，輕輕地上去，翻進裏面去找尋。"

時遷問道："這鼓共有四十九隻。這甲不知藏在哪一隻鼓裏呢？"湯隆道："這雁翎甲不是藏在鼓裏的。而是放在鼓與鼓之間的。"時遷細看，這鼓十分難踏。人踏上去，身體總有分量，看着那根纖細的繩索，怎能吃得起人的分量？再看它的旁邊，還是沒有踏處。時遷便笑向湯隆道："我來掘元寶吧！"

看官：這掘元寶是時遷的術語，意思是說開地洞。湯隆聽着，忙道："動不得啊，我爹爹所造的機關，下面定是有鐵棚的，哪能掘得？"時遷尋思：這樣祇能走鼓上了。這個難度很大。今夜要把全身的輕身功夫都拿出來。這倒很要小心一二。不知自家究竟有着多少能耐。

時遷閉目養神，把功運在丹田穴裏。氣一屏着，駕起輕身功來。起腳躍向鼓上站去，先在鼓的底層跑了三圈，覺得還是可以。躥跳下來，歇息一會。搭搭地二次翻到頂上。時遷執着這煤花火向四處照着，看覷這鼓圈裏面是沒法跳下去的。祇好循着這鼓，在裏圈一擋擋地翻落下去。說也奇怪，時遷在鼓上翻上翻下，那七根繩索一點飄動也沒有，還是悠悠地垂着。真的是絕世本領，這事後來傳揚開去，江湖上贈他一個雅號，稱他爲"鼓上蚤"，意思說：他在鼓上躥跳，像跳蚤躲在鼓上一樣，躥來跳去，自由得很。

時遷來到了底層,看見鼓中擺着一隻鐵箱。這箱正與鼓與鼓之間的地位一樣大小,祇不過鼓是圓的,而這箱子是方的罷了。時遷站在箱邊,倒是恰恰有個插足之地。

時遷看這箱時,高有三尺,是鐵打的。箱上蹲着一尊彌勒佛。用手去摸,也是鐵的。時遷便向湯隆道:"雁翎甲可能就在這隻箱子內了。"湯隆道:"且慢,讓我看看。"湯隆是不會翻進鼓裏的,就用煤花火從鼓縫裏邊躍進去看。說道:"既有鐵箱,這甲定會在這裏面。"時遷問道:"怎樣打開這箱子呢?"湯隆道:"箱上那尊菩薩,想是開這箱子的鎖匙。你且把這菩薩的手脚扭扭移移,看個動靜如何?"時遷道:"拉拉扭扭這尊菩薩的手脚,可是一點也不動啊。"湯隆道:"那麼它的眼睛呢?"時遷就朝這菩薩的眼珠上一點,祇聽"噗"的一聲響,那個彈簧震動了。祇見箱蓋隨着直竪起來。原來在這箱子裏的四角,放着四根鐵的挺柱。那個彈簧一動,這四根挺柱就會向上直升。

時遷執着煤花火向箱裏照時,說也奇怪,並沒看見有什麼雁翎甲,却見偌大的一條赤練蛇埋得滿滿地盤在箱裏。這蛇頭昂起,嘴裏噴出那舌尖來。時遷倒是嚇了一跳,但是知道這種地方的蛇不會是真的,真蛇在裏邊哪能生活呢?時遷就用囊刺戮戮,這蛇却是並不遊動。湯隆低聲問道:"箱內看見什麼?裏邊有盔甲嗎?"時遷道:"沒有,沒有!祇是看到一條偌大的赤練蛇盤着。"湯隆道:"你把這條蛇搬出來就是了。"時遷道:"把它放在哪裏?"湯隆道:"就把它放在箱旁的空隙裏就好了。"時遷把蛇搬出,霎時露出箱底,還是沒有看見旁的東西。仔細看時,却見這蛇的尾巴和這鐵箱的底板是相連的。湯隆便道:"你把這蛇尾緊緊地用力拉拉看,我想,這可能下面還有夾底的。"時遷就把這蛇尾連連拉了三拉,忽聽箱底"潑刺"一聲響,這箱底中間便裂成兩塊,翻了開來。看到底下還有一隻小箱。時遷伸手就把這箱提起,把它擱在大的箱蓋上。

　　時遷看這箱時,有兩尺多長,一尺闊,一尺高,四面看不出有一綫縫,也沒有鎖,渾然一體,不知恁地開法。湯隆思想:兵家行軍布陣,就是十面埋伏,總是會有一條生路的。任何機關總也有它的破法的。就向時遷說道:"你把這隻箱子,上下左右,前面後面,背出來,反反覆覆,仔細看看。"時遷道:"這箱分量沉重,把它背着,翻出鼓來,這鼓吃着分量,怕會坍的。"湯隆眉頭一皺道:"你再把這箱子翻轉來察看一下,何如?"時遷就把這箱翻轉,衹見箱底裹有着兩個蠶豆般的小洞。湯隆道:"你再朝這洞扭一扭看。"時遷起手在這洞裹扭着,衹聽箱子裏面一聲響,這隻箱蓋頓時揭起來了。箱裏放着一個油布包袱。時遷打開一看:這驚非同小可,不是別的,原來裏邊正是藏着盔甲。那盔帽上正中,綴着一顆偌大的珠子。有龍眼那麼大,滾圓鋥亮。時遷用煤花火照着,更覺光燦奪目。再一看時:那甲上還有一個洞。時遷心想:這就是宋大哥講的專諸刺僚時所留下的劍刺痕跡了。

　　湯隆却道:"雖是目下得了這雁翎甲,還要當心,謹防假冒。否則,再來就不便了。"時遷道:"這甲的真假怎樣分辨得清楚呢?"湯隆道:"你可背着這煤花火,把甲平放着在遠處,翹首望過去看,甲上有無毫光?"時遷翹首一看,毫光燦燦閃耀。湯隆便道:"可以把它帶走了。"時遷把油布包好,肩上背着,胸前打好了結,俯身把這小鐵箱放進大鐵箱裏。湯隆道:"這大箱不必蓋好,你就仍由這鼓上翻出來就是了。"時遷又是躡手躡脚,翻出鼓外。這遭翻身,帶着這甲,更須小心,躥跳更爲吃力,翻得渾身是汗。時遷走到外面,這隻猴子看見時遷出來,躲在角裹,嚇得一動不動,好像它懂得今宵出了事故,明朝徐大人查問這事,自己的生命會有危險。

　　時遷、湯隆出了暗門，細心地把門關好，放好畫軸，揩去足印。兩人迅速開窗跳出。翻牆前去會晤了白勝，三人躥出徐府，回到這聚義館。恰在三更時分。

　　這時戴宗、楊雄和楊林三人已經來到了這聚義館。看見時遷肩上帶進包來，心中早已明白。眾人便在密室燈光之下，啓包來看。果見是那雁翎甲，珠光寶氣，眩人眼目。戴宗拿刀去砍，看這甲果然是不怕刀的。大家歡天喜地，就依着軍師吳用的令單辦事，各有各的，一個一個準備起來。

　　時遷已把盔甲盜出，想着徐府還不知道，需要前去通個消息。於是找來白紙一張，寫上"盜去雁翎甲"五個大字。徑出館去，翻到徐府大廳的瓦上。時遷蹲着望下去看，堂前燈燭輝煌。徐府家人正在殘臘守歲，熙熙攘攘，熱鬧非常。齊在伺候徐寧回府，叩頭領賞。這時徐寧不在府中。

　　看官：宋代朝廷的規程，每逢歲底傍晚，皇帝臨殿，文武百官須要前去朝賀，三呼萬歲。賀畢退朝，便在福海殿上大擺筵席，君臣歡聚，喚作"與民同樂"。飲酒賦詩，直到昧爽之時纔散。時遷便用瓦爿，將紙包了，扔下天井。家人聽到天井中"噗通"一聲響，跌下一個紙塊。拾來看時，祇見上寫着"盜去雁翎甲"五個大字。齊喊道："寶甲失竊，還當了得！"捧着這紙，齊奔向上房來，報告湯氏夫人。夫人正在發賞，接過紙張看着，微微一笑，將這張紙擺在桌上，吩咐家人不准多言。泰然自若，若無其事。家人看着，益發着急，她却不在心上。

　　看官：這夫人是在打什麼主意呢？夫人自有她的想法。夫人的爹爹，人稱千里俠。千里俠老於江湖，三教九流的伎倆他都熟悉得很。夫人曾聽爹爹說起：常有盜賊尋不着甲，就用這個辦法。這個喚作"投石問路"。主人看了這張條子，定道真的東西失去，慌忙前去找尋。這樣不是就等於將賊領到了藏這東西的機關了麼？所以夫人泰然自若，不料這次盔甲真的被盜去了。時遷前來通知，爲的是讓他們知道，便於明朝將徐寧騙出皇城。

時遷回到招商店中，將盔甲交給了戴宗。這頭盔上的寶珠則由湯隆挖出，把它藏在身旁，等待天明前來徐府拜年。

五更時分，酒闌席散。徐寧坐着八人金鑲大轎回轉府來。家人叩見大人，徐寧起手招呼道："罷了，爾等前去賬房領賞吧！"

這時夫人前來迎迓，廳堂見禮。天纔黎明，夫人説道："昨夜府中來了偷兒，想盜這雁翎鎖子寶甲。"徐寧忙問："啊，夫人，你是如何知曉的？"夫人道："這賊在屋上撂下一紙來。"説着，夫人袖中取出紙張，遞與徐寧觀看。徐寧看了，便問夫人道："藏甲房你曾去看過了嗎？"夫人道："這是盜賊用的詭計，我去一看，等於指點道路，倒把他領去了。"徐寧聽着，却是放心不下，腰懸寶劍，走進花園。一徑來到亭中，推窗捲畫。祇見門户大開，進門直趨鼓房，却看衆鼓巋然無恙。徐寧心中驚奇，將手搭着，這鼓就坍落下來。徐寧望去，驀地便見鐵箱已開。再提小箱，感覺小箱分量很輕。把箱打開看時，盔甲已經不見蹤形。徐寧頓時嚇得面色鐵青，險些昏倒。回到外間，却見猴子還是躲在牆角。徐寧惱火起來，起劍殺了這隻猴子。

徐寧失魂落魄踉踉蹌蹌走至大廳，夫人看着徐寧氣色不佳，知道府中真的出了這事。徐寧急道："寶甲已經丟失，如之奈何？"夫人心中思忖：寶甲既已盜去，這賊爲何還通知我們？徐寧思想：今天大除夕，城門是通宵不關的。如説平時，城門未開，賊子閉在皇城，現在却不同了，賊子早已逃之夭夭。往時可下公文請開封府馬上追查，今日遇着新正是封印的，公事就不能下，怎麼辦呢？徐寧兀坐在大廳上，祇自驚惶不已。思想前任大將軍，爲了丟失寶甲，朝廷法辦。虧得蔡京丞相勸説，纔算削職爲民，今朝却是落到我的頭上了。一時六神無主。

　　且説湯隆在聚義館中討了暖轎，備着年禮，來至徐府。門上人自是都認識這舅爺的，連忙出來迎接，拜道："舅爺，小的叩見！"湯隆招呼道："免禮。"家人搬下年貨，湯隆便請通報。家人道："不須通報，直與小人一同進府就是。"家人領着湯隆前來，搶步上前，叩見徐寧，報道："大人，舅爺來拜。"徐寧道："請。"夫人問道："是大舅，還是二舅？"夫人爲何要恁地問呢？因爲去年冬天她曾接到湯興來信，説和兄弟争論幾句，湯隆就此逃亡江湖，迄今不知下落。夫人所以要這樣問。家人便道："是二舅爺啊。"説着湯隆已經踏步前來。徐寧雖是十分納悶，看着來了舅爺，今天又是新正初一，祇有站起，强笑招呼。左右送上蓮桂湯、青果茶來。

　　湯隆就在下首太師椅上坐定。夫人問道："兄弟一向在於何處？今日來得恁早？"湯隆道："我是昨天就想來的，不曉事情忙碌，來不及了！"徐寧道："賢弟自離家後，一向如何生活？"湯隆道："兄長爲人勢利，氣量狹窄，惱了我的性格，所以出走，東闖西蕩，浪跡江湖。後來兄長派人尋找，唤我回去。我回家後，不知兄長另有打算，他是不肯做好事的。"夫人道："大舅唤你又做甚事？"湯隆道："他看我猴子屁股坐不牢的，就吩咐我外出收賬。在這黄河口一帶，收取一千多兩銀子。我是廿五日到河南的，收至昨日纔收了幾筆賬。"徐寧道："收下多少紋銀？"湯隆道："三百餘兩。姊丈，我今朝真發財了。"徐寧思想："湯隆還是個孩子脾氣。他年年來，年年如此。究竟年輕，怎麽三百多兩銀子就算發財了？"徐寧道："原來如此。"

　　湯隆向着徐寧又道："今朝我進城來，正想討轎子坐，不想轎行元旦是不開市的。我背着銀包，邁步前來，看着大相國市街上熱鬧非常。忽見一個黑臉漢子，身材長得矮小，肩上背着一個油包，鑽進古董店裏，取出一顆明珠要賣。店員卻道：'今日元旦，是不收貨的。老闆早已拜客出店去了。'這人退出店來，嚷着想賣，四周擁着七八人看覷。我跑過去，覺得眼前一亮，早被那顆明珠吸引住了。心裏愛好，便就問他：'這珠要賣多少錢啊?'他說：'需要紋銀五百兩，少了不賣。'我道：'没人要買，三百兩就賣給了我。'不料他同意了，我就買下。姊丈，這珠是顆寶珠，我看足值紋銀一千兩啊。"徐寧道："這珠喚作什麼珠啊?"湯隆道："這珠的名堂，我未問他，倒是説不來的。"

徐寧尋思：二舅這人真的糊塗。珠寶行裏常出拐子。珠的名堂都不曉得，怎好花三百兩紋銀就去買呢？便道："你且拿與我來看看!"湯隆就從荷包中將珠摸出，交與徐寧。徐寧打開一看，霎時大吃一驚，原來這珠是自己頭盔上的夜明珠啊。忙道："這珠却正落在小舅之手!"夫人看了也覺驚異，説道："賢弟，這珠原是你姊丈頭盔上的!"湯隆也自失驚道："啊唷！姊丈頭盔上的寶珠，怎會落在這個黑漢的手中呢?"夫人道："姊丈的雁翎寶甲，昨晚驀地失去了。"就把失甲之事，約略告訴湯隆。湯隆聽了，躊躇道："姊丈，這人難道就是江湖上的穿窬嗎？這人看來跑得諒不會遠，他的肩上還有包袱，可以速去追捕!"徐寧問道："他是向哪處走的?"湯隆道："向着北城龍亭那個方向走的。"徐寧聽了，就喚家人趕速備馬。從人把馬牽來。湯隆道："不必。街上人擠，姊丈乘馬，我自與從人快步急行就是。"湯隆引着徐寧，向北一直追趕。跑出北城，走北大街。湯隆邁開兩腿，飛速前行。湯隆人稱金錢豹子，腿上的功夫好得很。徐寧騎着馬，一歇工夫，四個家丁就跟不上，遠遠地脱落在後。湯隆引着徐寧，直到黄河水口。

這水口的東西沿河是條大道，這時水口上站着一位公差，穿着號衣，掛着腰牌。湯隆知道：這人就是水泊英雄病關索楊雄。湯隆上前故意問道："呔，公差，可曾看見有個黑臉漢子，背着油

布包袱在此經過?"楊雄看時,馬上坐着一位將軍,心中明白,這
人諒是徐寧。便道:"有的。曾經看見,這人生來矮小,由此直向
東跑。"起手指着那人跑的方向。徐寧上來,楊雄踏步上前,一躬
到地,叩道:"小人叩見徐大人!"徐寧問道:"你是哪個衙門中
人?"楊雄道:"開封府啊!"徐寧道:"爾今穿着號衣,在幹什麼?"
楊雄道:"奉着府大人之命,前來水口查夜,恰想回轉衙去。"徐寧
道:"好啊,本府失了一副盔甲,你既看見那個黑臉漢子向東遁
逃,命爾與我一同前去追捕,捕獲了這漢,重重有賞!"楊雄道:
"遵命!"

這樣徐寧、湯隆、楊雄三人共向前走,約有二里之遙,祇見前
面有號大船,向着南岸對面駛來。這船的船首上,站着一位員
外。頭戴天藍緞斗色方巾,身穿天藍緞緞花開背,腰繫薑黃絲
帶,穿着大紅綢紮腳褲,白襪烏靴。硃砂臉皮,三撮青鬚。兩手
捧着這雁翎甲來觀賞。看得高興,在船首上仰天大笑,"哈哈哈"
笑個不停。

徐寧跨在馬上看得清楚,這員外拿的正是自己的寶甲。湯
隆問道:"姊丈,你看,這甲可是你的?"徐寧忙把頭連連點着。湯
隆一聲喊叫:"來船快靠攏來!"楊雄也是喊道:"船家快快靠攏!"
船夫還未啟口,祇聽船首上那位員外問道:"爾等要船靠攏幹什
麼啊?"

湯隆心中明白,這船首上站的,就是神行太保戴宗。便問
道:"員外,你這甲是從哪裏來的?"戴宗便道:"這甲是我在這水
口,出了重價買來的。"徐寧看這員外派頭,不像是個偷賊,便問
道:"你買這甲,出了多少紋銀?"戴宗道:"我自看了喜愛,出了重
價!"員外把手臂一伸,五個手指一搖,説道:"嗒,白銀五百兩!"

徐寧聽了,心中暗暗高興,思想:這副盔甲價值五千兩都不
止。看來,這位員外未必識貨! 這甲我今追不回來,難免一場橫

禍。現已查到，費了這五百兩銀子，可以把它贖回，破了些財，卻好免去一場災難。徐寧説道："實不相瞞，這甲是下官失竊的，請你快快送回來吧。"戴宗道："這是我在水口買的，豈肯白白地送還你？"徐寧道："我就賞你白銀五百兩吧。"戴宗道："我又不做生意。這甲我買了，就心愛了。心愛之物，你就賞我千兩黃金，我是不肯賣的。"

湯隆聽了，勃然大怒道："咄！員外，你不知道。這位將軍就是十殿大將軍徐大人徐寧。這甲是宣和皇上御賜之物。現今賞你白銀五百兩，你一點沒有受到損失。若不歸還，這將軍就向金殿申奏，説得重些，你是盜了徐府之甲，説得輕些，也是買了大盜的贓物，那你頃刻會有滅門之禍。"戴宗不覺笑道："你這豪奴，休要唬我。我是紅眉毛、綠眼睛看得多了。我自水口買來，光明正大，休要你來多言！船家，快給我向前搖上去。"

徐寧尋思：這樣蠻而無理的人，倒也少見。他自不怕禍祟，不要讓他跑了。就喚公差，與我雇船追上去。

徐寧、湯隆、楊雄三人祇得轉身，回至水口。卻喜水口看到停着幾隻航船，這些船的船首上都是點着香燭，有的在放鞭炮。楊雄前來雇船，船家齊聲回報，有的説是："利市未開。"有的説是："没搖船人，早已上岸快活去了。"湯隆再走幾步，看到梁山來的兩隻船。就喚船家，給俺擺渡，速去追逐前面的那號大船，大人定是重重有賞。那船家聽説有賞，答允一聲，搖船攏來。徐寧跨下馬背，便和楊雄、湯隆一同下這船去。這隻船小，那一騎馬自然放不上去。卻見這時家人已經追上來了，徐寧就將這馬匹交與家人，喚他們先自回去。

徐寧、湯隆、楊雄三人下了這隻小船，船家抽跳解纜，將篙調頭，急搖着櫓，往前追去。祇見前面那號大船原是由東往西，這時已經改換方向，徑向北岸駛去。徐寧立在船頭，祇叫快追。不料此船駛得極快，徐寧的船一時却是追趕不上。追了許多時間，已經到了黃河北岸。徐寧眼睜睜地看着那船靠岸。這時員外將甲包好，斜肩背着，舍舟登岸而去。

一會兒，徐寧的船也已趕到。徐寧回顧，便喚公差，楊雄唱一聲喏。徐寧吩咐楊雄道："快把這隻賊船扣下了！"楊雄就跳過船去，喚道："奉着徐大人之命，你這賊船已被扣下來了。"楊雄就守在船上。這時徐寧和湯隆兩人登岸，追趕這個員外。徐寧自恨船到得已稍晚，祇有急急地追趕。遙遙望着這員外的背影，拼命地跑，可是徐寧和這員外總是差着這一程路。徐寧邁開兩腿，追得滿頭大汗，氣急呼呼。

徐寧正追之間，忽見山坡樹叢之中推出一輛羊角車來，車輪滾得極快。徐寧尋思：我的馬已經帶回府去，眼看這個員外追不上，湊巧來了這輛車子，正好利用。徐寧就喊推車的。原來這車夫就是梁山英雄楊林，徐寧自然蒙在鼓裏，哪裏會識得？楊林把車停下，問道："這位將軍何故使喚小的？"徐寧道："我雇你車，速速與我追趕前面那個背包的人！"楊林搖着手道："今天是大年初一，我是從來不做生意的！"湯隆道："推車的，這就算你的運氣了。你是開歲就遇見貴人，這位就是十殿大將軍徐大人啊。你若追到了前面那個歹人，大人自然重重有賞，保證你這世吃不完、用不完啊！"楊林道："既這麼説，請將軍就上車吧。"

徐寧恰想上車，祇見迎面又是來了一個賣糕點的。這人頭上頂着一隻盤子，盤裏盛着許多上等細點。湯隆看這賣細點的就是白勝，喚道："賣點心的過來。"白勝就把點心盤兒放下，端了過來。湯隆便買了四個餅，楊林買了兩塊糕。湯隆把兩個餅自己吃了，剩下兩個，贈與徐寧。徐寧一早跑了這麼許多路，早已饑腸轆轆。見是上等細點，謝了湯隆，拿起來也就吃了。徐寧坐上車去，楊林把車推動得極快。説也奇怪，前面這人，徐寧看他是個員外,文縐縐的,却怎麼也追不上。

看官:徐寧吃的這兩個餅,是摻着蒙汗藥的。不到一刻,腦子搖晃起來,車就坐不定了。湯隆忙來扶他。楊林就把這車子慢慢地推。一會兒見徐寧已被蒙翻了,楊林就把這車停下。打一招呼,戴宗就回轉頭來,把徐寧捆縛在這車上。楊林、戴宗兩人就輪流推車,直將徐寧送上梁山。

湯隆看着楊林、戴宗已經推着徐寧前去,自己便坐船從黃河的北岸,駛向南岸來。回到水口,湯隆上岸。徐府家人一路緊跟着主人趕路,感到十分吃力,正在那裏休息。湯隆見了,就喚家人先回城去,把馬留下。

湯隆看着家人去遠,便將這匹寶馬牽下梁山船隻。這船先開,早回梁山泊來。還有一隻船,依舊停在黃河水口的船埠裏。湯隆再進城來,家人已經先到徐府,看見舅爺回來,入內通報湯氏夫人。夫人正在掛念:丟失的寶甲能否追到?如何免去一場禍祟?姊弟相見。湯氏忙着問道:"賢弟,姊丈的雁翎甲已追到了嗎?"湯隆道:"好教姐姐聽着歡喜。今日真的喜從天降,十分湊巧。這個慣偷盜了這個甲去,却好賣與黃河總兵。這總兵大人原來認識這甲是宣和皇帝的御賜寶物,因此將甲扣住,人即逮捕。正要派人造府報告,恰巧姊丈趕到。總兵大人因將姊丈請入公署,大排筵席,與姊丈賀喜。總兵夫人且説,她與姐姐是同鄉,過去曾與姐姐會晤,因此想請姐姐一同前去入席,大家歡樂一番。總兵大人理當遞轎來接,見我回府,趁便托我商請。"夫人聽着,却想不起來這總兵大人及其夫人是怎樣的人,便問道:"這位總兵大人姓什麼啊?"湯隆道:"姓黃。姊丈喚他黃大人的。什麼名字,我就不便多話了。"

看官:這是湯隆撒的謊。湯氏尋思:這個總兵大人,雖是想不起來,朝堂上人可多着呢,我哪裏都熟悉?目下這雁翎甲已追回,自是歡喜。這樣天大的喜事,兄弟説話總是真的。没有懷疑!就命家人備轎。公子祇有三歲,自然也要帶去。夫人的轎子恰恰動身,湯隆很快就進徐寧的書齋,在他的槍箱中取出那支提龍金鈎鐮來。這槍是徐寧心愛的軍器,出軍征戰,徐寧是離不開它的。

湯隆背了這槍跟在夫人的轎後,一路出皇城來。到了黄河水口,轎子停歇。湯隆就請姊姊下船。湯氏問道:"總兵大人的公署在於何處啊?"湯隆道:"就在對岸,離這埠頭不遠,所以需要渡河的。"湯氏下船,轎子先回府去。夫人看見兄弟把丈夫的槍也取了來,問道:"此槍取來何用?"湯隆道:"黄大人仰慕姊丈,聞姊丈家藏五寶,定要見識見識,姊丈高興,所以喚我前來拿取。"夫人聽説,原來如此。便喚船家開船。手下人當即送上茶點。

夫人坐在船中,正在摇曳,湯隆便到船首,看着又一隻船過來,先自跨過船去,徑自走開。夫人覺察,追問船家。船家道:"湯義士已經上了另一隻船。"夫人驚異道:"他爲什麽要過船呢?"船家道:"祇因他事忙碌,夫人請安心就是。"湯夫人在船艙裏守候許多時辰,却不見這船抵岸。心中惶恐不安,思想:黄河斜渡,古人説:"誰謂河廣?一葦杭之。誰謂宋遠?跂予望之。"河面哪有恁地闊的?

忽忽已至下午,夫人祇得再三動問船家,總兵衙門究在何處。船家笑道:"夫人,難道你還不清楚嗎?"夫人道:"你這話恁地講啊?"船家道:"説實在話,這船不是摇向總兵衙門去的,而是送你上梁山的。"

夫人聽了,失驚道:"啊唷,怎的是送我上梁山的,究竟這是怎麽回事啊?"

船家道:"徐大人去歲就和梁山有約,不願待在朝廷受氣,願上梁山聚義。徐大人自己提出,要挑一個吉利日子,所以選在今

年初一。這時徐大人已到梁山，特命我等備船，接你上山。到了
山岡，夫妻見面，那時自然明白。"

夫人聽了，十分詫異。尋思：丈夫在朝爲十殿大將軍，被委
以重任，皇恩浩蕩，朝廷哪點虧待於他？看來這是湯隆這個小子
在興風作浪。夫人疑惑不解，到了這個地步，尋思祇有見了丈
夫，再作理會。湯氏坐在艙內，雖深感驚疑，倒也不哭不鬧，祇等
見了丈夫，訓斥湯隆一番。

正是：攛掇天罡來聚會，招搖地煞共相逢。

畢竟金槍手徐寧如何上得梁山？且聽下回分解。

第四十一回　梁山泊争取金槍手
文華殿抛出轟天雷

　　話説梁山爲破雙鞭呼延灼的連環甲馬隊，派時遷等人去賺請金槍手徐寧上山聚義。時遷盜了徐寧的雁翎甲，湯隆將徐寧誘出皇城，先用蒙汗藥餅麻翻了，由戴宗等護送上山。湯隆轉身再來騙取湯氏夫人出府上船，一徑搖向梁山泊來。湯氏夫人坐在船中驚疑不安，急待見了丈夫徐寧再作道理。

　　戴宗、楊林兩人輪流推着徐寧，到梁山時已是夜深起更時分，就在後山張家道上渡河。船隻早就備好，下船到岸，便送徐寧上山。晁蓋、宋江等人聽説徐寧到了，早在金蘭軒準備就緒，但等徐寧一到，便給徐寧的鼻孔塞了解藥。徐寧嗅着，一個噴嚏，悠悠地醒來，嘴裏還是喊道："推車的，推車的，快速前進。"

　　宋江聽着，拱手踏步上前，一躬到腰，説道："徐大人，在下宋江有禮！"晁蓋接着前來致敬，説道："在下晁蓋有禮。"吳用、林冲、秦明、柴進等衆家弟兄一個個地都報出名來，見禮不迭。

　　徐寧耳聽得許多人報出姓名來，連忙躍身起來，對着衆人，揉揉眼睛，定神凝視，驚訝道："啊唷！此地莫非是梁山？"

　　宋江説道："正是水泊梁山。"

　　徐寧把頭一低，眉頭一皺，尋思：我自追趕這盜甲的賊，怎會不知不覺地睡着的？現在醒來，却已在梁山，究竟是恁地一回事

啊？再一轉念,徐寧却想着了:大概湯隆早在梁山入夥,梁山喚
他騙誘我出離皇城,渡過黃河,使我中了他們的詭計。自然,這
當是晁蓋和宋江的唆使。徐寧也便拱手問道:"晁、宋兩位寨主,
爾等命我徐寧前來,不知有何見教?"

宋江道:"大人風塵勞頓,且先洗塵,歇息一會,再行叙話。"
徐寧思想:對啊,且先梳洗,清一清神,再問不遲。

徐寧洗畢,嘍軍早已送上茶點。徐寧正好口渴腹肌,自然飲
了吃了。晁蓋又命擺酒,爲徐大人接風。徐寧遂又問道:"兩位
寨主,命我徐寧到山上,有何貴幹?"

宋江道:"徐大人,朝廷派着雙鞭呼延灼前來討伐梁山,兵駐
在李家道上。呼延灼的連環甲馬隊非常厲害,我軍無計可施。
故特請徐大人登山,務請勞神,破這連環甲馬陣啊!"

徐寧道:"原來爲了這事。祇是徐寧雖是熟悉此陣,但我不
能下山,不能和呼王爺戰陣相見。"

宋江道:"這個爲了什麼?"

徐寧道:"徐寧深受朝廷雨露之恩,呼王爺前來征剿梁山,是
奉聖上旨意的。我如與他對陣,徐寧就不能回朝了。"

宋江道:"是這啊! 徐寧大人就不必歸朝了。方今主昏臣
奸,徐大人在山,真是大有作爲。"

徐寧道:"可皇城我還有家小啊!"

晁蓋聽着,一聲大笑,道:"徐大人啊,這個就請放心,梁山早
就迎接寶眷,已在路上,明日闔家就可團聚。"

徐寧吃驚道:"喔唷! 怎的全家都被賺上梁山來的? 雖然如
此,徐寧還是不能出陣作戰。"

宋江問道:"這又爲了甚事?"

徐寧道:"我在朝廷做官,全仗呼王爺的提拔。承他垂愛,兩
家結爲親家。呼王爺在朝廷之上,是個正直無私的大臣,我怎能

恩將仇報，下這殺手？"

宋江道："徐大人，梁山托塔天王興兵起義，爲着道君皇帝失政，人民處於水深火熱之中。日後兵精糧足，吊民伐罪，就要兵抵開封，除奸削佞，重整山河社稷。這時缺乏人才，無人可以破得呼王爺的連環甲馬陣，所以特請大將軍上山，一同替天行道。呼王爺是宋室名將，爲人正直，梁山弟兄個個仰慕。且待破了他的陣營，也要請他上山，坐把交椅，決不難爲於他。"

徐寧心中盤算：前在皇城，聽人傳說梁山實力雄厚。文的難抵宋江之智，武的難擋林冲之勇。江湖上贏得聲名，四方響應。又想朝堂之上，真的是豺狼當道，虎豹專政。我如破了呼將軍的連環甲馬陣，也可請他上山，一同聚義，倒有一番作爲。晁、宋的話，也是有理的。不知梁山的真實情況如何。是烏合之衆，還是有所作爲？便道："寨主，這事且過幾日再談吧。"宋江明白，一時之間，他的認識是轉變不過來的。

席散，宋江便道："徐大人辛苦了，請早安處。"嘍軍早已備好公館，請徐寧休息。

到了第二天傍晚，楊雄護送着湯氏夫人來到梁山，夫妻、兒子一時見面團聚，驚喜交集。湯氏夫人就問徐寧道："大人，爲何脫離朝綱，投奔梁山啊？"

徐寧聽了不悅，頻頻搖首道："爾自知道，還來問我！"湯氏夫人摸不着頭腦，看着徐寧臉色，却是不敢多説。徐寧思忖：你還來問我嗎？虧你出了這樣一個好兄弟，累得我狼狽不堪！

徐寧一家就在山坡住下，日日都有請帖來請他赴宴遊山。柴王、晁天王、宋江、林冲諸頭領輪流把盞，和徐寧談談梁山興兵起義之事，同時，每日不時引領徐寧在山上各處走走。徐寧看到梁山梅花宛子城廂內外，百姓安居樂業，田園莊稼長得茂盛，水上鵝鴨成群，百姓往來耕作，怡然自樂。徐寧和百姓談話，齊道：

"咱們都是從四鄉戰地遷徙來的,梁山統一給以安排的。"

徐寧從山上望下去,看到石鏡湖中的水軍,艨艟戰艦,星羅棋布。再用瞭遠鏡眺望,對岸呼延灼的陸營,也是看得一清二楚。徐寧心想:呼延灼提兵掛帥之時,徐寧擺酒餞行,敬酒三杯。祝賀呼延灼這次領兵討伐梁山,旗開得勝,馬到成功。萬萬想不到你的軍隊駐紮在李家道上,我卻身陷在梁山了。徐寧看了呼延灼的營柵,回到自己的公館來。觸景生情,衹是悶悶不樂。暗暗思量:這件事該怎麼辦呢? 全家已到梁山,倘不效勞,怎的可以使全家脫險? 反復思考,一時無有良策。又想朝堂中人,口口聲聲齊道梁山匪徒,奸淫擄掠,無所不為! 現在親眼看見,並不如此。梁山實是博施濟衆,替天行道。我今回朝綱去,必然會受凌辱!

徐寧正在思想,忽見宋江紅帖又到,請他到金蘭軒裏叙首。徐寧備馬,直趨金蘭軒來。宋江降階出迎,攜手相讓,來到軒裏,酌酒談心。徐寧先自問道:"宋先生,我的雁翎寶甲,不知是何人所盜?"

宋江笑道:"是時遷賢弟等人所為。"

徐寧道:"此人可在,能一見否?"

宋江道:"在啊,可以!"當即派人去請時遷前來。

時遷便與徐寧廝見,一同坐下。徐寧察看時遷,坐立不停,確有些似江湖穿窬之徒的樣子。就問時遷道:"時仁兄,這藏甲房建築機密,你是怎地進去的?"

時遷如此這般説了一番,徐寧自是佩服。

宋江道:"這寶甲現在梁山好好地給你保存着,馬匹、金槍也都在。"

徐寧思想:我的五寶都全了。又問:"湯隆可在?"宋江道:"湯隆尚未回山。"

　　徐寧心中明白,湯隆想是早在山岡,祇是你們目前不肯讓他和我會面就是。又問:"湯隆如何在梁山為忠義弟兄的?"宋江就把湯隆上山經過訴說一番。徐寧聽了不以為然,有些惱火,尋思沒有這個湯隆,我是決不會上這梁山的。便道:"好啊! 湯隆既在山上,這連環甲馬陣的破法,湯隆是知道得很清楚的。"

　　宋江道:"實不相瞞,湯隆祇曉得破這甲馬陣用的兩件軍器,還不曉得它是怎地用法的。"徐寧問:"是怎樣的兩件呢?"宋江道:"是一塊牌和兩節棍,倒要請教徐大人,還少怎樣幾件軍器呢?"

　　徐寧道:"祇教再打兩件,其餘是都可配的。"

　　宋江道:"好啊! 請徐大人描下圖樣,我們再請軍匠打造吧。"

　　嘍軍送上紙墨筆硯,徐寧就在酒席之上畫出圖樣,遞與宋江。宋江看了,即喚嘍軍送與湯隆。湯隆原是軍器店出身的,善打槍弩炮銃。看了徐寧所描的圖樣,自然明白。馬上就同軍士一起打造起來。梁山日夜動工,數日之間,打了五千餘副。

　　軍器打好,徐寧便道:"還要挑選五千軍士,都要年輕力壯的。"

　　這五千軍士當日就挑選好了,在校軍場中點名排隊,請徐寧帶領訓練。徐寧講話,先教這彪軍隊徒手操練,演說甲馬陣的陣勢演變。過了數日,再選練第二批軍隊。擺起甲馬陣來。操練一段時間,兩班連環甲馬隊到校軍場,操練相互廝守攻殺之術。這時軍器全部打好。梁山眾將齊來看觀這兩彪軍隊的演習。看了,大家都很興奮。

　　一日,托塔天王晁蓋敦請徐寧飲酒,徐寧彙報:"甲馬隊都已練熟,可以出陣應戰。"晁蓋就和宋江、吳用商量如何出陣,一致認為:要破呼延灼的連環甲馬隊,還須用計智取。我軍必須駐紮在陸營。可目下李家道上，滿駐着呼延灼的軍隊，不能前去。軍隊衹能從旁側孔家道上渡河。於是傳令：水營速備船隻，完成渡河任務。復囑軍政官帶軍士六千，循着令單所寫趕辦。未牌時分，林冲接到令單，帶軍五百，待至黃昏時分，這兩彪軍隊，望着孔家道悄悄渡河，直詣對岸駐紮，成立營柵。宋江又與徐寧商量，今晚就請徐大人辛苦，過河指揮軍隊。

這時早有探馬報與呼延灼，說梁山軍隊紛紛望着孔家道渡河過來，駐紮陸營。呼延灼思想：這事倒甚奇了，自從宋軍衝了梁山陸營，已經隔了一個年頭，匪盜一直不敢渡河前來。目下如此大膽，其中必有蹊蹺。便喚軍士備馬，呼延灼隨即出營，一馬掃到觀戰臺前，下馬登臺，手執瞭遠鏡眺望。正見孔家道上軍隊已經擁在船上，一船一船地渡河過來。呼延灼看了一夜，心想：這批軍隊發下來的可多了，大約有五六萬人。

看官：梁山發的軍隊，實際衹有五千五百人，這是呼延灼中了梁山的計。梁山兩彪軍隊，總的衹是徐寧的五千和林冲的五百，這是停駐在陸營的，加上後來來的，一起是六千人。這批軍士是從梁山山下照着燈火下船的。這船火耀得江面通紅，軍士渡河上岸，進了營柵，便悄悄地將火熄滅，暗暗出營，回到船裏，將船划至對岸，再張燈火，復划過來。如此往復，輪流地渡了一夜。呼延灼在觀戰臺上遙望過來，估計一下，就有這麽許多了。梁山這次的營壘，紮得也是特別大，宋江在令單上寫的就是此計。

梁山陸營待至天色明亮，林冲帶軍五百，排列沙場。炮聲響亮，人馬站立旗門。林冲一馬當先，喚嘍軍叫喊，請呼王爺沙場會戰。宋軍聽到，進營稟告。

雙鞭呼延灼恰在升坐早帳。軍士來報：「王爺，現有梁山林冲討戰，要呼王爺親自出馬！」呼延灼起手揮示，軍士退下。呼延灼傳令百勝將韓滔、天目將彭玘，帶連環甲馬隊，準備衝擊梁山陸營。呼延灼自己當即上馬揚鞭，帶着五百軍士，排列陣勢。一馬掃出沙場。旗門下韓滔、彭玘守住陣腳，前面仍由這大旗隊掩護着。

這時晁蓋、宋江、吳用等在梅花宛子城外，執瞟遠鏡眺望，察看金槍手徐寧今朝在沙場上大破這連環甲馬陣勢。

林冲見宋軍營前聳立着大旗隊，心想如此最好。情勢已有變化，呼延灼尚未覺察。今日梁山必然能夠以弱制強，轉敗為勝。

兩馬照面，林冲高叫："王爺！"呼延灼一聲大笑道："林教頭，爾等自去歲被本藩衝散陸營以來，一向可好？今日何故前來，又要和本藩交戰？"林冲道："山岡軍務忙碌，無暇與王爺決戰。今已軍務就緒，林冲奉了托塔天王將令，渡河駐紮陸營，願與王爺二次會戰。天假其便，必然旗開得勝。"

呼延灼聽了，心中暗笑：梁山按兵不動，長時期地蟄伏山岡。幸有這石鏡湖攔阻，使我不能攻上山去。今日二次前來搦戰，定有計謀破我的甲馬陣營。但是最多是一些土法，那是沒有什麼用處的。呼延灼恁地想着，心裏倒是篤定泰山。

當下雙方擂鼓大響，兩馬兜轉。林冲、呼延灼兩將，鞭來槍往，戰了數十回合。呼延灼思想：梁山昨晚渡來許多人馬，今朝可以將它全軍覆沒。呼延灼仰天一聲大笑，雙鞭搖起，旗門下韓滔、彭玘早已瞧見，霎時放出信炮，大旗隊散開，軍士一聲吶喊，呼延灼的五百步軍左右瀉開來，自己的人馬也向左右掃回。

林冲去歲是不識得這個陣勢，吃了大苦。今朝卻是心中有數。見呼延灼五百軍士迅速散開，自己便向西門掃出。

這時呼延灼兜到連環甲馬隊的後面，指揮着陣勢，逕往梁山陸營噠噠噠地直衝上來。炮聲隆隆，號子張張。霎時殺聲喊天，黃沙匝地。

徐寧的隊伍潛伏在陸營裏面，排得整整齊齊。徐寧跨在馬上，提着金槍，靜候着宋軍營中甲馬隊的動靜。

看官：徐寧的隊伍是不肯早發出去的。如說徐寧隊伍先出，被呼延灼看見，他就會把這甲馬隊扣住不發，這樣徐寧就不能攻破呼延灼的這彪隊伍了。

徐寧營前，自有軍士探望。看見呼延灼的甲馬隊將近大營，還隔一里之遙。營前軍士一聲信炮放出，"騰達——"徐寧便下令衝鋒，軍士就殺出來。軍士這時倘從土城營門裏邊奔出，是來不及的。城裏早已鋪着跳板，軍士都奔到這土城上，從這土城上跳將下來。徐寧一馬便向營外掃出來。

呼延灼正在連環甲馬陣後，手執着瞟遠鏡眺望，見了這批軍士，大吃一驚，失聲叫道："啊唷！"呼延灼一見就很清楚，今天我的甲馬隊要遭危險了。呼延灼思想：這彪隊伍不知是哪個帶隊的。呼延灼執着瞟遠鏡一照，祇見這人好是一表人物：六尺五六長的身材，圓圓地一個白臉。三撮細黑髭鬚，十分挺緊細腰。呼延灼沒有看到徐寧的面貌，祇看這人的紮束，就知他是徐寧了。徐寧今天仍是戴着天王盔，正中綴着夜明珠，光華閃爍。身穿擋衣嵌、雁翎甲，陽光照着，望過去真的金光萬道。襠下騎的是獨角捲毛青獅吼，雙手抱着那杆金鈎鐮，槍光炎炎。這時喊聲震天，呼延灼看得驚心動魄，思想朝堂上的十殿大將軍徐寧，怎會到此間？說時遲，來時快，呼延灼這麼一看一想，兩軍已經照面。徐寧指揮着隊伍，自向這甲馬陣鈎撥衝殺過來。

看官：呼延灼的甲馬陣是五騎馬一聯地衝鋒上來的。徐寧的隊伍上前，前面五人拿着五塊牌，這牌有兩尺半長，一尺半闊。裏面是板，外面釘着鐵皮。兜頭上來，就向着馬頭的左面一齊擋着。這馬被擋，就不能筆直地走，必須轉彎。這時宋軍甲馬隊上軍士提槍來挑,梁山這些帶牌的軍士是抵擋不了的。却有第二排的軍士五個兵蜂擁前來,手提錨槍,向宋軍身上擊來。宋軍士兵抵了這個錨槍,梁山軍士後面接着就是弓箭手。張弓搭箭,射向馬上的宋營騎兵。這樣宋軍馬隊的軍士擋了這槍,就攔不住那箭,霎時紛紛落馬。

這時梁山後面,又有五個一起的兵士,帶了二節棍,躥跳上來,搖起這二節棍,敲打馬的後腿。一隻馬腿打斷,翻倒跌落,那幾騎馬就拖住了,再也不能行走。霎時這甲馬陣弄得亂哄哄的,都被攆入荒草亂葦之中。

呼延灼看了,連忙下令收兵。說時遲,那時快。宋軍的甲馬隊已經破了一半,祇有一半退進營去。

晁蓋、宋江等在城上看得清楚,仰天大笑,贊揚徐寧的武藝超群,果然名不虛傳。

呼延灼大敗而歸,隊伍雨零星散。連環甲馬,不少被梁山生擒活捉。

林冲和徐寧收兵。宋江傳下將令,孔家道上的陸營軍隊仍然渡河,退回梁山。林冲聽到這令,非常奇怪。爲何得勝凱旋,這個陸營要撤回梁山?既是山上將令,祇有遵循。林冲當即下令,偃旗息鼓,渡河退回梁山。

回歸山寨,徐寧下馬與晁蓋、宋江等衆頭領見禮坐落。梁山擺起慶功筵席。晁蓋、宋江、吳用、柴進等頭領都上前來,輪着在徐寧座前親自執壺把盞,奉敬三杯。宋江道:"呼延灼的連環甲馬陣已破了,我們可以設計,攻打它的大營。"吳用道:"呼延灼的大營是座五行八卦營,營內埋伏重重,不可輕易進去。"宋江道:"這個自然。我們需要設法先去探視。"旁座時遷聽了,站起身來道:"宋大哥,今晚讓小弟下山,翻進呼延灼的營寨,先去窺探一下,營內究竟有着多少埋伏。"宋江道:"進營有無危險?"時遷道:

"這個小弟自會見機行事的。"宋江道："如此甚好！"

慶功席散，待到黄昏時分，時遷换好夜行衣袴，腳穿着雙魚鱗底登山躍鞋，斜肩掛着多寶囊袋，皮帶上塞着青鋼柳葉囊刺。待天黑盡，時遷望着馬家道渡河過來。離舟登陸，徑向呼延灼的邊營兜過來。營外站着哨軍，三個一簇，五個一行。時遷却是機警得很，不把他們放在眼裏，躡手躡脚，如入無人之境。在黑夜裏，這些哨軍雖是手裏拿着竹筒，點燃着煤花火，却也看不見他。時遷躲過了這些哨軍的眼目，一路向着裏邊進來。來到呼延灼的土城脚下，兩脚一尖，攀着牆上草樹，徑向城樓上翻去。標燈之下，雖有軍士守街，但時遷快速地再一脚，已經躍到營篷。望下看時，呼延灼的營栅守衛極爲嚴密，巡查軍隊燈火照耀着如同白晝。軍士來來往往，川流不息。

時遷再翻到後營栅來，見有一座特别大的營篷。仔細看時，原來是座糧營。思忖糧營人少，這倒可以下去窺覷。時遷兩脚向下一點，人就落來。躡進糧營，袛見糧袋疊疊重重。恰在看時，前面就有一彪隊伍兜頭過來。時遷便想轉身，袛見後面又有一彪軍隊開來。時遷袛得兩脚一尖，跳到糧營上層。看這糧袋直疊到和牛皮帳篷相貼，人就没法再躍進去。看着下面兵士過來，時遷伸出兩手，抓住兩個糧袋，身子凌空，倒掛懸在那裏。他没想到這兩彪軍隊是交接班的。調班之際，軍中要放銃的。"騰啪"一聲響，直透雲霄。時遷懸在上面突然受驚，手一鬆時，身子就從上面摔了下來。軍士大叫："有奸細，有奸細！"許多錨槍射了過來，鐃鈎套了過來，要捉時遷。時遷兩脚一蹬，如跳蚤一般，躍身往外飛遁。軍士在後喊叫。各營軍士聽得，一齊趕奔前來。

呼延灼正坐内帳看書，聽到軍士報告，立即提鞭上馬，望着糧營奔來。這時時遷已經上了營篷，看到營内燈火輝煌，軍士彎弓搭箭，齊向篷上射來。時遷就從營篷上連連奔躍，跳出土城，逃出了哨軍崗位,奔到馬家道的水口。早有梁山船隻候在那裏,時遷兩腳一尖,跳下了船,逃回梁山。

宋江看着時遷今天的臉色變了,知道出了事故。問時,時遷就將經過情況訴説一遍。宋江慰問,請他回營養息。寨營大夫來與時遷敷傷治療,轉身稟告宋江:"時英雄用力過度,臀部負傷,看來需要一段時間,纔能復元。"宋江吩咐,請時賢弟安心養病,打探大營消息,山寨再行設法。

再説雙鞭呼延灼的營中喧擾了一夜,奸細並未拿獲。呼延灼自思忖着:日間徐寧破了我的甲馬陣,夜間梁山又派奸細前來搗亂。看來剿滅梁山賊寇,並不容易。呼延灼就寫本章,奏明聖上,詢問朝廷,徐寧這人如何會在梁山。這道奏本,呼延灼派着快馬駛送。曉行夜宿,不多幾日,便到開封皇城。這日本章送上金殿,道君皇帝臨殿,黃門官奏:"平寇大元帥呼王爺有本申奏。"皇上就命掌朝太監接過,鋪在龍案之上,皇上看過,命讀本官宣讀,讀本官書聲琅琅:

> 臣呼延灼叨蒙聖上洪恩,特授平寇大元帥,前往山東討伐梁山草寇。宵旰從公,亟思圖報。臣以連環甲馬陣大破梁山陸營。正欲踏平梁山,殲滅醜類,祇因石鏡湖阻隔,水勢浩瀚,缺少舟楫,難以攻山。近日忽睹金殿十殿大將軍徐寧,出入匪營。沙場之上,徐寧喪心病狂,助桀爲虐,使用鈎鐮金槍,打破臣之連環甲馬陣,遂致賊勢猖獗,實堪憂虞。今特據實跪奏,請主定奪。不勝惶恐待命之至。

這本一讀,金殿上的文官武將都驚呆了,嚇得目定舌結。道君皇帝聽奏,也是非常驚恐。這個十殿大將軍,自從失蹤,一直不知去向。徐府公館曾去搜查多次,金銀財寶絲毫未動,祇是少了那雁翎寶甲。家人稟告:徐寧追甲出府渡河,到了黃河之北,從此一去不返。

道君皇帝對於呼延灼的連環甲馬陣，他是清楚得很。那時徐寧口出狂言："滿朝無人識，却有我徐寧。"因此梁山設計，把這徐寧賺騙了去。道君尋思：這樣一員大將，朝廷待他不薄，怎會投奔梁山？既是蒙受梁山誘騙，難道皇城朝綱之上，藏着梁山奸細不成？皇上傳旨，便命文武百官聚集朝房議論。百官聽旨，個個吃驚，怕惹禍祟。文官祇不開口，武將也是不敢抬頭。

百官沉默多時。皇上又降第二道口旨："與孤議來！"金殿下文華殿大學士蔡京踏步出來，俯伏啓奏道："臣欲啓奏。"皇上道："准，老愛卿請講。"蔡京道："梁山草寇猖獗，呼王爺甲馬陣已爲徐寧所破。涓水滔天，實可憂慮。梁山聳峙水泊，地勢險惡。可攻可守。依臣愚見，皇上可否降下聖旨，將那尊鎮國之寶——九節大炮，解上山東，徑去炮轟梁山？這樣不怕水泊浩瀚，就能把這草寇一網打盡。"道君皇帝聽了，"唔——"的一聲，暗暗思忖：這事准也不准？

看官，這一尊炮，名喚"九節鋼轟"，又稱"八百里煎海乾"，放在開封皇城，從來不准解到外面去的，朝綱上稱它爲鎮國之寶。炮軍大元帥人稱轟天雷凌振，他帶着炮兵兩萬名。這個大元帥任何人是調不動他的，需要皇上親自下詔纔行。這個官杜門謝客，和任何人都無來往。

這時道君皇帝問道："老愛卿，此炮解往山東，炮打梁山，果然是好。祇是當今天下紛紛擾攘之際，地方上四大強寇，割據鬧事。江南有方臘，河北有田虎，淮西有王慶，山東爲梁山的宋江，紛紛作亂。還有小幫，不知其數。此炮倘若解往山東，謹防皇城多事！"

楊戩出班奏道："萬歲聖慮極是。江南方臘，僻處海隅，程途遙遠，且有長江天塹阻道。河北田虎，有黃河阻隔。淮西王慶，兵微將寡。衹有山東梁山,賊勢猖狂,山東和河南是鄰省,燃在眉睫,實爲腹心之患,必須早日殲滅。此炮解往山東,朝廷如有需要,可以將炮調回。"

看官:蔡京、楊戩兩人的申奏都是別有用心的。兩人都想謀王篡位。這尊炮坐鎮在開封皇城,異日他倆興師動衆起來,這炮對於他倆總是不利的。現在趁這時機,調往山東。此炮倘能攻下梁山,那是立了大功,自然是好。倘説陷落梁山,那也是好。所以如此申奏。

道君皇帝聽這申奏有理,便准所奏。當即下旨,傳呼凌振。凌振出班回稟:"臣在。"皇上口諭:"凌愛卿,准爾休假半月,早做準備,將大炮解往山東,與呼王兄戮力同心,剿滅梁山草寇。功成之日,論功行賞。"朝廷旨下,皇上龍袍拂着,捲簾退朝。文武百官送駕,送至分功樓,各自回署。

凌振回到帥府,齊集炮軍首長,宣布朝廷諭旨。整頓鋼炮,休假半月,料理雜務。即便解炮,前往山東。

這批炮軍,平日衹是吃糧,不管事的,從未離開皇城。現在聽説就要翻山越嶺,前去攻打梁山寇盜,個個怨恨不已,出外紛紛議論。梁山的探馬得到消息,便派快馬趕奔山東。皇城的炮軍尚未出發,梁山的探馬早已報到。

宋江得到消息,微微一笑。衆弟兄便問道:"先生有何妙計?"宋江道:"此事不妨。"晁蓋道:"爲什麼?"宋江道:"皇城解出鎮國之寶,説明朝廷上已經計窮力竭。"林冲道:"此炮威力巨大,梁山如何抵擋?"宋江道:"憑着探馬來報:此炮笨重得很,共有九節。從河南運到山東,需要經過許多崇山峻嶺。梁山可以發兵,前去中途攔劫。弄到山上,反可作爲梁山的鎮山之寶。"晁蓋聽了,哈哈大笑。

宋江等人商議如何攔劫大炮,預算這炮的行程和路徑。不料宋江那晚睡後，身子發熱。次日早晨，竟因病不能起床。寨營大夫給他醫治，宋江熱度很高，支撐不住。衆弟兄前來探望。宋江便向晁蓋説道：“晁大哥，看來小弟這病一時難以痊愈，大炮之事，衆弟兄最好多與時賢弟商量。”大家看着宋江精神不繼，晁蓋便道：“賢弟，静心養息，大炮到來，尚有一月之期。”

誰知到了第三日，宋江病勢加重。發着高燒，口渴唇焦，説話都有些糊里糊塗起來，自然不能料理軍務。晁蓋知道時遷之傷還未恢復，便到時遷處來探望，談論搶炮之事。時遷説道：“這炮是可以搶的，祇教打退凌振，這炮就可搶得。”時遷原是脱力勞傷，養息幾日，已見起色。現在忽聽大炮消息，多方設想如何搶劫，多用心機，病情反復，更加厲害起來。探馬來報，大炮一天天地逼近梁山，時遷尚是神志不清。

晁蓋便與吳用商量：“軍師有何妙計？”

吳用道：“遵循宋大哥的話辦事就是。梁山搶劫大炮，地點可以選在馬尾嶺上。這是從河南上山東來的必經之道。”

選定地點，梁山弟兄就在金蘭軒中議論。林冲、秦明和柴王都説：“凌振那尊大炮旁邊，還有一架肩間炮，在做它的保護的。”

看官：朝綱上委任凌振來做炮師，是名實相符的，旁人就難肩此重任。這炮十分笨重。凌振想到：戰事失利，敵軍會來搶炮。那時要想拉炮遁逃是辦不到的。凌振因而另外鑄造了這架肩間炮來保護它。這炮凌振自己背在肩上，所以稱爲肩間炮。這樣行動就會十分靈便，敵人到來，凌振可以放炮，把人打得灰飛煙滅。放這炮時，震動極大，凌振却有能耐，禁得起它的衝擊。所以他是最有資格當這炮帥的。

吳用道：“我也聽説這個肩間炮的厲害，想來這炮祇能放一炮，再放是需裝火藥的，所以要擋住這炮纔好去搶，必須付出代價，可能會犧牲一彪軍隊。梁山可分三路人馬，前往截劫。不知哪三位賢弟願往?"吳用話猶未了,摩雲金翅歐鵬站了出來,說他蹦跳靈活。九尾龜陶宗旺、鐵面孔目裴宣,也自告奮勇,願意前往。還有許多弟兄站了出來。

智多星吳用手指一點道:"這盡夠了。"展紙就寫令單。頭一支令,吳用命豹子頭林冲帶軍三千,在馬尾嶺的東山山麓埋伏。倘遇呼延灼派兵前來救應,迎頭攔住。吳用估計,梁山出兵搶炮,雙鞭呼延灼必然派兵前來救應,故命林冲攔阻。

吳用又命歐鵬,帶軍三千,隨帶杜興、樂和兩員副將,兵紮馬尾嶺的山峰,待到凌振大炮上山峰時,從峰巒上衝殺下來。歐鵬得令而行。又令陶宗旺帶領孟康、鄧飛,軍隊三千,駐紮在馬尾嶺南腳下。但聽峰上歐鵬放炮,便向炮軍衝殺過去。又令裴宣帶領蔣敬、馬麟,軍隊三千,駐紮在北山腳下,但聽峰頂炮響,同時殺出。

梁山四彪人馬分批出發,望着後山渡河,都往馬尾嶺去。

梁山人馬埋伏不久,纔過中午,轟天雷凌振帶動炮軍兩萬,推着那門重炮,從山間小道過來,恰到馬尾嶺的山坡,凌振傳令兵士一鼓作氣,把炮抬過嶺去。

早有探馬飛報歐鵬。歐鵬聽報,吩咐人馬排隊,自提雲門,拍馬上前。三千軍隊跟隨,後邊杜興、樂和兩員副將壓隊。歐鵬帶隊從嶺頂衝下,宛如高屋建瓴,勢不可當。

陶宗旺、裴宣聽到嶺上炮響,開炮回應,嘍軍搖旗吶喊,奔殺出來。

凌振聽到嶺上炮響,又聽左右山麓回應,知道三面都有敵軍殺來。炮軍聽了,十分驚慌。凌振却是十分鎮靜,從容應付。凌振在馬上搖着紅銅棗陽槊,向前瞻望。看見嶺上歐鵬的隊伍,迅速衝來。凌振跨着火龍駒,猛鞭三下,衝上山坡。凌振肩上放着肩間炮,右肩口是炮口,左手腰下是炮尾。

　　歐鵬一見,心中有數:凌振要開炮了。拍馬舞鬥,奔向前來,捉拿凌振。

　　正是:擒賊定須擒賊首,奇功端的待奇人。

　　欲知歐鵬如何擒捉凌振、攔劫重炮,且聽下回分解。

第四十二回　轟天雷悶擊梁山泊
鼓上蚤襲取呼王營

　　話說轟天雷凌振奉着皇帝諭旨，把大炮押解山東，與呼延灼戮力同心，征伐梁山。梁山得訊，派出四彪人馬，埋伏在馬尾嶺的山麓，奮勇截劫。摩雲金翅歐鵬聽說凌振押運的大炮已到，放出信炮，率領嘍軍，拍馬衝殺下來。歐鵬知道這大炮是靠着肩間炮來保護的，肩間炮祇有一炮好開，避過這炮的煙火，乘間就可搶劫大炮。

　　歐鵬拍馬衝下山來，凌振却已早做準備。凌振坐在火龍駒上，也就衝上山坡。兩軍對面。凌振肩上放着肩間炮，右肩口是炮口，左手腰下是炮尾。凌振運用這炮，靈活得很，可以隨意移動，連發數炮。凌振看見歐鵬前來，並不問話，起槊就在炮底一記打着，馬上放出炮來。

　　看官：凌振這尊肩間炮，裏面裝好火刀、火石、火綫、藥綫，放炮時祇需用槊在火刀上一記敲，這刀碰上火石，就會磨出火來。旺了火綫，就旺藥綫，藥綫點着，炮就發出。凌振將頭一低，把炮朝着歐鵬射來。歐鵬早知凌振會開炮，把切雲閂在馬背上打着，自己躥跳起來。歐鵬的躥跳功夫了得，一跳足有兩丈多高。閃出了炮火，祇是還被煙霧蒙着，就向山澗跳落，性命雖無危險，却已搞得焦頭爛額。三軍前來，沒有歐鵬的躥跳本領，死傷不計其數。杜興、樂和督陣，祇得傳令暫退。

南山九尾龜陶宗旺、北山鐵面孔目裴宣衝上，凌振勒轉馬頭，先向南山兜來，又發一炮。凌振這一炮打得性急，陶宗旺正好和凌振偏着方向。陶宗旺便向斜刺裏避了。凌振轉向北來，連發一炮，打在裴宣前面的山頭上。裴宣的戰馬嚇得直跳，裴宣身上擲着不少碎石，打得渾身青腫。嘍軍又是死傷不少。陶宗旺、裴宣看着奇怪，怎的梁山衝上三支隊伍，凌振的肩間炮却能連發三炮？幾時裝的火藥？看來這炮是能夠連發的，那就尋不到空隙好去搶炮了。

林冲在東面嶺下，霎時也已探到消息，祇得傳令退下。四路人馬，除了林冲的軍隊外都有損傷，各自退回梁山。衆頭領拜見晁蓋和吳用。晁蓋一一慰問。商議定計，再奪大炮。大家認爲凌振的肩間炮，確有特色，是能夠連發的。梁山三路截劫，凌振就連打三炮。若去十路，凌振必然會打十炮。

梁山正在議論奪炮之事。凌振押着炮軍，却已把炮搬過了馬尾嶺，取路向着李家道來。呼延灼早知炮軍到來，帶着韓滔、彭玘，親出李家道來，排隊迎接。凌振與呼延灼會晤，兩人就在李家道上，觀察地形。凌振道：“炮營應該紮在大營前面。一來便於轟擊敵人，二來避免自己營寨的震動。”呼延灼傳令人馬後退十里，李家道的水口讓凌振駐紮炮營。

營寨安好，呼延灼擺酒款待，暢談軍情。呼延灼問道：“聖上如何降旨？”凌振答復，又道：“炮打梁山，大炮纔到，先要試炮，然後再打。”呼延灼道：“也好，先試一炮，發一箭書，讓梁山懂得這炮的厲害。且看梁山的答復如何，倘若不聽勸告，就再轟擊。”凌振酒畢回營，下令養軍三日，方纔試炮。

三日過後，凌振傳令準備試炮。

晁蓋、吳用已悉這炮駐紮在李家道的水口。考慮着這炮直打上來,一時無法抵擋。所以傳令,將一批軍隊調往後山,水營寨由混江龍李俊嚴守,百姓也都遷徙,放炮之時躲入山洞。

到第四日,軍士報上山寨,水軍潛在水營奉命窺探,李家道上炮營營篷已落,露出一尊大炮,正在祭炮神。晁蓋得報,問吳用如何辦理,吳用喚衆軍暫時疏散。李逵、劉唐兩人不服,出離金蘭軒,直奔梅花宛子城堞,站在城樓,執着瞭遠鏡眺望。祇見一尊大炮,周圍站着炮軍。炮的後面紅燭高燒,爐內焚香。凌振和呼延灼起興百拜。

看官:炮神是百靈將軍,炮是百靈所造,祭炮神就是祭這個人。祭畢,呼延灼上馬,回歸大營。通知軍士,水口放炮。大軍無須驚恐。

祇見凌振也上馬來,檢查炮位。今天試炮,恰正對着獅峰頂。凌振把瞭遠鏡一照,馬往大炮周圍一個圈子兜轉,把紅銅棗陽槊在馬鞍一架,左手煤花取出火,右手起信炮,點旺信炮,在空中"騰——噠——"一聲信炮響;炮軍就把大炮的藥綫點旺,藥綫"嘶嘶"地往裏面燒進;炮上面的一塊鐵蓋板,原是悶着炮門,受着炮火衝擊,這炮就"轟——隆——"一聲巨響,像雷鳴一般,潑辣直打到對面的獅子峰上,又是"轟——隆——"一聲巨響,像山崩地裂一般。祇見梁山水營船隻所在的石鏡湖上,"砰碰砰碰"的湖水震蕩。獅子峰上打得煙霧騰騰,一個山嘴,霎時倒塌下來。

梁山軍士眼見山嘴倒下,無不震驚。李逵、劉唐正站在城樓上,城樓受着震動,兩人站立不牢,翻身從城上摔了下來。兩人站起,拍了拍灰塵,跑回金蘭軒來。一看梁山弟兄也有震倒在地的,李逵笑道:"這炮果然有些厲害!"

凌振那面炮纜開出,一聲弓響,射出一封箭書,飄落在石鏡湖水面。水軍看見,搖出小船,就將箭書撿起,送到水營寨來。

李俊傳令，送遞山寨。軍士拿着這封箭書，跑到山寨，呈進金蘭軒。晁蓋接信，遞與吳用。吳用將信拆開，置於書案上。眾家弟兄都坐着聽，吳用念道：

大宋八百里淨山王兼平寇大元帥呼書諭晁蓋、宋江：

　　汝等蕞爾草寇，逆天行事，膽大妄爲，豈能成事？我皇聖上，特派炮軍大元帥凌，押解大炮，前來征剿。炮架水口，實對梁山，梁山今已危若累卵。本帥叨念上天有好生之德，特遣書警告：十日之內，自將寇首晁蓋、宋江綁縛獻出。餘眾罪戾，一概赦免。論功行賞。若不受命，斧鉞無情。炮發寨傾，玉石俱焚。再欲自保，悔之晚矣！

吳用讀罷，梁山英雄個個摩拳擦掌，義憤填膺，齊道："這有十日之期，這十日如何安排？"正在紛紛議論，時遷忽地跨了進來。眾人驚喜：時遷病已痊愈！

看官：時遷在病房裏養息，這幾日病已好轉。今天坐在病床上看書，凌振放炮，嘍軍因他有病，不讓他知道。不料大炮放時，病房震動極大。時遷在病床上連人帶書震出。時遷連叫："來人啊！"問是什麼聲響。嘍軍答道："呼延灼在水口對着梁山放炮。"時遷聽這驚天動地一聲巨響，感覺很怪：難道那尊開封皇城的九節大炮已經搬到了不成？時遷披衣，跑出病房。看着廊下倒是靜悄悄的，不少人都已躲到山洞去了。

時遷就走向金蘭軒來，跨進門檻，却見眾家弟兄，正在議論紛紛。時遷踏步上前，雙手一拱，稱一聲："晁大哥。"晁蓋慰問道："時賢弟，你的病好了嗎？"時遷道："正是。請問晁大哥，這一巨響是從哪裏來的？"晁蓋道："時賢弟，這是凌振發的大炮之聲。喏，還有箭書一封在此。"時遷聽得凌振開炮，心中明白，接書一看，説道："晁大哥，還有十日限期，可以設法。"晁蓋道："時賢弟，自從開封探馬報來，抵禦此炮，梁山議論已經數月，沒有想出妙計。這十日之內，不知計將安出？"時遷道："這炮很大。"吳用道："是的，難道時賢弟見過嗎？"時遷笑道："非但見過，我在開封時，還在炮筒裏宿過一夜哩。"弟兄們聽着，都笑起來。

時遷道："這炮笨重，却是可以搶的。"晁蓋道："這點我們也是想到的。梁山發過四路人馬，在馬尾嶺埋伏。祇是凌振的肩間炮厲害，保護着這炮。連發三炮，歐鵬兄弟，險些喪了性命。"

時遷聽了，若有所思。晁蓋又道："連發三炮，弟兄們祇得退下，這炮就此推到了李家道上。"時遷道："難道探馬沒有説明凌振有這肩間炮嗎？"吳用道："我們是預備犧牲一彪軍隊的，祇是不知道這肩間炮是會連發的。"時遷尋思：這也難怪。山上弟兄都不知這肩間炮的內情，自然無法對付。大家雖不清楚，時遷倒是十分明白的。時遷説道："晁大哥，戰書上寫着還有十天期限，我們在這限期之內，就能將大炮搶上山岡，衝去呼延灼的大營。"晁蓋問道："這仗如何打法？"時遷道："炮營祇有兩萬炮兵，不是宋軍的主力。呼延灼的大營，有着大兵十萬。這是不能低估的。梁山一時不能給他全軍覆沒，祇能將他的營寨衝散。營寨衝散，隨後俘虜他的軍士上山。"晁蓋道："弟兄們就是憂慮這炮營難攻難搶，時賢弟諒有更好的辦法？"時遷道："我是有計在心，請晁大哥照計趕辦。"晁蓋道："那就不必。我等都是弟兄，一同替天行道。你有妙計，愚兄就將兵權交付於你，由你督陣指揮。"

看官：晁蓋這人，心胸寬宏，最擅量才使用，他有知人之明。晁蓋思想：時遷設計，當是有着配套措施。他把方法獻出，我們再做，隔了一層，礙手礙脚，做起來不便，現將兵權交他，讓他直接指揮，做起來就更好。"

時遷忙搖手道："晁大哥，這個却不敢當！"晁蓋一聲大笑道："時賢弟，山岡正在危難之際，將兵權交付與你，興旺梁山，這是天大喜事。愚兄實是叨便宜了。待愚兄給你登臺拜帥。"時遷袛是推辭。吳用、林冲、秦明等眾家弟兄,都擁護晁蓋的主張。晁蓋便喚金大堅趕刻印信,在聚義堂前搭設帥臺。就在帥臺前竪起一面大旗,寫着"水泊梁山大元帥時"八個大字。這"時"字寫得更爲突出。這日就在聚義堂前,打動聚將鼓,召集眾家弟兄。晁蓋捧着印信,起興百拜,授與時遷。時遷也是起興百拜,接受印信。時遷住的房舍就改爲元帥府。

蕭讓就把山寨名册喚人送到元帥府來,時遷便請白勝、蕭讓、金大堅、晁蓋、吳用、林冲、秦明、柴王和徐寧等眾家弟兄到元帥府來議事。時遷與白勝兩下查勘地圖,尋思:待到呼延灼的大營被衝散,呼延灼這人是可拿可放的。考慮宋江已定的方案,這時對呼延灼還是不拿他的,讓他敗上青州,然後再行追捉。那時梁山可以召集山東道上的各幫綠林弟兄,打開青州,再收這呼延灼。現在袛能擊散呼延灼的實力,暫時將他放走,否則梁山的犧牲太大。時遷有了宋江所定的方案,便於行事,就定了下來。時遷細看地圖,設想在呼延灼逃亡的路上,布置一路路伏兵,弄得呼延灼走投無路,敗走青州,軍隊撂光,袛剩孤家寡人,那時纔能顯出梁山的威風。

時遷就與白勝商議:一是定下七路伏兵,分配十五員將;二是攻打炮營,六路人馬,分配十五員將;三是衝擊呼延灼大營,五路人馬,分配十五員將;四是守石鏡湖的水面,分配九員將。並吩咐:這場戰鬥聲勢浩大,殺聲震天。宋軍放過一炮,百姓驚動。這次大戰,謹防山岡子民驚慌,須派兩人帶着嘍軍打鑼傳告,四處安定民心。時遷、白勝兩個,親自指揮各路人馬,要使號令迅速傳遞。再選十位頭領傳令。這樣計劃下來,梁山這時共計六十六員將,除宋江告病假外,每人都有事幹。

到了第三日下午,時遷吩咐打鼓升帳。眾弟兄在聚義堂上排分兩行，托塔天王也站立在內。鼓聲咚咚，虎威連連。時遷帶着白勝從麒麟門裏踏出來，上聚義堂。先與托塔天王見禮。晁蓋拱手道："時大帥，請上坐！"時遷落座，在威武架上抽起一令，道："柴王柴進聽令！"柴進聽了，倒覺奇怪。難道命我首先出馬交戰？我這武藝怎能上陣？再一想：決不會如此發令的。柴進踏步出來。吳用坐在旁側，他頭一側，眼朝時遷飄着，心想：你第一條就叫柴王，不知命令他做什麼事啊？且聽他傳。

時遷道："千歲，你陪托塔天王在梁山五路梅花宛子城的樓上觀戰，隨帶吳用與公孫勝一同前去。天王觀戰，倘有令下，可命公孫勝傳令前來李家道上。"柴王得令。吳用思想：時遷是江湖穿窬，却是不能小覷於他！這條令就發得好！他不命晁蓋，却喚柴進。一條令就先安排了四位頭領。

再看他這第二條令：時遷便令蕭讓、金大堅兩人，今晚帶兩百嘍軍在梁山前後山岡巡查，鳴鑼叫喊，通知軍民人等，今夜李家道這一場大戰，切勿驚慌。

看官：自從宋軍呼延灼和凌振在水口向着梁山獅子峰開了一炮以後，山岡子民非常驚慌。以爲大難臨頭，惶惶不安，生產受了影響。梁山天王已經多次曉諭，近日漸見穩定。今朝這場幾十萬人的大戰，殺聲連天，百姓情緒必然震動。出了亂子，非同小可。所以時遷特命蕭讓、金大堅前往安撫民心。蕭讓、金大堅得令而行。

時遷又令混江龍李俊，帶李立、張橫、張順、童威、童猛、阮小二、阮小五、阮小七，九人緊守石鏡湖水泊，多備船隻木筏。今晚在後山江面渡軍。

時遷又令李逵、劉唐兩人，帶軍五百，望着凌振炮營前營衝陣，殺入中營帳會合。李逵、劉唐哈哈大笑，接令而行。時遷防着李逵、劉唐莽撞，便道："爾等帶着軍士，黃昏時分，從後山渡河,至馬家道伏紮。祇聽空中連珠炮響,這是號令,就可衝入炮營。這時大炮已經没用,炮營已經空虛。"李逵、劉唐退下。

時遷又令楊雄、石秀帶領步軍五百,伏在馬家道,望炮營後營寨殺入,至中營帳會合。楊雄、石秀得令。

時遷又令石勇、薛永帶軍五百,聽信炮響,望左營殺入;朱仝、雷橫帶軍五百,從右營殺入。皆至中營帳會合。

晁蓋聽了暗地思忖:這八員將攻入炮營,把炮營來一個十字開花,這個設計極好。祇是生怕這尊大炮衝營時開放,大炮旁又有凌振的肩間炮防護着,不知時遷如何對付。

時遷隨又起令,命裝宣隨同蔣敬、馬麟、侯健、宋清一正四副,帶領軍隊三千下山,先在金沙灘駐紮。但聽李家道信炮響亮,徑往石鏡湖渡河,向着炮營前營衝入,至中營帳搶劫大炮。

時遷又令林冲帶領呂方、郭盛,軍隊三千,天晚渡河,聽得空中信炮響亮,便與楊雄、石秀從李家道同時出發,殺入二營中間的空隙地,至中營帳會合。

時遷又令秦明帶領花榮、黃信,軍隊三千,下山渡河,祇聽信炮響亮,望呼延灼的後營殺入;陶宗旺帶領歐鵬、鄧飛,軍隊三千,望左營殺入;李應帶領杜興、樂和,軍隊三千,望右營殺入;鄭天壽帶領燕順、王英,軍隊三千,跟隨林冲,望前營殺入,到中營帳,砍倒大營觀戰臺上的大纛主旗;扈三娘帶領顧大嫂,緊跟李逵人馬,望炮營前營衝入,砍倒凌振觀戰臺上的大纛主旗。

時遷一支支令發出,吳用聽得清楚。吳用心想:時遷先把呼延灼的十二萬大軍衝散,下面該是收放,不知時遷恁地布置?

祇見時遷又起令道:"病尉遲孫立帶同解珍、解寶,人馬三千,兵發馬尾嶺守紮。倘若呼延灼敗下,可以將他生擒活捉,切勿放過。"孫立退下。馬尾嶺是宋軍從山東回河南去的主道,所以時遷必須派下一支軍隊,在此擋路。

　　時遷又令孫新帶同鄒淵、鄒潤，軍隊三千，兵伏梅坑橋。倘若呼延灼敗下，將他活捉。梅坑橋在馬尾嶺的西北，這是宋軍敗退逃往河北的必經之路。

　　時遷又令李雲帶同朱富、朱貴，兵紮濟寧道，帶軍三千，倘若呼延灼敗下，將他擒拿。

　　時遷又令徐寧，帶同穆私、穆春，軍隊三千，兵紮青州道。倘若呼延灼敗下，將他擒拿。徐寧得令退下。

　　時遷又令孟康，帶軍五百，兵伏青州道，離徐寧軍隊十五里下寨；宋萬帶軍五百，離孟康之下十里埋伏；杜遷伏兵於宋萬下首。

　　晁蓋聽得時遷在這青州道上派下四支伏兵，心想：呼延灼總是可以生擒的了。

　　時遷又令戴宗、楊林、湯隆三人跟隨本帥，在沙場傳令。

　　晁蓋看着時遷派令完緒，十分滿意。

　　今天梁山六十六員將領，各司其職。到了天晚，梁山人馬都從後山渡河，不點燈火，一隊隊悄悄地渡過湖去，按着令單指定地點伏紮。

　　時遷和白勝待到二更時分，下山渡河，從馬家道登岸。後面跟着楊林、湯隆。時遷通知他倆在附近等候，祇看本帥火流星一起，即便前來接應。兩人答應。

　　時遷、白勝兩人徑往炮營過來，看到炮營周圍，都有哨軍守望。三個一對，五個一組，手裏執着錨槍或單刀。時遷、白勝兩人行動十分機警，是不容易被人察覺的。他倆行走極快，一近營寨，時遷就躥蹦上城。在城上並不站立，腳尖一顛，就跳到營帳上。後面白勝跟進，兩人上得營帳，分開兩路。白勝在大營帳上面合撲，人顛倒着，頭向下邊探出去，望着營裏看時，這座大營原來就是炮營，下面是布篷，上面還有一段窿起，所以看得很清楚。

祇見許多軍士，在裏面談天説笑。有賭錢的，也有開玩笑的。營裏燈火輝煌，居中供着一尊大炮，周圍盡是軍士。白勝細細勘察，想好要破這大炮，使它開不出來。現在却不能動手，要等時遷的消息，不可打草驚蛇。時遷如把肩間炮拿到，就可破這大炮。他便躺在營帳靜候。

再説時遷，循着一座座營翻了進去，尋找轟天雷凌振的内營。凌振的營是容易找的，因爲營前插着主旗，上寫"大宋炮軍大元帥凌"，周圍點着標燈。時遷望主旗過來，看覷凌振的内營是不大的。一個合撲，時遷的身子就掛下來，頭探進去看：祇見營中燈火明亮，兩旁站着八個軍士，凌振坐在正中。案上燃着偌大的一支紅燭，凌振在燭光下看書。時遷看凌振這副相貌，非常威嚴。朱臉紅鬚，執書撩髯。頭上頂盔，身上紮甲。腰下佩劍懸鞭，背弓插箭。旁側放着床鋪，掛着雪白的帳子。左面威武架上，架着凌振的一柄軍器——紅銅棗陽槊；右面後邊一個木架上架着一尊肩間炮。時遷望下來看，凌振身後的炮是撩不着的，看見炮上繫着兩根皮帶。

看官：凌振的肩間炮背時，像背行李似的，手從左右兩面套進去，然後背上去的。時遷思想：此炮拿到，就可發動一場大戰。如拿不到，埋伏着的軍隊就不能動手。時遷想：不入虎穴，焉得虎子？時遷身子躺下，躺到全身下營，祇留着一隻脚掛在上面。身子向外一蕩，如蕩秋千般地蕩了進去。一個鷂子翻身，在肩間炮的旁側，雙脚落地。真是身輕如燕，一點沒有聲響。兩手左右一搖，霎時套進皮帶。時遷"嗖"的一下，把炮背在背上。凌振旁邊的軍士聽到聲響，回頭看時：祇見墨黑黑的一張臉，一個非常矮小的人把這肩間炮背上了。連忙叫喊："有賊偷炮！"凌振聽得，驚異道："誰？"把書放下，身子旋轉，時遷人已撲倒，手足在地上搭着，迅速從圍篷裏鑽了出去。凌振站起，腰間抽出佩劍，

"啪"的一聲，揮手把圍篷斬了，追出營外。時遷兩脚一頓，已經躥上了牛皮營篷。凌振頭抬起向上看時，看到時遷，高喊一聲："捉拿奸細！"衹見時遷拉起連珠信炮，空中一聲響亮，火光四散直射。凌振看了很覺奇怪，賊子偷炮，還敢在人家的帳上放炮？霎時内營人聲鼎沸，落亂紛紛。凌振腰間取出箭來，正想發射，時遷已不見蹤影。凌振站在亮處，夜裏一時對着暗處看去，看不清楚。凌振騎上火龍駒，軍士擦明燈火，正要追捉偷炮賊子。

這時，白勝在大營帳上合撲着，一手拿着一個四海老龍王，這是一個皮袋子，平常是灌水用的，今天來破大炮，備的是滿滿的一袋鹽鹵。白勝聽得時遷信炮響起，知道他已得手，便也同時遷一樣蕩進營去，落到大炮底邊，兩脚下去，脚未落地，起手就在炮上的藥綫一把拉着。這條藥綫同拇指那樣粗細，藥綫拉去，成一個洞。白勝就將皮袋内的鹽鹵灌進炮内。軍士這時却聽得"咕嚕嚕"的聲響，奇怪道："咦！出了什麽事啊？"仔細看時，却見一個影子，連忙叫嚷："捉拿奸細！"執着錨槍趕來。白勝也是將脚一踮，往圍篷下邊鑽出，跳上帳頂。也是"騰啪"兩聲信炮響。

凌振剛從内營裏追出來，忽聽炮營裏又是兩聲信炮響亮，便問："啊唷！外面又出了什麽事？"軍士報道："凌大帥，炮營大炮已爲梁山賊子所破。"凌振道："快拿奸細！"營中又是一陣騷亂。衆人衹見土城外邊，有兩個黑影掠過。凌振便喚軍士打開營門，追出去。

這時呼延灼在營中，聽着軍士來報道："王爺，前面炮營不知何事，一片鼓噪之聲。"呼延灼立起，吩咐帶馬。恰在出營上馬之際，外面梁山的四起伏兵齊來，頭一路就是李逵、劉唐。一聲炮響，李逵帶着五百軍士，望炮營前營攻去。正在這時，攻後營的楊雄、石秀；攻左營的朱仝、雷横；攻右面的石勇、薛永；還有扈三娘、顧大嫂和豹子頭林冲帶的五隊人馬都攻向呼延灼的大營來。

呼延灼剛上馬,聽到號炮四起,拍馬馳到觀戰臺。上臺執瞭遠鏡四面照,祇見伏兵四起,呼延灼看了,哈哈哈仰天大笑,尋思:凌振的肩間炮和大炮,炮火厲害。我的大營是座五行八卦陣,營內有着許多埋伏。不但攻不進來,而且以逸待勞。梁山草寇,正愁無法設計捕捉,現在却是都來送死。所以呼延灼看了並不驚慌,祇是發笑。

再說凌振追出大營,看見伏兵四起,亂了頭緒,無法追趕,祇得回歸大營,守衛再說。

那邊時遷、白勝逃出土城,自有湯隆、楊林前來接應。時遷把炮交給楊林。楊林下船,到金沙灘,把炮交與混江龍李俊管守。

此時李逵、劉唐往前營攻來,宋兵大叫大嚷,放出一排亂箭。李逵手提宣花斧來擋,徑往營前衝來。到營河邊,兩脚一尖,蹦跳過去。雙斧擊開了營門,望炮營直衝。劉唐帶着五百軍士跟進。凌振一馬掃出,高叫:"梁山草寇,誰敢大膽衝營!"李逵雙斧一搖道:"梁山大義士黑旋風李逵在此,還不下馬受縛!"李逵蹦上馬頭就是兩斧,凌振忙提棗陽槊招架。後面劉唐跳上,提青銅刀夾着馬的前蹄上兩刀。凌振轉槊架開。

這時楊雄、石秀也已打進後營,向前衝殺。右營也被朱仝、雷橫攻進;左營給薛永、石勇擊開,奮勇前進。宋軍士兵連連報告,凌振騎在馬上,祇聽宋軍噪動之聲,又見後營已有梁山將領,攻進營柵,弄得六神無主,不知抵擋哪一方好。

這時前營,梁山又添了一彪人馬。扈三娘騎着馬,搖着梨花滾銀刀,掃進營來,夾着凌振的頂門就是一刀。凌振來招架扈三娘的刀,後面竄進了一員步將,母大蟲顧大嫂掣着日月龍鳳雙刀,夾着凌振的馬頭上連連兩刀。凌振剛剛隔開這刀,李逵又是兩斧下來。凌振翻手招架李逵的雙斧,扈三娘起刀,又向凌振前胸撞來。凌振招架不及，身子一側，已被扈三娘的刀尖點在胸脯。凌振翻鞍落馬，軍士就用鐃鈎套索將他捉了，雙手捆縛，腰間解下身上軍器。楊林、湯隆前來接引，將凌振押到水口下船，渡河交與對面水口李俊收管。

這時裴宣帶了蔣敬、馬麟、侯健、宋清，以及三千軍士渡河過來。人馬上岸，徑向炮營衝來。宋軍已經渙散，更加一衝，抱頭鼠竄，都向四面奔逃。裴宣帶了衆將及軍士衝到中營的大炮帳下，人馬擁向炮的周圍，團圈兜住，軍士奪下了這座大炮。

呼延灼站在觀戰臺上瞭望，祇見炮軍四散奔逃，炮營裏竪着的標燈以及旗杆重重地塌下，營帳一層層地飛開，大炮周圍都是梁山隊伍，大吃一驚，叫道：“啊呀！炮已失守，難道凌大元帥已經陣亡不成？梁山如此猛烈地攻營，凌大帥的肩間炮和大炮恁地一聲不響，一炮不發？”

再説梁山。晁蓋、吳用和柴王等正在五路梅花宛子城樓上觀戰。晁蓋看着，一聲大笑，連連稱贊時遷：“好元帥，果然炮營攻破，大炮落在梁山之手。”吳用頻頻點頭，也贊道：“時大帥確有能爲！”下面軍士已經來報：“大炮已經搶到。宋軍炮營大元帥凌振也已擒獲上山。”晁蓋得報大喜，囑咐嘍軍，再探再報。

却説呼營。林冲往前營攻進，劫開營門，來到了頭營帳，望進去看，雖是點着燈火，却是靜悄悄地不見一人。原來這是一座空營。林冲知道這裏定有埋伏，但不知埋伏的是什麼。林冲的馬奔馳進去，祇聽“騰嗟”一聲炮響，營裏霎時刮起風來。林冲進的頭營是座風門，人馬跑進，就有一排亂箭射出，四面風車搖起，就成狂風。宋軍便將灰包打出，包裹裝的盡是石灰，滿營滿天飛來，人眼碰着，睜不開來，有的忙着擦淚。加上無數亂箭散射，林冲沒法攻營，傳令三軍，祇得暫退。

這時攻打後營的秦明，也將營門劫開。進了土城，衝進營門，到了頭營，瞭望進去，燈光明亮，卻也不見一人。秦明把馬扣住，吃驚道："啊呀！是座空營，定有埋伏！"恰想回馬，祇聽營裏"騰嗤"一聲炮響，打出來無數的繃子石，這也是預先埋伏好的。把竹子豎在泥裏，一排排地用繩索把它扳過來，竹頂上按着石塊。秦明人馬一進營，隱藏着的宋軍就把繩索割斷，石子馬上飛打出來。秦明一見難以抵擋，傳令暫退營外。走得慢的打傷的已不少。

又說左營，陶宗旺帶了歐鵬、鄧飛也是如此，劫開土城，攻進營門。祇見空無一人，陶宗旺哈哈大笑道："梁山衝營，宋軍膽戰心驚，早已嚇得逃跑了。"陶宗旺一馬掃進，原來左營是座水營，地下掘了許多地道，內藏一鍋鍋的滾油。軍士用水槍在鍋內吸着，霎時像幾百道油水龍鏢射出來。陶宗旺的人馬哪裏禁受得住，連忙退避。許多人已被滾油燙傷。

再說右營，李應帶了杜興、樂和，望後營衝進。打進土城，馬掃進營，也沒看見軍士，祇見地下鋪的盡是地菱釘。這釘上還塗了毒液，臭氣難當，那馬見了都怕。李應不敢深入，祇好退出。

呼延灼在觀戰臺上看了，又驚又喜。驚的是炮營四散，大炮已落入梁山賊寇手中，凌大元帥生死未卜。喜的是這座大營，梁山兵將雖是衝進土城，卻不能進這大營，穩如泰山。呼延灼在觀戰臺上指揮，心想：霎時之間就可把隊伍包圍過來，那時梁山草寇必然全軍覆沒，己方便可大獲全勝。

正是：梁山雄兵方退北，宋軍驕氣欲圍南。

欲知戰況如何，請看後書續解。

圖書在版編目(CIP)數據

水泊梁山 / 劉操南編著. —杭州:浙江大學出版
社,2021.7
（劉操南全集）
ISBN 978-7-308-19714-4

Ⅰ.①水… Ⅱ.①劉… Ⅲ.①章回小説－中國－當代
Ⅳ.①I247.4

中國版本圖書館 CIP 數據核字(2019)第 259212 號

水泊梁山

劉操南　編著

策劃主持	黄寶忠　宋旭華
責任編輯	胡　畔(llpp_lp@163.com)
責任校對	赵　钰
封面設計	項夢怡
出版發行	浙江大學出版社
	（杭州市天目山路 148 號　郵政編碼 310007）
	（網址:http://www.zjupress.com）
排　　版	浙江時代出版服務有限公司
印　　刷	浙江新華數碼印務有限公司
開　　本	880mm×1230mm　1/32
印　　張	20.625
彩　　插	1
字　　數	520 千
版 印 次	2021 年 7 月第 1 版　2021 年 7 月第 1 次印刷
書　　號	ISBN 978-7-308-19714-4
定　　價	108.00 元

浙江大學出版社市場運營中心聯繫方式:0571－88925591;http://zjdxcbs.tmall.com